人命
大如天！

下册

森廉声
著

大宋提刑官

北方联合出版传媒（集团）股份有限公司
万卷出版有限责任公司

目 录
Contents

梁雨生命案

　　夜黑下好久了，街头，行人渐无。多时未接案子的宋慈，又有些不自在了，吃罢饭，在屋里坐不住，便走出府门，负着手，慢悠悠闲人似的在街上踱步。

　　捕头王有点不放心，不即不离地在后面跟着。走着走着，宋慈见前面一大户门前张灯结彩，喜庆酒事的喧闹声从府内一阵阵传到街上，即驻足听了一下，自语道："嗬，好热闹啊，是哪家？"

　　捕头王凑上来说："那是楼员外家。像是在办喜事。"

　　"哦，那就别往前走了，免得让人当作打秋风的。"宋慈说完，就掉头离去。

　　楼宅大院，大厅内灯火通明，一派喧闹情景。半百年纪的楼员外已喝得有几分醉意，领着颇有几分姿色的夫人，频频向宾客敬酒："喝，喝！小女定亲，感谢各位光临。喝痛快了，喝尽兴了，喝！"

　　客人们挡不住主人的殷勤劝酒，纷纷举杯。屋外，仆人们托着食盘，在走廊上穿梭而过。稍远，透过庭院树木的疏落枝叶，隐约可见一个人影晃晃悠悠地闪过……

　　夜空中月影婆娑，时明时暗，楼宅后花园，寂静中有种异样的神秘。

　　一个人的背影匆匆而过，这是个身着长衫的男人，瘦弱而颀长，脚步踉跄，沿一条狭道走去，时而用手拨开稠密的树枝，时而踢着石块，嘴里不经意地发出轻微的"哎哟"之声。男人的身影不一会儿便被浓黑的树枝遮住了，随后只听得一些声响：脚步响动，枝叶摆动。而后，又听到男人发出低沉而急切的叫声："小姐，小姐，你在哪里……"

　　忽然，传出男人的一声惊叫，又戛然而止。一切归于寂然。半轮残月从云层里钻出来，清辉如水，后花园的稠密花木再次现形似的显露出来。

　　天色微明，正是好睡之时。

　　卧床上，楼员外搂着夫人睡得正香，睡得热了，上面盖的一床绸被已掀开，露出这对男女上边一截裸身，女人丰腴的胸上罩着一条鲜红的肚兜。

　　男仆"噔噔噔"地奔上楼梯，一脸惊慌失措，用双手重重地敲击房门，嘴里大声喊："老爷，老爷，出大事啦！"床上的男女被惊醒了。

　　楼员外跳下床来，短裤裸身地拉开房门："怎么啦？怎么啦？"男仆面色惊惶，语无伦次地喊道："后花园……出人命啦！小姐她……掉进枯井啦……"

　　楼员外大惊失色:"什么? 小姐落到枯井里去了? 她……她怎么会跑到后花园去呢?"楼夫人从床上起来,手掩薄被急切地走过来,满脸焦急地问:"小姐她没事吧?"男仆哭丧着脸:"小姐从井里捞上来,已经……没气了。"

　　楼员外一下瘫软在地上:"她怎么……怎么死啦?"

　　楼夫人顾不得自己半裸着身子,急忙放开掩身薄被,抱住软倒下来的男人,哭喊道:"老爷,老爷……你怎么啦?"楼员外费力地醒来,两眼直直地望着男仆,"小姐怎么会落到枯井里的? 她……"

　　楼夫人急切地问:"半夜三更的,莫非是谁……谁把她推下去的?"

　　男仆说:"我也不知道。可是……可是枯井里另外还有一个男人。"

　　楼员外惊坐起来:"什么? 井下还有一个男人?"

　　楼夫人忙问:"那人也一起死了吗?"男仆摇了摇头:"他还活着……"

　　楼员外急问:"他是谁,谁和小姐在一起? 你说,那人是谁?"

　　男仆迟疑地说:"他是那个……那个名叫梁雨生的教书先生。"

　　楼员外与楼夫人大惊:"啊,是他……"

　　县衙公堂上,知县刘皓,四五十岁年纪,黑髯掩口,在高堂上正襟危坐,目光炯炯。下面一班衙役分两侧站立。天色尚早,衙役们的瞌睡还没全醒,支着板子直打哈欠。刘皓则神情威严,精神十足,两眼盯着下面的人犯,摆出威严之态,把惊堂木重重拍响:"升堂!"

　　堂下,一个三十多岁的男人瘫坐在地,长衫已破,且有泥污,头发披散着,额角扎着一块旧布,看上去神色恍惚,目光散乱,似余惊未退,不知身处何地。衙役们随即嘴里发出"喔——"声,显得有气无力。一旁站着楼员外及夫人等。

　　远处一些百姓朝这边指指点点,交头接耳议论着。

　　刘皓大声喝道:"堂下之人,因何事击鼓告状,快快讲来!"

　　楼员外带着哭音上前跪下:"大人,我女儿被梁雨生这恶贼诱逼,推下枯井摔死……小女年方二八,清白无辜,她死得冤啊! 大人,小民恳求青天大老爷,为小女申冤昭雪……"

　　刘皓面容大变,起身审视着堂下之人,随后猛地拍响惊堂木:"大胆梁雨生,快将所犯之罪从实招供!"瘫坐着的男人迟疑着环顾四周,听得刘皓再次发问,才慢慢抬起头来。两个衙役把他架起来,强令他跪下。此人"哎哟"叫着,瘫倒在地,原来他一条腿伤了,痛得无法跪下。

　　衙役喝道:"梁雨生,快说!"梁雨生懵懵懂懂地说:"大人,梁某才从阎王爷那儿走一圈回来,此时不知身在何处,更不知所犯何罪,让我如何说起?"

　　刘皓冷笑着:"梁雨生,你不知身处何地,本大人告诉你,你现在公堂之上,面前坐着本县刘皓。你不知从何说起,那么本大人帮你提个头,你昨天深夜做了什么?为何额头撞破,脚骨跌伤,你非痴非病,总该说个清楚,道个明白!"

　　梁雨生抬头看到楼员外那愤怒的脸色,即被对方的威严怒视激得打了一个冷战,似有所悟:"噢,我想起来了,昨晚……昨晚确实出了事,夜深人静之际,我与楼家小姐相约后花园……"

　　"你与楼家小姐怎么样,快说实话吧!"

　　梁雨生掩面片刻,而后仰天一声长叹:"唉,事到如今,梁某只能如实相诉了。"刘皓脸上掠过一丝笑意,"那就如实说来吧。"

　　"梁某与楼家小姐情投意合,相爱有时。昨日深夜,二人相约于后花园,打算逃离本地,远投他乡……"

　　楼员外十分震惊:"你……你说什么?"梁雨生只顾自己说下去:"谁知,老天不长眼,棒打鸳鸯,枉害性命。夜黑月暗之中,心慌意乱之时,手忙脚乱,慌不择路,竟出此大错。没想到,小姐竟会失足落下枯井……"说着,他落下泪来:"本想两情相悦,做一回双飞双宿的鸳鸯;谁知好事不成,反而害苦了小姐,此刻不知她是生是死……楼员外,你家小姐是否安然无恙?"

　　楼员外恨恨地对着梁雨生大喊:"你……你这无耻之徒!你一个潦倒无能的穷秀才,竟敢勾引我楼某冰清玉洁的良家女儿,害得小女命赴黄泉无回路,你还我女儿命来……"

　　梁雨生惊愕地抬起头望着楼员外:"你说小姐她……她竟然已……不,不可能,不可能啊!"刘皓说:"梁雨生,楼家小姐已经死了,尸体还在那边放着呢。"

　　不远处,停放着楼家小姐的尸体,上面有薄布盖着,年轻女子的艳色衣衫让风吹动着。梁雨生猝见那具横陈的尸体,大惊失色。他跌跌撞撞地扑过去。

　　这时,他已看得十分真切,躺在那儿的女子确是楼家小姐,只是那张俊俏的面孔全没了生气。他猝然痛苦地"呀"了一声,欲扑向小姐。

　　悲愤交加的楼员外见梁雨生那模样,又悲又恨,上前阻止其接近女儿尸身,"不许你动她……"并拔拳欲揍那人,被衙役阻止。

　　刘皓看一眼案台上摆放之物,已是胸有成竹的模样,一边慢慢踱步往堂下走,一边说:"梁雨生,如此说来,你与楼家小姐已是情投意合,心心相印,有一段隐藏已久的私情，这天是借夜黑月暗之时，双双相约于后花园，欲从后门逃离楼宅，远走他乡谋生，是这样吗？"梁雨生坦然应声："是的，大人。"

刘皓两眼直盯着梁雨生："既有私情，要远走他乡，为何有路不走，偏往那荒草丛生的枯井边走去？又为何与小姐一同跌落井底，小姐一命呜呼，而你还活着？"梁雨生语塞："这……夜黑月暗，逃亡之人慌不择路，不慎失足落井，生死有命，如何解释得清楚？"

"那好。既是情投意合，相约私奔，却为何小姐身携包裹，内装换洗衣物与首饰金银，而你，一个堂堂男子，与私情女子相约私奔，身边却未带任何用物，这作何解释？你这是为私情而与人夜奔，还是为谋钱财而害人性命呢？你来看！"

一名衙役从案台上取了装着首饰金银的包裹，在梁雨生楼员外等人面前，打开包裹。刘皓询问梁员外："这些，可是你家小姐所用之物？"

楼员外细察一会儿，连声道："正是，正是小女之物……女儿呀，你死得太冤了呀！"又哭泣起来。

刘皓又对梁雨生询问："你自己看看，哪件东西是你的？"

梁雨生一时无语："这个……"刘皓问："并无一件是你的，是不？"

堂外观看的百姓都露出恍然之状，或点头称是，或面露赞许之色。

刘皓注意到外面百姓的反应，越发得意、越发来劲儿了。他感叹道："梁雨生，一个读书之人，虽未能金榜题名，出人头地，封妻荫子，却也不该昧了良心，做这等伤天害理禽兽不如之事！刘某真是既可怜你又憎恨你啊。我怜你家境窘迫，不得已而出此下策，害人害己；我恨你梁雨生，把天下读书人的脸都丢尽了！"梁雨生瘫坐着，任凭刘皓数说，一脸木然之色，无语回应。

楼员外浑身颤抖，一跃而起："梁雨生，我看你家贫无计，难以谋生，好心请你来楼宅教小儿习字，你却背着楼某，做出这种有辱斯文的下流之事，你……你勾引我女儿，害其性命，你比禽兽还不如啊！"

楼员外一时气极，对梁雨生拳打脚踢。刘皓示意衙役过去拉开楼员外。

梁雨生茫然无措，如在梦里一般，只是摇头自语："那口枯井其实并不太深，井下也没水，我与她同时落井，我没死，小姐她如何会死呢？小姐如此年轻美貌，与我一往情深，她如何……如何会跌死呢？"

刘皓冷冷道："梁雨生，你这话问得好啊。楼家女儿确非跌死，其死另有原因。仵作上来答话。"一个仵作模样的男人走上来，向刘皓行礼。

"你将验尸之事当众讲来。"

仵作说："大人,在下刚才奉命验尸,经细察,楼家小姐身上有数处伤痕,虽破皮损骨,但不足以致其死命,又验其颈上有重重扼压的痕迹。据在下多年经验,落井之前,她就已被人掐住脖子,窒息而死了。"

梁雨生惊愕不已："被人掐脖而死? 这……这怎么可能? 我与小姐,情投意合,约于后花园,黑夜之中相拥而行……"刘皓厉声呵斥："梁雨生,你不要再装模作样了! 人死如灯灭,死而难复生。只因你一时生出恶念,竟害了一条无辜性命,事到如今,人证物证俱在,也该有所歉疚,有所悔悟了吧?"

梁雨生泪如雨下："我悔……悔不当初啊……"刘皓说："既有悔意,也该有诚心。一人做事一人当,来,在这张纸上画押吧。"

梁雨生一看供词,又连连摇头："不不,我没有贪财好色,夺财害命,我没有……刘大人,我是个读书人,怎么会做出这种十恶不赦之事? 我不画押,我不认罪。大人,我是冤枉的,我梁某人与小姐有私情是实,却无害人之心,更无夺人钱财之意……"

楼员外等家人向刘皓跪下："大人,请为我们申冤啊!"

刘皓怒拍惊堂木,大声呵斥道："梁雨生,你真是不见棺材不掉泪呀! 难道你非得让衙役们用棍棒打烂你这恶贼的双股才服罪吗? 来人!"

众衙役应声持棒而上,把梁雨生按倒在地。

梁雨生把眼一闭："打吧,大人,你把我打死了,也可让我的魂魄随小姐的倩魂飘然而去,我认命了。"他等着挨板子。但板子没落下来。

刘皓一手高举令牌,却迟迟未落,他慢慢放下手,缓言道："梁雨生,你好歹也是个读书人,拜过先生读过四书五经,你扪心自问一下,寒窗十年,为人一世,莫非竟为今日这一死吗? 你不想想你死后,你那病重的老父亲该怎么办?"

梁雨生眼睛猝然睁开："老父亲,我的老父亲! 可怜我的老父亲,风烛残年,无人照顾,他可怎么活得下去啊?"说罢大哭起来。

"怎么,说到你病根上了吧?"说着刘皓示意衙役把梁父扶上来。

梁父年老体弱,走路已颤颤巍巍,咳个不停,看到儿子,不禁又痛又恨："雨生啊,你……你为什么要骗人家小姐,你为什么呀! 我家虽然贫寒,却是世代清白为人的呀……"一时气绝,昏倒过去。

梁雨生大声哭叫："父亲……儿子不孝,连累父亲了……"

刘皓叹口气道："梁雨生，你我都是读书之人，你气运不济，落魄潦倒，不得已而心生恶念，以至于落得如此不堪的结局。本官惺惺相惜，也是心有不忍啊。你虽然犯法，可老父是无辜的，本官愿将俸银拿出一些，以供养你老父亲。你就放心去吧。"

梁雨生望着刘皓，泪如雨下，扑通跪倒在刘皓面前，磕了三个响头："刘大人，你是个好官，是个好人啊！梁某枉读半辈子书，百事无成，反害人无辜性命，活到今日，已是山穷水尽，别无所求。既然老父有人照应，倒不如痛痛快快去死！拿来笔墨，我这就画押。"

衙役拿来笔墨，梁雨生毫不迟疑地在供词上签下自己的名字。刘皓在一旁微微颔首，颇有几分得意。梁雨生把笔一抛，双手前伸，"我愿一死了却此生，大人，把我送进死牢吧。"刘皓吩咐手下："把梁雨生送进大牢。"两个衙役如狼似虎地擒起梁雨生，欲将他拖走。刘皓嘱道："等等，将死之人，不要太难为他了。"两个衙役小心搀扶着梁雨生离去。

楼员外等人向刘皓下跪，连连道谢："谢谢青天大老爷，为民申冤！"

围观百姓也纷纷点头，赞道："刘大人以理服人，不动棍棒，就将罪犯收服认罪，真是难得的好官，大大的清官啊！"

刘皓踌躇满志，吩咐师爷："把此案结了，呈送提刑司宋大人。"

宋慈负手一副闲来无事的神态走到库房前，见门是开着的，探着脑袋往里一窥，英姑正在库房角落的书案前聚精会神地看着陈卷。宋慈轻手轻脚地走了进去。英姑连眼皮都没抬就说："几天没审案，大人又坐不住了吧？"

宋慈有点尴尬："哦，英姑，你躲在这里干什么呢？"

"上回不是从这些陈案里找出个和魁吗？没准还能找出几个悬疑旧案呢。"

"这些案卷我都看过了，你要是实在闲得慌，再看看也会有所长进。"

"啊，大人全看过了我还看什么呀？您怎么不早说呀。"

"你也没问过我呀。"

"我敢问吗？"

"未见得宋某人有那么可怕，连问都不敢问？"

"可怕不可怕也得看什么时候。"

"此话怎讲？"

"您心情好的时候吧，即便是有人拿最难听的话骂您，您也只会咧着嘴笑；

可要是心情不好的时候吧，连喘口气都会遭您的训斥。"

"想不到，在你眼里，宋某可是个喜怒无常的人。欸，那你说宋某今天是心情好还是不好啊?"

英姑模仿宋慈："你说呢?"宋慈笑了几声，忽然又敛神正色道："哎呀，英姑你要是个男儿，那可就好了。"英姑有些哀伤："是啊，英姑要是个男儿，就可考进士、当提刑，像大人一样洗冤禁暴，惩恶扬善。可英姑偏偏是个女儿身，除了磨墨端茶，还能有什么作为呢?"

"不不不，我不是这个意思。其实，你虽然是女流，可天资聪慧，疾恶如仇，让须眉男儿也自愧不如啊。"

"大人，您别找话安慰我了。其实我能有幸跟随在大人身边，已经是天大的福分了，我这一辈子，有此足矣。"说完她用从未有过的大胆直视着宋慈。

"你……不不……话不能这么说，其实……"

宋慈正处境窘迫的时候，捕头王突然走了进来。

"启禀大人……"捕头王一看英姑也在，不禁打了个停顿。

宋慈问："可是有人报案?"

"嗯，大人还记得那天大办喜事的那个姓楼的员外吗?"

"嗯，怎么了?"

"这是县衙刘知县刚刚送来的案卷，请大人审阅。"

宋慈接过案卷一看："怎么，就是楼府办喜事的那天出了人命案?"

捕头王说："案发后，楼家是向知县衙门报的案，知县刘皓只花三天时间就破案了。"宋慈拿着卷宗走了出去。捕头王正想对英姑说什么，宋慈在外面叫了一声："捕头王，你来一下。"

"来啦。"捕头王立即追了出去。英姑凝眸出神。

书房内，宋慈全神贯注读案卷，眉头越皱越紧，猝地将案卷重重一放："这全不对头嘛!"捕头王问："大人，怎么……"

"英姑……"刚叫出声，宋慈才发现其实英姑不在，"哦，捕头王，有这么个歹人，他哄骗良家女人，以私奔为名，欲谋财害命，是否得把女子骗出城外，找一个荒郊野外无人之处，再做此害命的勾当?"捕头王说："应该是这样。"

"可是，此案的凶犯竟傻到这种地步，他花言巧语，拐骗富户人家小姐，欲谋财害命，深更半夜，他带这个女子出行，却没出宅子，就在后花园动了手，将人扼颈致死，抛至枯井之中。更可笑的是，他本人也落入井中，第二天被抓起，一审便认罪服法了。岂不令人费解？"

"听大人这么一说，我也觉得不对头呢。"

"叫上英姑，走。"

楼宅，高台阶，宽宅门，踞着一对威风凛凛的石狮子，看上去便可知为本县的大户人家，颇有气派。大门外柱檐之处扎有黑纱白布，显示宅内正在办丧事。大门洞开，门口肃立两家丁，时有吊丧者进出大门。门前街上有设摊叫卖的，时有路人及乞讨的流浪汉。楼宅对过的一家"清风"茶馆，店面不大，摆三五张茶桌，一些闲人坐在桌边，一边喝茶、嗑瓜子，一边闲聊。

"楼家女儿真是可惜了。听说长得挺漂亮的，一枝花刚刚开出花骨朵，就让人给糟践了。真叫红颜薄命啊！"

"楼员外那么死要面子的人，这回把面子丢尽啦！哼，那也是他自作自受，谁让他引狼入室，招个穷酸秀才进门？"

"唉，我倒挺可怜那穷秀才的。你想想，他多亏啊，寒窗十载，考了多年的功名，功名考不上，想娶媳妇，兜里没钱，又娶不起，好容易才花了心机把一个富家小姐勾上手，他本该悄悄把人带了逃离家门，远走高飞，也许还能小两口相亲相爱过上一阵快活日子。咳，这家伙为啥那么傻，要起杀心，去害人家性命呢？"

"老兄，你这叫什么话？有人生就的虎狼之心，歹毒本性。你还为这种歹徒说话，不应该，太不应该了！"

这些人说得热闹非凡，而另一侧茶桌上的三个客人则一声不发，只是张耳朵听说。这三个便衣客人，即宋慈、捕头王和英姑，他们一边喝茶，一边听旁桌的闲人们说话。那些人并不避讳这三个陌生人，照样说得起劲儿。

"楼家下午就要为小姐出殡了。听说请了七七四十九个和尚来做法事呢。"

"那，我们过去看看？"

"去看看。听说楼员外为这个女儿办丧事，花了不少银子，场面很大呢。"

几个闲人起身出茶馆，向街对面的楼家走去。宋慈朝旁边的捕头王和英姑示意一下，让他们稍坐。而后，他起身出茶馆，独自走入楼宅。

大概因急着办丧事，大多家人都在前厅忙碌着，对进宅的人并不多理会照看，宋慈见势，便悄然往后花园走去。后花园的小径，此时无有人影，宋慈独自走去，没人过问。行走处，只见甬道弯曲，花树寂然，偶有鸟雀从树上猝然跃起。宋慈轻轻拨开一丛湘妃竹，猝然映入眼帘的，便是一口枯井。枯井离行走的甬道有七八步，井前原有丛生的乱草，此时看去潦倒一片，有不少零乱的脚印与杂物。

宋慈轻步而行，弓身细察。枯井四周散落着一些废弃杂物。稍远处的一片草丛中，露出一截伞柄，宋慈抽出一看，是一把油布伞，布伞已经很旧，面上有两个整齐的补丁，却很干净，未有泥尘。他将伞打开，看了看，又放回原处。

忽有一个小小的物件在他眼前闪过。此物被人脚踏进了泥中，只露出一点儿黄亮之色。他用手轻轻拨弄，露出一个长命锁形状的小玩意儿。迟疑片刻，他将小铜锁捡起，托在手心。小铜锁像是新的，狮子形状，闪着黄铜的鲜亮光泽。突然，近处似有动静，他的神色猝然紧张起来，急忙转过脸去。

离他七八步远，有个五六岁大的小男孩站着，好奇地瞪着一对大眼睛。宋慈脸上露出笑意："喂，你是谁？怎么来这儿玩？这儿，有什么好玩的吗？"

小男孩反问："你是谁？这是我家的后花园，你来这儿干什么？"

宋慈一时语塞："我……我来找一件东西。"小男孩问："你找什么？"

宋慈发觉小男孩脖颈上挂着一个黄灿灿的玩意儿，想上前去看个仔细："欸，你脖子上挂的是……"忽然听得有女人在喊："宝儿，宝儿——"

小男孩一下惊起："我妈找我了。我要去了。"匆匆奔跑而去。

宋慈紧跟在后面，走出后花园。后院假山处，有个身材窈窕的妇人焦急地手倚假山石，一声声地喊叫着："宝儿，宝儿，你在哪里呀？"

小男孩应声朝妇人跑过去："妈，我在这儿！"妇人是楼家夫人。她迎上来，拉住小男孩的手，母子两人说着话。宋慈不紧不慢地走过去。

楼夫人对陌生男人有所警觉："请问这位……是老爷的朋友，还是亲戚？"

宋慈不卑不亢地说："你是楼家夫人吧？贵公子刚才跑到那边去玩，那儿有口废井，万一出个意外……你可要小心照看啊！"

楼夫人小声斥责男孩："宝儿，你真不听话，不好好在家写字，为什么要跑出来玩呢？"小男孩宝儿委屈地说："你们都去给姐姐办丧事，我不想一个人待在后院，我要玩嘛。"楼夫人哄着他说："好好，妈让秋月姐姐陪你玩好吗？"

楼夫人拉着小男孩走开时，又回头对宋慈看一眼，露出一丝笑意。宋慈目送他们母子离去。

提刑宋大人忽然到访，知县刘皓便知有些不妙。他赶紧请宋慈到客厅，让座，敬茶。宋慈并不多客套，开门见山提出对梁雨生案的看法。

刘皓听罢惊起，手中的茶碗"咣"地落在茶几上："什么，非复审不可？"

宋慈平静地呷了一口茶，放下茶碗，站起身来："是的，刘大人。这是我的想法，也是我的职责所在。"

"那，宋大人想如何复审此案？"

"这个嘛，总要先见识一下那位凶犯吧。"

"你要提审梁雨生？"

宋慈略一想："不必，先去狱中看看。请吧，刘大人。"

二人当即来到县大狱。昏暗的监狱，几盏油灯发出暗光，不知是白天还是黑夜。身陷牢中的梁雨生，衣衫污秽不整，身上戴着刑具，目光呆滞、神色悲凉。他面对墙壁，自语一般轻声吟读着诗句。吟罢，他又大声地说："小姐，这是我写给你的蝶恋花断头词，你可听见？"

狱栏外，宋慈及刘皓静立着，观察着梁雨生半疯半癫的举止。

刘皓叫道："梁雨生，梁雨生。"

梁雨生对宋慈、刘皓等人的到来似无察觉，仍仰脸对着墙，向那莫须有的小姐倾诉心迹："小姐，你枉死井下，非我之意，千万，千万不能记恨我梁某啊！我是真心实意想与小姐结为秦晋之好，永沐爱河的……"

刘皓忍不住大喝一声："梁雨生，你怎么老是这样疯疯癫癫的？本官来了，你不行礼。上面的提刑官来了，你也不看一眼？你……莫非真疯了！"

梁雨生漠然地看了看宋慈，很快又把脸转过去了。刘皓吩咐狱卒："把狱门打开。"狱门打开，梁雨生仍发着呆不动弹，不挪步出狱。

无奈，狱卒只好走进去，硬把梁雨生拉扯出来。梁雨生挣扎着表示不满："已定死罪的人，你们还把我拉出来干吗，还审什么、问什么？"

宋慈打量着梁雨生，见其一身瘦骨，面黄须稀，下巴尖尖，其貌不扬，不像个风流才子，便微笑道："梁雨生，你谋财害命，已定死罪，眼看死期将近，不日将身首分离，你就不想翻一翻案，喊几声冤吗？"

梁雨生对宋慈看也不看一眼，仍是昂着头，傲气十足："与其负罪在世，苟且偷生，倒不如干脆一死，与小姐相见于九泉之下。"

宋慈说："梁雨生，本官看过此案的卷宗，其中有你的自诉之词。细细一想，还真有点替你感到可惜啊。"梁雨生的背略一耸，"可惜什么？"

"我想，要不是楼家后花园那口枯井，咳，它长得太不是地方了，真所谓一失足成千古恨。要不是那口枯井坏了你们的好事，你与楼家小姐此时或许已隐居他乡，过上恩恩爱爱的好日子了呢。"

梁雨生顿时泪如雨下："是我无能，负了小姐的一片真情……我罪该万死，罪该万死！"他以头叩柱，被狱卒拉住。刘皓听得不太顺耳，小声地附到宋慈耳边："宋大人，梁雨生是假意骗取小姐真心，实则谋财害命……"

宋慈只当没听到刘皓的话，走近梁雨生身边："梁雨生，事已至此，你不妨明白地对我说几句实情，你与小姐是如何相爱，又是如何人约黄昏，暗传情愫的？那豪门大宅内，庭院深深，闺门重重，你与小姐是如何瞒过众人眼目，有了这段儿女私情的呢？"

"梁某家贫如洗，身无长物，唯有点滴才识，让小姐倾慕。我与小姐暗中交往，已有数月，彼此以诗文相递，暗暗眷恋，情深意切……"说到这，梁雨生忍不住又掩面而泣。

"那你们又是如何约定私奔？为何不择方便之门，偏往后花园走？再说那口枯井，离甬道少说也有七八步远，你们是怎么走的？该不是喝醉了酒吧？"

梁雨生长叹一声："唉，确是酒醉误事啊！那晚，楼家为小姐选了一门亲事，喝定情酒，请了亲家及三姑六舅亲朋好友来家喝酒庆贺，我也被请去，在侧屋旁席作陪。因小姐将成他人妻室，我心中郁闷难释，就多喝了几杯，便有些醉意了，我回到后院小屋，忽然看到桌上有一张信纸，竟是小姐写给我的，约我往后花园去，要与我一起私奔。哎呀，这是我做梦都不敢想的好事啊！我迫不及待地往外走……"

宋慈打断梁雨生的话，问道："那天夜间，是小姐临时向你传递书信，约你一起私奔，并非有约在先？"

"确实如此。但我想，小姐既与我心心相印，有情有义，其父逼她另嫁他人，势必令她反感，奋起反抗，故而一时激愤，欲与有情人远走他乡……"

"好，既如此，小姐约你私奔，正合你意，本该是一桩天大的好事，你又为何对小姐动了杀心，将其扼死井边，推其下井呢？"

梁雨生愕然了。他望着怒目而视的刘皓，又望望宋慈逼视过来的两眼，低下头去，喃喃而语："我不知道，那时我醉得厉害，头脑发昏，做了什么事全记不起来了……"

刘皓再也忍不住了："宋大人，罪人之言，不可听信。梁雨生谋财害命，本是预谋之事，此案人证物证俱全，再审再问，似无必要吧?"

宋慈笑眯眯地说："别急，刘大人。"他又转向梁雨生，问道："梁雨生，你与小姐诗文往来已有时日，那天夜间又有信纸送达，这些物件是否还在?"

"那夜匆匆而去，所有东西都留在楼家后房了。"

宋慈点了点头："哦，那就有东西可看了。"

梁雨生不耐烦地自顾自往牢里走去："你问完了吧。我回牢里去了。"

宋慈以手相阻："等等，还有一件小事。"他拿出小铜锁，向梁雨生展示："此物，你可认得?"梁雨生看它一眼，便坚决地否认："不认得，没见过。"

"不是你的吗?那会不会是小姐贴身之物?你真没见过吗?"

梁雨生愤然地说："没见过就是没见过。小姐贴身有何挂件器物，我怎么会知道?"宋慈若有所思："哦?是这样吗?"

一具油光锃亮的大棺材摆在堂前正中。几十个和尚守在棺材前，打坐在蒲团上，不停地念诵《金刚经》。香烟缭绕，袅袅而起。楼宅家人及亲友们静守两边，脸色凝重，几个女眷抹泪低泣。

一个家丁快步走向楼员外，在其耳边低语。楼员外脸上忽然现出惊愕之状，赶紧起身匆匆朝大门口迎出去。旁边的夫人见势，也随后跟出去。他们走至楼宅门口，见知县刘皓领着另一个官员宋慈等一干人等在楼宅门前。

楼员外匆匆出迎，歉然道："正在为超度小女的冤魂做法事，不想惊动父母官大人，未能远迎，失礼，失礼。"

刘皓神情怠然地介绍道："这位是宋提刑，特意为你家女儿被害之案来的。"

楼员外感激地说："哎呀，这事还惊动了上面的大人，小女在天之灵也得以宽慰了。"刘皓："宋大人来此是……"宋慈不让他说下去："在下对此案尚有些许不明之处，今日叨扰贵府，还望见谅。"

楼员外客气地说："请请，请二位大人去客厅小坐。"他转身吩咐夫人，"你去给二位大人泡两杯好茶。"楼夫人与宋慈对了一下眼，似有些眼熟，不禁有些惊诧，但没吱声，悄然离去。

"员外，我看坐就不必坐了。宋某就在贵府随便走几处看看，可以吗?"

楼员外不太情愿地说："可以可以。请，宋大人请，刘大人是否也要去?"

刘皓勉强地说："好吧，我也该去看看的。"

宋慈脸上掠过一丝笑意："如此，刘大人多辛苦了。员外，请吧。"

梁雨生住处，一间简陋的卧室，室内有些乱糟糟的，仅几件旧木用具，一桌，一椅，一张窄板床，床上是破了几个洞的草席与一条薄被。床头案上空空如也，连笔墨砚台等物都不见。宋慈在屋里兜了一圈，微皱眉头。

楼员外狐疑地问："宋大人，你在这儿找什么？"

"这屋内的东西似乎少了些什么，读书习文之人该有笔墨纸砚之类的吧？"

楼员外没好气地说："谁管他的东西？哼，一个穷酸书生，能有什么好货色，或许是下人当垃圾拿走扔了吧。"

宋慈盯着楼员外："是下人自作主张扔掉了，还是得到主人的允许？"

"这个……下人来问，我好像说过一句。"

"所以，因你这一句话，梁雨生的笔墨等物，便都不见了？"

楼员外恼怒地说："他一个穷酸书生能有什么宝贝？几支秃笔，半块残墨，扔就扔了，难道还要我赔出来吗？"

刘皓劝阻楼员外说："宋大人也只是随便一问，你不必在意。"

宋慈并不被楼员外的恼怒所影响，仍是面带微笑，在屋里东张西望，探头探脑，忽然转过身来，朝楼员外发问："梁雨生自称，他与你家小姐私下以诗文往来，已有些时日，员外对梁雨生与你女儿的这段私情，是否早已有所察觉？"

楼员外怒气冲冲地说："小女一向恪守闺训，从不与外面的男人交往，梁雨生信口雌黄，不足为凭，大人千万不要听信他的胡说八道。"

"哦？既是恪守闺训，从无交往，为何你家小姐在定亲之夜，心甘情愿地拿着包袱钱物，跟随梁雨生而去？这你又作何解释？"

楼员外一时语塞："这个……小女是一时糊涂，鬼迷心窍，才被梁雨生的花言巧语所惑。大人，小女今年才十六七岁，哪知世道凶险，人心险恶？她死得可怜，她是无辜的呀！"

宋慈微微点头："是啊，正是含苞欲放的花季少女，如此枉死，确是可怜。员外，能否让我去小姐闺房看一眼？"

楼员外略一迟疑："这个……有此必要吗？"

宋慈微笑着问刘皓："你说呢？"刘皓有点勉强："既然宋大人觉得应看上一眼，楼员外，你就该领着去。宋大人是上面来的提刑官，有此权力啊。"

楼员外闷声道："那好吧，你宋大人想看，只好让你看了。"

宋慈、刘皓在楼员外的陪同下，从后房走出。经过一道圆洞门时，由一管事打开门锁，数人遂鱼贯地穿过门洞。接着又过了一道洞门，这才走回前楼。这一番行走，令人感觉楼宅内的规矩很严。

一行人顺楼梯而上，走上主人及女眷们住的前楼卧房。楼夫人及几个丫鬟已等候在那儿。宋慈示意打开楼家小姐的房门。

楼夫人拿出一把钥匙，让一丫鬟上前开了门锁。

宋慈先探头朝里面看一眼，从容入内。刘皓、楼员外等相随而入。小姐闺房内装饰得较为讲究，床上是绸被、绣花枕头，床头挂着五彩香袋。室内还有古琴、棋盘等物，墙上挂有字画，桌上摆有笔墨纸砚。窗明几净，十分整洁。

宋慈回头对楼员外说："看来，小姐还是个精通诗文的才女呢。早早弃世，真是可惜了。"楼员外被宋慈这话说得忍不住暗自抹泪。

楼夫人捧茶杯入内，悄悄将茶杯放在桌上，侧身而立。

楼员外看了她一眼，嘱咐道："你去那边看看，是不是时辰快到了，可不能……去吧。"楼夫人轻应一声退出去了。

宋慈对桌上的茶水看也不看，只是对床头壁板上贴着的一幅字产生了兴趣，弓着身子凑近细看一番。刘皓问："宋大人，看出什么了吗？"宋慈说："这是一首词，词名是《蝶恋花·静思》。"刘皓疑惑："这有什么……"

宋慈嘴里轻声吟诵起来："月暖风轻夜无声，暗香浮送桃李枝头春。隔墙遥寄相思意，更声笃笃是我情……嗯，这像是一首寄情之词，还很有几分诗意嘛。你说是不是？"宋慈抬起头微笑着看向刘皓。

刘皓不知其意，"嗯，好像是有点……"

"不知寄情之词为谁人撰作？好像古今名人没有这首词吧？是小姐自撰，还是……"宋慈低头再看，"哦，这里有落款，还有题记。"他轻声念出来："月夜偶梦，与佳人相聚，甚欢，遂填此词，不负此美梦也……"

楼员外的脸上显得有些不自然："宋大人，这恐怕是小女随便涂抹之作，大人无须深究了。"

"哦？是小姐之作吗？何以见得？"

"不会错的，小女的笔迹我认得出来。"

宋慈沉吟道："笔迹像是女子的，可这词中之意却是男人气十足，有点怪呢。刘大人，你说呢？"刘皓支吾道："我……我也觉得不太对头。"

宋慈又问："对了，小姐既然喜欢诗词，想必有习作集成？"楼员外迟疑道：

"这个……她平日里好像曾写下一些习作,我也不太清楚。"

宋慈在书桌上察看一番,脸有疑色:"咦,这就奇怪了,小姐既爱诗文,又有写诗填词之好,怎么会一点儿墨迹也不留?你们是否把小姐的诗文都……收起来了?"

"这个……这几天乱糟糟,谁还顾得上这些小事?"

宋慈目光转向其身后的女人们。她们都有些惶然,把脸转开去,或低下,其中有个颇有几分姿色的丫鬟脸上有慌乱之色。

宋慈不再追问,随即在屋里四周细察起来。他两眼一亮,在看似十分洁净的桌面上,有细微的黑点。他用一个手指头拈起,对着窗口细察。然后,又在屋里环顾一番,随即颇为自信地伸手到床底下,往里一摸,慢慢拖出一只火盆。火盆里还有一些烧过纸页后剩余的黑灰碎片。

宋慈恍然道:"噢,原来都在这儿。可惜了,小姐倩魂方消,生前的习作诗稿,便化作点点灰烬,随风而逝了。"他围着火盆转了一圈,忽然眼睛一亮,伸手在火盆一角拈出一小片未烧尽的纸片。纸片上残留有几个不太清晰的字迹。

宋慈以此纸片上的字迹比照贴着的字,微微一点头,即将此纸片收掖于怀。

忽然听得外面锣鼓声大起。宋慈问:"这是怎么回事?"

楼员外答:"大人,早已排定未时三刻小女出殡。现在时辰已到,锣鼓乐声响起,即将出殡了。大人,恕我不能奉陪了。"

"等等。员外要给你女儿出殡?"

"是的,女儿冤死,已停尸多日,我是一家之主,此事得亲自操持,马虎不得。"

宋慈不紧不慢地说:"员外,恐怕你暂时不必忙了。刘大人,据我初步察探,此案疑点颇多,须再审再查。小姐出殡之事,暂且不办也罢。"

刘皓有些意外:"宋大人的意思是……"

宋慈断然道:"我要开棺验尸,查明真凶。"众人大惊:"啊……"

楼宅,空荡荡的院内,唯有一具棺材摆放着。宋慈、捕头王、英姑、刘皓等官家人候立一旁。楼家人在稍远处站立着,楼员外脸带怨愤之色,强压着没发作。两个衙役神色紧张地将棺材盖撬动。棺材盖子一寸寸地抽动。

宋慈走近棺材,俯身向内看了一眼,示意衙役将尸体搬出。

案板上,脱去衣衫的楼家小姐熟睡一般直躺着。其裸身蒙在一块黑纱巾下,透见其体肤净白，面色如新。宋慈打开验尸的专用之包，取出几件用具。捕头王随其身后。两人走到死尸旁，揭开薄布，开始验尸。

一侧，楼夫人及众丫鬟家丁掩脸背身，不忍看到这一幕。楼员外更是捶胸顿足，痛苦不已。刘皓连连摇头，脸色难看。

宋慈目光如炬，凝神而视，在死者的颈部停留片刻，察其扼压之伤。颈部的青斑清晰可见。而后，其目光慢慢往下移动，掠过年轻女子白净的肌体，上面略见几处撞青的斑块；再往下移……他的眼里闪出一道奇异的光彩。

女尸原本该平滑坦实的小腹，看上去似乎有点凸出。宋慈伸出手，在女尸的小腹上轻轻一按，稍顿，微微点头。他直起身，神色泰然地转身面向众人。

刘皓急忙上前："宋大人，查验出异状了？"宋慈答："是的。"

"有什么异常之状？"楼家人等都一脸焦急地望着宋慈。

宋慈不急不慢地说："员外，小姐的肚子里，已有数月身孕了。"

众人大惊失色。

巷内的一家小食铺里，店里客人不多，三五而坐，或吃饭，或喝酒。

一位衣着体面、长相英俊的壮年男子吃毕，抹着嘴站起来，迈步欲走出小食铺。一个伙计笑着拉扯他一把，却被他不耐烦地一把推开了。

店主从后面追出来："客官，请把钱付一付，好吗？"

男子瞪起两眼："急什么，都记在账上。"

店主脸上带笑，下边拉着他的衣角不放："客官，你都欠好几天了，已欠下二两多银子的饭钱。今天多少得付一点儿吧？"

男子一脸坏笑，故意把口袋翻给老板看："你看，真是不巧，我身上没带一点儿钱，怎么付？放心，堂堂大男人，还会赖账不成？就这一两天内，我就会拿到钱的。到时候，多付你两成利钱，行了吧？"

店主无奈地说："那……口说无凭，你得立下字据。"男子有点勉强："行行，立字据就立字据。拿笔来。"店主让手下人拿过一副笔砚，放在男子面前："客官，请写下字据。"男子犹豫片刻，有点勉强地提起笔，在一张纸上写下两行字，而后一投笔，扬长而去。

街面不宽，却很热闹，人来车往，熙熙攘攘。街道两边有一些店铺，店主们面露笑容，大声地向行人招徕着生意。

英姑走在街上，东看西看，注意观察一些店铺挂着的货物。她偶尔扭头，却见捕头王跟在后面，有点惊异："喂，你跟着出来干吗？"

捕头王笑道："你一个小女子独自外出，我有点不放心。有我在身边，或许还可以帮帮你，指点一下。嘻嘻。"

英姑故意板了脸："这是我在大人面前讨来的公事，你跟着就跟着，可不许指手画脚、多说多管呢。"捕头王说："行行。嘻嘻，我就跟着你，只当逛街。我什么也不说，看你有多大能耐。"英姑便径自走去，捕头王紧随其后。

英姑的目光被一家店铺挂着的货物吸引住，即往那家店走去。捕头王迟疑一会儿，随后跟入。这家店铺不大，专卖各种装饰用品，铺面上挂着各种玉饰、手镯、头钗等，其中也有金银或铜打的挂件。英姑细细察看，又拿出自己手中的小铜锁对照，不免有点失望。

"英姑，这家又没小孩，哪会有……"不待捕头王说完，店主笑眯眯迎上来："二位，想买什么？手镯、头饰，还有小孩身上的挂件，什么都有。"

英姑把手中之物示向店主："请问，这东西，你店里有卖的吗？"店主将小铜锁接过看了一眼，又还给英姑："没有。本店从不卖这种长命挂锁。"

英姑追问："那你知道谁家卖这个吗？"

店主一副多一事不如少一事的面孔："这呀，各家自扫门前雪，我也不清楚。这条街那么多家店铺，你自个儿一家家找去吧。"

捕头王恼怒地说："你这做生意的，真是小气！说一声有什么难的……"

英姑赶紧拉他一把："走吧，走吧。"

二人继续走在街上。捕头王试探着问："英姑，你说，宋大人让你做这事，是不是有点那个……"英姑说："什么？"

捕头王指着她手中的小铜锁："这么个破玩意儿，值不了几个钱，不晓得是哪个小孩子丢下的。宋大人把它捡回来，当成宝贝疙瘩，让我们满街找它的主人。你看看，偌大的县城里，几千户人家上万人口，四乡八野进城的人更多，让你上哪儿找去？再说，找到失主，又能怎样？"

英姑笑着说："你觉得没意思，就请回吧。大人是让我来打探的，可没让你来，你呀，去干别的要紧事吧。我一个人能行。"

捕头王转身就走，走了两步又回来了，"不行，让你一个姑娘家去办这种事，宋大人放心，我可不放心，万一让哪个歹徒……"

英姑兀自一笑，故意不理他，径自往前走。捕头王赶紧巴结地跟在后面。

英姑忽然看到什么人，暗扯了扯捕头王衣袖，轻声说："那不是楼家夫人吗？她带着孩子上街干什么？"捕头王直直地上前去，拦头便问："喂！"

楼夫人吓了一跳，脸色都变了："哎呀，你……你想干什么？"

英姑笑道："大哥，你别吓着人家。楼夫人。"

楼夫人认出对面之人是谁，"哎呀，是官家大老爷啊。二位忙什么公事？"

捕头王与英姑同时注意到小男孩宝儿胸前所佩之物，那是一个亮晶晶的铜玩意儿。捕头王急切地取过英姑手中之物，蹲下去，对照宝儿身上佩带之物。粗看二者相似，近瞧却非一般，宝儿脖子上挂的是一个铜麒麟。他摇摇头，收起手中之物。英姑不露声色地说："楼夫人，你带着儿子上街玩呀？"

"唉，哪有那闲心啊。我家原是请梁雨生给宝儿启蒙的，那人……那人出了事，可也不能荒废了宝儿的学业呀，今天又特地拜了一位私塾先生，让他教宝儿读书识字。这不，刚拜完师回来。"

捕头王细细端详着宝儿，称赞道："嗯，这孩子长了一副聪明相，读书一定不错。说不定将来还能考上举人进士，做个天子门生呢！"楼夫人喜出望外："哎呀，多谢官家大老爷的吉言！宝儿，快向这位大爷道谢。"

宝儿仰脸望着高大的捕头王，天真地发问："大爷，你为啥长这么高、这么壮啊？"捕头王顿时乐得哈哈大笑："这个嘛……呵呵，小家伙，一句话把我问倒了。真是个聪明孩子。让我想想，嗯，恐怕是我父亲长得高大壮实的缘故吧。欸，你要是我的儿子，将来也会长这么壮、这么高的。"

他把宝儿抱起来，用下巴的胡茬刺激小孩，逗他"咯咯"笑出声来。两个人都乐得大笑不止。英姑注意到宝儿手中的一块炸糕，像是随意地问："宝儿，这炸糕真香，你妈是从哪儿给你买来的？"

宝儿信口道："不是妈买的，是表舅买来给我吃的。"

"哦，你表舅呢？"

宝儿随手一指："在那边。"

英姑朝孩童所指的方向看去，所指不远处有一男人正朝这边张望。

此人便是在小饭铺吃饭欠钱未还的男人。他与英姑的目光对视片刻，似乎有点警觉，一闪身，隐于人丛之中。

楼夫人笑吟吟地拉着儿子离去："宝儿，我们回家吧。二位，回见。"

那母子俩走出老远，捕头王还远远地望着那小男孩，嘴里说："这孩子长得真可爱，那张脸是一副聪明相。我要是有这么个儿子，一定让他好好读书，将来做个大官，起码也要像宋大人这样，脑瓜子挺灵，审起案子如有神灵相助……"英姑"扑哧"笑出声来："你是大白天做好梦。那是人家的儿子，你眼馋什么？是不是顺便连孩子他妈也喜欢上了？"

捕头王脸上顿时挂不住了，红了一大片："哎呀，你这个小女子，你瞎说什么呀！"英姑"嗤嗤"地笑了。捕头王感慨地说："唉，那楼员外年岁不小了，长得也难看，胖得像猪，可他这位夫人还这么年轻漂亮，小儿子才五六岁……"

英姑笑道："这有什么想不明白的？楼员外是本地大财主，有两三爿店铺、上千亩良田，家资万贯。想必他前妻亡故之后，再娶了这位年轻漂亮的做续弦，又生了这个小儿子。"捕头王恍然大悟："对呀，我怎么没想到呢？"

二人正说着，耳边忽传来叮叮当当的铁器敲击声，英姑和捕头王闻声齐齐回过头去，看见不远处有个铜匠铺，即快步走过去。

这铜匠铺不大，铺面上摆着大小不一的一些铜制物件。有个老铜匠，正埋头敲打着手中的铜器。英姑走过去，柔声叫道："老师傅。"

老铜匠抬起头来："姑娘，你想买什么？"

英姑用眼睛扫了一眼铺面上的东西，眼睛一亮。她把手中的小铜锁拿出来，与铺上的一个小铜锁做比对，一模一样。"老师傅，这是你做的吗？"

老铜匠接过英姑手中之物，肯定地说："是我打的长命锁。二十个铜钱买一个。姑娘，你还想再要一个吗？"

"不，我是想问你，这个长命锁是谁买走的？"

"这可不好说了。来买长命锁的人多着呢，男男女女都有，哪记得清？"

英姑耐心地说："不让你说那么多。你就想想，近些日子，有谁来你店铺买过这种铜打的长命锁？你想得起来吗？"

老铜匠想了想："嗯……我想起来了，十几天前，有个男人来买过长命锁，丢下二十个铜钱，买的是麒麟的，可后来收摊时一查，又少了一个狮子。我还觉得纳闷，是不是那人随手多拿了一个，可那人装束打扮像个有钱的读书人，会做这种下三烂的事吗？"

捕头王着急地问："那人是不是穿长衫，瘦瘦高高，一个穷秀才模样？"

老铜匠摇头说："不是，记得那人脸盘宽宽，白白净净的，穿着绸衫，手上拿着一把扇子，手往兜里一掏就是好几两白花花的银子，嗯，八成是个有钱的公子哥儿。"

"公子哥儿？"英姑脑际闪出炸糕摊旁瞅见过一眼被宝儿称作"表舅"的男子

模样，不禁沉吟着，"哦，莫非是……"

　　县大狱内的一个小院。高墙森严，墙外却探进几枝花。院子当中临时摆了几张竹椅，还有几只粗笨的茶碗。宋慈手执纸扇，坐在小竹椅上，一副悠然自得的神态，与监狱森严幽闭的环境显得有点不相称。与之相伴的刘皓却不然，脸上不太好看，屁股半搭在椅子上，勉强坐着。

　　梁雨生从牢里慢慢走出来。久居囚室之人一时不能适应外界的强烈日光，把眼眯了起来。狱卒受令把梁雨生身上的刑具解除了。梁雨生松动手脚与身上的筋骨，一转眼，看到两位官员坦然坐在竹椅上，有些意外。

　　宋慈脸上带笑，随手指指身边的一把空竹椅："梁雨生，过来，来，坐下。"

　　梁雨生狐疑地挪动脚步，慢慢走近竹椅，不敢坐下。

　　刘皓没好气地说："宋大人让你坐，你就坐嘛。"梁雨生迟疑地坐下。

　　狱卒走来，在梁雨生面前放了一杯热茶。梁雨生不由得又是一惊："二位大人，你们这是干什么？我一个将死的囚徒，敢劳你们这样厚待？"

　　宋慈笑吟吟地以扇指着院墙外的绿树鲜花："梁雨生，你看，外面的世界如此美好，春光明媚，百花盛开，鸟雀在枝头欢唱。我，刘大人，还有你，都是读书之人，今日难得偷得半日闲空，我们三个，何不在此处吟吟诗词，以遣文人的雅兴？"

　　刘皓让宋慈这一番话说得云里雾里摸不着头脑："宋大人，你这是什么意思？我们两个朝廷命官，如何可以与一个死刑犯一起在大狱的高墙下吟诗作赋……"梁雨生更觉奇怪："大人，如此厚重的恩惠，梁某实在是担当不起。"他站起来，向宋、刘二人作揖，转身而去。

　　宋慈也不挽留，只是嘴里吟念起来："月暖风轻夜无声，暗香浮送桃李枝头春。隔墙遥寄相思意，更声笃笃是我情……"梁雨生猝然一惊，急回首："大人！"

　　宋慈笑问："怎么？梁雨生，你有何话要说？"梁雨生急切地说："大人所吟之蝶恋花词，是梁某所作。"宋慈转身发问："梁雨生，你说这蝶恋花词是你所作？"梁雨生毫不迟疑地说："正是。"

　　宋慈又问："你为谁而作，有何凭据？"梁雨生振振有词："梁某与楼家小姐相互倾慕，以诗词互赠，这首蝶恋花，词名为《静思》，乃梁某赠予楼家小姐的相思之词。如不信，梁某可将其全文写下来。"宋慈招呼狱卒："拿过笔墨纸砚。"

　　狱卒捧过文房四宝。梁雨生立即提笔在纸上疾书，写下整首蝶恋花词。

　　宋慈与刘皓同时俯身观看其词。刘皓读毕，连连点头："果然一字不差，此词确是梁雨生所撰。"宋慈看罢，却是连连摇头："不对，也不像……"

　　梁雨生急了："怎么不对？这首蝶恋花词有上下两阕，大人刚才吟的是上阕，还有下阕，写于中秋前三日……"

　　"好吧。就算这词是你写的，可这笔迹与小姐闺房里看到的却大相径庭。"说着宋慈看向刘皓，"刘大人，你说，是不是这样？"

　　刘皓一怔："这……这倒也是……可是，据楼员外所言，那是楼家小姐的笔迹，可能是她照抄下来的……哎呀，我也糊涂了。"

　　"刘大人糊涂了吗？我倒是清楚起来了。"宋慈淡然一笑，从衣袋里取出一方叠起的布帕，小心取出帕内所藏一小片残纸："刘大人，我从楼家小姐床下的火盆内捡得这一小片残页，正好有几个字与蝶恋花词中相同。你看，这是不是'声暗香'三个字？"刘皓看过，点了点头："确是这三个字。"

　　宋慈将此纸片与梁雨生所写之词的"声暗香"做比对："刘大人，你看，此二者笔迹也不一样吧？"刘皓一脸讶异："确是不一样。咦，这就怪了。同一首蝶恋花词，怎么会有三个不同人的字迹呢？咦？这可怪了。"

　　宋慈微微颔首："这才对了呢。有此三个人的笔迹，才让宋某感到此案有如曲径通幽，方可找到一条抵达终点的通途。"

　　梁雨生不解其意："两位大人，你们到底说的什么？"

　　宋慈说："梁雨生，这诗词之事暂且不论。本官对此案尚有一事不明，还想听你解说明白。"梁雨生恳切地道："古人云：鸟之将亡，其鸣也哀；人之将死，其言亦善。梁某已是死命之人，大人有问，我不会虚言搪塞。"

　　"你与楼家小姐书信相交，往来已久，想必情深意切，恩爱有加。楼家宅大院深，家规森严，小姐居前院，你居后房，当中隔着两道墙门，难以进出。宋某想知道，你们二人最初是如何见的面？你是如何借得半夜月光，穿院过墙，掩人耳目，只身到闺楼与小姐幽会，做那男欢女爱两情相悦之事的呢？"

　　梁雨生勃然大怒："宋大人，此言差矣！我梁某虽是一个穷书生，三十多岁尚未娶亲，却也懂得斯文礼仪，那种苟且偷欢之事，从未做过。我与小姐的恋情纯净如水，洁白无瑕，并非你们想象得那么龌龊下流。"

　　刘皓恼怒不已，一蹦而起："姓梁的，你把楼家小姐肚子都弄大了，还说什么礼仪斯文，到这般地步，你还充什么善人，装什么假正经？"

　　梁雨生惊愕不已："你……你说什么？"宋慈说："宋某刚刚查验了楼家小姐

之身，她确已怀胎三月。这身孕是实情，想瞒也瞒不过去的，所以，你……"

刘皓接口道："所以你才于定亲之夜，狗急跳墙，狠下杀手，将楼家小姐灭口，以绝后患……"梁雨生闻言，顿如五雷轰顶，跪倒在地，大声号叫起来："二位大人，梁某冤枉，冤枉啊——"

刘皓鄙夷地说："看你这副无赖相，你装什么？还喊什么冤？"

宋慈和气地问："梁雨生，上回我问你，可有冤情要诉，你一言不发，不理不睬，今天怎么突然就觉得有天大冤情了呢？"

梁雨生仰面向宋慈刘皓说："二位大人，梁某上回在公堂愿担当死罪，皆因所爱之人已魂消九泉，梁某身负干系，苟活人世也已无趣无味，故而只求一死，与小姐阴魂相会。可是，眼下竟又将无端罪状扣在梁某头上，玷污命丧黄泉的小姐清白之身，梁某不堪此辱，故而喊冤。梁某发誓，未害小姐性命。苍天在上，梁某如有此毒心恶意，立时倒毙在地，化为一摊血水！"

宋慈紧盯梁雨生："当真未与小姐行苟且之事？"

"从未有过。梁某在楼家半年有余，居于后房，教楼家小儿习字吟文，前院从未去过。对小姐也只是偶尔遥望而已，连书信都是托人递送的。"

宋慈问："哦？书信是托人传递的？传递书信之人是谁？"梁雨生答："我让我的学生，也就是楼家小儿带往前院，宝儿说，书信是让秋月转交小姐了。"

"秋月是谁？"

"是小姐的随身丫鬟。你问她便清楚了。"

宋慈猛地一拍大腿："对呀，小姐的事，自然是随身丫鬟最清楚，刘大人，你我怎么都没想到？"

楼家大门，此时紧闭着。门前行人很少。宋慈与刘皓带几个衙役匆匆走到这儿，正要敲门进去。大门忽然开了，即见一脸丧气的楼员外欲出门外，他身后还有夫人及几个家丁。刘皓大声地问道："楼员外，你们想去哪里？"

楼员外见了宋、刘二人，顿时哭丧着脸叫道："二位大人，真是祸不单行啊。你们查案查个没完，害得我家又出人命啦！"

宋慈猝然一惊："是那个秋月丫头死了吗？"

"是的，就是这个丫鬟……咦，宋大人，你怎么会知道的？真是坏事传千里，才一会儿工夫，就传到大人耳边了。"

宋慈急问："秋月是怎么死的？此时人在哪里？"

"唉，这小女子用剪刀扎进自己的胸口，就在自己房里……"

虽是丫鬟住处，秋月的房间看上去也较讲究，桌椅较新，两口红漆木箱，床上被子是新的，挂有罗帐。此屋有一个特别之处，其房内贴了不少剪得很漂亮别致的窗花，贴在窗上、床头及箱子上。

秋月仰身倒在床上，头发凌乱，两手摊开，双腿弯曲。一把剪刀十分醒目地直直地插在胸口，床席上已积成一个暗红色血洼。

宋慈转身问楼员外："此人便是小姐的贴身丫鬟？"楼员外说："她就是秋月。"宋慈缓步走近尸体，略作探视，以手试其体温，低语道："已死三四个时辰了。"楼员外问："三四个时辰？那是死在半夜？"

宋慈沉吟片刻："昨天后半夜，丑时三刻前后，你们可有谁听到什么异常声响？"楼员外朝家人们审视，他们赶紧摇头表示不知道。

宋慈又问："谁最先发觉秋月已死？"楼夫人上前应道："早饭后不久，有个丫鬟找秋月剪一个鞋样，敲了几下门，里面不应，推推门，是倒插着的，可是外面怎么叫，里面也不应声。这才起了疑心，叫来一个男仆，硬是用铁棍从外面撬开来，才发现秋月已自杀身亡了，唉。"

宋慈若有所思："里面是倒插着门的？"

楼夫人说："唉，早知道，就该让人看着秋月，也不至于……"

"哦，为何要看着她？"

"听丫鬟们说，这几天秋月老是神情恍惚，心神不宁的。"

楼员外瞪着夫人："这事你怎么不早点跟我说？唉，也是难怪啊，她在小女身边服侍多年，小女被人所害，她这做贴身丫鬟的，自然会有自责之意，故而自找一条死路，也算是解脱了。"

宋慈说："员外话中之意，秋月的自杀必与小姐之死有关？"楼员外低沉地说："出了这样的大事，她在小姐身边做丫鬟的，能逃得脱干系吗？"

"就非得以死谢罪？"

"那……依大人之见呢？"

宋慈不作答，转身细察死者，对那把插在胸口的剪刀仔细地观察起来。而后伸手一拔，似乎轻轻一下，就拔出来了。宋慈即以白棉布拭去死者胸部的血迹，细察其创口。宋慈手持剪刀，问楼家人："这是秋月房里的剪刀吗？"

一个丫鬟轻声作答："是她房里的用物。秋月姐姐手很巧，会剪窗花，还会铰鞋样，只是……她这人心气太高，又小气，不肯教别人。"

楼夫人插了一句："是啊，秋月这个小女子，人很聪明，也很能干，楼宅内这些个丫鬟侍女，数她最强，只是平日为人做事，心胸过于狭窄，一时想不开走上此路，只怕也是难免的。"

宋慈瞥了楼夫人一眼："是吗？"宋慈转身，再次审视死者的脸。

秋月的脸上有痛苦扭曲之状，而其眼瞳中有惊恐之色。宋慈眼光一闪，发觉秋月的脖颈与下巴间有一道刮痕，似渗有点点血丝。他又把死者紧攥的双手一一扒开，发觉其右手的两个指甲间似有血迹……他若有所思地点点头。

刘皓问："宋大人，看出什么蛛丝马迹了吗？"宋慈淡然一笑："岂止是蛛丝马迹？"刘皓急问："那么，秋月之死……是自杀，还是他杀？"

宋慈一脸笃定："他杀无疑。"在场人都感到十分吃惊。

楼员外疑惑地说："宋大人，秋月把自己关在房里，锁着门，用剪刀插进胸口死去，大家都看得清清楚楚，怎么会是他杀呢？"

"员外，小姐因情暴死，贴身丫鬟虽有看顾不严之过，却无重责，更无死罪。只怕是这位能干又聪明的丫鬟在小姐的情杀案中涉足太深，故而有人恐其败露真相，才有令其永远开不得口的断然之举。再则，其死状，也有数处疑点。刘大人、员外，你们过来看。"

刘皓、楼员外走过来。宋慈指着剪刀向二人示意："这把剪刀，细而尖，刀刃处长不过两寸，宽不足五分。"他将剪刀插进伤口，似有空隙，轻轻一提，剪刀便提起来了。刘皓凑近伤口观看。

"你看，其创口足有八分宽的刀口，深可五寸，直刺心脏而死。宋某以为，致其死亡的，并非这把小小的剪刀，而是一把八分宽、尺余长的利刃。"

"此其一。其二呢？"

"以剪刀自杀，势必手握利刃，自下而上用力，故刀刃斜上而入胸腹，刺入心脏。"宋慈指着死者的胸口，"而此刀口却由上斜入，与自杀者用力之势明显不合。据我之见，此乃一个高大之人用刀刺杀之状。"

刘皓微微点头："宋大人此话不无道理。那么……还有吗？"

"还有。自杀，他杀，死前神态必然各异。请看死者面容，一副恐惧至极的表情，可见当行凶者举刀刺向其胸口时，这丫鬟才有所觉察，却已来不及反抗，故而仅有惊恐之色，无愤恨之情。如此看来，行凶者与死者于夜半三更共居一室而无惊叫声，二人必然相当熟识，秋月对他也是无所提防的。"

刘皓扳着手指:"嗯,此其三也。宋大人,还有疑点吗?"

宋慈肯定地说:"还有,最后,也是最重要的一个疑点。"

楼员外等几乎齐声发问:"什么疑点?"

"请看。"宋慈拈起死者的右手,"秋月右手指甲缝里有些微血迹,并有细碎的皮肉,可见其被刺中胸口时,仅仅来得及抓了凶手一把……"

刘皓恍然大悟:"你是说,凶手脸上或是身上哪个部位被抓破了皮肉,会留下痕迹,以此为线索,可以顺藤摸瓜,查获凶手……"刘皓的目光无意中扫到楼员外的脸上,停住了。楼员外左侧脸颊下方,似有两道被抓破的新鲜血痕。

刘皓脱口而出:"员外的脸颊上怎么会有血痕……"楼员外下意识地用手去遮掩左边脸颊,略显惊慌:"我的脸怎么啦?你……你这样看我,是什么意思?"

宋慈故作淡然地问:"员外,你不会与丫鬟婢女有什么过节吧?"

楼夫人忙上前:"宋大人,刘大人,你们误会了。我家老爷脸上的抓痕,其实是……是我不慎抓破的。"她似乎有点不太情愿说出来。

楼员外以手掩脸,羞恼不已。几个在场的下人偷偷窥探,窃窃而语。楼员外恼羞成怒,对偷偷瞅他的家人丫鬟发起了脾气:"你们看什么看?我脸上没长金银财宝,这不过是夫妻间闹了一点儿小误会,是她……不小心抓破的。"

楼夫人说:"是啊,是啊。两位大人,老爷脸上的抓痕是我抓破的。我在睡梦中做了一个噩梦,梦见恶鬼缠身,于是,拼命挣扎,双手乱抓乱挖,谁知,竟把老爷的脸也抓破了……宋大人,刘大人,你们千万别把老爷当成杀秋月的凶手。"宋慈若有所思:"噢,原来是这样。"

刘皓似乎疑虑未消:"宋大人,听你这么一说,刘某以为,秋月被杀之说,确有一些道理。我另有一个疑点,宋大人能否破解?"

"哦?"

"刚才楼夫人说,里面门紧扣着,是撬门进室的。凶手进去杀了人后,又如何关好门出得屋去?"

宋慈走到窗边,用手推窗,却是虚掩的。窗外可见一棵枝繁叶茂的大树,一根枝丫伸展至窗前。窗台上,似有印迹,树干上也可见擦痕。他眼睛一亮:"噢,我明白了。"

不一会儿,一行人已在屋外。宋慈与刘皓站在窗外的那棵大树下,端详树干上的新鲜擦痕。而后,宋慈又蹲下身,细察地上留着的印痕。湿地上似有一些杂乱的脚印。刘皓忽有所悟，便急切地用草叶量着脚印的尺码，猝然露出欣然之色。他又转过脸去看楼员外，发觉其似有回避之意。

宋慈注意到刘皓的行动："刘大人，勘查至此，你有何想法？"

刘皓点头道："嗯，看来，确如宋大人所言是他杀。宋大人，刘某此时已有一个大胆的猜测，不知宋大人是否愿意听……"

"好啊，刘大人有何想法，只管讲来，宋慈洗耳恭听。"

刘皓以草叶量制地面脚印，示向宋慈："宋大人，你想必也已断定，凶手在秋月房里杀人后，有意制造自杀假象，关闭房门，由窗口而出，攀缘此树而下，潜逃而去？"宋慈点头道："正是。"

"凶手以为凭此金蝉脱壳之计，便可逃之夭夭不为人知。却不知兽过遗痕，雁过留声。此处留下的足迹，终难消除，为破获此案做了很好的注解。刘某以为，这个足印必是凶手留下的，宋大人以为呢？"

"确实。"宋慈微微点头，又招呼楼员外，"员外，你觉得刘大人说得可有道理？"楼员外不解："我……我没听清他说些什么。"

刘皓走到楼员外面前："员外没听明白吗？刘某以为，按此足印大小，凶手身高应七尺有余，其足印深而重，故其身体必然肥壮，绝非瘦弱矮小之躯。"说话时，他用手比试着高大肥胖的员外，引得其他人对楼员外生出疑惑之色。

"你怎么……"

宋慈微笑道："有道理。员外，要不你把脚伸到那个印坑里试试？"

楼员外气急败坏地说："干吗……我不乐意！"悻悻地走到一边。

刘皓径自说下去："宋大人刚才说，凶手与秋月必定相当熟识，方可在半夜之时共处一室而不发出惊诧之声。那么楼宅之中，谁人可于半夜之时，轻易走进心眼狭窄、疑心很重的丫鬟秋月房中呢？"

宋慈问："你说该是谁？"刘皓说："在楼家，身高七尺有余，腰圆体胖者，且又可威镇丫鬟秋月之类的，似乎唯有一个人了。"

"刘大人言下之意是……楼员外？"宋慈伸手直指楼员外。

众人惊愕地望着楼员外。楼员外又急又恼："什么？我……"

刘皓脸上现出激动之色："据刘某所知，楼员外一向是好虚荣重名声之人。其女自小娇生惯养，为楼员外百般疼爱，故而欲择一门户相当的殷实人家，并慷慨赠以店铺及田产。谁知，那被宠坏了的女儿却未能守住闺房，春心早已暗自萌发，私下里与野男人相好，海誓山盟，痴心以投，且暗受珠胎，身子一日重似一日，至定亲之时，情知已瞒骗不过，只得向其父直言，言辞必然激烈，称此生非梁雨生而不嫁，否则，情愿弃家而出，与情投意合之人一起奔走他乡。女儿任意胡为，做下如此伤风败俗之事，令楼员外爱极而生恨。他为保颜面，强压怒火，暗地里则密切监视女儿及梁雨生的行踪。至夜，喝定亲酒之际，他已察觉女儿与梁雨生相约私奔外逃他乡的意图，却佯装不识，若无其事地与客人们喝酒作乐——"

　　楼宅前厅，楼员外假装兴奋的样子，周旋于众客人之中，高谈阔论，滔滔不绝，与客人们热情碰杯，一杯杯地喝酒，其实，待酒水进入口中，转身又偷偷吐掉了。他在酒桌边不停巡走，故意脚下步伐零乱，身子乱晃，而其目光时时地关注着女儿的一举一动。

　　楼家小姐也是强作笑容，与内心并不喜欢的年轻男子同坐，虚与委蛇。稍后，她假装身体不适，请辞先退。

　　楼员外不动声色，允其离去。小姐走出，楼员外暗用目光追随。

　　小姐的脚步先慢后快，呈现匆忙不安之状。楼员外俱已看在眼里。少时，见小姐的身影在甬道一闪而过。稍后又见梁雨生从侧房走出。于是，楼员外假装醉态难支，踉跄离席，推开相扶之人，隐入黑暗之中。

　　藏身于暗处的楼员外，见已无人注意他，顿时又手脚伶俐，飞快地穿小道往花园方向急奔而去。他抢在二人之前至后门处，试了试门闩，果然已打开了。他用身子抵住门闩，脸上顿显愤怒已极的神态。这时，月亮忽然走出云层，月影之下，一口枯井出现在他的视线中。楼员外的眼里顿然掠过一道凶狠之光。

　　小姐与梁雨生相拥而至。躲在一侧的楼员外如一头猛兽，猛然扑向小姐与梁雨生，二人猝不及防，双双倒向枯井，尚不及发出号叫之声，便重重跌入深井之下。楼员外做完此事，呆立在枯井边，一时不知如何是好了。他的手上不知为什么，还抓着小姐逃亡时的一个包袱。

　　急促的脚步声引出一个人，却是小姐的贴身丫鬟秋月。她猝然见楼家老爷在枯井边站着，手中拿着一个包袱，便惊叫一声，明白出了什么事了，不等楼员外有所行动，已急急逃走了。

　　楼员外急叫起来："我没有做这事，没有……"
　　宋慈劝阻道："别急，刘知县只是猜测而已。让他说完，你再说。"

刘皓接着往下说:"楼员外没想到的是,被他推入井下的一男一女,却是一死一伤。所幸梁雨生于酒醉之中,大堂之上记不得事由前后,糊里糊涂认下了罪名。此案本可掩盖过去,唯独让丫鬟秋月看见,对楼员外来说,仍是一块难去的心病,显然,秋月对小姐的私情是一清二楚的,万一她将真相说出来,便是一个可怕的证人。偏偏那心眼狭窄的丫鬟秋月不知深浅,竟以小姐之死向楼员外发难,欲得些便宜。楼员外心想,如此下去,终究是个可怕的隐患。恰遇宋大人前来查案,眼看秘密将泄,情势十分紧迫,于是,他便下狠心要将秋月除之,以绝后患——"

账房内,楼员外一边算着账,一边皱眉叹气,放下算盘,局促不安地在屋里踱步。身后一张桌子上,堆着做丧事用的白布香烛等,还摆着一些银锭铜钱。他忽然有所觉察,急转身来,却见面前站着丫鬟秋月。

那丫鬟一言不发,脸上带一丝冷笑,慢慢地朝楼员外伸出一只手。

楼员外顿时面色发灰,一声不响地从桌上拿了一个小银锭,递到秋月的那只手上。那丫鬟却不肯接,眼睛紧盯着桌上一个金元宝。楼员外知其意图,顿起愤然之色,却只得按下怒火,勉强将那个金元宝拿起,递给秋月。

秋月接过金元宝,往兜里一塞,谢也不谢一声,扭头就走。

楼员外气得浑身发抖,拿起算盘,狠狠地往地上摔去!

楼员外走进秋月的房间,轻轻掩上门,一只手在后面暗暗扣了门闩。他假笑着,一手从怀里掏出一只金元宝,谄笑着向秋月示意,而其另一只手则悄然从后腰拔出一把短刀。

秋月见金元宝,顿时眼睛一亮,急切地抓到手中。楼员外的笑脸已变得阴冷,举起尖刀,向那贪婪女子的前胸猛刺过去!

秋月身中尖刀,才抬起头来,面呈惊怒之色。她仅仅只来得及伸出一只手抓在楼员外的脸上,便倒在床上死去了。

楼员外杀死秋月后,将凶器掖在身上,再次检查房门,又打开窗,爬出窗外。他一手抓住探近窗边的树枝,一手将窗户关好。而后,从树上溜下,急急绕过墙边,又转向前院。

楼员外蹑手蹑脚地走进房间,床上的女人尚在睡梦之中。

他忽然从镜子里瞥见自己脸上有血痕,顿时慌张起来。想定主张后,他悄然爬到床上,稳稳躺下后,突然一声叫唤,把夫人摇醒。夫人懵头懵脑地问他什么事，楼员外指着自己的脸，责怪她为何做梦抓他的脸……

刘皓说到此，面露欣然之色："凭借这一招，由夫人出面做证，楼员外脸上的血痕便得以顺利掩盖过去了。于是大功告成，所有恶行都让他掩盖过去了……"

羞恼不已的楼员外捂着脸大声叫嚷："绝无此事，绝无此事！我……楼某虽恨女儿不遵闺训，有辱门楣，但绝不会起杀人之心！我……宋大人，宋大人，你不能相信刘大人的话，不是我杀了自己女儿，虎毒不食子，我怎么下得了这个狠心啊……"他转向夫人及下人，哀声道："夫人，你要为我做证，还有你们，你们对我楼某为人总还了解吧？你们也为我说句公道话吧。"

楼夫人向宋、刘二人求情："我家老爷不会做那种恶事的，请二位大人放过他吧。"下人们也纷纷替老爷求情。

刘皓不太自信了："宋大人，你以为在下的推测是否有理？"宋慈微微点头："不错，刘大人果然有才学，有头脑，说得几乎是有头有尾，有理有据。"

刘皓不知其意："宋大人的意思是……"

"只有一点，宋慈无法苟同。楼员外有心杀女，原为消解楼家丑事，他再急迫难耐，也不至于把小姐与梁雨生弄死在自家后花园，那得招来更大的丑闻啊！事实不正是这样吗？"

"这么说，不是楼员外所为？我又错啦？"

楼员外如释重负地长出一口气，向宋慈行礼："多谢宋大人，还我一个清白之身。刘大人真是……"他恨恨地瞪了刘皓一眼。

宋慈若有所思："其实，刘大人所言也无差错。小姐与梁雨生相约逃亡，在后花园时，必有第三者出现。再者，杀丫鬟秋月的人，与楼员外身高、体重差不多，该是一个壮汉，而且，脸上必有被抓的伤痕。"

刘皓急切地问："宋大人的意思，只要在全城搜寻到脸上被抓破的高大强壮男人，便可能是杀人凶手？"宋慈微笑道："你说呢？"

两个兵丁守候在城门，进出之人或挑担，或步行，从他们身边走过。兵丁认真察看每一个过往之人的面孔。

行人中有一个矮个男人，挑着一担萝卜，脸上有一道明显的抓痕。一个兵丁看见了，一把揪住这个挑萝卜人的胸口，"别跑！"

挑担者着急地说："我是东村种萝卜的，天天挑萝卜进城卖，你们都认得的。以往都好好的，今天为什么抓我？"

"往常你脸上好好的，今天脸上怎么回事？谁把你抓伤的？"

挑担者面色赧然："这个……给个面子，就免过我这一回，不说了吧？"

"不行，这可是上面的指令，谁的面子也不给。你今天不说出个所以，就把你送进牢里关起来。"

"唉，说就说嘛。这是昨晚为一点儿小事跟老婆吵架，被那女人抓伤的。你看，她就在后面，挑满满一担萝卜的就是。"

众人看到后面果然来了一个挑担的高大壮实的妇人，都哈哈大笑起来。

正笑着，忽然又有一个衣衫不整的长衫男子掩着脸，匆匆而过。

一个兵丁看见了，赶紧追着喊："喂，那个穿长衫的，你站住！"

那人似乎没听到，脚步未停，仍急急走去。

兵丁快步赶上去，用手猛抓一把，将此人擒住："你往哪儿跑？"

那人转过脸来，脸上果然有几道被抓破出血的痕迹，且眼神慌张，口舌不清："干什么？我又没偷没抢，抓我干吗？"

兵丁厉声斥问："你脸上怎么回事？"那人惊慌起来："没……没什么呀！"

"没什么？不会是杀了人吧？走！"

男人不肯就范，欲逃走。兵丁早有防备，迅速将一根铁索套在他的脖颈上，"哗啦"一声，"你往哪里逃！老实点，跟我走！"

男人大声叫喊："为什么抓我？我没偷没抢，更没杀人……"

周围人都望着被抓之人，面露惊愕之色，相互窃窃私语：

"莫非这就是凶手？"

"好像不太像坏人嘛。"

被抓之人满脸通红，拼命挣扎着，大声叫嚷："为什么抓我？我又没犯死罪……"两三个兵丁押着他，不敢放手。一个四十多岁丰乳肥臀的妇人急急奔来，手指着那男人，怒气冲冲地说："抓得好！这个骚男人，刚才进城门时，故意在我身边挤来挤去，趁机摸我的奶子。哼，老娘的奶子那么容易让人白摸的？瞧，这张狗脸上被我抓了一把，成了五花脸了，嘻嘻！看你还敢占老娘便宜不？"

兵丁哭笑不得："噢，原来他脸上的血痕是你抓的？唉，我们还以为……喂，小子，到这种娘们儿身上吃豆腐，犯不着吧？快滚吧！"兵丁把铁索取下，用脚狠踢那人的屁股。那人羞愧难当，捂着脸狼狈逃去。围观者哄笑不已。

提刑衙门侧院，此时院内清静宜人。宋慈独自悠然地坐在庭院的竹椅上，饶有兴致地看着院里正盛开着的丛丛月季花。院门正朝着街面，可见街上行走的路人。

英姑捧来一杯茶，轻轻放在宋慈面前："大人，请用茶。"宋慈笑着吩咐道："欸，把棋拿出来。"英姑应声，进屋去把围棋盒取出来。

宋慈指点面前的一块方石板："来，放在这儿。坐下，我教你下棋。"

门口，衙役看到有人走进来，忙迎上去："哟，刘大人来啦。请进，请进。"

刘皓进了院门，面色焦急地向宋慈走过来："宋大人。"宋慈起身相迎："刘大人，你请坐。"英姑忙退去，随即送上茶水，放在刘皓面前。

刘皓对茶水看也不看，身子挺直，一脸严肃地说："宋大人，自昨日清早起，守城兵士，便按刘某之令，盘查一切可疑之人。昨日至今，刘某亲自坐镇人车进出最多的东城门，又时时巡查各处城门关口，生怕漏掉一个嫌疑之人。"

宋慈泰然坐下，面带笑意："哎呀，刘大人身先士卒，事必躬亲，吃苦耐劳，真是太辛苦了。来，刘大人请坐，坐下歇息，喝口茶再说。欸，你看我院内这些月季花开得很茂盛，是不？"

刘皓勉强坐下，脸上仍带焦虑之色："本人辛苦倒没啥，只是心里着急。宋大人，你怎么……还有闲心坐在这里，观赏花草？"

"怎么？各城门不是有刘大人派去的人严加把守了吗？我去，只怕帮不上忙，还要添乱呢。"

"宋大人，这几天，你既不提审疑犯，也不外出查案。你不急，刘某都为你着急呢。你我是朝廷命官，可不能把人命重案当儿戏啊！"

宋慈微微一笑："刘大人所言，不无道理。不过，有关此案之轻重缓急，宋某早已心中有数。破案之时，当在近日。"

"可是……到现在还没见半个凶犯，你不着急，还有谁急？"

"刘大人，这时候，我不着急，你也不必着急，该着急的，你想那会是谁？"

"是谁？"

"自然是那凶犯及其同伙。"

此时，门外有人走过。宋慈看英姑一眼。她会意地对他做了个手势，指了指脸。宋慈点了点头。英姑悄然出了门。宋慈坦然对刘皓指了指石板上的棋盘："来来，刘大人，你我来下一盘棋，如何？"刘皓愕然："下棋？"

茶馆里有不少人坐着喝茶，一边喝，一边议论不休。捕头王晃晃悠悠地走进茶馆，要了茶水，站在柜台旁自顾自咕咕地喝茶。

茶馆内的茶客们议论不休，说得最热烈的还是梁雨生案。

"这两天城门官查过往行人，都要看人的脸和手，有抓破的，就可能是凶手，疑犯抓了好几十个，又都放了。"

"让我看看你的脸，会不会也有被抓破的痕迹，弄不好便是那杀死秋月的凶手……"

"哈哈哈……"

众人议论时，有个男人独自侧身坐在一个角落里，慢慢喝茶，也不与人交谈。众人哄笑时，角落之人赶紧用手拿扇子挡着脸。

"依我看，必是梁雨生谋杀的。见色生淫意，见财起杀心，自古如此。"

"那梁雨生关在大牢里，如何杀得秋月？"

"秋月之死，不会是另一个案子吗？"

"你们啊，都是瞎猜瞎想。听说宋大人已经认定，楼家小姐非梁雨生所杀，而是另有主谋凶犯，又说近几日必能破案，查出真凶呢。"

独坐角落的男人悄然起身，欲从一侧踱出。英姑早已悄然守在门口，一直在观察其行为举止。她轻步走过去，假装看那人手中的扇面，欲窥视其颜面。

那男人似有防备，用扇将脸死死掩住。英姑伸手将扇面扳过来看："哎呀，先生的扇面很好看，上面画的什么呀？"那人一时不及防备，失手露出脸上的伤痕，赶紧又掩住，"没什么，没什么。"竟急急而去。英姑紧随其后。

提刑衙门侧院内，宋慈与刘皓仍在下棋。虽是同一盘棋，对弈的二人却是神态各异。宋慈神态如常，悠然自得；另一位却是心神不宁，手足无措，心思全不在棋盘上，把一枚棋子随便一放。

宋慈笑着说："刘大人，你这子往哪里放啊？这样，我扭过你的羊头，随手一拐，便把你这个子征死了。"

刘皓赶紧拿起那个子："哎呀，宋大人，刘某真是服了你，那么大一个案子，我看眼下仍是云里雾里，不着边际，你还有心思拉我下棋？宋大人，你想过没有，若是办案办砸了，就不怕把头上这顶乌纱帽弄丢吗？"

宋慈淡然一笑："刘大人，此言差矣。宋某办案，非为升官发财，更不为保乌纱帽。跟你说句实话，本人自小便有此喜好，审案，查验，擒拿真凶，只要有案可审，案情越复杂、越离奇，我就越发地乐意查，越查越有兴趣，越觉得乐在其中！"

刘皓感叹道："奇怪，天下人有好财好色，也有爱吃喝爱玩乐的，恐怕没有如宋大人这般爱好的。宋大人真是人中怪杰啊。"

宋慈催促着："刘大人，别光顾说话，下棋啊。"刘皓手中捏个棋子，犹豫着想不好往哪里落子，最后小心翼翼地放在一个点位上。

宋慈点点头："嗯，刘大人，你这一步中规中矩，也算是一步正着。不过，接下去我的一步棋，却是一步险招，会让你头痛一阵的。"

宋慈将一个子点在刘皓数子的中间。

刘皓一看，果然伤起脑筋来了："哎呀，你这个子怎么可以点在这儿？"

宋慈微微一笑："怎么不行？你看，这一点，就把你原先以为十分稳当的阵式，搅得难以应付了吧？你是不是才看出，这儿原是有破绽的？"

刘皓望着宋慈："宋大人的话里，好像还有点拨我的意思？"

宋慈反问："你听出来了？"

此时，门外走过一对母子，是楼夫人带着宝儿走过去了。

宋慈眼里闪过一丝异样的光泽。

刘皓沮丧地将手中几个黑棋子往棋盘上一放："我认输了。"宋慈笑问："刘大人，你知道自己输在哪里吗？"刘皓说："这个……功力不够，甘拜下风。"

宋慈淡淡一笑："刘大人过谦了。你自称学棋已有三十余年，比宋某年纪还长几岁，恐怕不是功力，是心力不足。"

"何为心力不足？"

"恕宋某直言。刘大人下棋，只顾一地一子较劲儿比拼，而忽略了全盘相济、全局贯通之策。这就好比审案破案，只顾一点，不及其余，必然会以偏概全，偏听偏废。刘大人，宋某此言，是否有点道理？"

刘皓品味一番，默然点头："确实如此。宋大人果真是人中英杰，名不虚传！嗯，跟你下棋有意思，要不，我们再下一盘？"宋慈将手轻按在刘皓搁在棋盘的手背上："这棋嘛，等以后有机会再下吧。现在，你我同去看一出好戏。"

刘皓疑惑地问："看戏？这小县城，大白天哪有戏看？"

宋慈边走边说："你随我看了，就会知道是出什么好戏了。"

僻巷内，一个男人急急地往巷内走去。英姑尾随而至，悄然跟着进去。见那人要回头张望，她赶紧避至一个墙角凹处，偷眼察看。

那男人走至巷中间，忽然被一小店铺店主拉住。店主拿出一张纸，言辞激烈地向他讨要什么。男人声辩几句，挣脱店主的手，匆匆而去。

英姑走过去，向那怒色未消的店主探问："老板，刚才你跟那人说什么话，能告诉我吗？"店主气鼓鼓地说："哼，真是气人。欠了钱，催了几次也不还，还强词夺理……真没见过这样的人！"

英姑问："欠你什么？"店主懊恼地向英姑出示手中的一张字据："你看，这人，看上去穿得很体面，像个有钱人，实是一个泼皮无赖！在我的店铺里白吃白喝好几天了，欠下三两多银子，讨了几回他也不还……"

英姑将那字据接过来，看了一眼，即收了起来。店主奇怪了："欸，这位姑娘，你怎么把字据收走了？"英姑笑道："老板，那人是我亲戚。他吃酒饭欠你的钱，我来替他还，你把欠条给我，行吗？"店主转怒为喜，向英姑伸出手来："行行。只要还钱，这欠条给谁都一样，拿钱来吧。"

脱身而去的男人在几条冷僻的巷子里七拐八拐。前面忽然豁然开朗，显露出一个高大的石牌坊，其右有一幢独门小院。男人的身影很快不见了。

英姑急急追上去，细察周围，见那独门小院的院门微动，想必是钻进那里去了。她悄然走近小院，用手轻轻推了推门，没推动，想必里面扣住了。从门缝望进去，看上去这小院有点破败，似一幢久未整修的弃屋，但又有人近期在此居留的痕迹。她想了想，绕到后院去观察。

后墙有一个不大的窗口。她拉过一截矮梯，慢慢地扶墙而上，露出脑袋，果然看到那男人就在这间屋内，正拿着一面镜子，往脸上东照西照。

现在可以看清楚了：这男人三十岁上下年纪，一张白净的面孔，有几分俊秀，只是脸颊左侧有两条明显的抓痕，呈暗红色。他懊丧地抚着面孔，用毛巾揾着抓痕处，又把毛巾甩掉，懊恼地跌坐在床上……英姑悄然退下。

捕头王走出茶馆，正遇到街上走来楼夫人，一手牵着小男孩宝儿。他见了那乖巧的小男孩，便高兴了，笑迎上去叫着："宝儿，宝儿。"

楼夫人拍拍儿子："宝儿，快叫大老爷。"宝儿便叫："大老爷。"

捕头王欣喜地伸手摸着宝儿的脑袋："哟，这是去读书？真是个乖孩子。"

楼夫人客气地说："这位大老爷和宋大人一起，连续多日为我家之事忙碌，真是辛苦你们了。"捕头王摆摆手："说不上辛苦，就是没抓到杀人害命的那个坏蛋，宋大人吃睡不香，我等心里有点发急呢。"楼夫人随口问："还没查到是谁干的坏事吗？有没有线索？"捕头王轻声说："嗯，线索是有了。只要找到一个抓破脸皮、身高体壮的男人，就可以找到凶手了。"

"是吗？原来大老爷守在这儿，是要抓那个坏人。宝儿，我们走吧，这位大老爷正在干很要紧的大事呢。"

"大老爷，再见。"

"再见，宝儿，真是个聪明孩子。"捕头王目送母子俩走去，眼里满是羡慕。他听得耳边嘻嘻的笑声，转身一看，是英姑。

"大哥，你站在这儿干啥？还一脸的傻笑呢。"

"嘿嘿，没什么。"捕头王还忍不住去看那母子俩。

英姑笑着顺捕头王的目光望去，忽然眼睛一亮：那母子俩拐入一条巷子，正是她刚才追踪那男子的冷巷。她扯一把捕头王，笑道："欸，那不是楼夫人和宝儿母子吗？大哥，怎么样，去看看那个聪明孩子在哪儿读书？"

捕头王真心动了："去看一眼？可是……"

"去吧。就看一眼嘛，没关系的。"

前面，楼夫人牵着儿子的手，不紧不慢地走在狭长的巷道里。

后面，捕头王与英姑悄然跟随着，不出一言。

楼夫人母子走出巷口，在巷口稍停，即拐向左侧。跟随在后的英姑望着那女人，眼睛猝然一亮：女人腋下夹着一个布包，走动时，腋下的布包一扭一动，似乎有些碍事。英姑恍然地点了点头，拉一把捕头王再往前走。

私塾设在一幢普通人家的住宅内，外院墙由一道竹篱笆筑起，上面爬满了菜豆青藤，蝶飞蜂鸣。几个稚龄的小男孩乖乖坐在小桌边，跟着一个白胡子先生高一声低一声地吟读《三字经》："人之初，性本善。性相近，习相远。苟不教，性乃迁。教之道，贵以专……"不远处站着楼夫人，她静静地望着读书的孩童们，看儿子摇头晃脑地吟读，温柔地笑了起来。

捕头王与英姑隐匿在篱笆后面，从叶片的缝隙处看过去。

眼前的情景很感人。高大威猛的捕头王看着孩童们读书，也着了迷似的，脸上始终笑着，嘴巴可笑地随着孩童的小嘴一张一张的。

英姑的目光却另有所顾。她一直注意着楼夫人的举动。只见楼夫人悄悄地往后撤步，退出庭院门，又不声不响地走开了。

英姑暗暗地扯了一把捕头王，轻声道："走吧。"捕头王还有点舍不得离去："急什么嘛？"英姑没再拉他，径自先走了。捕头王再回头，见英姑已走远了，"咦，怎么走这么快……"

前面，楼夫人将包袱抱在怀里，疾步而行。

英姑紧随后面，看那女人停下，即侧身守在巷边。后面，捕头王一脸茫然地走来，正要对英姑说话，被她急拉一把，贴着墙角站着。

"怎么啦……"

英姑没出声，只是示意前面疾行的楼夫人。

捕头王问："咦，楼夫人往那边去干什么，那是什么地方呀？"

英姑示意其噤声。

前面已见那座高大的石牌坊。楼夫人神色异样地站在石牌坊下，左顾右盼一阵，便迅捷钻进旁边的小院内。

英姑脱口而出："果然是她……"捕头王不解："你说什么呀？"

小屋内。男人如饥渴过度的饿狼，急切地张开双手搂抱一个娇小女子，忙不迭地在她身上乱摸乱捏，又将一张嘴巴凑过去，在女人脸上亲吻不歇，一副欲火中烧的馋相。这女子正是楼夫人。此时她脱去外面深色罩衫，露出水红色束腰小袄，极尽娇媚造作之状，与往常大不一样。她扭捏着腰肢，嬉笑着把男人的手和嘴巴推开："别急，别急嘛。"

男人带着嗔怪的意思："红牡丹，我的小亲亲。前回你过来，才待了一会儿就急急忙忙走了，也没让我快活一回，可把我憋坏了，今天我可不肯放过你了。"边说，两只手又往女人身上乱摸。楼夫人扮出妩媚笑脸："袁生，你呀，真是一个馋猴！我们是多年的老相好，还在乎这一回两回的？等过了眼下这道关，以后，还不由着我们爱怎么做就怎么做？"

袁生顿现一副馋相："那是那是。不过，远水解不了近渴，我眼下就想好好做一回呢。"伸手欲拉扯女人到床边。

楼夫人一时恼了，脸上收了笑意，用力把男人的手拉下，将其按在座椅上坐着："等等，袁生。我还有话要问你呢。"袁生不知所以然："怎么啦？"

楼夫人正色质问道："我问你，上回你不给宝儿买了一个铜麒麟吗？你跟我说实话，是不是另外还买了一个？"袁生费力地想了一会儿："这个……哦，我想起来了。那天，我买那小玩意儿，那老铜匠死不让价，惹得我一时恼了，顺手又拿了一个，是铜狮子，后来，楼家那小妮子不是怀孕了吗？我就拿那个铜狮子哄她，说给日后出生的孩子戴上……嘻嘻，怎么啦？"

楼夫人懊恼地说："你真是……多此一着，宋慈在枯井边捡着铜狮子了，他手下人拿着那玩意儿正四处寻访呢！"袁生有点慌了："是吗？"楼夫人恨恨地说："哼，这回我们可碰到一个厉害对手了。你知道吗？这个姓宋的提刑官是赫赫有名的断狱高手，不想出招数来应付，你我都有大麻烦呢。"

袁生无奈地说："妈的，那个姓宋的家伙真够眼毒的，这事我做得那么妙，他怎么也能看出破绽呢？"楼夫人讥道："你还说做得妙？一个小丫头都对付不了，还让人家临死发威，把你这张脸都抓破了，现在城里城外都在搜查破脸之人，你只怕是连门都不敢出了吧。"袁生摸着脸，气急地从腰间抽出一把短刀："狗官，把老子逼急了，干脆一刀捅了他……"

楼夫人一惊，脸上换作轻松的笑意，轻轻地把男人手中的刀拿下："瞧你，还真怕了他呢。放心，只要躲着不露面，谅他们也抓不住你，躲过这两天，就万事大吉了。你我只要这回把宋慈骗过，以后还愁过不上好日子？"

她把男人拉到桌前，即将随带的包袱解开，拿出几锭银子，塞到他手上："这些银子收起来，拿回去慢慢享用。"袁生喜笑颜开地收起银子："不错，这种冒险的勾当值得干，兜里揣着白花花的银子，怀里抱着漂亮女人，将来还有房子家产，嘿嘿嘿！本大爷这回可真要发喽！"

楼夫人偷眼瞅他，暗地里露出一丝冷笑，悄然把从袁生手中拿来的短刀掖进自己的腰间，用衣角掩盖好。

她从包袱里取出几样吃食：五香豆腐干、油炸花生米、一只油花花的烧鸡，又拿出一壶酒，向袁生示意一下："瞧，我给你带来什么啦？"

袁生见了酒，顿时喜笑颜开："带酒来啦？好好。今天难得一聚，是得喝几杯，喝罢酒，再与你好好快活一回。怎么样？"

袁生朝女人走过去，欲与她亲热地搂抱，被不轻不重地推开了。

楼夫人将酒壶提起，往小盅里倒酒，举盅朝男人飞去媚眼："来，袁生，我先敬你一杯。这趟过来，办事辛苦了。"

袁生端起酒盅，没顾着喝，色眯眯地凑上去，在女人脸颊上狠狠亲了一口："只要是为你，别说辛苦，就是舍了命，我也乐意。你可真是一朵开不败的红牡丹花啊！"

楼夫人嗔笑道："哪里呀，楼家十七岁的千金小姐才是一朵又鲜又嫩的花呢。

前些日子，可让你占尽风流了。"

"嘻嘻，那小妮子啊，只会傻乎乎地跟你谈诗论文，哪懂什么风月骚情？费了半天劲儿才把她弄上床，还推三阻四、扭扭捏捏的，哪有你红牡丹风流多情，有滋有味，一个媚眼，一个手势，就让男人心里像有一把小刷子轻轻地刷着，痒痒的，又舒服又快活，恨不得立马搂到床上……"

楼夫人把男人的手扯开："哎呀，你又来了，真烦人。喝酒吧。"

她与男人的酒杯碰了一下，自己先喝下，然后望着对方。

袁生把一盅酒爽快地喝下，抹了一下嘴，"红牡丹，我袁生这辈子都为你活着，只要是为你，就是拼了性命也要把事情干成！"

楼夫人妖媚地笑着："你不要只是嘴里说得好听啊。"

袁生脸色已赤红一片："红牡丹，我可是说到做到的。你说怎样，我就怎样，该做的，我可全做成了。"楼夫人说："对对，全做成了。我是得好好谢你。来，再你敬一杯。来呀，喝吧。"

袁生一口把杯中酒闷进肚里，"红牡丹，你扪心自问，我对你是不是实心实意、仁至义尽的？你笑什么？日后，你要是说话不算数，耍我，可别怪我姓袁的翻脸无情啊。"他把一只手大张着虎口，半开玩笑地压在女人的头颈上。

楼夫人嬉笑着打落男人的手："瞧你说的。早些年我在众香楼接过那么多男人，让我动心让我忘不掉的男人，还不是你袁生？你呀，才是我这辈子舍不得丢不下的生死冤家！"

"那你当年怎么让姓楼的把你带走？"

"呸，你有钱吗？你有钱给我赎身吗？"

袁生肚里生出几分气来："哼，女人说到底还是喜欢有钱男人的。"

楼夫人故作媚态，将身子歪在袁生身上，"看你，这股吃醋劲儿又上来了！你不想想，姓楼的已是五十开外的老男人，又肥又丑，哪有你袁生风流倜傥、手段高强，能让女人开心快活！要不然，我怎么总记着你，特地找你来……你这没良心的还说这种话！"

袁生在女人脸上轻拧一下："那好，过两年，你我联手，把那个老东西也一并收拾了，你把楼家这份财产占了，我就可以大摇大摆地从大门进出，做个大丈夫了！"楼夫人不禁哆嗦了一下，强笑着："袁生，你可真敢想啊。"

"你不想这样吗？"

楼夫人努力扮出笑脸："想，这种好事，我可是日想夜想天天想！来，再喝一杯。"她把酒盅斟满，欲递给对方，忽然脸色紧张地说："好像外面有响动？"

袁生赶紧快步走到门边，从门缝里望出去。

楼夫人趁此机会掏出一个小纸包，抖出一点儿粉末，落在袁生的酒盅里。

袁生回过头来："没事，大概有人路过。"

楼夫人端起两杯酒，将其中一杯递过去："没事就好。来，接着喝，喝完了，我们再……到床上，我今儿有时间，可以陪你好好说会儿悄悄话。"说着以媚眼做挑逗状。

袁生顿时乐得眯起了两眼，在女人脸上摸索了一把，赶快接过酒杯："好好，我就乐意上床去跟女人说悄悄话。"

楼夫人眼望着男人将杯中酒爽快地喝下，嘴角流露出一丝冷笑……

私塾小学堂里，几个小孩还在跟着老先生念书。

老先生摇头晃脑地领念着："玉不琢，不成器。人不学，不知义。为人子，方少时，亲师友，习礼仪。"小孩们也学着老人摇头晃脑地念道："玉不琢，不成器。人不学，不知义。为人子，方少时，亲师友，习礼仪。"

菜园子外面，一行数人匆匆而过。学童中有一个调皮的男孩偷偷地朝院外张望了一眼，又拉扯了一下旁边的楼家小儿小宝，示意他往外张望。小宝朝外面看一眼，脸上顿呈兴奋之色。老先生察觉了，猝然虎起脸，拿起一把戒尺，吓得两个孩子赶紧转过脸来，埋首于书本，大声吟读起来。

菜园外走过的是宋慈、刘皓、捕头王、英姑及几个衙役，后面还跟着楼员外。楼员外一边走，一边朝私塾内张望。前方已看见石牌坊。走在前面的英姑忽然停住脚步，"大人，你听，好像有什么响动？"宋慈驻足倾听，顿显焦急之色："糟了！只怕是……快走！"众人急急往那独门小院走去。捕头王回头招呼："员外，你快点儿走啊！"楼员外嘴里嘀咕着："什么要紧事，催得这么急……"

独门小院外，一把大锁"咔"的一声，锁住了门。锁门的楼夫人转过身来，脸上的一丝笑意顿时凝住了。宋慈等人已在院门口站着了。

楼员外不解地朝夫人走去："宝儿在那边念书，你怎么来这儿？这是什么地方？是谁家的院子？"楼夫人一时无话可应。

宋慈平静地对楼夫人说："把门锁打开。"

楼夫人面色灰白，手脚已软了，颤抖着的手握不住手中那只铜钥匙，钥匙跌落在地。捕头王捡起铜钥匙，利索地打开门上的挂锁。

"吱呀"，两扇旧门被推开了。

室内一片狼藉，桌子歪倒在地，酒壶摔了，酒水流淌一地，碗盘也摔碎了。一个男人扭歪着身子倒在墙角边，嘴角有一缕紫红的血水，一张脸可怕地扭歪着，显出十分痛苦的样子。此人是袁生，已经死了。

进屋的人见此状都愣住了。宋慈平静地蹲在死者跟前，伸手摸了摸他的颈部，试了试鼻息："人刚死去。是服毒而亡。"

他把死者的脸拨正了，见其左边脸颊下侧至腭部有抓伤的痕迹。

楼员外又惊又急，跑出屋，对楼夫人质问："那……那不是你娘家表弟吗？早几天你就说他走了，回去了，怎么……怎么会死在这儿？这是怎么回事，啊？"

楼夫人面色黯然，任由丈夫再三追问，却不出声，也不看他。

刘皓一脸茫然，朝神色坦然的宋慈询问："宋大人，这是怎么搞的，怎么这儿又死了一个？"

楼员外急问："是啊，宋大人，我夫人的表弟袁生怎么会死在这儿……"

宋慈看向楼夫人："员外，这事，或许得问你的夫人。"

楼夫人强作镇静："我什么也不知道。我刚才送宝儿读书，顺便过来看表弟，看他死在屋里，吓坏了，想赶紧离开……就这样。"

楼员外疑惑地说："是这样吗？宋大人，你说呢？"

"楼夫人，看样子你不想对你丈夫说实话，你以为，事情到了这般地步，已死无对证，是不是？"

楼夫人硬生生地说："宋大人，我表弟究竟怎么死的，我也想弄清楚呢。你是赫赫有名的提刑官，查凶验尸该是你的拿手戏。你或许有手段能让那死人开口说话，说出实情……"捕头王气恼地冲过去揪住女人衣领，喝道："你这恶毒的妇人，事到如今还敢抵赖？"

宋慈让捕头王松开手，退至一旁，"楼夫人，想必你刚刚受了惊，一时记不太清了，我就帮你提一提头吧。你总还记得，你与袁生当初是如何设下这李代桃僵的圈套，引得十七岁的楼家小姐和那可怜的读书人梁雨生，痴痴迷迷，陷入情网之中，成了你们这一出傀儡戏中的角色？你不想说说，你是如何定下这一妙计，且一步步做成功的？"

楼夫人强辩道："宋大人，你的话，我可是一点儿也听不懂。什么李代桃僵，什么陷入情网，哪有什么圈套？小姐年少无知，被那心怀鬼胎的梁雨生所诱骗，鬼迷心窍，半夜三更跟着姓梁的私奔他乡，失足落下枯井，死于非命。这事，上回刘大人在县衙升堂问案，审得清清楚楚，老爷和我，还有本县数百民众听得明明白白。你宋大人远道而来，却要无中生有，鸡蛋里挑骨头，把一桶污水泼到我一个弱女子身上……宋大人，我哪里得罪你了？你何苦如此与我过不去？刘大人，你是本县父母官，你不能说句话吗？"

刘皓一时愕然，无言以对。女人转而向楼员外哭泣道："老爷，你是知道的，小姐出事那天晚上，我一直与你在一起招待客人，半步没有离开，后来一同进房休息，直至天亮才听得下人来报说。我对此事是毫不知情，全不相干的呀！老爷，人家是官官相护，信不过我，你我夫妻多年，你总信得过我吧？老爷，你可要为我做主，说句公道话啊！"

楼员外不知所措："哎呀，我……我脑子里乱糟糟的，都糊涂了呀！"

宋慈开口道："楼员外，你在外做生意开店铺，或许精明能干，可对内治理家事，确是糊涂之人。你不知道高墙深院内，春色早已关不住，当你在外为女儿择得良婿之际，小姐早已私下与某男子投书传情，且暗怀孳种，故而于定亲之夜，情急意切，迫不及待地跟相好男人逃离家园，欲投奔他乡谋生。"

楼员外疑惑地问："宋大人是说，我女儿与梁雨生果真是情投意合的一对情侣，双双趁夜私奔他乡？"

"不。其貌不扬的梁雨生，不过是个自作多情的穷酸书生，你家女儿年少貌美，心高气傲，哪能看得上他呢？与之情投意合的，此刻在那屋内躺着呢，是那相貌英俊、风度翩翩的夫人表弟袁生。"

"是他？这……这怎么可能？出事那夜，小女是与梁雨生双双落井，梁雨生也自称与小女相恋，为何又出来一个袁生？"

"不错。正是此人，借探望表姐之机，频频出入深闺后院，得以与小姐接近。此人是情场高手，既以色相引诱，又用诗书传情，果然赢得情窦初开、生性孤傲的小姐芳心，与之私下相好，许以终身。"

刘皓问："可是，私奔外逃跌落井底的，明明是楼家小姐与书生梁雨生啊！"

宋慈答："这正是此案最为离奇难解之处。所幸有那一阕蝶恋花词，才将此中奥秘全盘托出，道道环结，由此迎刃而解了。

"此话怎讲？"

"前回在楼宅小姐闺房中，看见小姐亲笔所书一阕蝶恋花词。楼员外证实为小姐笔迹。可那词中之意却是一个男人在月夜静静思恋之情，宋慈便生了疑问。而后，又在小姐房内寻得一个火盆。只见火盆边上，有一角未燃尽的残纸，恰好写的也是词中之句，却为他人笔迹。宋某与刘大人在狱外提审梁雨生，他将整首词朗朗诵出，并手写下来，笔迹却又另成一体。本该是一男一女两个恋人相诉恋情的一阕蝶恋花词，却十分奇怪地经过三人之手书写，留下三种字迹。如此，便将这三人的关系隐约描画出来，也将此案的线索凸显无遗。宋某认定，这是一起设计周密预谋已久的李代桃僵之计。"

宋慈环顾院内，见院内有一块平展的石板，即过去，以衣袖扫拂一下，在石板上摆下三份纸：小姐所写蝶恋花词手稿，梁雨生手写稿，另有一份是只剩"声暗香"三个字的残片。宋慈又拿出袁生写下的那张字据，示于众人："这张字据是英姑从一家小食铺店主手中用三两多银子赎来的，是袁生在店里吃喝数日欠钱写下的欠债字据。"宋慈指点着："各位请看，这上面'香干炒肉'的'香'字，与残片上的'香'字，笔迹相似。"

刘皓认真察看笔迹，"噢，宋大人所言三人，即楼家小姐、梁雨生与死者袁生？"宋慈说："正是。楼宅庭院深深，规矩很严，前院与后房隔了两道门，平日不能自由往来。梁雨生为楼家小儿启蒙授课，在后房，从未有机会到前院来。故而梁雨生称，对小姐只是隔墙遥望而已，并无相见的机会。正所谓'窈窕淑女，君子好逑，求之不得，辗转反侧'，遥望而生情，情丝缠绵，遂有情诗，痴心愈重，便斗胆将诗书交与六岁的宝儿，拜请这位可自由出入前后院的小信使转呈小姐，以诉爱慕之意。"

楼员外道："你是说，我家宝儿做了梁雨生传递情书的使者？"

"正是。梁雨生不过一个穷困潦倒的书生，楼宅内并无半个朋友知己，写给小姐的情书恋词，包括这阕蝶恋花词，都是交给宝儿，由这位六岁小信使传递到他倾慕不已的小姐手中。可谁知，在交信的环节上，发生了重大偏差，宝儿只将书信给了小姐的贴身丫鬟秋月，而秋月则将梁雨生之词给了另一个人——"

楼宅前楼。宝儿欢叫着"姐姐，姐姐"，举着一封书信往闺楼上"噔噔噔"跑去。秋月在小姐房前把他拦住。一旁还站着一男一女两个人，即楼夫人与袁生。

此二人的目光朝秋月这边望来。秋月取下宝儿手中的书信，答应将此信交给小姐，让他放心离去。宝儿蹦跳着离去。秋月即将那书信折开一看，脸上即露出讥嘲的笑意。袁生朝秋月走过去。两人似乎认识，眉目传情，而后，秋月便将手中的书信示于袁生。

前楼走廊上。袁生瞅准小姐手持书本走出闺房，倚栏闲坐之时，有意手持一本书飘然而过，两人四目相对，即有异样之情。

袁生故意将手中的书丢落在小姐面前，书的封面展现于小姐眼底。这是一本唐人元稹的《莺莺传》，封面上有年轻男女在一起的绣像。小姐随手捡起，见此书的封面，一时又新奇又胆怯，脸上泛起一抹红晕。

袁生回头接过小姐低头递过的书本，向小姐道谢。

宋慈接着说："说巧也是巧，偏于此时，不自量力的穷书生梁雨生居然也对小姐暗生慕意，还写来了寄情之词，且写得情意绵绵，很有几分才学。这好比瞌睡送来了枕头。袁生正愁肚里文墨不多，写不了文绉绉情真意切的恋词，得到梁雨生的蝶恋花词，即将此词抄录一遍，题上自己的姓名，如此，花花公子袁生便成了一个饱读诗书满腹文章的英俊书生了——"

房门紧闭。袁生躲在秋月房里，拈笔照样抄录"蝶恋花词"。秋月给他磨墨洗笔。楼夫人在屋外，守着房门，楼上走行做事的丫鬟使女们被她一一打发走了。房内，袁生已将蝶恋花词抄罢，得意地轻吟一遍，一旁的秋月以手划脸羞他。袁生猥亵地搂住秋月，将嘴凑在丫鬟耳边低语两句。秋月红了脸，轻打他的脸。

秋月手持书信走出房间，随即走进隔壁的小姐房中。袁生悄然走出秋月房间，与楼夫人对了对眼，匆匆而去。走廊上，唯剩楼夫人一人，不动声色地倚楼而立，望着小姐房间，脸上掠过一丝冷笑。

小姐房中，小姐痴呆呆地端坐在桌前，望着自己手中的蝶恋花词，嘴里轻轻吟诵，眼中是迷离之色。其身后的秋月装得一本正经，未露笑意，只是背身时偷笑一下。

小姐将自己的一封书信交给秋月。秋月接过，偷偷一乐，走出房门，随即进自己的房中，将书信交给袁生。袁生拆开书信看过，又将其封好，交给秋月。

秋月匆匆走下楼，见宝儿独自在那儿玩，即将书信交给他，叮嘱几句。宝儿即将书信揣入怀中，走过中门，往后房而去……

夜间。身居后院陋室的梁雨生立于窗前，遥望月亮，一副神往之状。

前院。袁生在丫鬟秋月的引领下，悄然钻进小姐的闺房。房里先是灯亮着，闪现着一男一女的两个身影，而后，两人相拥在一起，灯灭了……

"楼家小姐哪里晓得，她相中的恋花之蝶，并非真正撰写蝶恋花词的恋花之蝶。而梁雨生获得小姐回赠的书信，喜出望外，以为情有所报，有望成就一段情史佳话。就这样，数月之内，于楼宅的前院后房之间，墙内墙外之际，阴差阳错，李代桃僵，构成了一段离奇古怪的恋情。楼夫人，宋某这一番解说，与事实出入不大吧？"

楼夫人脸上皮肉一颤："宋大人，我表弟袁生行品不端，好与女人相交，时有风流韵事，这不假，我多次劝说其改过，可惜收效不大。这回，他瞒着我干坏事，假丫鬟秋月之手，暗中与小姐偷情，造成如此恶果，我虽有引狼入室之过，却非主凶，望宋大人明察。"

楼员外一脸不解："宋大人，袁生暗中引诱小女确有可能，可袁生为何非要拉一个梁雨生进来？他哪儿不能偷几句诗来哄哄人？"

"员外此问，问得对，问得妙。这才是此案的关键。"

刘皓思索着道："噢，宋大人，如此说来，把梁雨生拉入这三角恋情之中，为的是后来深夜私奔的结局？"

"刘大人说得丝毫不差。袁生乃情场老手，与小姐少妇们调笑弄情，也属家常便饭。这回却与往常不一般。从一开始，这段阴差阳错的恋情就已设定了一个悲惨的结局，悲剧的主角注定是楼家小姐与穷酸书生梁雨生。可怜这二人，死到临头，还浑然不知。"

宋慈拿出那只狮形铜锁示与楼员外："员外，这玩意儿你可曾见过？此物通常为幼童所戴。你家小公子身上似也戴有此物？"楼员外辨认一下，摇了摇头："宝儿的不是这样的。他戴的是麒麟状的，你这是狮状的。这是从哪里来的？"

"宋某在小姐跌落的枯井前捡得此物。而后便有联想，若是私奔男女所遗，二人并无孩童，何有此物？"

刘皓似有所悟："所以，宋大人猜测小姐已有身孕，这才要验尸？"

宋慈微微点头："正是。可怜这位十七岁的少女，一叶障目，被人诱骗，怀了身孕，那恶贼只是用一只小小的黄铜饰物，便将她单纯稚嫩的心深深打动，令她毫无防备，自甘自愿地走向陷阱，临死前还向往着远去他乡过甜蜜生活，憧憬着做母亲的美满幸福。"

楼员外抽泣起来："我那无知无识的女儿，死得好冤啊……"

"宋某这种解说，不知楼夫人又有何想法？"宋慈眼望楼夫人，女人身子猛一哆嗦，急忙扭过脸去了。

楼员外想起什么了，"回想起来，定亲之夜，小女的举止确有异状，早早便推说头痛，由秋月扶着回房睡下了。"

"那天夜里，趁着酒席上乱糟糟之际，袁生与身怀有孕的小姐双双避人眼目奔往后门。小姐携带包袱银钱，紧随袁生而行。二人行至后门不远处的废井处，袁生便凶相毕露，将小姐掐死，扔进枯井之中。"

宋慈顿了一下，看看众人的表情，又说下去："事情当然还没完。此时，因小姐与人定亲而心情郁闷的梁雨生带了几分酒意回到房中，见桌上有一张字条，竟是小姐约他私奔。这失意书生不禁喜出望外，急忙出房，追他思恋已久的小姐去了。梁雨生哪里知道，他急急而赴的是人家算计已定的一个可怕陷阱。这位痴情人带着几分醉意步履匆匆地赶至后花园，迷蒙之中，果见一人等在暗处，以为是约他私奔的楼家小姐，急忙上前，不料，那人并非小姐，而是一个身强力壮的男人。因梁雨生已有酒意，且与小姐只是遥望之交，暗夜之下，难辨其容貌，不识其真伪，于迷蒙之中，被那人糊里糊涂地推下井去。由此便知，小姐之死与梁雨生成凶手，是一个预谋已久的既定结局，刘大人，你看呢？"

刘皓点头："在下以为宋大人言之凿凿，有凭有据，令人信服。只是……小姐之死，原在计谋之中，可那丫鬟既是同谋，为何也要杀她？"

"秋月被杀，原因很简单。秋月虽为同谋，却不知底细。她为袁生牵线搭桥，无非得些好处，不知这情场游戏玩到后来会死人，会出这天大冤案。死的一个是与她多年相处亲密无间的小姐，还有一位是全无干系的穷酸书生，故而，她心中有愧，郁闷难释。主谋者看在眼里，急在心上，加上本大人亲赴此地查案，怕这位知情人早晚会漏了嘴，便又指使袁生把她杀了。凶手与秋月本来就很熟，故而能直入其卧房，趁其不备，突然下手，将其灭了口……她倒是死得不冤，临死还给我们留下唯一的线索，便是抓破了袁生的脸。诸位可见到，刚才那人脸上确有被抓伤的痕迹。"

刘皓皱眉道："可我还是有点不明白，员外的脸上怎么会有抓痕呢？"

"这事，恐怕得员外自己说了。"宋慈看向楼员外。

"我也糊涂呢。那天半夜，我还睡熟着呢。她忽然惊叫起来，两手乱抓乱打，把我的脸都抓破了。我问她为什么？她说，刚做了一个噩梦，与人争吵打架……"楼员外指着楼夫人，"你，这是说谎吧？"楼夫人面色灰白，躲闪无语。

刘皓恍然："我明白了，楼夫人半夜抓破员外的脸，原是有目的的，意在造成错误判断，把员外当成杀秋月的凶手，我还差点信了这事……惭愧，惭愧！"

楼员外怒对夫人，"你……你竟敢嫁祸于我？你这黑心黑肺的臭婊子……"

楼夫人爆发一般地朝楼员外吼叫起来："是的，是我，这一切全都是我做的，我恨你楼家的人，恨你那个女儿，也恨你……"

楼员外惊愕不已："你……你真是疯了。我楼某花了五百两银子把你从妓院里赎出来，让你在楼家过好日子，穿的绫罗绸缎，吃的大米白面，楼宅之内，谁见你都尊称一声夫人太太，你还想怎么样？你竟然说恨我？

楼夫人泣不成声："是，我是你花五百两银子从妓院里赎出来的，我下贱，只是你赎出来陪你睡觉，供你玩弄，给你生儿子的。你一向是这样看我的，对不对？你心里一直是这么想的，只是嘴上不说罢了。还有你的女儿，她更可恶，我进楼家八年了，她从没给过我一个好脸色。有一回当着丫鬟们的面，骂我是臭婊子！就连我生的儿子，她也爱理不理的……"

楼员外气极了，"你……你说得太过分了。难道我不疼宝儿吗？他是我楼家的独子，将来要继承楼家家产的，你是宝儿的母亲，母以儿贵，将来这份家产还不都是你与宝儿的，这还不够吗？"

"是，我幸亏还有宝儿。可你怎么样？给宝贝女儿订了一门亲，对方又有财又有势，你还许诺要把一爿绸布店和数百亩良田当陪嫁送出去。说不定哪天你两腿一蹬，你那有财有势的女儿女婿会把我们母子赶出楼家大门，让我们流落街头，冻饿而死……"

宋慈接口道："所以，她觉得，必须先下手为强，把她儿子的对手尽早除掉，让宝儿稳得楼家的全部家产，还有，让她这位出身下贱的母亲获得应有的尊严和权力。"楼员外连连摇头叹息："唉，这女人真是疯了，竟会这么想，做出这种可怕之事。楼家前世谁作了孽，让我落到这种地步……"

刘皓问："宋大人，那么，袁生又是被谁所害呢？"

"这还用问吗？自然也是这位幕后人物。"宋慈指着楼夫人。

"她与袁生二人携手做下如此骗局，必然关系亲密，非同一般，为什么最后把他也弄死呢？"刘皓想不通。

"袁生不过是个惯会寻花问柳的风流男人。这女人连自己丈夫都信不过，如何会把自己的前途托靠给一个浪荡子？在她眼里，袁生不过是用来实现既定目标的工具而已。工具用罢，也得把它处理干净。楼夫人，是这样吧？"

楼夫人强撑着说："宋大人果然心明眼亮，说得一点儿不差。"

"可惜啊，楼夫人，你虽曾身陷污淖，亦已从良多年，为人妻为人母，本该收心从善，却因一两声讥笑，三五句冷言，便暗生仇火，设下毒计，到头来，聪明反被聪明误，既害了别人性命，也害了自己，连宝儿也将失去母爱……事到如今，再回头想想，这样做，值得吗？"宋慈用眼睛盯着那女人。

楼夫人终于支撑不住，身子一软，瘫倒在地。

宋慈、刘皓等押着楼夫人走出小院。楼员外垂头丧气地随在其后。走着走着，那女人忽然站住，不肯再走了。

寂静中，隐约听到不远处私塾里孩童们齐声诵读的朗朗之音。

女人的眼里流出泪来了，她忽然中了魔似的，急急地往前奔去。捕头王慌忙追去。那女人却在篱笆边站住了。她的目光直直的，发痴一般望着篱笆那边。不远处，宝儿正在篱笆旁玩耍，丝毫不知这边发生的事。

宋慈等人走过来了。女人回身，"扑通"朝宋慈跪了下来："大人，我自知罪该万死，只求大人恩准罪妇一个小小要求。"

刘皓怒目而视："你还有什么要求？"宋慈已解出其意思："是不是还想再看看儿子？"女人眼里噙满了泪："求大人恩准……"宋慈轻轻摆了摆手："去吧。"又示意楼员外一起去。

女人前面走，楼员外跟在后面。两人进了私塾内。

楼夫人拉着儿子走出院门外。宋慈等人在远处候着，未到近前。

楼夫人蹲下去，拉着儿子宝儿的手，一再地亲着孩子的小脸。她的眼里流出泪水，急忙用手抹去。她看着儿子，努力保持着平静，脸上带着笑意，"宝儿，以后要好好读书，在学堂听先生的话，在家……要听老爷的话。"

宝儿乖巧地"嗯"了一声，朝一旁呆立着的楼员外看了一眼。

楼夫人站起来，将宝儿拉向楼员外，向其行了一礼："老爷，你领着宝儿先回去吧。"楼员外愣了一下，慌乱地点了点头："好，我先走，我和宝儿先走了。"他急急地拉着宝儿往前走去。

楼夫人急叫一声："宝儿！"宝儿急忙回头，乖顺地朝母亲走过来。

楼夫人趋步上前，半蹲下去，一手搂着儿子，一手将儿子胸前的那个铜麒麟摘掉，丢得老远。然后侧过身，挨了一会儿，手中竟有了一缕青丝。她将这缕青丝塞进一个小荷包里，颤抖着手交给儿子。

宝儿不解地问："妈，这头发是做什么用的？"楼夫人颤着声说："宝儿，这是妈的头发。日后，你要把它放在贴身之处。看到它，就像看到了妈……宝儿，你答应妈，好吗？"宝儿虽有疑惑，仍应了一声："妈，我答应你。"

"好儿子……你走吧。"楼夫人亲了儿子一下，又慢慢放他离去。

宝儿走了几步，又回头笑着招呼道："妈，你这就回来呀。"

楼夫人勉强笑着，抬起右臂招了招手："好……好的，宝儿。"

楼员外与宝儿的身影在前面不远处拐角消失了。楼夫人脸上的笑意猝然消失了，并且身子一点点地矮下去。宋慈等人急忙赶上来。

楼夫人已倒卧在地，地上有一大摊血。她慢慢抬起手来，手上是一把带血的短刀，"宋大人，这是袁生用来杀死秋月的凶器，你拿去当证物吧……"

带血的短刀从妇人手中缓缓地滑落，掉在地上。

库房内。宋慈独坐着，面前摆着一张白纸，手执一杆笔，凝神静思。一缕阳光从小窗斜斜射入，照见桌旁摆着的那个白骨骷髅。

宋慈久久地望着那骷髅，忽有所得，执笔急急写下几行字。

"九：　妇人　一、凡验妇人，不可羞避。若是处女，扎至四讫，辟出来明平稳处，先令坐婆剪去中指甲，用绵札，先勒死人母亲及血属并邻妇二三人同看验是与不是处女。令坐婆以所剪指甲头入阴门内，有黯血出，是；无即非。二、若妇人有胎孕，不明致死者，勒坐婆验腹内委实有无胎孕。如有孕，心下至肚脐，以手拍之，坚如铁石；无即软……"

英姑悄然走进来，眼角一瞥，看到最后几行字时，窃笑起来。

宋慈头没抬，笔没停，嘴上却说："刑狱之案，事关人命，切不可因男女避讳而坐失破案良机！"英姑一听，立即就不敢再笑了。

"英姑，你那一手小楷可大有长进。你就帮我把经历过的案例都收录起来，今后能给刑狱司桌者做个参考，也算一件善事。"

"您写的是一部流芳百世的奇书，我怎么敢染指啊。"

宋慈这才回头："你是说我这书能流芳百世？"

"当然能。"

宋慈想了想，忽然道："不妙！烧了，全烧了。"边说着边往火炉里扔。

英姑急忙抢出："哎呀，怎么能烧了啊？"

"我忽然想，这书让司桌者读了，固然会有裨益；可要是落在了恶人手里，又会是什么后果？"

"您是怕让恶人得到您的书，反而教他怎么作恶了？"

"对呀，这是把双刃刀！"

"其实您用不着担心这个。"

"为什么？"

"不是有句古话：道高一尺，魔高一丈吗？"

宋慈摸着下巴想了想，坦然地笑了："也是啊！毕竟还是利大于弊，我为什么把它烧了呀？这样，从今往后这书稿就交你保管，切不可随便泄露于人。"

"放心吧，我会像保护自己的生命一样保护大人的书稿。"

"言过其实！好，那就暂且不烧！"

"暂且不烧？难道您还想着要烧它？"

宋慈沉吟一会儿，"以后的事，可就难说了。"

"那我可得多留个心眼了。"

"你本来心眼就不少。"

英姑忽然催促道："大人，快走吧。"

宋慈动也不动，"去哪儿？此处才是宋某的神仙宝地。"

英姑抿嘴一笑："夫人回来啦！"

宋慈闻言，本能地把笔一搁就站了起来，可马上又坐了回去："回来就回来了，你一惊一诈的干什么呀？"

英姑窃笑道："您呀，就别在下人面前装出一副大老爷的样子，其实心里早想着夫人回来了。"

宋慈辩道："你这不是瞎饶舌头吗？宋某是那黏黏糊糊之人吗？"

"不是不是您不是！是夫人黏糊您行了吧。"

宋慈就站起身来："欸，就照这样写，可别……"

英姑大声应道："哎呀知道了，走您的吧。"

宋慈背负双手，故意走得很慢，可出了门后，脚步显然快了许多。

英姑先是失笑，而后便呆呆地想着什么……

李玉儿失踪案

天渐渐亮起，晨雾缥缈。街市上的行人与车马渐渐多了起来。

开豆腐坊的杜松一大清早就挑着豆腐担子，穿街走巷地叫卖着："卖豆腐啊，老豆腐、嫩豆腐、豆腐干、豆腐脑……"

街坊们听到叫唤声，都没出来，只打开一条门缝，从门缝里偷窥着杜松，神色间颇有点诡秘。杜松渐渐觉察到邻人们异样的目光，就有一种芒刺在背的感觉，叫卖声也不那么轻松自如了……

城门口的大树下，是个闲人聚集的地方。大清早，三三两两地聚着几位闲人，正神色诡秘地在议论着什么，忽有人"嘘"了一声，并向前方努着嘴，众人回头一望，说曹操曹操就到，杜松正挑着豆腐担子向这边走来。

杜松喊着："豆腐干、豆腐脑……"城门口投过来的那些冷冷的目光，令杜松不寒而栗，脚底犹豫了一会儿后，忽然转身避入一条小巷。

杜松挑着豆腐担在小巷里逃也似的越走越快，随着他越来越急促的喘息，大汗也如雨点般从面颊上滚落。

经过几个转角，"杜记豆腐坊"的招子在作坊前飘摇。

杜松到门前，气呼呼地一头撞了进去。他一进作坊，就把豆腐挑子一撂，喘着粗气恨恨地道："都是那贱人惹的是非。贱人！贱人！贱人……"

他疯了似的将没卖出去的一挑子豆腐"噼噼啪啪"地乱捣一气。

作坊内，被捣碎的豆腐撒了一地……

盛夏正午，炎阳似火。城门下，懒懒散散地坐着几位老汉在避暑打盹。

一个简陋的西瓜摊前，摊主手持芭蕉扇，困顿不堪地边赶着苍蝇边无力地叫卖："西瓜西瓜，沙甜沙甜的西瓜……"

李丁牵着毛驴，大汗淋漓地走近西瓜摊，环顾了一下周围正在闭目打盹的老汉们，压着嗓门对摊主道："给我来一块。"那摊主虽然手在摇着扇，却如睡着了似的竟未听见。李丁提了提嗓门："喂，大叔，买瓜啰。"

卖瓜人猛地惊醒过来："啊？哦，客官要买瓜。你看我这瓜是黑子红瓤，沙甜清香，吃了解渴又祛暑……"李丁迫不及待地说："就这块最大的。"

卖瓜人说："先吃后付钱。不甜不香不收你一个子，给。"李丁接过西瓜，三下五除二，还没等卖瓜人转过身去，一块大西瓜便只剩下瓜皮了。

"真解渴。再来一块！"李丁抹着嘴说。卖瓜人连忙又递给他一块："你看瓜好吧！给。"李丁大口大口地吃瓜。

卖瓜人和李丁攀谈起来："这么大热天，炎日都能吃了人的，客官怎么偏拣个正晌午时赶路？要是清晨傍晚，也少受些罪呀。"

"大叔有所不知，只因家母病中思念女儿，命我前来接胞姐回去看看，我是不敢延误母命啊。"

"一看就知道客官是个忠厚之人，果然是位孝子！哦，令姐也在城里住？"

"家姐是从太平县嫁到此地的。姐夫姓杜，叫杜松。"

卖瓜人惊呼起来："谁？可是本城开豆腐坊的杜松？"

李丁有点奇怪："正是，大叔也熟识我姐夫？"

卖瓜人惊问："这么说你就是杜松的妻舅爷？"

"正是，晚辈叫李丁。"

卖瓜人又问："李公子今天是来接你姐姐回娘家？"

李丁忽然感觉到有点不对头。再一看，原先都在闭目打盹的老汉们不知何时都睁开了眼睛，一个个神色诡秘地看着他。他心里顿时产生了一种不祥的预感："怎么了，出什么事了吗？"

一老头凑了过来："难道你们娘家人一点儿都没有听说？"

"听说什么？"

"近来城里有一些传说，说令姐……"

"我姐怎么啦？"

卖瓜人说："哦，没什么没什么，我等也只是听说，你还是问你姐夫去吧。"

李丁心里一惊，拔腿就走。

豆腐作坊内，弥漫着朦胧的蒸汽。杜松打着赤膊，时而添柴，时而点卤，浑身大汗淋漓，一刻不闲地忙着。

杜母，一个古稀之年的白发老人，颤巍巍地向豆腐坊走来。她站在门外，冲作坊内喊："松儿，你给我出来！"

杜松正在全神贯注地点着卤，闻声一惊，手中卤罐"啪"地掉进了浆桶内，浆花四溅。他顾不得许多，奔出作坊来，见老母正阴着脸站在门外。

"啊，娘，您怎么来了。您身子有病，不在房里躺着，来作坊干什么呀？"杜松说着，上前去搀扶老母。

杜母气恼地推开了儿子："你给我跪下。"

杜松顺从地跪下："娘，不知孩儿做错了什么，让娘气成这样？"

"我问你，你媳妇离家三月之久，不见回来，这究竟是怎么回事？"

"哦，原来为这个。娘，孩儿不是早跟你说了吗，那贱人回娘家去了。"

"好，既然你说玉儿是回了娘家了，那你立马去给我接她回来。"

"娘，她在家时常常对你白眼相向，恶语相加，孩儿巴不得一纸休书休了她才解恨！"

"住口！玉儿再有不是，也是你明媒正娶的媳妇，要是她真的回了娘家，都三个月了，你就该去接她回来。"

"她不回来，我们母子倒还安宁。她一回来，娘又得整天看她脸色受她的气。娘，这事您就别管了，孩儿自有主张。您回房里歇着去吧，我这儿活正忙着呢。"杜松说完，就要往作坊里钻。

杜母大喝一声："站住！松儿啊，娘知道你是因为娘才和媳妇闹不和的，可娘已是风烛残年了，还有多少活头啊？为了娘，让你们夫妻反目，为娘死了也闭不上眼呀。"杜松为难地搔搔头："既然娘这么说了，孩儿……改日去叫那贱人回来就是了。"杜母坚决地说："何用改日，你现在就去把媳妇给我接回来！"

"这……这事还得容孩儿仔细想想。"

"是你把媳妇打跑了，就该负荆请罪，把媳妇接回来，这还有什么好想的。"

杜松有点恼了："负荆请罪？分明是那贱人不贤，怎么让孩儿负荆请罪？"

杜母声音大起来了："这么说，你还是不愿意去？"

"若要孩儿负荆请罪，孩儿死也不愿！"

杜母双眼盯视着儿子，沉重地说："松儿，你实话告诉为娘，你究竟不愿去还是不敢去？"

"不敢去？孩儿听不懂娘的话。"

"娘的话你不懂，街坊们的话，你总能听懂吧？"

"街坊？这些天孩儿也奇了怪了，也不知街坊们都在瞎嚼什么烂舌头了，神神道道的，我生意都做不成了。"

"街坊们都在议论，说你把玉儿害了！"

"哼，我就知道那女人是祸。"杜松一想不对头，"什么，街坊们说是我杀了她？"

杜母问："你究竟干没干那事呀？"

杜松脖子一梗："为人不做亏心事，不怕半夜鬼敲门。街坊爱怎么说就怎么说去，反正，我对那贱人还真是眼不见为净！"

李丁突然出现在巷口，怒冲冲地指着杜松质问道："姓杜的，我姐姐怎么得罪你了，你竟如此恨她？"

杜松意外地说："哦，原来是我妻舅爷。不知我又怎么把你得罪了，你一来就那么怒气冲天？"

"你少装糊涂。你快告诉我，我姐在哪儿？在哪儿？"

杜松一怔："什么？你来问我要人？"

"是你老婆，我不问你要人问谁要去？"

"她分明是回了娘家。你们娘家人为护她之短，反而闹上门来指我的不是。好，你既然来了，就给我捎回个信去：三日之内，要是那贱人还不自己滚着回来，我便休了她！"

杜母喝道："你敢！"她走向李丁，问道："他妻舅爷呀，你说实话，玉儿真的不在娘家吗？"

"我姐要是回了娘家，我还大热天跑几十里地来接她？"

杜母一惊："什么，你今天是来接玉儿的吗？"

"家母病了都几个月了，眼看着病势越来越重，近日整天在病中念叨的就是想见见姐姐，才让我来接姐姐回去看看的。"

杜母脑子里"轰"的一声，就昏昏欲倒。杜松急叫着："娘，娘……"杜母呜咽着："难道街坊们说的都是真的吗？"

李丁大声吼道："满城都在说，是你杀了老婆，你还我姐来！"

杜松正想争辩，杜母"啊"的一声闭过气去了。

杜松大声喊叫："啊，娘，你醒醒，你醒醒呀……"

河边。青草萋萋，河水清澈如镜，偶有三两只鸭子从河流上浮过。这是一个垂钓的好去处。刁光斗躺在一张舒适的大竹椅上，光脚板踏在鱼竿上，鼾声如雷。左边站着个丫鬟在为他轻轻打着扇。右边捧着茶壶的师爷，一双绿豆眼目不转睛地盯着水面上的钓竿浮子。

少时，水面上的浮子被轻轻地拉入了水中，师爷兴奋起来，但又不敢惊动睡得正熟的知县大人，便放下手中茶壶，轻手轻脚地去抓鱼竿，可刚摸到鱼竿的手却被刁光斗光着的脚板一下子踩了个正着："别动，那是条小鱼，由它去吧。"刁光斗连眼皮都没张一下地说道。

师爷堆起笑脸："哎哟，我以为知县大人睡着了呢。知县大人可真是位垂钓神手啊，怎么闭着眼也能看出水底下的鱼是大是小呢？"

刁光斗悠然道："你以为只有长在脑袋上的眼睛才能看清东西？长在脑袋上的眼睛只能看见水面上的浮标，只有长在心里的眼睛才能看到水底下究竟是大鱼还是小鱼。"

"哎呀，凭大人这番高论，只当个七品知县，可真是屈才了呀。"

刁光斗把脸一沉："你这算是恭维还是嘲讽啊？"

师爷脸"唰"地一白："不不不，小人哪敢嘲讽太爷。太爷千万不可……"

刁光斗反倒笑了："你紧张什么？其实，你要是想嘲讽本县，还真不是没有话柄。想当初刁某平步青云，官居五品知府；不想却在阴沟里翻了船，栽在那宋慈的手里，被贬到此地来当个七品知县。你说，我这不是让天下人笑话了吗？"

"那姓宋的不过是会些验尸验伤的雕虫小技，那有什么？"

"你说他那是雕虫小技？殊不知他当年可就是凭着那么点雕虫小技，翻了刁某审定的一个人命案子，还以草菅人命的罪名参了我一本。按大宋刑律，刁某本该脑袋搬家的，可刁某不过官贬三级，仍未脱去这套朝服，你知道为什么？"

师爷把眼睛瞪得很大，却把声音压得很低："为什么呀？"

刁光斗别过脸来看着师爷，突然哈哈大笑着道："有点奥妙吧？"

师爷讨好地说："太爷你说说，也让小人开开眼。"

"用不着我说，你迟早会悟出来的。"

一旁打扇的丫鬟忽然指着水面惊叫起来："太爷，大鱼上钩了，上钩了。"

刁光斗往水面上一看，见浮标已完全被拉进水中，"什么大鱼，那也不过是条中鱼罢了。"

河边走来一位锦衣秀才，摇着纸扇，边走边道："不见大鱼不起竿，刁大人可真有当年姜太公之风范啊。"

"哦，是贾博古秀才老爷来了。怎么，又是为某桩官司？"

贾博古笑道："贾某是来告诉刁大人，有一桩人命案子不日将告到知县衙门。"

刁光斗眼皮也不抬："那么贾秀才是被告还是原告呢？"

"这次贾某无意亲手弄讼，不过贾某与此案原告却是世交。"

"哼，这么说你还是原告？"

"此案恐怕有点难处。"

"有何难处？"

"原告诉状告的是被告谋杀人命，却没有证据。"

刁光斗冷笑道："没有证据打什么官司？"

贾博古一怔，又笑了起来："哈哈……此类案子刁大人又不是没有办过。"

"那得看……"

贾博古心领神会："刁大人出个价吧。"

刁光斗沉吟了一会儿，突然惊呼："大鱼上钩啦。"急一起竿，不想水中鱼儿太大，鱼竿"啪"地折断了……

县衙公堂，这日又审案了。知县刁光斗蓝袍乌纱，一本正经地坐在大堂正中的高座上，把惊堂木一拍，喝道："传被告杜松上堂！"

杜松被带上堂来。"小民杜松叩见知县大人。"

"杜松，有个叫李丁的你可认得？"

"他是小民的妻舅。"

刁光斗把脸一板："可他现在是本案的原告！正是你的妻舅爷把你告上了县衙。你知道为什么吗？"

杜松嘴里轻声嘟哝了一句："哼，这才叫恶人先告状。"

刁光斗瞪起两眼："你在嘀咕什么呢？"

"哦，太爷，不知小民的妻舅为何要将小民告上衙门？"

"这正是本县问你的，你怎么反问起本县来了？"

"他一定是冤枉小民谋害了他的姐姐。"

"哦，你倒承认有那么回事。"

杜松连连否认："不不不，根本没有的事，没有的事呀。"

"既然是没有的事，你那么紧张干什么？"

"这……还望太爷给小民做主啊。"

"其实，那李丁虽然写诉状告你杀妻，却也没有拿出令人信服的证据。本县理案，向来重证据实，凭一张没有证据的诉状，本县怎么就能相信了原告，而判你有罪呢？"

杜松仰望着堂上的知县大人，感激不已："大人，您可真是青天大老爷啊！"

刁光斗把手一挡："你先别忙着给我歌功颂德。你听好了，虽然原告告你谋杀妻子，但他没有证据。所以，只要你能拿出证据来证明你没有杀害自己的妻子，本县当堂就可开释了你。"

"小民谢过青天大老爷！"

"那么你就拿出证据来吧。"

杜松一愣："啊，什么证据？"

刁光斗不动声色："哦，看来你是没有听明白本县的话。我再说一遍：本县理案，向来重证据实，单凭原告这一张诉状，本县决不会判你有罪！听懂了吗？当然，本县也不能仅凭你嘴上一说，就确信你一定就被人诬告了。所以，你要想证明自己没有杀害妻子，就去把妻子带来，让本县见上一见，谣言不就不攻自破，此案不就当堂了结了吗？"

杜松支吾着："可是……可是小民也不知道那贱人现在什么地方啊。"

刁光斗故作惊讶："什么？你居然交不出人来？那可就让本县为难了。"

"那贱人三个月前就回了娘家了。"

"照你说来，你妻舅爷是先藏起了他的姐姐，然后再来告你这姐夫谋杀老婆对吗？"

杜松为难了："这……小民也不清楚。"

刁光斗嗓门突然大了起来："可你必须说清楚，你要是说不清楚，本县又凭什么就相信你并没有杀人？"

杜松急了："啊，大人，小民真的没有杀人，小民可对天发誓……"

"这是朝廷公堂，不是菩萨庙堂，什么发不发誓的，那都是自己心里有数的事，在这里没用！好了好了，从头来从头来。本县问你，你妻子是什么时候离开家的？"

"大概在三个月前。"

"她离家后去了哪里？"

"我想……是回了娘家了。"

"你想？你想是回了娘家？这么说你并不肯定你妻子就一定回了娘家对吗？那么，可有什么人证明你妻子真的是回了娘家？"

"除了娘家，我料她没别的地方可去呀。"

刁光斗连连拍响案桌："证据证据证据！本县苦口婆心，你怎么就听不明白？本县不能轻信原告的一纸诉状，可也不能光听你的凭空猜想。你说你妻子三个月前回了娘家，就得有人或有证据证明她确实到了娘家，现在你明白了吗？"

"这……可要是她没有回娘家，又会去了哪里呢？"

"对，这才是本案的关键：你妻子没有回到娘家，那么她现在何处呢？"

"小民真的不知道……"

刁光斗把脸一沉："你不知道妻子是死是活，还是不知道妻子现在何处？"

"我……反正她三个月前就离家出走了。"

"离家出走？哦，这句话倒给本县提供了一个新的思路。那我问你，你妻子三个月前是因为什么而离家出走？"刁光斗有意把"离家出走"四个字加重了语气。

杜松缓缓说："三个月前，家母病在床上，正要人服侍料理，那贱人不但不尽孝道，还气得老母雪上加霜，小民一怒之下，打了她一顿，当天傍晚时分，她就收拾东西逃回娘家了——"

女人背着身，踮着脚，在大红衣箱里乱翻一气地找着什么。她俏丽的面容上挂着泪痕，嘴角边有一丝血迹。

李玉儿静静心一想，又回过身去，将那口大红箱子"呼啦"一下子倒扣在地上。然后，她趴在地上找着什么。终于，她找到了她要找的一个红布包，打开，里面是一对银镯子。她取出镯子往手腕上套着。

房外暗处，有一双含着怒火的眼睛正注视着房内的一切。这是杜松。

李玉儿戴好银镯，坐在地上，像是在做着什么抉择，忽然像是横下心来似的站起来就往外走。躲在门外暗处的杜松连忙避开。

李玉儿走出房间后，就往大门外走去。杜松冲着玉儿的背影恨恨地骂道："哼，滚吧滚吧。死了才好！"

病中的杜母颤颤巍巍地走出房来，"松儿，媳妇她去哪里了呀？"

杜松愤然道："娘，她爱上哪上哪去，别管她。"

"松儿，都是因为娘才害你们夫妻吵了架，你快去把她追回来。"

"追啥？走了干净。"

"松儿，天都黑了，她能去哪儿呀？万一有个三长两短，可如何是好。"

杜松迟疑地说："她……她准是回娘家了。"

"几十里地，她怎么去呀？你还不快快去把她追回来。"

杜松犹豫着……

"小民当时听从母命，又看天色已晚，也想把那贱人追回来。可我追到门口，那贱人已不知去向了。"

"本县似乎听出点眉目了——听你刚才所言，你是个孝子，而你妻子李玉儿，却不遵妇道，不孝敬公婆，尤其在你老母亲卧病期间，她还常常恶语相加，致使你母亲的病体雪上加霜，可是这样？"

"正如大老爷所言，这种女人……"

"所以你一直对妻子怀恨在心对吗？"

"对！小民恨不得休了那贱人！"

"可你写休书将她休了吗？"

"老母不允，才……"

刁光斗顺着这话意说下去："所以，你巴不得一纸休书休了老婆，可你老母却不许你休妻，而你又是个唯母命是从的孝子，怎么办呢？唯一的办法，就是瞒着老母，悄悄地杀了那贱人！"

杜松高呼："没有！大人，小民没有杀妻，大人明鉴啊！"

刁光斗不理杜松，开始推案："那天李玉儿遭你毒打，一气之下，离家而去。当时夜已降临，你自然不会放过这个下手的机会。于是，你就悄悄尾随在李玉儿的身后，伺机谋命——"

夜色沉沉。李玉儿哭着走出杜家，往小巷外走去。

杜松先是躲在门后窥视，等李玉儿走到巷口时，他快步追了上去。

二人不即不离地行走在无人迹的小巷里弄。

李玉儿往城门外走去，杜松紧紧追出城去。

桃花河边，夜越来越黑，李玉儿越走越害怕，终于不敢再往前走了，回头看看也是黑茫茫的一片，她急得要哭。踯躅半天，她决定回城，刚一回过头来，便"啊"地惊叫了一声！

杜松一脸杀气地站在李玉儿的身后。李玉儿惊道："你……你跟着我干什么？"

杜松凶狠地说："干什么？你不是要回娘家吗？我来送你呀。"

"我不要你送。"

"我要是不来送你，你就到不了娘家。"

"那也不要你管。"

"这荒郊野外的，你就不害怕？"

李玉儿恨声说："这世界上唯一让我害怕的只有一个人，那就是你！"说完就往前走去。杜松大吼一声："站住！"李玉儿站住："你别想让我再回你那豆腐坊。"杜松狞笑一声："我也不想让你再走进我们杜家的门。"

"那你追我干吗？"

"你不是回娘家吗？可你走错了方向了！"

"不用你提醒，我还认得娘家的路！"

杜松嗓门忽然大了起来："你要回的地方是那儿！"一指浊浪滚滚的桃花河。

李玉儿脸色一变："啊！你想干什么？"

"我已经说过了，我来送你回家！"杜松说着，一个箭步上去，双手紧紧地掐住了李玉儿的脖子。李玉儿没挣扎几下，就翻着白眼断了气。

杜松将李玉儿的尸体扛到河边，一耸肩，尸体就从高高的河岸落入了水流湍急的桃花河中……

刁光斗在大堂上吟诗般说起来："就在那月黑风高之夜，就在那浊浪滚滚的河边，以你一个粗壮男人的力量，掐死一个柔弱的女子，不过就像捻死一只苍蝇。你杀死了李玉儿，抛尸桃花河。那滚滚河水带走了屈死的弱女子，也掩盖了你杀人谋命的罪恶！"杜松张口结舌，半晌，忽然大呼起来："不！小民没有杀人，没有杀人！刁大人明鉴啊！"刁光斗厉声道："你口口声声称自己没有杀害你的妻子，那你倒是带你妻子来让本县见上一见呀。"

杜松语塞了："大人……小民真的不知道那贱人现在哪里呀。"

刁光斗像是审累了似的往大椅上一靠："那你就慢慢等吧。不管是死是活，李玉儿何时露面，本案何时具结。退堂！"杜松哀求道："大老爷，你不能让我在狱中等待呀，小民家中还有八十老母啊。大老爷，大老爷呀……"

刁光斗如同没听到一样，坦然步向后堂。

两个衙役上来，架走了瘫倒在地的杜松。

县衙，知县刁光斗的书房内，古玩林立，字画满墙。主人正聚精会神地在鉴赏着一件玉器奇珍。师爷垂手一旁。讼师贾博古显然等久了，耐不住地走近刁光斗身后："刁大人，被害人娘家眷属……"刁光斗却指着手头的这件玉器说："这要真是块蓝田玉，那便是件稀世珍宝了。"

贾博古心里对这姓刁的知县浮起一股反感，表面上却不敢有丝毫流露："凭刁大人的慧眼，还能识不得真假？"刁光斗抬起头瞥了贾博古一眼："拿回去吧。"

贾博古一愣："哦，这不像是刁大人的做派。"

"你少在刁某面前卖乖，刁某人岂当不知你下的是个什么样的套！"

"刁大人此话未免言重，我贾某人这些年和刁大人也算得上个莫逆之交，我给谁下套也不敢给刁大人下套呀。"

"哼，你刚才说什么来着？"

"我说被害人眷属急着要求严惩凶手，可刁大人却为何只过了一次堂，就将案子束之高阁？"

"是啊，这一搁都快大半年了吧？可这大半年里也没见你来催过呀，今天怎么一下子又着起急来了呢？"

贾博古心里暗自一惊，"这……"刁光斗轻蔑地笑了一声："哼，唉，若要人不知，除非己莫为啊。贾秀才以为然否？"贾博古反守为攻："那依刁大人看，贾某又为什么要等这半年之久呢？"刁光斗正色道："我可没那闲心和你猜谜。你不妨直言，你究竟想让我如何处置？"

"自古杀人偿命，天经地义。刁民杜松谋杀妻子，就该按律问斩呀。"

"说得好说得好，不愧是有名的讼师，说出话来总让刁某长见识。但是，证据呢？有名的讼师不该不知道，断人生死可不像动动嘴皮子那么轻松，那得有确凿的证据。你能拿得出杜松杀害李玉儿的证据吗？"

"此案缺少证据，贾某可是有话在先的。"

刁光斗嗓门一下子大了起来："既然没有证据，你让我凭什么判人偿命？你这不明明是拿王法当儿戏，拿我刁某的乌纱，甚至是拿我刁某的人头下注吗？"

贾博古猝然大笑："哈哈哈……"刁光斗问："你笑什么？"

"我笑刁大人好像一下子变了个人，这可不是刁大人一贯的作风啊。"

"那么贾秀才何以对一个毫不相干的案子如此热心，这似乎也不是秀才一贯的作风啊。"

"我？我已经说了，被害人的弟弟李丁是贾某好友，贾某是受友人重托，才到刁大人面前为之周旋，岂不也是人之常情？"

"可刁某问过原告李丁，人家说案发前并不认识你这位贾博古秀才。可见贾秀才此举不是什么人之常情，而是另有隐情！"

贾博古一怔："你刁大人真不愧姓'刁'啊。"

"你贾秀才也不愧姓贾（假）啊。贾博古，别忘了，刁某初入仕途，就是个五品，你想跟我玩虚的，怕还不够火候。你在此案中究竟扮演什么角色，给我从实说来。"

贾博古不惊不慌地说："若是别的清官这么问，贾某不敢不说实话。可刁大人居然也对贾某认起真来，则未免有点……"

刁光斗讥嘲道："有点什么？有点装腔作势？哼，好你个贾秀才，做人也太过分了吧？自己不知道在这个案子中捞到多大的好处，却让本县来为你承担草菅人命、丢官罢职的风险，你这算盘打得也忒精了点吧？"

贾博古心领神会："刁大人，贾某的算盘里，可从来没有少拨了刁大人的那一份。"说着他取出一张银票递了过去。

刁光斗也并不伸手亲自去接，只向垂手一旁的师爷瞥了一眼。

师爷看似睡着了，却异常灵敏，对主人那轻轻一瞥，立刻就心领神会，走上前去，接过那张银票，拢入袖中，又像是入睡了似的闭眼站在一旁。

刁光斗往古董架上摆放那块玉器："其实，阁下在本案中扮演什么角色，又与本县何干？我只是可惜了上回折断的那根鱼竿，那可是根上等的鱼竿啊。"

贾博古接口道："鱼竿断了，可换新的。可你我交情绝了，就……"

刁光斗回头看贾博古一眼："作为讼师，你该知道办这样的案子风险有多大！"贾博古呵呵一笑："贾某心中有数。"

少时，师爷走出县衙，大摇大摆地进了银铺。

不一会儿，师爷提着个沉甸甸的包袱走出银铺，扬长而去。

银铺前对街是一家棺材店，棺材店伙计把县衙师爷进出银铺都看在眼里，不禁叹道："唉，看来又有人吃冤枉官司啦。"

夜已深，县大狱内的刑房仍是灯火通明。候审已半年多的杜松，近来被一次次地提审，每次提审，都要用毒刑，或吊或打，死去活来，已被折磨得不成人形了。在一声声的惨叫声中，刁光斗摇着纸扇走进了刑房。看着那被绑在刑柱上昏死过去的杜松，他向打手们递了个眼神。

打手们取来一盆凉水泼向杜松。杜松苏醒过来，痛苦地呻吟不止。

刁光斗走近杜松："其实，活罪还真不如死罪好受啊。你要是认了罪，说透了也不过是脖子上留下个碗大的疤，那有什么？倒比这受活罪来得干脆！怎么样，招了吧。"杜松有气无力地叫着："冤枉，冤枉呀……"

"看来你的活罪还没有受够！"刁光斗把头一摆，打手们心领神会，从火炉中钳起一条烧得通红的铁链往杜松脖子上一挂，"嗤"的一声，冒起了一股白烟。

杜松发出一声长长的凄厉惨叫……

深秋时节，满地黄叶，凋零的枝头，寒鸦哀鸣。

商人打扮的宋慈和捕头王踩着一路的枯叶走来。眼前一片荒芜的田野，令宋慈感叹起来："一个地方官的政绩优劣，单从这荒芜的农田便可见一斑。"

捕头王也叹道："是啊，大人此番微服私访暗察官声，这一路而来，真正能为民做主的清官能吏还真是不多见啊。"

"贪官污吏如狼似虎，百姓苦受覆盆之冤。吏治不清，官风不正，法何以正，国何以兴！"

"大人，你还是别太激动了，这官场上的事……"

"这官场上的事呀，还真比那一桩桩疑难命案更令人惊心！"

驿道前方传来一阵车轮"吱嘎"的响声。一驾牛车正缓缓而来，牛车上装的是一具新的棺木。李丁走在车前，一路上边撒着纸钱边轻声呼唤着："姐姐，回来啊。"车后有人应声："回来啰……"

宋慈和捕头王让在道旁，让牛车过去。牛车刚和宋慈擦肩而过，便听得"咔嚓"一声，断了车轴。送棺的男男女女们一个个都惊得面面相觑。

"啊，这车轴怎么会断了呢？"

"该不是玉儿的阴魂不愿离开婆家啊。"

"婆家人把她的命都害了，还有什么舍不得的呀。"

李丁往灵柩前一跪，"姐呀，母亲得知你的噩耗，一病不起，撒手而去，临终前再三交代我一定要将你找到，送回老家和母亲为伴。如今，好不容易把你找到了，你就好好让弟弟把你接回到母亲身边去吧，姐！"

捕头王凑近宋慈耳边道："大人，看来这还是桩人命案子呢。"

李丁招呼同行者："来来，太阳都快下山了，赶紧修车吧。"

车夫说："那得先把棺柩卸下来。"

"那就卸吧。来，大家伙一齐帮个手，卸车。"

众人卸车，宋慈和捕头王一起上前去帮了一手。棺木卸下后，李丁对这两位素不相识的热心人很感激："二位客官，多谢了，多谢了。"

宋慈摆摆手："不用客气。哦，这棺中……是令姐？想必是英年早逝啊！"

"唉，我们姐弟只差一岁，家姐在这人世上只活了二十三个年头，就被恶夫谋杀，家姐死得好惨啊。"

"哦，原来令姐还是死于谋杀？哦，不知那凶手可已伏法？"

"此案早在半年前就发了，只是官府一直找不到家姐的尸体，案子就一直悬而未决。现在终于找到了，家姐却只剩下一堆白骨了，我姐好可怜呀……"

"哦，半年前官府找不到令姐的尸体，半年后又怎么找到了呢？"

"这我也不清楚。三天前，衙门来人告知，说是在桃花河西岸发现了一具无名女尸，让我去认认，我赶去一认，果然就是家姐的尸骨啊。"

"哦，原来如此。不过，既是一堆尸骨，又何以能确认那就是令姐呢？"

"要不是我家祖传的一对银镯，我也不敢确认那就是家姐。"

"银镯？那可是常见之物，要是没有特别之处，怕也不好认呢。"

"不会，家姐戴着的这对银镯可不是寻常人家的手镯，这是祖传之物。"李丁从怀里掏出一个小布包打开，包着的正是一对银镯。

宋慈接过银镯一看："哦，这对银镯的打制工艺还真是非同一般啊。"

"这是我母亲从娘家一代代传下来的传世之物。"

宋慈取出那对手镯细细一看，忽像发现了什么，就把手镯举在阳光下，久久地看着。李丁有点生疑："欸，这位客官……"

捕头王上前拦过李丁："欸，我家主人专好收藏天下的奇珍异宝。他看得那么入神，想必是有了兴趣，没准会给你出个大价钱呢。"李丁忙说："不不，这是祖传之物，又是家姐的遗物，出多大价我也不会卖的。"

同行者叫道："公子，车修好啦，快来把灵柩扶上车吧。"

"来来来，我帮你们抬。"捕头王说着拉起李丁往灵车走去。

宋慈看着那对银镯，忽然双眼一亮，敛神一想，疑窦顿起。

灵柩重新装上了灵车，李丁对捕头王感谢不尽："多谢多谢。要不是壮士援手，靠我们几个老老少少的，怕还抬不动它呢。"

他没忘那副银镯，走到宋慈面前："这位客官，天色不早，在下要赶路了。这银镯要不是祖传之物，送了客官也无不可，可这……"

"嗯？哦。车修好了是吗？那你们就快上路吧。"宋慈说着，就将银镯递还给李丁。

"多谢多谢。"

宋慈看着李丁向装着棺木的牛车走去，心念一转，忽把李丁叫住："等等，这位公子，在下有一句忠告，不知是否想听听？"

"什么？"

宋慈指着已经重新装上牛车的棺木："回去后，最好在村外停放七日，再行下葬。"

"这是为什么？"

宋慈故弄玄虚地掐指一算："要是宋某算得不错，公子该是属狗的？"

李下惊讶不已："正是正是。"

"而从今日起七日之内，乃是恶虎临界之期。属狗的若在此间兴办红白喜丧之事，定会招致恶虎临门，公子怕有劫难加身啊。"

李丁闻言脸色微变："这……这是真的？"

"方家之言，信不信由你。告辞了。"宋慈说完，扬长而去。

捕头王走近正在发愣的李丁，故作神秘地说："喂，你难道就没听说过我师傅的大名？"李丁惊异地问："在下孤陋寡闻，真的不知这位高人是谁啊。"

"就凭我师傅手指头一掐，就能算出你的属相，你就该知道我师傅是谁了。告诉你，我师傅能巧断阴阳，预卜生死，你要是不听他老人家的忠告，那可就……嘻，你爱听不听，又干我何事，你自己掂量着办吧。"说完，捕头王追宋慈而去。李丁愣愣地想了想，突然向已远去的宋慈一跪："多谢高人指点！"

宋慈头也不回地往前走，耳朵却把捕头王和李丁的对话听得一字不漏，待捕头王追到他身边，他终于忍俊不禁地喷笑而出。捕头王一脸正色地说："大人别笑，别笑。你这一笑，我刚才那番话就要被人家识破了。"

宋慈笑道："没想到你这位善施拳脚的捕头王也会说出那无边的谎话蒙人。"

"我是怕那公子不信大人的话，才帮您圆个谎。您这一笑，不是明明在告诉人家我们在骗他吗？"

"你放心，依我看，那位老兄耳朵皮软，是个最易听信别人的老实人，他绝不会怀疑宋某的指点。"

"欸，大人刚才是怎么算出他是属狗的呀？"

"嗯，不是他自己说的吗？"

"他说过吗？没有，肯定没有！"

"他虽然没有直接说属狗，可他说过死去的姐姐活了二十三个年头，还说了他们姐弟只差一岁，他不正是属狗吗？"

捕头王恍然大悟："噢，原来这样，我怎么就一点儿也没想到呢？欸，大人，你让人家停柩七日后再下葬，可是发现了什么疑点？"

宋慈突然站住，回头看着远去的牛车，道："疑点就是那副手镯！"

河边。仍是那个垂钓的好去处。刁光斗在鱼钩上钩上了诱饵后，将鱼线远远地抛向河面。然后往躺椅上一躺，对身边的贾博古慢条斯理地说："就凭那一副手镯，就想把这案子做得天衣无缝，阁下也未免天真。"

贾博古一怔："刁大人何出此言？"

"阁下不愧是位擅长弄讼的秀才，来那么一手的确不简单。可你别忘了'道高一尺，魔高一丈'啊。你那手段骗骗那些庸吏尚可，可要想蒙我刁某，只怕会弄巧成拙。"

贾博古不免心里发虚："刁大人此话未免言重。"

"哼，那副手镯，想必你贾秀才是见过的。"

贾博古一阵紧张："这……贾某不懂刁大人此话何意？"

刁光斗洞察到他的话已点中了贾某人的要害，却点到为止地收住这个敏感的话头，另换了个话题："近来朝廷为整饬朝纲，肃清吏治，广派监察官员到各地明察暗访，风声紧哪！所以，对你这桩官司，刁某还不得不权衡一下冒这样的风险是否值得。"贾博古在心里暗暗骂道："这条贪得无厌的恶狗！"

刁光斗瞥了他一眼："这时候，你心里一定是在狠狠地骂刁某吧？"

贾博古一惊，"岂敢岂敢。不过，刁大人小冒风险是否值得，倒的确应该权衡一下。"说着将一张银票递给站在一边的师爷。

师爷却像是睡着了似的竟没伸手来接。刁光斗的双眼紧紧盯着水面上微微动着的浮标："有条鱼正在咬钩，但不知是大鱼还是小鱼？"

贾博古对师爷道："这是张三百两的银票！"

刁光斗突然一指那被深深拉入水中的浮标："大鱼！"

睡着了似的师爷突然睁开了眼睛，顺手接过了贾博古的那张银票，拢入袖中。刁光斗一起竿，果然是条大鱼："看，我说是条大鱼吧！哈哈……"

还是县衙附近的那家银铺。师爷又一次大摇大摆地走进去了。

一会儿，他又抱着个比上回更沉的包裹出来，扬长而去。

对面的棺材店伙计再次看着这一幕，又在心里叹道："唉，官府衙门八字开，有理无钱莫进来呀。"

城门前，支起了一个简陋的茶棚。几块板，几张旧桌椅，茶碗，茶壶，碗碟，就做起了营生。城里的闲客早晚来这儿，坐着慢悠悠地喝茶，过路的行人，赶车的脚夫，也在此落脚，花三文钱，匆匆买一碗茶，喝了解渴。喝茶人最爱聊天，远古旧闻，现今新传，都是议论聊天的话题。

卖茶的老汉腰系着一条茶裙，手持着一把大蒲扇，边扇着煮茶的火炉，边听茶客们议论着一件事。

"咳，听说呀，那杜松的双腿都被打折啦，可就是宁死也不认杀老婆的事，说起来也算条硬汉子啊。"

"可他究竟杀没杀老婆呀？"

"谁知道呢，反正只是听说杜松杀了老婆，可是呢，谁也没亲眼见着。"

"可衙门里不是……"

棺材店伙计正好走进来，就接过话头："哼，衙门里的话你也信？老话怎么说的？'官府衙门八字开，有理无钱莫进来'。官府衙门，有几桩案子不是掂着银子办的？"

旁边茶客说："照你说的，那杜松的案子也有冤情？"

棺材店伙计说："有冤无冤我也不敢妄加评说，可我就觉得这案子有点怪。"

宋慈和捕头王走了进来，打断了茶客们的谈话。

茶老板招呼道："哟，二位客官，我这破棚里可只有三文钱一大碗的粗茶。我看二位……喏，往前再走百步，就有一个上等的茶馆，二位还是……"

宋慈说："在下也算是跑遍了三江六码头，可从没碰见过拒客于门外的生意人，你该不会是怕我二人白喝了你的大碗粗茶？"

"哪里哪里，我是怕这破茶棚不合二位的身份，才……"

"就凭你这句话，我今天是非喝你几碗粗茶不可！"

"客官要不嫌弃，那是小的造化。那好，二位请坐吧。"

宋慈和捕头王坐下，捧着粗大如钵的茶碗慢慢喝着茶，很快被邻座茶客们的谈话吸引了。

"欸，四叔，你刚才说那杜松杀妻案怪，倒是说来听听。"

棺材店伙计说："要说那杜松杀妻案之怪呀，就怪在那尸骨上。你们想想，当初杜松被打得断胳膊折腿，可就是交不出李氏的尸首。而半年过去了，却突然又说找到李氏的尸骨了，你说这事怪不怪？"

"听说李氏的尸骨是有人挖地时挖到的呀。"

棺材店伙计颇为义愤地一拍桌子："那尸骨是挖地时挖出来的？前两天杜松

的妻舅爷来我店里买了口寿材，说是要接她姐姐的尸骨回娘家，那口寿材是我送到城北桃花渡西岸的。我到那儿一看，心里就犯疑：那是个乱石滩，谁吃饱了撑的，去那地方挖什么地？还那么巧，一锄头就刨出个冤尸来？哼，依我看呀，究竟谁是杀害李氏的真凶，只有天知道啊！"他说完，站起身来拍拍屁股要走。一茶客叫住了他："喂，四叔，怎么走了呀？再聊会儿再聊会儿。"

"祸从口出，不想多说啦。"

"想不到四叔也有怕事的时候啊。"

棺材店伙计回头说："怕？这天底下什么人都会怕死，唯独开棺材店的不怕死！哪天要真没了活头，自选一口称心的，往里一躺，便入了千年梦乡，有甚可怕！"说完扬长而去。

宋慈站起身来，走出茶棚，欲向四叔追去，却被前面走来的杜母迎面拦住了。衣衫褴褛的杜母，拄着拐杖，提着竹篮，朝着宋慈，兜头就说："老身昨夜做了个梦，梦见玉皇大帝派神仙下凡来救我松儿了，我松儿有救啦，我松儿有救啦……"

宋慈不知其故，其他喝茶人都唯恐避之不及，走的走，躲的躲，不敢搭理这疯疯癫癫的老人。杜母便追着他们说："喂喂喂，街坊乡亲们呀，你们一个个都听见没有？昨晚玉皇大帝给老身托梦啦，他老人家派神仙下凡来救我松儿了，等我松儿出了狱，我请街坊们喝我杜家的豆浆。我还要让那位下凡来救我松儿的神仙，带上我松儿做的豆浆，去敬奉给玉皇大帝……"

宋慈暗暗扯了一把捕头王，双双离开了茶棚。

宋慈跑上大街一看，街头行人稀落，早已不见了那棺材店的四叔。

"刚才那位棺材店的是在……对，该从这条街走。"

捕头王问："去哪儿？"

"桃花渡！"

黄昏时分，夕阳残照，桃花河弯弯曲曲流淌着。

宋慈和捕头王来到渡口。一群过客正围着独坐在亭子里吃喝的船家，苦苦哀求着："船家大哥，你行行好，渡我们过河吧。"

船家对客人的请求不理不睬，只顾自己坐着，又吃又喝，若无其事。

一个有几分姿色的村姑上前求道："这位大哥，我家里哥哥正病着，等着我抓药回去呢，你行行好，渡我们过河吧，我求你了呀。"

船家的目光就在村姑身上乱转:"哟嗬,这位漂亮妹妹是为家中哥哥着急呀。那好,你上来亲我这船家哥哥一口,我立马送你过河,怎么样?"

村姑愠怒地瞪起眼睛:"你……"

众人都以怨恨的目光看着船家,船家怒道:"你们这么看着我干什么?实话告诉你们,我这渡船今天是有人包下了,你们要想过河,明天再来吧。"

宋慈用胳膊肘捅捅捕头王:"看你的啦。"

捕头王心领神会,拨开人群,铁塔般的身子往那瘦小的船家面前一戳:"喂,我们老板必须马上过河,你开不开船?"

船家一见捕头王那身板,已怯了几分,口气也蔫了不少:"这位大爷,不是小的不开船,小的实在是有约在先。"

捕头王说:"我不管你有约没约,反正现在你约的人还没来,就得把大伙儿先送过岸去。"

"这……唉,怪小的贪杯,刚才多喝了几口,实在撑不了船啦。"

"那好,本大爷就先帮你醒醒酒。"捕头王说完,像拎小鸡似的一把将船家拎起,大步走到河边,就要往水里按。

船家连连求饶:"大爷饶命,大爷饶命!"

"怎么,酒醒了?"

船家连连说:"小的这就开船,这就开船。"

捕头王拍拍船家的脸颊:"嗯,看来你还没有太醉。好,大伙儿上船,上船。"

众人看着捕头王不敢上船:"哦,还请这位壮士先上。"捕头王走到宋慈面前,"大掌柜,请上船。"宋慈俨若一副大掌柜的派头上了船。

渡船撑离河岸不久,一乘轿子"吱吱嘎嘎"地从河堤上而来。从轿夫那气喘吁吁的样子看,轿子似乎格外沉重。轿子到渡口边时,轿帘被轿中人掀起一角,一双充满警觉的眼睛往渡口搜寻着渡船,那渡船早已离岸远去了。

轿中人大声喊道:"停下停下。"轿夫们肩一松,放下轿子,就一个个喘着粗气瘫倒在地。钻出轿子的是贾博古。他气急败坏地奔到渡口,看着那越走越远的渡船,十分气恼地飞起一脚将船家遗留在岸边的酒坛踢进了河里,"哗"地溅起了一大片水花……

山脚下,溪滩前。一个被扒开不久的深穴。宋慈在穴边,用一根木棒探了探深浅:"那开棺材店的说得没错,埋得这么深的尸骨,绝不会是被人挖地时挖出来的。"捕头王说:"那就是挖地人事先知道了埋尸的位置。照此推断,那发现尸体的人很可能就是此案凶手。"

"要是那样,凶手为什么要把这个被埋了半年之久的秘密揭开?"

"这……看来此案还真有点扑朔迷离。"

"但有一点宋某确信无疑,那就是官府并未找到真正的被害人。"

"什么?难道这墓穴里挖出的不是被害人的尸骨吗?可这是亲属认准的呀。"

"亲人认尸凭的是什么?一副手镯对吗?"

"对!"

"而宋某正是从那副手镯上发现了本案的破绽!"

此时,刚才摆渡的那条船已从对岸渡口把等在那儿的贾博古等摆渡过来了。

渡船慢慢靠拢岸边。船上除了贾博古,还停放着那顶轿子和轿夫们。

船家一边摆弄竹篙,一边讨好地说:"秀才老爷,刚才实在是那位过客太过蛮横,小的不得不送他们,差点耽误了老爷过河,实在对不起呀。"

贾博古不耐烦地说:"算了算了,废话少说,快把船停稳了。"

"是,是。"

渡船停稳后,轿夫显得很费力地将轿子抬上岸去。然后,贾博古钻进轿子,四位轿夫喊一声号子,起轿一掂,显然是一顶超重的轿子。

船家哈着腰送走轿子,回过头来时,猛地一惊。不知何时,他身后立着一座黑塔。捕头王正似笑非笑地堵在他的身后。

船家连连道:"客官,这么快就回了?小的正在这里恭候着您呢。咦,你们掌柜的呢?"捕头王往岸上一指,"那不是吗?"

宋慈正若有所思地看着那顶"吱嘎"远去的轿子……

少时,渡船载着宋慈和捕头王缓缓离岸,向河心驶去。宋慈指指那顶已经走得很远的轿子:"船家今天等的可就是刚才那位坐轿的老爷?"

"正是,那可是本地有名的讼师,什么官司,他都能打赢。也难怪,人家是位秀才。"

"说起官司,城里好像人人都在传说着一桩什么人命案?"

"你说的可是豆腐坊老板杜松杀老婆的案子?"

宋慈故意问捕头王:"欸,你我在茶馆听说的可是船家说的案子吗?"

捕头王说:"好像没错。"

船家搭上话来："那官司，都大半年了，前两天才结案。"

宋慈看向船家："就是。听说那死者的尸骨还是在这河边发现的，这河渡就你这一条渡船，船家想必知道的。"

船家有点警觉："嗯？不不不，我可没看见。"

宋慈从船家的反应中看出有蹊跷，笑道："船家这是此地无银三百两啊。"

船家一怔："嗯？这话啥意思？"

"城里人都在说，那尸骨是在对岸山脚发现的，那口装尸骨的棺材是你这条渡船摆过河的，你怎么会不知道？你是怕惹官司吧。"

船家一下子恼了："我怕惹什么官司？要知道，这场官司要不是我，还结不了案呢。"

宋慈不禁双眼一亮："是吗？哎呀，在下出门在外，别无所好，就是喜欢打听各地的奇闻逸事，说来听听，说来听听。"

船家又不想说了："这……没什么可说的。"

捕头王唱起了黑脸："你小子什么意思，明知我家大掌柜喜欢听奇闻逸事，你偏这样吐一半咽一半的，卖啥关子？不想说你倒是一开始就别放屁呀。"

船家一看捕头王那副想找事的样子，连连说："哎呀，其实说说也没什么。欸，你们知道那案子为何悬搁半年结不了案？"

宋慈说："我们刚来此地，这可没听人说过。"

"不就是找不到死者的尸体吗？"

"噢，对对，听说了听说了，说是那尸骨还是几天前才找到。"

船家不无得意地说："对啰。找到那尸骨的正是在下。"

宋慈闻言心中一喜，"是吗？那你一定是得了不少县衙的赏银吧？"

"县衙？那县衙是老虎嘴一张，只会搜刮民脂民膏，怎么会赏银子给我们这种小老百姓。倒是秀才老爷手头大方，赏了我几坛好酒。"

"可是方才那位秀才老爷？"

船家一双小绿豆眼在宋慈身上溜溜地乱转，疑惑地想：这二人究竟是干什么的？宋慈似乎看出了船家的心思，故意对捕头王道："王五，刚才我们看好的那三头牛犊实在不错，贩回江东定能卖个好价。你明天回来，可千万不能让那主人反悔了。"

捕头王心领神会："大掌柜放心，那小子敢反悔，我王五一巴掌拍死他！"

船家暗道：哦，原来是两个牛贩子。遂松了口气。

　　上岸后，宋慈和捕头王一前一后行走在岸边。湍急的河水哗哗流着，远处是个村庄，村子青烟袅袅，又见一些收工回家的农人与牧童。

　　捕头王兴奋地说："大人，这可真是踏破铁鞋无觅处，得来全不费工夫。想不到，那贼眉鼠眼的船家就是那假尸的报案人，这可是条重大线索啊。"

　　宋慈仍在思考："报案人显然不是杀害杜松之妻的凶手。可他为什么要报这个假尸案呢？"

　　"我一看这就是个势利小人，想必是为了得到官府几两赏银吧。"

　　"可他刚才明明说没有得到官府一文钱的赏银。而且，既然那尸骨不是被害人李氏，那么那对银镯子又是从何而来？对了，那船家刚才说他报案后是那位秀才老爷赏了他几坛老酒，那秀才老爷为什么要赏他老酒？"

　　捕头王听得一头雾水，问道："难道这船家与那位秀才之间有什么瓜葛？"

　　宋慈肯定地说："大有文章！只是不知道这究竟是篇什么样的文章。"

　　捕头王听了，即说："大人稍等，待卑职回去将那船家再灌上一顿河水，不怕他不说。"宋慈拦了一下："等等，暂且不必去惊动于他。"

　　"可那船家是此案唯一的线索，放过他，将从何查起？"

　　"不，其实，此案不止船家一条线索，那副尸骨，那对手镯，恐怕都隐藏着此案的谜底。不过，要真正查明真相，还得从头开始。"

　　"从头开始？可哪儿是头？"

　　入夜，小县城的街市显得有些萧条。

　　宋慈和捕头王沿街走来，几乎见不到一个行人，连个问路的也找不到。

　　捕头王奇怪地问："还未起更呢，怎么就连问个路的行人都没了？"

　　"街市如此萧条，可见那县令的政绩了。"

　　"大人，那姓刁的知县这回怕又撞在您手上了。"

　　宋慈轻叹一声："唉，真是冤家路窄，想不到此番又会与他相遇。想当年，刁光斗身居五品知府，贪赃枉法，草菅人命。宋某向朝廷参了他一本，原以为朝廷问他个午门斩首尚不为过，可没想到啊，姓刁的不知有着什么样的背景后台，最终却只是降级到这儿当知县，身上还穿着一身朝服。"

　　捕头王愤然道："别的暂且不说，只看这满目萧条，就可见此公并没创下什么好的政绩，只怕他没有从上回遭贬接受教训，反而变本加厉了。"

　　宋慈一本正经地说："这是你说的，我可没说。"

"大人嘴上没说，心里一定也这么想的。"

宋慈脸色冷峻起来："要是这个案子果然如宋某所想的那样，此番我决不会再放过这位神通广大的刁大人！"

二人走着走着，突然发现了什么似的站住了。宋慈和捕头王的眼前，正有一块他们苦苦寻找的门匾，上面写着：杜记豆腐坊。二人相视，不禁笑了。

杜家一副破败不堪的景象：尘垢满屋，蛛网迎面，残灯如豆。

宋慈和捕头王朝着屋内那极其微弱的烛光摸去，惊得鼠虫满屋乱窜。二人走到一厢房前，见房门半掩着。宋慈伸手正要推门，身后传来一声呵斥："站住！你们是何方妖孽，竟敢……"宋慈回过身来，见是杜母，不禁一愣："好像哪儿见过。对了，在城东门茶棚前，曾相遇过老人家。"

杜母开始念念叨叨："哦，老身昨夜做了个梦，梦见玉皇大帝派神仙下凡来救我松儿，我的松儿有救啦，我的松儿有救啦。松儿，我的松儿呀……"说着，便又呜咽起来。宋慈说："老人家，你儿子要是真有冤情，不妨对我说说。"

杜母冷冷问："你又是哪路神仙呀？"

捕头王说："老人家，这位就是人称包公再世的宋慈大人呀。"

杜母一愣："啊，你就是大名鼎鼎的宋提刑吗？"

"正是在下。老人家心里有什么冤屈，可否对我说说？"

杜母抬起一双浊眼，久久地看着宋慈："我这破家，已经没什么值钱的了。"

宋慈不解地说："您说这话，什么意思？"

"老婆子明知儿子受冤，可没银子，打不起官司，你们走吧。"

"宋某身为大宋提刑官，要是你儿子真有冤情，我定当全力为你洗冤，何谈银子？"

杜母半信半疑地又盯着宋慈看着："可有人告诉我说，如今打官司，靠的是银子，要上提刑衙门诉冤，少不得要花几百几千两银子铺路，可老身除了一副穷骨瘦皮，哪来那么多的银子啊。"

捕头王怒道："什么鸟人说那有辱宋大人名声的混账话！宋大人洗冤禁暴，惩恶扶良，平了多少冤案，什么时候收受过一文钱？"

"啊！这么说，不就真的应了老婆子的梦了吗？宋大人可不就是上天派来救我儿的吗？宋大人，我儿冤枉啊！"杜母一下跪倒在宋慈跟前。

宋慈与杜母的谈话渐渐有了进展。杜母抬起一双哭得红肿的泪眼："宋大人，我儿媳妇不见三个月后，也不知从哪儿起的传言，说是松儿杀了他媳妇。街坊们一传十、十传百，传得人人皆知，可就是没有一个亲眼看见我儿杀人。他妻舅也听信了传言，到县衙投了诉状。那县官逼我儿交出媳妇，我儿交不出人来，那县官就用尽酷刑，百般折磨，可怜的松儿……"

"那李玉儿失踪之前，家里可有什么异常事发生过？"

杜母被这一问，心里咯噔了一下。宋慈从老人这细微的变化中看出老人心里的难言之隐："老人家，要是你儿子真是受了冤，要是你真想为你儿子申冤，你就不该对宋某隐瞒什么呀。"

杜母迟疑地说："这……哦，这与我儿的冤情无关，何必说它。"

"老人家，究竟是什么事让你那么难以启齿？"

"不不，没什么事，真的没什么事呀。"

宋慈起身踱了几步，忽然回头发问："李氏在失踪前是不是有过不守妇德、非礼越轨之举？"

"啊，宋大人是怎么知道的呀？"杜母这话等于向宋慈承认了。

"这恐怕正是李氏被害的原因！"

"啊，可我一直把它当作一件家丑压在心里呀。"

宋慈诚恳地劝道："老人家呀，什么家丑能比你儿子的命还重？你要是不把实情告诉宋某，又让宋某如何去为你儿子洗冤啊？"

杜母沉默好一会儿，才艰难启齿："那是在初夏时节——"

杜母拄着拐杖往豆腐作坊走去，快到门前，忽听得作坊内传出一阵男女的嬉笑声。老人不免心里一惊，悄悄走到窗前，扒着窗子往里看。

作坊内，楚楚动人的李玉儿正对一位背对窗子站着的陌生男子开心地笑着："哈哈……你说什么？你把我比作什么？"

男人说："我把你比作一朵好花，我是说好花应该插在花瓶里让人观赏，而不应该埋在豆腐渣中见不得天日。"

"嘻嘻，你这人说话真逗。欸，那我问你，你家有花瓶吗？"此言一出，李玉儿突然意识到不该这么问，脸红起来，一双楚楚动人的大眼朝那男人含羞一瞥，像是逃避似的把脸转了过去，有心无心地搅着满桶的豆浆。

男人往李玉儿身后挪了挪，低声道："我家正有一只黄金花瓶，不过，好花一旦插在我家的花瓶里，我恐怕连一眼也舍不得让旁人看了。"

李玉儿心里一热，继而一想，又很理智地说："算了算了，秀才大人的话，小女子是听不懂的。"

"不！你听得懂，你也应该听得懂！我可以断言，你已经听懂了！"

李玉儿有点狡黠地说："你是在说花，又不是在说人。"

"我是把人比作花，说花就是说人。"

李玉儿有点自卑："可我早已是埋进豆腐渣里的残花了……"

那男人便慢慢向李玉儿身后靠去……

窗外的杜母连忙别过脸去，气得身子一个劲儿地打战。

作坊内的男人伸出双手，轻轻地按在李玉儿的肩头，一腔悲天悯人之语："像你这样的绝代佳人，原不该落在这种低贱作坊中的。"男人说罢，把李玉儿揽入怀中。不料，李玉儿像是突然醒过来似的从男人怀里挣脱出来："不不，秀才老爷，我丈夫上街卖豆腐，就要回来了，你走，你快走吧。"

"那好，后会有期。"男人说着，就转过身来。

窗外的杜母看到那男人的面孔，认出是谁了，"啊，是他！"

这是贾博古。他抬脚正要跨出门槛的时候，身后一声"等等"，他的脚就又抽了回来，但人却没有转过身来，笑吟吟地等着身后人的下文。

然而，身后的李玉儿却久久地什么也没说。

贾博古终于转过身来，正和李玉儿的目光相遇，李玉儿也不躲避，迎着贾秀才的目光，千言万语都在无声中交流着。

贾博古轻声道："我明白了。"

李玉儿神色狡黠，"你明白什么？我可什么也没说。"

贾博古哈哈大笑："你不但模样儿迷人，还绝顶聪明。好吧，你没说，就算我说的吧。"

"说什么？"

"后会有期！别忘了，我家那只黄金花瓶永远为你留着。"贾博古说完，就大步一跨，潇洒而去。

李玉儿一直目送着贾秀才走出了深巷，最后不知在一种什么心情的驱使下，莫名其妙地捧起一口盐卤罐，抬手砸进了一个装满豆浆的桶内，"哗"的一声，溅了她一身的豆花，可她竟"咯咯咯"地欢笑不止。

窗外的杜母满脸愁苦，颤颤巍巍地离开窗口，眼中滚动着泪花，痛苦不已："老天爷呀……"

杜母长叹一声:"唉,我生怕此事张扬出去,会败坏杜家的清白名声,更怕贾秀才那个能呼风唤雨的人。小百姓得罪不起他,我老实巴交的松儿,更是胳膊拧不过大腿。到头来只怕会吃更大的亏,所以我就把这件事一直压在心底。"

宋慈问杜母:"哦,老人家,李氏失踪前,家里可少了什么财物?"

"除了她身上穿的,只带走一对手镯,那是她娘家的传家之物,平时她在作坊里干活,戴着手镯不方便,就一直放在箱子里。媳妇离家后,箱子里什么都没少,就那对手镯不见了,所以我也当她是戴着手镯回娘家了,谁想到会出这样的事呀。"

宋慈又问:"几天前官府找到了李玉儿的尸骨,可让你去认过尸?"

杜母叹息道:"都成一堆白骨了,还有什么认不认的。官府只是让人送来了那对银镯让我认认,这我认得清楚,的确是我儿媳妇娘家的祖传之物。"

宋慈对捕头王说:"看来,我们该到李玉儿的娘家去做做客了。你马上回去把英姑叫来,告诉她,某地有一具尸骨,兴许能让她长点见识。"

捕头王一时发愣。宋慈问:"怎么了你?"

捕头王醒悟过来:"是,卑职遵命!"

黑洞洞的牢房一角,蜷缩着蓬头垢面的杜松。

脚步声响处,刁光斗一副优哉游哉的样子走了进来,和颜悦色地说:"杜松,本县为你贺喜来啦。"杜松眼光闪了闪,马上又闭上了。

刁光斗自顾自说下去:"你这案子历经半年之久,本来早该结案啦,可谁知你却一直不肯交出李氏的尸体,而本县又恰恰是个向来以民命为重的清官,不见尸骨是决不定案,以至于此案拖延至今。当然,其间你受了不少的委屈和活罪,本县深表同情,深表同情啊。嗐,我是来给你贺喜的,说这些没用的干什么?对,我今天是来给你贺喜的!俗话说,死罪好受,活罪难熬啊!好在现在李氏的尸体已经找到了,也经她娘家人确认,此案终于可以结案了,也就是说,你的活罪终于受到头了。你说,这对你来说岂不是一桩喜事?"

杜松一惊:"她……她真的死啦?"

"早成了一堆尸骨啦,唉,真叫人惨不忍睹啊。而你却还活着,你不觉得活得亏心吗?"

"我一死倒也罢了,可我还有个年老多病的老娘啊。我要是死了,可让她老人家怎么活?娘……孩儿不孝啊……"杜松痛哭起来。

李丁家。宾主分坐在客厅上。包布被一层层打开，包内的正是那副手镯。

李丁将手镯递给了宋慈。宋慈接过手镯，细细端详，深深思索着。

"前日多蒙先生忠告，才没将姐姐灵柩匆忙安葬，否则，我李家恐怕又会有什么祸事了。先生今日光临寒舍，不知有何赐教？"

宋慈问："李公子，这对手镯当时是如何从墓穴中取出，又是如何交付于你，你可记得真切？"李丁不解："先生问这个干什么呀？"

捕头王说："你说干什么，帮你消灾呢。"

李丁点点头："哦，那好那好。才几天前的事，我当然记得真切。那天，是一位衙门小吏从县城赶来通报于我，说有人找到了家姐的尸骨，县衙传我去相认。我当时就跟着那位小吏赶到了现场——"

山脚边，河滩前。发现尸骨的现场，有衙役把守着。

一名小吏带着李丁气喘吁吁地赶到墓穴前。

李丁弯腰往那深深的洞穴张望，墓穴中突然直起一个人来。那是个正在清理尸骨的衙门仵作，他正在将尸骨一块块捡起，放在一块大白布上。

刁光斗不知什么时候已站在李丁的身后："李公子，令姐被害后，尸体埋在这里。唉，此情此景，令刁某不忍目睹啊。刁某要不严惩凶手，又怎么对得起屈死的冤魂啊！"

李丁突然大叫起来："不！你们凭什么说这就是我姐姐的尸骨？这不是我姐，不是！"刁光斗点头道："李公子有此疑问也在情理之中。要不是杜松的母亲认下了令姐的一件随身之物，本县也不敢认定这就是令姐的尸骨啊。"

李丁一愣："我姐的随身之物？除非是一副银镯子！"刁光斗回头对身后的师爷说："来，那是李家的祖传之物，就交还给李公子吧。"

李丁心里一沉，从师爷手中接过一个小布包。他一层层地将布包打开，猝见手镯，脑子里轰地一响，便对着墓穴中的尸骨一跪，叫一声："姐呀……"痛哭起来。

向宋慈述说着此事的李丁眼中滚动着的泪水。

宋慈思索着问："李公子，平时令姐是不是格外珍惜这副手镯？"

"这手镯是外祖世世代代由女儿相传的，到我姐这里，已是第十二代传人了。记得在我姐出嫁的那天，母亲亲手把这对镯子戴到姐姐手上，说：记住，这不是一副寻常的镯子，是你外祖世代相传之物，只要此镯不失，我们李家的女儿就是嫁得再远，也不会断了外祖婆的凤脉，你要像珍惜生命一样珍惜它，千万不可丢失了。"

宋慈用两根手指捡起手镯，借着从窗外射入的阳光，细细地检视着。

李丁向捕头王问道："这位客官，您师傅究竟是干什么的呀？"

捕头王一时语塞："啊？哦，我师傅呀，嗯，哦……"

宋慈突然回过身来："李公子，宋某想借用你这对祖传的银镯一用。"

李丁一愣："这……这可万万使不得。上回见面时我就说了，这是我家的相传之物，恕我不敢外借，更不会出卖的。"伸手想取回银镯。

宋慈一收手，早将小布包交到英姑手上："银镯我只借用三天，三天后一定完璧归赵。现在还有一件事，你须得按宋某说的办！"

"还有什么事？"

"我要开棺验骨！"

李丁大惊："什么，开棺验骨？这是为什么呀？"

宋慈没有回答李丁，站起身来走出了客厅。李丁一下掉进了五里云雾之中，想追上去问个究竟，被捕头王拦住了："欸，你知道他是谁吗？"

"他不是你师傅吗？"

捕头王笑道："你这个人呀，眼力那么不济，也难怪你会上当受骗了。告诉你，他就是大名鼎鼎的断狱神手宋提刑啊。"

"你说是谁？"李丁大惊，"他真是大名鼎鼎的宋提刑？"

抬头望去，宋慈衣袂飘扬，大步走出了庭院。

院墙门外，搭着个临时的停尸棚，棚里停放着那口棺材，棺前点着长明灯、烧着锡箔纸钱。几个妇人身穿素服在灵前看管着香烛纸钱。

李丁对守灵人挥手："撤了撤了。来，快把香烛灭了，别烧了，都搬出去，快点快点。"

"相公，怎么啦？"

"嘻，别问了别问了。宋大人要开棺验骨。"

妇人们七手八脚地搬走了祭灵的东西。

李丁还有点疑惑："宋大人，这……这尸骨也能验吗？"

宋慈不容置疑地说："打开！"

一根铁钎插进棺材盖的缝隙中，用力一撬。棺盖起了，很快便抬到一边。

宋慈走上前去，往棺内一看，尸骨是用一块锦缎包着的。

英姑取一坛酽醋，往宋慈手上淋着。宋慈淋过醋的手伸进棺中，一层层解开包尸骨的锦缎，白骨渐露。他敛着精神细观良久，道出一字："验！"

"嚓"，铁铲插入土中，紧接着几把铁铲叮叮当当地一起掘了起来——捕头王指挥家人掘着土坑。

英姑挨到宋慈身边，轻声问道："大人，我自跟随大人以来，还从没经历过这样的验骨，可让我开眼界啦。"

"不让你开眼界，又何必让你来呢？"宋慈对英姑说，"你听着：验骨，须俟晴明之日。先以水洗净尸骨，用麻绳，将骸骨按人体次第穿定，以竹簟盛之。开地窖一穴，长五尺，宽三尺，深二尺。多用柴炭烧煅，以地红为度。除去火，再用好酒二升，醋五升，泼于窖内。乘热气，扛骨入穴，以草垫盖定。蒸骨约一二时辰，候地冷，去草垫，扛骨殖于平坦明亮之处……"

在他说话时，捕头王指挥着人按此程序，一步步地进行着。

在挖好的土坑内，燃起干柴，待柴火燃尽，被大火烧烤了半天的土坑四周已呈焦土。宋慈亲自动手，向窖内泼洒酒醋，热穴经酒醋一泼，穴内"轰"地升腾起浓浓的白色热气。随后，用草簟裹就的尸骨被放入热气直冒的土坑中。草垫层层覆盖后，热气仍从草垫中丝丝缕缕地渗出……

过了一些时候，一把红油大伞"哗"地打开，宋慈捋袖撩衣，取出骨殖，置于红油伞下。红油伞正对着烈日，把伞下的白骨照得如同透明一般。英姑凑近来看着，听宋慈又说道："将红油伞遮尸骨验之，若骨上有被打之痕，即有红色纹路微印。若此验尚存有疑，可用墨法再验：浓磨好墨均涂于骨伤处。候墨干，即清水将墨洗净，如有伤损之处，必有黑墨浸入……"

宋慈紧皱着双眉，细细地检视着每一块尸骨。忽然眼神一凝，然后把颅骨捧到面前。在红油伞下，颅骨后脑处的几条细如纤维的红色纹路清晰可见。

接着，他又往颅骨上涂着浓墨，涂毕，用手试了试墨迹，不沾手。然后，颅骨被放入净水盆中清洗着，盆中水渐渐被染成黑色。

经清洗擦干后的颅骨被置于日照之下。宋慈招呼道："英姑，你来看。"

英姑一直呆呆地望着宋慈，这时竟走了神，没理会。

捕头王忙从背后捅了她一下："大人叫你呢。"英姑猛地回过神来："哦，大人，我……我在做笔录呢。您看。"刚想递上的录簿又马上缩了回来。而站在她身后的捕头王往录簿上一看，明明一个字也没录下。捕头王不动声色。

宋慈回过头来："你好像心不在焉！"英姑脸红了："我……没有没有。我在心里默记着您刚才的验骨之法呢。"宋慈指着颅骨："你仔细看看。"英姑捧过颅骨，在日照下，见白色颅骨的后脑处，留有一丝丝的墨线，如图散开着，那正是颅骨有裂缝而墨水渗入留下的痕迹。

英姑问："大人，这可是生前遭到过什么钝器击打所致？"宋慈微笑着点头："看来宋某没让你白来这一趟。"英姑的语音里有点醉意："多谢……"

宋慈却转向有些急不可耐地想知道验骨结果的李丁："看来，宋某不仅要借走你家的祖传之物，还要带走这具尸骨。"

"啊，宋大人，这岂不让家姐阴魂……"

没等李丁把话说完，英姑就走上前去："你以为这真是你姐姐的尸骨？"

"啊，难道……"

英姑笑道："这具尸骨，身高足有六尺七寸，一个女儿之身，能有这么高的个子吗？"李丁吃惊地问："这不是家姐的尸骨？"英姑说："当然不是，这是一具男尸！"李丁惊叹："啊，不可思议，不可思议！"

夜色降临时分，客栈里也安静下来了。客房里，一张简陋的桌上，端正地摆放着一个颅骨，宋慈趴在桌前，呆呆地看着那个颅骨。

客栈的小二提着水，哼着小曲到宋慈房前："客官，开水来了。"

宋慈正思索着，没有应答。小二轻轻推开宋慈的房门，探头一看，吓得回头就退了出来。他退到门口，定了定神，就把水送往英姑的客房。不想这边更是满桌的白骨，小二吓得屁滚尿流地逃到房外走廊上，惊魂不定地说："这……这都是些什么人呀，天哪，吓死人了。"英姑在房里认真地整理着那堆尸骨，忽然想到什么，便取出那副手镯，举到亮处，细细端详着。

隔壁房里，宋慈还趴在桌前，目光定定地对着那个骷髅思索着：李氏玉儿离家出走，三月之后，满城传言李氏被害，却始终未获被害人尸体。时隔半年，有人以一具假尸骨冒充李玉儿，却败露了另一桩谋杀案。这李氏遇害案，是案中有案啊！将这两桩谋杀案联系在一起的，是那副银镯。而最有可能得到这副银镯的，对，只有那位贾秀才！可他为什么要设谋以一具假尸骨冒充李玉儿呢？宋慈突然想起那天在河边看到的一幕：轿子下船后，贾博古钻进了轿子，四条大汉起轿一颠，显得分量超重……

他突有所悟，双眉一展，一句话脱口而出："英姑，泡脚！"话音落时，英姑也正好拿着一副手镯走进房间，"啊？大人，是不是谜底解开啦？"

宋慈才回过神来："你发现了什么？"英姑举着手上的手镯，不无得意地说："本案的破绽全在这副手镯上。"宋慈笑了起来："看来，英姑娘的眼力也不差！"

英姑有点泄气："啊，原来大人早发现了？"

"有了这个发现，你对全案有何推测？"

"您让我班门弄斧？"

"哪里，宋某洗耳恭听。"

英姑抿嘴一笑："那好，说就说。以我看来，如果想用这副真手镯来抛出那具假尸骨的人就是杀害李玉儿的元凶，那么有两个人，是应该排除在凶手之外的。一个是本案原告杜松，他自案发后一直被拘禁在县衙大牢里，所以他不可能实施这场骗局；另一个是报案的船家，此人虽然有着谋杀无名男子的重大嫌疑，但他绝不是谋杀李玉儿的凶手，因为，如果是他谋杀了李氏，他就不会用假尸报案！显而易见，在船家身后还有一位主谋，那才是杀害李玉儿的真凶！"

宋慈鼓励道："你往下说。"

英姑大声说："贾秀才！这个人在本案中是最大的嫌疑人！"

宋慈反诘道："可他却未必就是杀害李玉儿的凶手！"

英姑一愣："啊？难道除了贾秀才，本案还有一位真凶？"

"这个所谓的被害人李玉儿活不见人、死不见尸，要是不把她找出来，又如何让此案真相大白于天下？"

房门突然被推开，捕头王风尘仆仆地进来。

"大人，卑职已遵命将手下召唤过来，现正在城外土地庙听命。"

宋慈说："你来得正好。有件事，非得你去了才能办成！"

船家在河埠头洗着什么，回过头时，大吃一惊。

捕头王不知什么时候又如铁塔般地堵在了他的身后。

船家心里发怵："啊！大爷您来啦？小的正在等着您老人家呢。"

"怎么？你知道本大爷今天要来？"

"前天，你们掌柜的不是说看中了对岸的三头牛犊吗？我就一直等着送大爷您过河呢。"

捕头王却说："本大爷今天可不想过河。"船家显然已从对方的口气里听出来者不善的味道，心里不免害怕："啊，那大爷您今日……"捕头王大声说："本大爷今天是专门来帮你醒酒的。"

"不不，小的今天没喝酒哇。"

"我说你喝了你就是喝了。"

"啊，大爷，小的今天可没得罪过您老人家呀。"

"对，你是没有得罪本大爷，可本大爷今天想得罪你！"

船家情知今天此人来者不善，想跑。

捕头王吼了一声："你站住！告诉你，本大爷这么大的块头，不擅跑，追不上你，你还是别跑，免得惹大爷生更大的气。"

船家心想：啊，你也知道自己的弱项？告诉你吧，跑可是本人的强项，有本事就来追我，来，来呀。于是，他撒腿在河堤上没命地奔跑起来。

捕头王脸上挂着一丝鄙夷的微笑，直等那船家跑出三五十丈，才突然追了上去。他虽说体壮如牛，可跑起来却如脚底生风，快捷如飞。

船家一口气跑出三五里地，心想离那凶神恶煞远了，喘着粗气停了下来，不料刚回过头来，捕头王却又如铁塔般竖在他的面前了。这一惊非同小可，他腿肚子一软，立时瘫倒在地上："你……你究竟是人还是神呀？"

捕头王笑道："人神不分，看来你今天真的是喝醉了。"

"不……大爷，小的今天真的没喝酒哇。"

"没喝酒怎么舌头不听使唤？"

"小的是被大爷吓的，真的没喝，没喝呀。"

"没喝酒？那大爷就请你喝水吧！"捕头王说着，一把提起船家，按入水中，灌了他几口水。

船家连声求饶："大爷，有话好说，有话好说呀……"

"有话好说？那本大爷问你，那位姓贾的秀才凭什么要赏你几坛好酒？又是谁指使你用假尸骨报案？那假尸骨又是怎么回事？好好说吧。"

"这……这些都和大爷贩牛无关的呀。"

"可那都和你的性命有关，你要不一五一十地告诉本大爷，那就去对龙王爷说。"

"小的实在无可奉告呀。"

捕头王不再问，一把将船家提起，按下水去，提上来，没等船家喘气，又按了下去。船家被淹得几乎闭过气去，终于屈服了："我说……我说……"

过了一会儿，船家苦着脸对捕头王说："这下，小的全都说了，大老爷可以放我走了吧？"此时，二人身后突然传来一声厉喝："不！你还隐瞒了一个凶案！"

船家一回头，见宋慈正神色威严地站在身后。

"啊！大老爷呀，小的真的把知道的全说了呀……"

宋慈厉声道："我再问你，你事先是怎么知道对岸那不毛之地埋着一具尸体的？因为那尸体本来就是你亲手埋下的！"

"啊，大老爷，小的知罪，小的知罪呀。"

"有罪没罪不关本大爷的事，本大爷只想听你说出实话。"

"啊，对啊。这事要问也得由官府来问，您是贩牛的，为什么非要管这事？"

"我非要管这事，是因为那具尸骨是我的兄弟。"

"啊，怎么会？难道那家伙也是个牛贩子？怪不得，他身上会带着那么多银子……"船家忽觉漏了嘴，忙捂嘴。宋慈向捕头王使了个眼色。

捕头王捋捋衣袖走上前去："掌柜的，何必与这家伙多费口舌。既然是他杀了二掌柜，今天就让我拧下他的脑袋，给二掌柜报仇吧。"

船家说："我说，我全说了吧……"

知县刁光斗在书房里把玩着古玩。师爷手里拿着一封书信，急匆匆地走了进来："太爷，太爷。"

刁光斗不高兴地说："鬼叫呢？没见本太爷正在琢磨此宝的出典吗？这可是块真正的和田玉，价值连城啊！"

师爷小声道："京里有书信来了。"

刁光斗放下古玩，接过书信，急忙拆阅，阅罢，脸色阴暗。

"太爷……"

刁光斗说："奇了怪了，刁某在这儿当个七品知县，官不大，却也自在，不知为何，京城那几位大人忽然想起要给我挪动挪动了。"

师爷巴结地说："那就是说，大人要高升了！"

刁光斗感慨地说："官场荣辱，宦海沉浮，刁某早已看淡。不过，此番之变故，绝非无风起浪，只怕其中有什么名堂呢！"

"太爷头顶上佛光罩着呢，管他风吹浪打，只当闲庭信步。"

"你知道官场上有个铁打的规则是什么？"

"小人哪知道啊。"

"丢卒保车。你当刁某是卒子是车?"

"太爷当然是车!"

刁光斗冷笑一声,"你呀,连拍马屁都找不到马屁眼,难怪一辈子只能寄人篱下!"

师爷不解:"啊,难道太爷还是小卒子不成?"

"是的! 在那些官居一品二品的高官眼里,刁某不过是一颗小卒子。可是你想,过了河的卒子还是卒子吗?"

"卒子过河就是车啊!"

"你总算说对了这么一句。欸,你快去找到那个贾秀才,让化速来见我。"

师爷好奇地问:"太爷,小的愚笨,至今还看不出那贾秀才在此案中究竟扮演的是什么角色?"

"哼哼。他能瞒过别人,又岂能瞒得过刁某! 不过他爱美人,我爱白银,各取所需,我又何必去管他在此案中扮演什么角色呢?"

客栈房内。宋慈与英姑和捕头王商议着大事。捕头王心急地说:"大人,既然案情已明,该去见见那位神通广大的刁知县了吧!"

宋慈沉吟一会儿:"宋某若是把此公比作一条蛇,就该找准其七寸才能下手,否则,就会让他再次脱逃。现在你我分头行事,你速去城外,召集你的手下,今夜悄悄潜往避暑山庄。"

"大人放心,卑职一定将那位秀才老爷捉拿归案!"

英姑说:"捕头大哥,看来这次我得随你们一起去捉拿案犯。"

"你去干什么?"

英姑一笑:"因为我比你更擅长对付女人。"

"女人,什么女人?"

"李玉儿呀。"

捕头王更加惊诧了:"啊,死人?"英姑笑着说:"兴许又活了呢!"捕头王看宋慈,宋慈哈哈一笑,却不说话。

夜色沉沉,街巷空空。

宋慈沿街大步行来。他走到挂着"寿材"招牌的店门前,停住了脚步。

店内伙计四叔正独自在店里酌着小酒，忽闻敲门声，就起身去开门。

四叔把门一开，门口站着宋慈。他觉得有点眼熟，"好像在哪儿见过？"

宋慈抬腿走了进去，环顾那黑簇簇排放着一口口棺材的店堂，"这天底下什么人都会怕死，唯独开棺材店的不怕死，哪天要真没了活头，自选一口称心的，往里一躺，便入了千年梦乡。"

四叔疑惑地说："此话听得好生耳熟！"

宋慈一笑："宋某不过是鹦鹉学舌，妙语出口却另有其人！"

四叔忽然想起来了："哦，这是我在城门口茶棚信口说过的话！"

"能说出这番话的，必定阅历过人。"

"棺材店的伙计，无非把生死看淡，谈不上什么阅历。"四叔举灯重打量起宋慈，"这时候来找我，一定不是买寿材！"

宋慈自报姓名："在下宋慈。"四叔顿时双目一亮："久仰大名！"

不一会儿，他领着宋慈穿过街道，到对门的银铺大门前。

宋慈抬头一看，月光下可见一块大门匾，依稀可见"聚德银庄"四个金字。

捕头王领着众捕快在夜色中快速行进，不多久，便已到桃花渡口。可渡船上不见了船家。捕头王奔到风雨亭一看，大吃一惊。

船家已在风雨亭悬梁自尽。捕头王招手，率众上船渡河。

刁光斗在书房前天井里摆弄着几根鱼竿，师爷神色惊惶地跑进来："太爷，太爷……"刁光斗问："贾秀才找来了？"

"贾秀才……他失踪了！"

刁光斗一惊："失踪了？你知道他在桃花河西岸有一处秀山庄园吗？"

"知道，小的正想过河去那里找，谁知又遇上一件可怕之事。"

"什么事？"

"那个报假尸……不是假尸，就是那个找到李玉儿尸骨的船家，昨天在风雨亭上吊啦！小的在想，这贾秀才突然失踪和那船老大自杀，会不会有什么联系啊？"

刁光斗面色一下阴沉下来："什么会不会，肯定是出于同一个原因！"

"啊，难道船老大是贾秀才逼死的？"

"贾秀才连自己都失踪了，还怎么会是他逼死船老大？"

"这……哎呀，明明是朗日晴空，小的怎么两眼反倒一抹黑，什么也看不见啊？太爷，天不会掉下来吧？"

刁光斗轻蔑地看一眼师爷，"掉下来也轮不上你来顶。"

"是是，有太爷在，哪用小人……"

"也用不着刁某去顶，天要真往下掉，砸碎脑袋的可大有人在，所以天不会掉下来，刁某对此深信不疑。不过，杜松那个案子倒是该早早了结。不管来的是狂风还是恶浪，刁某得把屁股先擦干净了。"

黑牢如夜，只有顶缝射入的一缕日光显示着这是白昼。

黑暗中，一片杂沓的脚步声传来。脚步一声一停，有人喊道："杜松，起来！"

角落里一团黑乎乎的东西动了动，才显出是个活物。杜松惊惶地抬起一张只露着眼白的黑黑的脏脸，嘴唇翕动，却发不出声来。禁子开了牢门，衙役捧着一盆净水走进牢房："来，洗洗干净，一会儿要上堂听审。"

"不，别上堂了……"

"上吧，就这一回了，你的活罪也该受到头啦。"

杜松双眼失神，口中喃喃："到头了？就到头了……"

衙役道："来，把这身烂衣脱了，洗洗，换这干净的。"

杜松木然未动。衙役上前嘶地一扯，本来就不遮体的烂衣片从身上扯了下来。然后衙役又在裤腰上一扯一拉，裤子就落了下来。杜松像是麻木了，任人家三下五除二地把他脱得一丝不挂，竟连一动也没动。

杜松赤条条的身子站在黑乎乎的牢里，浑身上下一块块的，分不出是伤痕还是污垢。衙役嘀咕了声："嗬，都臭了。"

宋慈衣袂飘扬往县衙走来。捕头王紧随其后。忽听三声擂鼓，又传来堂威的喝声。宋慈疾步上台阶，衙门前守候的衙役欲相阻，捕头王将手中的腰牌一亮，二衙役忙喏声作揖让过一边。二人大步走向县衙大堂。

大堂内，刁光斗高高在上，三班衙役侍立两旁，换过囚衣的杜松跪于堂下。好威风的一副升堂架势。可刁光斗说话时，却是和颜悦色的："什么？你说你唯一放心不下的是你的老娘？"

杜松泣道："小民老娘年老体弱，要是无人照料，她将怎么活呀！"

刁光斗叹了一声："唉，天下人谁不是父母生养的？真难为你死到临头，还知道牵挂生你养你的老母，这倒让本县禁不住动起了恻隐之心啊。可是杀人偿命，自古一律，本县纵然对你深表同情，无奈王法无情啊。这样吧，今后你家中老母就让本县照料，你尽可放心。"杜松一愣："什么？"

刁光斗接着说："本县身为一方父母，一向视辖内百姓如同儿女。虽然你犯了死罪，可你老母无过呀，本县又何忍一位白发老母晚年无靠啊！"

杜松感动得热泪盈眶："知县大人，犯民给您老人家磕头啦。"

刁光斗大喜："你终于自称一声犯民了，很好！不过，本县为你免去了后顾之忧，你也得给本县行个方便。你就在这供词上画个押吧。"

杜松毫不犹豫地说："好，把供词给我，我画！"

刁光斗轻轻舒了口气，脸上闪过一丝得意。杜松接过衙役递给他的朱笔，欲写又止："知县大人，你刚才说的真的算数？"

刁光斗把嗓门一提，慷慨陈词："身为朝廷命官，礼义廉耻信，缺一不可，本县岂会言而无信！"

堂外忽然有人高声道："说得好哇！"刁光斗一惊，举目一望，顿时变色。

宋慈大步上堂："身为朝廷命官，礼义廉耻信不可缺一，若非宋某亲耳所闻，怕是难以相信这一番慷慨之言，竟会是出自刁大人之口。"

刁光斗先是一阵惊慌，随后又镇静下来，"哦，怪不得昨夜忽闻风声鹤唳，果然是来了宋大人！不过，宋大人乃小县上司，来了怎么也不提前告谕一声，也好让刁某到城外迎候呀。"

"这又何必。你我同朝为官，分什么你尊我卑？"

"宋大人此言差矣。有道是官高一级压死人，你我要无尊卑，宋大人又怎么会直闯我这朝廷命官的执法大堂呢？"

"刁大人此言有理，今日宋某要是以上司的身份直闯大堂，确是有违当朝律法。但宋某今日受人之托，上堂来为的是向父母官大人诉说冤情。"说着竟当堂跪了下去。

刁光斗忙不迭地迎了下来："啊，这……州府提刑给我这七品官下跪，岂不乱了纲常礼法，宋大人快快请起。"

宋慈却不起来："宋某说了，今日不是以六品提刑的身份，而是受一个冤者的委托，上堂来申冤的。"

"受人之托？受……何人之托？"

宋慈转向杜松："你就是杜松吧？"杜松说："正是犯民。"

"你母亲委托宋某来帮你打这场官司，不知你是想在这张供词上画押，还是容宋某试试，兴许会打赢这场官司。"

杜松惊问："你是宋……宋提刑？"

宋慈笑道："眼下我只是受你八十老母委托的讼人！"

杜松大声喊道："啊，宋大人，小民冤枉啊！"宋慈指着堂上："你有冤该向堂上的知县大人喊呀，怎么竟对着宋某喊起冤来了？"

刁光斗喝道："杜松，你杀妻害命，早已是铁定的事实，那上面不都写着你的供词吗？"杜松大声驳道："不，这不是我说的，我也不能画这个押。"

刁光斗怒目而视："你……你想翻供？"

宋慈坦言道："被告既然喊了冤，这场官司便有得一打！"

"宋大人初来乍到，对案情恐怕还不……"

"知县大人有所不知，其实宋某到此可有些日子了。这些日子，对这个所谓的杜松杀妻案道听途说、耳濡目染，倒也略知一二。"

"哦，刁某以为，宋大人单凭道听途说，怕也不足为信吧？"

"宋某可一向不会轻信道听途说，却专好想象推断。"

"我知道这是宋大人一绝，可想象推断，怕也不足为凭吧？"

宋慈提醒道："刁大人记性好差，当年宋某不也是凭着想象推断，推倒过刁大人的一个铁案吗？"

刁光斗直起身子说道："宋大人的记性也不见得太好。记得当年你抓住刁某的一个案子，原是想把刁某往死里整的，可你现在看到了，本该永世不得录用的犯官，仅仅三五年光景，不又东山再起重返官场，堂堂正正地坐在这王法大堂之上吗？"

"看来，刁大人在官场上还真是个回天有术之人。可这一回阁下赶上朝廷整饬吏治的好时光，要再摔个跟斗，怕是不容易再爬得起来了。"

刁光斗不免心里一虚："宋大人，再怎么说您是上司，这么说话不成体统。还是到后堂，容卑职将本案缘由细细禀报。来，退堂！"

宋慈大声道："且慢！宋某今日是来帮人打官司的，刁大人退了堂，这官司还怎么打？刁大人不妨耐起性子，听宋某把这个所谓的杜松杀妻案的始末推说推说？说得有理无理，官司是输是赢，不还是你刁大人最后拍板吗？"

刁光斗只好坐下，一副无可奈何的神情。宋慈缓缓道来："盛夏，杜松被诉杀死其妻李玉儿，但虽经三拷六问，终因找不到尸体而使此案悬搁半年。直至半月前，突然有人前来报案，声称在他挖地的时候，挖到了一具无名尸骨。县衙勘查时又从墓穴中起获一对刻有标记的家传手镯。经死者亲属确认，手镯正是那位找不到尸骨的被害人李玉儿的祖传之物。于是，杜松杀妻案便得以重新审理并可指日结案。然而，正是这对用以证明尸骨身份的手镯，却使宋某对本案心中生疑，进而宋某又从现场所见中，断定那尸骨绝非李玉儿。

"报案人称，那尸骨是在他挖地时所见，而据宋某现场勘验，才知那报案人所说纯属谎言！因为，挖地绝不可能挖出埋于地下三尺之深的尸骨，此其一也；其二，用一件被害人的随身之物，也就是那对手镯来证明尸骨就是被害人李玉儿，此举不可谓不高明，然而，高明之人却是聪明有余而慎察不足。请看，要是这对手镯果然是从墓穴中出土之物，那么在它的凹缝之中何以还会残留着几丝鲜红的血迹？当然，这要一双好眼力才能看得见，而宋某的眼力恰好不差。

"显然，所谓找到李玉儿尸骨一事纯属蓄谋日久的骗局。那么，这场骗局究竟是何人所设？设此骗局又究竟是为了什么？这一疑问成了揭开这个谜案的关键！"

这时，贾博古垂头丧气地被押上了公堂。

宋慈看那人一眼，接着往下说："在渡船上，那位以摆渡为生的报案人，无意间对被他当作牛贩子的宋某提到过一件小事，他说本地一位专打官司的秀才老爷曾因船家报案而赏了他几坛好酒。秀才老爷为什么要赏船家那几坛好酒？宋某由此而不得不对这位秀才老爷与本案的关系做出了种种猜测。

"猜测之一，假设这场骗局的主使正是这位秀才，那么，其用意何在？是他这位包打官司的秀才受原告之托，设此骗局促使官府早日严惩凶手，倒也说得过去。然而，那对手镯又是从何而来？

"猜测之二，这位秀才老爷或许就是本案真凶，那么，他便有可能得到手镯，他设那骗局是为了促使官府早日判定替罪的杜松伏法，他便可从此逍遥法外。事若如此，则必须找到一个答案，那就是贾博古为何要谋杀李玉儿？"

这时，杜母也被领进肃静的大堂了，杜家母子相见，泪眼相向。不过，谁也没有打断宋慈的一番推案。

宋慈继续说："在杜家，这位老人家告诉宋某，自己在李玉儿失踪前，曾发现她与一位男子有过非礼的交往，而这位男子不是别人，正是这位衣冠楚楚的贾秀才。此一节不仅是一件寻常风流韵事的败露，它还可能是本案真正的起因。照此推断，此案便有可能是一桩情杀案！然而，要真是情杀，却为何在李玉儿失踪三个月后又被人悄悄谈起？使得宋某免入歧途的还是这副手镯！"

英姑和李丁二人走上堂来，倾听着宋慈的推案。

"这位被害人的胞弟告知宋某，那手镯是李玉儿外祖世代相传之物。李母在女儿出嫁之日亲手将它戴上了第十二代传人的手腕。因此，李玉儿对这祖传之物是格外珍惜。平时她把手镯藏于箱底，后来，手镯却与她本人同时失踪，再后来手镯又在那骗局中出现，这一切究竟说明了什么？面对这样的谜团，宋某进而又做出一个假设：如果李玉儿并未被害，也就是说，本案的被害人还活在人世，那么，案情又将如何呢？"

说到此处，宋慈回头看一眼站着的英姑，却不见李玉儿。

英姑向宋慈做了个合十的手势。原来，那李玉儿得知事情已经败露，自知难以见人，便跑进尼姑庵，剃发修行去了。

宋慈接着说："据杜母所说，在李玉儿失踪的前一天，杜松曾痛打过老婆，而这位平时老实巴交的豆腐郎之所以对媳妇大打出手，是因为媳妇不孝敬婆婆，使这个孝子难以忍受。正是这一顿打，让李玉儿想起一个人来。这个人就是曾经在豆腐坊里引诱过李玉儿的贾秀才。当天晚上，李玉儿就离家出走。出走时，除了身上穿的，她什么也没带，却忘不了那对祖传的手镯——"

李玉儿打开木箱，伸手到箱子里掏着什么，性子一急，干脆将箱子倒头一扣，从倒出的衣物中找到了手镯，拆去包布，将手镯戴上了手腕，然后毅然走出家门。夜幕下的街巷，寂无人影。李玉儿提心吊胆地快步行走。走到一个拐角弄口，黑暗中突然蹿出一个人来，李玉儿"啊"的一声惊叫，吓得脸色苍白。

站在她面前的是位瞎眼的老妪，瞎老妪道："走夜路要小心，否则会摔跟头的……"接着絮絮叨叨地点着竹竿径自走了。李玉儿半天才缓过一口气来……

贾府门前，李玉儿在门前踟蹰着，最终还是暗下决心上前敲门。

门开处，贾博古像是早有所料地迎了出来："你终于来了，贾某恭候多时了。"李玉儿惊道："什么，你早知道我会……"

"我当然知道你迟早会来的，因为贾某家中有一只黄金的花瓶。"

"你想把我插在花瓶里让人看吗？"

"你忘了贾某说过的话，插在我家花瓶里的花，我是一眼也舍不得让旁人看的。"贾博古话音未落，一把搂住李玉儿狂吻起来。

李玉儿出于本能尖叫着挣扎起来："不，不能这样，你放开我，你放开我……"情急中,她在贾博古手臂上狠狠地咬了一口,才从男人怀抱里脱出身来,掩着被扯开的衣襟,怒道:"我……我只是想到你家躲几天,没别的想法,你要这样,我这就走!"

贾博古把门按住了,十分诚恳地说:"对不起,是我一时冲动,失礼了。你放心,我再不会这样对你,你想住多久就住多久,我贾某人决不会伤害你。请进吧。"

李玉儿柔声问:"痛吗?"指了指贾博古被咬的手臂。

贾博古将起衣袖一看,伤口还在流着血。

"啊,出血了!"

"没事,说实话,长这么大,还从没被人这么咬过。"

一间布置得格外清新脱俗的房间,正中桌上一只黄金花瓶尤其显眼,但花瓶上却没有插花。

李玉儿站在门口惊讶地看着:"花瓶上为什么不插些花呢?"

贾博古笑道:"你该知道为什么的。"

李玉儿娇声道:"我可算不上花容月貌。"

"但你会咬人。"

"对不起,还疼吗?"

"真想你再咬我一口。"

李玉儿蓦地回过头来,双眼似火地看着贾博古:"我要是再咬你,就永远不会再松口了。"

贾博古就一步步向李玉儿走近。李玉儿闭上了双眼。贾博古把嘴凑过去,忽然又停了,伸手在李玉儿娇嫩的脸上摸了摸,女人的胸脯剧烈地起伏着。

贾博古欲擒故纵地回身欲走。李玉儿再也控制不住,如江河决堤般,从背后一把将贾博古紧紧搂住,梦呓般地叫着:"别走,别走,我要你,我要你……"贾博古猛地回头,撕扯着李玉儿的衣襟,两人狂风暴雨般地纠缠在了一起……

宋慈继续推案:"秀才府的大门一关,李玉儿就被贾秀才金屋藏娇三月之久。为达到长期占有他人之妻的目的,这位贾秀才又放出一条所谓'杜松杀妻'的流言。一是让世人相信作为他人之妻的李玉儿已经不在人世;二是诬陷杜松杀害李氏,让官府判杜松个杀人偿命,以此消除他的后顾之忧。此可谓一箭双雕,何其妙哉!而要使他的奸计得逞,须得有人到衙门告状,于是被害人胞弟李丁,便在贾秀才的竭力怂恿之下当起了投诉县衙的原告……"

　　酒店里，贾博古和一脸怒容的李丁对坐喝酒。李丁说："哼，我姐姐要是真有个三长两短，我李丁决不与那姓杜的善罢甘休。"

　　贾博古说："李公子既然有此同胞之情，何不上县衙投状？"

　　"我要是手上有证据，早就上县衙投状了。"

　　"找证据可是衙门里的事。你只要把杜松告上县衙，令姐是不是被杜松谋害了，官府衙门自会去查个水落石出。李公子要是想找人代笔写诉状，在下愿意效劳。"

　　李丁这才抬起头来，认真地看看眼前这陌生男人："你我素不相识，萍水相逢，不知你何以这般热心？"

　　贾博古假作义愤地说："路见不平，拔刀相助，岂非人之常情？"

　　李丁犹豫不决："那……哦，我只想请求官府查明真相，要是直接告杜松杀人，似乎有点……"

　　贾博古急着说："你怎么听不明白？衙门从来是民不举官不究，你要想让官府查明令姐遇害的真相，就得先向衙门递呈诉状，否则，你怎么让官府插手？"

　　宋慈再继续推案："后来，此案因未能找到被害人尸体而悬搁了整整半年。而这半年的悬搁，足见贾秀才不愧是位高明的讼师。因为，你知道要是没有那么长的时间，尸体尚未完全腐烂，就不能用一具男人的尸骨去设此骗局。因此，你耐着性子等了半年，半年后，你才开始了这场蓄谋已久的骗局——"

　　贾府卧房，贾博古和李玉儿依偎在床头。

　　李玉儿嗲声嗲气又不无怨怼："哎呀，你究竟还要让我等到什么时候啊？"

　　贾博古说："快啦快啦。等世人把你忘了，你便能改名换姓地成为我贾某的正房夫人了。"

　　"哼。反正插在你家花瓶里的花是不容旁人看的，我等着吧。欸，你不是说在桃花河对岸有一处庄园吗？你就把我送到那儿去，也比整天关在这儿强。"

　　"可现在事情还没有过去，你走出府门，万一让人看见，会惹上麻烦的。"

　　"你不是有呼风唤雨的能耐吗？怎么那么点小事都做不到？"

　　贾博古想了想，"好，过几天，我就送你去对岸庄园。不过，我想要你身上的一样东西，你得给我。"

李玉儿娇声说："从我走进你家门那天起，身上还有什么不是你的？"

"我是要你手上的这对镯子。"

"你要它干吗？"

"这你别管，你把它给我就是了。"

李玉儿口气坚决地说："这不可以！我身上什么都可以给你，唯独这手镯不能给你。"

"这算什么宝贝，我打几副金的换你这副银的还不行？"

"不行！你不知道，这手镯可是我们外祖母代代相传下来的，它跟我的命一样重。"

"可李玉儿已经死了！"

"啊，你说什么？"

贾博古不想多说了："哦，你别问那么多，快摘下给我。"

李玉儿拒绝道："不，我不能给你！"

贾博古语气生硬地说："你要想和我做长久夫妻，就必须把它给我。"

李玉儿也强硬起来："就是不和你做长久夫妻，我也不能把它给你。"

贾博古勃然变色，怒指着李玉儿："我不许你说那样的话。我就不信，你我的情义还不值一对烂银镯子。"突然一把抓住李玉儿的手腕，就想强行夺下她手腕上的银镯。

李玉儿拼命挣扎着，到底没能敌过男人的手，银镯被贾博古硬从手腕上夺走了，镯边还刮破了她手上细嫩的皮肉，鲜血直流，染红了手镯。

李玉儿伤心极了，缩在床角抽泣不止。

贾博古看李玉儿流血了，就连忙将手镯往桌上一放，"嘶"地撕下一条内衣布条，跳上床去为李玉儿包扎："玉儿，对不起，是我手重了，快，我给你包上，包上。可假戏要做真了，才能让人相信啊。这手镯就算是我欠你的重情，我会用一辈子的疼爱来还你这份情的。"

李氏渐渐不哭了，似怨似爱地看着正为她包着伤口的贾博古。

贾博古从桌上拿走手镯的时候，桌上留下一圈凝积的血渍。他用一块布粗粗地擦擦银镯上的血迹，然后揣进袖中，走出房去……

月光下。一双手，用泥往那对手镯上涂抹着，黑泥渐渐掩去了银镯的本色——贾博古举镯在月光下凝视良久，眼中流露出一丝满意自得的神色，将做了旧的银镯包上揣进怀里。

一条黑影出现在船舱外。

船家抬起眼皮一看，立刻笑脸相迎："哟，秀才老爷来了。怎么，这么晚了还上山庄？走走走，贾老爷过河，小的随时迎送。"说着就要去解缆绳。

贾博古说："不不，贾某今天不去山庄。"

"哦，那贾老爷是……"

"来来，抬上来。"贾博古话音落时，四个家人抬来了几坛陈酒。

"哟哟哟，贾老爷，这可让小的担待不起。"

"你看，你我二人现在是站在同一条船上的，还客气什么呢？"

船家眨了眨眼，"贾老爷一定有什么让小人效力的事，您就说吧。"

贾博古闪烁其词："说有事吧，其实也不算什么大事。说没事吧，还真有件小事，要请你帮个忙。"

"谁不知秀才老爷能呼得风唤得雨，找上我帮忙的，想必不是什么小事。"

贾博古指了指对岸："还记得那里埋着的是什么？"

船家一惊："啊，秀才老爷，您这可就……那事您可没少拿。"

"可贾某手上干干净净，不像你沾着血。你要知道，一个人的手上沾屎沾尿都可以洗干净，唯独沾上了人血，就一辈子也洗不干净了。"

"啊，秀才老爷，当时您可向我保证过，您可不能过河拆桥呀。"

贾博古笑了起来："看把你吓的。你我二人现在可是坐在同一条船上说话，我贾某难道会去告发你不成？"

"那……那您有什么吩咐，小人一定照办就是。"

"我是这么想，那事虽然过去大半年了，可贾某心里却一直不怎么踏实，万一哪天让人发现那地方埋着具无名尸体，官府追究起来，也难保不怀疑到你的头上呀。"

"那……那怎么办？"

"如果你自己去把那尸体挖出来，然后到县衙去报案……"

船家连连摇手："不不不，掩还掩不过呢，挖出来报案，不是自投罗网？"

贾博古问："你听说杜松杀妻的案子了吗？"

船家点头说："那都家喻户晓了，我当然听说过。"

"可衙门至今没有找到杜松老婆的尸体。"

"您是想让我上衙门报案，说挖到李氏的尸体了？"

"如果官府确认那就是李氏，岂不从此消除了你的后顾之忧？"

"可是……可是那是具男尸呀。"

贾博古冷笑道："尸体可以分辨男女，一堆白骨要分男女，并不容易，尤其是现今坐堂的那位县太爷，我对他可是太知根知底了。"

船家疑惑地说："这……这成吗？"

"成不成的，我这个专打官司的，难道还不比你更清楚？"

"既然秀才老爷这么说，小的照办就是。可那位姓习的知县官，难道真的就那么好糊弄？"

"当然，这戏还得唱真了。要让官府相信，还得有一样证据，就是李氏的物证！"

"什么物证？"

贾博古将一小纸包递到船家面前。

船家小心翼翼地打开纸包，露出了那对做过旧的手镯……

宋慈手拿银镯站在贾博古跟前，道："尽管你用心良苦，机关算尽。但银镯上留下了蛛丝般的几丝血迹，却使得精心设计的骗局彻底破产，贾秀才，功亏一篑，岂无怨乎？"

贾博古叹道："宋大人真不愧为当朝断狱神手，贾某栽在你手上也无话可说。"

"承蒙夸奖，愧不敢当！"

"不过，贾某与李玉儿却是真情相投……"

宋慈冷冷道："好一个真情相投！若非秀才在另一件事上也露出一截狐狸尾巴，你这句话我兴许就会信了。"

贾博古心里发虚："什么事？"

"现在该说那具假尸了。据宋某验骨所知，这是一具身高六尺有余、年纪约四十岁的无名男尸。尽管该男子早在一年之前就被无声无息地埋在异乡客地，可经宋某验骨，却使一桩发生在一年前的谋财害命的凶杀案昭然若揭——"

夜色迷蒙中的桃花河，河水哗哗地流着。

一记沉闷的棍子敲击脑袋的声音，一商贾模样的男子缓缓倒在船舱内。男子身后站着手握一木棒的船家。

渡船刚刚靠岸，船家气喘如牛地从船舱里扛出一具男尸，下船后，往山上走去。船家刚走，就出现了贾博古，他纵身跃上渡船。舱中有一包裹，贾博古打开一看，是六只金灿灿的元宝，他脸上露出了奸笑。

船家跑回渡口，跳上渡船，激动得声音发颤："发财啦发财啦发财啦！"他钻进船舱一看，大惊失色："啊，怎么不见啦？"

"咣"的一声，那包金元宝扔在了他的面前。船家抬头一看，月光下的船头站着贾博古。

"船家，你干的好事啊。"

船家吓得面如土色，跪下就拜。

宋慈继续说："按一个秀才老爷的应有德行，贾博古理该向官府报案。然而，贾秀才却选择了一种见不得人的做法，竟与那杀人谋财的船家坐地分赃，这与凶手通同谋命又有什么两样！如今，那船家因东窗事发畏罪自杀，而你这衣冠楚楚的秀才老爷呢？身为秀才，不修操德，同谋杀人是其一，诱拐他人之妻为其二，弄讼诬告乃其三，有此三大罪状，国法当能容你！"

贾博古连连求饶："宋大人，饶命，饶命啊……"

刁光斗假意愤怒地说："原来此贼竟是如此可恶，宋大人，都怪卑职才疏学浅，竟未能识破奸计，险些误判善良，卑职愧为朝廷命官啊。"

宋慈冷笑一声："刁大人何以如此谦恭？"

"并非谦恭，刁某确是无能。"

"不！在官场之中，谁不知你刁大人的才学并不在宋某之下，初入仕途，刁大人官职还在宋某之上。然而，你却常常做出些聪明反被聪明误的事来。几年前，阁下就因徇私枉法，误判人命，被宋某参了一本，贬官降职来此为官。可你不思痛改前非，反而变本加厉！"

"什么，大……大人何出此言？"

"贾博古在此案中设下的骗局，若是遇上别的昏官庸吏，恐怕难以识破，而在你刁大人面前，那也只不过是雕虫小技，你能看不破？"

刁光斗故意装糊涂："宋大人此言，刁某不甚明白。"

"不，你心里非常明白。你身为朝廷命官，不思上报社稷，下安百姓，却胆大妄为，明知杜松冤枉，却不惜以无辜生命去换取钱财！"

"刁某深知宋大人向来是重证据实的。既然在此当堂指控刁某贪赃枉法，想必手上是有确凿证据的。"

宋慈扬出几张银票:"证据就是这几张千两之巨的银票!"

刁光斗似乎并不吃惊:"哦,明白了,直到此时,刁某方明白了一件事。"

"可惜你明白得太晚了!"

刁光斗忽然仰天大笑起来。宋慈怒道:"此时此刻,你居然还能笑得出来,可见你对礼义廉耻信也算是修炼到家了。"

刁光斗止住笑:"宋大人别把话说得那么刻薄。你可知刁某此时此刻为什么还能笑得出来?因为昨天京城有人送来一封书信,那可不是一封平常的书信。可刁某却是直到此时才明白,原来那是由于宋大人的成全!"

宋慈大感不解:"书信?"

"我就知道宋大人向来不会放过任何疑问,一定不会不问问那是封什么样的书信。好,刁某乐意满足宋大人的好奇心。后堂待茶!"

刁光斗把宋慈请到县衙公堂后面的客厅内。刁光斗向宋慈作了一揖,假笑着说:"宋大人,刁某刚才在大堂上有点故弄玄虚了,请见谅!"

宋慈疑惑地问:"怎么,你并没有什么书信?"

"不不,有,当然有!你看,就拢在我的衣袖中呢。可这不过是一封完完全全出自人之常情的书信,没有一点儿特别之处。"

"无论你手上有什么砝码,这次再想起死回生,恐怕难了!"宋慈厉声说,"你该知道,朝廷正在肃清吏治,重整官德,你敢顶风犯案,无异于自取灭亡!"

"可不能把话说绝了,宋大人。不客气地说,刁某以为宋大人什么都明白,唯独对这人情世道是一窍不通。这么说吧,圣人尚曰:'人非圣贤,孰能无过'啊!人,人呀!是人哪有不犯错的?凭什么就你摆着那么一副比圣人还圣人的面孔,揪住别人一点儿小过小失,就往死里整?可这是个活生生的人世间,人有七情六欲,并非罪过,这天底下,这官场上,像你这么死心眼的又有几个?几年前你抓住我刁某人一次小小的失误,就一纸奏章,欲置我刁某人于死地,可结果怎么样?无非官降几品,我刁某不还是穿着这身朝廷官服吗?你想过这是为什么吗?就因为这个世界上像我这样的官太多、太多了,而像你这样的死心眼又太少、太少了。孔圣尚有'法不责众'之说,你一人扛着杆大宋王法的大旗,就能横扫天下,澄清玉宇?要是这官场的事都按你那么一板一眼地办,那满朝文武岂不要闹得人人自危?要是谁都不想当官了,谁都不敢当官了,你让皇帝老儿又怎么办?你不是口口声声王法王法吗?可你怎么就不想想什么是王法,让我刁某人来告诉你吧,王法王法,那就是皇家的法!"

宋慈哼了一声："好一番贪官污吏的歪理邪说。唉，真是可惜呀，如阁下这么一位经纶满腹、才学超凡的能人干吏，要是能多修德操，心怀正直，又何至于自绝正道，落得个千古骂名！"

刁光斗大笑："哈哈哈……"宋慈惊问："你还能笑？"

刁光斗轻松地说："真逗！就凭你这么一个小小的提刑官，真的能把刁某怎么样？你太过天真了吧？你怎么不想想，凭刁某这么一个七品芝麻官，怎么就敢那么肆无忌惮地和你这位铁面刚正的提刑官叫板呢？"他从袖中取出那封京师送来的书信，得意地道，"你看，刁某的胆气全在这儿呢。这是什么？这是从京城某个尚书府送来的书信，它就像未卜先知，早知有人想趁朝廷肃整吏治之机，欲置刁某于死地，于是早早地为刁某留出了后路。"他越说越起劲儿，"好，刁某要说就干脆和你说个透，你想想：刁某一不是皇亲国戚，二不是世袭贵胄，却何以朝中有人保着护着？让刁某脱去这身朝廷官服，相信你一眼就能看透其中之奥秘。"

说着，刁光斗噼里啪啦地脱去了一身的朝服，里面穿的竟是从头到脚缀满补丁的一身破衣。宋慈不禁大感意外。

刁光斗大声说："看见了吗？看懂了吗？刁某十几年为官，所获不义之财何止千万，可直至今日，刁某本人却还是过着节衣缩食的清贫日子，连一两银子也舍不得花，那银子干什么用了？棋语里有句话叫小卒过河就是车。刁某正是把那不义之财全都用来为小卒子过河造船搭桥了，明白了吗？"

"你有恃无恐，无非是用钱财买通朝中高官保着你这个贪官？"

"说对了，却不全对。其实高官们保的不是刁某，而是他们自己。因为刁某要是活不成，那些个一品二品的高官都得给我陪葬！所以，你一个小小的提刑官又能奈我何？我敢说，此时此刻，刁某易地为官的御批文书，已经在路上了，宋大人即便想弹劾刁某，恐怕也已经来不及了。"

宋慈拍案而起："我就不信，大宋王法就治不了你这贪官奸徒！"

门外忽然有报："圣旨到，刁光斗接旨！"

宋慈震惊。刁光斗得意地高呼："万岁，万岁，万万岁！"

阳光明媚的白天，桃花河边，清清河水哗哗流着。宋慈一脸愤怒地在河边疾行。捕头王和英姑紧追上前："大人，息怒了吧，息怒了吧！"

宋慈怒不可遏："什么法网恢恢，疏而不漏，宋某身为大宋提刑官，眼看着那姓刁的又一次逃脱法网。堂堂大宋刑律，都成了权奸贪官们任意玩弄的白纸空文，我还能息怒吗？"

河中，一条船正顺流而下，船头站着的正是身穿便服的刁光斗。看到宋慈，他笑着大声喊道："宋大人，怎么看上去怒气冲天的？这回，好歹让你看着刁某脱下朝服了。不过，这项上人头却得以保全，知道吗？自今日始，刁某这粒小卒算是过了河啦，你我后会有期。"说罢，小船远去。

捕头王说："大人，圣旨虽然没有严惩那姓刁的，可不也把刁光斗削职为民了吗？"宋慈愤然道："哼，好一个削职为民，只怕是又一次放虎归山啊！"

英姑说："大人，您知道三国时周瑜死后，诸葛亮为什么会哭得那么伤心？"

宋慈一时竟回答不上来。

"因为诸葛亮失去了一个真正的对手！"英姑又说，"我有个直觉，大人还会与此人相遇的。"

宋慈自语："其实，此一回合，宋某并未赢他。"说完，颇有些悲壮地沿着桃花河逆流而上……

库银失盗案

银库沉重的大门咣当一声打开了。几个库兵走进库内，猝然大惊失色。

他们转身惊叫起来："不好啦，银子没了！库房里的官银全没了！"

夜色迷蒙。一队捕快骑马至库监公孙健住宅前，急速下马，用力敲打大门。公孙妻开门，一脸惊疑。捕快们不由分说，冲了进去。一会儿，捕快们空手而出，又将公孙妻抓走。随后捕快们飞马而去。

荒郊野外。库监公孙健在暗夜里独自行走，看上去忐忑不安，脚步迟疑，不知该往哪里逃命。突然灯火通明，蹿出一队骑马的捕快，将其团团围住，用锁链套住其脖子，拖着便拍马疾驰，人即被拖倒在地。

州衙大狱。库监公孙健四肢被缚，吊在柱子上，皮鞭如雨点般落在皮肉上，霎时血淋淋一片。他惨叫不止，随即昏厥过去。

血肉模糊的公孙健狂躁如兽，猛然扑向审讯官员，张嘴乱咬。几个打手面色惶然，难以控制。公孙健挣脱众人，猛地撞向坚硬的石壁，顿时头破血流，倒在地上。一个打手扳过公孙健的面孔，发觉其整张脸血肉模糊，两眼瞪得很大，已气绝身亡……

京城，金銮殿上，因一则惊人的消息，使得上朝的宋皇与众大臣个个面呈惊愕之色。宋皇简直不敢相信："二十万两库银失盗……竟有这等事？"

户部尚书躬身奏道："嘉州本已抓获盗银主犯公孙健，审问出其与一伙江洋大盗里外勾结盗走库银之事实。不料，公孙健自知死罪难逃，竟一头撞死在石壁上。此案线索已断，追查失银困难重重，嘉州通判袁捷呈文告急。请圣上明鉴。"

宋皇问："知州范方呢？他在干什么？"户部尚书说："据说因突发此案，嘉州知州范方急火攻心，引发痼疾，已卧床多日。"

老态龙钟的兵部尚书摇晃着白头感叹："二十万两白银啊！可养我数万精兵啊！"兵部侍郎史文俊说："圣上，此事源起于州官失检，部属失职，应追究嘉州主要官员的责任，严加惩处，以示后人！"

宋皇面呈不悦之色："嗯？这……合适吗？"

吏部尚书薛庭松说："圣上，臣以为嘉州商贸发达，繁华兴旺，每年上缴赋税近三十万两，为京畿邻近州府首富之地，可见嘉州官员治理有方，功绩不小。未可因一时失察，导致官员受罚。当务之急是派得力官员前往嘉州，缉拿江洋大盗，追缴失盗官银。请圣上明断。"

宋皇微微颔首："惩办官员有什么用？二十万两银子才是最大的损失。眼下军饷十分紧缺，官员的俸银也是入不敷出，六部大臣总为此事叽叽喳喳，吵个没完没了。这下倒好，二十万两白花花到手的银子又没了！"

户部尚书急切地说："那就快派得力官员下去追查，缉拿盗贼啊！"

史文俊说："让我去吧，带上几千人马，把嘉州铁桶般团团围住，人人过关，家家搜查，什么样的江洋大盗也溜不掉，必能手到擒来！"

宋皇未作表示，转向薛庭松："薛爱卿，你看如何是好？"

薛庭松说："史大人雄心可嘉，但调兵遣将兴师动众，毕竟不妥。查案审凶，缉拿逃犯，乃刑部职责，当由刑部担纲。然而此案重大，眼下刑部可用的精干官员匮乏，只怕难当此任。臣以为，可急调湖南提刑宋慈入京，任提点京畿刑狱之职，前往嘉州协同当地官员缉查此案，捉拿盗贼，追缴失银二十万两。"

众大臣有的感到意外，有的频频点头。史文俊则不以为然，大声讥笑道："宋慈，不就是你那个女婿吗？薛大人真是举贤不避亲啊。听说你那女婿喜欢摆弄死人骨头，还喜欢在公堂之上夸夸其谈？可要捉拿飞檐走壁的江洋大盗，这位只会玩弄狗盗鸡鸣小花招儿的提刑官能行吗？"

薛庭松面色有些尴尬："怎么不行？史大人不要太小看人了……"

宋皇沉吟片刻："宋慈放外任做提刑已有多年，查案断狱，手段高超，让他来查办嘉州失银疑案，当为合适人选。提点京畿刑狱一职嘛，且待此案查下来再说吧。各位以为如何？"

史文俊昂着脑袋哼了一声，没言语。冯御史等俱称："好。"

薛庭松稍顿也说："好。"宋皇说："此事就这么定了。拟诏。"

身边的太监即提笔拟写："着令湖南提刑宋慈即刻赴嘉州查案……"

一条河傍着官道蜿蜒而去。河道上时有船只穿行而过，沿河两边杨柳青青，间或有成片民居、埠头等。路旁立着一块石碑，标有"嘉州"二字。

宋慈、捕头王等一干人骑马在河边的官道上快行。

捕头王说："大人，此去已是嘉州地界了。"

前面的官道有不少人持十字镐头正在努力挖掘路面，致使交通中断，往来的行人车马均不得通过。被堵之人叫苦不迭，怨声载道。

宋慈下马，吩咐捕头王："去看看。"一下级官吏疾步迎上，恭敬行礼："请问，可是宋提刑宋大人?"宋慈答:"正是。"

"小的是嘉州衙门书吏孟正文……"

"怎么回事? 好好一条官道,为什么被截断了?"

孟书吏歉然道:"大人有所不知,因农田缺水,急于引水灌溉,不得已而破路修渠,却挡了宋大人的道。小的特地前来迎接,请宋大人坐船去嘉州吧。"

宋慈一愣:"坐船?"

"对,已备了船只,恭候大人光临。宋大人,请。"

宋慈抬头一看,果然有一条装饰华丽的船停泊在岸边。这条船可非同一般,舱外装点着多种花样装饰物,舱内更显得豪华,舱壁上饰有壁画,有流苏花边,船的正厅中设有桌几,桌上摆着时鲜果品、各种吃食、茶碗等。

捕头王高兴地东张西望:"这船上摆设得挺讲究嘛。哟,边上还开了小窗,坐在里面还能望见外面的风景,真不错呢!"

宋慈一见船内的模样,顿时皱起眉头,没有言语。

孟书吏殷勤地招呼道:"宋大人,请坐。请这儿坐。上茶。"

一年少俊色女子从后舱提茶壶出来,给宋慈跟前的茶杯斟茶水。

宋慈问:"孟书吏,此去嘉州多少里? 这船如此缓慢,几时可到?"

孟书吏有点为难地说:"这个……此去嘉州城不过四五十里地,我估计傍晚肯定可以到达,赶上吃晚饭是没问题的。"

"这……这怎么行? 宋某此来嘉州何干,想必你是知道的,如此拖拉,岂不要延误大事?"

"宋大人请勿焦急。俗话说,磨刀不误砍柴工,路上多费一两个时辰,哪里就会误了大事? 来来,喝茶,喝茶。行船自然比不得骑马快,可它稳当啊。沿途可欣赏优美景观,河中还有鲜鱼活虾,这时节有一种鲥鱼最为名贵,大人如有口福遇上……"

宋慈把脸别开去了。

河边风景别致。几个家常衣饰的妇人,或俊或丑,在河埠头洗衣洗菜,嬉笑声声。宋慈把头扭回,无奈地端起茶来胡乱喝了一口,放下茶杯。

孟书吏低咳两声。不知何时,几个艳妆女子,手持琵琶、月琴、洞箫等乐器,款款而至,奏起一曲《渔舟唱晚》,曲调悠远。

宋慈起初有些意外,继而便觉滋味不对,脸色渐渐沉了下来。

孟书吏见宋慈不高兴,赶紧示意几个奏曲女子停下来:"等等。"

他转身问宋慈："宋大人，是不是这曲子不合适？换个快活点的曲子？"

宋慈朝奏乐女子走去："几位是哪里人？专在这船上做这种营生的？"

其他女子低头不语，一吹箫女子望着宋慈，正色道："大人，你上得花船，应知晓此中行情，何必明知故问？"

宋慈被顶了一下，不觉一愣："嚇？这么说，倒是我错了？"

捕头王不悦："喂，小女子，你怎么说话呢？这是宋提刑宋大人，此次专奉圣命来查办要案。你怎么敢……"宋慈用眼色阻止捕头王。

吹箫女子说："我等从艺卖唱为生，不做祸国殃民之事，大人纵然手握生死大权，谅也不会拿我们这等弱女子开刀吧？"

孟书吏脸色发白，急忙阻止吹箫姑娘："休得胡说！宋大人，这小女子性情孤傲，说话不知礼数，还望见谅。你们几个，赶紧换个曲子吧。"

宋慈一摆手："不必了。宋某今日有幸坐上花船，有吃有喝，还能听几位绝色女子演奏小曲。曲也雅致，人也风流，只是宋某心情不好。孟书吏，很抱歉，宋某辜负你的一片好意了。"

孟书吏面色尴尬："哪里，哪里……"宋慈对出言不逊的吹箫姑娘作了一揖："也对这位小姐说声抱歉。并非宋某不能消受这优雅小曲，只是时机不合，他日或有空闲，再听你弹奏小曲，今天就不奉陪了。"

"宋大人你怎么……"

宋慈坚决地说："前面有河埠，让船靠岸，宋某即刻下船。"

"啊？"

　

山湾深处，树密林深。远近看不见一个人影。两个男人急急赶一辆驴车往山沟里走，不时低声吆喝着牲口："嘟，嘟儿！"驴车摇摇晃晃地前行。车后载着一个长条形的东西，外面用席子包着，小半截露在车架子外面。

驴车行至一个山坳处。车上二人手忙脚乱地将那席子捆扎之物拖拉着往山沟里走。拖拉中席子里露出了一双人脚……

山间荒野之中。两个男人吃力地用铁镐挖坑，已挖了一个深坑，黄土裸露。

一人扔开镐头，把死尸往大坑里拽。

死尸被拖至坑边滚入，随即，二人又用铁锹往坑里填土。

　

要道口。一队官兵守着关口，过往商贩农夫均被拦住，士兵们对其仔细搜身，又仔细查看所携物品，方予以放行。一个略显消瘦的官员，神色威严地侧立一旁，注视着手下人的工作。此人便是嘉州通判袁捷。

一随行官员不无担忧地说："袁大人，就这样守着关口搜查，恐怕不太可能搜得赃物，捉得盗贼呢！"

袁捷语气坚定地说："人过留迹，雁过留声，我就不信，这伙盗匪竟能逃过我的眼皮！"他又朝路上张望，"怎么还没见京城来人呢？"

"京城有谁来啊？"

"听说圣上特调湖南提刑宋慈来嘉州协查官银失盗案，今日必到嘉州，天色已近黄昏，怎么还没见人呢？"

"宋慈？此人名气很大呢。听说他查案缉凶，很有一套手段！"

袁捷感慨地说："宋慈与我乃同科进士，当年金殿之上，圣上御笔亲点，前朝宰相之子为状元，我为榜眼，宋慈为探花，三人并立殿前，众目所瞻，那是何等的荣耀，何等的威风。"

"哦，原来大人与宋慈还有同科之谊？这回圣上派宋慈来嘉州查案，二位同科进士若能携手合作，必能查清此案，大功告成。"

袁捷面露微笑，"多年未见，真想与他好好叙谈一回啊。"

暮色中，宋慈率捕头王等人在路上行走。捕头王眼尖，忽然伸手一指："咦，那儿有几匹驴子，是赶脚的吧？"

孟书吏有些为难："这个……让宋大人骑驴，行吗？"

捕头王说："你这人是猪脑子啊？骑驴总比走路快点吧？"

"好好，我这就去说，这就去说。"

稍后，即见一行骑驴的人，在官道上疾行。

宋慈一脸严肃，骑在个头矮小的黑驴上，颇有几分可笑。

孟书吏徒步紧随其后，脸上大汗如雨，十分狼狈。

已是夜晚。县衙客厅，厅前高挂着两只灯笼，烛火通明。当庭摆了一桌丰盛的酒席。宋慈坐在上首客座。孟书吏及师爷周朗于桌旁作陪。

孟书吏举杯欲敬酒："宋大人，路途中多有得罪……"

周朗不客气地抢在前面，向宋慈高举酒杯："宋大人，在下代舅父范知州敬一杯酒。宋大人奉圣上之命来本州公干，一路上辛苦啦。我先干了这杯，宋大人再喝干，如何？"

宋慈并不举杯，"范大人病重在床，嘉州由谁主事，可是通判袁捷？"

"不。舅父偶染小恙，仍主持本州政事，今日卧病在床，由在下全权代理，不会误事的。"

这时，范方躺在一张藤椅上，嘴里哼哼唧唧，由四个衙役抬上来。

周朗忙迎上去："哎呀，舅父，你病得这么厉害，怎么还硬撑着出来呢！这里自有外甥照应，哪会出差错呢？"

宋慈上前行礼："在下提点湖南刑狱宋慈，奉圣上之命前来协查库银失盗一案，多有惊扰，望范大人见谅。"

衙役将沉甸甸的藤椅放在酒桌边。范方躺在椅子上向宋慈拱手，一副病歪歪的样子，有气无力地说："宋大人，你……你年轻有为啊，远道而来，辛苦了，这酒是好酒，要多喝几杯。恕老夫有病在身，不能起身作陪。周朗，还有孟书吏，你们陪宋大人喝酒，要喝好啊，咳咳……"

捕头王暗与英姑道："我看这位知州大人面色红润、气色上佳，会有什么病啊？"英姑一笑。宋慈勉强举了举杯，没喝又放下了，"这酒我就不喝了。范大人既为这桩案子抱病而来，你我就谈谈公事，如何？"

"好好。宋大人果然是爽快人。谈吧，谈吧。"

捕头王端过一张椅子，让宋慈坐下。宋慈等着范方开口，对方却不先开口，只是望着他。一时冷场。随后宋慈开口道："宋某奉命为库银失盗案而来，范大人能否说说此案情况？"

范方连咳几声："宋大人，这几天范某为这个案子，也是坐卧不宁，心急如焚啊。二十万两银子，一夜之间不翼而飞。库监公孙健看似老实巴交，却暗藏祸心，胆大包天，与江湖大盗里应外合，做下这等瞒天过海的恶行，实在是想不到啊！"

"据说已查得一些线索，怎么又……"

"这正是老夫痛心疾首之处啊。公孙健本已供出一些情状，哪知一时疏忽，让他自杀身亡，真是……唉！老夫本想一举拿获这伙大盗，追回失银，才向朝廷报说此事，可是，通判袁捷未与范某商议，即向京城报讯，老夫以为……"

周朗愤愤地说："袁通判这样做，很不妥当！"

宋慈摇摇头："此案重大，上报京城并无差错。圣上为此事十分焦虑，故而特派宋某来嘉州，协同嘉州地方官员查案，追回被盗库银……欸，袁捷袁通判怎么不见露面？"

孟书吏说："袁通判被派往外地巡查盗银贼寇，尚未归来。"

范方坐了起来："哦，按老夫指令，本州所有官员近日都已分头在八乡四野各交通要道缉查凶犯，凡车船轿担，一律盘查，可谓布下天罗地网，必能捕捉盗贼归案。宋大人若能助一臂之力，从京城驻军中调得几千官兵，将嘉州全境团团围住，搜寻盗贼，范某当万分感激。"

"调动京师官兵，非宋某的能力所及。再则，宋某以为，擒拿盗贼虽急，还应再从内部细细盘查……"

"嗯，宋大人此言的意思是……"

"请问，公孙健与外贼勾结盗取库银，身边可有同党参与此事？"

范方迟疑着："这个……不会吧？"

"这么说，范大人对衙门内部未作查询？"

范方含糊其词："这等小事，由下面人做的，我并未插手。"

"哦。宋某倒觉得有必要查询一下。范大人，你看呢？"

范方面露不悦之色："宋大人说得不无道理。不过……"他忽然大咳不止，"咳咳……哎哟，宋大人，范某有点支撑不住了……"周朗赶紧扶住范方，轻捶其背："舅父，舅父。你别急，别为这点事伤了身体。"他不满地瞥了宋慈一眼，"不就是二十万两银子吗？何必追得这么急？把人逼出命来，谁管啊？范大人可是当今圣上的远房表舅呢。来人哪，把范大人抬回去。"

一旁，捕头王对英姑低语："到底是皇亲国戚，说话好大的口气，二十万两银子还不当回事？"宋慈怔怔地望着范方被抬走。孟书吏赔着笑脸问宋慈："宋大人，今日一路上辛苦，天色已晚，是否该歇息了？"

"哦？该歇息了？"

"我带大人去旅店……"

宋慈走了两步，又站住了："且慢。嘉州大狱可在近处？"

"这个……倒是不远，可此时天色已晚，只怕那看守监狱的狱吏不在……"

周朗抢上前："孟正文，宋大人不辞劳累，愿意挑灯查案，你推三阻四，倒像是我们心虚似的。宋大人，你不是想看看大狱吗？走，我领你们去。"

嘉州大狱内空空荡荡，并无一人。灯火如豆，恍恍惚惚，阴森可怖。

宋慈慢慢踱步在牢狱之中。其身后跟随着周朗和提着灯笼的狱吏吴魁。二人时时注意着宋慈的神色。

一间牢房，一侧有突出石壁，壁前插有几支烧残的香烛。

宋慈站住，回身问身后二人："库监公孙健可是在此撞壁而死？"

周朗急忙说："是的，是的，就在这儿。哎呀，说起这事我现在还后怕呢。那天我刚入狱门，那家伙突然像一头野兽猛扑过来，对，像一头垂死挣扎的老虎，两个眼珠子瞪得那么大，闪着绿光，张着血盆大嘴，两只手爪伸过来掐我的脖子，用嘴咬我的肉……"吴魁接口道："幸好我在旁边，赶紧用家伙挡了一下，周师爷才免遭祸殃。谁知那人一扭头，就往石壁上撞去，顿时头脑开裂，脑浆血水流了一地，立马便死了。"

"哦，原来是这样。"宋慈沉吟一会儿，才慢慢抬起头来，直直地望着周朗与吴魁。吴魁避开宋慈的眼神："有人说……这间牢房阴气太重，这块石壁上不止一个犯人自撞而死了。"

"所以，才有人在此烧香焚烛，以避灾祸……"

"正是，正是。宋大人，走吧？"

宋慈走了两步，忽然回头发问："公孙健何时被捕？"

周朗不知所措："这个……"吴魁很快接上说："是在库银被盗的第二天晚上。想必公孙健心慌意乱，怕追查到他身上，故而趁着月黑风高，伪装潜逃出城，所幸通判袁大人有所提防，派捕快紧追不舍，将其抓获。"

宋慈又问："那么，此前知州范大人并未察觉公孙健有作案动机？"

周朗愣了一下："这……这也未必。失盗前后，我舅父对公孙健也有所怀疑，故而袁通判抓捕公孙健后，即下令连夜审讯，追查失盗官银。"

吴魁递上一份供录："在下这里有一份供录，请宋大人查阅。"

宋慈借着吴魁的灯笼，翻看手中的供录，不由得眉头越皱越深："对公孙健审讯的结果，只是问出这些话？"吴魁说："千真万确。大人，我可以拿脑袋担保，审讯全过程我都在场，这家伙嘴巴紧得很，怎么打他、逼他，也只说了这些。他承认勾结盗贼劫走库银，却死也不肯说出他们的名姓与行踪……"

宋慈冷冷地说："连容貌特征也一概不知不晓，库银盗走后，藏在何处更是一无所知？"周朗说："是啊。"

宋慈大声说："由此推断，二十万两库银被盗，已是确凿事实，眼下唯一可行的，便是张开大网，捕捉那伙得了巨额赃款的江洋大盗。"周朗忙说："是啊是啊。宋大人所言与知州范大人不谋而合，可谓英雄所见略同啊。"

宋慈淡然地问："是吗？"

周朗问："宋大人，你还有什么要看的吗？"

"是的，宋某还想看一个人。"

"看谁？"

"公孙健。"

周朗一愣："这……这人已经死了呀。"

宋慈大声说："重大疑犯，生要见人，死要见尸，宋某奉旨而来，有此权力。"

周朗摆出一副无奈之相："大人，这恐怕……有点麻烦了。"

捕头王质问道："怎么，莫非你们已把死尸销毁了？"

周朗急忙说："没……没有！公孙健自杀而死，有目睹人证，仵作验尸后，有验状在录，何惧之有？只不过因天气炎热，尸体已腐烂发臭，实在摆不住了，这才……"吴魁小声地说："这才让人随便找个偏僻地方挖坑埋了。"

宋慈说："那好，你就让埋尸之人即刻找到那个随便之处，把公孙健的尸体重新挖出来。本官要亲自查验。"

周朗支吾着："这……"捕头王瞪大眼睛："这什么？快去办！"

荒郊野坡上。一块旧门板上摊着一具死尸，上面蒙盖着一块灰白色的粗布。

或许是尸臭味的缘故，离得很远的周朗、吴魁及衙役们都侧身扭过脸去，显出难以忍受的神色。周朗捂着鼻子向宋慈走来，手指着那边停放着的尸首："宋大人，你要的东西，已经摆在那儿了。没我们的事了吧？"

宋慈看他一眼："急什么？你们几个，且等在一旁。"

周朗等无奈，只好在一旁站着。

宋慈泰然自若地走至距死尸数步处，停了下来。捕头王及英姑随后而上。

宋慈用一小绺纸片测了一下山间的风向，即侧转绕了半个圈，至上风处，靠近停尸板，而后伸手慢慢揭开死尸上遮盖着的那块灰白色粗布。宋慈目光炯炯，扫视着那已腐烂的尸体。

旁观之人远远站着，都憋着呼吸，不敢出声，注视着宋慈的一举一动。

此时，一行数人骑马来到坡下，为首的是嘉州通判袁捷。袁捷远远地便悄然下马，令随从牵着马儿，自己则独自伫立在稍远的小树林里，朝这边静静观望。

验尸中，宋慈审视的目光中闪现几分疑色。他伸手在尸体上若干部位按了几下，观其肌肤弹性变化。又将死尸的手掌托起，细看一番。而后，他慢慢站起来，退后数步，将手放入英姑递上的一小盆醋水里，慢慢浸洗，似在思索着什么。

周朗面色诡异，小步走上来，轻声问："宋大人，怎么样，这尸体该验完了吧？"宋慈冷冷地说："是的，验完了。"

周朗脸上掠过一丝冷笑："那么，让他们把这死尸埋回坑里去吧？"

宋慈盯着对方的眼睛："周师爷，请问公孙健什么身份？多大年岁？"

周朗支支吾吾："公孙健嘛，这个……此人乃一介书生，土头土脑，大概三十七八，或是四十出头……"

"可你们挖出来的这具尸体，年纪在五十开外，满手老茧，乃一乡间的务农老翁，半月前得膨胀病而死。周师爷，这是想考察我宋某的眼力，还是别的什么意思？"

周朗脸色猝变："什么……宋大人，在下哪敢开此玩笑？这分明是手下人……吴魁，你是怎么搞的？"

吴魁慌急起来，指着手下一帮人，嘴里急辩："是……是他们，他们这些人埋的，这具尸首也是……也是他们挖出来的呀！我哪里知道是真是假啊……"

静立在远处坡下的袁捷，此时快步往这边走来，一边走，一边大声责问："吴魁，怎么回事？"吴魁一见袁捷，更加慌了神："袁大人……"

捕头王冲着袁捷吼道："这死尸不是公孙健，不知是哪个村庄半月前病死的老农。哼，对我们宋大人玩这种障眼法，太可笑了！"

宋慈已知来者是嘉州通判袁捷，他面带微笑朝来者走过去。

袁捷赶紧上前，恭敬地施礼："宋大人，在下嘉州通判袁捷……"宋慈急忙拉住袁捷的双手，亲切地说："袁兄，你我同科进士，何必这般客套？"

袁捷面带愧色："袁某这几天在外乡忙着缉拿盗贼，哪晓得这些人竟敢对宋兄玩弄这种可笑的把戏。惭愧，惭愧啊！"

吴魁张皇不安："袁大人……"

袁捷怒斥吴魁："你这是怎么办的差事？周师爷不懂，你身为狱吏，难道也不懂吗？你可知道面前是谁？宋提刑乃大宋赫赫有名的断狱高手，你居然让手下人……弄出一个假尸体来，你有几个脑袋，敢如此糊弄宋提刑？"

吴魁摆出一副可怜面孔："袁大人，宋大人，在下实在不知道其中有误啊！"转身朝着手下人，咬牙切齿地叫着，"张小五，赵甲，你们两个狗崽子过来！

你们自己向宋大人、袁大人交代吧!"

一高一矮两个狱卒畏畏缩缩地走过来,扮出一副可怜状,扑通跪下。

"大人,那天黑灯瞎火的,实在是记不清了呀!"

"我们只记得埋人处附近有几株大松树……"

袁捷铁着脸走上去,猛然挥起鞭子狠狠地朝张小五和赵甲抽了过去,这二人顿时发出鬼叫般的"哎哟"之声。

袁捷喝道:"来人,把他们拖下去,各打五十大板!打完后不得疗伤,令二人继续在山中寻找公孙健的尸首。把他二人的家眷关进牢里,什么时候找到尸首,才让他们把家人从牢里领回去!"

在场官员及衙役狱卒们大惊:"大人,使不得啊……"

吴魁对周朗恳求:"五十大板打完,屁股烂了,不得治疗,会……会送命的!你向袁大人求求情,饶过他们吧。"

周朗冷笑道:"是你手下人做的傻事,我才懒得说呢。"

吴魁向袁捷哀求:"袁大人,他们二人办事马虎,实在是不知后果如此严重,求大人饶他们一回吧!"

袁捷冷冷地说:"饶一回?一回也饶不得!库银失盗,已将嘉州的颜面丢尽,而今又在宋提刑面前出此差错,如何了得?此事决不宽恕!还有你,我要呈报范知州,将你降为副职,扣除半年俸禄。"

吴魁哭丧着脸:"大人,你高抬贵手,放过小的这一回……"

袁捷哼了一声,并不理睬,招呼手下人:"把这两个家伙拉去打板子,狠狠地打!"两个狱卒即被按倒,一五一十地打起了板子,哭叫声不绝。

宋慈与袁捷二人亲热地并肩骑马而行,边走边说话。

袁捷激动地说:"一转眼,你我有十余年未见面了吧?"

宋慈感叹道:"是啊。光阴似箭,青春易逝啊。"

"当年少年气盛的殿试探花,如今当上了威风八面的提刑官,今日初见,都不敢相认了,看你,也蓄起胡须,老练持重起来了。"

宋慈笑着说:"袁兄你还是那么神采奕奕,精明强干,听说你在嘉州干得很不错,声名远扬啊。"

袁捷略显不悦:"唉,干得是好是坏,还不是那样?不说它了。宋兄难得来嘉州,咱们找个地方坐下来,好好说说话。要不,先去寒舍?"

宋慈略有犹豫："这个……"

袁捷笑道："怎么，莫非京城派来的提刑大人嫌嘉州通判的寒舍粗陋难耐？"

"哪里，既然袁兄有请，小弟怎敢有违，就去坐坐吧。"

袁通判家在州衙后院，仅三小间，一为卧室，一为客厅，一为书房。入内即一览无遗，几件简陋用具，几册书籍，足见其家居清寒，几乎可称得身无长物。唯见正堂一幅字，录的是司马迁的《报任安书》摘句："盖文王拘而演《周易》；仲尼厄而作《春秋》；屈原放逐，乃赋《离骚》；左丘失明，厥有《国语》；孙子膑脚，《兵法》修列；不韦迁蜀，世传《吕览》，韩非囚秦，《说难》《孤愤》……"

宋慈观其屋内之状，不禁面呈诧异之色。

袁捷热情相邀："宋兄请进。请坐，这边坐。"

"好好。来来，袁兄一同坐下。"

厅内仅两把旧椅子，宋、袁二人坐下，捕头王和英姑无处可坐，自找两只小矮凳坐下。袁妻端了几碗茶水过来。这妇人相貌平平，家常布衫，且老态敦厚，不声不响地把茶碗放在宋慈等人面前，便悄然退去。

袁捷介绍道："这是贱内祝氏。"

捕头王看看粗制茶碗中飘动的茶叶，喝了一口，摇摇头，悄声对英姑耳语："通判家里居然喝这种粗茶叶？"英姑示意其别出声。

宋慈感叹道："没料想，袁兄身为通判，竟是如此清贫，实在是……难能可贵！"袁捷一脸淡然："袁某出身寒微，眼下这样比起从前已是大有改观了。这般光景，袁某已十分满足了。"

宋慈端起茶碗，望见那侧有一个六七岁孩童，静静地坐着，目不旁视地在自习书法。他不无羡意地说："袁兄想必教子有方，贵公子自幼便奋发好学，日后必有大出息啊。"

"宋兄过誉了。小儿好学，确也不错。但功劳却是贱内的。说来惭愧，袁某入仕以来，整日在外操持公务，无暇顾家，一应家务及育儿之事，都是贱内照应，可谓兢兢业业，无怨无悔。跟你说句实在话，这就是家有丑妻的好处啊。"

宋慈微微点头："有道理，有道理。贫贱夫妻，最见真心啊。"

"是啊，是啊。来来，宋兄喝茶。"

祝氏端来几样家常小菜：炒黄豆、韭菜炒鸡蛋、青菜豆腐与豆腐干。

宋慈一怔："这是……"袁捷说："宋大人，既来寒舍，又值正午，留大人吃顿便饭，总不会有讨好京官之嫌吧？"

"这……袁兄简居素衣，粗茶淡饭，令小弟感叹，本不忍心打扰，既然如此，恭敬不如从命，宋某就留下吃饭了。"

袁捷笑道："这就对了。来来，寒舍总共两只酒盅，这个给你，这是我的。哎……哎呀，酒，忘了酒。"他唤祝氏过来，从兜里掏摸出一点儿碎银，"去打一壶酒来。"

"袁兄，这酒不喝也罢。还有公事呢。"

"欸，你我同科进士，十多年才得以相聚一回，哪有不喝一杯之理？"

"这……好吧，那就少喝点。"

"放心，不会误你宋提刑办公事的。"袁捷对祝氏低语一句，"再买一只猪耳朵，给宋大人当下酒菜。"祝氏点头，悄然出门而去。

袁捷招呼捕头王、英姑上桌："来来，二位也过来坐。"

捕头王正躬身看袁子习字，看得着迷，被人一唤，方抬起头来："袁大人，你儿子不简单啊，小小年纪，写得一手好字呢。嗯，写的是《千字文》：天地玄黄，宇宙洪荒。日月盈昃，辰宿列张。寒来暑往，秋收冬藏……好，真好。"

英姑打趣他："你说，他的字好在哪里？"

"这个……我可说不出，反正，一笔是一笔的，比我写的，可强多了。"

众人俱笑。

祝氏提着酒壶及一包猪耳朵进屋，置于桌上。袁捷忙着给宋慈等人斟酒，而后举杯："宋兄，大驾光临寒舍，可谓蓬荜生辉，我先敬你一杯。"

宋慈微微点头："好好，干了这杯。"喝罢。宋慈自斟一杯，又给袁捷斟上一杯："来来，满上。这一杯，该我敬你了。"

"当不起，当不起。宋兄乃执掌捕杀大权的提刑官，此番又是奉旨办案，哪能让你给我小小通判敬酒？"

宋慈略带责怪之意："袁兄，既叙同科之谊，你我便不该提官职。来，袁兄，请。"袁捷急忙举杯起身："宋兄请。"

"嘉州乃繁华之地，袁兄任通判之职，仍身居陋室，甘于清贫，家有贤妻，相夫教子，实令宋某心生敬服之意。宋某为此敬袁兄一杯。我干了。"

袁捷爽快地喝干杯中酒，亮了杯底："有宋兄这句话，袁某感激万分。入仕以来，袁某辗转三地任职，勤于职守，苦心经营，在嘉州任通判数年，幸得民勤地丰，赋税连年大增，称得上是富甲一方。袁某不敢自称功高，却也敢说无愧于朝廷，无愧于百姓啊。"

祝氏悄然过来，递给袁捷一小手帕包的东西。

袁捷见宋慈打量其物，便坦然展开手帕包，原是一些炒熟的黄豆。袁捷抓了几粒扔进嘴里，香香地嚼着："不怕宋兄见笑。袁某十年寒窗攻读之时，家中贫苦，夜深天寒时，饥寒交困，贱内便炒一把豆子，装入帕包内，我塞入怀中，既可稍作充饥，又作取暖。时日长久，便缺它不得，今日让宋兄见笑了。"

宋慈"呀"了一声，感叹不已："宋某来嘉州前，有人曾向我提说袁兄的通商理财之功，来此一看，确是令人信服。可喜之处，袁兄不仅治理有方，且严于律己，以身作则，实是难得啊！"

袁捷喜出望外："哎呀，有宋兄这样的评判，袁某真不知该如何是好，来来，袁某再敬宋兄一杯！"宋慈却不再举杯："这杯就不干了。宋某公务在身，查案还须心清意静。袁兄，对不？"

袁捷嗔道："欸，酒逢知己，千杯还嫌少呢。你我同科进士，十几年不见，今日难得相聚，多喝一两杯算得什么？来，宋兄——"

宋慈只得勉强举杯："这个……也罢。"他把酒杯交给捕头王，"宋某实在是酒力有限，只能请人代劳，袁兄，见笑了。"

"哎呀，宋兄怎么……"

捕头王笑眯眯地一饮而尽。

"袁兄，小弟这次来嘉州协同查案，还望袁兄多加关照，你我同心协力，方得早日破案啊。"

袁捷面带难色，迟疑地说："宋兄，嘉州知州范大人仗着靠山硬，专权独断，刚愎自用……唉，不说了。你想，出了这桩惊天动地的大案，报到京城，圣上对这位远房国舅爷竟未有半句斥责之词，反倒我这报信人落个不是……唉！庸官误事，国力难振啊！"

宋慈正色道："袁兄之言，小弟心中自明。你我万不可因此颓丧畏惧，还须振作心志，再接再厉，为百姓社稷尽心尽力。"

"宋兄所言极是。听说宋兄此番来嘉州，路上还小有波折，让你们坐了一趟花船，还骑了一回毛驴？真有此事？"

宋慈一愣："这个……咳，小事一桩，不提它了。"

"你可知那官道原是通畅的，袁某正守候在那路口上，你我当日本可在路上不期而遇。"

宋慈有所醒悟："嗯?"

"那么一折腾，耗费你半日工夫，天黑才到嘉州，就能把公孙健埋得不知去向了……宋兄，其中缘由，可略知一二了吧?"

宋慈不由得一惊："呀……原来如此。"

忽然，周朗翩然而至："袁大人，哦，宋大人也在这儿?"

袁捷不悦地问："周师爷，有什么事?"

"对不起，我不知道二位正在喝酒，扫了你们的雅兴，不好意思。"

"周师爷，我与袁通判是同科进士，今日重逢，只是……叙谈一些旧事。"

周朗一摆手："欸，宋大人不必解说。二位关系非同一般，这已不是秘密，只是，眼下案情复杂，二位大人谈论案子，最好不要瞒着知州范大人。"

袁捷面呈怒色："你是什么意思? 好像我们两人是私下串通……"

宋慈问："周师爷，你是有什么要事找袁大人商量?"

周朗支吾起来："这……镇守南乡路口的官员来报，截得几个形迹可疑之人，知州大人要袁通判前去南乡查询。不过，既然二位大人正在密谈，想必一时脱不开身，就当我没说吧。嘿嘿!"怪笑两声，悻然而去。

袁捷朝宋慈苦笑："你看……也罢，我这就到南乡走一趟吧。宋兄，只好先告辞了。"

巷内无行人。宋慈等人走入小巷，即引来两侧住户们的警觉目光。

捕头王轻声说："大人，这里的人怎么这种眼神? 当我们是偷鸡贼了?"

英姑说："一朝被蛇咬，十年怕井绳，这话你听说过吧?"

捕头王说："这话怎么没听过……咦，你是说这里的人被吓怕了?"

宋慈示意他们别说话，指了指前面。前面一座小院，门台前坐着一个妇人，衣衫不整，披头散发，手拿拨浪鼓，有一下没一下地抖动着，嘴里喃喃自语。她身后的大门上，醒目地贴着写着大大的"封"字的斜十字封条。

宋慈两眼直直地盯着坐在台阶上的妇人。

妇人眼珠子不瞧旁人，自顾自抖动着手中的拨浪鼓，嘴里喃喃有声："小兔子，白又胖，抱回家，做新娘。白天与儿捉迷藏，晚间陪儿入梦乡……嘻嘻，乖儿子，你睡着了吗? 瞧你这小嘴，睡着了还咂巴着响呢……"

捕头王对身边的英姑说："这疯妇该不会是公孙健的老婆吧?"

此时有一个担着货担的货郎走过街巷。英姑走过去，假意要买东西："有五色花线吗？"货郎卸下担子："有，有。这位大姐要什么颜色的？"

英姑假意挑挑拣拣，随口问："大哥，你常在这儿走动，见没见过这疯妇人，是哪家的？怪可怜的。"货郎悄声说："这疯妇原是这家的。人可好啦，以往买我的货，有时多给我几个铜钱呢。唉，不说了，不说了。你挑好没有？"

英姑随手拿了两束花线，递给他两个铜钱。

货郎略带疑惑地看了一眼英姑及两个陌生男人，匆匆走了。

宋慈慢慢走近疯妇，挨其身边坐下，低声问："这位大嫂，你丈夫公孙健是怎么被抓走的？他没对你说什么吗？"

疯妇似没听到他的话，自顾自玩着拨浪鼓，重复念着那首儿歌。

宋慈轻声说："大嫂，我是京城派来的官员，专为查办官银失盗一案……"

疯妇忽然站起来，用脚重重一跺，对着宋慈大声呵斥："何方来的妖魔，敢来我何仙姑身边捣乱，天兵天将们，快快将他拿下，打下十八层地狱！锵锵锵……"宋慈望着疯妇，尴尬地退了两步。

周朗率狱吏吴魁等人从巷口疾奔而来，大声叫着："宋大人，宋大人，已经给你们备了午时的酒菜，不知你们转来此处。让我好找啊！"

宋慈问："周师爷，此处便是公孙健住处？"周朗说："正是。"

"可否进去看看？"

"可以，可以。"周朗对狱吏吴魁说，"快拿钥匙开门。"吴魁应声上前开锁。

英姑想着那疯妇，却已不见其踪。走至一侧巷道张望，远远似见那身影闪出巷尾。宋慈在打开的院门前稍停，坦步走入院内。

这是一个小户人家的宅院，院内栽着多年的牡丹芍药，此时不甘寂寞地开得正艳，而与之成鲜明对照的是乱糟糟的院落，全是被从屋内抛出的各种家常用品、衣物等。宋慈皱着眉头环顾院内，一语不发。

吴魁巴结地扶起一把倒地的椅子，用衣袖擦了擦，笑着："宋大人，请这儿坐。请坐。"宋慈没理他，大步走进屋内。

屋内更乱，地上扔满杂物，其中有不少书，纸页散乱，被踏得满是灰脚印。墙上还孤零零地贴着一幅字，抄录的是《论语》名句："子曰：君子食无求饱，居无求安，敏于事而慎于言，就有道而正焉，可谓好学也已。"

宋慈念出了声："君子食无求饱，居无求安……"周朗摆出读书人的架势："嗯，这是孔夫子《论语》中的句子。这公孙健真会玩虚的，说什么君子食无求饱，居无求安，偏偏野心勃勃，一下子就捞走库银二十万两。"

宋慈不搭周朗的话头，随手从地上捡起一本书，拍拍上面的尘灰。这是一本《诗经》，翻了翻，上面还有一些读书批注。

周朗凑近来："大人，看出些什么端倪没有？"

宋慈随口念了几句《诗经》里的诗句："硕鼠硕鼠，无食我黍！三岁贯女，莫我肯顾。逝将去女，适彼乐土……周师爷听出什么端倪没有？"

周朗愣了一会儿："好像……也没什么特别之处吧？"

宋慈又问："你们抄家时，抄出什么赃物没有？"

周朗迟疑地说："这个……在下不太清楚。吴魁，抄家是你主事的吧？你知道吗？"吴魁说："回大人话，抄家时没有发现赃物。"

周朗自作聪明地说："宋大人，你看是否叫一些力大的壮汉把屋里和院里的地皮挖开三尺，说不定会埋着一些银子呢。"

宋慈鼻子里"哼"一声："真是好主意。"转身走出去了。

银库是一幢独立建构的房屋，大门厚重而结实。两个看守卫兵费了很大劲儿才将其拉开，发出沉沉的吱咯声。宋慈在周朗的陪同下，走入库内。英姑随在其后。偌大的库房内，摆着一排排置放银子的架子，全都是空荡荡的。宋慈环顾房子四壁，墙壁厚实坚固，屋顶密不透风。

宋慈等人走出库房。两个卫兵再将两扇门用力推拢，上了两把大铁锁。

周朗面露一丝假笑："宋大人，还想去哪里查看？"

宋慈没好气地说："回旅店。怎么，周师爷也想跟着去吗？"

白天的嘉州城，行人往来不算太多。一个身材苗条的年轻女子，斜抱琵琶在街上独自款款而行。该女子便是弹琵琶的紫玉姑娘。路旁有人偷眼注视她，擦肩而过者，有献上媚笑的，她则傲然地视而不见，从容而过。

猝然，她遇见一双冷若冰霜的眼睛。她略一迟疑，将脸扭开了，而后，望望左侧这家写着"聚丰园"匾号的茶楼，迈步走了进去。

一个伙计巴结地迎上来："紫玉姑娘，你来啦。请，请上楼。"

那一双冷若冰霜的眼眸是疯妇的。她坐在一条巷口，旁若无人地玩着一块泥巴，做着一个小孩子模样，嘴里叫着："小牛，小牛，我的乖儿啊……"

聚丰园茶楼，楼上厅堂坐了不少茶客。前面有一个演艺的小台，几个年轻秀美的姑娘，正在演奏乐曲，奏的是一曲哀婉动听的曲子《汉宫秋月》。

当中弹琵琶的是紫玉姑娘。她弹得十分入神，时而低头，时而昂首……

聚丰园茶楼上的乐曲声不绝如缕。与聚丰园相对的巷口，疯妇人席地而坐，独自玩一块脏兮兮的泥巴。两三个孩子好奇地站在她跟前，看她用泥巴做小动物。大人走过来，把孩子拉开："一个疯子，有什么好看的？"

这时，宋慈独自悠然踱步般在街上行走。他时而探头于左右店铺，或驻足与行人搭几句腔，闲聊一番。

坐在巷口的疯妇不声不响地站起来，转身避于一个角落。

宋慈行至"聚丰园"茶楼前，周朗忽然笑眯眯地迎了上来："宋大人。"

"哦，周师爷？真是有缘啊，我只要一出门，准会遇上你。"

周朗假笑道："宋大人，今天有何安排？"

"我正在想，是否要与范大人好好商谈一回。只是不知范大人的贵体是否好转？"

"这恐怕不行……范大人的病情比前两日更重了，昨夜咳了一夜，早起还咳个不停……"

"那就见不得了。哦，查找公孙健的尸首，是否有了着落？"

周朗唉声叹气："唉……还是找不着呢。那两个被袁通判打烂屁股的狱卒，在山里爬来爬去找了一天，人已半死不活，范大人可怜他们，把两人抬回来养伤了。"

"那么，袁捷袁通判在干什么？"

"他啊，据说昨夜又有密报，已查到那伙盗贼躲藏的地方，他连夜率一支人马赶往那儿，到现在人还没回来，也不知有没有抓住盗贼。"

宋慈自嘲地一笑："既然如此，本提刑官还能做什么？恐怕唯有在嘉州城内逛大街了。"周朗笑眯眯地说："这倒也是。宋大人，我看你干脆忙里偷闲，到聚丰园茶楼上，听听小曲，调养一下精神？"

楼上传来悠然的歌乐声。宋慈朝楼上望了一眼，淡然一笑："哦？忙里偷闲，上楼听听小曲，周师爷这主意似乎还不错。"

"一张一弛，乃文武之道嘛。你听，这小曲唱得多甜！唱小曲的紫玉姑娘长得也很不错呢。宋大人，上去看看？"周朗说话时，脸上显出一副很做作的媚笑。宋慈神色略动："哦？上去看看？"

茶楼厅堂围坐了不少客人，此刻都凝神静气地听着弹唱。

紫玉姑娘手抱琵琶，声情并茂地弹唱一曲《虞美人》。

春花秋月何时了，往事知多少！小楼昨夜又东风，故国不堪回首月明中。雕栏玉砌应犹在，只是朱颜改。问君能有几多愁，恰似一江春水向东流。

宋慈独自一人走上茶楼。一个堂倌笑迎其入厅堂就座。

他见当中有个空座，刚想落座，被茶楼的堂倌客气地挡住，让他换另外一个空座。他有点不解，但没说，另择一座位坐下了。一会儿，他似乎也被紫玉富有感染力的弹唱打动，脸上动容。

旁座有人用扇子在桌上轻轻击节，感叹着："嗯，唱得真好。"

一身体肥胖的男子道："弹得也好。你瞧她那手指头，转起来跟小风车似的。是不是，兄弟？"那人转过脸来对宋慈说。宋慈点头："是，是很不错。"

一曲既罢。有人捧一个浅盘，向茶客们走来，众人或掏两三个铜钱，或一点儿碎银，投向浅盘，宋慈也投了一点儿碎银。他看旁边那空座一直没人坐，便觉奇怪，轻声问旁座的胖子："喂，这个座位空着，怎么不让人坐呢？"

胖子笑道："那是人家定下的座，哪能谁都坐呢？"

宋慈问："谁定的座，自己不坐还不让人家坐？有点霸道吧？是官家人？"

一手执黑扇的男子说："这位客人，话可不能那样说。袁通判可是个好官，为嘉州百姓做了不少好事。此人没别的喜好，就爱听小曲，每回听完，必定付了账才走。哪像范知州，蚂蟥似的，有便宜就占，不见血不走。你知道吗？那贪得无厌的老家伙，单是六十大寿就做了两次。"

"哦？做两次六十大寿？"

执扇男子说："怎么不是？按乡俗，男做九女做十，他可好，是先做五十九，再做六十大寿。知州大人要做老寿星，手下属员，城里商家，谁敢不去巴结他，不去送礼？送寿礼的担子在大街上排成长队呢！"

宋慈若有所思："这么说，嘉州百姓觉得袁通判比范知州干得好？"

胖子接口道："那可没法比，好多了！袁通判在嘉州确是两袖清风，不贪不占。姓范的跟他比，简直是一个天上，一个地下呢！"

执扇男子又说："做官啊，不在干得好坏，就看上头有没有靠山。范方是当今皇上的远亲，自称国舅爷，干得再差还不是稳稳占着知州的宝座？听说没有，州衙银库的官银一夜之间失盗二十万两。二十万两呢，报到京城，皇上对范方一句斥责之词都没有。这就叫作：王法虽大，国舅更亲。"

宋慈有点意外："哦？这些事，你们都知道？"

胖子一哂："小小嘉州城，不过弹丸之地，这种事还能瞒得了谁？"

忽然，另一边乱起来。一个酒醉的红脸客人手拿一锭银子，走到紫玉姑娘面前，伸手拉她："姑娘，你随本大爷走，单独给大爷唱，大爷给你十两白银！怎么样？走吧……"紫玉动也不动，冷冷地说："客官，请你放尊重些。"

酒醉客人还要胡来，一旁两个壮汉过去，将其制服，弄到一边去了。

紫玉姑娘面含愠色，稍整衣裙，抱起琵琶起身便走。老板赔着笑脸再三劝阻，她理也不理，径自扬长而去。众酒客哗然。老板尴尬地说："对不住，对不住，紫玉姑娘身体欠佳，不能多唱，各位多多包涵，多多包涵。"

宋慈笑着对旁边的胖子说："咦，这紫玉姑娘脾气还挺大，说走就走，谁也拦不住她呢。"胖子说："她可是这儿的名角，拿包银的……"

茶楼老板说："下面还有唱小曲的，小娥姑娘，快，快上来。诸位，小娥唱得也很不错的，各位请给她捧捧场……"

一个年少姑娘怯生生地抱着一把月琴上来。宋慈缓缓起身，悄然走到窗口，朝城外望了望。月琴声"叮叮咚咚"地在耳边响起……

城外，山路绵延，丘高坡低，起伏不平。偶见樵夫或农夫的身影。

捕头王满脸汗水，在山路上行走，遇见一个担柴的樵夫，即向前探问。

樵夫抹一把脸上的汗水，摇了摇头，担起柴担走开了。

捕头王又累又乏，刚想坐下喘口气，见不远处走来一个扛锄的农夫，赶紧又迎了上去。捕头王与那人交谈一会儿，那人摆摆手。二人又分开了。捕头王沮丧地愣愣站一会儿，抹一把额头的汗，又扮起笑容，朝前面来人迎上去……

手抱琵琶的紫玉走出聚丰园茶楼，伫立片刻，而后，她走了几步，在一个包子摊前站住，拿出几个铜钱，指了指包子，并不开言。摊主明白其意，将几个热气腾腾的肉包子用荷叶包了，递过来。紫玉却不接，指了指坐在对面巷道口的疯妇，而后抱着琵琶飘然而去。摊主点点头，托着包子走向旁边坐在地上的疯妇，将那几个热包子放在她面前。

疯妇迅疾地用沾满泥污的脏手抓起一个包子往嘴里塞，吃了几口，又将半个包子示向手上泥人，嘴里说："牛儿，我的儿，快吃，快长，啊？"

摊主摇头叹道："唉，人发了疯，真是可怜，连脏都不知道了……"

这时，宋慈也慢步走出茶楼。对面巷道口的疯妇已不见踪影。

他见英姑在附近转悠，即招呼道："英姑。"

英姑向他走近，低声说："奇怪，刚才明明看到那疯妇在这儿，怎么一过来，她人就不见了呢？大人，我觉得有点蹊跷，她这两天好像老在我们住处附近转悠，可又躲避我们，不愿和我们靠得太近。"

"有意躲避？那么，她本应是心清的，只为掩饰什么，或是怕被人察觉？"

"有可能是装疯的吧？"

"嗯，不是有可能，而是很可能。英姑，你继续想法子接近公孙之妻，或许可从她那里了解真相。注意，尽量避人耳目，小心行事。"

英姑应声道："我明白。"

夜幕降临，嘉州城街市上比白天更显热闹。一座座酒楼、一个个商铺、一家家妓院，大门前张挂灯笼，招引路人，店铺伙计和烟花楼老鸨们，涎着脸在门前拉客人。一脸汗水与沮丧的捕头王，拖着累乏的脚步从街市上走过，不时有酒楼伙计和老鸨想拉他进门：

"老板，进店喝一杯？"

"老板，找个姑娘玩一玩，开开心吧……"

捕头王不耐烦地一把甩开了："去去去。老子没那闲工夫！"

忽然听得一阵急喊："闪开，快闪开！"随即听得马蹄声声，一队捕快策马而至。捕头王赶紧站立一旁。骑马在前的是身着官服的通判袁捷，看上去神清气爽，情绪很高。稍后，便是十几个捕快押运一辆大板车辘辘而行。板车上横陈几具死尸，身染血污，面目可怖。

路人见了，有的惊怕，有的兴奋，指指点点，议论纷纷。

"这几个死人就是盗贼吧？"

"听说他们把官库里的银子都盗光了，这下可把案子破了。"

"这些恶棍不好好做人，要去做贼做强盗，死了也是活该……"

捕头王望着辘辘而过的囚车，面露惊诧之色。

天色已暗，屋内只一盏小小油灯，晃晃悠悠，不甚明亮。袁捷刚刚回家，正解开官服，准备擦洗一番。吴氏端来木盆，绞了一把热毛巾，递给袁捷。

周朗、孟书吏二人急急入内。周朗开口道："袁大人，我舅父让我来探问，是否已将那帮盗贼捉拿归案了？"

袁捷坦然地以毛巾抹脸："这事，我得当面向范大人讲。稍等，容我整一整装。"他一边整装戴帽，一边吩咐孟书吏："你去通报宋大人，请他即刻去范知州住处，商议要事。"

孟书吏应声而去。周朗不解地问："怎么又叫宋大人去？"

袁捷朗声道："周师爷，你这话问得好没道理。宋大人是圣上派下来协查此案的，自然得时时事事了解案情。莫非范大人对宋大人有防备之意？"

周朗急白了脸："有什么可防备的？袁大人，你这……这明明是话里有话。"

袁捷冷笑道："不做亏心事，何惧之有？"

周朗恼火地说："你……袁通判，你不要以为来个同科进士就有靠山了，宋提刑虽是圣上委派，也不过五品官职，我们范大人是四品官员，还是圣上的远亲，是国舅爷呢！谁怕谁？哼！"悻悻而去。

州衙后庭院。夜色沉沉，院外景物模糊不清。院内有数名执械兵士守卫着，火把数柄，照见院子一旁大板车上的几具死尸。

宋慈偕捕头王走进庭院。把守院门的捕快迟疑着，欲拦又止。

捕头王随手取过一个火把，引宋慈走到板车前。

宋慈神情凝重，仔细察看死者。他用手慢慢抚摸一死者高高翘起的大脚丫，目光猝然一跳。接着又拉过死者的右手，细细观察。

捕头王问："大人，怎么样？"宋慈眉头越皱越深："哦……"

孟书吏走进来："宋大人，袁大人请您一同去范大人住处商议要事。"

"好。请回报袁大人，宋某即刻就到。"

范宅内厅，摆设考究，厅堂有不少值钱的古董字画，桌椅都是紫檀木的，尤其厅前正中摆着一对鲜红的红珊瑚，格外惹眼。知州范方这时面带忧色，端坐在厅前的一张太师椅上。他想想不对，又招呼其妻搬过一张藤椅。他躺在藤椅里，摆出一副病恹恹的样子。其妻肥胖如牛，身着艳服，穿金戴银。

范方问其妻："你看看我的脸色，像不像有病？"

范妻观察其状："红彤彤的，哪像有病？我去弄点灶灰，给你脸上抹点……"

周朗叫着"舅父"，疾步走进来："袁通判即刻就到。他还让宋提刑一起过来商议。"范方惊慌起来:"把宋慈也叫到我家里,这是干什么?"

范妻鼓着脸不服气地说:"来就来,怕他什么?"

"你不知道,这宋提刑跟袁通判是同科进士,两人一鼻孔出气,相互关照,暗中密谋,关系好着呢。他看我范某家里这般富有,会怎么想?"

"那也不用怕,他敢拿皇上的亲戚怎么样?你只管安心躺着。"

袁捷与宋慈同时走入厅堂。范方装出一副病态,说话也是有气无力的:"二位来啦,请……请随便坐。泡茶。"

范妻扭摆着肥腰,斜着眼瞥一眼来人,招呼也不打一个便走开了。

丫鬟送来茶水,板着脸在两人面前一放,转身便走。袁捷朝宋慈淡然一笑。

范方说:"袁通判,听说……你把那伙盗贼一举剿灭了?可喜可贺啊。"

"哦,这是胡捕头的功劳。是他带了一队捕快,查访多日,才查清那伙盗贼的行踪。还是让胡捕头亲自向范大人禀报吧。"说着袁捷大声道:"胡捕头,进来吧。"一脸大胡子的胡捕头大步走进厅堂,向众官员行礼:"各位大人。"

范方说:"胡捕头,你说说,你是如何剿灭那伙歹徒的?"

胡捕头得意扬扬地说:"我奉袁通判之命,带一队人马,乘船在湖面上芦苇丛中转悠多日,千辛万苦,终于探准了盗贼窝藏之地——"

芦苇丛生的湖面上,几条渔船悄然往一个湖中小沙洲行驶。其中一艘渔船上,掩藏着十几名官兵。领头的胡捕头手执利刃,指挥着另几条渔船上的官兵向湖中小沙洲靠拢。

小沙洲上,几个盗贼模样的男子,正围着一堆火,吃着烤鱼,喝着酒,兴致正高,对外界毫无防备之心。胡捕头指挥几十个手执短刀的捕快悄然从四面向他们逼近。一个盗贼无意中看到了,惊叫起来:"哎呀,有官兵!"盗贼们都回身去取身旁的刀械,跳起来迎向官兵。

胡捕头举刀指挥众捕快:"杀!"众官兵猛扑过去,双方拼杀起来,刀械相交,锵锵有声。几个盗贼骁勇不屈,砍杀数名官兵,毕竟寡不敌众,被蜂拥而至的官兵逐一砍杀,官兵与盗贼的尸体横七竖八倒卧在地,血迹斑斑……

范方一脸愕然:"这么说,这伙盗贼一个没跑掉,全被杀死啦?"

胡捕头得意地说:"这些家伙心狠手辣,全是亡命之徒,搏杀之中,我手下弟兄也死了两三个呢。"

宋慈淡然道："盗贼既灭，想必那失盗的二十万两官银也一并缴获了？"

胡捕头面露难色："这个……我搜遍盗贼住处，仅少许碎银。"范方急切地说："怎么，没有银子？唉……你真笨！当初怎么也得留个活口啊！"

袁捷不紧不慢地说："虽没留下活口，所幸已获重大线索。胡捕头，将那东西拿出来，给范大人、宋大人看一看。"胡捕头从衣襟内掏出一张折得皱巴巴的土纸，示于众人面前："这是我从一个为首盗贼的贴身衣兜里搜出来的。大人们请看。"土纸上画了一些弯弯曲曲的线条，像是地形图，绘有城墙、衙门、街口等形物。奇怪的是，还画有一个圆脸短须头戴官帽的男子头像。

宋慈看罢，面色平静，未作表示。

范方把那张土纸看了又看，摇晃着脑袋，"我看不明白，这纸上画着这些是什么意思？袁大人，想必你已有解，何不说出来，让我等领教一回？"

"二位大人，在袁捷看来，此图并不难解。这其实是一张藏银示意图。这里画着城墙，且有街有巷，可知盗贼未能将官银运出城外，还埋藏在城内某处。藏在一个人人料想不到的绝妙之处。"宋慈一怔："嗯，竟是这样？"

范方做沉吟状："被盗官银还藏在城内，嘉州城那么大，大小街巷几十条，十万余众，会藏在哪里？怎么找？"周朗疑惑地说："这图上画了个衙门，还有个肥脸短须头戴官帽的人，这算什么意思……弄不懂，真弄不懂。"他目光扫到肥脸短须的范方，忽然打了个冷战，话头赶紧打住了。

袁捷用眼睛盯着范方："是啊，范大人，你说，这二十万两银子，几十只大箱子，会藏在哪儿呢？范大人，还有，这图上画着衙门和一个肥脸短须头戴官帽的人，是何意思？"

肥脸短须的范方面色赤红："袁通判，你两眼直勾勾盯着我干吗？我哪知道银子藏在哪里？这衙门和肥脸短须的官员跟我有什么关系？……"

袁捷冷冷一笑："范大人，你发什么火？我又没说你什么。宋大人，你看我们这位知州大人，可笑不？莫名其妙就发火了，这有什么可紧张的？该不会是病症加重之故吧？"

"我有什么病？我身体好好的，头脑清楚得很……"范方一脸恼怒，"宋大人，你看，你看你这位同科进士，他这明明是欺负人嘛！"

宋慈不紧不慢地说："既然盗贼已全数被杀，唯留这张藏银图，恐怕只能按图索骥了。图上画有衙门和官员，想必这二十万两库银在州衙一带藏着……哦，我猜想，袁通判的意思是，在州衙一带来个大搜查？"

　　袁捷喜上眉梢："正是。宋大人果然足智多谋，与袁某的判断不谋而合。想必当初盗贼作案时，因银两数目巨大，分量很重，一时不及运走，便就地藏于州衙之内，以为神不知鬼不觉，可以瞒天过海。"

　　众人惊愕不已："藏于州衙之内？"袁捷说："州衙不过弹丸之地，哪怕是掘地三尺，也不用花费太多时日。明天一早，便可动手，不出两日，必有收获。"

　　范方心慌意乱起来："你是说，凡州衙内所住官员都要挨家挨户地搜？"

　　"州衙一带，除了公堂厅殿，自然也包括各位官员的住处啊，哪能不搜呢？你我的宅院嘛，为了避嫌，不妨也搜一搜……"

　　范方惊跳起来："这是怎么说的？哪有这样做事的？搜抄赃银，居然要……搜抄到州衙大院内，还要搜到我知州大人的宅院？这简直是……闻所未闻，莫名其妙！宋大人，你……你说说，世上竟有这等荒唐之事吗？"

　　宋慈有意回避："这个……事关要案，宋某就不好说了。"

　　袁捷故意问道："范大人，你不曾与盗贼有瓜葛吧？"

　　范方辩道："嗯？我怎么会跟他们……"

　　"就是嘛。既然问心无愧，何惧一搜？范大人，州衙各官员的住宅都搜过了，便可一身轻松，无牵无挂，而后秉公行事，搜查百姓人家，谁还会有怨言？明天一早，卑职便让人搜查州衙内各处。范大人，此事就这么定了吧，先告辞了。"袁捷说罢，昂首而下。

　　宋慈一身轻松地站起来："看来也没我的事了。范大人，宋某也告辞了。"

　　看着宋慈坦然而去的背影，范方愣在那儿不知所措："他们……他们这是串通好要我好看呢，他们是要把我逼上绝路啊——哎呀呀……我可怎么办啊？"

　　范妻忙说："你慌什么？搜就搜……哎呀，不对呀，老爷，不能让他们来搜啊……你得快想法子，不然会出大事的！"

　　范方颓丧地坐在椅子上："我有什么法子可想，姓袁的这一着太厉害，太毒了！他这回是认定了要把我往死路上逼啊！我……我无路可走，我完了，全完了……"

　　周朗说："舅父，舅父，别急，别急嘛。容我再想想，再想想……对了，我有招儿了。"周朗把脑袋凑近范方，一番耳语。

　　范方木然地说："这样行吗？这不是冒险吗？"

　　周朗说："事到如今只能这样，担点风险，总比坐以待毙要好吧？"

　　袁捷独坐家中。此时的通判大人一身家常衣饰，长衫边襟还缀有补丁。那身官服挂在旁边的板壁上。桌上摆着两三碟小菜、一小壶酒，桌面摊放着手帕，里面是炒熟的黄豆。袁捷独个儿自斟自饮，慢慢呷一口酒，拣几粒黄豆扔进嘴里，嚼得很香。而后，他起身悠然地在屋内踱步，嘴里不由得哼起一段小曲，"春花秋月何时了，往事知多少……"

　　他望望壁上的字画，再看看认真写字的孩童，开口说了一句："儿子，听着，把这句写上，'吃得苦中苦，方为人上人'。写上一万遍。"

　　袁捷站在孩童身后，看着他提笔写下那几个字，默然点头。

　　袁捷情绪很好，走过去拔出壁上挂着的一把剑，在屋内舞了几个来回，收剑回鞘，站立桌前，将杯中酒一饮而尽，又将手帕中的黄豆尽数倒进嘴里，努动嘴巴大嚼一通。而后，他朝里面叫唤一声："来呀，帮我更衣。"

　　其妻走出来，无声地取下挂在壁上的官服，帮袁捷换上。袁捷又说："取灯笼来。"其妻入内，少顷提一盏灯笼出来，仍是不说一字，将灯笼交给袁捷。

　　袁捷说："我出去了。今晚不回家。你和小儿早点关门睡吧。"

　　其妻这才"是"了一声，欠身而退。袁捷提着灯笼迈步出屋。

　　狭窄的小巷内，夜幕异常深重。英姑竭力分辨着前面那个灰蒙蒙的黑影，疾步走去，嘴里叫着："大嫂，公孙夫人——"

　　疯妇的身影在前面一条小巷一拐，便不见了。

　　英姑在那巷子附近寻找，忽然在墙的拐角暗处看到一双亮晶晶的眼珠子。正是那疯妇。她这时没有再逃的意思，默然望着走近的英姑。英姑柔声道："公孙夫人，你别害怕。我是京城来的宋提刑的手下人，专为查库银失盗案的。你能对我说实话吗？你丈夫在这桩案子中，究竟有没有冤屈？"

　　疯妇一动不动地盯着英姑的脸，她的眼里闪动着泪花："我……我想跟你们说……"英姑安抚道："你别急，慢慢说好了。"

　　猝然，这疯妇的脸色又变了，嘴里发出一声尖利的笑声："嘻嘻哈哈，你这小女子，你半路拦截，莫非想调戏我，我可是八仙中的何仙姑啊……你走开！"

　　这疯妇一把将英姑推开，竟自飘然而去。英姑一时不知所措，却见不远处有人打着灯笼走过来，是两个巡夜的官衙差役。

　　差役用灯笼照一照英姑："哦，你是宋提刑手下的吧？没吓着你吧？"

　　"没……没有。天太黑，我认不得路了，遇上一个妇人，想问路……"

"这妇人是疯子。你跟她有什么可说的？去客栈吧，往这边走，走吧。天黑了，这黑咕隆咚的小巷里，可要小心，别出事呢。"

英姑唯唯应声，慢慢走开。走出一段路，英姑停住脚步，转身一看，却见两个差役提着灯笼朝疯妇离去的方向疾步赶去……

夜色已浓，客栈里十分静寂。宋慈在房间里坐立不安，时不时地朝窗外张望，"夜已深了，英姑怎么还不回来？"

捕头王说："不会遇上什么麻烦事了吧？要不，我出去找找？"

"还是我去吧……"

这时，英姑推门进来了："大人。"捕头王埋怨道："你怎么才回来？大人都替你着急了。你看，他脸上都急出汗了！"英姑深情地看了宋慈一眼。

宋慈掩饰地说："欸，哪里着急啦？来，英姑，坐下歇一会儿，擦把脸。"

英姑接过宋慈递来的毛巾，一笑："还是你脸上的汗多呢。"把毛巾又塞到宋慈的手中。捕头王急切地催问道："喂，英姑，你怎么样，碰上什么人了？"

宋慈望着英姑的眼睛："想必已有所获？"

英姑报以一笑："我见着公孙健的疯妻了。"

"怎么样？"

"你说得对。那疯妇不是真疯，十有八九是装的。"

"哦？怎么说？"

"这一下午我都在找她，整个嘉州城大街小巷都找遍了，也没见着她的人影。看着天色已暗，才要回客栈，却又看到她的身影，就在客栈附近转悠。我赶紧追过去。她似乎想跟我说什么，后来，州衙的人来了，她又逃开了。我想，会不会嘉州官衙的人也在找她？他们……难道想对她做什么？"

"嗯，我看这事很蹊跷。走，我们马上出去，再去找。"

捕头王说："大人，天黑了危险，我也去。"

狭巷内，夜黑无光。袁捷手提着灯笼在小巷中稳步而行。

少时，他在一座小院门前站住，举手轻轻敲了敲门。门开了，闪出一张俊美的脸。这是紫玉。袁捷一言不发，走了进去。院门随即悄然关上了。

小宅院内的小屋，地方不大，摆设不多，却也雅致，似大家闺秀的闺房，又有某种居家过日子的味道。墙上装饰有书画与雉鸡羽毛，挂着箫笛之类，摆有琴台。袁捷进屋便熟门熟路地躺在一张躺椅上，全身放松，微闭双眼。他不说话，只用手轻轻做一手势。

紫玉捧了琵琶过来，款款坐下："想听哪一曲？《汉宫秋月》还是《霓裳羽衣曲》？"袁捷摇头："不，我想听《十面埋伏》。"

紫玉一怔："《十面埋伏》……好吧。"紫玉弹起了《十面埋伏》。琴声猝然而起，时而急促如万马奔腾，时而哀婉如泣。袁捷微闭双目，似沉醉于乐曲声中，琴音激越时，其眉头轻跳；琴音低婉时，隐约又似见眼角有泪光闪动。

紫玉猛然一勾手指，弹出最后一个强音，结束这一曲。

躺在躺椅上的袁捷，一动不动，似已睡去。紫玉悄然放下琵琶，移步至袁捷前，半蹲下，伸出一只手轻轻抚摸袁捷的膝背，即被袁捷的手握住了。

紫玉轻声说："我还以为你睡着了呢。为查案子连日奔波，太辛苦了吧？"

袁捷睁开眼睛望着女子，轻声念道："天将降大任于是人也，必先苦其心志，劳其筋骨，饿其体肤……"

紫玉用赞赏的目光凝视袁捷："大人真是有志于担纲天下的奇才吗？"

"你愿意做一代奇才的知音良友吗？"

紫玉将脸慢慢贴到袁捷的膝上："天下之大，得一知己足矣。紫玉只是一个俗女子，若能有幸为袁大人的知音，也是前世修成的福分。"

袁捷用手轻抚女子的脸颊："紫玉，这几天你过得好吗？"

"还不是那样？只是你多日没来听小曲，让人心里惦记……欸，今天在聚丰园，那位宋提刑也来听曲了。他不是京城派来查库银失盗案的吗？这可好，你每日为查案忙得团团转，他倒有闲心到茶楼听小曲？"

袁捷淡淡笑道："人家是圣上指派的要员，不像我这小地方的通判，上头有个权瘾很大的知州压得抬不起头来。紫玉，这位宋提刑与我是同科进士，这回来嘉州查案，想必能帮上我的大忙呢。欸，他没跟你说些什么话？"

"没有。我以为他会上前与我搭话……后来，有个不正经的家伙，拿了十两银子，邀我独个为他唱小曲，哼，把我当什么了！我恼了，就先走了。"

"你唱得好，人也漂亮，难怪男人都喜欢你，想亲近你呢。"

紫玉嗔怪道："大人……在我眼里，唯有你是顶天立地的男人。"袁捷握着她的手："嗯，等眼前这桩难事有个了结，我会再到聚丰园，舒舒坦坦地坐着，听你唱一夜小曲。啊，人活着，自由自在，轻轻松松过日子该多好啊。"

紫玉微笑道："那你干脆就辞官不做，当个平民百姓，也许就会自由自在了……只怕你心有不甘。"袁捷站起来，激动地在屋里走动着："你这话说对了。我袁某大志在胸，怎肯虚掷光阴，学那雅士闲客？可惜老天不公，难遂人愿啊。你看，宋慈与我同科进士出身，当年京城殿试，我为榜眼，他是探花。而今他身为提刑官，名声远扬，深得圣上器重，前程远大；可我呢，郁郁不得志，至今还困在嘉州这小地方受愚蠢老朽范方的窝囊气，真是……"

紫玉将身子贴着他，抚其身背，柔声道："天将降大任于是人也，必先苦其心志，劳其筋骨，饿其体肤。你当忍则忍，能屈能伸才是大丈夫呢。"

袁捷转过身来，将娇美女子揽在怀中，感叹不已："你说得不错。可你知道人生苦短，何时方可熬出头啊。我头上都有白发了……"

紫玉细观其发间，拈出一根白发："果然有白发了。你这几年干得太苦了。我想，你如此勤勉于政事，朝廷必有一日会提拔重用你的。"

袁捷用双手捧着紫玉的脸："好，袁某但愿借你这句吉言，得以功成名就、大展宏图。有此一日，袁某不会忘了你的。"

紫玉却低垂下头："不。袁大人该把陪伴你过了十几年苦日子的妻儿接去享享福，到那时，紫玉反倒该退避三舍，归隐山林了。"

袁捷感激地搂住女子："紫玉，你真是我……人世难觅的红颜知己啊！"紫玉忽然微微一颤。袁捷感觉到了，望着她的脸："你怎么啦？想到什么事啦？"

紫玉轻声叹息："唉，世上多的是苦命女人啊。我今日走到聚丰园茶楼，忽然看到公孙健的妻子，头发蓬乱，面容憔悴，坐在泥地上，真是可怜……记得，还是半个多月前，他们夫妇还随你一起高高兴兴地来聚丰园听我唱小曲呢。"

袁捷语气沉重地说："公孙妻已经疯了。唉，谁想会落到如此惨状？我跟公孙健亲如兄弟一般，那回，是我专门请公孙夫妇到聚丰园听曲儿的……"

忽然壁后传来窸窣之声，袁捷惊跳而起："那边有动静？"

紫玉细辨那响动，笑出声来："看把你这通判大人吓的。是隔壁房里闹耗子，天天都这样，闹得日夜不得安宁呢。"

"咳，原来是一群老鼠啊。"

"欸，你租下这小院时，隔壁一间派什么用场了？"

袁捷顿了一下："哦，这儿的粮价便宜，我买了些稻谷堆在隔壁那间屋里，打算过些日子运回老家，供父母食用，兄弟亲戚们也分一点儿。"

紫玉笑道："是稻谷啊，难怪要闹耗子。"耗子咬叫声又起。紫玉笑道："你还害怕吗？"袁捷将其搂入怀中，"有美人做伴，天王老子我也不怕了！"

寂夜中的小城，漆黑一片，偶见灯笼火把如同鬼影，时隐时现。狗吠声声，不绝于耳。热闹了大半夜的街市也终于平静下来了。街上行人稀少，偶有喝醉的汉子歪歪扭扭地在街上摇摆着。沿街那些酒楼与妓院，大门也关上了，门外唯剩高高悬挂着的一只只大红灯笼。

州衙后院，范知州住处依然亮着灯。窗口映出晃动的人影，并伴有压抑着的争吵声。蓦地，有什么硬物摔在地上的脆响，随即传来哭闹声……

客栈楼上。依稀可见一盏孤灯，映出宋慈尚未入眠、来回走动的身影。

东方，渐渐有点发白。随后，听到了第一声鸡鸣……

城外荒野。晨雾渐散。捕头王在野外快速巡行，鞋裤上沾满了露水。山路上时有樵夫走过，他上前与之交谈。对方摇头摆手。捕头王有点失望。不远处，一牧童骑在牛背上，嬉笑着缓缓而来。捕头王眼睛一亮，又急忙迎了上去。

牧童独自坐在一棵树下，正用一把镰刀削着什么。捕头王笑眯眯地走过去，发现牧童正在削一段竹竿，搭讪道："喂，你是做竹笛吧？"

牧童点点头，继续削着。捕头王凑上去："我帮你做，怎么样？"

牧童认真地看他一眼："你会做吗？"捕头王拍着胸脯："怎么不会？做竹笛，我从小就会了。来，我帮你削。"他接过竹竿巴结地做了起来，一边干活一边跟孩子聊天："你天天在这儿放牛吗？"

"嗯，我天天在这儿。我可没见过你呢。"

"这儿平时有谁来呢？"

几十名衙役在州府衙门前的空地上，排成一支奇怪的队伍，他们有的手执刀棍，有的肩扛锄头和铁锨，全然不像平时那样。行路的百姓见状，都觉得好笑，指指点点，交头接耳。

领队的胡捕头一脸严厉之色，一声令下，这支队伍便向衙门内走去。

此时，整个州衙大院空荡荡的，多数官员住宅还都关着门呢，唯独一身官服的袁捷率妻儿恭敬地站立门前，身后的大门洞开着。

胡捕头站在院子当中，大声喝道："家住后院的各位官员听着，卑职奉命对州衙各处进行搜查，请各位自将大门打开，容我等入内搜查。"

有官员急急把家门打开，一家人匆匆走出屋子等候。也有没及时开门的，便有衙役上去敲门："开门，开门！"

一个年岁较长的官员衣冠不整地走出门来，不满地怨道："这是怎么回事？大清早来一队官兵，要搜自家州衙官员的住处，这是谁下的指令？"

袁捷面色严峻，语音不轻不重地说："是我下的指令，知州范大人也同意了。据被捕盗贼招供，被窃库银二十万两，藏于州衙一带，我等住在州衙后院的，不先搜一搜，如何去搜百姓家？胡捕头，你带几个人过来。"

胡捕头朝袁捷走过去："袁大人。"袁捷说："你让手下人先进我家搜查吧。"说罢，与妻儿退到一边。胡捕头略一迟疑，即招呼几个手持家什的衙役进屋了。

袁捷大声吩咐："胡捕头，你们不必拘束，该翻就翻，该挖就挖，袁某不会有半句怨言。"随即，听得屋内翻箱倒柜的声音。其他官员探头探脑地看袁捷家的动静，暗暗伸伸舌头，都不再作声，只好任由衙役们入内搜查了。

通往后面一个独家小院的侧门，半开半掩着。周朗忽然探出半个脑袋，随即不见了。

州衙大院内不少地方都挖掘出一个个的大坑，衙役们似乎干得十分卖力。尤其进官员住宅搜查，更是个个劲头十足。他们把官员家的箱柜翻得底朝天，把藏在箱底的珠宝金银和一些不便示人的玩意儿都翻了出来。这让主人们十分尴尬，因旁边站着督阵的袁通判，都不敢出声。

一个衙役朝打开的箱子瞅一眼："哟，这位大人平日看上去挺穷的，原来藏着这么多好东西啊！这些，想必不会是赃银吧？"箱子的主人急了，"怎么会是赃银？这点金银是我省吃俭用，好多年才积攒下来的……"

另一衙役故意失手将一件瓷器打碎了，那位主人急得直叫："哎呀，你怎么搞的……"

"对不起，大人，我把你的咸菜钵头弄破了，明儿我再买一个赔你行吧？"

"这哪是咸菜钵头啊？你不知道这值好多钱啊……"

一旁，袁捷掩不住兴奋之情，嘴里哼起了小曲："春花秋月何时了，往事知多少……"

知州范方心焦如焚，在屋里团团乱转。他时而侧耳静听一墙之隔的后院那边嘈杂的声响，时而朝里屋张望一下。

范妻在里屋大声叫道："你在那儿乱转干吗？过来帮帮我们，这些箱子沉得要命……"范方急忙说："哎呀，你说话轻点声行不？我得守在这儿，防备着人家突然闯进来，那可就不得了啦！"

突然，响起笃笃的敲门声。范方顿时吓得面色惨白，手脚发抖，几乎软倒。他强打精神，颤着声问："谁呀？"门外传来周朗的声音："是我呀，舅父。我回来了。"范方拍着胸口："我的妈呀，可把我吓死了！"

开了门，周朗急急入屋。范方急切地问："怎么样？嗯？"

"舅父，妥了，已经跟人谈妥了。"周朗的说话声越来越轻，"时间就定在今晚，子夜过后，他们就把船摇至后门……"

范方的胖脸上紧皱的眉头渐渐舒展开了。

城外荒野。捕头王与牧童的谈话正在要紧关头。捕头王一下把眼睛瞪得很大："你当真看到啦？拉着一辆驴车，装着一具死尸？"

牧童说："那天，我的牛逃进山里了，天快黑时我才找到了它，正往外赶呢，就看到了。我看到他们在那边挖了一个坑，然后把人埋了。后来我过去看，哼，埋了人，连个坟包也不起，不知什么缘故呢。"

"你看没看清那埋人的是谁？"

"我认不得是谁。有两个人。总是城里来的吧。"

"是什么打扮？"

"天黑了，我看不清楚。"

"你能带我去看看埋人的那地方吗？"

"怎么，埋下的那死人你认识？你不说实话，我可不想带你去。"

捕头王装模作样地说："欸，小老弟，那真是我的一个远房兄弟。他被人打死了，尸首也找不着，你说，我家的人急不急？你真是帮了我的大忙了。来来，快带我去吧。"

"好吧，既是你的兄弟，我就带你去看看。"

两人站起，往山坳那边走去。

州衙后院。范方在周朗的搀扶下，稳着神，慢慢踱步走至院内。

院内热火朝天的大搜查情景使范方大为吃惊，却装作无关紧要的样子。袁捷见了，赶紧向他走过去，扮出殷勤的笑脸："范大人，你看，我们这样搜查，行不？来来，快给范大人搬一张椅子来。"

范方稳坐在椅子上，东瞅瞅西望望："嗯，你做得不错，就得这样搜查，这才搜得彻底，搜得心服口服。欸，那屋子里面搜了没有？是不是也得掘地三尺，仔细地找一找？"袁捷点头："嗯，范大人说得对。听着，传范大人指令，屋子里也要掘地三尺，不能放过任何蛛丝马迹。"

周朗走过去向衙役们指手画脚："这儿挖得太浅，说不定那银子埋到五尺以下了呢。"衙役们朝他白了白眼，不屑一顾。

袁捷说："大家别担心时间，今天这院里搜不完，明天接着干。"

范方连忙说："对对，要彻底搜查，就不能不多费点力气。对不？干吧，你们干吧。我就在这儿坐着，看你们为国家出力，心里高兴。"

袁捷暗自好笑。孟书吏急急而至："范大人，袁大人。"

袁捷问："怎么啦？宋提刑为什么没过来？"

孟书吏说："我去时，宋大人刚要出门，听说已找到公孙健的尸首，他得先去查验死尸，问二位大人是否一同过去？"

范方不满地说："一具烂得发臭的死尸有什么可查可验的？这个宋提刑，阴阳怪气的，一点点屁事折腾来折腾去，这是想干什么？"

袁捷看向范方："范大人，你我是不是过去看看？"

范方一口拒绝："我才不去呢。公孙健自知罪重难逃，才一头撞死的，死就死嘛，何必那么兴师动众？想必宋提刑想显露一下他的验尸之术，就让他孤芳自赏去吧。袁大人，你想去给他捧场就去吧。这里由我守着。"

袁捷淡然一笑："那我也不去了。范大人身体不好，早点歇着，我还是留在这儿吧。嗯，孟书吏，你先过去看看，看宋提刑查验后，有什么结果，回头再说吧。"范方说："欸，周朗，你也去，看那位提刑大人能验出些什么名堂！"

山坳里。一具尸体已摆放在旧门板上，上盖有白粗布。隔着较远，有少许村民老少，遥遥张望着。宋慈步履匆匆地从坡下往上走。捕头王迎上去，与之低语几句。宋慈点头，稳步走向搁尸体之处。周朗与孟书吏带了几个衙役匆匆而至，尾随于宋慈身后，有点心神不宁。

宋慈置身于门板之右，俯身弯腰，伸出一只手，轻轻揭开蒙着尸体的粗布。死者的头颅碎裂，面容也已部分毁坏，看不清其五官特征。看到死者被毁的面容，宋慈为之震惊，两眼微闭。孟书吏等人也"啊"地叫出了声。

宋慈开口道："本提刑官要按大宋律法进行验尸，诸位，请退避一下。"

周朗、孟书吏等人急忙退却。宋慈俯身下去，细细查验公孙健尸首。他边看，边报出查验结果："左侧肋骨四根折断，胸腹部鞭伤无计，体无完肤，血痕累累；右小臂折断，其下青斑数处……"

捕头王大声重复其报出的死者伤情。英姑在一旁快速记下。

旁观的村民百姓闻之，莫不咋舌惊叹，小声议论。

"怎么打得这么狠？全身没一块好肉了，骨头都断了，这人还能活啊……"

"说起来，这公孙健还是州衙的一个官员呢！同是办官差的，怎么会下手这么狠呢？"

"莫不是犯了什么大忌？"

周朗、孟书吏等人被百姓指指点点，面色尴尬，想走又不敢走。

宋慈查验到死者的口腔内，神色顿然大变。只见口腔内舌头齐根而断，有刀割之痕。他颤着音大声报出："舌头齐根割断！"

捕头王大声地说："舌头齐根割断！"

宋慈又仔细观察死者口腔，忽然有所发现，伸出右手入口腔内掏摸，少时，从口腔中掏出一截血淋淋的断舌！

众人禁不住叫出声来："呀，一条断舌头……"

宋慈手握着断舌，微微颤抖，两眼望着它，一语不发。英姑做记录的手微微颤抖，眼中有泪水。周朗、孟书吏见状，欲避之一旁，被捕头王横身拦住。

宋慈面色严峻地对周朗、孟书吏二人说："二位对查验有何说法？"

孟书吏一脸愧色，低下头去。

周朗则强打精神，支支吾吾地说："宋大人，在下并不觉得十分意外。"

"哦？不觉得意外？这样的死法，很正常吗？"

周朗强辩道："这个嘛……公孙健与江洋大盗内外勾结，盗走库银，乃十恶不赦之罪，被抓后不肯说出实情，故而对他严刑拷打，追查同案罪犯，下手或许狠一点儿，也是在所难免。宋大人并不能据此断言此案有假，更不能因此推翻公孙健盗取库银的罪名。"

捕头王气愤地拔拳欲揍周朗："你这是什么屁话？"

宋慈说："是啊，公孙健是否有罪，此时确实不能定论。或许还得再等些时候，才会有一个水落石出的结果。"

起风了，树叶沙沙作响。尸首上的白布飘然而动。西斜的太阳被浓厚的云层遮没，天色顿时变得暗淡了。

夜幕降临，通商大埠嘉州的街市上便一如以往地喧闹，各色人等往来不绝，各种楼店门前灯火通明，笑语欢声，不绝于耳。河道上装饰着灯笼的彩船，在水上缓缓游弋，鼓乐声声。

宋慈得着袁捷的口讯，约其至城外三里亭会面。入夜，他与捕头王二人，犹似闲得无事，在街上缓步而行。时有酒保、老鸨向他们打招呼，引其进楼吃酒玩乐，被捕头王一一拒之。

街口忽然走过紫玉姑娘，依然如往常那样手抱琵琶半遮面，神色泰然，飘然而行。她不防备会在街上与宋慈猝然相遇，稍有不安，随即便平静如常。

两人相视片刻，紫玉朝宋慈微微点头，即侧身而过。

宋慈愣了一会儿，禁不住扭头回望了一眼。捕头王问："大人，你看什么哪？噢，是她呀，唱小曲的……欸，大人，你看，那是谁？"

宋慈按捕头王手指的方向，看到一个熟悉的身影，竟然是周朗。

周朗全然不同以往，戴一顶普通百姓常戴的帽子，帽檐压着眉眼，身着一件灰布旧衣衫，目光低垂，躲躲闪闪，腋下夹个小包袱，顺街墙边溜着走。

捕头王轻声说："这家伙鬼头鬼脑的，这是干什么？"

宋慈没作声，只是望着周朗。只见周朗拐进了一条小巷。

捕头王说："大人，我跟去看看。"宋慈点点头。

捕头王跟随周朗，也走进了巷子。不一会儿，便见周朗钻进了一船家屋里。

从屋里的摆设看出是一个船主家，一杆大橹斜立屋下，还有别样船上用物。屋内唯独桌上立着一盏油灯。灯下摆着一个小包袱。

小包袱解开了，包里是几锭银元宝，足有百十两。周朗脸上绽出笑意："怎么样？做这趟生意不亏吧？"

船主模样的胖男人眼望着银元宝，流露出贪婪之色："这事没问题，包在我身上了。你说吧，让我几时出船？"周朗警觉地顾盼左右："那得等到夜深人静才能行动。我全都安排妥了，只等……"

一侧窗台上，隐约可见伏着一个人的脑袋，正是捕头王。

夜深人静时，一点儿划水声，似乎也格外响。黑暗中，一条乌黑的船在城内一条狭窄的水道中缓缓而过。

船悄然停泊在埠头旁。有人跳下船，系缆绳，搭跳板。

后门轻声一响，被打开了。稍后，即有人抬着大箱子出来。那箱子看上去很沉重，抬箱者累得直哼哼。一旁有人督护着，小声叮嘱："小心，小心点……"

大箱子被抬上了船。随后又有人抬出相似的大箱子……

远处暗角里探出一颗脑袋，一双亮闪闪的眼珠子盯着那边的动静。

夜已深，月光如水。城外三里亭，也算本地观夜景的一个好去处。亭子正对着一条不太宽的河道，此时，月光铺洒水面，时浓时淡的景致，映入眼帘。

小亭内摆有桌几，摆着茶具及果品，宋慈与袁捷相对而坐。宋慈一侧相随的是捕头王，袁捷那边是胡捕头。

相对处坐着几个弹唱的秀色女子，或拨弦拉琴，或吹箫弄笛，当中一位弹琵琶者却不是紫玉姑娘。她们演奏着一支悠扬的乐曲《霓裳羽衣曲》。

袁捷仰身躺在靠椅上，微闭双眼听着乐曲，随节奏而微晃脑袋，一副踌躇满志的神态。宋慈端坐一旁，神色泰然。捕头王与胡捕头二人对乐曲不感兴趣，他们不时地往外张望，面带警觉之色。

一曲既罢，顿时安静下来。袁捷挺直了身子，舒服地伸了伸腰，兴致很好地说："好曲子，听了令人心情愉悦，倦意尽消。宋兄，你说呢？"

宋慈淡然一笑："问我吗？袁兄突发奇想，邀我至城外，于夜深人寂时，欣赏河中之月，享受这美妙乐曲，确有别样滋味。我觉出，袁兄今日情绪高涨，兴奋不已，似乎醉翁之意不在酒，也不在山水之间，而是为等待一件大喜事。我猜得不错吧？"

袁捷故作姿态："欸，哪有什么大喜事？你我同科进士，难得有此相逢机会，公务再忙，袁某也应做一回东道，让你享受一下嘉州的夜景。今生有缘，才有今晚一同赏月听曲的快乐啊。来来，宋兄，喝茶，喝茶。"

宋慈喝一口茶，放下杯子，轻声问："袁兄，宋某冒昧再问一句，今晚是否还有别样特殊的安排？"袁捷神秘地一笑："宋兄希望有怎样的安排？"

"恭敬不如从命，宋某今晚是一个陪客，只能客随主便。"

"那好，在下先透露一点儿，稍等一会儿，便有一场好戏可看。你我只在这儿听乐喝茶，静候好戏开场吧。"

"哦，果然有好戏？"

"那唱戏的角儿，来头还不小呢。"

袁捷朝姑娘们示意一下，她们便演奏起一支曲子。这回是《归去来》。

明月在云层中时隐时现，河道上也时明时暗。忽见有一条船无声地出现。一直在注视河道上动静的胡捕头走到袁捷身边，跟他耳语几句。袁捷即起身至亭外，朝河中观望，转过脸来兴奋地说："好，好戏开始了！我们走吧。"

宋慈问："走？去哪里？"袁捷一把拉起宋慈的手："宋兄别问，随我去就是了。"一行人匆匆而去，唯剩几个弄笛弹琴的姑娘继续在演奏曲子。

月光下，河道上可见一条黑乎乎的货船。几个官兵在岸上举着灯笼，大声吆喝："喂，把船划过来，靠边，靠到岸边来！"船上之人未加理会，继续前行。

巡逻船上的官兵怒喝着："你们敢违抗命令？再不听，放火箭烧了你们这条贼船！"船上人急忙喊道："别放火箭，这就靠岸，这就靠岸……"

船只靠岸，几名官兵刚想上船，里面气势汹汹地走出一个人，怒斥道："你们这里谁是头？敢拦我们的船？认识我是谁吗？知道这里面坐着的是谁吗？"

一名官兵举着火把照了照那人，故作惊讶地说："哎呀，这不是周师爷吗？你怎么会半夜三更坐在这种运货船上？"

船内传出女人的声音："周朗啊，外面是谁？你问问他，敢拦我们知州大人的包船，是不是不想活了？"听了这话，周朗对官兵们斥道："听出是谁了吗？是知州夫人呢！你们吃豹子胆了，知州家的船也敢拦截？"

袁捷突然露面了，大声道："是啊，谁那么大胆，敢拦知州家的船？"

周朗猝然看见袁捷出现在眼前，顿时慌了手脚："这……这不是通判袁大人吗？怎么你也在这儿……"

"巡查关卡，以防盗贼逃窜，赃银流失，本大人近日不都在忙着此事吗？我只是奇怪，周师爷怎么会选在今晚陪同知州夫人坐船远行？"

知州夫人慌忙从船里走出来："袁大人，真是抱歉，只因我娘家老母病入膏肓，嘱我连夜赶去，只怕是见不到最后一面了……呜呜。"女人的哭声很假，很做作。

袁捷道："噢，原来如此，这倒是急事。那好吧，急事急办。诸位弟兄，你们进船内随便看一下，就放他们走吧。既是急于奔丧，想必只是一条空船，不会有什么东西的。"

几个官兵打着火把钻进船舱，少顷，便有一人面带惊诧之色叫着"大人"钻了出来。袁捷问："怎么啦？"领头的官兵说："大人，船舱内满满当当的，装有二十几口大箱子，很沉很沉，里面不知装着什么，是不是该打开看看？"

"哦？不是奔丧吗？何必带二十几口很沉很沉的大箱子？"袁捷看向知州夫人，"夫人，你自己说说，这箱子里装着的是什么？该不该打开看看？"

知州夫人脸色十分难看，勃然大怒："我带什么回老家，还用你管吗？知州家的箱子，谁敢擅自打开？哼，周朗，走，开船！"

袁捷冷笑一声："嘉州境内的确没人敢动你知州家的东西，可是，眼下嘉州发生了一桩惊天大案，惊动了圣上，故而有一位执掌捕杀大权的提刑大人奉圣命来此查案，难道他也动不得知州家的箱子吗？"

知州夫人大惊失色："啊……"袁捷大声说："宋提刑，请出来吧。"宋慈慢慢踱步出来，面带微笑："宋某不知今晚出游，还能有幸得遇知州夫人。"

知州夫人哭丧着脸，哀求道："宋……宋大人，你就让我这船快快过去吧，我得赶回去看我老母亲最后一眼啊……呜呜呜。"

宋慈故作轻松地说："既是急于赶路回去，那只需打开一两只箱子，随便翻看一下，怎么样？"

袁捷对官兵说："宋大人已经吩咐了，你们进去打开箱子查看一下，快！"

知州夫人与周朗一时愣住了，欲拦已拦不住。不一会儿，即听官兵在里面大喊："宋大人、袁大人，箱子里装的全是白花花的银子！"知州夫人顿时面色发青，身子也软倒了。周朗赶紧扶住她："夫人，夫人……"

天色已明，雾气迷蒙。堤岸边，整整齐齐摆着二十几口大箱子，箱子全部打开，箱内装着大锭大锭的银子。

一乘快轿匆匆而至。轿子一停，一个胖乎乎的老男人跌跌撞撞地下轿，是知州范方。范方疯了一般冲往那些箱子，将一个胖身子扑倒在箱子上，嘴里发出奇怪的哭泣声。其妻也跑过去，与男人哭在一起。

宋慈与袁捷在一旁不动声色地看着。

范妻哭着怨丈夫："都是你那个外甥出的好主意，害我们在这里丢人现眼……"范方问："周朗呢，他在哪里？"

范妻说："这个鬼贼一见出了事，就不知溜到哪里去了！"

范方抹着眼泪，不知所措地团团转："这可怎么办，这可怎么办啊……"

他昏头昏脑地转了一圈，看到宋慈，连连作揖，拉着宋慈的衣襟连声哀求着："宋提刑，宋大人，这些银子，都是我自己省吃俭用攒下来的呀！这可不是偷盗之物，范某斗胆也不敢跟江洋大盗联手作案啊。宋大人，你心如明镜，办事公道，这谁都知晓，你可要凭良心，为范某说句公道话啊……"

宋慈思索着道："范大人，你说，这些银子都是你攒下来的？"

范方连声说："是啊是啊。是我为官多年省吃俭用攒下来的积蓄，打算运回老家，告老后可以……"袁捷冷冷地道："经查点，这里共有二十三万三千四百两银子，与失盗库银数目有多无减。请问范大人，你一个知州，一年俸禄才有多少，如何地省吃俭用，攒下一两万银子也算了不起了，哪来如此巨额积蓄？"

范方一时哑口无言："这个……"袁捷又问："既是自家积蓄，因何在追查盗银之际，匆匆装船运走，又因何避人耳目，半夜装运？"

范方一下子坐倒在地，带着哭声："我是怕……怕你在州衙内搜查……我真是倒霉透顶，有口难辩了呀！"

袁捷大声说："宋大人，你看，二十多万两银子在这里摆着，银子的来由，范大人已说不清楚了，而你我又不便审讯这位朝廷命官，是否该将此事急呈朝廷，请求裁定？"宋慈沉吟片刻："那就按你说的办吧。"

头发蓬乱的周朗从一堆草丛里钻出，东张西望一番，欲往一侧而去，谁知，迎面突然碰见一个人，顿时愣住了："你……"

此人背着身子，一只手不紧不慢地从后腰拔出一把寒光闪闪的短刃。

周朗惊慌失措，瘫倒在地，大叫起来："吴魁……你我一向亲如兄弟，怎么今日要杀我？"吴魁嘿嘿一笑："对不起，吴某是奉主人之命，不得不从。你不是想逃回老家吗？我这就送你轻松回老家吧！"

紫玉领着一个面容憨厚的男人走进小庭院："请进，请进来。"

男人朝四处看了一下："哪个屋闹耗子？捉鼠笼放在哪里呢？"

紫玉领着男人往里走："就在这间屋里，这里有许多稻谷，耗子常出来闹。你看能不能……哎呀，锁着门呢！怎么办？"

男人看了看屋门，"没关系，我来。你看，这种旧屋，把门轴一提一拉，就可以卸下了。"他轻松一弄，半扇门果然就脱开了。屋里就地堆放着稻谷，有一人多高，被老鼠捣弄得乱糟糟的。

男人观察了一下地形，即在屋内两个角落放下两个捉鼠笼。做完这事，他走出屋子，"行了。有这个定能捉住老鼠。我走了。"紫玉说："多谢了。"

那男人走后，紫玉在屋里多待了一会儿，看看鼠笼，又看看稻谷，无意中发觉那稻谷堆里似乎露出什么硬物。她好奇地走上前去，用手拨拉一下，却见是块箱板，再拨拉几下，竟然露出一只大箱盖板，似乎还写着几个黑字。

紫玉急忙用手扒动稻谷，很快露出整个箱子。迟疑片刻，她用颤抖的手拉开箱盖，不由得大惊失色："啊……"

天色已明，官道上人来车往。一支奇怪的队伍在官道上行进：七八辆驴车拖着载了大箱子的沉重板车，吱吱咯咯地在道上走过；其后是骑在马上的袁捷、胡捕头等，呈得意之色；范方夫妇相携相扶随在后面，形容猥琐，狼狈不堪，身后还有几个衙役紧追不舍，看似押送。

宋慈与捕头王二人徒步而行，落在这支押运队伍后面较远处。

捕头王不停地向宋慈发问："大人，你说，皇上会怎么判？真会把国舅爷判个监守自盗的重罪，嚓！砍了脑袋？"宋慈反问："你说呢？"

捕头王搔搔头："这我可说不准。要让皇上大义灭亲，实在有点为难，远亲也是亲啊。再说，这事还难说呢。范方这老家伙，看上去确实贪心很重，可他真敢跟江洋大盗合伙犯下这桩大案？他有这个胆量吗？"

宋慈淡然一笑："你说呢？"捕头王又问："我看他是有贼心，而无此贼胆呢。可是，这二十几大箱银子，若非偷盗之物，难道真是省吃俭用攒下的？"

宋慈又反问："你说呢？"捕头王叫起来了："哎呀大人，你怎么老是你说呢你说呢，还不知道我这笨脑瓜里有多少货？我哪弄得清楚，想得明白？"

宋慈淡然一笑："想不明白，那就等着瞧热闹吧。"

紫玉神色紧张地在空荡荡的街上疾走。她抬头看了看，前面不远即是州衙，不禁加快了脚步。到衙门外，她犹豫了一会儿，壮胆往里走。

一个衙役把她拦住了："站住。你干什么？"紫玉语带迟疑："我找……袁大人。"衙役打量着她："你找他干什么？"紫玉傲气地说："我有要紧事，须当面跟袁大人说。误了正事，你担当得起吗？"

衙役软下来了："姑娘，跟你实说吧，今天可邪了门，太阳出来两竿子高，还没见哪位官员进衙门办公事呢。要不，我领你去后院探问一下？"

紫玉略一迟疑："好，你带路。"

到了袁捷住处，袁捷不在，出门见紫玉的却是袁妻。

两个女人猝然面对面地站着，双方都打量着对方，久久无语。

袁妻蓦地一笑："我知道你是谁。你叫紫玉，弹琴卖唱的艺人。"

紫玉微微一颤："原来，你在暗中打探他的事？"袁妻微微摇头："不，我从不打探他的事。是他自己告诉我的。你想不到吧？每次从你那里回来，他都会跟我细细地描述一番，说你如何的美若天仙，你的肌肤如何光滑细腻，还有你们在一起时，他有多么快活，如癫如狂。你很奇怪，是不是？"

紫玉声音发紧："这……这简直不可想象……"袁妻缓缓走近紫玉，细察其面容，又拉起她的一只手细细观看，低声感慨："嗯，确实长得不错。他的眼光真不错，相中的女人果然是百里挑一的美人，柳眉杏眼，细皮嫩肉，一把掐得出水来呢。难怪他那么喜欢你，老想着去那小宅院，钻你香喷喷的被窝……"

紫玉脸色发白，"你……你一定嫉恨我……"

袁妻报以一笑："我为什么要嫉恨你？你才多大年纪，才跟他多久？我在他身边十几年了！你可没我了解他这个男人。男人总离不开女人的。他需要我在身边服侍他，就像喜欢钻你的被窝一样。他是个了不起的男人，聪明，能干，吃得起苦，他想得到的东西，都能弄到手里，从没失败过，这世上没人能及得上他。你能攀上这样的男人，算你有眼力，算你走运呢。"

女人们对话时，一旁的小男孩仍在一笔笔地写字，写的是"吃得苦中苦，方为人上人"这十个字。

紫玉沮丧地说："可是……这回事情闹大了……"

"没事。他会有办法对付的。官场上的事，用不着我们女人去操心。你我只要备好衣裳被铺，管好儿女，让他有吃有喝，让他在女人身边得到快活，这就行了。这就是我们做女人的分内事。对不？"

紫玉把脸埋在桌子上低泣："我不知道，我算不算是他身边的女人，我也不知道我能不能成为你说的他所需要的那种女人……我看到箱子了，你知道吗？就在我住的小院里，袁大人曾对我说，那是他给家乡父老买的稻谷。他没说实话，他骗我……"

"这事我也知道。他也对我说了。那箱子是他放那儿的。这事，世上还有谁能想到这么做？只有他这样的聪明人，才能想到这样做，才有胆量做出这种足以惊天动地的大事。换了别人，谁敢？"

紫玉吃惊地望着袁妻："你是说，所有这一切，都是他预先安排好的？"

"你想不到吧？我说过了，他想出的招数，世上再没人能想到了。我丈夫是绝顶聪明之人，多了不起啊……"

紫玉猝然掩面："我……我怎么会遇上这样的人……"起身跑了出去。

袁妻愕然地望着紫玉的背影。一旁，小男孩埋头只管写自己的字。

拉着大箱子的一队驴车进入街市，引起街市众多百姓驻足观望，且议论不休。有人大声问骑在马上的袁捷："这么多箱子，里面装的是什么？"

袁捷傲气十足，并不回答。旁边的胡捕头答道："银子，全是银子，二十万两银子！"围观百姓愕然，议论不休。

"不会是失盗的银子吧？"

"肯定就是的。啊，原来这案子破了，二十万两银子找回来了！"

"谁是盗贼呢？欸，你们看，范知州夫妇怎么这副落魄相，像是被衙役押解着的，会不会是他？"

"窃贼是知州大人？这可能吗？范大人，这银子是你的吗？是你偷的吗？"

"他不敢出声，就是他呢！"

范方被众人的目光逼视着，被人追问着，羞愧难当，再也拖不动脚步，竟瘫软在地，其妻哭泣着扶住他："你怎么啦？你们快救救他！我的夫啊……"

人丛中站着神色木然的紫玉，目光追随着骑马傲然而过的袁捷。

嘉州急报快速到达京城，再一次惊动了金銮殿。

高高在上的宋皇脸上又呈一副为难相。他期待地望着堂下众大臣，而众臣则暗自窃窃私语，以目相传，各有所思，却无人开口。一时冷了场。

宋皇等得着急了，大声道："众爱卿，嘉州库银失盗，竟是如此结局，朕感到十分意外，也颇感为难。你们对此事如何认定，如何评说？嗯，怎么……你们为何都不说话？"

兵部侍郎史文俊大声道："臣以为，嘉州正紧急缉查失盗库银二十万两，知州范方偏于这当口半夜三更偷运二十余万两银子出境，足以认定为私运赃银脱逃！身为朝廷命官，与江洋大盗里应外合，监守自盗，罪不可赦！圣上万不可姑息养奸，心慈手软。王子犯法，与庶民同罪，圣上须痛下杀手，对嘉州知州范方严惩不贷！"

宋皇着急了："范方他……他虽私藏巨额银子，也未必就是赃银嘛。"

户部尚书说："范方任职嘉州六七年而已，知州一年俸禄不过千余银两，若非赃款，那二十余万银子从何而来？是贪污受贿，还是敲诈勒索，是否须另立一案，再审再查？"

冯御史说："若说范知州那二十万两银子并非赃银，岂不是宋提刑与袁通判查案有误，反让他们二人落下了不是，成了诬陷之罪？"

宋皇无所适从："这个……薛爱卿，你说说，这事该如何处置？"

薛庭松上前一步说："圣上。这件事，薛某也颇感为难啊。查案紧要关口，范知州私运二十余万两银子离境，被官兵截获，此事在嘉州必然传得沸沸扬扬，尽人皆知，想掩饰过关已无可能。宋提刑与袁通判二人，为追查失盗库银，尽心尽力，终有所获，功过自明，不可反让二人身背诬陷之罪啊！"

"可是……朕是知道范方品性为人的，他虽贪财，却一向胆小怕事，谅无胆量与江洋大盗勾结成奸，盗取官银。薛爱卿，你看这里是否有……有别样解说？"

薛庭松再看手中一份草图："是啊，这也正是薛某百思不解之处啊。"

史文俊讥笑道："怎么，连薛大人这样的聪明人也解不开这个谜团吗？"

"不，刚才圣上提醒，说范方虽贪财，却胆小怕事，再看这份草图，薛某胸中疑云顿消，豁然开朗，嘉州之案实已大白于天下。依我看，与盗贼相勾结者确系库监公孙健，当初因银两数目巨大，不便外运，便使一计，胁迫胆小且贪心的范知州收纳赃银于宅中，以为万无一失。故而这图上画有与范知州面容相似的肥脸短须官员。后因事情败露，公孙健暴死，盗贼被剿杀，范知州贪心顿起，欲私纳赃银为己有，因追查过紧，不得已而偷运赃银出境，最终被截。"

众大臣听了，反应不一，小声议论。宋皇微微点头："薛爱卿如此解说，确有道理。那么，据此情形，该如何处置？"

薛庭松沉吟片刻道："范知州知情不报，收纳赃银，虽非案中主犯，也应属重大过错。据此，臣以为这样处置为宜：二十万两银子，可判定为失盗库银，全部收缴国库。范方藏匿赃物，欲吞为己有，犯有大错，理应革职查办，念其年岁已高，且重病在身，不便拘押，着令遣送原籍，自省其过。宋提刑与嘉州通判袁捷查案有功，应予以嘉奖。"

冯御史接口道："圣上，薛大人所言极妥。臣以为还可补充一句，范方既已革职，嘉州知州空缺，宜将袁捷补任嘉州知州。还有，宋提刑办案有功，亦应委以合适之职。"

宋皇眉头舒展开了："好，好。这样判定，最为公道。拟诏。"

城外，一座不算很高的山，树木葱茏，风景宜人，登高可眺望远近山水村落，景致极佳。宋慈与袁捷二人骑马往山上而行，二人一边缓行，一边说话。

"袁兄，让我随你上山是何用意？好像踏春时节已过了吧？"

　　袁捷笑道:"宋兄有所不知,袁某任嘉州通判这几年,凡逢大喜大悲之事,便会独自骑马上得此山。你看,今日天色晴朗,此时登高眺望,可见一派大好风光啊!"不多时,已近山顶,二人下马,徐步登临山脊崖口。

　　"那么袁兄,今日登山,是大喜,还是大悲?"

　　袁捷惊诧道:"咦?你我这些日子日夜操劳,辛苦万分,终于截获失盗库银,查得元凶,将失盗库银这大案一举查清,难道不是大喜之事,不值得高兴庆贺一下?"崖顶一平坦之处,有几块较为平整的大石。袁捷坐在一块坦石上,从腰间取下一壶酒,并两个酒盅,摆在一石几上,斟上酒,"宋兄,来,你我先干一杯,以为庆贺。"

　　宋慈却未拿杯子:"袁兄可有庆贺之词?"

　　袁捷朗声道:"你我同科进士,此番携手破案,终于水落石出,功德圆满。宋兄可回京向圣上复命,且得委重任,平步青云;袁捷嘛,想必也能有所得,可谓皆大欢喜。你我相互庆贺,岂不快哉?"以目光示意宋慈举杯相贺。

　　宋慈依然未动杯盏:"袁兄所言,似乎也不无道理。可我却有不解之感,内心惶然,怎么也高兴不起来啊。"袁捷微皱眉头:"宋兄有何不解之处?"

　　"在袁兄看来,一旦截得范方的二十几万两银子,此案便算大功告成,可一了百了,从此安枕无忧了?"

　　袁捷把手中酒盅一放,"那……你的意思呢?莫非你我做错了,该让他把二十万两银子偷偷运出嘉州,任其逍遥法外,此案永无了结?这倒让袁某大惑不解了。"

　　宋慈淡然一笑:"袁兄,其实你心里比我更清楚。范方贪婪成性,妇孺皆知。他做了几年嘉州知州,巧取豪夺,搜刮之财应不在少数,单是六十大寿他就做了两次,据说做寿之日,送礼官员成群结队,富商巨贾鱼贯而至。数年以内,他积下二十几万两银子,恐怕也不足为怪啊。"

　　袁捷面色大变:"你……你就这样为他开脱?莫非范方私下给你什么好处,或是京城内哪位朝廷重臣有所托付,要你力保这位姓范的皇亲国戚过关?不会是这样吧?"

　　"袁兄难道不认为我说的是实话吗?只是,我这样的实话上不了台面。"

　　"此话怎讲?"

　　"按常理,知州一年俸禄不过千余银两,怎么节俭也不可能积得二十余万两。故而,袁兄一纸呈文递上朝廷审议,众大臣所作结论,便是这银子来路不明，若非偷盗，便是受贿，范方也必将获有罪名，这二十万两银子嘛，最终恐怕是按你所愿收归国库了。"

"是吗？你是说，你我做下此事，不会因得罪皇亲国戚而落下诬陷之罪？"

"我想，袁兄你原也不曾这样担心的。圣上虽要顾及亲情，众臣面前却不能执意而为，我想他会找个由头，保全范方的性命。而此案以这种方式圆满结束，除了贪官范方受点委屈，将其不义之财收归国库，无论朝廷圣上还是你我，均可满意。宋某得复圣命，自有委任；而袁兄你，因破案有功，必有褒奖，或干脆取范方而代之，做个知州。如此看来，袁兄做事确实老练，真正是一石数鸟，皆大欢喜啊。"

袁捷两眼久久地望着宋慈，而后，默然拿起酒盅，一口闷下。宋慈淡然一笑："怎么，宋某这样说，让袁大人不高兴了，或是觉得有些委屈？"

袁捷猛地丢开酒盅，站起来，大步走到崖前："宋大人，请你过来。"

宋慈随之而上。袁捷指点着山下之城，激动不已地说："五年前，我到这座小城任通判，你可知，这五年来我为之日夜操劳，耗费多少心血，才使嘉州城商贸兴旺，百姓富裕，每年上缴朝廷税银达三十余万两！我敢说，这五年内我没收商客一两贿银，没拿百姓一个铜钱！可范方呢？他当这个知州，什么事不做，坐享其成，却捞足了横财，一船便要装走二十几万两银子……我能让他轻轻松松地溜走吗？你说，我能吗？"

"宋某来嘉州之前便已听说，袁捷任通判之职，倾尽全力，为一方百姓造福，功绩不小。初来嘉州，眼见你这通判大人身居陋室，节衣缩食，不思享乐，宋某深感敬服，以为难能可贵，系国家栋梁之材。可是，自宋某查案以来，却屡屡陷入困惑与迷茫。此案如此盘根错节，如此扑朔迷离，而种种迹象，条条线索，最终竟然指向一个最不可能犯罪的人身上……真正让人大失所望，令人心寒至极啊！"

袁捷怔怔地看着宋慈，又急忙扭开脸去。宋慈说："在我看来，此人谋事之阴毒险恶，为人之凶残无度，比之范方的无能与贪心，有过之而无不及！"

袁捷面皮发紧："你……你说的那人是谁呀？"宋慈直直地望着对方："你倒说说，那人是谁？"袁捷摆出一副极其委屈的样子，"你……你总不会怀疑我吧？想我袁捷，为人处世，嘉州境内的民众百姓有口皆碑，谁不知晓？宋大人总不会说我袁捷是阴毒险恶之人吧？"

"有句话说得好，若要人不知，除非己莫为。袁大人，当此天地之间，仅你我二人，你敢说自己是清白无辜的，此心可昭示天地日月？你敢对天盟誓吗？"

　　袁捷面呈窘色，退步缩身："我……宋兄，你来嘉州，无非为了查案，说到底是为皇上弄回二十万两银子。现在案子已经了结，二十万两银子交上去，满朝欢庆，皇上欣喜，自有你我的功劳，或嘉奖，或提升，你还想要什么？你何必苦苦相逼，紧追不舍？"

　　宋慈缓缓地、一字一句地说："宋某无非想还嘉州百姓一个公道。"

　　袁捷冷笑："公道？宋大人，你去嘉州城里走一走，问一问，百姓中有谁说此案断得不公，谁不为除掉范方这个无能贪官而欢欣鼓舞？这不是公道是什么？"

　　"非也。袁大人，天日昭昭，水滴石穿，天网恢恢，疏而不漏。皇天在上，冤魂在下，案情不明，是非不清，虽可欺蒙一时，却不可骗得一世。民心不可欺，九泉之下的冤魂屈鬼岂能放过为非作歹之徒？"

　　袁捷气急败坏："你……你口口声声说有人为非作歹，残害无辜，提刑大人，请问你讲得清事实，拿得出证据吗？"

　　宋慈一怔，过了好一会儿："宋某确实一时无法说清事实，也拿不出确凿证据。但并不能证明此事不曾存在，更不能说，某人精心布设的这一局豪赌已万无一失，永葆胜果了。"

　　"嘿嘿，既然拿不出证据，说不出所以然，何必多说，岂非自找烦恼？"

　　"那你我就等着吧。是与非，曲与直，总有明白分晓的一天。袁大人，在此好好观赏风景，宋某不再奉陪，先走一步了。"

　　宋慈上马，疾驰而去。袁捷望着他远去的背影，猛一跺脚："姓宋的，你还想干什么！"恨恨地抓起石板上的酒壶，猛摔在地上！

　　一盏油灯下，小屋里，上面的稻谷扒开后，露出并排的十二只大箱子，有的箱子已打开盖子，露出白花花的大块银锭。

　　紫玉手持油灯，神色木然地望着这些盛满银锭的箱子。少顷，她的手无力地垂下，手中的油灯落地，那火苗闪动着，烧着了一点儿杂物。她的眼睛望着，没去管它。但那火苗随即灭了。

　　紫玉失魂落魄一般软塌塌地转身走回隔壁房里。其住处已非往日那么整洁，显得杂乱不堪，一张桌上很醒目地搁着一个包袱，一只琵琶横卧在旁边。

　　她无力地坐在桌旁的一张椅子上。这是她平时弹琵琶的位置。似乎出于一种下意识，她的手不由自主地取过了琵琶，左手抱于怀中，右手随即弹出了一个长长的孤音，颤声悠悠，响了许久。

此时，有人站在宅院门口。宅内忽然传来弹奏《十面埋伏》起首的急促之音。此人后背一颤，随即推开了虚掩的宅门，快步走了进去。

室内的紫玉埋头弹奏琵琶。她竭尽全力地弹拨琴弦，将全部的幽怨与绝望都寄注于琴声之中。琵琶声忽而如千军万马，奔腾而去，忽而如怨如诉，凄声如缕……猝然，"噗"的一声，一根琴弦断了，琴声即止。

短暂的寂静。紫玉抬起头来，已是满腮泪珠。她看到了伫立门口的男人，一惊："你……袁大人……"

一男一女相对而立。"紫玉。"袁捷眼望着紫玉，慢慢走向她。紫玉却低下头去，不与之目光相交。

袁捷把一只手搭在紫玉的后背，轻轻抚摸着，环顾四周："这是要做什么？要离我而去，另投一处清净之地，或者干脆找一个世外桃源？再寻一个心明如镜的知音男子，续一段高山流水的情缘……"紫玉痛苦地说："你不要说了……"

"为何不能说？紫玉，袁某让你大失所望了？你发觉，姓袁的并非你想象那般纯洁无瑕、高风亮节，而是个卑鄙小人、伪善之辈，故而你要离他而去？或者，还想找个什么人告上一状，置其于死地，博一个还世道以公理的好名声？"

紫玉慢慢抬起脸，目光迷离失散："你为什么要这么做？你勤政守法，吃苦耐劳，在嘉州治理有方，业绩斐然；你才高八斗，抱负远大，欲乘东风破万里浪，本可效忠朝廷，荣耀一世……可你，却监守自盗，瞒上欺下，得一时利益，获片刻荣耀。你难道不曾想过，这样做，如同饮鸩止渴，最终将会自断锦绣前程。这样做，值吗？"

袁捷发出一声怪笑："嘿，紫玉，难得你心清如镜，将此事看得如此清晰明了，说得句句在理，字字珠玑。换了别人，袁某也会如此这般慷慨激昂地说一番，谅也不比你说得差。然而，袁某吃苦耐劳，忍辱负重，目的何在？纵然才高八斗，无人提携，熬到何日才能出头？"

紫玉茫然地望着他。袁捷越说越激动："人生苦短，时不我待，袁某十余年不得提升，苦熬苦守，如同寒夜待晓，不知何时见得天光。为什么？朝中无人莫做官，囊中羞涩难进京啊！袁某吃得起苦，但不想一辈子吃苦，听人使唤；袁某亦非好财之人，但不想总是捉襟见肘，仰人鼻息。谁都知道，唯有投靠权贵，才能仕途通畅，然而京城府门深险，无钱财铺路万万不能。钱从何来？强征暴敛，勒索百姓，会激起民愤，怎么办？巧取库银，唯此一招啊！"

"你取不义之财，已是错事，又因此害了公孙健一家……"

"那是公孙健自找的！袁某与他原本亲如兄弟，却因库银之事，反目成仇，势不两立。袁某好言与之相商，他冥顽不化，油盐不进，给他好处，也不肯收受，还放出话来，总有一日要将库银短缺真相公之于众。公孙健，他这是自找死路，怪不得我！"

紫玉惊道："因为这，你才把他安上一个盗银主谋的罪名，虐杀而死？"

袁捷冷笑道："他不是要清白，要操守吗？我偏让他受遍刑罚，吃尽苦头，受屈死了，还背一个盗贼的恶名！哼，跟我袁某作对，不会有好结果的！"

紫玉打了一个冷战："你……你竟是这般残忍……"

"是的。袁某便是这样的性格。古人有言，顺我者昌，逆我者亡。袁某做事，亦遵此信条，凡跟我作对者，必置之死地，决不宽恕！"

屋内空气滞重，油灯闪动，时暗时明。突然一道闪电划过，从远处传来隆隆闷雷响。袁捷走至后窗张望。后窗外是河道，河水平静无波。

紫玉语气沉重地说："看来紫玉也在劫难逃了。"袁捷质问："你？果真要弃我而去？"紫玉指着桌上的包袱与琵琶："你看，我已备好行装，打算永离是非之地，寻一个隔绝尘世的地界，苦度余生。"

"是吗？只因这点事由，便心生绝念，不顾你我的往日情义，再不想回头？"

"心灰意冷，覆水难收。"

袁捷冷冷地说："紫玉，望你三思而行，不要逼我太甚。"

紫玉凄然道："是我逼你吗？袁大人，你把自己说得太委屈了。紫玉乃一弹琴卖唱的小女子，如浮萍一般四处漂泊，无依无靠。本想倚靠一棵大树，寄托此身，谁知，这大树内心却已枯朽不堪，行将倒塌，小女子还如何靠得？"

袁捷大声说："你错了！袁某的苦日子快过完了，无须多时，将会鸿运高照，平步青云，仕途坦荡，前程无量！紫玉，你跟着袁某，往后会有享不尽的荣华富贵，再也用不着漂泊四方，弹琴卖唱了。"

紫玉微微摇头："紫玉虽是弹琴卖唱的艺人，却心比天高，多年漂泊，只为寻得知音，相依相伴，富贵荣华，非我本意，苟且偷安，纸醉金迷，虽生犹死。"

袁捷气急了："你……你这个女人真是捉摸不定，早知如此，就不该跟你……哼！"紫玉自怨自艾："可悲啊，紫玉自视清高，却被一叶障目，陷于泥淖，看来已不能自拔了。袁大人，你想如何处置紫玉，悉听尊便。"

袁捷目光冷酷，紧盯着紫玉："这么说，你是铁了心要离我而去？"

"玉心已碎，何必再求瓦全？"

"紫玉，你真糊涂啊！袁某行事虽有不端，却是为前途所逼，为名利所累。自古以来，胜者为王败者寇，一将功成万骨枯。袁某只是借用古人的招数，赌一把胜负输赢而已。你一个小女子，本为局外之人，何必那么认真，那么苛刻？"

紫玉凄然道："不，不对。人生在世，最要紧的是活得自在，活得问心无愧，若为名利，为一己私欲，而冒天下之大不韪，行不端之举，做歹毒之事，如此，虽得一时欢娱，短暂荣耀，却如同行尸走肉，活着还有什么意思？不如……"

袁捷咬牙切齿地说："住口！紫玉，你这是在诅咒我？你骂我是行尸走肉……你太过分了！你是逼我不得不做恩断义绝之事了！"

"那就来吧。我等着你下手呢。"紫玉坦然静坐，待袁捷下手。

袁捷把两手按在其肩部，又渐渐压向其颈部。紫玉微闭双眼，纹丝不动。猝然一声炸雷响起。袁捷扼在紫玉颈部的双手猛地颤抖起来，猝然又松开了，他脸上呈现痛苦之状，缓言道："不，我下不了手。紫玉，你……你还是走吧。"

紫玉缓缓抬头："你让我走？那我走啦？"

袁捷颓然坐下，低头不语，只是朝紫玉摆摆手。

紫玉从容地从桌上拿起包袱与琵琶，坦步往门口走去。她伸手拉开门……

突然，"噗"的一声闷响。一颗铁蛋滚落在地。

紫玉的脑袋直挺，在门口僵立不动了。随即，其肩头的包袱滑落在地，手中的琵琶也沉沉地落下，琴弦俱断，发出杂乱之音。紫玉缓缓地扭过脸来，其额角已流下一缕鲜红的血："你终究还是不肯放过……"

袁捷冷酷木然的脸上一阵抽搐："我不能……"

在紫玉即将软倒时，袁捷扑过去搂住了她，痛楚地叫着："紫玉……"

紫玉的眼神已经散乱，嘴唇颤动了几下，脑袋无力地垂落，额上淌下的血滴，沾在男人的手臂上。雷声大作，闪电阵阵，照亮这一对男女的身影。

袁捷的面孔，此时已变得异常冷漠。他对抱在怀里的姑娘说："我说过，凡是跟我作对的人，我决不宽恕。你也不例外。"

窗外，是黑夜中的河道。闪电时时发出亮光。后门打开，闪出一个人影。他抱着什么物体，用力往河里一抛，河水发出哗啦的声响。随即，一切都归于平静了。

黑夜中的水道上，一只小船在雨中摇晃着行进。划船的高大男人正是捕头王。船舱里透出油灯的微弱亮光。捕头王抹一把脸上的雨水，用力摇着手中的橹。

　　大雨滂沱。有人打着一把油纸大伞，时而快时而慢，一路追寻着目标进了小巷。打伞人是英姑。正当她为失去了追踪目标而着急的时候，披头散发、浑身湿透的公孙妻突然从暗处现身，令英姑几乎失声惊叫起来。

　　此时的公孙妻急切地看着英姑，嘴唇翕动，想说什么，却又没发出声来。

　　英姑把伞挨近了公孙妻，亲切地说："大嫂，你想对我说什么是吗？"

　　公孙妻忽然回头又往雨中跑去，跑几步又回头看身后的英姑。英姑领会其意，就一路追踪而去。公孙妻跌跌撞撞地跑进荒院。英姑接踵而至。

　　公孙妻泪眼望着英姑，不说一句话。英姑上前搂着浑身颤抖不止的公孙妻："大嫂，我知道你是有意把我引到这里来的，你一定有话要对我说，对吗？大嫂，我知道你没有疯，其实你心里比谁都清醒，你这么做只是为了掩人耳目，以保护自己，等待时机，为你冤死的丈夫报仇。宋大人奉旨来嘉州查处库银失盗案，想必大嫂你早把宋大人的一举一动看得清清楚楚。你要真想替夫报仇，你就应该开口说话，把你知道的都告诉宋大人。大嫂，你说吧。"

　　公孙妻泪如泉涌，久久地看着英姑，终于忍不住"哇"的一声痛哭起来："啊，我夫死得冤啊……"

　　英姑问："大嫂，你丈夫出事那天，可有什么异常？对你说过什么吗？"

　　公孙妻忽然止住哭："那天，他好像知道要出事了，临走前，一句话对我说了三遍。"

　　"什么话？"

　　"他要我好好看护庭院里的那株牡丹花。"

　　"庭院里的牡丹花？"

　　忽然，二人像是同时想到，齐齐扭过头去。一丛枝叶茂盛的牡丹在大雨中异常夺目。英姑情不自禁地把手中伞一扔，就奔了过去。

　　英姑嫩笋般的双手不顾一切地在牡丹花根上刨着、找着。

　　公孙妻也奔过来，一把拔去牡丹，显出一穴，忽然一道闪电划过，照见洞穴中露出的一个坛子，随后便是一声震天响的霹雳。

　　手提一盏灯笼的袁捷，神色黯然地走进屋。因路上淋着雨，他头发与衣裳都湿了，看上去神情颓丧，愣愣地站在那儿。

其妻悄然走上去，接过袁捷手中的灯笼，扶他到椅子上坐着，又用布巾轻轻擦拭男人淋湿的头发与衣裳。她看到男人手臂上的一缕血迹，一愣，又不动声色地把它擦去了。袁捷神色呆滞，如木偶一般凭由其妻摆布。

小男孩目不旁视，端坐在一旁写他的字。孟书吏急急进来："袁大人，袁大人。"袁捷没看他，仍那般直着眼，木然不动。

袁妻对孟书吏说："袁大人累了，公事明天再谈吧。"

孟书吏迟疑地说："袁大人，京城那边来报，明日户部、吏部、御史台的几位大人一齐来嘉州，验收二十万两被盗复归的库银。"

顿时，袁捷脸上皮肉一阵颤动，神态为之一振："你说什么，户部、吏部、御史台的几位大人同时来嘉州，为这二十万两失而复得的库银？"

"是的。请问袁大人，明日迎候之事，该如何安排？"

袁捷一把推开妻子，站直身子，眉眼间绽露出一丝笑意，话音越说越响："好。我要大开宴席，迎接京城各位大臣的到来。哈哈，我袁某的出头之日终于来了！"

雨过天晴，阳光灿烂。一只装饰着彩绸花朵的大船徐徐靠岸。船头站立着几位当朝重臣，其中有吏部尚书薛庭松、户部尚书及冯御史等。

嘉州通判袁捷率本州官员恭立河岸，翘首迎候。

知州范方躺在一张旧藤椅上，其妻在旁扶着，惊恐不安。

一声令下，顿时鞭炮乱响，铁铳声震耳欲聋。几位大臣摇摇晃晃走下船，孟书吏在船边相扶："大人，小心走好。"

袁捷等官员谦恭地躬身上迎："嘉州通判袁捷，恭迎各位大人。"

薛庭松面带笑意，上前扶起袁捷："请起，请起吧。"

冯御史厉声问："嘉州知州范方何在？范方何在？"

范方从藤椅上滚落，连滚带爬地过来跪着："各位大人，卑职在这儿……"

薛庭松鄙夷地望一眼范方："冯大人，你读一下诏书吧。"

冯御史拿出诏书，高声宣读："嘉州知州范方、通判袁捷接诏……"

宋慈带捕头王、英姑二人在空无一人的街上疾步快走。

捕头王边走边问："怎么街上一个人也没有？"

英姑说："大概都去河埠头看热闹了。"

宋慈边走边整衣冠："快点，再晚了，就赶不上看好戏了。"

河埠头。冯御史仍在宣读："……革去范方知州之职，遣返原籍，永不录用。通判袁捷接任嘉州知州之职，以示褒奖。钦此。"范方软瘫在地，哭泣着："范方谢……谢恩……"袁捷喜极，再三拜谢："谢圣上隆恩！"

范方及其妻在衙役的押送下离去，围观百姓对其嘲笑不止，又大声褒奖升职的袁捷，向他表示祝贺。袁捷得意扬扬，向众人拱手道谢。

冯御史张望一番："欸，怎么没看到宋慈？他不是来嘉州查案的吗？"

薛庭松也觉奇怪："是啊，宋慈呢，宋慈到哪里去了？"

忽听"来了来了，宋慈来了"，即见宋慈等人匆匆赶来。

匆匆而至的宋慈，官服和乌纱帽还未整好，脚上一双靴子也沾满泥巴，看上去很不雅观。他走到几位大臣跟前，连打了几个喷嚏，而后慌急地向几位大臣作揖："宋慈迎候来迟，望几位大人见谅。"

薛庭松不悦："宋慈，你这奉旨查案的提刑官，怎么这时候才来？"

冯御史问："宋慈，你怎么这副模样？昨夜在干什么？"宋慈歉疚地说："禀告各位大人，宋慈为破疑案，昨夜东奔西走，一宿没睡，又淋了雨，着了凉，这才匆匆换了官服，赶来迎候各位。啊嚏——"忍不住又重重地打了一个喷嚏。

户部尚书说："这案子不是早已告破了吗？你这提刑官为何还在彻夜查案，你还忙活什么？"冯御史说："想必是案情复杂，还有未了之事，要处置一下？"

袁捷急忙接上："正是，正是。宋大人为此案真是倾尽全力，废寝忘食，令袁某大为感动，深为敬仰。宋大人，你我此次破案，携手合作，十分融洽。几位大人可要在圣上面前为宋大人请功啊。"冯御史等赞许地说："嗯，此话有理。"

"各位大人，宋慈有话，要与各位大人……"不待宋慈多说，袁捷赶紧抢在前面："大人们是否先去州衙查验那二十万两银子，将其收归国库，运进京城？"

户部尚书说："对对，查验二十万两银子是要紧之事，走走。"

州衙前院。二十几只大箱子一一打开，里面满满地装着一锭锭的白银。

几位大臣上前，急切地取出一锭锭白花花的银子，满意得连连点头。

户部尚书满脸是笑："好哇。这二十万两白银，失而复得，了却多日牵挂。我悬着的心今天总算放下了。"

"现在银子收回来，国库充盈，国力强盛，圣上必然十分高兴。"薛庭松赞许道，"袁捷啊，你任嘉州通判数年，治理有方，薛某早有耳闻。如今眼见为实，果然是才学出众，品行上佳。接任知州之职后，应再接再厉，多多出力啊。"

袁捷感激地说："卑职一定不负薛大人及几位大人的嘱言，从此当竭尽绵力，为朝廷与百姓效犬马之劳。"

薛庭松走向宋慈："这次查案，你与袁捷通力协作，终有圆满结果，圣上对你会有奖赏，今日大案既定，就随我等一同回京，如何？"

宋慈低声说："岳父大人，有关此案事实，宋慈有话要说……"

薛庭松一摆手："有什么话上船再说也不迟。时候不早，我等今日还得赶回京城，该搬银子啦。"

袁捷急忙说："好好，搬银子要紧。卑职这就让人来抬银箱……"

冯御史等应和道："对对，快叫人把这些银箱都搬上船……"

宋慈急了，突然把一只银箱的盖子猛地盖下，然后踏上箱顶，大声喝道："且慢！"

在场众人都愣住了。薛庭松问："宋慈，你怎么啦？"

"岳父大人，各位大人，事到如今，宋某不得不以实情相告了。"

袁捷急切地说："宋大人，你不要……不要让各位大人扫兴，让薛大人脸面太难堪了，你我毕竟有同科之谊，不看僧面，也要看佛面啊！"

"宋某身为提刑官，受圣上委派，怎可只顾脸面，不管大是大非啊？各位大人，嘉州官银失盗案疑点多多，主犯公孙健身受酷刑，割舌而死；所谓同党盗贼，不知所终；知州范方私吞赃银，如同天方夜谭。这二十万两银子，真是那银库失盗的二十万两官银吗？这一桩失盗案，只怕袁大人难圆其说。其中有莫大冤情，是大大的阴谋啊！"

众闻言大惊。袁捷发出一声冷笑："宋大人，此话也太危言耸听了吧？既如此，你且向各位大人说一说，此案有怎样的冤情，又有何样的阴谋？袁某得便，也在此洗耳恭听，聆受宋大人的一番教诲。"

宋慈高声道："各位大人。袁通判呈文所言，嘉州库监公孙健与江洋大盗里外勾结，趁夜深人静之际，一次盗走二十万两官银，即藏于知州范方宅中。试问，银库重地，有库兵日夜把守，既有偷盗，那守库的官兵何在？竟是木偶泥胎？既无人伤亡，也无人报警？又说，所盗库银，不曾远运他乡，而就近藏于范方宅中，岂非怪事？各位大人，想想这可能吗？"

众大臣面生疑色。袁捷尽力做镇静状。

户部尚书说："这样一说，倒是有些蹊跷。宋慈，你且说下去。"

"盗贼既去，无人告密，又怎知内贼必是库监公孙健？将公孙健诱捕入狱，严刑拷打，死去活来，最后竟割其舌头，堵其喉管，使其狂暴而起，自撞石壁而死！试问，既要追查同党，须得留下活口，而割舌塞喉，逼其自戕，是何用意？疑犯既死，按例须验尸备查，嘉州衙门却趁夜深人寂时，偷偷埋尸于荒郊野外，未立坟堆，亦无标识。幸有当地牧童窥见，才得以发掘。宋慈查验尸体，其惨状令人发指。自有验状在此，可做证据。"

众大臣围观验状，面呈愕然状。

冯御史轻声道："竟有此事……"薛庭松神色凝重，闭嘴不语。

袁捷涨红了脸辩解："公孙健被捕及受刑，得到知州范方赞同，且有其外甥周朗参与审讯，非袁某私自所为。即使有过，也是狱吏用刑不当之过，不能据此说公孙健是蒙冤受屈，故意虐杀。"

吴魁狡辩道："这都是周朗吩咐在下做的，实在是出于无奈啊！"

冯御史问："周朗呢？"吴魁答："那人已逃之夭夭，不知去向。"

袁捷不无得意地用眼角瞟了宋慈一眼。

"周朗不过小小配角而已，无足轻重。公孙健的冤情，自有其妻做证。请公孙吴氏上来。"宋慈话音刚落，公孙妻在英姑的陪同下，缓步走过来。

袁捷慌急起来："这……这妇人早已疯了，疯妇之言，如何信得？"

公孙妻凄然道："袁大人，我丈夫公孙健以往与你关系亲密，兄弟相称。谁知，只因不肯屈从你的指令盗取官银，竟被你陷害入狱，毒打致死。小儿无辜，亦被弄死。我装疯卖傻，才逃过一死。你……你真是人面兽心，蛇蝎心肠啊！"

袁捷急喊："各位大人，别听她的，她是个疯妇，早就疯了……"

户部尚书说："真疯假疯，且听她说下去，你急什么？"

公孙妻接着说："我丈夫是老实人，虽懦弱胆小，却不肯同流合污。前几次，袁捷以借为名，从库中取走十万两银子，并未归还，我夫心急如焚，却不敢直言，只是私下将银两数目记在账册上，并存借据。一天晚上，他对我说，袁捷这回连借据都不出，就拉走了十万两银子，还要我交还借据。他这样做事，必有败露的一天，我身为库监，必受其累，只怕难逃一死，故而存下账册借据，以示清白。我夫的话，不幸而言中。那天晚上，胡捕头忽然登门，说袁大人请我夫去城东某处见面，有要事相商。我夫心有疑惑，但胡捕头再三催促，不得不随其出门。临走，丈夫对我说了一句话：天要下雨了，你要好生看护庭院的那株牡丹花。那时，我不知我夫的话意，多亏宋大人和英姑相助，才在我家庭院前那丛牡丹下面挖出我夫埋于地下的账册。"

宋慈接着说："账册已取出，宋某将其收在身边。账册上所记，何日何时，何人所取，数目几多，笔笔清晰，合计正好是二十万两银子。另附袁捷亲笔所写借据数张，请过目。"

几个大臣相聚而阅，渐渐面生愠色。袁捷脸上冷汗直流，大声叫着："各位大人，那是公孙健伪托之物，不足为信！"

薛庭松望着袁捷，又看看宋慈，犹豫不决，欲言又止。

"薛大人，各位大人，袁捷入仕以来，勤勉政务，不图享乐，生活清苦，持之以恒。宋大人，你……你也曾到袁某家坐过，还对袁某大加褒誉，你都记不得啦？"

"宋某确实看到袁大人家中清贫如洗，身无长物，恐怕同级官员中也是绝无仅有。当时，宋某十分感动，以为天下官员如袁捷一般，大宋早已是太平盛世了。"

"既如此，袁某何来贪婪之心，斗胆私吞官银，且是二十万两？我袁某，区区三口之家，只需平房三间，便可安息；一日三顿，粗茶淡饭，便心满意足。我要这二十万两官银何用？再说，我又能将这银子藏何处？昨日，差役们已将袁某住宅里里外外，掘地三尺细细搜过，袁某全部家当总计价值不过十余两，总不能硬让我变出二十万两银子来吧？"

冯御史迷惑不已："是啊，宋慈，你这提刑官查案查得好奇怪，明明抄得范方二十万两银子，你说那不是赃银；袁捷家徒四壁，你偏说他藏有二十万两银子，这话怎么说呢？"

薛庭松面色严峻："宋慈，此案重大，非同儿戏，你可有真凭实据？"

"袁捷行事算得上老谋深算，只是捕杀盗贼之事，不小心露了马脚。"

袁捷闻言怒道："捕杀一帮江洋大盗，有何过错？"

宋慈厉声道："袁捷！那几个被杀者真是江洋大盗吗？"

袁捷顿时心虚，低下头去，"那……你说是什么人？"

"宋某曾细细察看那几具死尸，发觉其中有诈。我发觉那几个死者的脚板宽大如扇，脚趾个个散开，脚底有厚厚的老茧，系常年站立船板所致，手掌心亦有两道厚茧，为拉网收绳勒刻而成，可见被杀的所谓江洋大盗，不过是几个老实巴交的捕鱼之人！胡捕头在哪里？"

　　胡捕头慌急地跪下："宋大人……"宋慈喝道："你枉杀无辜，该当何罪？"胡捕头连连磕头："在下是奉命行事，不得不为，求宋大人饶命，饶命啊……"

　　宋慈怒向袁捷道："袁捷，你也是贫寒人家出身，那几个手无寸铁的无辜渔夫，打鱼谋生，养家糊口，与你何冤何仇，你却将他们乱刀杀死，扣以恶名，暴尸野外，你……你良心何在，还有何话可说？"袁捷脸上冒出豆大汗珠，仍硬着头皮说："袁某查案心切，手下人或有失误之处，也是在所难免。"

　　冯御史说："哎呀，宋慈，查案之中的是是非非，就别扯得太远了。要紧的是那二十万两库银，到底怎么回事？"袁捷提起了底气："是啊，你说是袁某盗取了库银，那么袁某把银子藏在何处？"

　　宋慈坦然道："照说，想寻到你袁捷所藏之物，是很难的。可碰巧得很，阴差阳错，无意之中，竟让宋某发现了某处有你所藏的银箱……"

　　袁捷猝然变色："你……你胡说！"宋慈说："袁通判，昨日我对你说过一句话：若要人不知，除非己莫为。你虽然行事诡秘，处处用心，却难免百密一疏，功亏一篑。各位大人，你们不是负有圣命，前来收取被盗官银吗？宋慈为嘉州另收了一批失盗的官银，顺便也一同收送进京，不是更好吗？"

　　冯御史狐疑地问："真有此事？"户部尚书说："宋提刑说还有，想必就有。能多收些官银，不是更好吗？走走，我们且随宋提刑去看个虚实。"

　　宋慈看向袁捷："袁大人，你是在前面带路，还是跟在后面？"袁捷色厉内荏地说："宋大人，你说有，自然你领着去。袁某暂且跟着，权当看热闹吧。"

　　宋慈大声说："各位大人，请——"

　　十二个银箱从小屋里一一抬出，置于院中，打开箱盖，白花花的银子赫然在目。众官员惊诧不已，不敢相信。户部尚书拿出一个银锭仔细察看，微微点头："嗯，这的确是库银。这十二箱银子，约有十万两。袁大人，这银子是哪里来的，怎么用的是银库专用的箱子啊？"袁捷硬着头皮说："在下实在不知道这里为何藏着这么多银子。或许宋大人更清楚这银子从何而来？"

　　"袁大人，这么说，你不想要这十万两银子了？这可是你煞费苦心才弄到手的，怎么如此慷慨，又不想要了？"

　　"哼，在下从未到此宅院来过，宋大人此言，简直是无稽之谈！"

　　"袁大人居然说从未来过此地？这不是你替弹琴卖唱的紫玉姑娘租下的宅院吗？你们在此幽会，互诉衷肠……"

"你……你完全是无中生有！什么紫玉红玉，我从不认得什么弹琴卖唱的女人。我家中自有贤妻，何来相好女子？"

宋慈大声感叹："唉，紫玉啊紫玉，你听到这位相好男人的话，更应心寒了吧。"紫玉悄然从内室走出来，神色黯然，头上包着纱布，一双幽怨的眼睛盯着袁捷。袁捷失声叫着："紫玉……你还活着？"

"紫玉已是死过一回的人了。袁大人，你好狠心啊！"紫玉语声悲切，"紫玉和你真心相许，视为知己，红帏帐内，互吐衷情。只因偶尔发现这银箱，你便不顾往日情义，痛下杀手……要不是得遇这位救命恩人，紫玉早已让河里的鱼儿撕咬得粉碎了。"

捕头王得意地笑道："这位袁大人真够黑心的，用铁蛋打昏了紫玉姑娘，把她扔进河里，想沉尸灭迹。多亏宋大人让我暗中跟踪姓袁的，把这事看得一清二楚，救下了紫玉姑娘。"袁捷又悔又恨，咬牙切齿地一跺脚，不得不低下头去。

几位大臣将愤怒的目光对着袁捷。宋慈说："各位大人，嘉州官银失盗案至此已真相大白。所谓公孙健与外盗勾结，乃弥天大谎，范方私吞赃银，也属无稽之谈。二十万两官银实是通判袁捷监守自盗。他为找替罪羊，才故作姿态，栽赃陷害。请各位大人明鉴。"

几位大臣你看我、我看你，一时竟都不说话了。袁捷突然朝几位大人跪下，连连磕头，都碰出血来了，哀号声声："大人，各位大人，在下一时财迷心窍，犯下大错，请几位大人饶学生一回，放我一条生路，让我做牛做马，也情愿啊。各位大人，宋大人，看在以往的情分上，饶我一回吧……"

冯御史偷偷对薛庭松说："你看，这人怪可怜的，能放过且放他一回吧……"

一直沉着脸未出声的薛庭松猛然呵斥道："你真糊涂！犯下如此重罪，还能放过吗？监守自盗，栽赃陷害，严刑拷打，草菅人命，又滥杀无辜，制造假案，虚报侦功，欺瞒圣上！这简直是十恶不赦之罪！来人，把袁捷拿下，关进囚车，余下涉案官员也一并拿下，不得放过一人！"

官兵一拥而上，将袁捷等人五花大绑起来。袁捷仰天而叹："天不助我，无可奈何。上不得天堂，便下地狱，事到如今，袁捷只能认命了！"

袁妻带着儿子匆匆而至。她急奔过来跪在丈夫跟前，哭泣不已。其六岁的儿子手中还拿着写字本与毛笔。袁妻说："他爹，你不要怕，坐牢，为妻陪你进牢房；杀头，为妻也陪你上刑场。"

袁捷摇头叹道："不必了。我袁捷这辈子已经完了，可你还得活着。我们还有儿子，让他好好读书，将来长大了，再去考状元，再当官。儿子，听你老子一句话：吃得苦中苦，方为人上人。听清了没有？"

其子清清楚楚地应一声："爹，我听清了。"

袁捷脸上露出一丝笑意："好。这才是我的儿子。"又对其妻说，"你身边给我带着那豆子吗？"其妻一愣："带……带着了。"

袁捷平静地说："我想吃豆子，拿出来吧。"袁妻从怀里掏出一个手帕包，打开，里面有一些黄豆，她抓起黄豆送进丈夫嘴里。袁捷两眼却盯着其中一颗略大的丸状之物。女人哆嗦着用手捡起，放入袁捷嘴里。

宋慈急叫："不好，袁捷服毒了，快找萝卜籽给他灌下泻毒。"

薛庭松赶上前去，细观袁捷："不必啦，毒已攻心，来不及啦。唉，他自知罪孽深重，以死谢罪，对一个必死之人，就让他好好上路吧。"袁捷感觉肚中一阵剧痛，脸上勉强绽出一丝笑意："谢大人恩泽……"随即倒地毙命。

宋慈说："二十万两官银只查出十万两，还有十万两不知去向，袁捷一死……"薛庭松暗地里拉扯宋慈一把："你出来一下。"说完自己先走了出去。

宋慈犹豫了一下，也跟了出去。

一条狭而长的弄堂。薛庭松快步走入前后无人的小弄，等着宋慈。宋慈缓步走来，到岳父面前站定。翁婿对视着，谁也没说话。良久，还是薛庭松先开了口："嘿嘿嘿，这就是薛某的女婿！看看，当年莫名其妙地非要请命外任，一别数年，竟一次也不回京来看看我这个老丈人，于情于理你都说不过去！"

宋慈说："岳父大人，今天想必还有别的话要说。"

"对，要说话，你我翁婿几年不见，我还真备着三天三夜的唠叨等着让你听呢。可今天不谈别的，今天我只想对你说一件事。当初你在梅城破了两知县谋杀案，圣上龙颜大悦，恩赐你正六品主事，可你只图自己逍遥自在，非要请命外任。这些年老夫一直想把你重新调回京城，无奈官场之上争权夺利，党同伐异，一直没找到好的时机。此番嘉州官银失盗，老夫向圣上保荐你来查办此案，就是想给你一次机会，而你果然不负众望，追回了官银，我料圣上一定会……"

"薛大人！哦，岳父大人，您要说小婿不负众望，追回了官银，只怕言之过早。"

"为什么，不结案了吗？"

"不，二十万两官银只追回其半，还有十万两不知去向，这案子能结吗？"

薛庭松摇了摇头："宋慈啊宋慈，查案释疑你才华出众，无人能比。可对为官之道，你怎么就不开窍呢？有的案子，该一查到底，是绝不可以半途而废的，否则就会应了那句老话：打狼不死，必遭狼咬；可有的案子，就该适可而止，不然就会深陷泥潭，难以自拔！在官场混，审时度势，分清什么该一查到底，什么该适可而止，这比查案本身更为重要！你懂吗？"

宋慈干干脆脆两个字："不懂！"薛庭松有些恼了，"你！你是真不懂，还是故意装不懂？"宋慈扭着头，"既是这样，岳父大人何不明示小婿，什么样的案子要一查到底，什么样的案子又该适可而止呢？"

"这让我一两句话怎么说得清楚？哦，比如说这桩官银失盗案，如今本案真相已经查明，主犯也已畏罪自杀，还多为朝廷查没十万两赃银，圣上一定会满意了……"

"小婿就该适可而止了？"

"你要是再往下查，有线索吗？即便有，你知道那十万两背后究竟又是一口什么样的深井？你再往下查还能查出什么结果呢？不就是还差十万两吗？"

宋慈嗓门一高："十万两啊！岳父大人怎么就那么不当数啊！"薛庭松的嗓门忍不住也高了起来："可主犯人都死了，死无对证了，你还查什么？"

宋慈惊诧地说："对，死无对证，死无对证，宋某不止一次碰到过对手设下死无对证的难题，想不到这回是出自岳父之口。"

薛庭松怒道："宋慈！你怎么就不体谅体谅做父母的一片苦心？我这都是为你好啊！世事险恶，人心莫测，官场倾轧，党同伐异，等你进了京，当了京官就知道有多难了……"

宋慈冷冷地说："小婿知道，岳父大人为了让小婿重返京城，费尽了心机，无奈小婿在外省逍遥惯了，不想进京为官。告辞了！"说完就往弄口走去。

薛庭松喝道："你站住，你去哪儿？"宋慈头也不回地答道："当我快乐逍遥的乡巴佬外省官去。"薛庭松气愤地说："你！我这个岳父的话你敢不听，可我看你敢不敢抗逆圣旨！真是恃才傲物的歪才！"

宋慈头也不回地走出了弄堂口，英姑和捕头王早已牵着马侍候着，从二人脸上的表情看，显然是听到了翁婿之间的争吵。宋慈一言不发，翻身上马而去。

晴空万里，风光艳丽。宋慈催马疾驰在河堤上，捕头王和英姑紧随其后。

英姑加鞭追上宋慈："大人，有句话我一直想问。"

"你要是想问宋某为什么和老丈人不和，那你还是趁早免开尊口。"

"为什么？"

"因为这是我的家事！"

"大人，那年在京城西湖边究竟发生了什么？"

宋慈闻言猝然勒缰，回过头来，吃惊地看着英姑："你知道些什么？"

"我什么也不知道，才觉得有些奇怪。"

"奇怪什么？"

英姑两眼望着宋慈，缓言道："当时大人是大理寺正六品主事，有一个年轻美貌的女人在你的眼前投河自杀，按大人的性格，本来一定会寻根究底的，可大人不但不闻不问，还执意请命外任，远离了京城。十几年来，您一直不愿回京，难道……"

宋慈沉吟一会儿，"宋某对那无名女人之死不闻不问，是因为那女人的确是自杀；何况有众多高官在场，宋某无意逞能。"

"当时的确有很多京畿大员在场，其中就有您的岳父薛大人……"

宋慈警觉地问："英姑，你究竟想说什么？"英姑一怔："我……哦，也许是多疑了。但这也是跟着大人太久之故，对心有疑问的事，就喜欢刨根究底。"

"好啊！既然你喜欢刨根究底，宋某就让你去办一件事。嘉州库银失盗，不是还有十万两下落不明吗？袁捷虽死，但我敢说袁妻看似木讷，其实比谁都有心眼有肚量。"

英姑眉头一跳："大人是想让我去追踪袁妻？"捕头王在一旁听到了，急忙说："啊，这太危险了，不成，要去也得让我去才行。"宋慈乐了："你可是小看我们的英姑娘了，要说和女人周旋，只怕你我都及不了英姑呢。"

英姑脸上露出灿烂的笑容："大人，您让英姑上刀山下火海，英姑也不敢说个'不'字的，您又何必把我当小孩似的用激将法呢？告辞！"

"等等。英姑，千万小心了，可别让宋某悬挂太久！"

英姑心里一热，几乎落泪，却强颜欢笑："可我要是回不来了呢？"

"你敢！你要是敢回不来，宋某可不饶你！"

英姑哈哈大笑着催马走了。宋慈一本正经："这丫头笑什么呀？"

捕头王说："她……大概是笑大人说错话了呗。"

"我说错了什么？"

"大人说英姑要敢不回来，就不饶她，回不来了，还饶不饶谁呀？"

"哦，是宋某词不达意了。"

捕头王像是有话要说："大人……"

"你想说什么？"

"嗯……哦……没什么。"

"哼，支支吾吾，比英姑还黏糊。亏你还是个大男人！"

捕头王还是把话说出来了，"大人，我以为薛大人有些话是对的，官场上争权夺利，党同伐异，是很凶险的。有些人别的本事不大，可抓人点话柄，制造点桃色传闻却很擅长，大人可也不得不防着点。"

宋慈皱起了眉头，"我说捕头王，你脑子里在想些什么呢？"

"我……"

"俗话说脚正不怕鞋子歪，身正不怕影子斜，宋某人不必夹着尾巴做人！"

"可是……"

"别说了，上马！"

话音方落，忽听身后有人高呼："宋慈慢走！"

宋慈和捕头王双双回头，只见宫中传旨的黄袍差官，高举着圣旨快马而至。差官大声道："圣旨到，宋慈听旨！"宋慈闻言诚惶诚恐地双膝一跪……

差官宣读圣旨……宋慈一脸的沮丧……

谁能想到，嘉州库银失盗案虽然还有十万两银子尚未找到下落，但宋皇却下旨把宋慈调回京城，委以京畿提点刑狱之重任。当年，因西子湖的一个小插曲，宋慈力辞京官，请命外任。不料，十年后宋皇下旨又把他召回京来，除了宋慈屡破奇案，也少不了他岳父大人的竭力促成。虽说宋慈本人老大不情愿，却也迫于皇恩浩荡，不得违抗，只能乖乖进京了。

史文俊投敵案

　　临安城最繁华的闹市街头，但见店铺连门，人流如川。一身便服的宋慈就像一个闲人似的走在闹市街头。捕头王随在后面，得意而好奇。

　　"大人，这京城和外省州府还就是不一样，您看这多热闹。"

　　宋慈微皱眉头："京城是热闹，可提刑司衙门太冷清啦，我这京畿提点刑狱简直就成闲人了。"

　　捕头王不以为然："京城官多衙门多，告状打官司的去处也多。就好比……您看，那家徐茂之扇铺，全城就此一家，别无分号，所以天天是顾客盈门；可那些叫卖皂儿水、葱煎包的满大街都是，生意就抢着做了。"

　　"你是说提刑衙门也就像那些遍路歌叫的皂儿水、葱煎包?"

　　捕头王连连纠正："不不，那得看谁坐提刑大堂了。只要大人坐着，那就是徐茂之扇铺……"宋慈大声说："回府。"

　　"欸，不逛啦?"

　　"再逛，宋某的意气都快消磨尽了。"

　　这日，薛府内外，张灯结彩，铺红挂绿，家人丫鬟们正忙着布置寿筵，阖府上下，一片喜气。薛才兴冲冲直奔老爷书房，把书房门一推，见薛庭松正背着身站在窗前沉思着什么，连连捂嘴，抬在半空的脚没敢往下踩。

　　薛庭松回过头来，"哦，薛才，请柬都送出去了?"

　　"都送出去了，六部三卿的大人们一听薛老爷大寿，一个个都欣然接受，可见老爷在京城的官威……"

　　"那位兵部侍郎史文俊史大人答应来了吗?"

　　薛才顿了一顿："他……老爷……"

　　"怎么? 史大人不给老夫这个面子?"

　　"不不，他倒是满口答应来的。可小的以为……老爷这样的喜庆日子，原不该请他。京城里谁不知史文俊那德行，那是个出了名的刺儿头，人家避他还来不及呢，老爷偏偏还把他请上门来。"

　　薛庭松轻轻地哼了一声："他一定来吗?"

　　"来是一定会来的，只怕……"

　　"来就好! 你下去吧。"

　　"是。"

　　"等等，还有京畿提点刑狱宋大人，来吗?"

玉贞走了进来："当然要来的，岳父大人做寿，做女婿的敢不来吗？"

薛庭松摇摇头："你说的恐怕未必算数。"

玉贞大声说："父亲，他要敢不来，女儿……女儿就休了他！"

薛庭松笑了起来："女婿不孝，总算还有女儿贴心。唉，我这女婿呀，也不知对我这老丈人心存什么芥蒂，这么些年，总是不愿见我。"

"哎呀父亲，那都是您官威太重，才让女婿不敢见您呢。"

"哼，说半天，还是我的不是了。真所谓嫁出的女儿泼出的水，你呀，就知道护着他！"

玉贞往父亲怀里一靠："父亲……"

街路。暮色已浓。街上行人稀少，且行色匆匆。一顶小轿晃晃悠悠地在一条窄街上悠然而行。轿里轿外两人有一搭没一搭地说着话。

捕头王兴致勃勃，探头对轿内的宋慈道："大人，您来京城差不多半个来月了，今天还是头一回去老岳父府上做客呢。"

宋慈情绪不高，"要不是老岳父的大寿，我才懒得去呢。"

"大人……"

"闭嘴！"

"我还没张嘴呢。"

"可我知道你想问什么话。"

捕头王不高兴地说："既然您不让问，我不问就是了。可您对岳父大人这么不冷不热，夫人心里可不高兴呢。"

后面有人大声喝道："前面闪开道，快让开！"宋慈的轿夫赶紧让开道，停下，宋慈将脑袋探出轿外。兵部侍郎史文俊骑着高头大马，身上披一件绣金黑缎披风，一副傲气凌人的样子，几个卫兵和一个白须老家院步行跟随着。

宋慈急忙下轿，侧身路边，躬身作揖："史大人。"

史文俊并未停马，只是傲气十足地瞄宋慈一眼："你是谁？"

随行的白须老家院提醒主人："这位是新任提点京畿刑狱宋大人。"

宋慈恭敬行礼："在下宋慈。"

老家院小声道："您不记得啦？宋大人是吏部尚书薛大人的女婿……"史文俊大笑起来："哈哈哈……我想起来了。你这提刑官是专管查案、擒贼、抓凶犯的，还常跟死人烂骨头这些乌七八糟的东西打交道，是吧？"

宋慈泰然道："正是。"

史文俊讥笑道："嘿嘿，听说你查验死尸很痴迷，半夜三更还在卧房里摆弄死人骨头，有一回把你老婆吓得不敢陪你睡觉，逃回娘家去了，有这事吧?"

宋慈有些尴尬："这……也许有吧。"史文俊大笑不止："什么也许，就是嘛。我还知道你这提点京畿刑狱之职是怎么得手的。嘉州出了库银失盗大案，你老岳父有意向皇上举荐你去破案，事成之后嘛，正好调入京城，补了提点京畿刑狱之缺。此中奥妙，不言而喻。我没说错吧? 哈哈。"说罢大笑着径自扬长而去。史府老家院面带歉意，朝宋慈拱拱手，跟随史文俊而去。

宋慈被史文俊这几句话弄得心情沮丧，一时愣住了。

捕头王愤然道："史大人怎么说这样的话?"

宋慈面色很难看，"咳……回头，回提刑司去!"

捕头王忙拦住："欸，大人，今天是你岳父大人的六十大寿，你做女婿的要不去，于情于理都说不过去呀。史文俊是出了名的刺儿头，跟这种人没得计较，倒是夫人的面子你不能不顾啊。走吧走吧。"

宋慈无奈地说："哼，你这粗人今天倒说了一番细话。好，就依你吧。"

前面已是薛府大门。骑马的兵部侍郎史文俊与宋慈前后脚到达府前。同时到达的还有兵部尚书、冯御史等人。官员们都相互打招呼，唯独史文俊对他人爱理不理的，昂首挺胸，傲气十足地直入府门。其他官员也对他投以白眼。

捕头王悄声问宋慈："兵部侍郎史大人傲慢无理，目中无人，你老岳父怎么请他呢?"宋慈晒笑道："明明心里不对付，场面上却要装得什么事没有，这就是我的老岳父啊。"

一丫鬟迎向宋慈："姑爷，小姐已在府中等候，请随我来。"宋慈随在其他官员后面走入府门。捕头王随入，见偏门处走出玉贞，忙拉宋慈向夫人走去。

史府卧室。一年少俊秀的婢女服侍史夫人睡下。

史夫人轻声嘱咐："小凤，你也歇息去吧。"

"是，夫人。"小凤持油灯退出夫人房间。她走进隔壁自己的卧室，手中油灯忽然被吹灭，房内顿时一片黑暗。她一惊，即听得一声窃笑，有个男人身影挨近小凤，伸手搂她，被她推开了。

"又是你捣的鬼。这么晚了，你还敢来这儿，让夫人知道了，不把你……"

那男人慌忙用手捂她的嘴："轻点，小凤，我想跟你商量一件大事。"

小凤惊诧地问："商量什么大事……"

薛府客厅内灯火通明，偌大一个"寿"字张贴于正堂上。夜渐深时，薛府的酒筵才至高潮，歌舞乐声，不绝于耳。老寿星薛庭松陪同兵部尚书、户部尚书、冯御史以及兵部侍郎史文俊等朝廷重臣，坐于中央位置，一同观赏歌舞。

宋慈混杂于下官女眷之列，坐在一侧。玉贞陪坐一旁，捕头王站立身后。观赏乐舞时，玉贞殷勤地给宋慈递吃食、斟酒。宋慈兴致不高，懒于应付。其身后站立的捕头王则看得兴致盎然。

几个演奏乐器的妙龄女子，或吹笛，或弄笙，或弹琴。一群舞女边舞边唱一阕词曲《鹧鸪天》：

玉袖殷勤舞香风，青衫常陪醉仙红。舞低杨柳江边树，歌尽桃花扇底风。才别离，相忆永，追梦几回在月空。他乡故里两不见，相逢依稀醉梦中。

几位当朝重臣聚坐在一起，边喝酒边观赏，交头接耳，啧啧赞叹。唯史文俊独坐一处，对歌舞似全无兴趣，瞄都不瞄一眼。只是独酌独饮，已喝得面色通红，有几分醉意。身后白须老家院欲劝又罢。

薛庭松端着酒盅面向众大臣，"诸位，你们听这曲调如何？在下透露一个秘密，这一阕《鹧鸪天》，呵呵，是老夫填的词呢。"

几位客人顿时赞叹不已："哎呀，这词写得真好。"

"十分缠绵悱恻，真是如梦如醉啊！"

"薛大人妙笔生花，这似梦似醉的意境真写绝了！"

薛庭松不无得意地说："哪里，只是一时兴起，偶尔为之，不值一提，不值一提。"史文俊却语含讥意："前一阵，我听街坊闲人们唱这样几句词：'山外青山楼外楼，西湖歌舞几时休。暖风熏得游人醉，错把杭州当汴州。'这词儿好像也不错，不会也是你薛大人的大作吧？"

薛庭松脸上有些尴尬："嗯？我……我怎么会写那样的诗词？"冯御史忙来圆场："史大人真会开玩笑了，来来，史大人，不提此话，喝酒、喝酒。"

户部尚书说："薛大人，听说你府上有一批舞伎，貌比天仙，舞技超群，何不叫出来，让我等也一饱眼福？"

"别急，别急，下面就该她们出场了。"

薛庭松做了一下手势，即有一群北方民族装束的舞伎上场，随着北方风格的音乐响起，舞伎们美艳娇媚，翩翩而舞，富有北方风情，令众大臣心花怒放，开心不已，连声叫好，其中白发白须的兵部尚书叫得最响。

史文俊手持酒盅，摇晃着身子，走向薛庭松，脸上似笑非笑，话中似真似假："薛大人年过花甲，丧偶多年，原以为在府中十分孤单，没想到暗地里金屋藏娇，养着这么多娇美女子，想必是天天做新郎，夜夜入洞房，艳福不浅啊。或许这中间哪位美貌女子已是薛大人的相好，又给你添下一子半女了？"

薛庭松脸色顿时十分窘迫："你……"

冯御史不满地说："史大人，你怎么这么说话……"

史文俊将酒盅重重地往桌上一放，指着薛庭松鼻子质问："薛大人，你是当朝重臣，肩负大宋前程安危，如何能领头沉湎于酒色之中？我问你，这些北方美女你是怎么弄到手的？这种舞本是北方敌国宫廷里跳的吧？薛大人莫不是与北方敌国的上层人物有什么私下交易……嗯？"

薛庭松窘极了，面色通红："这……你这话是何用意？"

那边，宋慈等也被惊动了，惊诧地望着这令人不快的场面。

冯御史赶紧解围："史大人真会说笑话，这些北方舞伎是自己逃到南边来的，薛大人只是偶尔请来寿筵上献演一场，是吧？"史文俊斥道："你这白吃饭不干事的糊涂御史懂什么！"冯御史被抢白得一时没了话："你怎么……出口伤人？"

白须白发的兵部吴尚书指责说："史文俊，薛大人好意请你来喝寿酒观歌舞，你居然如此胡说八道，太不像话了！不要仗着自己有点战功，就可以借酒盖脸，胡言乱语，胡作非为……"史文俊起身拔剑，怒目圆睁："老妖怪，你想干什么？你领过几次兵，打过几回仗？凭什么当兵部尚书？七老八十还占着茅坑不拉屎，早该解甲归田，回老家哄孙子去啦！"

兵部尚书气得胡子乱抖："你……你这不识好歹的东西！"薛庭松说："史大人，怎么这样说话？吴大人毕竟是你上司，官居一品，怎能对他恶言中伤？"

史文俊冷笑道："哼，我管他是谁？史家三代为朝廷效忠，立战功无数，满朝文武，谁能与我比高下，除了当今圣上，我史文俊怕谁？嗯？"

一旁的老家院急忙拉扯着史文俊："老爷，家里有急事，请老爷赶紧回府。老爷，快回吧。"说着将绣金黑色披风递过去。

史文俊一愣："有急事……好吧，那就走吧，这样的筵席，色欲横流，销蚀斗志，不看也罢！诸位，你们接着好好欣赏吧，史某告辞了！"

薛庭松想挽留他，拉扯其衣袖："史大人，请稍等……"史文俊"哼"了一声，重重拂开薛庭松的手，快步而去。一时冷场。

户部尚书朝薛庭松直摇头："史文俊这种人，薛大人本不该请他来的。"

冯御史说："是啊，大家的好兴致都让这不识好歹的莽汉给搅了。"

薛庭松脸上重显笑意，端起酒杯对其他人说："史大人是喝多了，说的是醉话，不必跟他计较。来，诸位，我们还接着喝酒。请。"美貌舞伎继续跳舞。

宋慈一直静观其状，未发一言。这时，他悄然站了起来。一旁的玉贞询问地望着他。宋慈低声说："时候不早了，该回府了。"

一男一女在一间暗室内拉拉扯扯。年方十六的小凤，容貌娇美，是个单纯可爱、不识世事的女孩。小凤说："唐二宝，你为啥要逃走？你在这里做事不好吗？史大人对你很不错的。"

"在这种人家做事有什么好？你只要跟我逃出去，往后一定能享福。"

小凤坚决地说："不，我愿意在史府，我不走！"

男人话里带有威胁之意："小凤，你不走，可别怪我不讲情义啊。"

"我就不走，你想怎么样？"

"你敢？"唐二宝突然拔出一把短刀，暗室内闪出一丝寒光。

小凤吓得几乎叫起来："你怎么……有刀？"

唐二宝厉声道："事到如今，你不想走也得走！走！"

小凤吓得浑身颤抖："你干吗对我这么凶？别……别杀我……"

"哼，这下你听话啦？乖乖的，不许出声，跟我走，不然，我先杀了你，然后，反正，你我都别想活！"

少女想赖着不走，让身强力壮的男人用力一拽，就被拉出了屋。

街巷。夜色暗淡，行人绝迹。夜深人静时分，马蹄"笃笃"之声十分清晰。

史文俊骑马走在狭窄的街巷中。街巷的一侧是高高的院墙。酒多之故，骑在马上的史文俊信马由缰，身子在马上晃晃悠悠。随行侍卫看他那模样，欲扶又不敢扶。史文俊忽然想起，问老家院："你说府中有急事？出啥事啦？"

老家院说了实话："老爷，府中并无急事。"

"嗯？"

"老奴是见老爷与众大人相持不下，只怕话多必失，生出是非……请老爷恕罪。"

史文俊摆摆手:"你……算啦,我也知道你是好意。老爷我就这个脾气,哼,说便说了,骂便骂了,他们能把我怎么样?"

不一会儿,前方便隐约显出亮光,已是史府大门,借着高悬的两盏圆灯笼,可隐约看到"史府"二字。一侍卫说:"大人,到史府了。"

史文俊勉强振作起来:"好,下马。"下马时,他差点摔倒,侍卫赶紧上来扶,他反朝侍卫瞪了一眼:"干什么?你以为我醉了吗?笑话!"

史文俊骑马走过的这条狭窄街巷,一乘小轿悠然而行。宋慈坐在轿中,捕头王随在一旁。忽然,轿中的宋慈侧身向轿子左侧凝神听了一会儿,叫了一声:"停轿。"捕头王问:"怎么啦,大人?"

宋慈探出头来,指指一侧墙院:"那边像是有什么动静?"

"什么动静?"

宋慈侧耳静听片刻:"像是有人在疾走,还有说话之声……"

捕头王不以为意:"夜深时分,你这京畿提点刑狱还管得人家在自家墙院里走路说话?走吧走吧。"

宋慈问:"这是哪儿?院墙那边是谁家?"捕头王想了想,说:"好像是史文俊府上吧……他家的事,你更管不了。走吧。"

一乘小轿悄然而至,从轿中探头出来的是薛玉贞:"怎么啦?"

"没什么,走吧。"宋慈钻进轿里去了。

史府后花园。小凤双手抱着一棵树,抽泣着不肯走:"我不走,我不想跟你走!唐二宝,没想到你这人这么凶,像个恶鬼,吓死人了。呜呜……"

唐二宝用力拉扯小凤。小凤仍抱着树不肯走,扯破了一只衣袖。唐二宝猛地从腰间抽出短刀,恶狠狠地举起:"你……你还想不想活了?"

小凤一惊,挺身迎上去,话音大起来:"你要杀我,你就杀吧,反正我不走了。我要回去,我要回夫人那儿去……"

唐二宝害怕了:"你……你别喊,招来了人就全完啦!"

一个巡夜的家丁提着灯笼走来,听见说话的声响,即问:"那边是谁?"

小凤不假思索地应声:"是我,小凤……"

唐二宝想捂她的嘴已晚了。巡夜家丁觉出不妙,大声喊:"小凤,你跟谁在一起?快来人啊,来人啊!劫匪进府抢人啦!"

此时，史文俊正晃悠悠走进府，忽听后院传来抓劫匪的叫喊声，顿时怒起："大胆劫匪，居然抢到我史府来了！"他立即抽出宝剑，脚步踉跄地奔向后院。

唐二宝拖着小凤到后门处。他慌手慌脚地去开门，小凤趁机往回跑。唐二宝赶紧又返回来抓小凤。他怒气冲冲地一把揪住小凤头顶的发髻，猛地一攥："你给我回来！"小凤痛极，抚头惊叫一声："哎哟，疼死啦……"

宅院内，叫喊声声，火把点点。有人大声喊叫："抓劫匪啊！快追啊！别让他跑了！"史文俊手提宝剑，懵懵懂懂地奔至后花园，不知往何处寻找，大声喊叫："小凤，你在哪里？大胆劫匪，你躲在哪里，有种你就出来！"

小凤挣扎着，甩开唐二宝的手，喊出声来："老爷，老爷，我在这儿，快来救我，救救小凤呀……"

唐二宝一手捂住小凤的嘴巴，一手拨弄门闩，谁知越急越弄不开。

黑夜中，史文俊提着剑茫然地喊叫："小凤，你在哪里？"

小凤挣开唐二宝的手，大叫："老爷，我在这儿，快来救我……"

史文俊朝小凤叫喊的那侧摸索着走过去："大胆蟊贼，敢到我史文俊府中惹是生非，你是活腻啦？"小凤大声喊："老爷，是唐二宝，他逼我逃离史府……"

醉意未消的史文俊提着宝剑，步履不稳地在花丛中乱走乱闯，几乎跌倒，仍没寻见逃亡之人，急得嘴里大声叫骂："唐二宝，你这恩将仇报的狗贼，躲在哪里？你居然敢劫走小凤，看我怎么收拾你！"

一个家丁朝后花园这边走来："老爷，你在哪里？"他只见一些模糊影子急促晃动，夹杂着史文俊的叫骂声与小凤的尖叫与泣声。他不敢走过去，只是站在原地大声招呼："你们快来呀，快到这儿来！劫匪在这边，你们快过来！大人，你在哪里？我来帮你……"

史文俊醉眼蒙眬，看准一个黑影，认定是唐二宝，便大喊一声，一剑刺去："狗贼，哪里逃——"却因过于往前用力，身体收不住，"呀"的一声，踉跄着扑倒在地，长剑脱手，不知飞往何处。几乎同时，暗处传来小凤的一声惨叫："哎哟——"

倒在地上的史文俊昏头昏脑，摸索着爬起来，嘴里自言自语："我怎么就倒地啦？欸，我的剑呢，剑怎么没了？"不想手上摸着满把黏糊的血水，"啊？血……哪来的血？小凤，是小凤吗？"

史府许多人一起拥来，灯笼火把映照着，才看到地上倒着的婢女小凤，已是满身血迹，有出气没入气了。其身边倒着一把剑。史文俊呆呆地徒手站着，双手沾血，显得不知所措。后门大开着，唐二宝已不知去向。

史夫人用双手抱住小凤的身子。小凤腹肚已涌出大量鲜血，浑身颤抖："夫人，我不想离开你啊……"两眼一闭，气绝身亡。

史夫人痛苦地叫着："小凤，小凤……"

卧房，宋慈夫妇仰面平躺在一张大床上，许久无话。

玉贞忍不住了，侧身望着宋慈，"……父亲六十大寿，你我夫妻难得去一趟薛府，看你在酒筵上闷闷不乐的，话也不说一句……你是不是还不想在京城当官，不愿当这提点京畿刑狱？"宋慈不作声。

"我真不明白，你不一心就想着在刑狱审勘上有所作为吗？提点京畿刑狱，更是身担洗冤禁暴的重责，为朝廷和百姓效力，更能够让你施展抱负，你怎么就……"

宋慈忍不住了，"你没听别人怎么说吗？"

"说什么？"

"兵部侍郎史文俊今天在大街上当面嘲笑我，说我倚仗岳父老泰山的权势才得了这提点京畿刑狱之职呢。早知如此，宋某就不该进京！"

玉贞轻叹一声："那个史大人的话你也听？你没看他把父亲的寿筵闹得……"

"算了，不说这些了。睡吧。"宋慈一背身子，躺了下去。玉贞一脸忧郁……

清晨时分，宋慈情绪不高地往大门外走去。正在院子里晨练的捕头王收功上前："大人，一大早的去哪儿啊？"

宋慈懒得理他，大步走出府门，钻进外面停着的轿子内。突然听得一阵急促的马蹄声。一队御林军骑着高头大马自后面飞奔而过。宋慈从轿中探出脑袋，只望见快马奔过扬起的灰尘："咦，跑得这么急，是什么人哪？"

捕头王问："一队御林军，是抓什么朝廷钦犯吗？"

"奇怪，这时候在京城里抓人……"

"大人，你这提刑官可管不了人家皇城里的御林军呢。"

宋慈瞪他一眼，摆了摆手，退回轿内。捕头王吆喝一声："起轿，去提刑司。"

史府的大门紧闭着。大队御林军悄无声息地把史府团团围住。

一个骑在马上的骁将大声吼道:"兵部侍郎史文俊听着:末将率御林军奉圣命而来,有要事相告。史大人切勿轻举妄动,以免伤及无辜。"

少时,"吱呀"一声,府门打开了。史文俊便衣简装,未带兵器,身披绣金黑色披风,神态高傲地走出来,朝御林军骁将拱拱手:"不知何事惊动圣上,派大队御林军前来史府,所问何罪?"

骁将在马上还礼:"史大人,末将奉命带你去见圣上,其他概不知道。来呀,护送史大人前去见驾。"十几个御林军一拥而上,将史文俊围住,扯去他身上的披风,不由分说推搡着往前走。随在其后的白须老家院捡起披风,不知所措。

史文俊急了:"怎么回事?为什么这样……"

坐在轿子里的宋慈正经过史府,听见喧闹声,便令停轿,探出脑袋一看,不禁十分吃惊:"这不是兵部侍郎史大人吗?怎么啦?"

史文俊吼叫着:"为什么推我走,我犯什么罪啦?"

骑在马上的骁将语带讥讽:"史大人,你犯什么罪,自己心里最清楚,末将只是奉命行事。多有得罪啦,带走!"

史文俊与路边呆立的宋慈照了面,不禁一愣,欲言又止。宋慈朝后面的骁将拱拱手:"请问这位将军,史大人出了何事……"骁将不屑地说:"去去,没你的事!"宋慈还呆呆地站在街上,望着远去人马扬起的尘土。

史文俊被一群御林军推推搡搡,不情愿地往前走着。突然,骑在马上的骁将喝道:"站住。"史文俊莫名其妙,看看眼前高悬着临安府的横匾,狐疑地问:"临安府?不是去见圣上吗?停在这里干什么?"

骁将冷笑道:"末将奉圣上之命,把你带到临安府。有什么事,让临安知府跟你说吧。史大人,请进去吧。"

史文俊傲慢地说:"进去就进去,我还怕小小的临安府不成?"

他两手挽袖,高昂着头,大步往临安府衙门走去。

提刑司。宋慈闷着头往院内走。捕头王陪在一旁,嘴里说着:"你说,史大人会犯什么错?位居二品,兵部除了尚书,就数他官职大了,统领几十万精兵良将,数十年守护边境,屡立战功……欸,圣上不会是嫌他居功自傲,要夺他的兵权,来个杯酒释兵权吧?"

宋慈摇头:"史文俊大人虽然为人孤傲,说话尖刻,官场中人缘不太好,但是总不至于做出冒犯圣上的事,你不要胡乱猜想!"

"那……总有什么事吧?"

"有事,也不会跟提刑司有关……欬,那是谁?"

内院台阶上,坐着个头上包着蓝布巾的乡间妇女打扮的女子,胳膊上挽个小包裹,扭头向里,看不清模样。捕头王吆喝道:"喂,是告状的吗?你得去那边……"那人一转脸,摘去头上的蓝布巾,露齿一笑,却是英姑。捕头王乐了:"哟,是英姑回来了!嘿嘿,大人,你瞧她这副模样,十足是个乡下小妇人。"

英姑站起来:"大人。"宋慈见着英姑,心里顿时高兴起来,伸出手急迎上去,待走近跟前,又赶紧收住脚步,缩回手,怜惜地望着英姑:"你可回来啦。风尘仆仆,面带憔悴,想必这一趟十分辛苦。快,进屋,进屋歇歇再说。"

提刑司内厅。宋慈在屋里,一边听英姑说事,一边背手来回走。

英姑说:"袁捷妻子带儿子回到老家,日子过得很苦。她说,当初袁捷为巴结京城的高官,先期从银库盗出的十万两银子都运到京城,分别送给几个执掌大权的高官,自家一两银子也没留下。"

"送给哪几个高官,她可知晓?"

"她说,当初袁捷让她随一个管事的一起到京城送十万两银子,在一家很气派的酒楼与一个左边脸颊上有块红胎记的老板接头,其他的事她都不清楚。大人,我看袁捷的妻子不是个爱掺和丈夫政事的女人,我相信她说的都是实情。"

宋慈懊恼地说:"嘉州库银失盗案,真相是查明了,可十万两库银却还是追不回来,宋某愧对圣上啊!"

"其实,大人查明了嘉州库银失盗的真相,就已经完成圣命了。至于袁捷用十万两银子行贿了京中哪些高官,那已经不是提刑司管的事了,该是御史台的活儿呀!大人大可不必太过自责。"

"话虽是这么说,可毕竟是十万两啊。如今朝廷库银紧缺,而十万两库银明明流进了京城某些高官的腰包却查无实据,宋某于心不安啊!"

捕头王面露不解之色:"这些手握大权的京官,身居高位,俸禄丰厚,住着深宅大院,积有万贯家财,还要那么多银子干什么?"

英姑说:"没听人说吗,钱多不怕咬手,债多不怕杀头。"

捕头王哼了一声:"谁说钱多不会咬手?不义之财,还真会咬手呢!袁捷原本是个有作为的好官,不就是让不义之财咬了手,断送了大好前程吗?哼,那些个贪官,总有翻船的一天!"

宋慈看着英姑:"英姑娘,这趟可辛苦你了。你看,才几天,人都瘦了。"

英姑心里一热，却故意说："哟，想不到宋大人也会说体贴话了。"捕头王道："妹子，你这可是冤煞大人了，你不知道，这些日子大人可为你担心了。"

"是吗？难怪我的耳朵经常……"英姑看了看捕头王，就把话题一下子扯了开去，"欸，让我好好看看我们的新衙门。你还别说，这京畿提刑衙门就是比外省的气派多了啊……"宋慈怔怔地看着英姑，有些不解。捕头王的目光顺着宋慈的视线转向英姑，也有点摸不着头脑。

公堂正中坐着新任知府吴淼水。下面一班如狼似虎的衙役，嘴里发出低吼声："威——武——"史文俊傲气地站在堂下，两眼朝天，看也不看堂上之人。

吴淼水猛地一拍惊堂木："堂下何人，报上名来！"史文俊冷笑一声，傲慢地说："我乃大宋二品官员、兵部侍郎史文俊，堂上坐着的可是四品临安知府？"

"史大人过誉了，在下五品！"

"叫什么？"

"小的姓吴，名淼水。下官受任京畿府尹，尚未满月。"

"哦，新来的？你不觉得这把金交椅烫屁股吗？"

吴淼水一怔："下官明白史大人的意思了。史大人放心，下官虽然资历有限，阅历肤浅，可对这宦海沉浮、仕途坎坷却也深有体味，深有体味啊！所以，下官坐在这把交椅上一定会竭尽全力，为圣上分忧，为朝廷尽职。"

"哼，那么你倒说说，今天把史某请来，有何见教？"

"刚才下官不是说了吗？坐在这把椅子上，就得为圣上分忧，为朝廷尽职。只要有人击鼓告状，下官就得接案审理。这不，有人斗胆把史大人告了，说你滥杀无辜，下官只好奏请圣上，让御林军把史大人请到这儿来问个明白。"

史文俊怒道："告我杀人？谁？谁狗胆包天，诬告到我的头上？"

吴淼水忙说："史大人息怒。容我把那上告人传上来，你们当场对质，三言两语把事情说清，本官一定据实而断，决不让史大人蒙受不白之冤！来人呀，把唐二宝带上来！"史文俊一听"唐二宝"，顿时脸上怒气难耐："果然是这狗贼！好哇，我正要找他呢！"

唐二宝走到堂前跪下，"小民唐二宝，拜见青天大老爷。"

吴淼水问："堂下可是击鼓告状之人？你有何冤情，当堂讲来。"

唐二宝大声说："小民告的是当朝二品命官兵部侍郎史文俊，就是他！"手指史文俊，目光中有咄咄逼人之气。

史文俊怒目以对:"你……你这个无耻小人,竟敢到临安府来告刁状,我要把你剁成肉泥……"拔拳欲打唐二宝,被一旁的衙役阻止。

吴淼水笑眯眯地说:"史大人,别急,别心急嘛。且听他说些什么?"转向唐二宝严厉地喝道,"唐二宝,你有什么话快说,史大人乃朝廷重臣,请来一趟不容易,可没那么多闲工夫坐这儿呢。"

唐二宝一脸苦相:"大人,小民乃京郊人氏,为寻找半年前失散的表妹来到京城。得知表妹被歹人卖至史府充当侍婢,处境艰难,小民即想方设法混入史府。谁知,那兵部侍郎史文俊贵为二品大员,实乃人面兽心之徒,他将我表妹……"吴淼水急问:"将你表妹怎么样啦?"

"我表妹年方二八,天生丽质,被史文俊这好色之徒看中,调戏不成,竟强行将她奸淫!可怜我那苦命的表妹,成了这好色之徒的泄欲之物,欲生不得,欲死不能……"

史文俊听罢,暴跳如雷:"大胆刁徒,竟敢如此胡说……"冲过去踢了唐二宝一脚,即被衙役拦住。吴淼水说:"史大人,看你急的,有理不在声高嘛。让他说完,你再辩解不迟。唐二宝,你说下去。"

"可怜表妹落得如此惨景,我拼了命也要救她出火坑。昨日深夜,我约表妹趁夜偷偷溜出史府,从后门逃生。谁知惊动了家丁,史文俊闻讯提剑赶来,不由分说,提剑便刺,将我表妹一剑刺杀在地,鲜血直流,顿时命丧黄泉。我见势不妙,趁乱逃出,才捡回一条性命。"

吴淼水问:"你是说,史大人把你表妹刺死了?"

唐二宝痛哭流涕,伏地再拜:"知府大人啊,我原想救表妹逃出火坑,不料反害她送了性命。可怜我那年方二八的表妹,惨遭厄运,命丧黄泉!望大人秉公执法,将这淫恶之徒绳之以法,为我屈死的表妹申冤报仇啊!"

"你……你竟敢如此胡说,气杀我也!"史文俊怒不可遏地冲向唐二宝,当胸击其一掌,唐二宝惨叫一声,倒在地上,呻吟不止。众衙役好容易才拉住史文俊。吴淼水忙说:"史大人,别发火,别生气嘛。事情究竟如何,不是一人说了算数的,须得双方对质,查验物证,本府方可作最后的公正判决。史大人,唐二宝所言,是与不是,你且辩来,让下官听个明白,方可明鉴啊。"

"吴知府,这唐二宝乃泼皮无赖,混入府中,昨夜暗地里勾引丫鬟小凤随其外逃。史某提剑追击,不想混乱之中长剑脱手,而后小凤身中刀剑之伤,血流不止,倒地身亡。想必是这狗贼借机夺剑,杀人灭口。史某已派人捉拿这泼皮无赖，不想他竟敢来此告刁状，贼喊捉贼，实在可恶，史某恨不能立马将这无耻之徒千刀万剐！"

吴淼水做思考状："嗯？这案子可就奇怪了。下官听来，你们两人所述事实有两处矛盾不清。其一，唐二宝说，小凤是他半年前被拐卖的表妹，史大人却说，婢女小凤从小便在夫人身边，亲如义女；唐二宝又称，史大人用剑刺杀他家表妹，按史大人所言，这婢女分明又是死于唐二宝之手？这……这……这倒让吴某糊涂了。"

唐二宝高喊："小凤是我表妹，被史文俊这恶棍玩弄糟蹋，又被狠心刺杀，大人，你可要为小民做主，秉公而断啊！"史文俊怒喝："吴知府，唐二宝恩将仇报，勾引我家婢女，害她性命，你要将他严惩法办，以儆效尤！"

吴淼水说："哎呀呀，你们全是自说自话，反让吴某左右为难了呀！让我想想……嗯，我且问你，唐二宝，那小凤乃史大人心爱之人，他为何狠心要将小凤杀死呢？"唐二宝说："欲而不得，恼羞成怒，所以操剑杀死，这不是理由吗？"

吴淼水点头道："嗯，说得有点道理。史大人，下官冒昧问你一句，唐二宝引诱婢女小凤，携其逃离史府，可是真的？"

史文俊想也不想地说："嗯，是这样的。"

"那么，他总不至于下狠心用刀将小凤刺死吧？"

史文俊一时语塞："这……我哪里知道？"

"下官斗胆再问史大人，唐二宝是何等身份，如何进得史府？"

"寒冬之日，我见一个卖柴的农夫冻僵在地，怜其饥寒交迫，便好心收留他在府中做事。谁知这狗贼恩将仇报，反咬一口。我真后悔，当初不该发此善心的！"

"哦？是个卖柴为生的农夫？这就怪了，史大人出身世家，刀枪剑戟，样样精通，驰骋沙场几十载，何至于让一个卖柴为生的农夫夺得手中之剑？"

史文俊再次语塞："这个……我昨晚酒喝多了，失手剑落……"

"哦，是酒喝多了一时失手？史大人，你再好好想想，史大人会不会得知自家婢女要逃出府门，一时怒起，挥剑过去……"

史文俊暴怒不已，一脚踹翻座椅："呸！吴知府，你如此这般绕来绕去，最后绕到我的头上，是何用意？史某不想在这里陪你们玩嘴皮子功夫，快把这个刁贼绑了治罪，送我回府，我还有重要军务要办呢！"

吴淼水上前拉住史文俊的衣角，乞求道："史大人息怒，此案马上便可了断，请给卑职一点儿面子，稍候片刻。"

史文俊气冲冲地走至公堂之上，一屁股在太师椅上坐下："姓吴的，你给我好好判案，再这么胡问，惹史某心头火起，拆了你临安府门当柴烧！"

吴淼水满脸赔笑："史大人不要误会，下官也想快些了断此案啊。可你们二人，公说公有理，婆说婆有理，叫我怎么断呢？嗯，史大人，我再问你，此案可有其他证据？"史文俊一脸不耐："此事简单明了，还有什么其他证据？"

唐二宝在堂下高叫："大人，小民另有重要证据！"吴淼水目光炯炯地说："哦？有何证据，快快讲来！"唐二宝说："大人，我表妹曾对我说出一个天大的秘密。她说，史文俊与北方敌国私下有书信往来，双方商议，只待时机成熟，便与敌国联手，里应外合，灭了大宋朝廷……"

史文俊惊怒不已，"你……大胆狗贼，你竟敢如此胡说！我先把你灭了再说！"他暴怒地冲下公堂，被几个衙役死命抱住。

吴淼水面露惊惶之色："唐二宝，你好大胆子，居然说史大人私通敌国……你可知此话的分量？私通敌寇，可是滔天之罪啊！口说无凭，你有证据吗？"

唐二宝大声说："小民有证据！史文俊与敌国私通，身边暗藏一块进出敌国的铜腰牌，我约表妹出逃时，小凤偷得这块腰牌，又偷得史文俊写给北方敌国的一封书信，可以此二物为证据。"

"什么？有腰牌，还有书信？"吴淼水朝史文俊看了一眼，"史大人，可有此事？"史文俊不屑一顾："哼，鬼话连篇，有何物证，你让他拿出来，你吴知府想看，我史某也想见识一下呢。"

吴淼水严厉地问："唐二宝，若无此事，本官将以诬告罪，重重责打五十大板，再判你入狱坐十年牢，你可知深浅？你若是将话收回，本官尚可从轻发落。"

唐二宝大声说："此事确凿无疑，小民决不收回！"

"那……史大人说了，让你把这两样东西拿出来看看，你拿得出来吗？"

唐二宝将身上的包裹解下，放在面前："就在小民随身包裹中。"

"哦？将包裹打开，本官要仔细地查验。"

衙役从包裹里找出一块铜腰牌和一张折成两折的纸页。吴淼水细细看过腰牌，又展开这张纸页，定睛凝视，脸上表情变得越来越阴沉，猝然将惊堂木重重一拍，大声喝道："来呀！将私通敌国的叛国逆贼史文俊抓起来，听候发落！"

史文俊怒道："吴淼水，你敢抓我？"吴淼水扬了扬手中的铜牌和纸张，冷笑道："史大人，你过来把这两件东西看看清楚，这可是确凿证据啊！"

史文俊手持两件物证，左看右看，一脸茫然："怎么回事？这铜腰牌确是敌国之物……书信上的字，也像是我写的……可我根本不可能写这种通敌献媚的书信！这一定是哪个狗贼暗中捣鬼，有意陷害我！"史文俊将铜腰牌摔在地上，又要撕那信纸，几个衙役蜂拥而上，拼命夺下他手中之物。

吴淼水喝道："史大人，企图毁灭证据，这可是罪加一等啊！"

史文俊气愤不已："这……这完全是无中生有，陷害史某！说不定……对了，吴知府，这一定是北方敌国搞的离间之计……"

吴淼水猛拍惊堂木："史文俊！你不要装腔作势，假装正经了！这桩案子审到此时，下官已是心如明镜，看得一清二楚了。"史文俊说："你……你且说来！"

吴淼水厉声说："你与婢女小凤关系暧昧，行奸时对她甜言蜜语，漏说了与敌国私通之内情。唐二宝携表妹外逃，令你既嫉恨，又害怕，故而追杀小凤，杀人灭口，以绝后患。所幸唐二宝逃得性命，存有你私通敌国的罪证，方使此案水落石出，玉宇澄清。史大人，事到如今，你还有何话可说？"

史文俊气得说不出话："你……你这个吃屎的狗官，居然作如此可笑的判语……真气死我了！"

"史大人，虽说你官居二品，官职高过吴某一大截，可是私通敌国，意欲谋反，犯的是叛国之罪，又有确凿证据，吴某纵有天大的胆子，也不敢放虎归山啊。对不起，只好委屈史大人了。你们还愣着干什么？把私通敌国的叛将逆贼史文俊抓起来，上铁链，戴枷锁！"

衙役们一拥而上，将史文俊死死按住。史文俊嘴里大骂："你这个狗官，敢抓我二品命官……"吴淼水向史文俊作揖："对不起，史大人，请先到大牢待一阵，等我奏明圣上，再作定夺。带下去，关进大牢！"

宋慈坐在内厅认真书写。捕头王大声叫着走进屋来："大人！大人！"

宋慈不在意地问："什么事大呼小叫的？"

捕头王靠近宋慈耳边，带着讥意地说："史文俊……那位兵部侍郎史大人犯了重罪，关进大牢了！"宋慈停笔抬头："哦，是何罪名？"

"听说史府有个婢女被杀，史大人被牵涉此案之中。眼下史府前后门紧闭，外面有御林军把守，不让人随便进出呢。"

宋慈站起身来："一个婢女被杀，也会那么兴师动众，动用御林军把一个二品大员抓起来投进牢狱？"

"大人，您知道审理此案的新任临安知府是谁？"

"谁？"

"就是当年被您翻了王四溺水案而贬了官的太平知县吴淼水。"

英姑端了一杯茶进屋，应声道："那个刚愎自用的家伙不是被贬到边远地方去了吗，怎么，又高升到京城来当临安知府了？"

捕头王说："是啊。我记得当时那家伙追着大人的马车，大呼小叫着说迟早还要和大人在官场上相遇，果不其然，还真的又碰在一块儿了。"

英姑皱眉道："这回他一定又是投靠在哪位高官显贵的门下才得以高升。唉，谁要是落在他的手中，只怕又会落个有理说不清。"

宋慈面色越发凝重："嗯，这事有点蹊跷，涉及人命的案子，我这提点京畿刑狱恐怕得管一管呢。"

英姑说："大人，史大人是御林军抓的，想必临安知府也是奉圣命审理此案。除非有圣上的旨意，否则你这提刑官也不能越权介入此案。"

捕头王赞许地说："英姑说得对，这事提刑司想管也没法管。再说，史文俊那刺儿头，昨天还大闹薛大人的寿筵，更可恶的是他居然还在大街上当众奚落大人，这回也正好杀杀他那一身霸气！"

宋慈回头用异样的目光看着捕头王："真不像提刑衙门的人说出的话！"

"我……"见宋慈已默默转身走开，捕头王就轻声对英姑道，"欸，我说得没错啊！"英姑轻声说："哼，还没错呢。你那叫什么？叫泄私愤！大人说过，刑狱审勘最忌讳个人恩怨了。大人还算是对你客气，要换了我这么说话，还不定会发多大的火呢。"

身戴链锁的史文俊像一头身落陷阱的猛兽，在一个四面木栅栏囚室内来回走动。牢门上方一个"天"字高悬。一老狱卒如同失聪了一般，神色泰然地在囚笼前来回踱步。史文俊用链条猛地砸向栅栏，吼道："喂，把吴淼水叫来，我要问他，为啥偏信那狗贼的胡言乱语，把我堂堂二品兵部侍郎关进牢里！去把姓吴的狗官叫来！把吴淼水叫来……"

老狱卒面无表情地说："大人，你还是歇会儿吧。你就是一天叫到晚，一夜叫到天亮，也没人理你的茬。跟你说句实话吧，进了这'天'字号囚牢的犯人，没几个能活着走出去的。"

史文俊一怔："你说什么？这就是'天'字号囚牢？吴淼水把我关进'天'字

号囚牢了？我……这么说，我史文俊是犯下了死罪，只等着开刀问斩了？"

"你这话说得一点儿不差。进了这'天'字号囚牢，就只好扳着指头数日子过，多活一天是一天了。"

史文俊顿时颓然坐在地上，仰天而号，泣声如牛："圣上啊，我史文俊为保大宋江山，忠心耿耿几十年，出生入死，屡建奇功，没想到却让一个无耻小人告了叛国之罪。我冤啊，圣上，我史家三代都是忠臣啊，您可不能听信谗言，把忠臣打入死牢，我冤深似海啊……"

老狱卒在史文俊面前停下，望着囚笼里的人："喂，我有点奇怪，你真是那个立下赫赫战功的兵部侍郎史文俊吗？"

史文俊勉强忍住啜泣："怎么不是我？这兵部侍郎还有假冒的吗？"

"那你哭什么？看你年岁也老大不小了，既是行伍出身，想必也是浴血沙场，九死一生过来的，怎么哭得像个娘们儿似的？"

史文俊愣了一下，有点不好意思，"我哭，是觉得委屈！我史文俊有天大的委屈啊！马革裹尸，血染疆场，何足惧？可是背个叛国的恶名声，不明不白地被当叛国贼砍掉脑袋，毁我史家三代英名，还要累及后代子孙，我哪能受得了啊！"

"哦，这么说来，大人哭得还很有理呢。你想过没有？你在这里骂，没人听见，哭也没人理睬，有什么用？想活命，想喊冤，得想法子让外面的人来救你啊。"

忽有脚步声传来。只见一狱吏领着一白须老狱卒走了进来。白须老狱卒进来后一直低着头，其实他是史府老家院假扮的。

狱吏把老狱卒拉到一边耳语了一阵，老狱卒频频点头，狱吏就对那白须老人说："哦，那这个犯人就交给你了。这是朝廷重犯，你可得看严了，千万别出什么差错。"老狱卒也走到白须老人身边，轻声交代："半炷香时间，有什么话抓紧点说。"说完就和狱吏走出了牢房。

二人刚一离开，白须老人就一下子跪倒在史文俊面前："老爷，老爷呀……"

史文俊一看竟是史府的老家院，"啊，是家院公！你是怎么进来的？"

老家院哭泣着说："老奴按夫人吩咐，花了三百两银子，才得以进牢来看望老爷呀。"

史文俊急忙说："哦，你快想想办法，救我出去，救我出去啊。"

老家院老泪纵横："自从老爷落难，阖府上下，谁不在想办法救老爷啊。可这是'天'字号大狱，除非圣上开恩，无人能救老爷啊。"

"那你们还犹豫什么，快去向圣上喊冤啊。"

"家里人不是没这么想过，可是，莫说见不到圣上，即便能见上，空口白牙，拿什么让圣上开赦老爷呀？"

"那你们就去找那老迈昏庸的兵部尚书，去找吏部、刑部、御史台的各位大人，请他们出面为史某说句公道话啊。"

老家院一双浊泪滚动的老眼望着主人。史文俊斥道："你……你这么看着我干什么！你没听见我讲的话？你去，你快去找他们呀！"

"找啦老爷！在老爷出事的当天，家里人就挨家挨户地去登门求助啦。"

"那他们都怎么说？啊，他们怎么说？"

老家院苦苦地摇着头，"老爷，京城内，兵部、吏部、刑部、御史台，那些个手握大权的高官们，他们连门都没让我进啊！老爷啊，他们一个个隔岸观火，袖手旁观，别说出面救人，就连一句同情的话也没有啊。"

史文俊吼了起来："啊！想我史文俊，为这大宋王朝，浴血奋战，出生入死，想不到，危难临头竟没有一个人肯为我说句公道话，看来我史某做个大宋王朝第一大冤死鬼算了。哈哈，哈哈……呜呜……大丈夫没能在沙场捐躯，却被关进这'天'字号大牢里来做个屈死的冤鬼，我心里不服啊——"

史文俊一会儿哭，一会儿笑，倒地后又猛地坐起："不不，我不能就这么死了。家院公，就没有别的办法了？啊？只要能救我出去，怎么都行啊！"

"老奴今天冒死进这'天'字号牢狱来探望老爷，为的就是听到老爷说这句话。既然老爷这么说，老奴就想借老爷最珍贵的物件，拿来一用。"

史文俊问："什么物件？"

"战袍！"老家院指着史文俊身上，"对，就是老爷披在身上常在人前昭扬战功的这件战袍。"

"这可是本帅的至尊荣誉。"

"可老爷要是不能从这里出去，什么至尊荣誉都没有了呀。"

"……一件战袍真能救得了史某？"

"老奴想用老爷的战袍去求一个人。"

"求谁？"

"能还大人以清白的只有一个人。"

"谁？"

"京畿提刑官宋慈宋大人！"

史文俊叫起来："那个摆弄死尸体烂骨头的宋提刑？"

"正是这个摆弄死尸烂骨的宋提刑，十几年来，平了无数的冤狱，不仅让百姓称道，就连圣上也对他偏爱有加。为今之计，只有请宋提刑出面相助，才有希望查明事实真相，还老爷一个清白。"

"这……可前天本帅还在大街上奚落过他，他不会记仇吧？"

"所以老奴才要借老爷的战袍一用哇！"

史文俊似乎明白了什么："哼，我史某人何时这般纡尊降贵地求过人呐。嘿嘿，这可真是虎落平阳遭犬欺啊！好，只要能办成此事，只要能让我从这该死的'天'字号牢里出去，别说一件战袍，就是让史某下跪都成！"他除下身上的战袍，递给老家院，"拿去，你快拿去！"

"既然如此，老爷快写一纸诉状，待老奴去见宋大人。"

"好，你快去给我要一副笔墨来，我这就写。"

老家院跪着未动，"老爷，精诚所至，金石为开啊。老爷……"

"我明白了！"史文俊"嘶"地撕下一片衣襟，铺于地上，一狠劲儿，咬破食指，用指血在白布上写了起来。老家院跪在栅外，泪如泉涌。

天色已暗，宋慈仍在提刑司书房伏案书写。捕头王从外面走入，显得有点焦急："大人，我已经让轿子等在门外了，您快走吧。"宋慈抬起头来，茫然地问："嗯？去哪儿？"捕头王说："回府呀。"宋慈道："今天就在衙门里打铺了。"

"大人……"

宋慈自语："'山雨欲来风满楼'。京城恐怕要出大案！"

英姑端着一只热气腾腾的大瓷盆，笑吟吟地走进屋内："什么大案也得有个好身体去办呀。来来来，尝尝我给你们做的鳜鱼汤。"

捕头王起身挡在英姑面前呵斥："你来凑什么热闹？快拿走！"

"怎么啦？"

"大人正要回府去呢，你做什么鱼汤。"捕头王不满地说，"夫人在家等着大人回府吃饭呢。你自己吃吧。"英姑看看捕头王的脸色，不禁脸一下子红了起来："啊……哦……那……大人您快走吧，这个我就拿回去自己享用了。"

宋慈一摆手："等等。这些年我们可都是有难同当、有福同享。有好吃的，就该一起分享。捕头王，快去取三副碗筷来。"

"再添一副，我也来凑个热闹，行吗？"夫人玉贞提着食笼走进来。

英姑一怔："夫人？哦，夫人，大人正要回去呢。"捕头王忙说："是啊是啊，轿子都在门外等着呢。"玉贞笑吟吟地说："今天，有个老渔公寻到府上，说他难得在富春江上打着一尾鲥鱼，专给你们这位青天大老爷送来尝尝鲜。我想你们都是有难同当、有福同享着过来的，就用这条名贵的鲥鱼熬成一罐鲥鱼汤，送过来让你们一起尝尝鲜。"

宋慈笑道："今天是什么好日子啊？英姑刚做了一道鳜鱼汤，夫人又送来一道鲥鱼汤，赶上鱼筵大餐了。来来来，分而享之。"

英姑忙说："不不不，有了夫人的鲥鱼汤，我这鳜鱼汤可就上不了台面了。你们吃吧。"说着就想退出去。玉贞把英姑挽了回来："可不能这么说。鳜鱼和鲥鱼都是名贵鲜鱼，这两种鱼汤一起品尝，岂不更是美上加美？"

玉贞从英姑手上接过瓦罐，打开一看，轻叫一声："哟，英姑娘的手艺可比我强呢，你们闻闻，这香味多地道。"英姑被夫人夸得脸红耳赤起来："哎呀，我不过是自己在厨房瞎琢磨着做的，哪能跟夫人您比手艺呀。"

"英姑娘不光能帮老爷办案，还会做饭弄菜，可不就是比我强吗？"

捕头王连忙插了上去："英姑娘再怎么说也和我捕头王一样是个下人，夫人可不能拿我们相比。英姑你说是吧？"

"哦，是啊是啊。夫人您千万别这么说。这些年跟大人在外面办案，有时到一些穷乡僻壤查案子，连饭都吃不上，只好自己动手做。总不能让他们大男人做饭吧？不过是胡乱做了将就着吃罢了。"

玉贞说："英姑娘，老爷放任在外这些年，多亏你相随在老爷身边，又帮他办差，又照料生活，可真让我这个做妻子的自愧不如呢。"

捕头王忽地站了起来："英姑……"三人都吃惊地看着捕头王。

捕头王说："英姑，你不是说让我陪你上街去逛逛京城夜市的吗？走吧。"

英姑心领神会："啊……哦，对，好，夫人，你们慢用，我们走了。"

玉贞问："说好一起品尝鱼鲜的，怎么走了呢？"

"夫人，大人好几天没回府了，今天难得一聚，我们……就撤了。英姑，我们走。"捕头王说罢回头一看，英姑早没影了，急忙追了出去。

玉贞回头望了宋慈一眼，笑道："这捕头王还粗中有细呢。"

宋慈装傻："嗯，是吗？没看出来。"

"可他不懂得成人之美。"玉贞说完，眼睛直直盯着丈夫。宋慈被看得不自在，把话题扯回鱼汤上："欸，光顾着说话，怎么不喝鱼汤啊。来，让宋某尝尝。"

宋慈手中的勺子在两个瓦罐上像是抉择着似的停了停，而后还是伸向夫人递来的那罐鲥鱼汤，舀了一勺品尝一下，"嗯，夫人送来的鱼汤，鲜美可口，且无半点腥味，好！"玉贞想笑，却又没笑出来，心情复杂地凝望着丈夫。

提刑司后庭院，月光如水，静寂无声。英姑独自呆呆地坐在那儿。

捕头王轻轻走了过来："在想什么呢？"英姑一惊，"啊！哦，是大哥，我……我在欣赏月色呢。大哥您看，这月色好美。"

捕头王却说："月色是美，可月下的人却在流泪。"

英姑连忙掩饰："谁……谁流泪了……"

"你心里……一定在怪大哥对吗？"

"什么呀，我为什么要怪大哥，又有什么好怪的呢。"

"你怪大哥，是因为大哥有时不近人情。"

英姑侧过脸来看着捕头王，想说却没张口，只是扭回头去，表示默认。

捕头王说："你看，我猜中了吧。"英姑却说："既然大哥这么说了，小妹还是要对你说那句话，'世上本无事，庸人自扰之'。"

捕头王想辩解，可英姑不容他插话。"大哥，你不止一次悄悄地出现在我的身后，我知道你心里在想什么，担心什么，可你我相处那么些年，怎么对我还如同陌生人那样存有戒心呢？大哥，当着这明月青天，我不想对你说假话……我虽然是个女人，没有你们男人的仕途功名可图，但我这一辈子注定了是要追随着大人的。要说我不曾心生过非分之念，那不是真的……可我不会因此而迷失自己，更不会做任何有损大人官声名节的事。其实我现在是把大人和你都当成自己的亲哥哥一样，我对此感到知足，非常知足。只要能追随在大人身边，我别无所求，一辈子都会无怨无悔！"说完这番话，她眼里有泪水涌动。

捕头王又惊又喜："小妹……难得你如此深明大义。看来大哥我还真是庸人自扰了。不过，大哥有几句心里话，一直想和你掏掏……"

英姑回头看着忽然像变了个人似的捕头王："大哥，你说吧。"

"小妹啊，这些年相随着大人，我算是看明白了一个道理。大宋王朝，法不严明，律无墨规，贪官污吏草菅人命，百姓弱者有冤难申。大宋太需要像大人这样既清正廉明又断狱如神的提点刑狱了！可大人这些年洗冤禁暴，屡屡推翻冤案重审，还无辜以清白，也断了不少人的仕途前程！常言道，水至清则无鱼，人至察则无徒。宦海沉浮，官场凶险，而我们这位可敬的宋大人呀，偏偏在官场上如盲人瞎马，识不得诡谲风云，不觉得如履薄冰。他不会知道，有多少双恶意的眼睛在盯着他，巴不得他闹出点什么花花把柄，即便是一个小小家事风波，儿女私情，也会让人借题发挥，闹得他身败名裂。你我都是相随大人多年了的人了，你知道，大人在我心里是什么？是神！我决不容许恶人伤害于他！"

英姑忽然起身直直地看着捕头王。捕头王说："你……大哥说得不对吗？"

英姑轻声说："大人也是我心里的神明，我也不会容许恶人伤害他！"

提刑司后庭院。天色初露晨曦，雾气弥漫，如丝如缕。

无声无息地，一扇门开了，走出身着白色内衣的宋慈。他走至庭院中，摆开架势想活动一下手脚，忽然一怔，听得附近有异样声响，警觉地转过身。

迷雾散开，果见不远处，隐约站立着一个浑身污泥的白须老者。

宋慈不动声色地问："你是谁？"白须老人不说话，却"呼"地抖开一袭战袍，铺在了宋慈的脚下。宋慈不禁一惊："这件战袍宋某可是见过的。"白须老人压着声音："不光宋大人见过，整个京城，不论官家庶人，恐怕无人不识此物。"

"你是……史府的老家院？"

"正是！"

"你今天一定不是让宋某来欣赏史大人这件战袍的吧？"

老家院把宋慈往铺在地上的披风上引："宋大人请。"

宋慈问："你这是何意？"

老家院压着嗓门道："宋大人，这不仅仅是一件挡风御寒的战袍，这是堂堂二品大员、兵部侍郎史大人的荣耀和尊严。因为它，史大人走在街上趾高气扬，眼里容不得同僚；因为它，史大人有恃无恐，不怕触犯众怒；也因为它，史大人曾经对宋大人出言不逊、当众嘲讽。可是，如今史大人落难了，他终于明白荣耀和尊严可不是披在身上的威风，而是与人为善的德行。因此，他从狱中捎出信来，让老奴把他的尊严和荣耀，铺在宋大人的脚下，让宋大人踩它而过。"

宋慈一愣："你家老爷到底出了何事？"老家院含着热泪摇头不止："在宋大人从我家老爷的尊严上踩过之前，老奴不能说。宋大人，您请。"

宋慈便抬腿，踩着战袍而过。他刚踩过，老家院就高呼一声："宋大人救命！"同时亮出一件血衣冤书，上面是史文俊用血写着的一个"冤"字。

"宋大人，我家老爷从牢里带出这血衣冤书，说他冤深似海，有口难辩，唯有请宋提刑出面，才有可能审理清楚，救得史府满门一百零九条性命。你大慈大悲，救救我家老爷，救救史府一家老小吧！"

宋慈扶起老家院："史大人究竟有何冤情，快进去说！"

"只因府中有个名叫小凤的婢女被杀，凶手唐二宝反在临安府告了一状，说是我家老爷杀了小凤，又告他私通敌国，有腰牌和通敌文书为证。吴知府听信谗言，将我家老爷关进'天'字号死牢，只等奏明圣上，便要开刀问斩。"

宋慈感叹道："此案果然另有名堂。私通敌国可是满门抄斩、株连九族之罪啊！"老家院抽泣起来："宋大人，我家老爷对大宋朝廷忠心耿耿，出生入死几十年，他怎么会私通敌国，谋反叛乱？"

宋慈思索着："先有婢女外逃之因，引出追杀之恶果，又抖出史大人私通敌国之秘事……看来是环环相扣、顺理成章啊。"

"宋大人，那全是诬告啊！"

"史大人有无谋反之心，宋某暂且不敢妄加断言。只是，此案猝发，圣上派御林军出面抓人，又由临安知府吴淼水审理，如此匆匆审断此案，便将二品官员打入'天'字号死牢，有点不合情理。既然案情是由一婢女被杀引起的，不知临安府是否检验过尸体？"

"小凤的尸体还在府内摆着，临安府并未派人来看一眼。"

"吴知府居然没去过现场？"

"没有。只是史府的前后门都有御林军围守着，不让人随意外出。我是趁着夜黑钻阴沟出来的。"

"哼，看来那吴淼水用的还是当年太平县那老一套啊。"

"所以我们阖府上下都说只有请宋大人出马，才能还我家老爷清白啊！"

宋慈叹息不语。这时，在一旁听了一阵的捕头王走过来说："老人家，这是一桩钦定要案，宋大人不过是个提刑官，就是有心相助，也插不上手啊。"

英姑也说："你们何不请朝中重臣向圣上恳请复查，或许还有转机。"

老家院泣道："不瞒你们说，为救我家老爷，我已找过好几位朝廷重臣，他们有的托辞不见，有的干脆一口回绝，那话说出来，阴冷刺骨，都不带一点儿人味儿……我无颜回府向夫人复命。想到平日里听街上百姓说，宋提刑疾恶如仇，断案如神，这才来提刑司求见宋大人。宋大人，你就开开恩吧……"

宋慈决然道："也罢。宋某先去史府暗暗查探一番，若果然有冤情，再奏请圣上。"老家院喜极而泣："谢宋大人!"宋慈急急而出,捕头王愣了一下,赶紧跟出。英姑欲阻不及,一想,也匆匆出门。

英姑独自在空寂无人的街巷中行走。一抬头,透过雾气,不远处已见宋府大门前的灯笼了。听说英姑来见,已睡下的玉贞急急起床穿衣。见到英姑,几句话一说,玉贞也急了,"你是说,他擅自插手史文俊一案了?"

英姑急切地说："夫人,我担心大人此去,会惹出什么麻烦。"

"说的也是啊。既然是朝廷重案,他没有圣命就这么冒冒失失地卷进去,岂不是自取其祸吗?"

"可按大人的脾性,明知此案存疑,他是绝不会袖手旁观的。夫人,我来找您商量,就是想看看能不能想个什么两全其美的办法。"

"能有什么两全其美的办法呢?"

"为今之计,只能想办法请得圣命,让大人名正言顺地接手史文俊的案子。"

玉贞望着英姑："你想让我去找我父亲帮忙?"

"不不……哦,这事也不能去惊动尚书大人呀。"

"是啊,想必你也知道,他们翁婿一向疙疙瘩瘩的,我父亲那头倒好说,可他……闹不好又落个好心不得好报。"

英姑提醒她："夫人不是跟慧珏公主很熟吗?听说夫人自小给慧珏公主当伴读,情同姐妹……"

"对呀。请公主去跟圣上说说,让老爷复审此案,或许会有转机。"

英姑高兴地说："这就对了!夫人,我先替大人谢您了。"

玉贞心情复杂地说："英姑,老爷的事,还需你代谢吗?"

英姑自知失言,羞愧难当："哦,夫人,英姑没有别的意思,我……我是为提刑司衙门谢您呢。"玉贞一笑："我知道。那你就等着我的消息吧。"

天已大亮,提刑司内,仍然静悄悄的。从史府探案回来的宋慈,心烦意乱地在天井里踱着步。捕头王不停地发出怨言："这个吴淼水,连杀人现场都不曾涉足,就把一个二品大员送进大狱,简直是目无王法。"

宋慈凝眉摇首："哼,此案恐怕并非那么简单,我得管一管这事。"提步欲走出提刑司。英姑急阻："大人,没得圣命,您不能去。"

"圣命?你以为圣上会让我一个四品提刑去接手这个案子?"

"当初不正是圣上下旨召您进京的吗？"

"可要是再等下去，会贻误时机。"

正说着，几匹快马疾驰而至。来人是皇宫内侍，领头的跃下马背，高呼一声："宋慈听旨！"

英姑大喜："啊，来了来了，大人快迎旨呀。"宋慈懵懵懂懂地迎出大门。

内侍道："圣上口谕，命提点京畿刑狱宋慈即刻进殿！"

"臣领旨。"宋慈起身，脸露异色，回头对英姑道，"圣上传我，是为兵部史大人的案子吗？"英姑深藏不露地说："见了圣上，不就知道了吗？"

宋慈道："快，备轿……"内侍一把拉住他："备轿来不及了，骑我的马去吧。"

"这行吗？"

"让你骑，你就骑嘛。"

宋慈也不客气，翻身上马，拍马便走。

金銮殿，高大而庄严。上殿的台阶有许多级，宋慈一边擦抹额上的汗水，一边疾步走上高高的台阶，匆匆赶到殿前跪下候旨。

殿中高坐着宋皇，两侧站立着大臣要员，他们正在激烈争论。

兵部尚书激愤地说："私通敌国，枉杀无辜，乃大宋立国以来少有的恶行！史文俊仗着自己立过战功，飞扬跋扈，妄自尊大，不把任何人放在眼里。对我这兵部尚书也屡出狂言，欲取而代之，当面骂我是老糊涂、老妖怪，该解甲归田、回家抱孙子了。司马昭之心，路人皆知，可见其早有谋反之心。于今，通敌之书公之于天下，岂能让他轻易蒙混过关？哼，老臣以为，史文俊犯的乃是当灭九族的不赦之罪！"

宋皇目光从众臣脸上扫过，最后在冯御史身上停住："冯爱卿，你是御史，你说说，兵部侍郎犯下私通敌国之罪，到底该不该杀？"

冯御史上前奏道："臣以为，史文俊与敌国私通书信，论及朝纲要事，言辞中确有谋反之意，其罪不轻，但仅有此书信，而无行动，似乎未及死罪，所谓图谋未果，罪减三分。姑念其往日功绩，可从轻发落。"

宋皇有点惊讶："哦？你也说不杀他？史文俊说你是白吃饭不干事的糊涂御史，怎么，你居然还向着他，要救他一命？"

"史文俊生性狂傲，得罪的人不少，当朝官员与他亲近者很少，微臣与他关系也不近。但臣为御史，论人议事，不以个人好恶为凭。圣上素以宽怀仁慈为本，老臣功臣，能不杀便不杀。然而，死刑可免，活罪难赦。史文俊既有私通敌国之嫌，这兵部侍郎是不能让他当了。别的位置嘛，也没他合适的去处，让他告老还乡，退隐田园去吧。"

宋皇突然发问："宋慈来了吗？"

殿外当值太监高声禀报："启奏圣上，宋慈已在殿外候旨！"

"快宣他进殿！"

"圣上有旨，宋提刑上殿。"

宋慈高应一声"臣领旨"，起身上殿。宋皇看到宋慈，面露笑容："宋提刑，这些年你在外省任提点刑狱，屡破疑案，大有建树，名声不小啊。"

宋慈高声说："托圣上洪福！"

宋皇脸色冷峻起来："今日宣你上殿，知道所为何事吗？"

"臣身为提点刑狱，想必与审案查凶有关？"

"我先问你，私通敌国，暗传书信，有叛国谋反之心，又强暴施虐，枉杀无辜，该当何罪？"

宋慈语气坚决地说："大宋刑律，明明白白：叛国通敌，杀无赦！"

冯御史拱手向宋皇进言："圣上，宋慈不过是个四品提刑，他哪里知道朝中之议，牵涉到国家安危，兵营稳定，民心所向。还望圣上三思。"

冯御史暗暗拉扯宋慈的衣袖，"上殿面君，说话要思量再三啊。"

宋慈应道："在下明白。圣上，各位大人。刚才圣上问的是私通敌国，枉杀无辜，该当何罪？臣引证律条，说其罪不赦。而据臣看来，史文俊一案，案情尚未查清，其私通敌国、枉杀无辜的罪名，也未必查核确凿。是以，臣以为今日朝议杀与不杀，尚嫌过早。"

众人哗然。宋皇一愣："怎么，尚未查实案情？临安知府吴淼水！"

吴淼水从人丛后面钻出来："圣上，卑职在。"

宋皇问："史文俊一案，你确信已审理清楚了？"

吴淼水略作犹豫，即大声说："回禀圣上，卑职已将此案审理得一清二楚！史文俊私通敌国之事，人证物证俱在，不可抵赖。微臣以头顶上的乌纱担保，此案绝无错断误判！"

宋慈冷言道："吴知府，数年前你审理太平县那桩命案时，宋某好像也听你说过以头顶上的乌纱帽担保之类的豪言，结果如何？不是也错判误断，把乌纱帽丢了吗？这顶乌纱帽好不容易才捡回来，怎么又拿它来担保啦？"

吴淼水尴尬不已："宋大人，你……此一时，彼一时，你何必在圣上面前揭人短处，太不给面子了！"

"并非宋慈不给你面子。宋慈以为，吴知府在史文俊一案中，明显有疏忽与漏缺之处，既未查核事实，也不勘查现场，只经一次庭审，就偏信原告一人所言，匆匆审断结案，判定史文俊犯下枉杀无辜、私通敌国之罪，这未免太过武断，太不把朝廷重臣的声誉与身家性命当回事了吧！"

"我……我有确凿证据，刚才圣上已亲自查看，诸位大臣也仔细验核，确信这通敌书信是史文俊的手迹，这样的实证，还不够吗？至于史府死一个小丫鬟，在此案中已无足轻重，单是私通敌国一条，便足够定史文俊死罪了。"

兵部尚书说："说得有理，私通敌国，便是叛君逆臣，就该杀头！"

冯御史等人摇头叹息："杀不得，杀不得啊……"宋慈大声说："圣上，狱事莫重于大辟，大辟莫重于初情，初情莫重于检验。吴知府审案，疏于初情，失之检验，证据尚嫌不足，便妄下结论，给朝中重臣定以大辟之罪，于理不合，于情不容，望圣上三思而行，切莫误杀无辜，铸下千古冤情啊！"

宋皇犹豫不决，朝下面探望着，众大臣表情各异。宋皇面向薛庭松："薛爱卿，朕一向看重你的意见。可你今日朝上一直没开口说话，莫非很难决断？"

薛庭松沉吟有时，缓言道："圣上，史文俊一案，确实难以决断。臣以为，史文俊犯有通敌之罪，又枉杀无辜，罪重可诛，但念其几十年效忠大宋，为朝廷立下汗马功劳，又已昏聩老迈，难免一时糊涂，犯下大错。望圣上垂怜老臣，将功罪相抵，从轻发落，免史文俊死罪，改为坐牢或充军。"

宋皇点点头，道："薛爱卿的提议，众爱卿以为如何？"

众臣窃窃私语，一时未有应者。

宋慈上前直言："圣上，此案尚未查清，结案定罪似乎过早了吧？"

"哦？依你之见呢？"

"在下不才，请求担纲再审此案，细查深究，追根寻源。如史文俊确有枉杀无辜、私通敌国之罪，决不姑息；若是无耻小人诬告栽赃，陷害忠良，必不轻饶！请圣上明断。"

"你果真愿意担纲再审此案？"

"臣愿意！"

户部尚书说："宋提刑所言，臣以为有点道理，他有意再审，也是他对大宋的一片忠心，圣上若能恩准其愿，必有良效。"几个大臣附和："臣也赞同此议。"

宋皇问："薛爱卿，你以为如何？"

薛庭松迟疑片刻，"宋慈为提点京畿刑狱之职，查验尸体，缉盗擒凶，乃其本分。至于私通敌国之罪，不在其职责之内，故臣以为，宋慈愿为查案出力，应念其一片赤诚，准其参与审案，但仅限于查验史府婢女被杀之事。"

宋皇不解地问："薛爱卿，一个案子还能像切西瓜似的切成两半吗？"

"臣以为可以。冯御史为朝廷重臣，久经狱事，深谋老练，可担当此案的主审。宋提刑与吴知府为副审，协同将此案查清查实，断个明白，以服天下臣民。请圣上酌情定夺。"

宋皇微微点头："薛爱卿说得有道理，史文俊为朝廷重臣，若仓促定罪，确实欠妥。有冯爱卿为主审，宋提刑、吴知府为辅，想必能将案子查个清楚。我看，这事就这样了。众爱卿以为如何啊？"众大臣纷纷说："圣上英明。"

史府后院，一个临时搭起的小棚内，摆着婢女小凤的尸体。

英姑细致地做验尸前的清洗工作，用干净布块擦揩死者身体，在其被凶器刺入部位，更是小心翼翼，能感觉到少女细嫩的肌肤依然有着玉色光泽与细腻手感。对这死于非命的年少婢女，英姑生有怜悯之意。

宋慈与冯御史、吴淼水等站在不远处，心境各不一样。

英姑做完预验之事，侧立一旁。宋慈即走进小棚子，开始查验尸首。

死者发髻零乱，衣衫不整，一只半新的衣袖被拉脱一半，露出肩部。腹部右侧很显眼地有一处刺孔，创口寸余宽，皮肉稍见外翻，用手按下，便有黑红色的血水渗出。再看后背对应部位，依然皮肉完好，未见贯穿创口。

宋慈报出查验结果："死者身上有一处伤口，位于腹部右侧，宽约一寸二分，后背无贯穿伤口。凶器刺入腹内，伤及肝脾肾脏，出血过量致死。"

英姑提笔记下宋慈所言。宋慈再次用手轻按创口，察其形状："刀伤之处，下窄上宽，呈斜上之状……照此看来，这凶器应是一把短刀。"

小棚外。捕头王手持一把三尺长的宝剑，向冯御史走来。

冯御史问："史文俊所持之剑取来了？"他接过剑，小心地抽出长剑，抽出大半截时，即借日光反照，映见剑身的三分之二处留有未净的血污斑点。

吴淼水见状，惊声道："你看，剑上还留有大片血迹呢！"

冯御史抽出宝剑，细看剑身，又对着光亮处细察其迹，剑上的点点血斑清晰可见。他微微颔首："果然有血迹，可见此剑便是凶器。"

吴淼水喜上眉梢："这就好了。凶器已查实，持剑杀人者必是史文俊。冯大人，你说，这事明摆着了，还要费那么大劲儿去查验什么伤口吗？"

冯御史痴痴看剑，嘴里喃喃自语："此剑不同寻常，乃史文俊祖传之物呢。史府三代俱为名将，此剑随主人久经沙场，斩杀敌虏，历经沧桑，仍锋利无比。谁知到史文俊手中，却用它刺杀一个无知少女，惹下偌大的祸灾，真是可悲可叹啊！"

吴淼水语含尖酸之意："冯大人，感慨之词就不必多说，还是把这凶器小心收起来吧。欸，等等，让我来，当心别把剑上的血迹抹掉。"

他小心翼翼地将剑收起，捧在胸前，如同虔诚地捧着一件宝器。

一个瘦小而健朗的老太婆在一个差役的陪同下走向验尸现场。

吴淼水拦住他们："喂，这老太婆来这儿干什么？"差役说："大人，她是宋大人请来的接生婆。"吴淼水嘿嘿笑起来："宋大人不是开玩笑吧？史府婢女早死了，弄个接生婆来，给死人接生啊？真可笑。"

冯御史正色道："欸，你笑什么？这事你或许忘了，我还记得很清楚呢。吴知府的审案笔录中，唐二宝称史文俊对婢女小凤调戏引诱不得，强行将其奸淫占为己有。宋提刑让接生婆来，是为查验其是否果如唐二宝所言已经失身，若仍为处女之身，那指控便站不住脚了。"

吴淼水愣了一下："是吗？还有这种手段？"冯御史不无得意地说："宋提刑断狱，手段多多，要想在这上面瞒骗他，可行不通啊。"

小棚内，唯有英姑与接生婆二人。英姑嘱接生婆将右手浸入热水盆内，少时，手已浸得温热柔软。起水后，英姑将接生婆右手中指的指甲剪平，又用丝绵蒙住指头，问道："阿婆，你懂得怎么做吧？"

接生婆点头道："知道。以往也曾做过此事。"她走至尸首旁，一只手慢慢往其腹下部位探入。她凝神定睛，专注于手指的感觉，少时，又将右手抽出来。随即退出小棚，中指高举，示于立于棚外的宋慈面前。

接生婆右手缠着白色丝绵的中指上，沾有一点儿暗血。宋慈细观其指上血色："嗯，指触处有暗血。老人家，指尖所触部位，有何解说？"

"回大人，那地方孔小且紧，据老妇以往经验，系处女无疑。"

宋慈再问："判断无疑，不会有误？"接生婆肯定地说："不会有误。"

宋慈轻嘘一口气，嘱英姑："把她说的这些话都记下。"

临安府内厅。冯御史与吴淼水两个脑袋攒在一起，四只眼睛盯着验尸格目，脸上表情异常。吴淼水连连摇头："这……这怎么可能？若说婢女小凤仍为处女，或有可能。说她不是被剑刺死，而是短刀所伤，有何依据？"

宋慈取出宝剑，亮其锋刃，示于吴冯二人："二位请看，此剑长三尺，血污已及大半，若是剑伤下腹，必然前后贯通。可死者伤口，仅有前腹一穴，这不是一目了然的吗？"吴淼水不解地问："那这血污从何而来？"

"剑落在地，血流而至，便有血污，并非难解之谜。"

"可是……事发之时，仅史文俊一人持剑，那短刀从何而来？"

"请问，婢女小凤随何人逃亡？"

"这还用问吗？是唐二宝啊，他们是姑表亲，小凤被人拐卖，他潜入史府，搭救小凤逃出是非之地……"

"吴知府如何确定唐二宝所言是实？他与小凤确是姑表亲？有何凭证？他家居何处，哪县哪村，家中还有何人，吴知府可曾前往原籍探访确认？"

"这……卑职以为……"

"吴知府只知史文俊手中有剑，就不曾想过，唐二宝手中也有凶器？"

"唐二宝？他一个卖柴为生的农民，带刀干什么？"

"这正是案情症结所在。史府一个小婢女之死，引发偌大的后果，生出种种疑窦，可见此案错综复杂，盘根错节，唐二宝身份值得怀疑。宋慈以为，须即刻传讯唐二宝，带至现场，查探真情。"

史府后花园，花草丛中仍可见被践踏过的痕迹，小凤被杀处也还有未洗的血迹与足印。一棵一人多高的桂树，手臂粗的主干被拽扯后有明显的弯曲，一些枝叶被捋碎，跌落在地。宋慈趴在草丛间，仔细寻找着。他拈起一根头簪，簪尖上还带着一缕青丝。捕头王及几个衙役也在附近勘查现场。

后门处，站着冯御史、吴淼水及几个衙役，有衙役带唐二宝过来。他做出若无其事的样子，眼神里却有一丝难以掩饰的慌乱神态。宋慈倒背双手朝后门处走来，目光盯着唐二宝，发觉其有意无意地将目光投注于花园左侧那个小池塘。小池塘距杀人现场仅丈余远，池水不深，面积不过两三丈，池内有鲜艳的荷叶与水莲。

吴淼水语含讥意："宋提刑，刚才看你撅着屁股趴在地上，好像小孩看蚂蚁打架，那么认真细致，找到什么了吗？"宋慈没理吴淼水，径直走到唐二宝跟前，"唐二宝，这儿便是小凤被杀之地？"唐二宝答："是的，大人。"

"小凤被杀时，现场仅你们三人？"

"这……好像是的。"

"那小凤可是心甘情愿与你一同外逃？"

"她要不愿意，还会跟我出来吗？"

"你与史文俊二人是否相争拉扯小凤，令小女子左右为难？"

唐二宝坚决否认："没有。小凤一心想跟我逃离苦海，哪有为难之意？史文俊那恶徒追赶过来，拔剑便刺……"

宋慈紧问："史文俊用剑刺杀小凤，是你亲眼所见？"

"是小民亲眼所见。我带了小凤逃到这儿，想开后门逃出去，谁知越急越摸不到门闩。这时候，史文俊追赶过来，嘴里大骂，提剑便刺。先刺我，我避开了，又刺小凤，她避之不及，被那狠心人一剑刺死。那血淋淋的惨景，我可看得清清楚楚的啊。可怜我那表妹才十六七岁，一朵鲜花刚刚绽出花苞，便让史文俊那狗贼给杀死了！"

吴淼水故意朝冯御史说："你听听，案情十分清楚嘛。"

"唐二宝果然口齿伶俐，案情讲得滴水不漏。可宋某还有不明之处，仍需讨教啊。小凤既然自愿与你逃跑，史文俊也不曾拉扯，她的一只衣袖如何会扯开？发髻也被扯散，头簪跌落，还扯断了一绺长长的青丝。这作何解释啊？"

唐二宝一时语塞："这……"

"你言之凿凿，史文俊刺杀小凤为亲眼所见，请问那天晚上有没有月光？"

"这……我记不清楚了。"

"那好，让宋某告诉你吧，那晚是四月廿三，有一弯残月，不过，这一弯残月须在二更天后才出来。你们外逃要早得多，是在子夜初刻，时辰可不对头啊。既无月光，又无灯烛火把照亮，你又如何看得见史文俊刺出之剑，又如何看得见血淋淋的模样？"

唐二宝有点慌乱了："这……"吴淼水说："会不会是史府其他人追来，举着火把？"唐二宝顺着杆儿爬："我……我当时又急又怕，反正只记得史文俊提着剑追来，要刺杀我们，我表妹被刺杀时，另外会有什么人……我也不能确定，总逃不脱是史府的人！"

宋慈紧盯唐二宝："难道不会有别的可能？譬如，是你的刀误杀了她？"

唐二宝面色顿变："你……你胡说！我会拿刀杀她吗？我凭什么杀自家表妹？大人，你这是……开玩笑吧？"

宋慈正色道："开玩笑的恐怕是你唐二宝吧？小凤自幼在史府长大，史府尽人皆知，你却一口咬定她是你半年前被拐走的表妹。我且问你，家住何县何村，家中还有何人？你说打柴为生，手上必有硬茧，你把手伸出来，让吴知府看看你的掌心。吴大人，你看他的手掌可有茧子？"

唐二宝惊慌失措，下意识地把手往后藏："什么？大人，你这样问我是什么用意？你八成是向着史文俊的，你们官官相护，想为他开脱罪孽！我们平头百姓只能受气。算了，我不想跟你多说。我还有事呢……"转身想溜。

宋慈大喝一声："站住，唐二宝，你站住！"两个衙役抢先拦住唐二宝的去路，在宋慈的示意下，伸手抓住他。唐二宝发急了，猛地一挣扎，甩开衙役，又一个飞腿，踢中宋慈，而后飞快地蹿出后门，逃出史府。

宋慈倒在地上，疼得抚背大叫："呀，这还是个厉害家伙呢！"

冯御史急忙走过来："欸，唐二宝他……他怎么敢踢你？"吴淼水幸灾乐祸地说："宋提刑，怎么你如此弱不禁风，一下就倒地不起了呢？快起来吧。"

宋慈慢慢坐起来，揉着伤处，拍打着身上的泥尘，嘴里说："好好，这一脚踢得好，踢在要害之处，可知此人很有功力，非寻常之辈。"

吴淼水嘲讽道："我不明白，你是怎么讯问的？怎么把证人都吓跑了呢？"

"心里发虚，才会逃跑。唐二宝这一跑，倒让宋慈心里更踏实了，看来对此人的判断是对的。呵呵，跑得了和尚跑不了庙。捕头王，捕头王哪里去了？"

捕头王闻声而至："大人，什么事？"

"证人唐二宝心虚而逃，你快去，把他找回来。"

"放心，有我，他能逃到哪里去？"捕头王追赶而去。

宋慈又大声喊："来呀。"几个衙役走过来："大人，有什么吩咐？"

宋慈指了指小池塘："你们几个把鞋脱了，下池去。"众衙役不解："大人，下池干什么？"宋慈问："你们儿时摸过鱼吗？"

衙役们笑道："摸过。大人，你想让我们在池塘里摸什么？"

"那就看你们的造化了。谁能摸出一件尺把长硬邦邦铁打的玩意儿，赏白银十两。"衙役们兴致很高地跳下池塘，在水里摸了起来。

冯御史不解："宋慈，这池塘跟杀人案有什么关系？你派这些人下去，想摸什么？"宋慈蹲在池边看："别急，等摸出东西来，你自然就知道是什么了。"

突然，一个年轻衙役兴奋地高举一样物件，大喊大叫："我摸到了！我摸到了！池里扔了一把刀，还很新很亮呢！"

衙役手中果然举着一把剔骨尖刀，那水淋淋的刀面在日光下闪着冷光。

宋慈得意地笑道："看，我料定会有这玩意儿的。"

一会儿，史府的厨子来了，见了捞出来的剔骨尖刀，马上说："不错，这正是那晚厨房丢失的剔骨刀。"吴淼水问："你不会认错吧？"厨子说："错不了。这一套刀是我经手买的，上面都有王麻子铁铺的印戳呢。您瞧。"

宋慈拿着那刀微微点头，对众人道："看到了吧？这把剔骨尖刀，或许正是唐二宝临时所携之物。这正好解了死者刀口之谜，看来，十有八九是唐二宝杀了小凤。"冯御史将信将疑："听你这么说，似乎有些道理，可是，唐二宝为何要杀小凤？"吴淼水逼向宋慈："是啊，宋提刑，你得说出唐二宝杀人的理由啊。"

宋慈一时愣住了。

唐二宝在闹市口人丛中钻来钻去，不时地回头张望。捕头王站在街头，冲着唐二宝那边大声喊叫："唐二宝，站住，你跑哪儿去？老实给我站住！"

唐二宝诡笑着，朝捕头王摆一摆手，头一缩，缩着身子从人堆里游蛇般钻过。捕头王因身材笨重，不太容易挤过人丛，显得有点力不从心。他一时怒起，大喝一声，双手推开众人，大步向前奔去，所遇之人如麦秆般往两侧倒下。

唐二宝气喘如牛地从大街上奔来，跌跌撞撞地跑进了醉花楼。捕头王接踵而至，正要追进门去，被一个黑脸汉子迎面拦住。捕头王大喝一声："让开！"

黑脸汉子不肯让路："看客官这一脸杀气，不像是来喝酒的呀。"

"喝什么酒？我是来缉拿在逃疑犯的！快让开！"

黑脸汉子挡住门不让捕头王进："疑犯？谁是疑犯？"

"一个短工打扮的男子，三十来岁，刚刚跑进去的。"

"我们这是酒楼，一天到晚都有酒客进进出出。三十来岁的男子就更不少见，你是不是都要抓走？"

"你！看来你们是存心不让我进去了？"

"你要是想进去喝酒，我等恭恭敬敬请你进去。要是存心捣乱，可就没你进的门！"

"你知道我是谁吗？"

"你先抬头看看这门上挂的是什么招牌!"

捕头王抬头一看,见门匾上写着"醉花楼"三个金字。"哼,不就是一家酒店吗? 看看我这是什么?"说着亮出自己的腰牌。黑脸汉子故作不见:"对不起,在下目不识丁,不认得你这块烂木头上写着什么。"捕头王怒吼:"大爷是京畿提点刑狱司公门捕头,正在追捕一在逃重犯,你们快给大爷让开!"

"哟哟哟,提刑衙门呀? 欸,那京畿提刑衙门主事的算个几品官呀?"

另一伙计嘲讽道:"四品啊。够大的呢。"黑脸汉子说:"知道吗,这位'大爷',四品官在咱这店里连进个雅间都不够格!"

"哼,我还就不信这个邪!"捕头王说着,就要往里闯。

黑脸汉子一招手,从店里呼啦啦地涌出十几个粗壮打手,死死地堵在门口。正在此时,忽听一阵脚步声传来。捕头王闻声,心里一喜。只见阿六率捕快们快速赶到。阿六问:"头儿,怎么样?"捕头王道:"看这阵势还能怎么样。兄弟们,亮出家伙,给我上!"黑脸汉子也不示弱:"上!"

"住手!"店内忽然传出一声断喝。捕头王闻声收回功架往里一看,一位衣着华丽风流倜傥的公子哥儿,手拿一把扇子,坦然走了出来。

"在下是本店主人沈彪,你们是哪个衙门的,来此有何贵干?"

捕头王说:"我等是京畿提点刑狱司的捕快,奉命追捕一个重案疑犯!"边说边向沈彪亮了亮腰牌。沈彪客气地说:"这位差官老爷,在下是开酒店的,这开店的最讲究个和气生财。既然阁下认定了有疑犯逃进本店,那么……在下就开一次例,让诸位进去搜上一搜。"捕头王一拱手:"多谢! 走!"

沈彪把脸一沉:"等等! 容在下把话说完。本店自从开张以来,接待的大多是官场人物,朝中要员。十几年来,可是从来没有出过违规犯法之类的事。今天要是真的搜出什么逃犯,在下甘愿听从衙门处置。可要是搜不出人来,哼,在下可得请出几位阁老尚书来为小店主持个公道!"

他说完,大步走下台阶,跨上仆人牵到门口的马,回头对还堵在门口的打手大声喝道:"都让开,让他们搜!"一挥鞭,扬长而去。

捕头王一愣,一挥手,率众拥进酒店。

吴淼水一副得理不让人的样子,大叫起来:"什么? 你把唐二宝追丢了?"

捕头王面带愧色:"我明明亲眼看见唐二宝逃进那家醉花楼酒馆,可进去搜了半天,就是找不到人,我看那家酒楼大有名堂……"

宋慈连忙截住了捕头王的话头："哦，冯大人、吴大人，跑了唐二宝，本官该负的责任决不推卸。不过，我相信，唐二宝逃得一时，逃不过一世，归案只是迟早的事。宋某想眼下案子已有突破，死者致死原因及凶器均已查实，接着须提审史文俊，弄清案发前因。"

吴淼水惊道："什么？提审史文俊？不可，万万不可！"宋慈目光咄咄逼人："有何不可？"冯御史问："吴知府啊，提审史文俊有什么不可以的呢？"

吴淼水斜了宋慈一眼，话里有话，"是因为下官不放心！"冯御史道："你这就多虑了嘛，你我三位是圣上亲点的主审，你还有什么不放心的呢？"

"冯大人，你是此案主审官，你想想，唐二宝乃是本案至关重要的原告，可他在宋大人面前说跑就跑了，宋大人的手下去追，追了半天，却是空手而返，轻轻松松地说一句'找不着人了'。吴某真怀疑，究竟是真找不着人了，还是做了什么手脚？"

"吴大人，你该不是说宋某有意放跑了唐二宝吧？"

吴淼水狡黠地一笑："这可是你说的，吴某人可没这么说。"捕头王怒道："吴淼水，你不就那意思吗？"吴淼水把脖子一挺："还正是那意思！"

宋慈使了个眼色，捕头王把一肚子的怒气强咽了回去。

吴淼水把脸转向冯御史："冯大人，那史文俊坐的可是'天'字号大牢啊，要是出了什么差错……反正，在座的数下官职位最低，天掉下来，也砸不到下官头上。可御史大人您就不一样了，您是钦命的一品主审，出了事，可就得由您老一肩担着了。"冯御史一下子慌了："我……我怎么担得起，我可负不起这个责。宋提刑，我看，此事……是有点欠妥啊。"

宋慈问："冯大人是怕担责任，还是经不起吓？"

"哎呀，话不能这么说……宋慈啊，老夫和你岳父薛大人同朝事君，私交甚厚，所以，我也不把你当外人。有些话，我还是不得不说说。你进京为官，时日不久，你不晓得，这京城是池大王八多，凡事处处得小心，不然，哪回让哪个王八东西在你的要命处咬一口，这辈子就全完啦！所以嘛，万事审慎为上，切不可……啊，提审史文俊一事嘛……"

没等冯御史把话说完，宋慈"呼"地起身："再议！"便大步离去。

一条冷巷。宋慈与捕头王匆匆走来。捕头王一边走，一边发牢骚："圣上真不该让那位冯大人当主审，那个糊涂蛋，被吴淼水拿话一吓，就六神无主，什么主意也拿不了。大人，要不我带人再去那家酒店搜一次。真是邪门了，我明明亲眼看见唐二宝跑进酒店的，转眼就像钻了地缝似的没踪影了，一定是那家酒店……"宋慈突然站住，回头看着捕头王，咬着牙关却半天不说话。

"大人？"

"那家酒店真是朝中大员们经常出没的去处？"

"反正，他们说像大人这样的四品官，上那儿，也只配在大堂里喝酒，连进雅间都不够格呢。"

"那个店主……你还记得清？"

"当然记得！"

宋慈指了指自己的左脸颊："这儿，可有一块胎记？"捕头王被提醒后，忽然想起那时英姑说过，袁捷之妻曾随一个管事的一起到京城送十万两银子，在一家很气派的酒楼，与一个左边脸颊上有块红胎记的老板接头。他恍然大悟："哎呀，我怎么忘了英姑说的事，竟没在意看看。"

宋慈说："你再仔细想想。"捕头王敛神搜索记忆，似乎也想不清，不禁自愧："大人，怪卑职眼拙又少个心眼。我这就回去，找那人看个仔细。"

宋慈叫住他："回来！你这么去，岂不太过显眼，打草惊蛇？不过，那家酒店，你可得盯紧了。"

"卑职明白！"

"那好，现在去史府。"

宋慈与捕头王从史府后院进去，走过一条甬道，见前方不远处，史夫人在一个老女佣的陪同下，在小凤被杀处燃香做祭事。

见宋慈过来，史夫人急忙迎上来："不知宋提刑来此，失礼了。"

宋慈看看香烛之类，语含他意："史府死去一个小丫头，史夫人伤情过甚，亲自在这儿点香焚烛，似乎这小丫头身份很不一般？"

史夫人一惊，"宋提刑莫非已知小凤的身世？"

"别管我知不知道，此刻我只想听史夫人亲口说说小凤的身世。"

史夫人眼里噙泪："唉，想想这孩子真是可怜，才十六七岁，刚刚成人便命丧黄泉，死时也不知生身父母是谁……"

"哦？史夫人，请细说下去。"

史夫人抹着眼泪："小凤是个苦命孩子啊。她的身世，史府内也就两三个人知道。记得十六年前，三月十九那天，我去天竺寺给观音菩萨烧香——"

一乘小轿悠然而行。

轿内是前去天竺寺烧香的史夫人。随行有一中年女佣和一个小婢女。史夫人等从寺院里烧完香出来，天色尚早，风和日丽，正值映山红开放之际，山上景色秀美，花团锦簇。活泼的小婢女征得夫人同意，跑到山坡上去采花。

山坡边有一座破败的小山神庙。小婢女随意一瞥，忽有发现，面呈异状，赶紧回到夫人身边，指了指那个破败的小庙。史夫人面向小庙，听得有细微的哭声，犹豫片刻，在中年女佣的陪同下走向那小庙。

庙内一角，柴草堆里躺着一个年轻貌美的女子，似已病重，紧搂着一个襁褓中的婴儿，那婴儿已饿得没气了，哭声细如小猫叫唤。

年轻女人警觉地望着史夫人："你……你想干什么？"

史夫人和善地说："不要怕。我看你一个单身女子带个婴儿，无依无靠，想必有为难之处。"转身向中年女佣要了些许银两，向那怀抱婴孩的女子递过去。

女子感激得流下泪来："谢谢夫人……"史夫人叹息一声，欲走出小庙，那年轻女子猝然哭叫一声："这位夫人……请留步。"

史夫人转身："你还有何事？"年轻女子手抱婴孩，爬起来向史夫人跪下："我看出夫人是大慈大悲之人，求你救救这可怜的孩子！"

"怎么……"

年轻女子泣道："我恐怕将不久于人世，可怜这孩子，她是我已过世的主人托给我的……万望夫人能将这孩子收养，让她活在人世……"手托襁褓抽泣着递给史夫人。史夫人望着那女人与婴孩，一时无语。

中年女佣从史夫人目光中看出怜惜之意，上前去抱过那婴孩。

"这十几年，小凤在史府，在我身边长大，一步也没离开过。我是把她当女儿一样看待的啊。这孩子心地纯真，容易轻信，偏偏就遇上唐二宝这人面兽心的坏家伙，骗她上当，害了她的性命，也害苦了我家老爷……"史夫人说着不禁抹起了眼泪。宋慈问："你说是婴孩抱来，当时襁褓之中可有认证之物？"

史夫人想了想："这我倒没留意。小凤自幼由周妈抚养，叫她干妈的。"

"周妈可在？"

"周妈三年前已过世了。哦，或许，她女儿小梅知道一些事。"史夫人吩咐婢女，"你去把小梅叫来。"

宋慈迟疑地开口："史夫人，史大人对小凤……怎么样？"

"我晓得你的意思。这绝不可能。我家老爷虽脾气不好，在家里也经常骂人，弄不好还会打人，可他绝非好色之徒，婢女丫鬟，从不染指。对小凤更是当自家女儿看待，十分疼爱，从不骂她一句，还跟我说，日后要在他的部将中给小凤找个好男人……"

"哦。原来是这样。"

一个二十几岁的婢女走来："夫人。"

史夫人问："小梅，小凤从小跟你在一起，叫你姐姐的。你可知道，她婴孩时襁褓里有没有东西？"小梅说："回夫人，有一样东西，我妈一直把它放在箱子底下，现在应该还在的。"

"这就好，你去把那些东西取来，给这位大人看一看。"

宋慈一摆手："不必，我随她去看吧。"

婢女小梅从自己的房里拿出一个白绸巾包，搁在桌上，打开绸巾，里面是一方寸余大小的鸡血石印章。宋慈拈起这方印章细看，石质优良，形状非圆非方，是文人雅士常用的闲章。他问一旁的史夫人："有印泥吗？"

史夫人让丫鬟拿来印泥。宋慈将印章在空白纸上印出几个字，"偶得佳句共剪窗"。捕头王歪着脑袋读不清那几个小篆字："这上面刻的是'偶得住……'"

宋慈摇头："不，是'偶得佳句共剪窗'，套用唐人的诗意，作闲章的词句，也是文人喜欢的意趣之事啊。"捕头王说："这倒怪了，小凤的生母别样东西不留给女儿，单留下这一方玉石印章，什么意思？莫非小凤的生父是个喜欢舞文弄墨的文人？没准是京城哪个风流哥儿造的孽吧？"

宋慈这时却盯着那块白绸巾看了起来。白绸巾上绣着一只造型生动的飞禽。

宋慈向小梅发问："此物是……"

"这也是襁褓里留下的。我妈依着这鸟儿把她叫作小凤的。"

"可我明明觉得，这是一只燕子。"白绸巾上绣的飞禽似有分叉的后尾。

捕头王不解地说："燕子？燕子又怎么啦？"

唐二宝心神不定地独自躺在一张临时地铺上。他睡不着，时而抬头看看屋顶，时而爬起来朝小窗外张望，不小心撞着低矮的屋顶，便低声咒骂几句。

屋子的小门开了，走进一个壮汉，即醉花楼大门口那个黑脸大汉。

唐二宝急忙迎上去："黑头兄弟，怎么样，主人让我去哪儿？"黑头冷冷地说："急什么？我看外面好像还有提刑司的人在转悠着，等着你出窝呢。"

唐二宝顿时泄了气，懒懒地瘫坐在被铺上："还得熬啊？在这间小屋子关三天了，都快把我憋死啦！"黑头讥笑道："嘿嘿，谁让你拉屎不把屁股揩干净？一个小姑娘都对付不了，真没用……"

唐二宝暴跳如雷："你说的什么狗屁话？这事让你去干行吗？哼，看你这张能吓死人的大黑脸，恐怕连句话也说不好，人家连门都不让进呢！当初要不是我巧施手段挽回局势，公堂上凭一张巧舌应对如流，还不知会出什么大纰漏呢。"

黑头一脸不屑："得了吧，你还自以为是，主人可不见得高兴呢！人都死了，好好的事情弄到这般地步，恐怕他会有别种猜测呢。"唐二宝急了："他……他有什么可胡猜乱想的？我说的可全都是实话，还能编出瞎话骗他不成？"

"你说的是不是实话，我也不敢打包票。反正主人没发话，你就不能离去，老实在这儿避一阵风再说吧。"

唐二宝想出一招："哎呀，这鬼地方我实在待不下去了。要不，黑头兄弟，我到你家去躲几天，总比在这儿窝着强。"

"这个，我得问一下。"

唐二宝怨愤地说："咳，这点小事，去就去吧，还问什么？"

宋慈独自在提刑司内厅坐着，手持那块印章，对着蜡烛光细细看着。

英姑轻轻走进书房，想说什么，怕打搅了大人的思绪，就在一旁候着。

宋慈把目光渐渐移向室内壁上的几幅字画，然后手持蜡烛，凑近去细看那字画落款的印迹。他微皱眉头，若有所思。当他抬起头时，忽然看见英姑站着，便说道："哦，英姑，你回去睡吧。"英姑却说："你也该回家了。"

"我？哦，我今天不回去了。"宋慈坐下铺纸举笔欲写。英姑忽然上前夺下宋慈手中的笔，利索地收起桌上铺就的纸。宋慈不解地问："你干什么？"

英姑语气平和而态度坚决地说："自从接手这个史文俊的案子，你就没有回过家，今天说什么也得回去了。"

"我以前在外省任职，几年都回不了家，早就习以为常了。"

英姑抢先把笔拿过来："以前是在外省，夫人又要陪在老夫人身边尽媳妇的孝心，所以你们十几年来聚少离多，这已经很亏待夫人了。如今总算回到京城，近在咫尺，你应该加倍补偿夫人才是。要不然，你就太对不起夫人了。古人还说齐家治国平天下呢，大人怎么就不为夫人想想。"

"哼，你白跟了我那么多年了！在宋某心里，从来没有大过人命案的事！"

"我知道，我太知道了！可你也不能一有了案子，就让夫人独守空房啊。大人，回去吧。"

"你今天是怎么啦，管起我的家事来了？"

英姑有些激动："夫人心地善良，知书达礼，处处为大人着想，事事做得端正。就说这回史文俊的案子，要不是夫人出面去找了慧珏公主，只怕大人免不了要背上个擅自插手朝廷大案的罪名呢。可你怎么就不把夫人往心上放呢？"

宋慈一愣："什么，你说是夫人去找了慧珏公主，才使宋某免去一场官场是非？"英姑大声说："要不是夫人去找慧珏公主帮忙，圣上也不会召你进宫，并钦命你为本案副审。"宋慈心头火起："好啊，好啊，妇人终究还是耐不住寂寞，掺和起公务来了！啊？她这是有违妇德，是为不贤！"

英姑吃惊不已："啊，大人，你怎么……怎么能这么说啊？"

"你不是宋家人，我不见怪。可夫人是宋家媳妇，该知道宋氏的家规！"

"什么家规啊？"

"家人不得过问刑狱命案！"

"为什么？"

"为什么？因为刑狱官手上握有生杀大权！事主们都会千方百计来影响刑狱官对案情的判断，家人一掺和，无疑是给人一个登门的台阶，这是一个刑狱官最犯忌的大是大非你懂吗？因此，自从家父在世时，就对家人立下'妇孺不得问案'的规矩，可她……"

英姑大声叫了起来："这不是一回事！"宋慈一震："……这就是一回事！"

英姑执拗地说："不是一回事！您给家人立下这个规矩无可厚非，可凡事都有个轻重缓急，不可一概而论。当时正是大人您等不得朝廷下命，不听劝阻，一意孤行，擅自插手朝廷的大案。您这么贸然行事的后果，说轻了无非免官罢职，丢的只是您自己的前程；说重了只怕会惹得朝廷震怒，死罪难逃，连累宋氏老少同罪！夫人正是为了给您挽回危局，才不顾抛头露面，挺身而出进宫去求助慧珏公主。现在大人化险为夷，并得以名正言顺地复查史文俊命案，大人如愿以偿，不思报答夫人的大义之举倒也罢了，反而拿什么家规向夫人问罪，您未免也太不讲理,太不近人情了吧!"

宋慈被英姑瓢泼似的一顿数落,竟语塞无词。

英姑也意识到自己言辞过激,便缓了缓语气:"大人真要怪罪,就怪罪我吧,因为当时是我赶到府上见了夫人,并竭力怂恿夫人去求见慧珏公主的。大人怎么处罚,英姑都甘愿领受,但您千万不能冤屈了夫人啊。"

宋慈颇有点理屈词穷的感觉,可就是放不下大男人的架子,只好半开玩笑地说了一句:"唉,这世上,'唯女子与小人为难养也'。"

英姑也有意报之一笑缓和气氛:"嘻嘻。"

"还笑,有什么好笑?"

"嗯?哦,不笑就是。"

宋慈忍不住笑出声来。英姑也忍不住大笑起来。宋慈终于开怀大笑。

捕头王突然急急闯入:"大人……你们……"宋慈问:"什么事?"

"冯御史让家人来传信,说明天早朝圣上要问史文俊案的复查详情。冯御史让你早做准备。"

宋慈大声说:"早做准备?一是一,二是二,据实奏报,还准备什么?打轿回府!"话音一落,人就走出提刑司。

捕头王回过头时,发现英姑已悄然走出书房,单薄而孤独的身影往长廊走去。看着她略显孤凄的背影,他陡然心生一股怜悯之情,脱口喊道:"英姑……"

英姑没有回头,似乎全没听见身后的叫唤。她在长廊上走着,脸上荡漾着浅浅的笑容,眸中却闪动着莹莹泪光。此刻她的心情十分复杂,沉甸甸地想:我虽然不止一次地梦想过成为他更亲近的女人,可每当这种念头闪现时,总会伴随着良知的棒喝。也许正因为我敬他慕他,才不能亲他近他,这就是我的宿命!但我知足,非常知足!只要追随在他的身边,我一辈子都无怨无悔……走到长廊尽头的英姑,眸中泪水终于从绽着笑容的脸颊上流了下来,模糊了视线。

金銮殿上,一脸焦灼之色的宋皇向冯御史等人发问:"史文俊的案子,你们几个审得怎么样啦?有结果没有?"冯御史面呈难色:"圣上,这案子有点复杂。据宋提刑查验,史府丫鬟的死因与初次庭审原告所言,似乎有些出入。"

宋皇问:"哦,难道那小丫鬟不是史文俊刺死的?宋慈,到底怎么回事?"

宋慈上前奏道:"婢女小凤死于利刃下,可创口却不像剑刺之伤。凶杀现场附近的池中捡得一把剔骨尖刀,疑为真正的凶器。原告唐二宝又借故逃脱,不知去向。臣认为，史文俊杀人，值得推敲，唐二宝身份存疑，还须再行侦查，宋慈已派手下去捉拿唐二宝……"

兵部尚书讥嘲道："冯御史，宋提刑，二位真是有耐心啊，一桩惊天动地的通敌大案，你们居然在一个十几岁小丫鬟的尸体上耗费数日时光？有什么可查验的？史府内死个小丫鬟，与通敌叛国之事，哪个为重，哪个为轻？这才叫捡了芝麻丢了西瓜呢！"

宋皇一脸不快："是啊，史文俊私通敌国之事，查了没有？"

冯御史抹着额上的细汗："这……这也查了，吴知府，你说吧。"

吴淼水上前说："圣上，微臣这几天日夜奔波，明察暗访，已有所收获。"

宋皇问："哦，你快说说，有什么新的线索？"吴淼水故作神秘地说："微臣探得，史文俊掌管兵权，教束不严，其部属骄横粗暴，为所欲为，兵士操练日见疏懒，萎靡不振。近来，兵营内更是蠢蠢欲动，议论不休，为史文俊鸣冤叫屈，少数官兵还恶言咒骂朝廷大臣，埋怨圣上有眼无珠……"

宋皇不免失望："就这些？那通敌之事，查证了没有？"

"这个……尚待继续查询。"

兵部尚书上前："圣上，兵部侍郎被拘入狱，导致流言四起，军心不稳。史文俊案事关国家存亡，还须及早审定，做出定夺，以免兵营生乱，贻误大事。"

薛庭松开口道："吴大人所言极是。圣上，史文俊一案猝发已有多日，朝野震惊，议论纷纷，影响很大，不宜拖延下去，以免生发更坏的事端。臣以为，此案应于大处着手，史文俊通敌，既有其亲笔书信为凭，便可定案，三五日内须做出最后审断。"宋慈有些吃惊："三五日？时间太紧了吧？"薛庭松板着脸："宋慈，对案中一些细微环节，你就不必过多计较，耗费气力啦。吴知府，审案定罪，你的责任最重啊！"吴淼水惶然地说："卑职一定尽力而为。"

黑头家。唐二宝朝窗外探头探脑一番，转过身来，换作一副色眯眯的笑脸："嘻嘻，他走了。这屋里又剩下你我两个啦。"

黑头妻，一个略有几分姿色的女人，假模假样地倚坐床头做着女红，嗔笑道："剩下你我怎么啦？你还想吃了我啊？"

唐二宝急不可耐地扑过去，搂抱女人，嘴里说："我还真想吃你呢……"猴急地把脸贴上去啃女人的嘴，被她挡了一下。

黑头妻做撒娇状："欸，我说二宝兄弟，有道是，朋友妻不可欺，你为啥三天两头地总想着要欺负我？"

"黑头把你冷落在家，多苦啊，有我给你做伴，让你快活，只怕你是喜欢还来不及吧？来吧……"唐二宝急吼吼地把女人压倒在床上。

黑头妻半推半就："这可不行，你不能老这样白占我的便宜……"

唐二宝手忙脚乱地扒扯女人的衣裳，嘴里许诺："放心，等主人给我的赏钱一到手，我送你一只二两重的纯金手镯……"

街市上，两乘轿子，一前一后，不紧不慢地在街上行进。

前面的轿子有人探出脑袋往后看，是冯御史。

少时，轿子在一家酒店门前停下，一前一后走出来的是冯御史与宋慈。冯御史拉着宋慈的手往店内走，宋慈的神色却有点勉强。

冯御史挽着宋慈走进雅室，"来来来，宋提刑为查案连日操劳，难得歇息，今日老夫做东，请宋提刑一起喝喝酒，聊聊天，放松放松。"

宋慈进屋后，四下打量了一会儿，转身就往外走。

冯御史连连扯住："欸，宋大人别跑啊。"

宋慈故意做惶恐状："冯大人，下官可是听说过，在这家醉花楼里，像我这么个四品小京官，是没有资格登这大雅之堂的，下官怕坏了人家的店规哟。"

"是谁这么胡说八道的。这开酒店的，付银子喝酒，哪来那么些破店规。来来，坐坐，请坐。今日老夫与你来个一醉方休如何？"

"哦，冯大人这么客气，在下可不胜酒力啊。不过，冯大人今日请下官来此喝酒，想必有话要说，要不，先说话再喝酒，免得酒后舌短，有话说不清了。"

"嗯……也好。宋提刑是个爽快人。这儿没别人，我跟你说几句实话吧。这回史文俊的案子，你我肩上都吃着分量呢。今日早朝上，你看没看出来，圣上很不高兴呢。依我看哪，史府小丫鬟那些细枝末节，就不必深究了。费心费力的反而弄不好，到时候圣上责怪下来，咱们还落个吃力不讨好。"

"冯大人，你说不必深究的细枝末节，是指哪件事不必查下去？在下不太清楚。"

"这个……我也说不准。总归是……你是聪明人，你还不知道吗？史文俊这种人，一介武夫，又那么不识好歹，你忘了那天他大闹你岳父寿筵的事了吗？这种人，能保住他的性命，给一个削职为民的处置，不株连他九族，也不抄没他家产，就算宽大为怀，厚待他了。"

"冯大人，在下还是不明白，若史文俊原本无罪，那么削职为民，保全身家性命，还是宽大为怀吗？"

"这个……你如何证实他是无罪的？小凤被杀之事，纵然查出一些疑点，也不能断定他无罪嘛。唐二宝在你鼻子底下逃之夭夭，你又如何说得清？再说，史文俊还有私通敌国之罪呢！有亲笔书信为证，你能替他洗清罪名吗？宋提刑，可不要头脑发热，过于自信啊！"

"可我越查，越觉得此案非同寻常，疑点很多。史文俊陷身此案中，似乎还有别的什么原因。就因为他是个遭人怨恨的刺儿头，就不顾事实，匆匆结案，不妥吧？"

冯御史板起脸来："宋提刑，史文俊案发是不是有别的原因，一时半会儿也拿不出证据呀。圣上对此案催得很紧，该结案就结案吧。"

"恐怕史文俊得罪了什么人，有人参与其中，才引发此案。"

"这个嘛，我也说不准。史文俊脾气坏是出了名的，这些年他得罪的人多了，百官之中没几个朋友。此时祸来如潮涌，墙倒众人推，你我如何查得清楚？所以，才让你该收场时就收场，不必下苦力细查下去。官场上少他这个刺儿头更省心、更方便。当然，这话也就你我二人在这里说说，外面可千万说不得。在京城当官，得处处小心，事事留意。你还年轻，有薛大人在朝上，准保日后还能往上升，得让圣上赞赏你，要和众官员和睦相处，不然，那史文俊便是一个实例。"

宋慈闷声闷气地说一句："在下明白了。"

"能把你说明白，这顿酒就值得喝。来，上菜。"

"冯大人话说完了吧？"

"话是说完了，可酒还没开喝呢。"

"下官还有公事要办，既然冯大人无话可说了，下官就此告辞。"宋慈起身便走。冯御史连连叫："欸，你回来，宋慈……"可人已走远了。

宋慈的轿子还没在提刑司衙门前停稳，捕头王便急不可耐地去掀轿帘了，"大人，我正到处找你呢！"宋慈问："怎么啦？"捕头王拦着宋慈不让下轿："大人，你别下轿了！"

宋慈急了："出什么事啦？"捕头王忙说："报国寺后山有个三十几岁的男人被杀死。会不会是唐二宝？赶紧过去看看吧。"

"是吗？临安府派人来报啦？"

"没有，是我刚听说的。说不定这会儿去，还能赶在吴淼水前面呢。"

"嗯，快，快去看看。"

捕头王对着衙门内大声喊道："英姑，快点。"英姑应声背着箱子奔了出来："来啦！"轿子重新抬起，急急而去，捕头王和英姑紧随其后。

　　报国寺后山脚。两乘轿子几乎同时到达。宋慈下轿时，瞥见那边下轿的正是临安知府吴淼水。两人目光相遇，都不禁有些吃惊，急急走拢来。

"没想到宋大人的消息也这么快？"

"吴知府的耳朵也很灵啊。"

两人同时抬脚起步，上山的路却很窄，只能一前一后地走。

吴淼水想抢在前面，宋慈不肯相让，两人争先恐后地在窄道上较劲儿。宋慈身手矫健，抢在先头；吴淼水身体肥壮，又有气喘之疾，才跑一会儿，便气喘吁吁，站着走不动了，只能眼睁睁地看着宋慈抢先到了凶杀现场。

吴淼水忍不住低声怨道："妈的，真可恶……"

报国寺后山腰，偏僻的荒草坪上倒卧着一个被杀死的男人，看上去身体很强壮，四肢发达，黑黝黝的面孔，眼珠子直直地瞪着，嘴角痛苦地扯歪了。这是黑头。宋慈镇静地蹲在死尸跟前，小心地翻动尸体。死者身后腰间有一血口，血污重重，显然是被刀子捅入后腰致死的。

此时，吴淼水及所带一帮差役也到了荒草坪，一个个累得气喘吁吁。吴淼水凑到宋慈面前："这人是怎么死的？"宋慈站起来："吴知府，请你自己看吧。"

"宋提刑乃当今赫赫有名的验尸高手，吴某正好借此见识见识宋提刑的高招儿呢。宋大人请。"

"既然吴知府那么客气，宋某便按大宋刑律章程行事。英姑，验！"

英姑打开箱子取出一应用物。宋慈戴上白布手套，从头至尾一一检验，一路报唱。英姑一一录于格目。验毕，宋慈摘下手套。

吴淼水问："验完了？"宋慈点头："嗯，验完了！"

吴淼水接着问："据宋大人看，死者为何方人氏，何种职业，死于何时，又是被何种凶器所杀？"宋慈不屑地一笑："英姑，你给这位吴大人说说吧。"

英姑大声地说："从衣着服饰看，死者是京城人氏，三十七八岁；死者身上有一股浓烈的油烟味，可推断生前是某家酒楼饭庄的厨子或是跑堂；尸体尚存一丝余温，四肢尚未僵硬，肌肤略有转色，估计死亡时间在两个半时辰之内；从死者伤口形状所见，杀人凶器是一把长七八寸的双刃利器！"

吴淼水听得一愣一愣的，听罢，好一阵都没回过神来。

宋慈笑道："吴知府，我这提刑衙门的女书吏说的，你可信服？"

吴淼水不得不说："信服信服，心悦诚服！"

"这就好！捕头王，交给你了。"

"卑职遵命！"

吴淼水还在看着英姑。英姑厌恶地说："看什么呢？"

吴淼水假笑道："哦，嘿嘿，姑娘真不愧是与宋大人朝夕相处的得力助手，不光人漂亮，嘴也利索，真是深得宋大人真传啊……"

英姑冷笑："哼，其实吴大人当年在太平县的时候，就已经领教过宋大人的神奇手段了。吴大人，您不会这么快就忘记了吧？"

"欸，姑娘，你这不是往人的旧疮疤上撒盐吗？"

"本姑娘是怕有人好了疮疤忘了疼，撒把盐，是为了让他长长记性！"

提刑司衙门前，一个妇人披头散发，扑倒在横陈于门板上的死尸上，哭喊不止："我的夫啊——你死得好惨啊……谁那么狠心把你杀死了呀！"

捕头王走近妇人："这人是你丈夫吗？"

妇人抬起头，原来是黑头妻。她哭着说："是我的男人，名叫黑头。今天一早起来，他还好好的，说是出门办事，怎么就让人给杀了呀……我真是命苦啊！"

"你丈夫是干什么的？在哪家酒楼干活？"

黑头妻欲言又止："他在醉花楼……他也没什么正经职业，今天这里帮忙，明儿那边寻活……"

捕头王赶紧问："你说是醉花楼？他在醉花楼干活？"

黑头妻面有惶色："不……不是，他过去在那儿干过活，很久没去了。"

捕头王猛然想起："欸，对了，我前几天在醉花楼见过此人。嘿嘿，你这娘们儿还想跟我要花招儿，你骗得了我吗？"黑头妻慌了神："我没……没有啊，"转身扑向死尸，"我的夫啊——你死得好冤啊……让我怎么活啊！"

捕头王拉扯妇人，要与她说话，"喂，喂，这位小娘子……"

黑头妻撒泼地冲他叫嚷："人家丈夫死了，你还想来调戏我吗？想要我改嫁，你也得等我给丈夫守孝三年啊……"捕头王又窘又气，"你这娘儿们说什么呢？"

他举拳要打，又无可奈何地放下了。

临安府内厅，审案的三个官员在一起商议。宋慈再次提出要提审史文俊，吴淼水断然拒绝："不行！吴某断然不许！"宋慈说："你说不行，就不行吗？吴知府，你我同为副审，行不行，该听主审官的。"

吴淼水故意对冯御史说："冯大人，宋慈才当了几天提刑官，他哪知道其中的利害关系？你是老御史，这可要想清楚了。史文俊是钦定重犯，关在'天'字号死牢里，除非是恭请圣命，才能提人出牢，否则，一旦出了差错，你我的乌纱还要不要了？"冯御史犹豫道："这个……"

宋慈恳切地道："冯大人，黑头之死，绝非夺财害命，而是另有原因。唐二宝借宿于黑头家多日，而后黑头暴死于报国寺后山，据此可断定，唐二宝有重大杀人嫌疑，须尽快缉拿归案。眼下没有其他线索，唯有提审史文俊，追查唐二宝身份背景。冯大人，此事刻不容缓啊！"

冯御史为难了："这个……要不，不提人犯出狱，就在牢中审讯，宋提刑、吴知府，二位觉得如何？"

宋慈爽快地说："好啊。吴知府，这样就不必恭请圣命了吧？"吴淼水愣了一会儿，无奈地点头："你既执意想见那人，只好请你进'天'字号大狱了。"

宋慈说："好，走。"提步便往外走。冯御史说："吴知府，请吧。"

吴淼水迟疑着："这……冯大人请……"冯御史走在前面，吴淼水看着他的背影，越想越窝火，突然大叫一声，"冯大人走好啊！"

冯御史猛吓一跳，回过头来，莫名其妙地看着吴淼水。

吴淼水忽然又恶作剧似的哈哈大笑而去。

两个狱卒将沉重的狱门打开。宋慈疾步而入。

冯御史迟疑一下，朝吴淼水做了一个邀请的手势。后者却摇了摇头，面露一丝阴笑。冯御史问："怎么，吴知府不一同进去？"

吴淼水说："这'天'字号死牢一向是进得去出不来的，我对史文俊无话可问，进去做什么，我可不想沾这种晦气。冯大人，你呢，你想进去吗？"

冯御史也有些慌了："我……我也不想进去。"

"冯大人也不进去？那好，我们就一同在此等候吧。"

"好好，就在这儿等着。"

"不过，那姓宋的在里面问什么，姓史的又说了什么，你我最好什么也没听见。"

冯御史听懂了吴淼水的话意，"你小子官位不高，处世倒是老辣。"

"哼，吃一堑长一智，人总是越摔打越聪明，下官正是在他姓宋的身上获益匪浅！"说完自得地一笑。

狱内阴森可怖，悄然无声。宋慈走了一段路，忽然觉得有点异状，回头看看，却无人跟随而至。他愣了一下，朝前看，只见一间牢房里，隐约有人影晃动，便又继续往前走。隔着粗笨的木栅栏，见着史文俊了。

狱中的史文俊一副颓废消沉的模样，须发零乱，衣衫不整。听得脚步声，他急切地扑向木栅栏，望着宋慈："你……你是谁？"

"怎么，这么快就认不出我这个摆弄烂骨头的人了？"

史文俊发出一声怪笑："噢，我认出来了，宋提刑，四品官。嘿嘿……你怎么来了？"

"你该问我为什么来了。"

"噢，对，你为什么来看我？"

"因为我踩踏了你那至尊至威的战袍！"

史文俊本能地一怒："你！"宋慈不急不恼："所以我不得不来！"

史文俊好久才转过弯来："噢，你是来救我的？这么说你已经接手此案，要帮我洗清冤情，救我出狱，是吗？欸，管你是四品五品，哪怕八品九品、白衣庶民，只要能把我从这'天'字号牢里救出去，我都愿给你磕头。"

宋慈揶揄道："看来，这深牢大狱，的确是能让人脱胎换骨。"

史文俊哀求道："宋提刑，不，宋大人，我是冤枉的，被人陷害了，你快救我出去吧！我在这里度日如年，实在受不了啦……"

宋慈坦然坐在牢门前一方凳上："史文俊，你想出去并不难，但你得找到出去的门。"史文俊似懂非懂："门在哪儿？"宋慈用手一指："门就在你的嘴上！"史文俊沉默了。

宋慈郑重地道："要想走出这大狱，你就得跟我说实话，不许隐瞒真情。"

史文俊一脸急切："我说实话，我保证说的句句是实话。你问，你问吧。"

"小凤是史府自小收养的，对吧？"

史文俊一时不解："什么……咳，你问这事？没错，小凤是我妻子十六年前去天竺寺烧香拜佛，半道上捡来的，自幼便养在史府了，这事史府内人人得知。"

"那么，她的身世跟史大人有没有关系？"

"跟我有什么关系？欸，你想到哪里去啦，她可不是我的私生女！老天在上，我史文俊从不做那种拈花惹草的荒唐事！"

"我再问你，那唐二宝又是如何进得史府的呢？"

史文俊一下子来了气："这事……唉，别提了，说起来我就一肚子气。记得那天，我和夫人被几个部下请去醉花楼吃饭，小凤也随夫人去了——"

醉花楼。史文俊及夫人与几个部将同坐一桌，部将们殷勤奉承，敬酒不迭。史文俊笑道："好啦好啦，我喝不少了。诸位免敬，免敬了。"

一部将拿出一幅名人字画，示于史文俊："史大人，小的带了一张字画《春燕图》，不知你喜欢不喜欢？"

史文俊说："哦？小凤，将字画挂起来看看。"

店主沈彪端酒盅进雅室来敬酒，看到字画及一旁年少俊秀的小凤，显出十分眼羡的样子："哎呀，这《春燕图》画得真不错，嗯，一旁还站着个小美人，更是相映成趣啊。史大人，你说呢？"

史文俊及众部将哈哈大笑。薛庭松端着酒盅走进室内："老远就听得史大人的笑声，什么事让你这么开心？"史文俊及众部将向薛庭松举杯："薛大人也在这儿喝酒？来来，我等敬薛大人一杯。"

沈彪指着字画及小凤："薛大人你看，这画多好，春风拂柳，乳燕回巢，一旁小美人长得也俏，嘿嘿，是不是相映成趣啊？"

薛庭松见了画及小凤，一时怔住，两只眼珠子都不转了。好一会儿才换了笑脸："果然是相映成趣。美人美画，史大人真是有福之人啊。"

史夫人站起来，豪爽地说："薛大人喜欢此画，就拿去吧。"

"欸，我哪能夺史大人所爱？不行，不行。告辞，告辞了。"薛庭松边说边走，但还是回头多看了两眼。

史夫人笑着对沈彪说："薛大人是书画行家，我家老爷行伍出身，哪懂这些文人墨客的玩意儿，摆在家里反而糟践了。小凤，来，把这幅画收了，随沈老板送到薛大人那边去。"

沈彪喜出望外："好好，我先替薛大人谢过史大人和史夫人了。"

小凤捧着字画，随沈彪而去……

宋慈思索着："醉花楼店主沈彪那日也在场……"

史文俊说："对了，我听小凤说，店主沈彪那天对她问这问那，色眯眯的，好像有什么歹意……会不会是他搞的鬼？"

"欸，你知不知道唐二宝与沈彪关系如何？那人真是一个砍柴的农夫？"

"这……我也不清楚。那日喝罢酒很晚了，走出醉花楼时，看见门外有个卖柴人倒在地上，身后倒着一担柴——"

醉花楼门前。史文俊及夫人同情地望着倒在地上的年轻人。围观者中间有人把那人扶起来。此人便是唐二宝。

有人啧啧感叹："想必是卖了一天柴，柴没卖掉，人已饿昏过去了。"

史夫人吩咐小凤拿几个小钱去买来吃食，递到唐二宝手中。

唐二宝感激地向史文俊及夫人、小凤表示谢意。

沈彪从店里走出来，见之感叹道："这人真可怜，天天挑柴来卖，卖脱手，换点吃的，卖不出手，只能挨饿。史大人，你可怜可怜他，把他叫到家里做个杂工，也算是行善积德，救人危难啊。"

史文俊尚在犹豫，史夫人已点头应下了："行，我们收留他吧。"

唐二宝赶紧向史氏夫妇跪下道谢。夫人让小凤扶他起来。唐二宝抬起头来看了看小凤，眼中有一丝异样神态……

史文俊咬牙切齿地说："我一时心慈，将唐二宝这条恶狼引进府门，结果害我身败名裂，打入大狱，眼见要斩首午门，株连九族……宋提刑，你想，我亏不亏啊？"

宋慈思索着道："史大人，眼下案情尚不明朗，小凤死得不明不白，唐二宝逃之夭夭，又有醉花楼店主沈彪插足其中……"

史文俊不耐烦地说："哎呀，这些都是小事，小凤怎么死的，管他呢！就算是我刺死的，也不是什么大不了的罪。宋提刑，眼下要我命的是那通敌之罪啊！你得想法子帮我把这条罪洗清了。"

"史大人，私通敌国之事，现由吴知府主管。"

史文俊大叫起来："我的天，让那个糊涂知府查案子，还有我的活路吗？不行！我要面见圣上，要当面向圣上奏明冤情，在这黑洞洞的牢狱里，我实在受不了……我要出去，让我出去，让我出去——"

"史大人，你不要喊。我再问你几句……"

史文俊狂暴难遏："算了吧，我看你这无能的四品提刑官，只会搬弄死人骨头，问这些鸡毛蒜皮、鸡零狗碎的小事，这样问来问去，能救我出狱吗？你走吧，去对圣上说，我史文俊要即刻见他，向他直诉冤情，让我出去！让我出去！"

面对狂躁失控、号叫不止的史文俊，宋慈一时愣住了。

吴淼水、冯御史及几个狱差急忙赶来。

宋慈与捕头王坐在醉花楼上一小间内喝酒。宋慈朝捕头王使个眼色，捕头王会意，将筷子重重在桌上一拍，大声喊道："来人！快来人！"

一个跑堂的慌慌张张地进来："客官，你有什么事？"

捕头王怒斥道："这菜里怎么钻出一条蛆虫来了？这还能吃吗？去把你们店主叫来，大人要跟他算账！"伙计见势不对，赶紧应声而去。

一会儿，店主沈彪面带笑容走进来："噢，这不是宋大人吗？真是稀客啊。"

捕头王轻声对宋慈道："就是此人。"宋慈淡然一笑："你就是店主？"

沈彪笑脸相迎。宋慈锐眼往沈彪左脸颊一扫，一块暗红的胎记清晰可见。

"小的姓沈名彪。在京城开这家酒楼有几个年头了，日后少不了要宋大人多加关照。伙计说，菜里有蛆虫，我这就让厨子换一碗……"

宋慈笑了笑："不必了。沈老板，我想打听一点儿事，问你几句话，你可要实话实说。"

"宋大人有问，沈某一定实说。"

"贵店可有一个名叫黑头的伙计？"

"这……是有这人，原在这儿干过一阵，后来，我看此人心术不正，就把他赶走了，再不曾来过。"

"噢。那么唐二宝呢？那人近日来过醉花楼吗？"

"唐二宝？我从没听说过此人。"

宋慈盯着对方的眼睛："当真不曾见过？"

沈彪似有些躲闪："我这里人来人往，进出的伙计很多，记不太清楚了。"

"噢。宋慈还有一问。沈老板可知兵部侍郎史文俊有个丫鬟名叫小凤……"

沈彪急忙打断他的问话："等等，宋大人，你问的这些人，好像跟什么案子有关。沈某是本分守法的生意人，一向只管开酒楼做生意，与其他闲人杂事概无干系，宋大人要查案，恐怕还是另找他人为好。"

沈彪板起脸，做出送客的手势。宋慈一笑："噢，原来如此，那么，宋某只好告辞了。"沈彪呆呆地望着宋慈离去的背影，面色阴沉。

宋慈把英姑叫到内室，问道："袁捷妻子说她送十万两赃银进京城，见到的那家酒楼老板，左脸颊上有一块暗红胎记？"

"哦，她说那位酒店老板左脸颊上有一块铜钱大小的胎记。"

宋慈击掌而起："这才叫踏破铁鞋无觅处——"捕头王兴奋地接着："得来全不费工夫！"英姑问："你们找到那家酒店了？"捕头王说："袁捷老婆说的那家酒店，就是醉花楼，醉花楼店主沈彪的左脸颊上有一块暗红的胎记。"

英姑思索着道："这么说，醉花楼老板就是袁捷以十万两行贿高官的中间人？看来，醉花楼还有很深的官场背景啊！"宋慈迟疑地说："英姑，袁捷妻子安家的乡下……哦，怕有两天的路程吧？"英姑心领神会："不，快马加鞭，一个昼夜就能赶到。大人，我这就启程，三天之内，我一定把袁捷妻子带回京城来指认沈彪。"宋慈很高兴："好，我什么都不用多说了。那就再辛苦你一回了。"

英姑走后，宋慈忽然"呼"地站起，"捕头王，走！"捕头王问："去哪儿？"宋慈已经出了房门。

见到猝然进屋来的宋慈与捕头王，黑头妻一时惊惶，脸色骤变："二位大……大人，有什么公干？"捕头王摆出一副凶狠之状："你想必知道杀人偿命这一条律法。你丈夫黑头死了，你也看得出来，他是被人用刀杀死的。你现在老实告诉我，黑头是被谁杀死的？"

黑头妻装出一副委屈相："大人，我哪里晓得……"捕头王猛地拍一下桌子："你装什么糊涂？你把唐二宝藏在家里好几天，还敢抵赖？"黑头妻急忙申辩："不是我，唐二宝是黑头带来的……"话出口才觉得失语了。

宋慈开口道："是吗？唐二宝是在你家躲着吧？你与他关系不一般，想必也清楚他做了什么事。窝藏杀人凶犯，也要罪及己身，你知道吗？更何况你还帮那个唐二宝，害死自己的丈夫！"

黑头妻一下子精神崩溃了，哭泣起来："我没有想害自己的丈夫啊！狗日的唐二宝，他不该杀黑头，害我做了寡妇……呜呜，我命真苦啊……呜呜。大人，那天，我丈夫黑头说把唐二宝送出城外。我看到黑头腰里藏了一把刀，就对唐二宝说了一句，你路上要小心。没想到，唐二宝这个狗贼，他竟会把黑头杀了……"

"唐二宝现在哪里？"

"我……我不知道。"

宋慈厉声说："事到如今，你还想替唐二宝遮掩吗？他杀了史府婢女小凤，又杀你丈夫，你就不曾想到，有朝一日，他还会来杀你吗？只怕到那时你连寡妇也做不成了！"捕头王接着喝道："快说实话！唐二宝躲在哪里？你老实说出来，我们还能救你一命！"黑头妻犹豫不决："我……我……"

窗外，隐约可见一双贼溜溜的眼睛，正注视着屋内的动静。

喧闹嘈杂的街市，街道两旁各种杂耍摊或演傀儡戏、杂剧的，吸引了众多行人与观者。宋慈背着手不紧不慢地在街上走，目光似漫无目的地掠过街上各色景致。捕头王紧随其后，低声问："大人，你去哪里？我看，有黑头妻的口供，咱们该去抓唐二宝吧？欸，大人你怎么不说话？欸，人呢……怎么钻进那儿去啦？大人？怎么，又去看傀儡戏啦？"

宋慈站在演傀儡戏艺人的旁侧，似看非看地望着两个演傀儡戏的艺人摆弄手中的木偶，嘴里连唱带念，正演得十分起劲儿的时候，戏中两个男角，一白一黑，一文一武，一正一邪，正互相争斗，不分胜负……

捕头王一脸焦灼之状，在后面拉扯着宋慈的衣角："大人，你做什么？"宋慈没回头，嘴里说着："你知道这出傀儡戏叫什么吗？这叫《马陵道孙庞斗法》。"

"这呀，我也知道，这是春秋战国的故事。孙膑与庞涓是师兄弟，二人都有旷世之才，庞涓忌恨孙膑，把他两个膝盖骨都挖掉了。两人斗来斗去，斗到马陵道上才见分晓，最终庞涓败在孙膑手下，是吧？"

宋慈回过身来："孙庞斗法这故事，我看了不下十回，今日看它，如同炸雷过耳，又是别样一番心情啊！"

"大人……"

宋慈感叹道："宋某查案探疑十余年，这回才算遇上真正的高手啦。此案越查越复杂，时至今日，尚不知这幕后高手是谁，也不知这马陵道上，孙庞二人最后鹿死谁手呢。"傀儡戏中的两人此时终于斗出胜负，一人死在另一人的刀下。两个躲在围布里面的艺人放下手中的木偶，钻出幕前，快活地笑了。围布那边的观众发出一片叫好声。

宋慈坐轿急急赶到御史台衙门，一打听，冯御史已回府了。他赶紧上轿，再赶到冯府。天色灰暗，府门已悬起灯笼。守门人欲上前发问。他一把推开守门人，直闯门内。守门人急追："喂，你怎么……"

宋慈急急入内，见一婢女，大声发问："冯大人在哪里？"

婢女指了指一旁："老爷吃罢晚饭，进书房了。"

宋慈遂直入冯御史书房，嘴里叫着："冯大人，冯大人！"

冯御史从太师椅上坐起，"宋大人……"在书房，冯御史面色凝重地听完宋慈的讲述。他的一只手按在茶碗上，似在微微颤抖。

"由此可见，这醉花楼店主沈彪与唐二宝和黑头的关系非同一般，宋某以为系此案的焦点所在。故而，须对醉花楼严加监视，对店主沈彪，应择时捉拿归案……"不待宋慈说完，冯御史急忙阻止："等等。宋提刑，你审讯史文俊，捉拿唐二宝，冯某都由了你，你怎么查来查去，七拐八绕，又把案子查到醉花楼店主身上了？那人不过是个开酒楼的生意人，与本案有何干系？"

"冯大人，有所不知，此人不光与本案有关，还与嘉州袁捷盗银案有牵连。"

"什么？嘉州袁捷盗银案？你……你说什么胡话？那案子早就过去了。"

"冯大人，嘉州通判袁捷私盗库银二十万两，此案破获后，仅获赃银十万两，另外十万两已被他送进京城，用作贿赂高官之需。因袁捷自尽，此事无法追查，失银去向不得而知。现在看来，沈彪很可能是袁捷贿赂京官的牵线之人，只要袁妻指认沈彪，那十万两失盗库银也能完璧归赵。"

冯御史大惊失色："竟有这等事？宋提刑，你……你已查清楚啦？"

"是的。宋某已派人去找袁捷之妻，只要让袁妻出面指认，便可见分晓。"

"这……这有必要吗？宋提刑，史文俊一案，你我已是焦头烂额，疲于奔命，再要把什么库银失盗案搅进来，你……你忙得过来吗？"

"不妨事。一举两得，不更好吗？"

冯御史猝然发怒："你不妨事，我可让你搅得头昏脑涨了！哎哟，我的头痛病犯了，哎哟，疼死我了——来人，来人啊。"冯御史坐倒在椅子上。夫人及婢女们赶过来，围在冯御史身边。宋慈只好退出书房，忽然，他眼光一亮。书房的板壁上挂有一幅已显陈旧的字画，画的边款盖有一个非圆非方的红印章。他揉了揉眼，仔细看了看，印章上可辨出是"偶得佳句共剪窗"七个字……

宋慈离去后不一会儿，醉花楼老板沈彪骑马急急来到冯府门前。门口的下人领着他急急往府内奔去。

　　案桌上摆着一碗面条。一支蜡烛在桌子一侧孤独地燃亮着。宋慈坐在一张椅子上，面前摆了一副棋盘，落了寥寥数子。他手中拈着一样东西，时时转动，却不是棋子，而是一块印章。

　　桌台上还摆着绣着一只飞燕的绸巾，他时而拿过来细细端详。

　　衙役阿六悄然走进来，轻语道："大人，您坐这儿好半天了，夫人给您送来的这碗面条也搁凉了，我给您拿去热热吧？"宋慈似没听见，眼睛看着绸巾上的飞燕，嘴里吟出两句诗来："昔日王谢堂前燕，飞入寻常百姓家……"忽然神色一动，似闻一个女人的呼叫声从遥远的天际传来："燕子——"

　　宋慈猝然拍案站起："对了！"阿六一惊，"大人，怎么啦……"

　　"英姑，捕头王。"

　　"大人，英姑娘和捕头王不都外出办案去了吗？"

　　"哦，对。阿六，你去打个灯笼，跟我走。"

　　阿六满脸狐疑："什么？半夜三更去干吗？"

　　少时，宋慈与提着灯笼的衙役，二人悄然步出提刑司大门，很快隐没在夜色之中。稍后，却有一条人影，尾随而去。

　　东城门下。守城门的两个士兵持械倚墙，正打着瞌睡。忽然听得有疾奔而至的马蹄声，马上惊醒过来，迎向两个黑衣骑者。那二人骑在马上并未下来，只把一物件向守城士兵出示一下，士兵慌忙去开了城门，放二人出城。

　　两名黑衣骑者很快便消失在黑幕之中。两名士兵打着哈欠，才要接着刚才的甜梦，忽然又见有人打着灯笼倏然而至。士兵甲对同伴说："怎么回事？又有人要出城？"士兵乙朝来人喊道："喂，来人是谁？"

　　走近前来的却是宋慈。士兵认得他，急急行礼："哎呀，是宋大人啊。"

　　宋慈和蔼地说："二位辛苦了。宋某有急事出城一趟，少时还要转回来。麻烦你们了。"两名士兵急忙拉开城门："宋大人夜出，必为查凶破案，我等能帮上一臂之力，乃荣幸之事。请吧。"

　　宋慈率衙役出城。两名士兵刚刚把城门关上，忽然，又有人悄然而至。

　　两个时辰后，宋慈筋疲力尽地走回府前，灯笼已灭，身上和靴子上沾了不少烂泥。但他精神很足，目光炯炯。才要上台阶入府门，一旁闪出两个身着临安府衙装束的役差，作揖道："宋大人，我们吴大人有请，有要事相商。"

宋慈十分意外："哦？吴淼水请我？太阳从西边出来了？"

"吴大人说，有重要案情，须请宋大人立刻去府中商议对策。"

"好吧。我这就去。"

一顶小轿出现在他面前。宋慈毫不迟疑地上了轿子。

转眼便到临安府衙门。宋慈上台阶时，抬眼一看，不禁一怔：衙门大开，公堂前烛光如炬，十分亮堂。公堂两侧站了十几个衙役，一个个虎视眈眈，如临大敌。正堂上方端坐着知府吴淼水，一言不发，目光凛然。

宋慈不满地自语一声："这是干什么？吓唬我吗？"他走上公堂，见堂下空无一人，却摆着一方门板，上面摊放着一具蒙了布的尸体！

宋慈不禁暗自吃惊，脚步也放慢了。他慢慢走近那蒙了布的尸体，欲揭又止，扬起脸来，笑着朝公堂上的吴淼水发问："吴知府，你这是摆的什么阵势？让我跟这具无名尸体对簿公堂？"

吴淼水脸上似笑非笑："宋大人，你真有未卜先知的本领，今天本知府确有此意，请你过来，为的就是让你与这死尸对簿公堂。宋大人，那就有劳你先见识一下面前这尸体，看看是谁？"宋慈愣了一下，伸手轻轻揭开蒙在尸体上的布，不禁倒抽了一口气："怎么是她……"死者竟是黑头妻。

吴淼水走下公堂，阴阳怪气地凑近宋慈："宋大人，能认出她是谁吗？"

"认得。她是昨日暴死南郊的醉花楼伙计黑头之妻，几个时辰前我还见过这妇人……"宋慈突然止住话头，两眼直瞪着吴淼水。吴淼水阴笑着："宋大人果然明人不做暗事，有气魄，有胆量。你说，几个时辰前去过她家？"

"是的。我与捕头王二人一同去过她家。"

"为何事而去？"

"查询案情。"

"滞留多长时间？"

"前后不足半个时辰。"

"临走有何举动，可有他人在场？"

"未有任何异常举动，亦无他人在场。"

吴淼水脸色突变："你可知，在你与你的手下离开此妇人不一会儿，即有邻人找她借米，谁知，推开虚掩之门进去一看，她已倒在血泊中。宋大人，黑头妻死因未明，你这位验尸断案名声显赫的提刑官，是否当场验一下这亡命妇人，因何而死，死于何时，死于何种凶器，何人为凶手？在场这些人，唯独你是验尸高手，请吧。"宋慈默然伫立，稍后，上前认真地查验尸体。吴淼水站在其身后，两眼紧盯着宋慈的行动。

"宋大人，验完了？此妇人的死因是……"

"该妇人脖颈处有绳状紫黑斑纹，系被人紧扼脖颈，窒息而死；尸身尚温，手脚未僵，约死于两三个时辰前……"

"还有呢？谋杀妇人的凶手是谁？嗯？是谁这么急于杀死一个从不出门的民妇？宋大人，你怎么……又说不出话啦？"

宋慈以目直视吴淼水，未出声。吴淼水猝然冷笑两声："哼哼！宋慈，你不敢说了吧？你那口若悬河的辩才哪里去啦？你缜密无间的推论推不动啦？宋提刑，宋大人，你八成是心虚了吧？要不，还是让吴某学学你那套招数，替你将此妇人之死，作一番推论，探一回事因？"

宋慈冷冷地说："吴大人，想必你早已摆下什么阵势，既有高妙的推论，就请说吧。宋慈这里洗耳恭听着呢。"

"那好，你听着。那日，本案原告唐二宝被你严词威逼，只身逃往好友黑头家，眼看风声更紧，欲逃出城外，黑头送其出城，不料半道上被人拦截，一番搏斗后，唐二宝侥幸逃生，黑头则被人所杀——"

城外。黑暗中，黑头护送唐二宝行至郊外山坡，忽然从树丛后面跳出两个蒙面人，挥刀向二人砍来。黑头将唐二宝用力一推，催其快逃，自己赤手空拳与蒙面人格斗，终因寡不敌众，被两个蒙面人用刀刺杀。

黑头家。背身的两个人向黑头妻威逼再三，黑头妻惊恐万分，瘫倒在地，不得不吐说出几句话。而后，背身之人便向妇人伸手过去，猛地扼住其脖颈，令其窒息而死。

吴淼水得意扬扬地说："有人以为此事做得干净利落，神不知鬼不觉，却不知，没过两三个时辰便败露无遗了。"宋慈冷笑道："吴知府，这'有人'是指何人？你何不明说了呢？"吴淼水厉声道："宋慈，本官明说了又怎么样？这'有人'便是你！是你这提刑官干的好事！"

宋慈忽然大笑起来："哈哈哈……真是可笑至极，可笑至极啊！吴知府不知哪根筋扭错了位，竟然把杀人的罪名扣到宋某的头上！我堂堂四品提点京畿刑狱，奉了圣命正在追查要案，捕获真凶，居然被你当作杀人凶手，还来这一套荒诞不经的推论？吴大人，我且问你，宋某为何事追杀唐二宝？又为何非杀死黑头，更因何故杀黑头之妻灭口？我看，你是急于公报私仇，头脑发昏了吧？"

吴淼水恼羞成怒："大胆宋慈！本官将你的犯罪事实讲得如此清楚，你还装疯卖傻，佯装无知，看来，只好把你的丑事兜底翻出来了！来呀，把他们带上来！"一衙役押着两个十六七岁的婢女走上堂来。另有衙役手捧一托盘走上来，呈于吴淼水跟前。

吴淼水质问两个年少婢女："本官问你们，可认得这位？"

两个婢女同声说："认得，他是宋大人，我家老爷。"

宋慈大惊失色："你们……你们是谁？竟说我是你家老爷？我什么时候跟你们见过面，你们可看仔细了……"

吴淼水冷笑道："宋大人，不要装腔作势了。她们两个是你蓄养在后街那幢私宅的婢女，你们主仆天天见面，夜夜相伴，还能不认得？"

"什么后街私宅的婢女？这真是天大的笑话，我在后街哪有什么私宅？简直是无稽之谈！"

吴淼水取过托盘上的一张契纸，冷笑道："你可以不认账，但此房契你总赖不掉吧？这上面清清楚楚写着房主宋慈的大名，你自己拿去看吧。还有这张一万两银子的银票，也是在你的私宅搜得的。"

宋慈捧着房契与银票，一时懵了，双手颤抖不止，房契与银票掉落在地："这……这房契，这银票从何而来？这是从何说起啊？"

"宋提刑，这房契和银票嘛，自有来处，这可是人家送给你这位提刑大人的好处呢。"

"谁，是谁送给我的？"

"还会有谁？兵部侍郎史文俊！"

"史文俊？你……有何凭证？"

吴淼水厉声道："史文俊因私通敌国而服罪入狱，自感罪孽深重，故而四处求人，可惜无人愿意帮他，最后求到你宋提刑门下，你与史文俊原本交情不深，只因有这丰厚的钱财交易，才让你利令智昏，使出浑身解数，想方设法替史文俊推卸罪责，挽回败局。你深知此案最紧要处，便是除掉原告唐二宝，令此案死无对证，不了了之。宋提刑，吴某这一番推论，说得对是不对啊？"

宋慈气极了："你……你这是一片谎言，血口喷人！宋某入仕十余年，堂堂正正为人，清清白白做官。我住有府宅，每年俸禄足够开支，要这一幢私宅作甚，拿这一万两银子何用？"

吴淼水冷笑道："是啊，吴某原也不相信呢，外人看来，宋提刑似乎一向甘于清贫生活，怎么也贪图起享受了呢？细一探究，原来宋提刑是为情所困，另有所难。宋提刑与夫人玉贞聚少离多，却与一个名叫英姑的女子形影不离十六年之久啊。这人哪，尤其是男人，谁没个七情六欲、儿女情怀？十六年的耳鬓厮磨能不擦出点火花？可你宋慈错就错在既要做婊子又想立牌坊。既然是男欢女爱，你添上一房又有何妨，可你偏偏又要端着个正人君子架势，明里不做，却在暗中苟合。可这毕竟不是长久之计，于是，有人愿送一幢独家小院，外带万两银子，正好合了一对野鸳鸯的迫切情意……"

宋慈勃然大怒："吴淼水，你牵强附会，胡编乱造，恶意中伤！你……你简直是在重演当年太平县的闹剧！"吴淼水大喝一声："宋慈！要证据吗？我这里还有！请看，这就是铁证！"他从托盘里取来一张小字条。

"那是什么？"

"哼，这才是最重要的证据呢。且听这上面写的什么：咬定青山不放松，旧符换作桃花浓。洗尽昨夜初更泪，绿草依然笑东风。怎么样，拿去看看，看出什么意思了？"

宋慈接过随意看一眼，不以为意："哼，四句不伦不类、狗屁不通的诗，能说明什么？"吴淼水喝道："宋慈，你不要装腔作势了。你可看仔细了，这诗句的笔迹像谁的？嗯？"宋慈再一看，大惊失色："怎么像我的笔迹？"

"这诗正是你亲笔所写！昨日，你死活要进'天'字号死牢见史文俊，名为审查案情，却趁狱卒不备，暗中将此字条递交给他。这四句诗文看似一般，却暗含密语，'咬定青山不放松'，是要他什么也别承认；'洗尽昨夜初更泪，绿草依然笑东风'，是让他放心，外面自有你为其翻案，早晚会出此大狱，平安无事的。是这样吧？"

宋慈一时茫然无措："笔迹是我的，可这诗句绝非我的，昨日我何曾向史文俊塞过字条？这简直……难以置信！"吴淼水奸笑道："宋慈，铁证如山，你就不必多辩了。"宋慈愤怒地瞅着字条："这真是……活见鬼了！"欲将字条撕掉。

吴淼水急急夺回字条，藏掖于怀里，皮笑肉不笑地说："嘿嘿，宋慈，你说吴某是在重演当年太平县的闹剧，不！今天吴某一没动刑，二没逼供，仅以人证物证，便将你的案子审理得一清二楚。哼，你贬了吴某太平知县的时候，吴某是怎么说的？吴某说这官场上没有圣人，我吴某不是，你宋某人也绝非圣人！靠你那么点验死验伤的雕虫小技就想澄清玉宇，纯属痴人说梦！怎么样，这回，吴某的话得以印证了吧？"宋慈冷笑着："哼，所谓人证物证，不过是莫须有之物，如何能证明我犯下大罪？无非是自弹自唱，胡乱定罪。"

吴淼水凑近宋慈耳边，面带奸笑，压低声音："姓宋的，你还别不信，我这胡乱几招，还就能定你的罪，就能置你于死地。当年在太平县，你掘出个死人骷髅，一盆清水，一小撮沙子，能把我吴某人逼上绝路，让我吃罪落难好几年。如今眼下，你还有什么绝招儿可使？你能再想出个绝妙高招儿来个绝处逢生吗？嗯？嘿嘿，傻了吧，宋提刑？"宋慈气极："你……"

吴淼水回到公堂正座，猛地拍响惊堂木："大胆宋慈！身为朝廷四品命官，为一己私欲而庇护罪犯，枉断公案，追杀无辜，实乃鬼迷心窍，有负于圣命圣恩，本府要将你暂行拘押，待禀报圣上，再行定夺。"宋慈大声说："你敢！"

吴淼水冷笑一声："我敢？本府前几天已经抓了一个二品大员，今天抓你这区区四品提刑官，何惧之有？"猛拍惊堂木，大喝道，"来呀，把暗通叛贼贪赃枉法的宋提刑收监！"衙役们一拥而上，将宋慈双手按住了。

装扮成村姑模样的英姑牵着马一进村口，就有一种不祥之感。

果然，在她将寻访的那家旧院墙外，围聚着许多面带惊惶之色的乡人，议论纷纷。听得一乡民说："昨夜盗贼入室，抢了财物不算，还杀了这苦命的孤儿寡母，惨无人道啊！"英姑心里陡然一紧，撒腿跑进院墙一看，不由得大惊失色。

袁妻母子二人躺在院内血泊之中，早已气绝身亡！

英姑回头挤出人群，翻身上马。

一个不倒翁泥人，在桌上摇着。薛庭松面色凝重地对着泥人坐着，愤愤自语一句："哼，执迷不悟，自食其果！"

脚步声传来，玉贞由奶妈陪伴走进来。薛庭松站起来："玉贞。"

"父亲……"玉贞扑向父亲，一时无语，泪水扑簌而下。

薛庭松示意奶妈离去，扶玉贞坐下："玉贞，事情已是这般地步，为父也爱莫能助啊。只怪当年为父看错了眼，把你许配给宋慈……唉，有道是知人知面难知心啊。难怪他当年自作主张，抛家别舍地请命外任，十几年冷淡于你，原来都因为身边有一个红颜知己。哼，如今他自作自受倒也罢了，就连我薛家也颜面尽失啊。哼，简直是忘恩负义！"

玉贞泪眼望着父亲，"您相信这是真的吗？"

"人证物证都摆着呢，能不相信吗？"

玉贞摇头说："可是，我不相信！"

薛庭松叹息道："唉，也难怪你不信。为父一开始也是不信，为此为父还派人去后街暗访，还真有他私置的一座独门小院，布置得相当舒适，还买了两个丫鬟服侍。他的所作所为，真是寡廉鲜耻啊！"

"不，除非我亲眼看来，否则我决不相信这样的传闻。"

薛庭松劝道："女儿，你千万不可造次啊，这可是朝廷挂了号的案子，闹不好把你也牵连进去。"

"父亲，如果是有人恶意陷害，女儿甘愿去和他一起坐牢。"

"混账！"薛庭松骂了一句，旋而一想，又缓了缓口气，"女儿啊，到这时候了，你怎么还一味地向着他说话？宋慈冷淡你多年了是不是？他与那个有几分姿色的小女子英姑，相好不止一年半载，难道你就一点儿也没察觉？你母亲辞世多年，为父唯有女儿一个亲人，难道为了那被欺骗的夫妻感情，竟要抛下我这块老骨头不管？"

"不，父亲，女儿不是这个意思。女儿是觉得这事太过蹊跷。我与宋慈夫妻十多年，虽然聚少离多，但我深知他为人品行，这种荒唐事不像是他的作为呀。还有那位英姑娘，当初是女儿执意要把她留下的，这些年来，我都把她当作妹妹看待。何况，英姑娘也绝不是那种世俗女子。我甚至暗示过她做宋慈的随妾，她都没有心生非分之念，她也绝不可能和宋慈有那暗中苟合之事……"

"好了，别再说了。哼，能以德报怨，是做人的美德，为父赞成。可事关善恶是非，为父不能让你由着性子胡闹！他的事，涉及案情机密，你也不必刨根究底。但有一事为父可以告诉你，宋慈已被打入'地'字号大牢，冯御史与吴知府明日早朝便要向圣上奏明此事。此案只怕远比你想象的要复杂得多。"

玉贞默然走向窗前，凝望窗外郁郁葱葱的竹林。薛庭松走向女儿："玉贞，你虽与宋慈做了多年夫妻，可你们本来就感情淡漠，如今又是他先负了你，他既无情，你也不必有义，为父把你接回家来，日后我们父女相依为伴，不好吗？"

玉贞转过身来，泪水盈眶，泣道："父亲，女儿愿意一辈子陪伴着父亲。可女儿求您一件事，好吗？"

"只要女儿不弃我而去，为父什么都愿意为你去做。你说吧。"

"女儿要去探监。"

"你怎么……"

"女儿要去当面问问宋慈，问他为什么这么绝情，问他为什么不知羞耻，问他为什么知法犯法，可以吗，父亲？"

"这……"

玉贞忽然扑通跪下，声泪俱下，"女儿求您了，父亲，您一定要帮我这一回呀！"薛庭松转身犹豫了一会儿，仍坚决摇摇头："不，这为父办不到！"

提刑司门外。英姑一身风尘地牵着马匹伫立在阴云笼罩下的门外空地上，惊疑不定的目光巡视着不寻常的门外情景：紧闭的衙门；神色诡秘的路人。英姑心里陡然有一种不祥之感，正要上前拍门，忽感觉背后有人在对她指点议论，不由得步子一缓，敛神倾听着。身后传来几个男女的窃语声。

"是她吗？对，就是她，就是她呀。"

"唉，宋提刑一向口碑很好，想不到却毁在这么一位红颜知己手上。"

"这有什么奇怪，自古以来就是英雄难过美人关。宋提刑再是个清官，不也食五谷杂粮，不也有七情六欲吗？"

"可宋提刑为蓄养一个小女子去收受贿赂，犯下王法去蹲大狱，落个身败名裂的下场，太不值啊！"

英姑的血轰的一下就直冲脑门，猛地转过身去，怒视着那些议论者。几个人见状不妙，作鸟兽散。英姑回身奋力捶起那厚厚的衙门："开门，开门呀！"

门忽然开了，阿六惊呼："啊，英姑回来啦！"

英姑直往里闯："大人呢，大人在哪儿？"

"大人他……他入了大狱啦。"

英姑脑子里轰地一响，站立不稳了，"夫人呢，夫人……"

"夫人也不在，她回薛府了……"

英姑突然拨开捕快，撒腿就往外冲去。她激愤不已地跑出大门，翻身上马，往街市飞驰而去，转眼便已到薛府门前。

玉贞正好走出门。她神色黯然，语气沉重："英姑，你回来了？"

英姑愣愣地看着玉贞，心情复杂地开口道："夫人……"随即掉头欲走。

玉贞急问："英姑娘，你去哪儿？"英姑大声说："我去陪他蹲大狱！"

玉贞上前拉住她:"英姑,你不能胡来啊。"英姑忍不住甩出一句话:"可我没有可供避祸的娘家呀。"玉贞一惊:"你……这话什么意思?"

英姑转过脸,痛心地说:"夫人,我一向敬重您,我说过这个世界上再也找不出比夫人更善良贤惠的女人了,我把您当作一个好女人的楷模。可今天,您让我感到……哦,夫人,他不是已经因为我而下大狱了吗? 好,那我就请夫人看在你们十多年夫妻情分上,为我也为他帮最后一个忙:其实这对夫人而言并不难,只要请令尊大人说句话,把我送进狱中去,让我一生一世陪着他,只要我能陪在他身边,把牢底坐穿我也心甘情愿!"

这时玉贞反倒冷静下来:"我相信你说的,这你能做到,可你知道吗,你已错过了良机。"英姑一怔:"什么?"玉贞叹了口气:"几年前,我就暗示过你,我是真心诚意的。可你没有听懂我的意思,也许你听懂了,但你怕给他带来什么口舌之祸,所以你就把对他的那份真情一直深深地埋在心底。可结果怎么样? 别有用心之人不还是无风起浪,他不还是被扣上'为蓄养小妾而收受贿赂'的罪名吗? 早知如此,他当时名正言顺地把你收作妾房,岂不更好!"

英姑意外地说:"夫人……原来您并没有轻信那些莫须有的谣言?"玉贞说:"我不仅相信我的丈夫不会干出那事,我也相信你英姑绝不是那样的世俗女子。"英姑感动不已:"夫人,刚才我不该对您那么言语冲撞,我……"

"我知道你是着急,可这件事看来远不是你我想象得那么简单。"

"夫人,您只能请薛大人帮忙,去向圣上澄清事实,还大人以清白啊。"

玉贞摇了摇头,"我想去探监,没想到被我父亲拒绝了。"

英姑忽然明眸一亮:"夫人要想进大狱探望,有一个人可以帮忙。"

"谁?"

"走吧,我们去找他!"

老狱卒手提一个饭篮,慢慢走到"天"字号囚牢,从篮中取出一份饭菜,放在栅栏外面,说声"史文俊,吃饭了",又走至另一个"地"字号囚牢,取出一份饭菜,放在栅栏外,叫一声:"宋慈,吃饭了。"囚牢里的宋慈静坐一角,一动不动。

老狱卒朝里面望一眼,一边走一边自言自语地说:"这世道也是怪了,进牢房的尽是当官的,一个还没出去,另一个又进来了。"

这时,传来"笃笃笃"的敲门声。

“咦，怎么又有人来啦？不会是第三个当官的要进来吧？”

少时，一个身披斗篷的人，一手提起斗篷遮住脸，从狱中快步而过。

背身之人走过“天”字号牢房时，惊动了正扒着碗里米饭的史文俊。他抬头望着此人的背影，大声问：“你是谁？是谁啊？”背身之人不加理睬，走过去了。

偌大一个“地”字牌悬挂在牢房前。宋慈坐在铺着干草的地上，默然望着对面墙壁，似凝神静思。栅栏外摆着较为丰盛的饭菜，菜里有鱼有肉。听到轻微的脚步声，他坦然回首，见有人悄然出现在栅栏外。

那人慢慢拉开斗篷，却是薛庭松。宋慈不由得一惊，“你……”

薛庭松眼望宋慈，一点头。二人隔着木栅栏，好一会儿，对视无语。

薛庭松轻叹一声：“真没想到，你我翁婿会在这种地方见面。”宋慈平静地望着对方，未出言。薛庭松关切地说：“置身狱中的滋味不好受吧？刚才我特意关照过，给你单独弄点好饭菜，你怎么不吃，是吃不下吧？唉，也难怪啊，这样的处境如何受得了？看你，狱中才过一夜，脸上已添了几分怆然之气。”

宋慈客气多过恭敬：“多谢岳父大人关怀。不过，我倒没觉出狱中时光难挨。这里风雨无碍，冬暖夏凉，有吃有睡，似乎也不错。再则，难得有这清闲时光，可以静静地坐着想一些事，或许也是一种意外收获。”

“宋慈，我已细细看过案宗，你的罪不轻啊！知法犯法，徇私受贿，与钦定要犯串供造假，枉杀无辜，且有许多人证物证。你身为提刑官，知道按律法治罪的话，该受何样惩处？”

“按吴淼水所言，宋慈犯下如此重罪，恐怕连这‘地’字号牢房也不用想待下去了。只是稍知内情的人都不会相信，宋某再傻，也不会做出那种愚不可及之事。岳大人对我应是知根知底的，想必不会相信吧？”

“这……让我说什么好呢？人心难测，鸭胗难剥。宋慈，你想没想过，自己这些年来是否变了许多？官做大了，到了四品，进了京城，是否心也大了，有了某种非分之念？”

“岳父大人所指何事？”

“史文俊一案原由吴淼水审理，已近定案，此事与你本不相干，可你偏又自以为是，向圣上讨得这份差事，穷追猛打，不遗余力。我真不明白，你这样做，目的何在，或是受何人指使？”

“岳父大人，宋某自任提刑官以来，无论放任于外地，还是就职于京畿，查案缉凶，拿贼擒奸，只为百姓社稷安宁，洗冤除暴，此志从未有所改变。再则，宋某入仕为官，没想过要投靠谁，如何又会受人指使？当初我只是对史文俊一案心存疑惑，这才主动请缨，担纲查验之事。谁知，此案越查越复杂，疑问越多，线索杂乱……"

薛庭松急忙打断宋慈的话头："别说史文俊的案子，想想你自己的事吧。趁此事暂未奏请圣上，还有补救的余地。大丈夫能屈能伸，在此生死关头，何去何从，你应该快刀斩乱麻，做一个决断了。"

宋慈沉吟片刻："岳父大人，我不明白，你要我做何种决断？让我承认吴淼水强加在我头上的种种罪名？还是要我三缄其口，从此再不过问史文俊一案？"

"你是聪明人，该怎么做，何须我一一细说？史文俊与你非亲非故，亦无交情，此案本来也不是你提点京畿刑狱的分内事。既然案情疑难重重，查不下去了，你不会知难而退，省却种种麻烦？"

"噢，我明白了，岳父大人是要我抽身而退，不再查究下去。"

"这是上佳之策。"

"这上佳之策，便是任由吴淼水将私通敌国、枉杀无辜的罪名安在兵部侍郎史文俊头上，或杀或放，与我无关？"

"薛某自会从中调解，史文俊可逃过一死，你将无罪开释。"

"如此，宋慈仍可官复原职，从此无事？"

"这个嘛，京官只怕一时当不得了。可我有办法，能给你放一个绍兴知府或苏州知府，官居四品，且是个肥得流油的美差。"

宋慈两眼直直地望着薛庭松，手指着胸口："依岳父大人所言，我宋慈这儿还能安得下一颗怦怦跳动、滚烫火热的心，我这身后还能挺得起这根硬邦邦的脊骨吗？"薛庭松一时语塞："你……"

宋慈伤感地说："岳父大人，可记得当年之事？"

薛庭松一时懵了："当年……当年何事？"

"当年，宋慈少年气盛，为同学孟良臣一案，深入虎穴，身陷危难，所幸岳父大人率部赶来相助，我们翁婿携手合作，最终将梅州两知县谋杀案查得水落石出，沉冤得以昭雪，恶徒受到严惩，百姓欢呼雀跃，圣上龙颜大悦……时隔十余年，宋慈仍历历在目，牢记在心。眼下，同样是你我，面对史文俊一案，却如同水火，不能相容。岳父大人，你身为吏部尚书，尊为国家栋梁，却任凭他人枉受冤屈，要我抽身而退，宋某不禁要问，这，是何原因呢？"

薛庭松动容，挨了良久才缓缓开口："贤婿果然是铮铮铁骨，秉性刚烈，却不知钢之过烈，易损其刃啊。薛某劝你知难而退，自有道理。治国安邦，稳定为上，故先圣有中庸之说，遇事须权衡利弊，两害相比，择其轻者而从之。史文俊一案，错综复杂，多方牵连，越查越乱，人越死越多，再这样追查下去，势必引发种种恶果，必将谣言纷起，民情躁乱，军心浮动，国情不稳。"

宋慈话里有话，"此案原与岳父大人无关，可我怎么听你所言，情急意切，让人觉得这案子好像与你有牵连？宋慈有些不解啊！"

薛庭松怔了一会儿，缓言道："薛某与此案本无关系，更谈不上有何牵连，只不过身为吏部尚书，多年来受恩于圣上，自当担起维护大宋江山稳定政局的重大责任。这才有以上言说，希望此事能一了百了，纵然贤婿对我有误解、有怨气，也顾不得了。"

宋慈语含讥意："岳父大人真不愧为官场老臣，人中俊杰啊。明明是摆不上桌面之事，却要伪饰以华丽的外表，升至维护国家民众大利的境界，又搬出圣贤的中庸之道作为高尚宗旨。宋慈肚里文墨不多，想不出那么多道道，也说不了那些冠冕堂皇的话。我只认准一条，审清案情，查明真凶，洗冤除暴，方可国泰民安，天下太平。"

薛庭松气急起来："难道你为一个人人厌恶的草包莽汉，决意要闹翻京城，搅乱官场，得罪亲朋师长，弄得天下不得安宁吗？你……你这样做值得吗？有此必要吗？"

"宋慈审案，向来认案不认人。杀人须得偿命，冤屈终要伸张。自从做了这提刑官，辗转各地，审案数百宗，至今尚未有一件错案冤案，故而，虽身陷大狱，含屈于奇冤之中，也足以慰藉此生。"

薛庭松轻叹一声："如此看来，你是听不进我一句劝词了。"

宋慈大声说："主意已定，铁心难改。"

薛庭松起身："既然如此，我也没什么可跟你说的了。我走了。哦，顺便告诉你，玉贞已回薛府暂住一阵。你就踏踏实实待在这里，好自为之吧！"

薛庭松走出几步，宋慈忽然叫了一声："岳父大人！"

薛庭松赶紧回头，面露喜色："你……改主意了？"

宋慈却问："岳父大人，是否还记得十几年前的一桩往事？"

"何事？"

"那日，天色晴好，风和日丽，岳父大人与一些官员在西湖上泛舟，忽然有一年轻美貌的女子，在湖边高叫一声，而后跳入湖中……"

薛庭松面色猝变!

"岳父大人?"

薛庭松掩饰道:"我不懂你在说什么。"

宋慈淡然笑道:"不,岳父大人,你明明知道我在说什么。"

"不,我不想听你胡说,你好自为之吧。"薛庭松说着,就想快些离开。

宋慈自顾自说下去:"虽然时隔十六七年,宋慈却记忆犹新,当时那女子跃入湖水,岳父大人脸色异常,显得十分焦急。而后有人救起那落水女子,岂料她已将一把锋利的剪刀插入胸膛,血水染红了西湖之水……"

薛庭松缓缓转过脸来,却是一脸冷漠,"此时此地,你说此事,想干什么?那女子自寻短见,与老夫有什么关系?啊?"

"此事宋慈一直悬挂在心,不知那女子何故自杀于西湖边,且于临死前有那一声高喊……岳父大人想必还记得清楚,她喊了什么?"

薛庭松支吾着:"这……十几年以前的事,我哪还记得起来?"

"哦?记不得了?可我知道,当时岳父大人出资为那自杀女子买棺木,建墓地……"

"眼看无名女子暴尸湖边,薛某于心不忍,不过是出了几一两银子,做了一桩小小善事。"

"岳父大人果然是慈悲之人,这无名女子死后入土十几年,还有人给她扫墓烧纸。就在前几日,还有人去那墓前奠拜,那奠物竟是一幅画,可惜那画已残破不堪,可还能看得出来,那是一幅《春燕图》。"

薛庭松身子微微一颤。宋慈大声说:"就是这幅《春燕图》让宋某突然想起,当时那亡命女子临死前对着西湖大声喊的是:'燕子'!"

薛庭松面色惨白,气急起来:"你……你说这些与我何干?我不想听,不想听!告辞了!"说罢急急而去。

湖面宽广,暮气氤氲。湖面上有不少渔船。捕头王扮作打鱼人模样,一边摇橹,一边张望着湖上动静。挨近一条渔船,他笑着向对方打招呼:"大哥,打了多少鱼啦?"正在收网的壮年渔夫回道:"还好,有百十斤鱼了。"

"噢,真不错嘛。可以卖不少铜钱了。"

渔夫怨道:"哪有那么好?我们这船是租的,打回的鱼得有一半交给庄主呢。"忽见网上挂着一条脊背闪着暗红光泽的鲤鱼,渔夫赶紧抓鱼,面露喜色:

"好啦，总算抓到一条红鲤鱼了!"捕头王说:"这红鲤鱼有什么讲究吗?"

"你是外乡过来的吧? 我们当地人有说法，吃红鲤鱼避祸消灾。庄主有个京城来的朋友，怕是遇上麻烦事了，船主再三交代……唉，总算给抓了一条。"

捕头王眼里闪出一丝喜色:"哦，原来是这样。"

冯府书房，闯进两个不速之客，是玉贞和英姑。冯御史听她们一说，顿时露出一副爱莫能助的神色:"玉贞啊，不是老夫不想帮你这个忙，你知道，那'天'字号、'地'字号大牢的狱规可比别处的要严得多，向来是不许亲人探监的，老夫实在是不敢破这个例呀。"

英姑说:"冯大人是不敢破这个例还是不愿帮这个忙?"

"英姑你该懂些大宋律法，我身为御史，不能知法犯法呀。"

英姑故意说:"夫人，既然冯大人有难处，我们就不难为他了。走吧。"

冯御史松了口气:"走啦? 哦，那老夫就不送了，走好走好。"

英姑欲走又止:"哦，有件事不知道该不该给冯大人提个醒。"

"什么事，你说吧。"

英姑慢慢说:"当初嘉州库银失盗，想必冯大人一定记忆犹新。"

"这……当然记得，当然记得。"

"那案子虽破了，但二十万两官银只追回十万两，还有十万两不知所终。"

冯御史脸上不自然起来:"啊，哦，对对，十万两银子就像长了翅膀飞了似的，找不回来了。"英姑突然大声说:"不，那十万两已经有了下落。"

冯御史心里一惊:"啊! 在……在哪儿?"

"哼，冯大人真是贵人多忘事。那十万两银子由袁捷妻押运到了京城，通过醉花楼店主沈彪，孝敬给了朝中各位高官大员，此事只要将袁捷妻带回京来指认沈彪，便可水落石出。这件事宋大人可只对一个人说过。"

冯御史不安起来:"有这事? 宋提刑对谁说过?"

"当然是宋大人最信得过的冯大人呀。"

"啊? 哦，好像有这回事，可这不关老夫的事，就没往心上去。"

英姑大声说:"不对! 冯大人要是真没往心上去，怎么会有人抢在提刑司的人赶到之前，下黑手杀了袁妻母子?"冯御史大惊:"袁妻被杀了? 不可能。"

英姑取出一份格目:"这是一份袁妻母子被害现场的验尸格目，上面清楚地记录着袁妻母子的尸检初情。冯大人要不要亲自审阅一下?"

冯御史惊道:"那沈彪怎么会……哦,啊,这事,我实在不清楚啊。"

英姑故意说:"既然此事与冯大人无关,那就请夫人把这份格目送进宫去,夫人不是和慧珏公主很有交情吗?就请慧珏公主把它转呈给圣上……"

冯御史连连叫道:"欸,玉贞,玉贞啊,你不就是想进'地'字号大狱去看看宋慈吗?毕竟十多年夫妻了,这不是人之常情吗?走走走,冯伯伯亲自陪着你去,看他们谁敢阻你。怎么样?"玉贞回头看了看英姑,"那就多谢冯伯伯了。"

渔夫提着一条红鲤鱼在院门外高喊:"庄主,红鲤鱼打来了。"

院墙一侧,捕头王隐匿其后,偷偷朝院内张望。

院门开了,走出一个四五十岁的男子,即庄主,喜滋滋地接过红鲤鱼:"好好,果然好兆头,打到红鲤鱼了!二宝,二宝兄弟——"他边喊边往里走。

屋内走出一个黑脸壮汉,穿一件庄户人家衣衫,正是唐二宝。

庄主乐呵呵地举着鱼:"你看,红鲤鱼打来了。你就放下心在我这儿好好住着,晚上,把这条红鲤鱼下油锅煎了,我们兄弟好好喝几盅!"

院墙外的捕头王脸上露出一丝笑意。

冯御史气喘吁吁地来到狱门前,玉贞和英姑紧随其后。冯御史对着狱吏说了几句话,狱吏点头。冯御史回头向玉贞招手。玉贞招呼道:"英姑,走吧。"

英姑走了两步,突然站住了:"夫人,还是你一个人进去吧。"说完,回头就跑开了,跑出一段,她往墙根上一靠,闭起双眼,却禁不住潸然泪下。

玉贞看着远去的英姑,心里不禁也泛起阵阵酸楚。她只得慢慢向狱内走去。

老狱卒带玉贞走到"地"字号囚牢前:"宋慈,有人来探狱了。"面向内壁静立而思的宋慈转过身来,不禁惊诧地说:"是夫人……"玉贞心情复杂地看着丈夫。二人相视良久,宋慈轻声说:"玉贞,你……何必来看我?"

玉贞带着怨声说:"我难道不该来吗?不管怎么说,你我也是十多年的结发夫妻啊!"宋慈苦笑着摇了摇头:"不,想必临安知府吴淼水给我安的那些罪名你也听说了。其中一条……"

"其中有一条便是你暗置私宅,蓄养小妾对吗?"

"对。你不为此而怨恨宋某,不想责骂宋某道德败坏、猪狗不如?"

玉贞摇了摇头:"我知道,我嫁的男人绝不是那么傻那么笨的人。他当了十几年提刑官,熟知律法,断案如神,查办了那么多疑案要案,洗清了那么多冤情，惩处了那么多坏人恶棍，他的心胸，就像明镜似的，除非鬼使神差，他绝不会做那种下三烂的丑事。"宋慈有些意外："你……你就那么相信我？"

玉贞语气坚决："我不但相信你，也相信英姑。"

"你……你不是为了安慰我才那么说的吧？"

"我嫁到你宋家十多年，算不上是称职的妻子，但也不至于平庸愚钝到不识事理、不懂人情的地步。你我相处虽说不那么融洽和谐，终究也是知根知底。你与英姑……"

宋慈大声说："我与英姑……苍天可鉴！"

"其实你大可不必这么对我表白。所谓蓄养小妾的后街私宅，我已经去探访过了。"

宋慈一怔："哦，如此说来，你毕竟还是心存疑惑，所以要去看个究竟。"

"不，我不是因为相信了谣传才去后街探访，我是要去亲眼看一看，他们是怎么陷害我丈夫的。"

宋慈深感意外，久久地看着妻子。玉贞说："我已经知道，那两个在大堂上指证你的婢女，是他们三天前才从乡下找来的。这说明什么？"宋慈接口道："这足以证明所谓后街私宅蓄养小妾的证言，纯属有人授意的伪证！"

"所以，他们用那么下三烂的雕虫小技陷害宋提刑，简直是自惹笑柄。"

宋慈大笑起来："哈哈……可是，就凭这种下三烂的雕虫小技，他们还就能把一个二品大员囚在'天'字号，把一个四品提刑官投进这'地'字号大狱。大宋律法，竟被他们玩弄于股掌之间，大宋社稷危矣！"

玉贞惊问："他们是谁，究竟是谁在陷害你？"宋慈突然愣住了，慢慢转过身去，面壁而立，久久没有开口。玉贞催道："你为什么不说话？"

宋慈一时难以说出口："我……我不说，是因为我要说的话太过沉重。"

"啊，什么？"

"夫人，你大概不会想到，两个时辰前，你的父亲，我的岳父大人，刚刚来探望过宋某。"

玉贞惊诧不已："啊，父亲他来看你？"

"他来此是为了劝我放弃审理史文俊案。我若是听从于他，便可轻松出狱，官复原职。"

"这……这怎么可能？史文俊的案子与父亲本无干系啊。"

宋慈从怀里掏出一件东西，是那块鸡血石印章，示于玉贞："这块印章，你在家时可曾见过？"玉贞接过印章，细辨其字，轻声念出："偶得佳句共剪窗？好像父亲书房里有一幅他自己写画的字画，题款上有这方印章。"

"果然是这样。"宋慈又拿出绣了一只飞燕的绣巾，"你想必也能记得此物的主人？"玉贞一怔："这……这绣物是……"宋慈问："十几年前，薛府是否来过一个会绣花的年轻女子？"玉贞脸上皮肉一颤："绣花女？莫非父亲……"

"玉贞，现在你明白了吧？"

玉贞背身无语。宋慈诚恳地说："夫人，此案只怕涉疑过深，你还是回避吧。"

玉贞慢慢转身，用痛苦的目光凝望着宋慈。

小村庄，夜深人静时分。院内悄然闪过一个高大的黑影，守伏在一个小矮房旁边。稍后，屋门开了，走出一个人，脚步略有些踉跄，嘴里哼哼唧唧，往小矮房走来。那个守伏着的高大汉子无声无息地跟随其后，猛扑上去，在那人后背猛击一掌，令其软瘫下来，即用一个布袋套住此人。高大汉子将包在袋中之人往肩上一扛，快步而去。

转眼间，扛包的高大汉子已在一个山神庙中了。此时，夜色如墨，地处偏僻的山神庙，寂无人声，只是偶有野兽的吼叫声传来，令人汗毛直竖。

庙内一角，慢慢燃着一堆篝火。高大汉子就是捕头王。他因抓捕行动终于成功而得意不已。坐在火堆旁，不时地瞟一下不远处地上的布袋。那布袋渐渐有了动静，开始扭动起来，发出"嗯嗯"的叫唤声。

捕头王走过去，把袋口的绳子解开了。只见唐二宝蜷曲着身子钻出袋口，张皇地看着周围，眼神里充满恐惧。

捕头王手中玩着一把寒光闪闪的匕首，眼珠子瞪着："你还认得我吗？"

唐二宝见是捕头王，惶急地跪下："认得认得，你是天神雷公菩萨，是追命阎王，小的逃到哪里，你就能追到哪里……求你饶了我，饶过我这条小命吧！"

捕头王厉声道："想保命的话，就老实招供，不许讲一句瞎话！哼，这天高皇帝远的破庙里，神不知鬼不觉，干什么都行。你敢在我面前玩花招儿、耍心眼儿，我就用你这把刀，也给你来这么一下！"说着用刀在唐二宝脖颈上比试一下。

唐二宝吓得直哆嗦："我说实话，全说实话，求你饶我不死……"

驸马府，后厅内摆着表演傀儡戏的戏台，正演得热闹，木偶们打闹翻跳，幕后操纵的艺人百般摆弄，嘴里唱着念着，诙谐有趣，令观者欢欣不已。

下面观看的是宋皇和慧珏公主。他们看得十分开心，笑声不绝。

一个小丫鬟来通报，有人拜访。慧珏公主一见来人，顿时笑逐颜开，迎了过去："玉贞，什么风把你给吹来啦？来，快快见过我父皇。"

玉贞向宋皇行礼："圣上。"宋皇一时认不出来："这是……"

慧珏笑道："父皇，你忘啦？她是吏部薛大人的女儿玉贞，与慧珏同年同月生，自幼我俩便一起读书，至今亲同姐妹。"

宋皇若有所思："哦，是玉贞啊。"玉贞鼓足勇气："圣上，玉贞有一事相求，不知能否应允？"宋皇望着玉贞，心情沉郁："我知道你求什么。你父亲把你许配给宋慈为妻，听说你们夫妇关系不好。这回，他收受贿赂，草菅人命，置私宅，养妾房，罪名不轻。朕……不会饶过他的。"

玉贞急切地说："不不。圣上，玉贞只求圣上明察秋毫，辨识真伪，还宋慈一个清白之身。"宋皇略感意外："嗯？你说，宋慈是清白无辜的？"

"圣上，宋慈任提刑官十余年，洗冤除暴，清廉刚正，从不为钱财所感，不为名利所动，他人不识不解，我做妻子的怎会不清楚？所谓置私宅、蓄小妾，据玉贞所知，完全是无中生有，故意栽赃陷害。请圣上明察秋毫，还以真相。"

宋皇为难地说："是这样吗？这我就不明白了。宋慈一案，是冯御史与吴知府一起向我奏报的，难道……他们是诬告不成？"

"那吴知府，早年在太平县为知县，草菅人命，鱼肉百姓，被宋慈一纸公文革除官职，故而怀恨在心，借此机会公报私仇；冯御史年老昏聩，受人蒙骗，也在所难免。"

"照你这么说，宋慈有可能是被冤枉了？"

"确实有冤。玉贞愿以性命担保！"

宋皇感叹道："唉，难得你有这一片真诚之心。只是，宋慈除受贿赂置私宅外，又有与史文俊暗中串供杀死证人的罪名。你虽有心为夫申冤，如何查清其中真伪？玉贞，你一个官家妇人，能抛头露面到外边查案去吗？"

玉贞怔住了："这……"慧珏忙说："哎呀，父皇真是开玩笑，玉贞一个足不出户的弱女子，让她如何审得案子？我倒有一个妙招儿呢。"

宋皇问："什么妙招儿？"慧珏暗中朝玉贞递个眼色："我想啊，这个案子太复杂，太难办了。若让刑部御史台那些官员去查办，不知会查到哪年哪月呢。依我看，干脆，解铃还须系铃人，让宋慈自己查办此案。"

宋皇惊道："什么？让宋慈自己查案？"

"是啊，他若能查实被人诬陷的确凿证据，则恕其无罪；若是找不着证据，那就对不起，照样治他的罪，还要严惩不贷。父皇，你说我这主意妙不妙？"

"这是什么妙招儿啊？宋慈眼下获罪在身，关在牢里，他已是一个人犯，岂能让他去审讯他人，查清案由？万一他借查案为由一逃了之，岂不乱了套吗？"

"这个……"

玉贞灵机一动："圣上，这样一说，玉贞倒有个两全其美的主意了。宋慈身为疑犯，不能为自由之身，圣上可特许他身披枷锁，手戴镣铐，虽出牢狱，而不必担心他逃走。这样，就能容他有机会查清疑案，为自己洗清冤情了。"

慧珏高兴地说："这真是个好主意！父皇，你就点个头吧。"撒娇地摇着其父的手。宋皇犹豫不决："这个……历朝历代，似乎从未有此做法。"

"父皇，你独树一帜，标新立异，乃一代开明君主的典范！"

宋皇乐了："还是我女儿脑瓜子聪明，说得有理。那好吧，朕特许宋慈戴罪立功，查清疑案，洗白冤情。珏儿，这事就由你代传吧。"慧珏高兴地应声："珏儿遵命。"玉贞倒地拜谢："圣上英明，玉贞代宋慈拜谢了。"

宋皇扶起玉贞，推心置腹地说："其实，朕对此事也是心存疑虑的。宋慈为提刑官十余年矣，查案审凶，少说也有数百起，桩桩件件，莫不准确无误，真伪分明，朝中官员无人不夸，街市百姓众口皆碑。忽然说他也犯下重罪，锒铛入狱，你说朕的心里是什么滋味？连宋慈这样维系大宋律法，保定大宋江山的提刑官都贪赃枉法、草菅人命了，满朝文武，我还信得过谁？大宋朝廷的半壁江山还能靠谁来支撑？那不已成一堆纸糊之厦，不需吹灰之力便要倒塌了吗？"

"父皇说得极是。慧珏定将此言转告宋慈，让他感恩戴德，定不辜负父皇爱惜臣子的拳拳之心。"

监狱内的一间候审室。

宋慈身负锁链跪在地上，听慧珏代传圣命。旁边恭立的是冯御史与吴淼水。

"圣命代传完毕，宋慈谢恩吧。"

宋慈激动不已，泪流满面，大声说："宋慈谢圣上洪恩！"

冯御史和吴淼水面面相觑，不敢相信。冯御史对慧珏拜揖道："公主，圣上可是当真如此特许？"吴淼水不满地说："从古至今，未曾听说有此先例……"

慧珏严厉地说："吴知府这话什么意思？是说当今圣上不遵古训，有违先例？"吴淼水赶紧欠身作揖："不敢，不敢！"冯御史赶紧换了口气："当今圣上乃英明之主，如此处置，确是两全之策，冯某衷心拥戴，一定照此办理。"

宋慈神情已定，语气坦然地说："公主，宋慈既领圣命，当全力而为。只是，有一事不明，还要请教公主。"

"说吧。"

"圣上允许罪臣戴罪审案，负镣洗冤，那么，宋某应有权查阅所有案宗，审问所有涉案者，而不必受人掣肘了吧？"

"这个自然。父皇既让你戴罪查案，必定赋予你这样的权力。"

宋慈傲视左右："在座二位大人，想必也听清楚了吧？"

冯御史、吴淼水不太情愿地"嗯"了一下。

宋慈又说："再有一问。宋某既有查案阅卷的权力，这办公事阅案卷的场所该在何处？这副模样回提刑司自然不妥，进御史台也不方便，叫吴知府让出府台部门，只怕他也不肯让呢。那么，宋慈该在何处落脚安座、办公查案呢？"

慧珏一怔："哟，这倒是个事呢。那……宋慈，你说呢？"

宋慈淡然一笑："既然宋慈罪名未除，自当留在狱中，不过，在囚牢里办理公案，宋某倒是无妨，只是他人进出不方便。我看，干脆就在此地摆一个案台，搬一张椅子，白天宋某在此坐着办公事，晚上嘛，还回牢中睡觉。你们看，我这样负罪查案如何啊？"说罢，他突然发出朗声大笑，手上的铁锁链哗哗作响。

狱内小屋已成戴罪审案的宋提刑的临时公堂。一张案桌当中摆着，手戴铁镣的宋慈端坐在案桌前，认真地审阅案卷。屋内还有吴淼水和冯御史。小屋内因无别的座椅，二人只好无奈地直立着，一脸的丧气。

宋慈抬起头："吴知府，史文俊案的所有案卷，都在这里了？"吴淼水勉强地说："是的。"宋慈讥笑地抖动案卷："哼，看来吴知府比之以往当知县时并无长进，仍然是偏听偏信，草率行事，如此审案，岂有不造成冤案错案的？"

吴淼水不服气："宋提刑有何高见，不妨说出来，让吴某领教一回？"

"不必性急，吴知府，宋某还想看几样东西。嗯，我还要看唐二宝的两件证物，即腰牌与书信，还有告本人暗蓄私宅的房契、银票。切记，还有一件重要物证，即宋某与史文俊串供的字条。吴知府，请问这几件证物可在？"

"这……冯大人，宋提刑毕竟是戴镣负罪之人，怎能将这些重要的物证交到他手中？"

冯御史支支吾吾："这个……这是有点难办呢。"宋慈用惊堂木重重一拍："放屁！宋某乃圣上特许戴罪查案之京师提刑官，有权查阅全部案宗及涉案人。不让我看重要物证，就是心中有鬼，难道不怕我告你们欺君之罪吗？"

冯御史慌急不已："别……别发火，宋提刑。吴知府，你快叫人去拿来吧！说的也是，查案子没物证怎么查得清呢？"吴淼水不满地瞪了冯御史一眼："你……你可真是刀切豆腐——两面光，会两边讨好，哼！"说罢悻悻而去。

宋慈望着冯御史，冯御史面带羞色，不敢对视。

宋慈叫一声："冯大人。"冯御史忙应声："宋……宋提刑。"

"你看宋某这副戴镣查案的架势，是否有几分英武之态？"

"这……是有特别之处。"

"那么，你对宋某这回戴镣查案的前景，又是如何看的呢？"

"这个……想必是事如人愿，大功告成。"

宋慈笑了起来："冯大人真是心慈之人啊。既有此慈善之心，如何还会信他人之言，以为宋慈做了种种荒唐勾当？"

冯御史尴尬不已："这……这全是吴淼水搞的鬼名堂！后街私宅之事、银票、房契，还有那张与史文俊串供的字条，都是他拿来的。宋提刑啊，这些事我可是一点儿也不知道啊！"

宋慈质问道："既然不清楚，你为何助纣为虐，与吴淼水一起将我告上朝廷，害我关进大牢？想必你这位御史大人心里也有点发虚吧？是因袁捷那十万两赃银之故吧？"

冯御史浑身一颤："唉，冯某入仕几十年，官至御史，谨慎行事，不敢造次，只因一时贪财，得了些银子，从此做人便直不起腰了，悔恨不已，悔恨不已啊！唉，宋提刑，事到如今，我也斗胆劝说一句，史文俊一案，案情复杂，你查案也该点到为止，就不要穷追猛打了。"

"哦？这又是为什么？"

冯御史欲言又止："这里面牵涉朝中重臣，还有你的……你就不要再问了。宋提刑啊，做人为官，要一辈子立得稳、挺得直，确是很难很难的啊！这回你获罪坐牢，蒙受了不白之冤，日后，你在官场上久了，就会知道，这回也让你长心眼长见识了啊。你想，史文俊虽有战功，但他为人处世太过分，这才会墙倒众人推，你又何必为他卖力，得罪了至亲好友……我可是把话说到底了，宋提刑，亲仇恩怨，这里面的因果，你懂了吧？"

宋慈一笑："冯大人言中之意，宋慈全明白。只是，宋某查案，从无半途而废、浅尝辄止的，为官至今，不曾遗下一桩错案、一件冤案。史文俊一案，宋某必将一查到底。"

狱中。吴淼水一脸无奈地手托几件证物来到宋慈办公事的小屋，将那些证物放在宋慈面前的桌案上。宋慈将那几件证物一一查验，对吴淼水说："吴知府，劳你大驾，还请你把在公堂上指认我为私宅主人的两个小丫鬟带来，哦，还有这张银票的钱庄之主，以及后街那幢私宅的原房东，都请到这儿来，本人要与他们一一对质，查询事实，录下口供。"

吴淼水慌急起来："这……这些人让我一下子怎么找得到啊？"

"找不着吗？冯大人，要不你也一同帮吴知府去找一找？京城不过方圆十几里，二三十万人家，哪能找不着人呢？冯大人，你说对吗？"

冯御史忙点头道："对对。应该能找着人。吴知府，你我这就帮宋提刑去找证人，走吧？"吴淼水气急："你……你可真会见风使舵啊！走！"说罢气冲冲而去。冯御史急忙跟上，"吴知府，等等我……"

宋慈坐在桌案前，将几件证物一一拿起来观看，陷入沉思之中。捕头王与英姑直闯进来："大人。"宋慈激动地站起来："捕头王，英姑……你们可回来啦！"

二人望着身负铁镣的宋慈，又是心酸又是愤然。英姑手抚铁镣，眼里含泪："他们怎么这样狠？大人，英姑晚了一步，袁家的孤儿寡母已经遇害。"

宋慈并不感到意外："唉，我已料到了。"

捕头王笑道："大人，我可是给你带来了好消息，唐二宝那家伙已让我抓到，他全招啦。"宋慈脸上露出喜色："好。我们商量一下，如何行事。"

街市上。行人如织，车马如梭。吴淼水急急而行。冯御史跟随在后，不肯落下一步，累得直喘大气。吴淼水回头责问："冯大人，你老跟着我干吗？"

冯御史反问："咦，吴知府，你不是去找人吗？冯某身为主审官，帮你一起找人，难道还有错吗？"吴淼水一脸不耐："谁要你帮这种忙啦……"

不远处，有人暗中向吴淼水做手势。吴淼水转脸笑道："好吧，你冯大人是好心好意，这样吧，你我分头找人，你从这边寻，我从那边找。行吗？"

说罢，吴淼水急急往人丛中钻，一拐一转，把老眼昏花的冯御史甩开了。冯御史东张西望，不知所措："咦，吴知府，吴知府……咦，这吴知府去哪里啦？"

吴淼水急急朝一个衣着华贵的男人走去。此人正是醉花楼店主沈彪。两人一同进了醉花楼。

牢狱中，一间特别的牢房，房内摆设如同书房，有一张矮几，上面置放着一些案卷及物证。一盏油灯忽明忽暗。

宋慈端坐在矮几前，手上拿着一封书信，嘴里轻声念着："'咬定青山不放松，旧符换作桃花浓。洗尽昨夜初更泪，绿草依然笑东风。'我何曾写过如此粗劣的诗句？可这字偏又像我的笔迹……"左看右看，难释其疑。这时候，他又似从前那样，费心思考问题时，便想到泡脚，两只脚不由得左右攒动，脱口叫出："英姑，泡脚……"忽觉已身在狱中，不由得苦涩地一笑，仍低头察看书信。

不知不觉中，有人在他脚下摆了一个铜盆，盆内热水冒出热气。且有人动手脱下他的鞋袜，把他的脚摆进铜盆内……他一看，这才惊诧地发觉，为他洗脚的，竟是夫人玉贞！

"夫人？哦，让我自己来吧。"他想伸手下去洗脚，发觉自己戴着枷锁手铐，十分不便，又要把自己的脚从盆里拿出来，却被玉贞紧紧按住，不让离去。

两人对视良久，眼里竟都涌出热泪。

宋慈感激地说："夫人，这么些年来，你我聚少离多，为夫从来没有认真专注地看过你几眼，如今想来，惭愧！真是惭愧！"越说越激动起来，"夫人，宋慈进了这'地'字狱，本以为此生难有出头之日，哪知夫人捐弃前嫌，鼎力相助，进宫为我讨得戴罪查案的机会，宋慈得以重获生机……唉，宋慈真是枉做了十几年提刑官，查案审凶，未有失眼，偏偏对自己的夫人，却是心不清、眼不明，不识其深明大义，反而屡屡冷落于你，宋慈对不起夫人啊！"

玉贞泪如泉涌："官人，有你这句话，玉贞一辈子都知足了呀……"扑倒在丈夫怀里一阵痛哭。宋慈抚着玉贞的后背，感叹道："此番史文俊一案，错综复杂，盘根错节，牵涉许多有权势之人，宋慈查探至今，对案底略有所察。我想告诉你，此案恐怕会涉及你我的至亲……"

玉贞忙拦住话头："我是个局外之人，你不必将案情内幕对我细说。哦，官人，玉贞告辞了。"宋慈想拉住玉贞："等等——"身子往前一倾，竟将桌上的书信带进了铜盆中。水渐渐浸湿了信纸。

夫人走了，宋慈怅然若失，想擦脚，忽然发现水中的证物，连连抢捞："哎呀，这可是要紧的证物，不能弄坏的……"拿起书信，赤着光脚，连连甩动，又放到灯旁烘烤。忽然，他望着那被烘烤的湿纸，眼神中闪出惊喜之色。

醉花楼下，酒楼靠着闹市的一侧地上倒卧着一个人。地上血水流了一大摊，那人显然已死了。临安府及提刑司的衙役来了一大帮，带着家伙将死者围住。

宋慈与吴淼水同时站在死尸前，不同的是，一个着官服，一个是戴着铁镣的囚徒。宋慈对吴淼水说："吴知府，你我谁验尸啊？"

吴淼水皮笑肉不笑地说："宋大人，你是高手，还是你请吧。"

宋慈也不客气，走近死者，将身上铁镣撩至一侧，蹲下身，伸手将死者伏地的脸扭过来。他不由得一惊："是他……"死者是醉花楼店主沈彪。

宋慈走进酒楼雅室内，询问几个半醉的酒客。

"我们几个正喝得开心，忽然外面楼下有人喊沈老板，喊声很急，他应了一声，就走出去，哪晓得……"

"哪晓得外边临街的扶栏竟已腐朽，沈老板已有几分醉意，身子又重，一靠扶栏，扶栏断了，人就跌下去了。"

宋慈一愣："哦？扶栏……"雅室有临街外开的一个阳台，喝酒时可出门扶栏观街上之景。宋慈朝门外走去，捕头王提一盏小灯笼随着。

木扶栏一侧已倒下，看那木料，似乎不太陈旧。宋慈凝神而思，忽然有所触动，示意捕头王照亮扶栏一侧柱子上的榫头接口处。只见榫头有被锯的痕迹。他随即将那歪倒的上横栏拉过来，横栏上的一端也可看出一截被锯的切口……

吴淼水走过来："宋大人，怎么样？"宋慈淡淡地道："有人不想让这位店主开口说话，在此做了手脚。吴大人，不知那位幕后人物，会不会日后对你也来这么一下？"吴淼水听了，顿时面色灰白。

皇宫后殿，华丽的大厅内摆了几个座椅及茶几、碗盏、水果等物。

吴淼水、冯御史悄步入厅。二人探头张望一下，见厅内无人，欲退，被两个婢女拦住："二位大人不要走。公主吩咐过，请你们先坐着等一会儿，她把圣上邀来，让你们陪圣上一块儿看傀儡戏。"

冯御史松了一口气："原来公主传我们来后宫，是请我们陪圣上看傀儡戏的啊。好好，吴知府，来，我们坐这儿，先喝口茶，歇歇脚。"

吴淼水环顾四周："今天唱的会是哪一出戏啊？不会是鸿门宴吧？"

冯御史大大咧咧地坐下："你真是会乱猜乱想。陪圣上看戏，哪会有什么鸿门宴？这儿是皇宫后殿，你说话要小心，可不要犯上啊！"吴淼水老实地坐下了。

一阵喧笑之声传来，宋皇与薛庭松相携而入，随之进来的是慧珏公主和玉贞。慧珏笑着引宋皇及薛庭松至当中入座："父皇，请坐这儿。薛大人，你是大宋重臣，公务繁忙，今日难得进后宫来，陪我父皇看一回傀儡戏，是给我的面子啊。"薛庭松笑道："公主有请，我薛某哪怕是天塌下来，也要来啊。"

玉贞与父亲擦肩而过，玉贞望着父亲，那人竟似未见她，木然而过。

玉贞悄然坐于冯御史身边。

宋皇对薛庭松说："以往我常听人说，临安城的艺人们摆弄傀儡戏很有趣，很好看，总以为那不过是平民百姓自寻开心的低俗之物。那天，公主叫一班艺人在驸马府演了一回，我看了，真是不错。薛爱卿，今天你也开开眼。"

薛庭松强笑道："好好，有机会与圣上同乐，也是为臣的福分啊。冯大人，吴知府，你们说是不是啊？"冯御史连连点头："是的，是的。能与圣上同乐，乃我等莫大福气。"吴淼水出语小心："是，是，是我等的福分。"

宋皇问慧珏："欷，你的傀儡戏艺人躲在哪里，今天演的哪一出？怎么还不开始？"慧珏神秘地一笑："别急，父皇。今天这出戏的戏名，叫'新编王魁负桂英'，很好看的。听，锣鼓响了，马上就开始。"

拦在前面的一块布帘慢慢拉开，露出表演傀儡戏特有的装置，用一道画了纹饰的半截布头做围栏，后面是表演区。锣鼓响起，即有两三个木制的傀儡出现在围栏上方。傀儡戏的表演者在围栏下方手举木杖，木杖上是戏中人物，以线牵引双手，做出各种动作，表演者嘴里讲出故事中人物的对白与唱腔。

傀儡戏进行之中：一男一女在调笑弄情……

吴淼水轻声对冯御史说："我看过傀儡戏，'王魁负桂英'我也看过，可没见过有这出'新编王魁负桂英'的。"

慧珏说："欷，戏是人编人演的，演多了，看过了，不新鲜了，就换新的，编新故事，招引看客嘛。这出戏很有意思。吴大人，你耐心看下去，一定会觉得不虚此行的。"吴淼水偷偷翻了翻白眼。

傀儡戏渐入佳境：那一男一女终为私情所累，女人怀了身孕而导致私情败露，被迫离去。女人于风雪之夜艰难产下一女，因难以养活，只得将婴儿托送路人。她恨男人负心，携刀欲去行刺，却因体力不支，倒在府门前，将刀插进自己的胸口。临终唱一段《如梦令》：

昨日梦里红装，转眼烟飞如蝗。但问风雪地，茫茫何处故乡。

苦矣，苦矣，今夕魂丧路旁……

宋皇看得津津有味，脸上带笑，不时地随着唱腔用手轻轻拍打着茶几，为戏中人打拍子。慧珏小声为其讲解剧情。

慧珏身边的玉贞转脸看着父亲。薛庭松随傀儡戏的剧情进展，脸上渐渐起了异状，额角有了汗水，渐渐显得坐立不安起来。

傀儡戏进入高潮：婴儿已长成可爱的少女，偶遇那男人，被其看中，欲将少女掠走，占为己有。他派出手下人去抢夺，不料，少女却被刀剑所伤，一命呜呼，在阴间变成冤鬼。她向早已是冤鬼的母亲哭诉，两个冤死的女鬼一同捉拿那恶男人，最后将其魂魄勾走……

慧珏对宋皇讲述剧中情节："你看，这男人真可恶，看见年轻漂亮的姑娘就动淫心，明明是他的女儿，却要抢去做小妾，姑娘不肯，他就下狠心把她杀死，没料想被杀少女却是自己的亲生女儿……"

薛庭松脸色越来越难看，身子颤抖，手拿茶杯时，竟让茶杯跌落在地，发出脆亮的响声。他猝然大叫："别演了，全是胡说八道，别演了……"

"薛大人，你怎么啦……"

玉贞脸色苍白地站起身来，悄悄往厅外走去。她躲在皇宫后殿侧厅外一角，脸色苍白，紧靠着宫墙根上，泪水止不住流下。

宋皇一脸不解："薛爱卿，这傀儡戏全是编出来的故事，你何必当真？"

慧珏说："是啊，薛大人，你觉得这出戏的故事不好吗？我听艺人们说，这是临安城内发生的故事，可是真事呢……"

薛庭松失态地嚷叫着："这哪是真事？这明明是胡编乱造，混淆是非！圣上，快传御林军来，将这些江湖骗子抓起来，全都抓起来！"

听得一声大喝："且慢——"只见一个手持木偶的人从空荡荡的舞台布帘后走出来，竟是戴着镣铐的宋慈，身后相随着捕头王和英姑。

除慧珏外，其余人都大为吃惊。宋皇也愣住了："这是怎么回事？宋提刑怎么会在这儿？"宋慈上前向宋皇坦然行礼："圣上，诸位大人。罪臣宋慈有礼了。请圣上和诸位大人多多包涵，今日为破疑案，不得已才有此非常之举。"

宋皇悻然道："宋提刑，你这葫芦里到底卖的是什么药啊？"

"圣上息怒。今日借慧珏公主请圣上及几位大人看傀儡戏之机，宋慈大胆借助傀儡之口，向圣上讲一段离奇故事，顺便向某些人进几句苦口良言。"

薛庭松面色发灰，指着宋慈怒道："你……原来是你设下的机关！"

宋慈面对宋皇问道："圣上，看这出傀儡戏，是否有所联想，譬如，史文俊案？您可记得，那桩案子起始于一个名叫小凤的小婢女被杀？"

"嗯，对。朕想起来了，确有一个被杀的小婢女。"

"小凤的身世，恰如方才傀儡戏中所述。其母为一美貌女子，与某高官有了私情，身怀有孕，却被那高官狠心抛弃，流落野外，饥寒交迫，于风雪之夜生下一女，因无力抚养，托史文俊夫妇抱回，养育成人。"

宋皇一怔："哦？竟是这样？那女子呢？"

宋慈接着说："那女子对高官爱恨交加，自携剪刀，在春光明媚、风景秀丽的西湖边，当着那高官的面，大叫女儿之名，自刺胸口，跳湖而死。此事恰巧为宋慈亲眼所见。"场上一片惊乍之声。

"十六年后，那高官在醉花楼喝酒时，偶遇随史文俊夫妇外出的小凤。他一眼便认出这美丽纯真的少女是自己的亲生女儿。圣上，您想，这本该是皇天降福的大好事啊，骨肉相聚，可再续亲情啊。"

宋皇颔首："是啊。父女俩能这样相遇，确是难得的机会啊。"

"谁知，这高官却怕十几年前这笔风流债为他人知晓，有碍其如日中天的声誉，竟指派杀手，暗中潜入史府，欲除掉小凤以绝后患……"

薛庭松大怒："宋慈，你……你胡编乱造，混淆视听！圣上，宋慈所言并非实情。小凤之死，绝非其生父派人谋杀。宋慈危言耸听，谬误百出，不足信矣！"

宋皇大感不解："这……这究竟是怎么回事？我可让你们搅糊涂了！宋提刑，薛爱卿，你们翁婿二人这是……唱的哪一出戏啊？"

慧珏说："父皇，史文俊一案中最扑朔迷离的，便是婢女小凤的身世。你想，若是查实其生父的真实身份，是否可解得一半谜案了？"

宋皇疑惑不解："小凤的生父是谁？莫非在座几位中……噢，我明白了，此人莫非是……"他的目光扫了一圈，最后落在薛庭松身上。

薛庭松躲避宋皇的眼光："不，不，薛某与此事并无干系……"

宋慈大声说："有关小凤的身世，我这里还有两件重要物证。"

宋皇说："是吗？快拿出来看看。"

宋慈拿出绣巾和印章："这是那女子留给女儿的绣巾，上面绣着一只飞燕，意为其女乳名为燕子。还有此物。当年生离死别之际，小凤的生母曾获一方印章，乃小凤的生父所赠，嘱其妥为保管，作为日后骨肉相见的凭证。这一方鸡血石印章上刻着一行字'偶得佳句共剪窗'，岳父大人，想必还记得起来吧？"

薛庭松无言以对："这……"宋慈将闲章递交薛庭松："您看，是它吧？"

薛庭松手拿鸡血石章，看了一下，忽然如烫手一般，把它丢在地上："不，不，这枚印章我从未见过……我不认得！"

宋皇捡起印章，细看一下，"这枚印章我认得，以前薛爱卿十分珍爱此印，作画写字常用此印题款，我那儿有薛爱卿的两幅字，有此印章。"冯御史也说："对对，我书房里也有一幅字盖了这方印，正是'偶得佳句共剪窗'这七个字。薛大人，有一回我问起此印，你说遗失了。原来这印是送人了。"

宋皇有点明白了："莫非……小凤真是薛爱卿遗弃的亲生女儿？"

"我想起来了，十多年前，我到薛府找玉贞，遇见过一个姑苏籍的绣花女，此人貌美手巧，绣品极佳。玉贞，想必就是那位……"说着慧珏回头寻找，才发现玉贞早已离去。薛庭松张口结舌，大汗淋漓……

"哦，朕明白了，薛爱卿早年有过一段风流情债，且遗下一个女儿，十六年后父女相遇，本该是父女相聚，骨肉团圆，却不料反引来刀剑相逼，父女成仇……"

薛庭松痛心疾首："不，圣上，绝非如此啊。圣上，天下哪有如此狠心的父亲？可怜那燕子年仅十六岁，青春年少，如花蕾初绽，却被迫在史家为奴婢，孤苦伶仃，又受史文俊百般欺凌，欲逃离史府，竟被狠心的史文俊一剑刺杀，命丧九泉……薛某怎会再加害于她？"

宋慈说："岳父大人所言，确有几分真心，虎毒还不食子呢，哪有父亲对亲生女儿痛下杀手的？据查验证实，唐二宝被捕后也已招认，小凤之死，并非受人指令有意刺杀，亦非史文俊所为，是于夜黑慌急之中，被唐二宝误伤所致。"

众人大惊："被唐二宝误伤？"

"圣上，各位，小凤被杀之事，可谓阴差阳错，原因复杂，且容宋慈慢慢来讲。十六年前，薛大人与一位请来家中绣制丝绸的绣花女相好，使其有了身孕。因事败露，为保全名声地位，他只得与绣花女恩断义绝，赶她出门。之后，薛大人一直心怀愧疚，对亡故之人思念不尽——"

书房内，薛庭松手捂绣花女留下的精美绣品，眼前依稀闪出绣花女的身影笑容，不由得双泪长流。

荒郊野外，一座孤坟前，薛庭松燃香烛在坟前奠拜再三。

醉花楼，薛庭松猝然见到史夫人身边的小凤，竟与绣花女生前长得极其相似，一时愣住了。

醉花楼雅室，薛庭松与沈彪二人秘密商议诱骗小凤离开史府之事。

醉花楼下，沈彪叫来手下唐二宝，嘱其乔装改扮，见机行事。

史府，唐二宝殷勤地帮小凤做事，弄来吃食送给她。

天真活泼的小凤喜欢与唐二宝一起玩耍闹笑，二人关系十分融洽。

唐二宝溜出史府，走至一偏僻巷角，与等候在那儿的沈彪接头。二人低语密谋。

"此事进展顺利，只差最后一步了。这天晚上，薛大人做六十大寿，请来几位至交好友，而平素交情不深的兵部侍郎史文俊也在受邀之列。此夜，薛府内气氛热烈，几位当朝重臣饮酒作乐，不知不觉便已夜深。"

冯御史回忆说："那晚，我等数位当朝大臣都在呢。"

"可冯大人却不知道，这原是薛大人暗设的计谋，为的是调出史文俊，拖住他，以便唐二宝在史府从容行事。"

"原来是这样……"

"谁知，好事多磨，节外生枝，在薛府喝酒玩乐的史文俊，因与他人生出口角，提前回府了。这就有点打乱了薛大人的计划，史文俊恰好碰上外逃的唐二宝与小凤。宋某随后也离开薛府回家，恰好在史文俊的后面，凑巧还听到了史府内的一点儿动静。不过，最凑巧的还是史文俊，外逃之人让他碰了个正着，一场泼天大祸由此而生——"

薛府。薛庭松与史文俊生出口角，史文俊愤而离去，薛庭松拉也拉不住。宋慈将这一切看在眼里。

与史府一墙之隔的小巷，史文俊骑马摇晃着往回走。

随后，宋慈的轿子也走过此地。他探头对隔墙那边的动静表示怀疑。

史府后花园，唐二宝拉扯着小凤跌跌撞撞地走着。喧声大起，火把闪映。

史文俊提着剑茫然地喊叫："小凤，你在哪里?"小凤挣开唐二宝的手，大叫："老爷，我在这儿，快来救我……"史文俊朝小凤叫喊的那侧摸索着走去："何处大胆蟊贼，敢到我史文俊府中惹是生非，你是活腻啦?"

小凤大声喊："老爷，是唐二宝，他逼我离开史府……"

醉意未消的史文俊提着宝剑，步履不稳地在花草丛中乱走乱闯，几乎跌倒，仍没寻见逃亡之人，急得嘴里大声叫骂："唐二宝，你这恩将仇报的狗贼，躲在哪里？你居然敢劫走小凤，看我怎么收拾你！"史文俊醉眼蒙眬，以为看准一个黑影，认定是唐二宝，大喊一声："狗贼，哪里逃！"一剑刺去，唐二宝以手中短刀挡过。史文俊追上来再刺，却差点刺中小凤。因过于往前用力，史文俊身体收不住，"呀"的一声，踉跄着扑倒在地，长剑脱手。

小凤闪身躲避时，正撞着唐二宝手中的短刀，发出一声惨叫，倒向唐二宝。唐二宝也大惊失色，手中之刀扎在小凤身上，顿时不知所措……

一时静寂。宋慈语气沉重："可怜那纯真无辜的花季少女，在人世间仅仅度过十六个春秋，便不明不白地死于刀下。如花蕾初绽一般的青春生命就这样毫无意义地给扼杀了……"薛庭松悲愤难抑地掩面而泣："我的女儿啊……"

吴淼水叫喊起来："宋慈，你……你太可恶了！你既然已知小凤姑娘是唐二宝所杀，为何在傀儡戏中故意将其改变成生父杀女情节，在圣上面前装神弄鬼，你这不是故意戏弄薛大人吗？"

"宋某这样做，无非是借题发挥，引出事实，有何过错？"

宋皇颔首："这倒也是。不过，小凤死因既已查清，我还是看不出这事如何与史文俊通敌案有关联啊？"

吴淼水如捞着救命稻草："是啊。史文俊之罪，不在是否误杀一个小婢女，而重在私通敌国，阴谋叛乱，你这提刑官为一个叛国之臣推卸罪责，用心何在，只怕是另有所谋吧？"

宋慈坦然道："圣上，有果必有因。因小凤之死，才造成史文俊通敌一案。"

"是吗？"

"那天半夜，唐二宝误杀小凤后逃回醉花楼复命，沈彪得知小凤已死，大惊失色，对唐二宝说出实情，小凤乃薛大人骨肉至亲。唐二宝如梦初醒，才知酿下大错。他怕招来责难，便谎称小凤系史文俊所杀，又编造小凤被史文俊奸淫欺凌等莫须有情节。这使薛大人愤恨不已，欲对史文俊实施报复，以释怨火。于是，编造罪名，串通口供，又借助吴淼水之手，经一番巧妙审讯，导致史文俊身负私通敌国之重罪，打入'天'字号死牢。"

吴淼水急向薛庭松说道："薛大人，你听你听，宋慈他这完全是……是信口雌黄，自说自话。"宋慈信心十足："唐二宝已被我捉拿归案，对此事供认不讳，并录下供词，可当堂对质。"

薛庭松强作镇定："宋慈，如你所说，薛某因小凤被杀，便对史文俊怀恨在心，蓄意报复，可那私通敌国的罪名，自有腰牌与书信为凭，此事你作何解释？"

吴淼水随声附和："是啊，史文俊与敌国私通情报，那封书信，连他自己都不能否认。宋提刑再怎么替他百般庇护，多方狡辩，也不能把这一条罪名从史文俊身上抹掉。"

"是啊，那书信确是宋慈侦破此案的难点所在啊！"

冯御史说："圣上，臣也是百思不得其解啊！"

宋慈吩咐道："英姑，把那几件证物拿上来。"英姑手托一托盘上前。盘中摆着两件东西：一是史文俊的书信，一是宋慈的字条。宋慈将二者示于众人："圣上，公主，诸位大人，这里有两份文书：其一，是史文俊私通敌国的物证。书信上白纸黑字，写得明白无误，史文俊通敌之事已铁定难逃。其二，这片纸上写有四句半通不通的诗句，确是宋某的手迹，吴知府以此为证，指责我暗中与在押疑犯史文俊串供，故而落下罪名，打入大牢。圣上，公主，各位大人，对书信上的字迹，无论是兵部侍郎史文俊，还是宋某本人，都已确认。"

吴淼水不解："既已确认，还强辩什么？"宋慈叹道："是啊，此物证让宋某陷于困境，久久不能破解。而此疑团不能释开，史文俊通敌之罪便不能解除，宋慈与疑犯串供的罪名也难以洗清。也是老天有眼，法网无情。昨晚，宋慈在牢里点灯阅卷，夫人端了热水为我洗脚，一不留神，汤水倒翻，湿了书信一角，宋某赶紧用灯火烘烤，谁知这一湿一烘，就看出异状，识破其中奥秘了。"

薛庭松和吴淼水顿时脸色大变。宋皇诧异地问："你看出什么了？"赶紧接过纸片，对上面的字看了又看，摇摇头，"我看不出这有什么异状。"

宋慈淡然一笑："圣上莫急。来呀，取一盆清水来。"英姑端出一盆清水。

"圣上，公主，几位大人。宋某以往审理查验了许多案子，还未遇有如此高明计谋的对手。有此一例，便可在本人正编写的《洗冤集录》中记上一笔了。请看，这一张信纸，上面是同一人手写下的一篇完整文章。现在我把这张纸投入清水之中。"

观者中除了薛庭松及吴淼水，都失声叫出来："呀，这怎么可以？"

英姑将盆子轻轻晃动。那信纸便有所变化了，纸片竟自散开了，成了一小片一小片的碎块，漂浮在水面上。

宋慈微微一笑："圣上，请看。这盆中信纸怎么会散开，成如此模样？"

宋皇惊诧不已:"是啊?这是怎么回事?宋慈,你这是……"

冯御史也愣住了:"怪了,原是一整张纸,在清水中一泡,怎么就碎开了?"

慧珏已悟出其中原因,面露惊喜之色:"父皇,珏儿已明白其中原委了!果然是手段高明,做得十分巧妙。"

"珏儿,你说说,这是怎么回事?"

"父皇,你看,这纸原是被剪裁过的,这封书信便由许多小片的碎纸拼贴而成。小片纸上原写有字,经过这一拼贴,在炭火上烘干,便重新复原成一张完整的纸张,成了一封信了。"

宋皇大惊:"竟有这样的事?"宋慈点点头:"圣上,有此妙法,史文俊的通敌书信便轻而易举地做成了,作为宋慈罪证的四句歪诗也成了。"

宋皇一脸怒气,望着吴淼水:"吴知府,这是你干的好事?栽赃捏造,无中生有,蒙骗朝廷,陷害忠良,险些造成一桩大大的冤案,你该当何罪?来呀,把这个狗东西抓起来,推出午门斩了!"

吴淼水急跪在地,磕头不止,嘴里大喊:"圣上,圣上饶命!此事并非罪臣所为,是……是他,全是他干的!"吴淼水将手指向薛庭松。

众人的目光均朝薛庭松望去。宋皇惊愕不已:"薛爱卿……"

"圣上,宋大人,冯大人,这两份伪造的书信是薛大人拿来的呀!薛大人与史文俊多有交往,宋慈又是他女婿,才有他们的手迹,薛大人又精通书画,擅长装裱,这全是他亲手制作的。我只是听从他的指令行事。薛大人把我从边远小县调进临安任知府,有恩于我,在下不敢不从,不得不这样做啊。"

薛庭松怒目以对:"吴淼水,你这忘恩负义的狗贼……"吴淼水跪向薛庭松,抱其腿哀求:"薛大人,薛大人,死到临头,我也顾不得了呀!薛大人,你说句实话啊,这难道不是你指使我干的?你可不能让我一人担着罪责啊……"薛庭松浑身颤抖,两眼呆滞,嘴唇嚅动,却说不出一句话。

冯御史道:"薛大人,薛兄啊,事已至此,你就不要再撑着了,快向圣上跪地谢罪,求圣上宽恕吧。"薛庭松瘫在椅子上,呆然不动。冯御史急转身向宋皇,"圣上,圣上,薛大人入朝为官几十年,为大宋江山呕心沥血,克己奉公,臣民中享有威望,众口皆碑。眼下一时为骨肉亲情所累,铸成大错,犯下重罪,看在他以往功绩和多年君臣的情分上,恳请圣上宽恕他一回吧!"

宋皇的脸色越来越阴沉,猝然大喝一声:"来呀,将薛庭松拿下,押进大牢听候发落!"

一块"人"字牌悬挂在一间牢房上。木栅栏里，呆坐着身戴枷锁的薛庭松。

另一侧，是悬挂"天"字牌的牢房。老狱卒打开牢门，从门里走出戴着铁镣的史文俊。老家院赶紧迎上去："老爷，你可出来啦！"

老狱卒将史文俊身上的铁镣除掉，"史大人，我在这里待了几十年，你可是从'天'字号牢狱中走出的第一人啊！"

老家院说："老爷，这回得以洗冤出狱，亏得有宋大人相助啊！"

史文俊抖动身子，活动手脚，脸上得意扬扬，"史某为大宋立下卓著战功，这回是被小人诬陷入狱，何罪之有，何人可谢？"他走到"人"字号牢狱前，往里面探头探脑，发出讥笑之声："嘻嘻。薛大人，史某今日出狱了。你看这牢狱中，'地'字号的宋慈早已出去了，我史文俊也要走出牢狱，不晓得薛大人你何日能走出这'人'字号牢房？看来，你得踏踏实实在这儿待着了！哈哈，哈哈……"

薛庭松一直低头不语。史文俊大笑不止，昂首大步往狱外走，笑声如炸雷一般在狱中回荡。薛庭松缩着身子，如同被雷声击倒一般。少时，听得有动静，他缓缓抬起头来，看到狱前站立着一个人，却是宋慈。他一怔，即将脸扭过去了。

宋慈上前向薛庭松行礼："岳父大人。"薛庭松没有回应。

宋慈又叫两声："岳父，岳父大人……"

"你……你来这儿干什么？"

"宋慈是您的女婿，岳父蒙难，前来探望，乃做人的本分。"

薛庭松怒道："宋提刑，如今你已是圣上的座上宾，而薛某则为牢中的罪人，时至今日，我与你宋提刑已无情义可言。薛某如同行尸走肉，只是暂寄牢中，只待一死。哦，对了，你来狱中，想必是要看我薛某人身陷牢狱的倒霉相，来看我的笑话？是不是？"

"岳父大人……"

薛庭松声嘶力竭地大叫起来："你走，你走开！"

宋慈丝毫未动，反倒坐在狱门前一小几之上，缓言道："岳父大人，昨夜小婿心事繁重，一宿未眠。史文俊一案，大宋三位当朝大臣，先后锒铛入狱，朝野上下为之哗然，街巷多有非议。细究起来，此事本不必闹到如此地步，甚至可避免发生。史文俊虽是粗莽无礼之辈，毕竟与您无冤无仇，若一开始您与史文俊好好协商，讲明小凤就是燕子，是您的亲生女儿，或许史文俊会让她回到您身边……"

薛庭松缓缓摇头:"这……这样的事,让我如何讲得出口?按史文俊的脾气,他必然追根寻源,一问到底,让我如何回答?讲出那段旧情?我能说吗?让朝中同僚得知,我这二品大员有过那样的丑事,还如何上得朝廷,有何颜面见人?"

宋慈叹息道:"颜面……只为那一点儿颜面,便煞费苦心,施展计谋,不想却是弄巧成拙,反害了亲生女儿的性命。"薛庭松痛苦不堪:"我的女儿……"

"小凤误伤而死,也属命运不济,史文俊并无大错,您为何指使吴淼水,给他栽一个私通敌国的罪名?这可是十恶不赦之罪,这样做,未免过分了吧?"

薛庭松恨道:"要不是史文俊,我的亲生女儿怎么会死?此人仗着有战功,一向傲慢无礼,朝廷官员大多对他怨声载道,圣上原也有意撤他的职,借此机会,墙倒众人推,罢官免职,不算什么大不了的事。宋慈,你说句实话,大宋少他史文俊一个莽汉,有何坏处?要不是你多事插一杠子,哼,他十个史文俊也出不了这'天'字号的狱门!"

宋慈叹息道:"岳父啊,您真糊涂。历朝以来,都有律法,为官为民,当依法行事,畏法如天,有罪者当诛,无过者释放。岳父乃当朝二品大员,当为执法之楷模,怎能视大宋律法如儿戏,以个人善恶为凭,编造虚情,设计陷害,不以为过,反以为荣,若朝中百官,都这般以权谋事,恣意妄为,陷害他人,天下如何不乱,大宋江山还能维系几天?"

薛庭松一时语塞:"我……以往,在我眼里,所谓律法,只不过是你这提刑官审案查凶所用的条文而已,与己全无关系。谁知有朝一日,自己也落到这律法的陷阱之中。唉,想想也后悔啊,一时气血上涌,做了这一番手脚,谁知,一步错,步步错,一发而不可收,最终,居然败在你的手下。唉,只能怨自己无能,自作自受,自毁前程!我知道,这回犯的事够得上死罪,进了这牢狱之中,便只有等死了。"

"岳父大人,今日早朝,圣上与百官商议此事,众多官员历数您往年功绩,以为可将功补过,免去死罪,减却牢狱之苦。"

薛庭松仰天长叹:"唉,都怨我把功名前程看得比什么都重,才落到今天这步田地。事到如今,纵然可以免去死罪,苟且活在世上,如同猪狗虫豸,又有何意义?不如一死了之……"

狱外急报:"圣上有旨,罪臣薛庭松听宣——"一宫中太监手持圣旨进狱内。薛庭松在牢房内跪下,宋慈在一旁候立。太监高声诵道:"奉天承运,皇帝诏曰:

吏部尚书薛庭松诬陷史文俊一案，业已查明审清，薛庭松为主犯，有重罪，按律当斩。姑念其为官多年，为朝廷立下赫然功绩，功过相抵，免去死罪，赦牢狱之苦，着革去一切功名，遣返原籍，闭门思过，永不录用。钦此。"

薛庭松伏身未起，也不称谢恩。太监觉得奇怪："薛庭松，圣上免你死罪，又赦你牢狱之苦，你还不赶快谢恩吗？"宋慈催道："岳父大人，快谢恩吧。"薛庭松慢慢抬起头来，满腮泪水，"谢圣上不杀之恩……"

一辆双马拉的轿车，外罩黑纱布，缓缓出城。后面有一队御林军远远跟随着。城门外侧，已站立若干送行的官员。冯御史等人也在行列之中。官员们低声窃语："薛庭松回老家，就这一辆轿车，连家产、奴仆都不带？"

"遣返原籍，又不是荣归故里，还敢张扬吗？"

轿车在众人面前停住，轿帘一掀，出来的是薛玉贞，"各位大人，各位亲友，多谢前来送行，父亲身体不适，不能冒风寒，玉贞代父亲向诸位道谢了。"

宋慈手上挽着个小包袱，催马而至，到轿前翻身下马，奔向轿车："岳父大人，岳父大人……"

玉贞赶紧上前拦住："夫君，你就体谅体谅父亲吧，他此时谁也不想见。"

"这……好吧。玉贞，你护送父亲回原籍，安顿妥了，什么时候能返回？"

玉贞黯然摇首："这次随父返乡，从此将日夜陪伴于老父亲身边，端茶递水，服侍左右。夫君，玉贞此去，只怕要到父亲百年之后，才能回到你身边来了……"宋慈惊诧不已："怎么？夫人你……"

"父亲落得如此境地，身边再无一个亲人相伴，孤苦伶仃，穷乡僻壤，玉贞能忍心撇下他老人家吗？哦，夫君，英姑是个好姑娘，有她的照料，我也就放心了。"

"夫人……"

玉贞强忍着泪水："夫君，你我要说的话也都说了，你回吧。"说完就追赶轿车而去。宋慈忽然想起手上之物，就追了上去："夫人，这是……哦，请转告岳父，善自珍重！"玉贞接过包袱，追随着轿车而去。宋慈一脸怅然地呆立着。

薛庭松躺在轿车内，身着便服，双目微闭，但神情安定。

玉贞低声询问："父亲，这会儿可好些了？"

薛庭松答非所问："玉贞，听得有流水之声，是否已到城外三里亭？"

　　玉贞将头探出轿车看一眼："正是。已到三里亭了。"

　　"停车。玉贞，扶我下车。"薛庭松下车，缓慢步入古亭之中。他手抚一根亭柱，望着那柱上的字，顿时眼中涌出泪水。

　　"父亲，您在想什么?"

　　薛庭松颤声道："几十年前，薛某年少志高，独自来京赶考，曾在此亭中发下誓言，此生必将建功立业，贵为上卿，到老时衣锦还乡，光耀故里。没想到，今日却落得个削职罢官，遣送原籍……事到如今，我才想明白，人活世上，不该把名声看得太重，人在高位，更不该弄权耍奸，不应该，不应该啊! 一念之差，终身遗恨，终身遗恨啊……"

　　玉贞小声劝慰："父亲，您不要多想，我们走吧。"薛庭松无力地坐下："玉贞，来，你也坐下。我们父女说说话。"玉贞顺从地坐在他身边："父亲。"

　　薛庭松望着女儿："玉贞，你说句实话，是不是十分怨恨为父，曾那么心肠歹毒，伤害无辜?"玉贞伤感地说："父亲，事到如今，玉贞心底已是无怨无恨，唯有一片悲情了。"

　　薛庭松长叹一声："唉! 我不该，不该啊! 当年逼绣花女走上绝路，已是大错，如今又害死亲生女儿，我做的全是傻事啊……燕子，我的女儿啊……"说着掩面而泣。玉贞轻抚父亲后背，"事情都已过去了。父亲就不必多想了。"

　　薛庭松老泪纵横："我能不想吗? 你母亲去世以后，你又远在他乡，偌大个府院内，唯我孤独一人，平日里连个说说心里话的人也没有。那天在醉花楼，忽然见着燕子，她的脸盘与她母亲绣花女长得一模一样，那么清纯，那么可爱。我真是喜出望外，一夜没睡着觉，一心想着怎样把亲生女儿接回府中，我们父女团聚，你们姐妹相认，多好啊! 我要给女儿做最华丽的衣裳，让她披金戴银，让她嫁个有才学的状元，荣耀京城，享尽荣华富贵，补偿欠她十六年的情!"玉贞伤感地说："可怜天下父母心……"

　　"唉，玉贞，我原先总以为你一定不乐意父亲有过那样一段不光彩的私情，还留下一个女儿。我一直瞒着你，不敢跟你说……"

　　"父亲，您错了。人非草木，孰能无情? 不管怎么，燕子也是与我血脉相通的妹妹，我会接纳她，爱护她，与她相伴于父亲身边，共享天伦之乐。这本该是一桩天大的好事，却落得那样的结果，我那可怜的妹妹，你好命苦啊!"

　　薛庭松越发地伤感："怪我，都怪我……我费尽心机，却想出一个最最拙劣的招数，结果反而害了女儿的性命。她们母女冤魂难消，在阴曹地府也会恨我怨我的……我，我真是后悔莫及，后悔莫及啊!"说着已是泣不成声。

玉贞拭泪道:"父亲，恐怕这也是她们母女命运不济，天意难违。事到如今，您也不必时时自责。从今往后，玉贞日夜服侍在您身边，再不会让父亲一人孤独难挨了。"

薛庭松望着女儿，泣不成声:"玉贞，我……我真是个老糊涂，老浑蛋。"

"父亲……您不要说这种伤心话。时候不早，我们起程吧?"

薛庭松神志恍惚:"走……到哪里去?"

玉贞轻声相慰:"父亲，我们是回老家去呀。父亲离开故乡几十年，积年操劳，累了乏了，这时候回故乡，过过安闲日子，不是很好吗?"

薛庭松缓缓抬起头:"玉贞。"

"父亲。"

"你说，我担着这样的罪名，还有脸回老家吗? 我回到故乡，如何面对家乡父老，如何面对祖宗先人? 我还有何面目把这身贱骨埋于祖坟……"

玉贞泣道:"父亲……父亲不要这样说。您只是一时糊涂，办下错事。老天已经对您严惩了，圣上也已体谅到您过去几十年为朝廷百姓做过好事，才免了您的死罪。如今，您已是无官无职之人，亦可无牵无挂地度过残年余生，您什么也不要想，从此，有玉贞与您为伴，有女儿在身边解闷消乏，直至终年。父亲，您就宽心上路吧。"

薛庭松想起来了:"哦，刚才，宋慈……他，他对你都说了些什么?"

"哦，他……他让父亲善自珍重，他还说会去老家看望您老人家呢。"

"哦，嗬……"薛庭松不知是赞还是怨，"我这个女婿啊!"

"父亲……"

薛庭松似哭似笑:"哦，父亲是想夸夸你的夫婿啊。女儿，为父有点渴了，你下去舀些清泉溪水给为父解渴。"

玉贞半信半疑地下车，拿了一只小勺往河边走去。

薛庭松看见那个包袱，打开一看，竟是他送给女婿的那个不倒翁。他将泥人取出，搁于亭子的石案上，轻轻一拨，泥人便摇摆起来。

薛庭松先是怔怔地看着，继而又哈哈大笑。当笑声戛然而止的时候，老人眼里已浊泪涌动。薛庭松怅然一声长叹，回身钻进了轿车之内。

玉贞捧着一勺泉水回到亭中，只见石案上摇着的泥人，却不见父亲身影。

忽闻轿内发出一声闷响，玉贞猝然一惊回头，只见一只精致的小瓷瓶从轿车内滚了出来。玉贞扔下手中小勺，即往轿车前奔去……

轿车内，薛庭松嘴角流下一道紫黑色的血，已在轿车之中服毒身亡。

玉贞手扶父亲，拿白绢轻轻地擦拭着父亲嘴角流出的血迹。

这时，宋慈驰马而至。他勒住马头，望着轿车面露疑色，而后翻身下马，一步步地向轿车走去。忽然，那轿车的轿帘一动，玉贞神色黯然地从车内钻出来。宋慈见其面色，急问："怎么啦？"玉贞强抑伤心情绪，低沉地说："父亲心痛病突发，刚刚离世而去。"

宋慈大惊："什么？不早不晚，偏在此时……"宋慈疾走几步至轿车前，欲掀帘入内。后面玉贞急叫一声："等等。"

宋慈的一只手停在那儿："怎么？"

玉贞缓言道："父亲临死前，对你留有几句遗言。"

"他说什么？"

"他说，以往之事，是他自作自受，罪有应得，对你，他已无怨无恨。只是，他不想再见你的面了。"

宋慈猛然回头："莫非他……"

"宋慈，玉贞求你了！"玉贞直直地跪在宋慈面前。

宋慈看到玉贞手中的白绢露出一缕血色，便已明白了。他默然地退了两步，朝轿中死者行了一礼，侧身扭过脸去。

玉贞起身入轿内，示意车夫。车夫轻抖鞭子，马车缓缓起程。

京郊疑尸案

京郊外的一片山林，林深树密，人踪稀少，偶有鸟鸣之声。

一个衣着简朴的农家妇人在山林中捡蘑菇。她看到草间树丛中有晃眼的白色，以为是一丛白蘑菇，喜形于色，赶紧走过去，拨开树叶，忽然惊呆了，眼中闪出惊怕的神色……她转身叫喊着："这儿有一堆死人骨头……"丢掉手中的篮子，没命地往山坡下逃。

临安城。北瓦舍。瓦舍内热闹非凡，观者云集。几个勾栏都在表演节目，有杂技，有舞技，最引人注目的还是演杂剧的大勾栏。

不高的舞台上，一个面相可笑的老男人正直着脖子吟唱一曲《鲍老催》："不养蚕儿不种田，全靠嘴皮度流年。为啥阎王不勾我，台下客官差我钱……"词儿滑稽可笑，引得下面观者乐滋滋的，叫好不迭。

观者中有身着便服的宋慈。他与普通百姓挤在一起，饶有兴致地看着戏，忍不住也会随众人叫一两声好。

忽然，台上冷场了。男角下去后，女角没出来。下面观者叫嚷起来："喂，怎么不演下去了？小桃红，该小桃红出来啦！"台侧边站着的女班主急了，赶紧往后台走去。台下看戏的宋慈也有点着急，便也挤过去，往后台走去。

后台，年轻漂亮的女戏子小桃红，身着桃红色戏装，与一个年轻书生模样的男人正说得起劲儿。二人背身头挨头地挨得很近，十分亲密的样子。

女班主跑进后台，见一个着青衫的年轻女旦闲坐在一张椅子上，急问："柳青，小桃红呢？"柳青嘴一努，笑道："不是在那边吗？"

女班主跑过去对小桃红高叫："喂，该你上场唱戏了，怎么还在这儿与闲人扯淡？存心要我出洋相是不？"小桃红赶紧往台上走："对不起，我忘了……"

与她亲热交谈的年轻男子也转过身来。他身着下级官员服饰，长相英俊，是那种容易讨女人欢心的小白脸。女班主狠狠地瞪他一眼："又是你！"

年轻男子不以为意地说："急什么，让锣鼓多打几下不就得了？"

女班主显然对男子很反感："你是站着说话不腰疼。有本事，你上台去唱几句？我说竹如海，你大小也是官府里的人，天天跑到这里来干什么呢？哼，真不知道安的是什么心！"

竹如海反唇相讥："怎么，这儿是深宫大院，进不得吗？"

女班主被噎住了："你……你还有理啦？"随即，连珠炮似的数落起来，"我们这儿是下等人待的地方，你是贵人，前程远大，可别让这儿的脂粉红膏误了你的锦绣前程啊。"可她的讥讽对竹如海根本不起作用。他还以轻松一笑,坦然地站起来,径自走出去了。

宋慈在一侧听得几分真切,便欲走过去,说道那年轻官员几句。忽有一个衙役从门帘后钻出脑袋,探头探脑,面带焦急之色。宋慈迎上前发问:"何事?"

"大人,城西郊外有民妇来报,山野密林深处发现一具白骨,请大人去查验。"

"哦?一具白骨?"宋慈即与衙役急急而出。旁人并不理会。

此时,舞台上的小桃红正唱得入味儿。她扮演的是金人董解元编的《西厢记诸宫调》中的崔莺莺。她扮相俊美,唱起来音色优美,婉转动人,表演也是出神入化。台下的观者一个个看得着迷,叫好声不迭。

门口猛然闯进来几个强悍的差人,粗暴地推开众人,直向戏台前走来。他们大声地叫嚷着:"让开,让开!"

女班主看到差人们,脸上忙堆着笑迎上去:"几位老爷,我是锦玉班的班主,几位老爷有何吩咐?"

领头一个差人递上一张门帖,傲慢地说:"你看过帖子就有数了。轿子就等在外面呢。你让她快收拾一下,随我们走吧。"他伸手一指,指的是正在台上唱戏的小桃红。

女班主看一眼帖子,露出牙齿夸张地笑道:"行行,我马上叫她跟你们走。"即向台上的小桃红招手:"小桃红,别唱了,如意苑来轿子催你了,快下来吧。"

小桃红听了,赶紧收了架势,也不多问,转身便往台后走去。台下看戏的众人却不依了,纷纷叫嚷起来:"这是怎么啦?戏还没完呢,就要走啦?"

女班主一看那架势,急忙招呼另一个女旦柳青走过来:"快快,你快上去,接着唱。"柳青不太情愿地翻了翻白眼,扭捏着走上台去。

少时,小桃红走出瓦舍。她看了看门前车马,随即向一顶小轿走去。那儿已有几个差人等候着了。

瓦舍外的一个茶馆里,坐着刚才与女戏子小桃红在一起的刑部小吏竹如海。他一边喝着茶水,一边注意着瓦舍里外的动静。

小桃红上轿时,忽然扭过脸来朝茶馆里的竹如海嫣然一笑,伸出一根手指,随即钻进了轿内。两个轿夫抬着小桃红,往街上走去。

竹如海从茶馆里走出来,随着轿子走去。

郊外山林。捡蘑菇的农妇在前面引路,宋慈及捕头王跟着一起往密林里钻。

宋慈伸手拨开稠密的树枝，脚下不时被枝丫拉扯住，几乎跌倒。捕头王一时火起，拔出腰刀，砍断葛藤棘刺，走在前面。后面还有几个衙役，吃力地走在稠密无路的山林中。

农妇站住了，颤着声指了指前面："大人，就在那边。"

宋慈双目直视，透过树枝绿叶，前方隐约可见有泛白之物。

不一会儿，他们已站在一小块相对平坦空旷的地面上。夹杂着一些杂草，地上摊着一副几乎完整的白骨。宋慈蹲下身，轻抚那灰白色的骨骼，若有所思。

捕头王问："大人，你说这是什么人？"宋慈思索着说："这是一个年轻女子，且非农家妇人。生前想必是腰肢纤细，身材修长，面容姣好。"

"哦，这样的女子，为什么会死在这儿？"捕头王说着，抬头朝上看，见上方有一道十几丈高的悬崖，他指着那悬崖说，"会不会是从那上面摔下来的？重阳节登高望远，一失足从那上面摔下来，必死无疑……"

宋慈摇了摇头："不会。从悬崖上摔下来，身上骨骼必有损折，可这女子骨骼完好，看样子，她并非自己愿意死在这儿，而是别人让她躺在这儿的，恐怕已一年有余了。"

"是吗？照你这么说，这年轻美貌的女子莫非是被人半路劫道，谋财害命，弄死在这儿的？"

骷髅上方有一堆乱蓬蓬的黑发，宋慈用手轻轻拨弄，忽然有所发觉：发间存有一支银簪，有银白之光泽。

"尸骨尚全，未被野兽拖散，而衣衫尽无，显然是让人剥走了。可发间银簪还在，这就不像是谋财害命了。"

"那……会是谁干的呢？"

"夜半三更，害人性命，移尸密林，销声匿迹，是什么人下这样的毒手呢？附近有几个村庄、多少住户？"宋慈把目光投向农妇。

农妇战战兢兢地说："这附近有两三个村庄，数百户人家，还有，对了，就在山脚下有一座寺庙，叫明泉寺，香火一向很盛。"

宋慈站起来，朝山下望去，果见山下有寺庙的红墙黄瓦闪现，他若有所思地说："哦？烧香的女子中，不乏娇美秀色吧？"

他又吩咐衙役："你们把这具白骨移送提刑司，不可散了架。"随后招呼捕头王起身，"我们由此下山，去明泉寺看看。"

二人往山下走去。才往山下走了十几步，宋慈忽然眼睛一亮，看到前面草丛间似有一点儿红色，他上前几步，随即捡起一只绣花鞋，捏了捏鞋底，却是软底，"看来，往这儿下山是对的。"

不多时，宋慈与捕头王二人已从密林中走出，即见一个小亭。亭边有小股清流淌过。捕头王有点累了，一屁股坐在亭子里，想歇一会儿。宋慈看他一眼，捕头王赶紧起身，随宋慈往下走。前面已见寺庙了。

明泉寺不大，不过三四进的殿堂，寺门半开着，望进去未见有人影。一个不大的庭院，种植着不少花草，多为牡丹芍药之类的可作为药材的植株。花期已过，已是绿肥红瘦。

宋慈先缓步而入。捕头王随后跟进。二人在院中站立一会儿，即听得有动静，从左侧禅房走出两三个和尚，其中一个肥脸大耳的和尚，年纪四十岁开外，面容慈善，笑吟吟地上前说话："我是本寺住持觉心，请问二位……"

宋慈上前施礼："哦，是觉心禅师，多有打扰。我等路过此地，走得口渴了，想讨碗茶水。"觉心住持客气地说："行行，请往里走。前殿摆着大桶凉茶，无论何方施主，尽可自己舀来喝，不收分文。"

明泉寺眼下香火大概算不很旺，仅有几个年长的善男信女在内殿烧香磕头，另有两三个年轻和尚在殿中打坐，有的竟打起了瞌睡。

宋慈在前殿桶边用小碗盛了一碗凉茶，站着喝茶，顺便把殿外看了一圈，似无异状。与其他寺有所不同的是，该寺殿前有一大池，池水格外清冽，内见泉涌不竭，池边有几丛青莲。顺池而下有一暗渠，出寺而去。

捕头王说："欸，这池中还有一眼清泉呢。恐怕这就是寺名的出处吧。"

宋慈并未在意这一池清泉，手端着茶碗欲往侧殿走。

肥脸大耳的觉心住持走过来，试探着问："二位施主，看样子是官场中人，来此荒郊野外，是有何公事吧？"宋慈点点头："旷野深谷，易出祸殃。觉心禅师想必已听说后山密林中发现一具白骨之事？"

觉心住持做惊讶状："有这等事？阿弥陀佛，罪过罪过。本寺山门闭塞，烧香拜佛者一心向善，专拜菩萨，从不传播噩讯妄语。官家所言，我从未听说。二位来此查询，莫非已有斩获，不知凶手是谁？"

捕头王说："斩获凶手，谈何容易？那是一具白骨，人已死了一年多，哪会那么轻松就抓到凶手？不过，此案有宋大人亲自侦办，迟早会破获，凶手终究也难逃法网。"觉心住持坦然地说："这就好。贫僧只望早日扫清山野妖风孽障，保得一方太平。阿弥陀佛。"

宋慈只是静观，未曾说话，此时才招呼捕头王："我们走吧。"

觉心住持行礼："二位慢走。"

山门外。林木高大，间有竹丛，鸟语花香，景色宜人。

宋慈与捕头王正在林中石阶上走，猝然，从一侧的竹丛中钻出两个壮汉，行色匆匆，面目可疑，其中一人左脸下方长一个瘊子。他们看到宋慈和捕头王，似有些吃惊，赶紧闪开，从一条小道快步走了。

捕头王追上去探了几眼："大人，这两个人鬼头鬼脑，会不会是……"宋慈淡然一笑："会是什么人？山中那堆白骨若是谋杀，凶手也不会隔了一年多，还在这儿等着你我来抓。"捕头王挠挠头："这倒也是。不过，我觉得这两人行为诡秘，像有什么不可告人的举动。"

宋慈没再说什么，却将脚步往那二人隐去的方向移动。走了一段路，发觉此间林密树高，绿荫重重，脚下竟似无路可行。他伫立不前，似有所察。

"大人，你……"

宋慈侧耳凝听："你听见什么没有？"

捕头王一时不解："没有啊……哦，好像是有什么声响呢。"

宋慈用力拨开茂密的树枝，往前猛走几步，前面豁然开朗，显出一条印迹分明的岔道，他立即坚定地从此小道走去。捕头王随在后面，欲问又不敢作声，也侧耳听了一下，"咦，还真有什么声响呢。"

宋慈不答，紧走不停。二人穿过一片树林，前面赫然立着一堵高墙。墙高而宽阔，展向远处。此时，不必细听，院墙那边已传来清晰悠然的丝竹之音。

宋慈自问一般地说："咦，丝竹声声，该是谁家的庄园吧？可是，若说是一处庄园，何必筑这么高的院墙？还围了这么大的地盘？"

捕头王问："大人是想进去看看？"

宋慈想了想："这样，你往那边走，我从这儿走，绕到前院门碰面。"

"好。我从这儿走。"

宋慈沿这边墙脚走了一段路，忽然听得隔墙那边传来一阵喧哗，有好多人为何事高声喝彩。他疑惑地止住脚步，听了一会儿，自语道："咦，好像还有熟人的声音？"猝然，不知从哪里蹿出一条高大的黑狗，前肢高举，张开大嘴，从后面冷不防地扑过来。宋慈正凝神听着墙那边的动静，没注意到大黑狗扑来。只听有人大喝道："当心，有恶犬！"

宋慈一个急转身，那黑狗已经扑来，所幸手臂挡了一下，才没让那恶犬咬着颈背。但他毕竟没有防备，脚下无力，几乎被那高大的恶犬扑倒，虽连连躲避，还是有点难以招架。正在危急之时，听得那狗发出一声惨叫，随即软倒在地。宋慈惊魂方定，跳开数步，只见眼前站着一个年轻男子，竟是不久前在北瓦舍见过的那位与女戏子在后台亲密说话的刑部小吏。

宋慈十分吃惊："怎么是你？"那人并不觉奇怪，笑着上前施礼："在下刑部录事竹如海。"宋慈对此人印象不佳，只是嗯了一声，并未言谢。竹如海似笑非笑地说："宋提刑，看来，你查案本领虽高，防身功夫还欠点火候呢。"

被他如此一说，宋慈面色有点难看了："其实，这条狗并没有伤害人的意思，你下手是不是太狠了一点儿？"

那黑狗倒在地上，脖颈上直直地扎着一把尖刀。血水流了一地。竹如海轻捷地从狗身上拔出尖刀，擦了擦，掖入腰间。

宋慈警觉起来："你身带刀具，尾随于我，是何意思？"

竹如海并不惊慌，反笑道："大人不至于怀疑我对你欲行不轨吧？不过，你到这种地方来，是得多提防着点呢。"

宋慈看看对方那略带傲气的脸，不禁有点生气，整了整衣衫，不再与其言说，大步离去。

一座两丈多高的汉白玉石牌正中位置，赫然写着"如意苑"三个大字。其后，只见院门高筑，大门前两只青石狮子，威风气派。有数人守在门前，神气十足。前场有个宽阔的场地，设有多家店铺，为小吃店、茶店、车马店等，还有拉脚的车辆、骡马，以及卖水果零食的摊位，显得十分繁华热闹。

从两边绕道过来的宋慈与捕头王碰在一起，面呈惊诧之色。

捕头王轻声道："大人，郊外的深山里，居然还有这一座大庄园，没想到吧？"

"看样子，是什么神秘人物的住处。走，先去打探一下。"

二人走到一家茶馆前，茶馆伙计赶紧笑脸迎上："二位客官，请进来喝茶。本店有上好的绿茶、花茶、红茶，不知二位客官喜欢什么茶？"

宋慈摆了摆手："我们只是随便一坐，你就随便拿什么茶来吧。"

伙计边泡茶边搭讪着说："客官想必是知道的，此山多清泉，用清泉泡什么茶都好喝。眼下新茶刚上市，客官来杯龙井茶，一定会喜欢。请。"

伙计欲走，被捕头王用两个指头一勾，又拉了回来，"急什么？本大爷想问你几句话呢。"捕头王手劲儿奇大，伙计被拽得龇牙咧嘴，面带惧色："二位，想打听什么？我只是帮人做事的伙计，什么也不知道的……"

捕头王板起脸："怕什么？大爷问你话，知道的只管回话。我问你，这如意苑到底算个什么玩意儿？它是哪个大户人家的私宅，还是哪位朝廷要员的深院？"伙计惊诧地说："怎么，你们来这儿，还不知道如意苑是谁的？我看这位衣着打扮像是个当官的，在京城，哪有当官的不知道如意苑的？说起来，这如意苑的庄主，可不一般呢……"伙计忽然一怔，目光呆滞，不说下去了。

宋慈一看，伙计的身后立着一个店主模样的中年人，面上似笑非笑，他一只手在伙计的后背掐了一把，阻止了信口开河的伙计。

"二位客人，不会是从外地来的吧？"

捕头王有些恼怒："开什么玩笑？这位可是京城赫赫有名的……"

宋慈以眼色阻止了捕头王，"我们在京城居住不久，偶尔来此郊外一游，见这荒郊野林之间，却有如此热闹场所，觉得好奇，也不过是随便一问。"

"客官莫见怪。我们是外地人，借此地做小本生意，不敢造次。俗话说，祸从口出。如今这世道，有些事看到了不能说，听到了更不能说。客人切莫见怪。"

"哦……既然有所不便，自然不能勉强。走吧。"宋慈招呼捕头王一声，起身走出店外。捕头王跟出店外，追着问："去哪里？"

宋慈不作声，大摇大摆地往如意苑正门走去。捕头王有点缩手缩脚，仍硬着头皮跟随着。二人走到大门前，守门的两三个家丁把他们拦住了。

一个胖家丁不太客气地问："喂，你们两个干什么？"

捕头王勉强带点笑意："想进去拜会一下这座庄园的主人。这位你们可认得？这可是大名鼎鼎的提点京畿刑狱宋慈宋大人。"

几个家丁听对方报出官名，脸上毫无反应。

一个瘦家丁面带讥嘲之色说："提点京畿刑狱是几品官哪？我们庄主可是非三品官不见面，非一品官不同桌饮酒的。"

捕头王惊愕不已："你说什么？这是什么鸟地方？你们庄主该不会是前朝阁老，当朝重臣吧？"胖家丁傲气十足地说："你管他是谁，反正，没他的吩咐，你们甭想进这个门。对不起，请回吧。"

捕头王气急了，欲上前与之争辩，被宋慈扯了一把，退下来了。捕头王悻然道："狗仗人势，什么东西，连提刑司的人都敢挡驾，眼里还有没有王法威严……"宋慈示意他住口，退至一旁。

此时，一个管事模样的中年男子陪同一个漂亮的年轻女子从苑内走出门外。那女子正是瓦舍里演杂剧的女旦小桃红。她走下台阶时，眼角瞥见一侧处境尴尬的宋慈与捕头王，略一怔，又急忙把目光移开，匆匆下了台阶，往近处的一顶等候着的桃红色小轿走去。

捕头王看到小桃红，急忙拉扯宋慈衣袖："大人，你看，这女戏子怎么也会在这儿呢?"宋慈望着那艳妆女子，面带异色，却不作声。

小桃红欲进轿时，目光朝某店铺那边望去，似有所察，即低头钻进轿内。轿子随即匆匆离去。不远处，一家小吃店内有一张熟悉的面孔，正是那位刑部下级官员竹如海。他原本慢条斯理地坐着吃东西，此时便急起，往外冲出。店家赶上来催要钱，他随手掏了一把铜钱，往店家手上一拍，头也不回地去了。

此时轿子已抬出一段路，竹如海赶了十几步，眼见赶不上，看到路边有赶脚的毛驴车，即招手坐上毛驴车，急着往前赶。

这一情景让宋慈看在眼里。

天色已黑。提刑司后厅亮着灯火。一块门板上，摆放着从西郊山林中发现的那副白骨。一侧摆着另两件物品：一只软底红绣鞋和一支银簪。宋慈手执油灯，上上下下地照看着。其身后站着捕头王，神情远不如宋慈那么专注认真，有点心不在焉。宋慈看过白骨，又拿起软底绣鞋和银簪，看了又看，久久未语。

捕头王终于忍不住说："大人，你把这副骨头架子、绣花鞋和银簪拿起放下，看了小半天了，到底想出什么门道没有? 天黑下很久了，你肚里就没觉得有点饿吗? 我可早就饿得咕咕叫了!"

宋慈才想起吃饭这档事，看了看窗外："嗯? 天已黑啦? 好久了吗? 你还没吃晚饭?"捕头王哭笑不得："我没吃，你也没吃呀! 大人，你可真行，遇上案子，吃没吃饭也记不得啦?"

英姑走进来，见状即笑道："真让夫人猜着了。一查案子便不回府了。捕头王，你又在发怨言了吧? 看，我给你们带吃的来了。"

捕头王喜上眉梢："好好，有吃的就行，熬夜熬得再晚我也不怕。"接过英姑手中的食篮，急忙翻找吃食。

英姑招呼宋慈："大人，你肚子就不饿吗? 快去吃吧。一会儿，我再跟你说一件好事……"谁知，宋慈的思绪还在手中的绣花鞋和银簪上，对英姑所言如同没听见一样。英姑愣在那儿，无奈地一笑。

对着绣花鞋的宋慈忽有所悟，忙招呼英姑："欸，英姑，你说，这鞋是不是与常人所穿的鞋不一样？还有这支银簪，也比寻常的尺寸大些呢。"

英姑仔细看了绣花鞋与银簪，语气不太肯定："这……不像是一般女子所用之物。这银簪好像比一般女人用的要长一些，也粗些；这鞋底这么薄，这么软，若是日常穿，走不了多久会磨破底的……"

宋慈眼睛一亮，站起来："对了。这鞋该是那种人才穿的！"他手捏绣鞋与银簪，径自往外走去。正在吃东西的捕头王见状，放下碗追出门外喊："喂，大人，这么晚了，你还去哪儿？"英姑笑望着宋慈的背影，并未阻拦。

天黑以后，北瓦舍一带便热闹起来。大大小小的瓦舍内，灯火通明，喧闹起伏，各处勾栏进行种种表演，游玩观看者很多。演杂剧的勾栏上，一个旦角正在咿咿呀呀地唱着曲儿，这是柳青。看上去她的容貌与演技比小桃红略差些。

宋慈站在勾栏近处，双手扶着木制台板，两眼直勾勾地望着旦角走台步不停移动的两脚：旦角脚上穿着绣鞋，在台上轻盈地移动莲步，走来走去，无声且优美……他不由得微微点头，似有所悟。

一个女人声音在他耳边响起："怎么，这位客官是喜欢看她走台步，还是喜欢她脚上这双绣鞋？"宋慈转身，见是锦玉班的女班主姜氏，脸上的笑意有些暧昧。女班主也认出这发呆的男客是宋慈，不免有点惊异了，"哎呀，原来是宋大人。失礼，失礼了。"

宋慈反问："你以为我喜欢什么？"女班主打着哈哈："男人们各有各的喜好，你宋大人的心思，我一个女人哪里猜得透？"

"那好。我实话告诉你吧，我看上女旦脚上这双绣鞋了，想讨得一双，好好欣赏一回，班主不会感到为难吧？"

女班主脸上又露出暧昧的笑意："宋大人果然有此特别喜好。行啊。别的拿不出，锦玉班里找一双女旦的绣鞋还是不难办的。宋大人等着，我这就给你拿一双来。"言毕即向后台走去。

女班主一会儿便拿着一只绣鞋出来。可这时她脸上没了笑意，而是有几分疑惑了。她看见宋慈手上也拿着一只绣鞋，与她手中的绣鞋十分相似，只是有些旧了。

"宋大人，你……你的绣鞋哪里来的？"

"你想，我这鞋会是从哪里来的呢？"

女班主狐疑不解，试探地问："宋大人，莫非你与哪个漂亮戏子……私下里相好，她送给你这双绣鞋？不会吧？"宋慈凑近女班主，轻声道："如此，你想她会是谁呢？若是一年以前，这个女戏子又突然消失的话……"女班主猝然变色，身子转过去，似有些颤抖，没出声。

宋慈忽然又将一支银簪递到这女人面前，令她又是一惊，一张尚有几分姿色的脸变得煞白。女班主惊恐地望着宋慈："你怎么……会有她的这两样东西？"

宋慈紧问："她？她是谁？"女班主缩着身子，不敢应声，目光畏惧，避开宋慈的逼视。宋慈用犀利的目光逼住女班主的眼睛："你为什么不说？莫非是你下的毒手，因某种原因，杀害无辜，抛尸山野？"

女班主慌乱不迭："不不……宋大人，我如今虽做个班主，可从前也是做戏子出身，晓得做这一行的苦处，我怎能无缘无故要害死绿腰……一个卖艺为生的江湖女子？"

宋慈提高声音："哦？她名叫绿腰，是个戏子？是你锦玉班的戏子吧？"

女班主急忙辩白："是……可不是我……她的死跟我实在是没关系啊！去年，好像是清明过后没几天，一天晚上，轮着绿腰要上场时，我才发觉她没来，不知什么时候她就离开锦玉班，离开瓦舍了……此后再没在临安城露面。"

"是吗？戏班里的女主角突然离去，你居然不在乎，也不去寻找，也不报官？这样的说法，能让人信服吗？"

"宋大人，你不知道，戏子们走江湖闯码头，有几个能在一个戏班里老老实实待上几年的？那些有姿色有才技的女旦，她们自由自在，无拘无束，一会儿投靠这个戏班，一会儿又去那个瓦舍，谁管得了？再说，这些漂亮女戏子有谁愿意在瓦舍这种下九流之处卖唱到老？一旦被当官的、有钱的看上了，她们可乐意跟着去享福呢。"

"所以，你以为绿腰是跟当官的或有钱人走了，投入他们的怀中，去大宅院当小妾，享福去了？可她却含冤屈死在深山老林中，一年多过去，成了一堆白骨，没人知晓她的冤屈，没人查访她的下落。这是不是太可怜、太冤屈了？"

女班主也动了情，不禁落下泪来："她果真死了吗？这……唉，绿腰戏唱得很好，长得也很俊俏，年纪轻轻的，就这样死在深山冷谷……太可惜、太可怜了！"宋慈提示道："你想想，那时有些什么官员，或是有钱人常来看戏，或拉她去某处唱戏？你不会不记得吧？"女班主脸上皮肉一颤，支吾着："这个……一年多过去，我不大记得起来了。宋大人，请原谅。"

"哦？忘了？"宋慈突然发问，"如意苑，她去过吧？"女班主身子一颤："如意苑……恐怕去过，我……我记不清楚了。对不起，我得去台前招呼一下。"说罢即匆匆离去。宋慈手持绣鞋与银簪，默然点了点头。

这日，天气很好，日上三竿时，进出城门的人不少。其中一个身着华服、相貌俊朗的壮年男子，骑着一匹骏马，悠然步出城门。其身后还有两三个随从，恭敬地随行在后。

出城不多远，壮年男子转身对随从说了两句，随从们便勒住马头，不再跟随其后，稍停，便往城里转回了。而那边华服俊朗的壮年男子轻松地抖动缰绳，让座下的骏马沿官道小跑起来。

少时，有一着便服的年轻男人从城门口走出来。此人是刑部小吏竹如海。他熟门熟路，向城门外等候着的一个赶毛驴车的招呼一下，即轻松地坐上毛驴车，拉车的小毛驴随即跑了起来。

同一条道上。前面还有一顶小轿悠悠地往前行。这是提刑司的官轿，轿内是提刑大人宋慈，轿旁跟随着捕头王。远远地可望见如意苑高高的牌楼了。大约是坐得有点累了，宋慈从轿中探出脑袋问一声："快到了吧？"

捕头王应道："嗯，大人，就快到了。"

宋慈刚要缩回脑袋，忽然听到后面传来什么响声，随即凝神侧耳，只听后面传来"笃笃"的马蹄声，"后面好像有谁骑马过来了？"

捕头王扭过头去看了一下："咦，像是驸马爷梅子林。"

宋慈一怔："哦？他怎么也往这儿来了呢？停轿。"

轿子才停下，一匹骏马便小跑着至轿前了。宋慈从轿中走出时，正好挡在马前。马上之人勒住缰绳，略感惊诧："哎呀，是宋提刑，久违了，别来无恙？"

宋慈恭敬作揖："还好还好。驸马爷一向可好，慧珏公主可好？"

"好好。我昨日还陪公主一同回皇宫为娘娘贺寿喝酒去了呢。宋提刑这又是要去哪里探案？"

"我也没什么事，天气这么好，城里太过喧闹，就到城郊随便走走，看看。驸马爷有急事的话，请先走一步。"

"我有什么急事？皇上只派我一个管粮草军马的闲差，哪有什么了不起的公事？昨儿听说如意苑有几匹好马，得便过去看看，就这点小事。宋提刑，前面便是如意苑，有兴趣的话，一同进去看看？"

宋慈窃喜，却装出不在意的样子："是吗？有好马？要不，随驸马爷去见识一回？"梅子林笑着说："好啊，走走，一起去。"

于是，二人一人骑马，一个坐轿，边走边聊，十分投缘。宋慈扮出一副诚恳之态："宋某对马匹可是一窍不通，要请驸马爷多多指教了。"

梅子林一说起马便神采飞扬："这马可是天下第一尤物啊。通人性，讲义气。早年，关云长骑一匹赤兔马，过五关斩六将，视八百里曹营如蚁穴，全靠这坐骑奔如雷疾如风，横扫千军如卷席。还有，刘备骑的那匹名叫的卢的马儿，被人看作妨主之物，却在紧要关头，将那两三丈的壕堑一跃而过，救了主子一命……哎，到了。"

说话间，已至如意苑门前了。如意苑门前管事模样的人显然是熟识驸马爷的，连忙笑脸前迎："驸马爷来啦。是为那几匹北方好马来的吧？请进，请进。"

梅子林向管事介绍宋慈："这是宋提刑，也想进去看看马。"

管事犹豫起来，看了看宋慈："这个……得问过庄主。"说罢向一守卫低语两句。守卫立即往门内走去。

驸马爷脸上有点挂不住了："这是干什么？宋提刑也是京城命官，虽说只是个四品官员，可也是手握生杀大权之人，在京城也算是个厉害角色，你们庄主断然不会不让他进去吧？"

管事为难地说："驸马爷，你知道的，我们庄主一向为人豁达，广交朋友，只是对头回来这儿的生客，初来乍到，只怕有闪失……"

守卫急急出门，对管事低语几句。管事脸上顿时换上笑容，热情对宋慈道："好啦，宋大人，我们庄主传话来了，敬请宋大人进如意苑，可以随便走走，到处看看。随从就……"宋慈对捕头王说："好吧，你暂在外面等一会儿。"

管事笑着邀请道："驸马爷请，宋提刑请。"宋慈与驸马爷刚走进如意苑，坐着小驴车的刑部小吏竹如海随即也到了如意苑门前。

初入如意苑的宋慈如入梦境一般，被这神秘庄园内的豪华气派镇住了。他简直有点目不暇接，且难以置信。一个大厅内摆着赌桌，参赌者皆为一掷千金的豪门子弟，他们围着赌桌，一个个捋袖擦腕，目光如炬，盯着开宝匣子，一开匣，有人狂笑，有人声嘶力竭地惨叫。

宋慈又走入另一幢大屋。这儿却是十分安静，时有端着茶碗的年轻侍女走进门前掩着布帘的小房间，里面有交谈之声，却不见人面。他好奇地撩起一道布帘，偷眼往里瞧，却见是两三个官员在窃窃私语，他们的面前，居然摆有一大堆金银珠宝。宋慈赶紧缩回脑袋，惊诧不已，自语道："这三位都是朝廷要员，怎么聚在这儿摆弄这些珠宝财物？"

走了数步，他又撩起一个布帘，里面却是几个北方民族打扮的强悍男子，埋头密谈着。他们脸上的凶悍神色与腰间突出的刀剑把柄，令宋慈为之一惊，赶紧又缩回脑袋了。

稍后，他又走到一个热闹场所。这里是仿照瓦舍设的一个供表演用的勾栏，这勾栏却制作得考究，细木台板，铺了台毯，勾栏上有人在唱戏，其旁摆设着一些桌椅，供人边看戏边喝茶吃食。与京城瓦舍不同的是，一些年轻美貌的戏子也在下面陪同贵客坐着，与他们一同饮茶交谈，或媚眼如波，或浪笑如歌，也有相依相偎如同情侣的。

宋慈目光一怔。前回在锦玉班见过的那位漂亮女戏子小桃红，正与一位肥脸大腮的官员捉杯对饮，媚眼细语，令那位官员心花怒放，一只手伸过去捏着女戏子的手不放，小桃红任其所为，从容坦然。

宋慈淡然一笑："这儿可真是个妙趣横生之处啊！"旁边已站着那位管事，笑眯眯地接口道："宋提刑，在如意苑看一圈下来，观感如何？"

宋慈语中略有讥嘲之意："这还用说吗？当然是一处好地方。那个女戏子多漂亮，与她同饮的，好像是吏部的一位侍郎，真个是眉眼传情，如胶似漆，妙不可言啊。"管事以手指着另一处，诡秘地低语道："如果宋大人另有所好，那边还有一个好去处，是否过去看看？"

宋慈朝管事所指方向瞄了一眼，发觉那边门前有好几个弄姿作势的妖冶女子，想必是卖笑女子，便猜着管事意图。他顾左右而言他，猝然说了几句话。

"要说漂亮的戏子，记得去年盛春时节，京城北瓦舍锦玉班有个名叫绿腰的女子，那才叫妖媚风流呢，她来过你们这儿，想必还记得吧？"

管事一怔，"绿腰……宋大人说笑话吧？如意苑可从没来过叫这名字的女戏子。哟，你看那边，驸马爷骑着那匹枣红马，跑得正欢呢。宋大人不过去看看？"宋慈注意到，管事拿着扇子的那只手微微一颤。

如意苑内有一块大校场，供客人们射骑玩乐。驸马爷梅子林胯下一匹高大壮实的枣红色骏马，身手矫健。他抖动缰绳，纵马狂奔。胯下这匹骏马确非寻常，奔跑起来如闪电一般，很快便超过其他马匹。这让驸马爷十分得意，嘴里呼喝有声，脸上笑意盎然。

宋慈与管事走过去。驸马爷利索地下了马，牵马过来，兴奋地说："好马，真是一匹好马！"宋慈说："驸马爷既然喜欢，就买下吧。"驸马爷连连点头："我当然要买下，非买不可。管事，这马是哪里来的，卖什么价？"

管事招呼那边站着的一个北方民族打扮的人过来："驸马爷要这匹枣红马，去和驸马爷谈谈价吧。"驸马爷牵着马乐滋滋地随那北方人走去。

管事问："宋大人，是不是也买一匹好马？让他们牵过来看看？"

宋慈连连摆手："不，不必了。你看我这身子，像是骑马射箭的角色吗？"

那边，驸马爷与卖马的人争执起来。梅子林面红耳赤，愤然说："你这是什么马，敢说值五万两银子？管事，你给评评理，这马就是金子打的宝玉镶的，也值不了这么多吧？"

管事心平气和地说："驸马爷，这批马是从北方大草原来的，都是头挑的好马，这批马中又数这枣红马最好，你看这身架多高，腿脚修长而有力，关云长的赤兔马，也未必及得上它呢。兵部、吏部的几位一品要员都想要，可我们庄主头一个想到的还是你驸马爷啊！"

梅子林口气软了下来："庄主的好意我是知道的，只是这价钱……"

"五万两，贵是贵了点，可是，有道是物以稀为贵，它值这个价啊。你贵为驸马爷，是圣上的嫡亲女婿，还在乎这几万两银子？"

梅子林脸上臊得通红："我这个驸马只是表面风光，管管粮草，一个弼马温一样的闲差，手中没权，兜里没钱，哪像人家一品二品的高官，逢年过节有下级官员孝敬，我哪来那么多银子……"

卖马的外族汉子得意地捋着胡子笑了，伸出一只手掌，用不流利的汉话大声说："我这是千里马，是难得一求的宝马。错过了，可就没了。"

驸马爷尴尬不已："让我一下子到哪里去凑五万两银子？喂，宋提刑，你能不能借我一些银子？"宋慈连连摇头："哎呀，驸马爷，你这可是烧香拜错了菩萨，我小小四品文官，一年俸禄不过数千，哪有那么多银子往外借啊？"

驸马爷恳求卖马人："能不能降点价？两万怎么样？那……三万两，行不行？"卖马人板起脸："不行。五万两，少一两也不卖！"

这时，一个豪门子弟模样的人走过来，二话不说，先把驸马爷手中的缰绳夺过去了。驸马爷惊叫起来："你干什么？"

豪门子弟轻蔑地瞧他一眼："你既然拿不出五万两银子，就让人家买嘛。这马，我要了！五万两银子，区区小数，本大爷这就付给你！"

卖马人喜出望外："好好，五万两银子卖给你了。"

梅子林失魂落魄一般，眼睁睁地望着那匹心爱之马被人牵走了，他的两只脚也不由自主地随之跟去了。

宋慈看着这场景，不禁摇了摇头。管事在他耳边轻语："宋大人，贵为国戚皇亲，不如有钱在身啊，这话不无道理吧？"

宋慈不置可否："欸，进如意苑这么久，怎么没见着你们的庄主？庄主什么称谓，哪里人啊？该不是当朝哪一级的官员吧？"管事面露神秘微笑，"我们庄主嘛，与你宋大人曾是官场上有过交往的老熟人呢。只是早已退出官场，眼下他一心经营这如意苑。不过，庄主虽是一介平民，却非一般人物啊。"

宋慈有点警觉了："看得出来，你们庄主有这如意苑，招引来这些达官显贵和豪门子弟，还能弄来这些北方骏马、外族美女，简直是呼风风来，唤雨雨至，神通广大啊。既与宋某是老熟人，何不请他出来叙叙旧情？再则，本人职位所及的一桩案件中，有不解之感还想求教于庄主呢。"

管事故作姿态："忘了告诉宋大人，真不巧，庄主刚才因一件要事所牵，已离开如意苑。他让在下代为致歉。"

"是吗？"

"庄主临走时吩咐在下，一定让宋大人玩好，若宋大人玩腻了要走，他已备好一点儿薄礼，请宋大人带回府中，必有所用。"

管事的示意站立一侧的侍女捧上一只精致的小匣，递至宋慈面前。宋慈摆手推辞："既然庄主不肯露面，宋慈不明其身份，如何能收此礼物？只能下回再来求教了。"管事面呈假笑："宋大人这就要走吗？恕不远送。"

如意苑之行，几乎全无收获，回城途中，宋慈心情不好，脸色沉郁。他连轿子也不想坐，徒步在道上慢走。捕头王伴随其侧，时不时地偷窥宋慈的神情，暗自猜测。两个轿夫也是不知所措，抬一顶空轿，悄然尾随其后。

捕头王搭讪着问："大人，如意苑里面究竟是什么样的？"

宋慈没好气地说："怎么样？好玩得很呢！"

"好玩？大人进里面玩了这半天，怎么还不太开心啊？"

宋慈瞪起眼珠子："屁话！我堂堂提点京畿刑狱，怎会去那种地方玩？你不是不知道，我想方设法进那鬼地方，是去查案子的。"

"那你查出什么没有？庄主是何等样人？与本案到底有没有牵连……"

"哼，如意苑，如意苑，原来来这儿玩乐的尽是些高官显贵、豪门望族，看来那位庄主高深莫测，神秘得很，我这四五品的小官员，他连面也不愿露一下呢！"

捕头王愕然："竟有这等事？哪个这么大胆，居然不把你这威震四方的京畿提刑官放在眼里？"

"那倒未必……据管事说，那位不敢露面的神秘庄主与我在官场上有过交往。想必此人背景复杂，很有心计。只是不知此人是谁，会是谁呢？"

捕头王故作神秘地说："大人，我在外面也小有收获呢。"

宋慈一愣，停住脚步，"你发现什么啦？"

"我看到昨日遇见的刑部那个小白脸，又在茶馆里候着了。眼巴巴地望着如意苑那道高门槛。你说，他天天来这儿干什么？"

宋慈冷声一笑："他呀，不过是想吃天鹅肉的癞蛤蟆罢了。我在里面看见那个女戏子小桃红，跟一个有钱的胖男人调情呢。哼，那种水性杨花的戏子，才不会看上刑部每月俸银区区十两的穷酸小文官呢。"

"这倒也是。一个六七品小文官，无非在刑部抄写抄写公文、传送传送案卷，能有什么名堂？倒不如像我这样做个捕头，跟着宋大人走南闯北，干几件轰轰烈烈的大事，为民洗冤除暴，扬善惩恶，还能赚些美名，流芳后世，大人你说是吧？"捕头王说话时不免得意扬扬。

这时，一阵"笃笃"的马蹄声传来。随即见一匹快马如疾风一般飞至。骑马者在宋慈面前勒住马，竟是驸马爷梅子林。宋慈不由得一惊："驸马爷，是你啊？"他打量着驸马爷的坐骑，正是刚才草场上见过的那匹良驹。

梅子林脸上掩不住的得意与兴奋："宋提刑，你看这枣红马到底还是随了我梅子林了。哈哈，今日得此宝驹，乃人生一大幸事啊！宋提刑，梅某先走一步了！"旋即策马疾奔，转眼已不见身影。

宋慈愣了一会儿，自语："这位驸马爷怎么像个小孩，为一匹枣红马，一会儿懊丧生气，一会儿又眉开眼笑了。有意思！"他揉了揉走酸的双腿，招呼轿夫，"人也乏了，脚也酸了，还是坐轿回府吧。"

宋府内，正厅，正中桌子上摆着一只精美漆匣，看上去很显眼。一旁坐着玉贞和英姑，二人凑得很近，正在亲密地低语。说话间，她们不时地会瞧一眼那只精美的漆匣。

宋慈大步走进厅内。他一眼便看见厅前摆着那只漆匣，不由得一愣。他大步走近前去，脱口而出："这匣子好眼熟……"英姑说："这是如意苑派人送来的。"宋慈惊诧不已："有这样的事？我说不收，他们怎么又送到府上来了？欸，匣子怎么打开了？"他用责备的目光扫向夫人。

玉贞坦然道："是送礼人自己打开的。我们可动都没敢动。你看清楚了，这里面装的是一对上好鹿茸，还有一支高丽野山参。"

宋慈细细观看匣内之物："奇怪，怎么偏偏送这两样东西？"

"是啊，我也想呢，真奇怪，如意苑的庄主，怎么就知道宋府刚好缺这两样东西呢？"

宋慈惊诧道："哦？正好缺此二物？怎么回事？"玉贞说："你呀，好多天不回府，府中之事自然不知道。近日老太太气虚体弱，正想买一支长白山野山参补补身子，走了几家药铺都没货。这还真送得及时呢。"

"还有呢。"英姑掩不住高兴劲儿，"你还不知道吧。夫人身怀有孕了。刚请郎中看过，说腹中小儿坐胎不太稳当，最好用上好鹿茸安胎呢。"

宋慈顿时欣喜不已，过去拉着玉贞的手："夫人，这是真的？你……你怀孕啦！哎呀呀，宋慈人到中年，才得贵子，这可真是大喜之事啊！英姑，从今日起，你就常到府中走动走动，陪伴玉贞，跟她说说话，聊聊天。"

英姑略有迟疑："这……好吧。"玉贞说："这怎么行？英姑是你办案子的好助手，身边缺不得的。我现在身体未有不适，不必烦劳英姑。"

宋慈犹豫起来："这……我倒没想过。"英姑笑道："没关系，宋大人身边还有捕头王大哥，一桩小小案子，难不倒他。放心吧，我会时常过来照看夫人的。"

宋慈呆呆地看着桌上的鹿茸与人参，脸上的笑容猝然又凝住了："哎呀，不对啊！"

"什么不对呀？"

"这如意苑庄主究竟是个什么角色，居然不动声色，便已探清我宋慈府中内情？不得了，不得了！"

玉贞、英姑愕然。

夜色深沉，万籁俱寂。如意苑后院，有一幢造型奇怪的宅屋，不高，不大，独立而筑，夜黑之时如同一只巨兽潜伏着。

忽然，一个黑影从墙脊上疾速而过，随后跃下，无声无息地落在院内，接着又一个黑影如此入院。这是两个武艺高强之人。他们拔出刀，悄然潜向小屋。这屋子似乎并未有人守候。二人摸至一扇门前，用手中刀具撬动门板，突然，某处有了响动，即见两道影子掠过，便听两人惨叫一声，手中刀子未落地，身子已软倒在地，不能动弹了。随即，见不远处有灯光晃动，又听得人声喧哗。众多人大声喊道："有贼人入室抢劫啦！快来人啊……"

转眼便是天明时分。两队人马在如意苑大门前碰上了。他们是宋慈带领的提刑司一班人，还有刑部派出的一班人。令宋慈十分吃惊的是，刑部方面居然由刑部尚书曹纲亲自统领，随从之中有此前多次露面的竹如海。

宋慈迎上前行礼："尚书大人，两个贼人入宅行窃被杀，不过一桩小小案子，居然惊动你当朝一品大员亲至现场督察，真是难得啊！"

曹纲傲气十足："为臣者当以社稷百姓为重，身体力行，体恤民情，如何称难得？宋提刑，既有本官到此，你就不必多劳了。请回吧。"

宋慈笑道："尚书大人，宋某身为提刑官，验尸查案，乃本职所在，岂可躲避偷懒，让人白白捡得一个笑柄？干脆，你我二人同进此门，一道查验。"

"也好。宋提刑，请吧。"

"曹大人请。"

那幢看似十分普通的房屋前，赫然摊着两具死尸，俱黑衣黑裤，用黑巾蒙面，手上的钢刀尚在，人已僵硬不动。宋慈躬立在一具死尸旁，细细查验其死因。刑部尚书曹纲等人站立在不远处，等着他的验尸结果。

死者后背有一伤口，暗色血渍凝结在黑衣上。宋慈用一支银针探入伤口，插入有三四寸深，再拔出来，却见银针已呈暗黑色。察看另一个死者，情形相似。曹纲探头探脑地问："宋提刑，这二人怎么死的，该看出名堂了吧？"

宋慈没回头，语音朗朗："死者后背有一创口，三分大小，深及两寸，外溢之血色暗红，银针探入伤口，呈暗黑色。为一尖利硬器所伤，疑为毒箭之类。"

宋慈身后，英姑执笔利索地记下。曹纲等人听得宋慈大声报出验尸结果，便小声嘀咕起来。宋慈并不顾他们的议论，继续做自己的事。他将死者扳过身子，扯下其脸上所蒙黑巾，死者面色紫黑，七窍流血。

"死者七窍流血，双目暴突，面呈紫黑色，身上肤色暗紫，有大块青斑，系中毒特征……"宋慈的目光忽然落在死者鼻子左侧的一个痦子上。他脑子里随即闪出那日在明泉寺前树林中撞见的两个面目可疑之人。

这时，捕头王已绕着小屋察看了一圈，走过来与宋慈低语几句。宋慈将目光移向小屋。这幢看似普通的小屋有些奇特，全屋未用一寸木料，以坚实的石板做壁，亦无窗户，其门用铁板制作，异常坚实。屋顶瓦片厚大，且联结不散。

宋慈走到屋前，伸手欲拉动那扇门。这时，一直静候在一侧的管事张开双手急叫起来："宋大人，别……别动它！"宋慈赶紧停住，未动那门把手。

管事急急赶过来，"你千万不能乱碰这里的东西，要闯大祸的！"

宋慈左右细细一看，若有所悟："哦？看样子，这小屋之中原是设了周密机关的。只要谁撬动此门，便会招来毒箭。此二人是被毒箭射死的吧？"

管事眨眨眼，从背后拿出两支利箭，呈于曹纲面前："曹大人，如意苑为防外来盗贼，在此设了机关，二人执刀行窃，被毒箭射杀，可谓咎由自取，如意苑不应承担责任吧？"

曹纲接过毒箭，粗略看一下，又用脚踢了踢死者，对宋慈说："此二人面目可憎，蒙面执刀，擅入民宅，非偷即抢，死了也是白死。宋提刑，我看这桩案子十分简单，就此便可以结案了。"

"曹大人，此二人身份不清，目的不明，夜半三更被毒箭射杀在如意苑中，就此匆匆结案，未免太草率了吧？"

"人都死了，你还追查什么？好在如意苑没受损失，让他们以后多加小心就行了。宋提刑，走吧。管事，把这两个死人拖走，挖个坑埋掉。天热了，搁久了会发臭的。"

管事应道："小的遵命。"宋慈大声说："等等！管事，人暂时不能移动。你去把如意苑庄主叫来，出了人命他还躲着不露面，不会是心里有鬼，不敢见官吧？"管事两眼巴巴地望着曹纲："这……"曹纲对宋慈说："这就不必了吧？"

忽听不远处有个男人的声音传来："谁说我心里有鬼？"

侧门无声地开了，随即走出一个中年男子，直直地朝宋慈走近，微微一笑："宋提刑，别来无恙呀？"宋慈乍见此人，顿时一愣，"是你……刁知县？刁知县何时就成这座大庄园的庄主了？"

中年男子嘿嘿一笑："宋提刑，宋大人，幸会，幸会。本人刁光斗，如意苑庄主不假，知县二字就免提了。这世界说大也大，说小也小，你看，我们又在这儿碰面了。"

"真没想到，那天管事说的老熟人，居然会是你这位刁……刁光斗，原来你罢官后又跑到这儿，修造起这宫殿般的如意苑，当起逍遥如仙的庄主来了。"

刁光斗得意地说："是啊，京城那热闹地方，大官小官满街跑，我这不官不吏的小百姓哪敢待啊，就躲到京郊随随便便地盖几幢房子，图个清静，享个安逸嘛。宋提刑，宋大人，你我过去有过交往，好坏不论，总算是熟人熟面。上回你来如意苑，我有事外出，来不及面谈，送你一份薄礼，还退了回来，何必呢？你我可是不打不成交的老相识呀。你看看这回，两个送命的贼人倒成了牵线之人，让你我终有见面的机会。如不嫌弃，宋大人可否到前院喝杯茶、叙叙旧？正好曹大人也在，三人何不一起去？"

曹纲迟疑不决："宋提刑，你说呢？"宋慈干脆地说："不必了，刁庄主，宋某公务在身，此地还摊着两个不知身份的死人，哪能随你去喝茶叙旧呢？刁庄主既然来了，就协同宋某把这段公案了结一下吧。"

刁光斗不屑地一摆手："宋提刑，不就死了两个贼人吗？天下那么大，烦心事那么多，京畿之地百十万人口，你这四品提刑官犯得着为两个不知替哪个浑蛋主子送命的傻大汉费心费神吗？跟你说句实话，像他们这样，偷入如意苑欲图不轨无功而折之事，已不是头一回了。"

"哦？这么说，之前也曾死过人，只是你隐匿未报？"

刁光斗闪烁其词："宋提刑，这是你说的，我可没说死过人。嘿嘿。"

"那么，你总该说说，这两个人来此干什么？你不清楚他们的身份，也该知晓他们来此地的目的吧？"宋慈指指那幢神秘的小屋。

"这个……看来宋大人好奇心很重，想知道小屋里藏着什么，是吧？"

"刁庄主何不打开屋子，让我与尚书大人看上一眼？"

"曹大人，你是刑部尚书，官居一品，依你看，我这一介平民非得打开这私家小屋，让这位四品提刑官满足好奇心吗？"

曹纲面露难色："这……宋提刑，这就不必了吧？"

宋慈看向曹纲："曹大人，查案检验，追根寻源，哪能偷工减料，半途而废？刁庄主是见过世面的人，不至于遮遮掩掩，让我们心存疑虑而去吧？"

曹纲左右为难："这……刁庄主，你看……"

刁光斗笑道："宋提刑，非看不可吗？那么，我倒有个有趣的提议，宋提刑何不猜一猜，这小屋里藏着什么？"

"这个嘛，金银财宝？恐怕不会吧？稀世之宝，名画古玩？也不像。那会是什么呢？刁庄主，莫非在这屋里藏着一位绝代佳人，或是谁家的名门闺秀？"

刁光斗先是一愣，继而大笑道："哈哈哈……宋大人真会开玩笑，如意苑内，什么样的绝代佳丽、名门闺秀没有，何必藏藏掖掖，将这些艳美鲜活的小女子关进这密不透风的小屋，那不就像小白菜晒太阳——全蔫了吗？宋提刑，你也太小瞧刁某人的气度了。"

宋慈面色一沉："那，总不会是一堆白骨吧？"

刁光斗笑得更厉害了："宋提刑真是三句不离本行啊。你喜欢摆弄死尸把玩白骨，莫非我刁某也有此嗜好吗？算了，你也不用猜了。来人，打开房门，让这位官家大人进去看看，满足他的好奇心吧。"

几个身手强健的手下随即无声地走出，一起上去，将那道铁板门上的几道锁打开，又用力地移开铁门。刁光斗向宋慈做了个邀请的手势："宋提刑，请随我走进去看看。"宋慈坦然地往小屋走去，又招呼着："曹大人，你也进去看看？"曹纲愣了一下，不太情愿地抬脚走进去。

一支火把高高擎起，照着这没有窗口、形如铁笼一般的屋子。屋里仅一床，一桌，一椅。另外，令人奇怪的是，靠北墙一侧，还一溜摆着八口半人高的大箱子。宋慈手搭箱子，抓住箱子一侧的铁环，略一使劲儿，那箱子动了一下，分量不轻也不重。他将目光转向刁光斗："刁庄主，你说这屋里藏的既非金银财宝，又无名画古玩，那么，这箱子里到底装了些什么？"

刁光斗微微一笑："宋提刑，你我都是经历多年世事之人，曹大人更不必说了，官场里风风雨雨几十年了。刁某自退出官场后，闲着无趣，回首往事，心宇茫茫。想着世事沧桑，人海沉浮，官场内外，逸闻繁多。故而，试着做起了一件自得其乐之事。"

"哦，做什么事？"

"古之有才学者，著书立说，藏之深山，以流传后世。听说宋提刑也在写一本教后人如何查案子的书？"

"雕虫小技而已，岂敢教人。"

"刁某无才无识之辈，不敢自称著书立说，只是偷得一点儿空闲，躲进这小屋，记下以往官场及商场上所见所闻之事。"

宋慈疑惑地问："著书立说，人之常情，怎么会有人对刁庄主著书这么感兴趣，甚至指派强悍之徒前来窃取？刁庄主之书即使价值万贯，也不至于令人如飞蛾扑火一般前来送死啊？这让宋某十分费解。"

刁光斗故作神秘："其中缘故，我就不便细说了。"他把目光投向曹纲，"曹大人，你怎么不说话？你倒是猜猜，那些心怀鬼胎的人何以如此看重刁某所著之书？"曹纲勉强笑道："人各有所好，我哪能猜着他人心思？宋提刑，行了，人家是躲在这小屋里写书，箱内装的无非是成堆的书稿，这是私家之事，我们管得了那么多吗？"

宋慈不甘心，"可是……"曹纲催促道："走吧，走吧，这屋子小，没窗户，气闷得很，憋得人透不过气来。走走。"拉着宋慈走出屋去。

宋慈与曹纲走出小屋，却见如意苑的管事及手下人正拦着刑部几个官员，不让他们挨近小屋。竹如海等一些年轻官吏面呈怒色，与管事等人推推搡搡，吵吵嚷嚷。提刑司的捕头王等人则在一旁站着不动，也不劝说，若无其事地看着热闹。曹纲怒道："你们……怎么回事？推推搡搡，成何体统？"

竹如海说："这小屋暗设机关，神秘莫测，曹大人进去许久未出，我们有些担心，想入内探视……"另一小吏姚千说："这几个家伙态度蛮横，言语粗鲁，居然说我们官府的人尽是草包、无能之辈……"

刁光斗假意训斥管事："你们敢如此胡说？官府的人是吃皇粮的，执掌我等生杀大权，当心哪天把你的脑袋拧下来呢！"

曹纲则对属下怒斥道："竹如海，姚千，你们真是成事不足、败事有余！刁庄主与我是多年好友，还会暗设机关害我不成？"说罢转向刁光斗："刁庄主，手下人无知，十分抱歉！"

刁光斗笑道："哪里哪里，是我手下人无礼了。二位，刁某向你们赔礼了。"

曹纲对几个年轻官吏斥道："还不快退下？"

宋慈只在一旁静听，一言不发。曹纲转向宋慈，面色有点难看："宋提刑，还愣着干什么？走吧！"

"这就走了？"

"怎么，公事办完了不走，你还想赖在这儿，让刁庄主请你吃饭吗？走吧！"曹纲用力拉宋慈往外走去。刁光斗在两人身后朗声作揖："二位大人走好。"

天气热得很快，才是五月中，已穿不住夹衫了。提刑司后厅书房内，一张桌子摆在窗边，窗是开着的，用窗帘挡着外面的热气。宋慈端坐在桌前，提笔凝神，思考着如何下笔。桌子一侧摆放着即将完稿成书的《洗冤集录》。"洗冤集录"四个字显得十分醒目。

想了一会儿，他略一点头，提笔轻快地往纸上写了几行字。写完最后一个字，有力地一收笔，不禁轻出一口气。因天气热，这一会儿工夫，他额上已闷出些汗水，便脱了官服，单穿薄薄的白褂子。他觉得舒适了，拿起纸页，低吟方才写罢的末段文字，微微颔首，一副自得其乐的神色。

英姑手提一只瓦罐，轻步入室，看到宋慈那副神态，不由得暗自窃笑，朗声道："大人。"宋慈高兴地说："英姑，你来啦？府上都好吧？玉贞怎么样？"

英姑放下瓦罐："放心吧，夫人好好的，吃得香睡得熟，什么事也没有。看你笑眉笑脸的，有什么开心事吗？"

宋慈不无得意地说："刚写成一篇卷前语，来，你给评点一下吧。"

英姑俯身桌前，大声吟道："……慈四叨臬寄，他无寸长，独于狱案，审之又审，不敢萌一毫慢易心。若灼然知其为欺，则亟与驳下；或疑信未决，必反复深思，惟恐率然而行，死者虚被涝漉……嗯，写得情真意切，很合你的心境。"

宋慈手抚书稿，感慨地说："这本书耗费了我多年心血，今日终于得以完稿，实乃平生一大快事！"英姑若有所思地说："大人，眼下你不只是一大快事，而是双喜临门呢。"宋慈不解其意："双喜临门？"

"不是吗？夫人怀了孩子，宋府从此有了继接祖业的后代，是一喜；《洗冤集录》成书，可传之后世，又是一喜，这不是双喜临门吗？"

宋慈欣喜地说："是啊，让你这一说，我宋慈这回还真是得了双喜呢……"猝然语止。他望着面前的英姑，从她的眼神里似看出一些别样滋味，不由得收了笑容，上前走了半步，犹豫着欲拉英姑的手，她却急急避开了。

宋慈斟酌着开口："英姑……"英姑低下头："大人，你想对我说什么？"宋慈低声说："英姑，我……我觉得有些委屈你了。本来，玉贞对我说过，让我和你……"英姑急忙阻止："大人！你不要说了……"

"英姑……这些年来，你一直跟随在我身边，助我办案，照料我的生活，我……在那方面有点迟钝，可我再笨再傻也知道你的心思……"

英姑大声地说："你知道我什么心思？大人，此时此地，别无外人，我就对你说几句实话吧。我英姑跟随大人这些年，始终无怨无悔，是由于敬仰大人无人匹敌的才学与胆识，佩服大人刚正不阿的个性和疾恶如仇的品德。英姑对大人的敬仰犹如小丘之于高山，山溪面对大海。只要大人不嫌弃，英姑还会一如既往地跟随大人。只是……请大人再不要提委屈二字。"

宋慈一时愕然："英姑……这让宋慈如何说呢？"英姑两眼直直地盯着他："大人，那就什么也不要说了。"二人对视片刻，宋慈终于点了点头。

捕头王嘴里嚷着"热死啦，热死啦"，急急走进屋来。他脸上身上流着汗水，一副疲惫之状，一屁股坐于椅上，大声怨道："这鬼天气，端午节过了没多久，便热得六月天似的。"英姑给他绞了一把毛巾，让他擦去脸上的汗水。

宋慈关切地问："你今天跑了哪些地方，有收获吗？"

捕头王一脸沮丧地说："西郊山脚邻近村子走遍了，打探了好多农家，没一点儿有用的东西。大人，这白骨案可把人拖累坏了。依我看，不查算了，反正也没苦主来诉。"

"欸，岂能如此？沉案积年，冤魂难消，当凭我等发奋努力，怎可知难而退，不了了之？"

捕头王苦着脸："这案子也确实难办啊，有那么点线索，好几天过去了，不是没想出什么法子来吗？"

宋慈默然坐下，沉吟片刻，"此案虽难，总有破绽，我还是对如意苑心存疑惑，那刁光斗城府颇深，计谋不少，莫不是他在其中扮演了什么角色……"

一衙役急叫"大人大人"跑了进来："大人，城西郊外又出事了！"

宋慈惊起："什么？"

"有农民来报，明泉寺后山发现一具年轻女子的死尸。"

"怎么搞的，又是明泉寺后山……"

山谷，杂草丛生，树木如织。在一道不算太陡的几丈高斜坡下，一具身着艳服的年轻女子遗尸，赫然在目。

宋慈独自走向尸体，目光中流溢出怜惜与疑惑的复杂情绪。

死者便是锦玉班的女旦小桃红。看上去还没改容，依然有几分姿色。

宋慈侧步半蹲，一边做检验尸体的准备，一边吩咐身后的书吏："笔墨备齐了没有？"书吏大声回答："备齐了，大人。"

提刑司升堂之日，常会招引来许多百姓观看。有关城郊山里又发现一具女尸的消息，早已在城里传开了，所以，开堂审问当天，提刑司衙门外挤满了人，他们引颈探头，交头接耳议论不休。

宋慈大声喝道："传锦玉班班主上堂问话。"女班主面如土色，战战兢兢地走上公堂，双膝一软，跪倒在地："民女锦玉班班主姜氏叩见提刑大人。"

"姜氏，传你到提刑司公堂，知道是为何事吗？"

"民女……不清楚……"

宋慈猛地拍了一下惊堂木："不清楚？锦玉班女旦小桃红失踪多日，你一不报官，二不寻找，是何居心？"女班主愕然："小桃红她……她怎么啦？"

宋慈用手一指："你往那边看。"女班主探头朝宋慈所示一侧望去，只见那儿摆了一张门板，板上摊放着小桃红的尸体，身上的艳丽衣饰十分刺眼。女班主顿时吓得软瘫在地："我的妈呀，小桃红她怎么……死啦？死在哪里……"

宋慈厉声道："这得问你！她是你锦玉班的当家女旦，你该知道她的去向。姜氏，你从实说来，小桃红哪天离开锦玉班，去了哪里？如有谎言，重罚不贷！"

女班主茫然地仰脸想了想，突然大声叫道："是他！一定是他干的！"

"谁？你说的他是谁？"

"是刑部那个名叫竹如海的家伙，一定是他害死了小桃红，是他，肯定是他干的坏事！"

宋慈若有所思："是他？竹如海……姜氏，你说是竹如海害死了小桃红，有何证据，从头说来。"女班主说："大人，前些日子，刑部官员竹如海经常来瓦舍看戏。起先我以为他喜欢锦玉班演的戏，后来才知道，他是看上小桃红了。我告诉他：别做梦啦，小桃红才不会看上你这七八品的小官呢，凭她的容貌才艺，起码得挣足了银子，再嫁个大官、大商人什么的。可这家伙还像年糕似的，对小桃红纠缠不清，我骂了几回也不济事。两天前——"

勾栏上正在演戏，一个面相可笑的老男人正在吟唱，台下观者寥寥。脸上化了妆的柳青倚靠在侧台，女班主没好气地对柳青说："怎么，小桃红还没回来？"柳青迟疑了一下："回来了，在床上躺着呢，说头痛得厉害，起不来。"

女班主脸一沉："哪能这样？她总还是锦玉班的人吧？不行，我得去叫她起来演戏……"柳青拦住班主："算了，我已答应今天顶她演戏，她给了我这个。"柳青一伸手，将手心之物示于女班主。是一小块银子。女班主鼻子哼了一下，"她是有钱了，可以拿钱让你顶班替她演戏了。行啊，那你就演吧。"

忽然从后台钻出一颗男人的脑袋，正是刑部小吏竹如海。

女班主愤然说："怎么你又来了？"竹如海问："她……小桃红来了吗？"

女班主一扭头："来了又怎么样？"竹如海探头探脑："是吗？我怎么没看见？"

柳青说："人家病了，躺在床上起不来了。"

竹如海忙说："是吗？我看看去。"柳青急忙阻拦："不行，你不能去。班主，你看这个人真是没脸没皮，小桃红病在床上，他还要去烦人家。"

女班主操起扫地的扫把，威胁刑部小吏："姓竹的，你再胡搅蛮缠，我可要向刑部告你调戏民女之罪了！"

竹如海语气软了："好好，我不去找她，我这就回去，行了吧？"

宋慈问："如此说来，这天，小桃红因身体不适在住处躺着，竹如海并未与她见面？"女班主答道："不。这天晚上，柳青回到与小桃红合住的屋子，却是人去屋空，小桃红已不见人影。姓竹的肯定瞒着我们又偷偷去找小桃红了，要不然，怎么不见她人影？这事柳青一清二楚，大人可问她。"

宋慈大声道："传锦玉班女旦柳青上前问话。"柳青神情紧张地走上公堂。

宋慈问："两天前，小桃红因何不知去向，你可知晓？"

柳青迟疑片刻："那天竹如海去过她的房间后，就再没见人面了。"

宋慈又问："你说竹如海去过她房间，有何凭据？"

柳青急忙说："有，有雨伞为凭。"

"雨伞？谁的雨伞？"

"是竹如海的。那天下午，如意苑来接小桃红去唱戏，班主让我替她去。我从如意苑回来已快半夜了，回到与小桃红合住的小宅院，我想问问小桃红病情如何，就去敲她的门。叫她，可没人应，我就推门进去了，里面没人，屋里乱糟糟的，被子没了，枕头跌在地上。我走出房间，四处一看，看到窗台边搁着把油纸雨伞，那雨伞柄上写着'竹如海'三个字。"

"凭此，你便认定竹如海来过，见过小桃红？"

"不是他，还会是谁？第二天姓竹的还来找过我，问小桃红回来没有呢。"

"是吗？请将详情一一说来。"

"那天一早，我还躺在床上呢，他就来敲门了。我赶紧披衣起来开门。看见竹如海站在门外，面色灰白，头发散乱，衣衫不整，还有几个刮破的洞口。我说，你来找小桃红吗？他问，她昨晚回来没有？我气不打一处来，说昨天她是不是和你在一起？姓竹的说，是的。昨晚我们在一起的，可后来出了意外，我以为……她果真没回来？我说，回没回来你不会看吗？你老实说，昨天把她弄到哪里去了？我话没说完，他脸色变了，转身就走。我想起那把雨伞，想追出去还他，唉，他逃命一样早走远了。"

宋慈略一思索，"雨伞何在？"柳青说："还在我的住处摆着呢。"

"带柳青至其住处取回雨伞。"宋慈吩咐完一衙役,又对捕头王说,"速传竹如海到提刑司公堂问话!"

捕头王急急赶到刑部大院,求见竹如海。

一执事模样的官员告诉他:"竹如海自称有病在家静养,已两日未来办公。"

捕头王问了竹如海的住处,掉头就寻了过去。在一个小宅院门口,捕头王用力擂门,大声叫道:"竹如海,竹如海可在此处住?"

有人开门,却是一个名叫姚千的小吏,"他住这儿。噢,你是提刑司的捕头……有事吗?"捕头王一把推开姚千,直闯进去:"他在哪里?我们宋大人传他去提刑司公堂问话。"

"吧嗒"一声,小宅院内的一间房门打开了,走出一个面色憔悴的年轻男子,正是竹如海。他有气无力地说:"竹如海在此……"

公堂上,宋慈用犀利的目光直视堂下站立的竹如海。竹如海似乎经受不住其逼视,愧疚地低下头去。宋慈猝然大声问道:"竹如海,你可知罪?"

竹如海不无艰难地抬起头:"宋大人,竹如海……不知罪在何处。"

"锦玉班的小桃红你可相识?"

"我与小桃红相识不久,彼此相慕,有情有义。"

"哦?那我问你,两天前,你可曾与她在一起?"

"这……那天我们曾一起在明泉寺,可后来……"

"明泉寺?后来怎么样?嗯?"

竹如海猝然浑身一颤:"后来……后来因天黑路险,她不慎失足落下陡坡,我当时便下坡寻找,第二天又去山谷找了多时,均未见其人。我以为……以为她滚落坡下,伤病在身,暂且躲在郊外某处养伤……"

"是吗?失足落下陡坡,躲在郊外养伤?"宋慈一指旁边,"竹如海,你看看,那边躺着的是谁?那可是小桃红?"竹如海朝摊放着小桃红尸体的那边看了一眼,顿时面如土色,急奔过去,跪在死者面前,痛哭不已:"小桃红……你……你怎么就这样死了,这怎么可能?怎么可能就这样死了呢……"

宋慈走下公堂,慢步踱向那痛哭之人,"竹如海,现在你该知道所犯何罪了吧?"竹如海痛苦地仰望着宋慈:"宋大人,是我害了她,是我的罪过,我悔不该拉她逃往后山,夜黑无光,山道险恶,使她失足落坡而亡。我只是不明白,小桃红失足跌落的那道坡,并不太高,她怎么就会跌死呢?怎么会……"

宋慈冷笑："问得好。宋某曾到现场细细察看，那道陡坡不过两三丈高，且无突兀硬石，一个成年女子滚落坡下，或能伤身，却不至于丧命，为何小桃红体质这般虚弱不济，一跌便跌死了？你觉得奇怪，我也觉得奇怪呢。"

一旁女班主怒气冲冲地指着竹如海："小桃红明明是你害死的！你还想赖？你这个不知羞耻的小白脸，你这丧门星、害人精……"她嘴里骂着，伸手去打竹如海，被众人拦住了。

一旁，柳青伤心地"呜呜"哭起来。竹如海哭丧着脸向宋慈求助："宋大人？"

"竹如海，小桃红之死，颇多蹊跷，疑窦丛生。你既牵涉在身，须将那日情形的来龙去脉从实讲来，不得撒谎，不得瞒骗！"

"宋大人，竹某一定如实述说，决不瞒骗。两天前，即五月廿一下午，我去北瓦舍找过小桃红，听说她生了病，在住处躺着，我就往她住处去了，可我没走进去，一直等在外面的一家小茶馆里……"

宋慈急问："嗯，你并没有进去见小桃红？是想等她出来？"

"正是。我在那茶馆坐了有一个多时辰，等得心焦不已，看看天色将暗，心想，不知她病情如何，是否需要帮助，便走出茶馆，欲进其租住的宅院。正在敲门时，有个头戴斗笠的男人急急走到我身边，将一件东西交给我，又说了几句话。然后，那人就匆匆离去了。"

"来人是谁，送你何物，跟你说些什么？"

"来人面生得很，自称是明泉寺一个带发修行的居士。他给我一把纸扇，是我前不久题词送给小桃红的。他说，小桃红被恶人骗至明泉寺，关在某处，欲对她强行不端之事，故而小桃红请那位居士执此扇找我，要我赶紧去救助。"随即呈上一把纸扇。

宋慈接扇，却不看，不动声色地问："哦？再说下去。"

竹如海接着说："得此噩讯，我来不及多想便离开宅院，奔往西郊，在城外雇了一辆毛驴车，急急往明泉寺方向而去。那天下过雨，路上泥泞难行，驴车走了很长时间，才到山脚下。此时天色已大黑，我急急往明泉寺赶去——"

竹如海坐上一辆毛驴车，催促赶车人："快，快去明泉寺！"

赶车人用鞭子抽打毛驴，小毛驴不太情愿地起步走了。

夜色茫茫中，唯见明泉寺透出一丝光亮。竹如海深一脚浅一脚地走到明泉寺，在寺门前稍伫，摸了摸腰间，即悄然推开虚掩的寺门。

寺门发出咿呀之声，即听得有人高喊："是谁？谁进来了？"

竹如海赶紧找个偏僻角落躲藏起来。几个和尚提着灯笼在殿前四处寻找。竹如海见一时难以掩藏，赶紧闪进一个偏殿。和尚们提着灯笼找过来，发觉偏殿门没关严实，即将门关上，又上了锁。

竹如海听得上锁声，在里面急得要命。他想法打开后窗跳了出来，所幸没有人发觉。然后，他往后殿走去。他走过一座座偏殿、禅房、杂房，偶有人走过，便闪躲一旁。忽然，他听得似有女子的哭泣声，即朝后殿一座偏房走过去，挨着板壁轻声问："喂，那边哭的是谁？"

隔板那边传来欣喜的声音："竹兄，是你吗？我是小桃红……"

竹如海惊喜不已："是我，我是竹如海。我来救你了。"

他去拉门，那门是被锁住的。他想了想，拔出腰间的刀子，将锁撬开。随后他走了进去，轻声叫道："小桃红，你在哪里？"

黑乎乎的屋内，忽有女子哭着朝竹如海扑过来，将他紧紧抱住，泣声不绝。黑暗中一男一女相拥而立。竹如海有点不知所措，手抚女子后背低语劝慰。

忽然，从侧门走来一个和尚，见状大叫起来："有外人偷跑到后殿来了，快来人啊！"竹如海见势不妙，赶紧拉了女人便往外跑。他见一侧有门，便往那边跑，拉开门，便见山林。身后喊声四起，灯笼晃动。

竹如海拉着女人往山上跑，后面有人提着灯笼紧紧追赶。夜色无边，山道难寻。竹如海一边气喘吁吁地跑着，一边催促着："快，快点跑……"

女子跑得慢，落在后面，夜色中，一时竟不见其身影了。

竹如海站住了，"小桃红，你在哪里，你快跟上来呀！"

只听得女人应声："我来了……哎呀——"传来何物滚落下坡的声响。

竹如海听得不对，急叫："你怎么啦？小桃红，小桃红……"

宋慈问："竹如海，你说完了？"竹如海躬身答："大人，在下已说完了。"

"说的可是真话？"

"句句属实，未有半句瞒骗之词。"

宋慈冷冷道："可我怎么听得其中漏洞百出，疑团重重啊？"

竹如海一愣："宋大人……"

"你说，那日未曾走进小桃红所住宅院？"

"是的。"

"那你的雨伞何以落在院内的窗台之上，被柳青捡得？这是你的雨伞吧？"宋慈将雨伞出示。

竹如海颇感意外："欸，是我的雨伞……或许，那天忘在茶馆了？"

柳青怒目而视："姓竹的，你明明进了院子，把雨伞放在窗台上，还想赖吗？你撒谎也不脸红，真不是个东西！"

竹如海欲辩难言："我……我没进院子啊，这雨伞怎么会……"

宋慈接着说："你又说，有明泉寺的男居士向你报说小桃红被拘于寺内，故而连夜赶往西郊，救出被拘于明泉寺后殿的小桃红，而后被众多和尚追赶，不得已又双双逃往山林，小桃红这才失足落坡而亡？"

"此事确实，不敢有半句假话……"

宋慈大声道："哼，完全是一派胡言！传明泉寺住持觉心禅师上堂问话。"

明泉寺觉心住持走上堂来，直立合十行礼："阿弥陀佛！见过提刑大人。"

宋慈问："觉心禅师，两天前，即五月廿一晚上，明泉寺可曾发生外人惊扰寺院之事？"觉心住持缓缓摇头："明泉寺与凡尘相隔甚远，许久以来，晨钟暮鼓，诵经修行，未曾出过外人惊扰寺院之事，两日前的晚上亦平静如常。"

竹如海急叫起来："怎么会呢？明明有一个居士，是个四十多岁的男人，左边眉角有一颗黄豆大的痣。他特意从明泉寺赶来，向我报说小桃红被拘于明泉寺内，我这才匆匆赶去，在后殿找到了小桃红。后来，寺内好多和尚提着灯笼火把追来，把我们追得满山乱跑……"

觉心住持平静地说："阿弥陀佛！近日本寺仅有三五个居士留住寺内，俱为老妇人，并未有眉角长痣的男居士，施主肯定记错了。"

竹如海大声辩道："这……这是确有其事的啊！宋大人，那天我确实是为了解救小桃红，才急急奔往明泉寺的。我在城外雇了一辆毛驴车，可以找来一问……"

宋慈又问："竹如海，你说在城外雇一辆毛驴车，独自坐车去了明泉寺？"

"是的……"

宋慈重重地拍了一下惊堂木："又是一派胡言！传张大力上堂问话。"

一个年纪三十几岁，模样朴实憨厚的男子走上公堂。宋慈问："张大力，此人你可认得？"张大力上前端详竹如海，点点头："那天晚上，他雇过我的毛驴车。"竹如海愕然地看着对方："你……"

宋慈对张大力说："那好，你将那晚之事，细细讲来。"

"大人，那晚的事，我可记得清清楚楚呢。那天——"

城内一条清冷的街中，张大力缩着身子坐在毛驴车上，任毛驴慢吞吞地往城里走。忽然有人横里蹿出，把毛驴车拦住了。

来人即是竹如海，神情惶然地将一把碎银子塞到张大力怀里，不等张回答，即将路旁的一长形软绵绵之物抱至车上。

张大力疑惑地问："这是……"竹如海说："是我妻子，得了重病，我想带她到城外的明泉寺去烧香拜佛。你快赶车走吧，快走！"

望着竹如海很吃力地将裹在一张被里的妇人拽上车，张大力面露疑惑之色。那女人的一只穿绣鞋的脚垂落着，竹如海粗蛮地将那只垂挂的脚拽上车。那车挡板上的一截铁钉将女人的裤管刮了一下，扯出了一个大洞。竹如海并未在意。

竹如海压着声音斥道："你还等什么，快走啊！"

竹如海面呈惊诧之色："我并不认得此人，也未坐过他的毛驴车，我在城外雇的是另一辆车……"

张大力着急地说："这位小哥，你年纪轻轻的，记性那么差吗？两天前的事，你怎么就忘啦？我还记得真真切切、清清楚楚的呢。"

竹如海急得脸上通红："你……你胡说！你栽赃诬陷，无中生有……"

宋慈冷冷地说："竹如海，事到如今，你还说这样的话？张大力是个本分的脚夫，在城外赶毛驴车已有多年，他与你无冤无仇，何必要陷害你呢？来人，将张大力的毛驴车拉上来。"

几个衙役将一辆毛驴车拉上公堂。宋慈说："你看，这驴车的后挡板处，有一根铁钉露出一截，这上面的确挂有一缕绸丝。"他从案板上取出那份装着铁钉及绸丝的重要证据，又指使衙役拉起小桃红的裤管被扯破处，"此二者无论色泽还是质地，都是一模一样，可见系同一物品。竹如海，你还想抵赖吗？"

竹如海气急："这……这是从何说起啊？"

宋慈冷笑一声："竹如海，有道是若要人不知，除非己莫为。你瞒得了初一，可也过不了十五啊。这证据是宋某亲自验定的呢——"

山脚下。宋慈招呼手下衙役将小桃红的尸体抬下山，运回城里。

捕头王引来一辆毛驴车，几个衙役手忙脚乱地将死尸搬至车板上。

那脚夫即张大力，看到死尸的面孔，忽然"哎呀"一声，脸色有变。

宋慈即问："这位兄弟，你认得此女子？"

张大力支支吾吾地说："好像有点……面熟。"

宋慈将其拉到一边，低声问道："如何面熟？请从实说来。"

"两天前的晚上，有个年轻官员模样的人，用我的毛驴车载着他妻子到明泉寺进香拜佛。我见这死去的女子与那人妻子面容相似，衣着也一样，就想起来那天晚上，那人在车上抱着妻子，女人在他怀里一动不动，像是个死人……"

竹如海面如死灰："这不可能，不可能……我没有害死小桃红，再将她运至明泉寺后山抛尸，这完全是无稽之谈，不足信，不足信啊！宋大人，我与小桃红一见如故，情深意切，我为什么要害死小桃红？"

宋慈大声说："男女之交，变幻多端，爱之愈深，恨亦愈深，因爱而生恨，爱之不得而绝情，形形色色，不一而足。宋慈身为提刑官，所阅各朝典籍，亲历种种案情，知之甚多，感慨甚多。小桃红乃京城瓦舍中的当红女旦，容貌俊秀，演技出众，故而你视之为意中情侣，近些日子以来，追逐不舍，如蝶如蜂。却不知那女戏子心思如春日杨花，如六月天气，喜怒无常，朝三暮四，或许她也曾喜爱你的青春年少，却更贪图金银珠宝，向往荣华富贵。你求之不得，几经挫折，欲火则愈烧愈烈，两天前，终于得一绝佳良机，趁其独处一室之机，闯入室内欲行不轨——"

雨下个不停，天色已渐渐发暗。竹如海悄然潜入宅院，关闭房门，将雨伞放在窗台上，而后猛地推门而入。

小桃红和衣躺在床上，见竹如海入室，惊坐而起。竹如海欲火中烧，不能自抑，急扑过去，搂着小桃红又亲又咬，令女子大为反感，奋力反抗，谁知反而激起男人的情欲，竟拉扯她的衣衫，欲行强暴。

小桃红拼命抵抗，并大声叫喊起来："来人啊，有坏人……"

竹如海一时急迫，便以被子紧裹女人，用手扼住女人的脖颈，嘴里恶狠狠地骂："臭戏子，给脸不要脸，让你喊，让你喊……"

少时，小桃红双手一摊，双腿挺直，不动弹了。竹如海慌了，连连摇着女人的身子，见她毫无反应，顿时软瘫在地，失神落魄。

　　宋慈一把拉住竹如海的手："竹如海，你过来看。"

　　他将竹如海拖至死尸前，指着死者脖颈，大声说："小桃红的脖颈上有明显的挤压痕迹，有紫红斑块，两颊及眼圈上下有微小的出血斑点。就此便知，其死因乃被人扼住颈部无法呼吸，窒息而死。"

　　竹如海不敢再看死者，痛苦地闭上眼睛。

　　宋慈接着说："为逃避罪责，消灾免祸，你将死去的小桃红裹在被子里，雇毛驴车连夜运出城外，抛尸于西郊山野之中，企图瞒天过海，掩盖罪责——"

　　明泉寺外，竹如海将裹在被子里绵软不动的人拖下车，让车主赶车离去。

　　他将包裹死人的被子解开，塞进路边不远的一个岩缝里，接着，将死尸背起，往山林中走去。

　　陡坡上，竹如海气喘吁吁地将死人放下，任其摔在地上。他猛喘几口，用脚使劲儿踢了一下，死尸从坡上滚落，黑暗中传来滚落的声响……

　　捕头王将一条脏兮兮揉成一团的桃红色绸面被子放在堂下。

　　女班主与柳青同时惊叫："这是小桃红盖的被子……"

　　竹如海望着被子，瞠目结舌："这……这是怎么回事？"

　　捕头王不无得意地说："这是我从明泉寺外的一个石缝里找到的。哼，竹如海，你小子鬼招儿再多，藏得再好，我也照样能把它找出来！"

　　宋慈猛拍惊堂木："大胆竹如海，为逞一时淫欲，枉杀无辜女子，又欲掩盖罪孽，制造假象，终于还是被揭开了面纱，显露于光天化日之下。而今，这公堂之上，人证物证，都已齐备，你还有何话可说？你还能强辩什么？这就叫天网恢恢，疏而不漏！"

　　竹如海痛苦不已，跪倒在堂下："宋大人，面对这满堂的人证物证，竹如海似已理屈词穷，无话可辩。可是大人啊，我对天发誓，确实未曾谋害小桃红，未做过伤天害理之事，我是无辜的，是冤枉的啊！"

　　宋慈痛心且愤怒地斥道："竹如海啊竹如海，你年纪轻轻，且为刑部官员，本该尽心供职，为民众多行善举，求得上进，做一代良臣；可你，却为逞片刻快乐，做出如此下作之事，太不值得，太不应该！这让百姓如何议论朝廷官员，朝廷又如何能镇服民心，安定国家？"

竹如海大声呼叫："大人……"宋慈问："你还有何话说？"

竹如海急切趋至宋慈跟前，低声道："大人啊，竹如海与小桃红相好是实，可此中另有隐情，又不便外传。在下与英姑是近亲，她对我有所了解，请大人另择一室，听我向你详述其中隐情……"

宋慈怒不可遏，一脚将其踢倒，用惊堂木重重一拍："住口！堂堂刑部官员，迷醉于风花雪月之中，为追逐美色，丧心病狂，酿成人命大案，事到如今，人证物证俱在，仍不服法认罪，竟然满口胡言，大言不惭，还想搬出近亲英姑来为自己说情，真是刁滑至极，无耻至极！来呀，将恶徒竹如海拖下去重责四十板，打入死牢！"

审完重案后的公堂，此时已人去灯灭，十分安静。堂下各种用具及审案出示的证物仍在。审案一天已十分疲累的宋慈，无力地伏在公堂案桌上，竟已沉沉入睡。他身前还有一份刚写完的案卷。这时，英姑从后堂急急走上来，见宋慈伏在桌上，上前催叫："大人，大人！你怎么……睡着了？"

宋慈醒来，"哦，是英姑啊。你不在府中陪伴夫人，这时候跑来提刑司公堂做什么？"英姑直直地望着他，"大人，你今日审案了？"宋慈点点头："嗯，一桩复杂离奇的重案，已审完结案。刚把案卷写完，人太劳累，竟睡着了。"

英姑问："案中主犯是谁？"宋慈望着英姑，已有所悟，缓言道："英姑，我知道你来此何意。听说，竹如海是你未出五服的本家堂弟？"

英姑语气沉重地说："是的。竹如海比我小几岁，自幼家境贫寒，又失去双亲，少时由家父启蒙受学，聪慧过人，过目不忘。五年前秋试中榜，得二甲第八名，入刑部做了一名录事。我与这位本家堂弟平日很少走动，但知其勤于公务，专于刑事，对宋提刑父子尤其敬重，曾求我将大人所著《洗冤集录》抄来一读。大人，依英姑所见，竹如海乃刑部不可多得的人才！"

宋慈摇了摇头："此人或许是个人才，可惜年少气盛，潇洒风流，在这物欲横流的十里都会，难免一时迷糊，坠入邪门歪道，纵欲行恶，一失足成千古恨！英姑，竹如海犯的是人命大案，故而即使是你的堂弟近亲，宋某也不能徇私枉法，减其罪过。"

"大人，你想错了。英姑并非要替他求情减罪，只是觉得竹如海虽然年轻，其待人接物却一向稳重有度，不至于如此荒唐行事。此案迷离曲折，其中或许有误，大人切莫一时疏忽，造成错案，伤害无辜，铸下终生遗憾啊！"

　　宋慈瞪大两眼望着英姑："英姑，你是说我审错案子了？嗯？你这么说，有何凭据？"英姑一愣："这个……我没有凭据。"宋慈不快地说："那你信誓旦旦，说什么一时疏忽，伤害无辜，铸下终生遗憾，这可不像你往常所为。"

　　英姑便说："大人，让我读一下案卷，可以吗？"

　　宋慈将桌上的案卷往英姑面前一推："可以。"

　　英姑细细阅卷。宋慈望着英姑那神色，感慨地摇晃着脑袋："唉，今天我才算真明白了，人乃血肉之躯，难免会为亲情所累，遮蒙了双眼。英姑，这个案子，我自信已审理得清楚无误，人证物证，前因后果，可谓严丝合缝，确凿无误，就连竹如海本人也已理屈词穷，无话可辩。你就不必费心费神了。"

　　英姑默然无语，将桌前案卷细看一遍，又提着灯笼将堂前摆着的几件证物一一查看，最后走到摊放死尸处，蹲下身去，细细查验。

　　宋慈犹豫一会儿，也忍不住走了过去。英姑忽然转过身来，两眼射出奇异之光："大人，英姑认为这案子还有值得商榷之处。"宋慈淡然道："你有何高见？"

　　"请问，死者衣衫为何湿透，且有褪色？而这被子却是干的？"

　　宋慈哂然一笑："你可记得昨日下过一场大雨？城中小巷积水可达寸余，小桃红暴尸山野，被大雨浇注，故而衣衫尽湿；这被子嘛，因藏于岩缝之中，雨水淋不到，才是干的。"

　　英姑再看死尸衣衫，"夏日气候干燥，一场暴雨急急而过，山野中若无积水，衣衫不会久湿不干，为何死者的衣衫却这么湿……咦，这是什么？"

　　宋慈凑了过去："你又看到什么了？"英姑从死者的衣袖处取出数寸长的一截深绿色狭长叶片："大人，这是什么东西？"

　　宋慈不以为意："不过是山中的茅草叶罢了。"英姑疑惑不解，将此物凑近鼻下，深吸一口气，面色有异："嗯，闻起来怎么像有淡淡的鱼腥味？"

　　"什么呀，这明明是山中茅草嘛，怎么会有鱼腥味呢？"宋慈从英姑手中取过那截草叶闻了一下，不禁有点疑惑起来，"嗯，是有点像鱼腥味呢，这个……"

　　英姑再挨近死者衣衫闻了一下："死者身上也有鱼腥之味……"

　　这时，一衙役急叫"大人，大人"，跑进公堂。

　　"何事惊慌？"

　　"大人，关在死牢中的竹如海，他……他撞墙自尽了！"

　　死牢房里，摊放着已撞墙而死的竹如海，满脸是血，双目未闭，一只手上还沾有血迹，其状可悲。宋慈步履沉重地踏入牢门。随后的英姑急忙趋前，蹲在死者跟前，两眼顿然噙满泪水。

"竹如海临死前写了一份血书，大人请看。"衙役递上以衬布为纸写下的血书。宋慈双手颤抖着展开血书，声音颤抖着念出声来："空有一腔热血，却招无端祸殃；连累知心女子，痛断男儿肝肠；可怜大宋朝廷，自绝一门忠良。如意苑黑风乱世，宋提刑何日能擒毒狼。"

宋慈将最后两句念了两遍，陷入茫然无措之中。

山谷。宋慈及捕头王、英姑正拨开树枝疾步行走。

山谷中一小块平地，即发现小桃红尸体之处。此时看去，地皮干燥，树木荒草上俱无半点湿气。宋慈木然而立，环顾四周，一时无语。

英姑说："大人，夏日阵雨，时有时无。你看，城里下了瓢泼大雨，这西郊山外似乎雨量不大，山里连草叶都已干了。"

捕头王问："这条浅山沟里没有水塘泉池，人也不会落入水中啊？"

宋慈忽然想起什么，拿出那一小截暗绿色叶片看了看，神色猝变，拔腿就往山下走。

"大人，你去哪里……"

明泉寺殿前，一个盛满清泉的大池，水色清亮，可直视其底，池中有小鱼游动，池边青莲亭亭玉立，随风摆动。一个小和尚蹲在泉池的下方绞毛巾擦脸，身边摆着一个盛了豆腐的篮子。洗完脸，他把豆腐篮子往池水里放落，直落池底。宋慈、捕头王、英姑站在池边。宋慈望着少年和尚的举动，有所触动。

捕头王上前发问："小师父，为何将豆腐放到池底下浸泡？"

小和尚嗔怪地说："你连这都不懂吗？泉水可凉呢，夏天太热，豆腐放过夜要坏，浸在凉水里就可保鲜了。这样隔天还能吃上鲜豆腐呢。"

宋慈一怔。捕头王蹲在池边，将手伸入池水中，不禁叫道："哎呀，这泉水好凉啊……"宋慈抬步傍着下沿的暗渠走去。一条冷泉暗流穿过一片密林竹丛，在一个隐秘拐角处，拨开草丛，见有一个小水池，池水有数尺深，清冽见底，有小鱼小虾，还有成片的丝状水草在水中漂动。

宋慈站立在池边，双目盯着池中，细细审视。而后，他蹲下身，伸手试了试水，又拨了一根水草，见其状窄长，呈暗绿色，与所携那一截草叶比对，竟然一模一样！宋慈脸上神色凝重，如黑云压城。

宋慈木然坐在椅子上。一侧便是摊放在门板上的小桃红之尸。宋慈的目光久久地滞留在那具尸体上，脸上的神色越发凝重。

其身后的捕头王一脸焦急相，想说什么又似说不出口，"大人，你……你不要这样，人已经死了，事情过去了，何必……"宋慈不解："嗯？"

英姑携一个五六十岁的老妇人急急而至，"大人，河坊街陈记染衣坊的陈阿婆来了。"宋慈急忙迎上前："阿婆，你看看，这件衣衫上的褪色与凉水浸泡有无关系？"

陈阿婆将小桃红所着衣衫拿起细细辨识，沉吟片刻，"大人，我看这件绸衫的布料是在河坊街余大福布庄买的，像是我家染衣坊所染。丝绸织物就怕水浸，这件绸衫看起来还是新做的，照这样的褪色程度，恐怕已在水里浸泡四五天了。"

宋慈思索着："四五天？这么说，案发时小桃红已死多日，而非两天前的晚上……哎呀，时间竟有如此大的误差？"

捕头王突然抢上前来，大声呵斥陈阿婆："老太婆，你可要看仔细了！天下绸布店多得很，你怎么敢肯定这块布料就是你家染坊的？我看你是老眼昏花，看走眼了。这件衣衫明明是旧的！你怎么敢说是新衣衫？你说话可要想清楚了！"他以凶狠的目光逼视陈阿婆。

陈阿婆一时被捕头王的气势所慑，不敢与之争辩，支吾着："这……恐怕是我老眼昏花，看错了，这是……是一件旧衣衫。对不起，我弄糊涂了……"掉头欲离去。宋慈听了，略有喜色，"噢，是看错了……这原是一件旧衣衫？"急急又去察看死者身上的衣衫。

陈阿婆急急往外走，嘴里说："是看错了，看错了……"

捕头王假借送客，把老妇人逼出室外。英姑看出捕头王的用意不正，即随之而出。她看见捕头王把一小块银锭塞进陈阿婆的手中，故意大声说："阿婆，你老人家眼神不好，走路看着点，当心！"

捕头王转过脸来，却被英姑用目光逼住，一时慌了："怎么……你这样看着我干什么？"英姑压低声音质问道："你这是想干什么？"捕头王也压低声音反问道："英姑，你想干什么？这案子原已了结了，你何必再挑起事端，弄得大人下不了台？你怎么想的？我们做手下的，这种时候得想着帮大人才对啊！"

英姑惊愕地说："大哥，你何以这样说？错就是错了，岂能将错就错，遮遮掩掩？"捕头王叹道："英姑，你真糊涂！我们大人做了这些年的提刑官，办了这么多案子，从未出过差错，除暴安良，洗冤积善，威名远扬，朝野百姓，谁人不知，哪个不晓，今天却说他审错案了，还不明不白死了一个人，这不是让大人丢脸倒牌子吗？要是传出去，以后还让他怎么当这个京畿提刑官？"

英姑激动地说："大哥！你才真是糊涂呢！大人常说'人命大如天'啊！眼下这桩案子错综复杂，牵涉众多，大人已被恶徒施奸计陷害，身置危难之中，你我要是为了大人的官声名誉而不辨是非，将错就错，那才会毁了宋大人一生的好名声呢！大哥，此时此刻，我们只能竭尽全力助大人查明本案真相，可不能意气用事，错上加错啊！"

捕头王愕然地望着英姑，一时无言以对。他扭头过去，却见宋慈站在门口，眼神复杂地望着他们。宋慈涩然地说了一句："英姑所言，字字千金啊！"

一个衣着华丽的男子从提刑司大门口径直而入，两个衙役一时不及拦阻，眼睁睁地看着他走进衙门，又穿院而过，往后厅走去。

守门的两个衙役如梦初醒一般，从后面急急追上来，大喊："站住！喂，你是谁？给我站住！你这人怎么敢往后厅乱闯啊？站住……"

那人似未听见，头也不回地自外面直入提刑司后厅。后厅的宋慈听得衙役的叫喊，已见那人直闯后厅，正觉奇怪，才发现来者竟是如意苑庄主刁光斗！

刁光斗神情泰然，似笑非笑，朝宋慈施礼："宋提刑，数日没见，听说正在忙着审案抓人？"捕头王恼怒地说："你来干什么？还想再给宋大人添麻烦吗？"

刁光斗嘿嘿一笑："这位小哥火气还是这么大。看来，跟随宋大人这些年，长进也不大啊。"捕头王气恼得欲上前与刁光斗较劲儿，被宋慈的手势拦住了。

英姑只在一旁冷眼观望，并不上前。宋慈对捕头王与英姑说："你们出去吧。我与刁庄主谈点事。"捕头王和英姑退下。

刁光斗神气活现地走到宋慈面前，用讥嘲的口吻说："宋提刑，我听说，西郊山中发现一具女尸，是锦玉班一个名叫小桃红的女旦，此案情可已查访确凿？"宋慈平静地说："刁光斗，我可真是佩服你啊，我家中之事，本人尚不得知，你便探摸得一清二楚，提刑司的案情，你自然也可如数家珍。"

"此话倒也不假。在下虽身居郊外，城内发生的大事奇事，确也难瞒过我的眼睛。俗话说，秀才不出门，能知天下事。我虽已是一介平民，毕竟也曾读过诗书，中过进士，当过多年朝廷命官，天下之事嘛，多少也能知晓一些。"

"刁光斗，闲话少说，你就直说来意吧。"

"宋提刑，今日一早，明泉寺住持觉心禅师突然来如意苑，说他手下一个巡山和尚，讲出一件秘密之事。五月十九这天，该和尚在寺外巡游，发现有一女子被杀，他一时害怕，将死尸丢入寺外一小池中，隔了数日，想想不稳当，又将死尸背至深山抛入荒沟。刁某想，这事与宋提刑正在审理的一案有关，便来报说，不知对宋提刑审案有无益处？"

宋慈神色坦然："刁庄主，你说完了？"刁光斗反倒惊诧起来："咦，宋提刑，你这是什么意思？我说的可是真事，那女人确实是在凉水池里浸泡四五天了。这么重要的情节，对你审案不会毫无意义吧？"

"刁庄主所言之事，宋慈刚刚查实，明泉寺前小池内，确是小桃红之尸掩盖多日的场所。你此时来说，已经晚了两个时辰。"

"哦。可我听说，宋提刑原定此案中亡命女子，死于案发两天前，并据此已审定结案，凶手被抓，是刑部一个年轻官员，可是真的？"

宋慈语气不免有些沉重："宋某判断有误，已造成重大过错，刑部推事竹如海因被判定为杀害小桃红的凶手，已自绝身亡……"

刁光斗慢慢走到女尸前，用手指点着，狡黠地笑道："宋提刑，没想到吧，你也会犯这样的错误？还记得吗，你在那本即将完稿的《洗冤集录》'四时变动'一节里写道：'夏三月，尸经一两日，先从面上、肚皮、两胁、胸前肉色变动。经三日，口鼻内汁流，蛆出，遍身胖胀，口唇翻，皮肤脱烂，疱胗起。经四五日，发落……'"宋慈大为吃惊："你……你能背诵这一段文字？"

刁光斗得意地笑了："是啊，你宋提刑未曾印成册的书稿，我刁某居然能将原文背出，可见对你宋提刑的才学是推崇之至呢。嘿嘿，按你书中所作定义，此尸体只是'面上、肚皮、两肋、胸前肉色变动'，应是死于案发前两天才对。可是，你不曾想到，死尸在凉水里浸泡，可延长保存时间，其尸变之状如同春秋二季。宋提刑验尸审案十多年，难道没想到其中的变数？"

在刁光斗说话时，宋慈面部渐呈痛苦反思之状，"宋某正在反省此事……"

刁光斗幸灾乐祸地说："是得好好反省啊。这人命案子审错了，若张扬出去，恐怕宋提刑丢面子事小，还有可能丢掉官职，落一个押解原籍，赶出京城，落荒而走的结局，那可太糟了！"

宋慈用目光审视着对方："刁光斗，你……你很开心，是不是？你想借此案看我身败名裂，报复一回，是不是？"

"宋提刑，你不要发火嘛。检验不当，误入歧途，导致审错案子，那也是难免的。都是凡夫俗子，岂能没有一点儿失误？刁某当年在山阳县不也审错了一桩案子吗？而今，你堂堂提刑官宋大人也审错案子，可见你我，彼此彼此啊。嘿嘿！"

宋慈大声道："不！你我审错案子，有本质上的区别。当年一案，你是明知有错，故意为之。而小桃红一案，却是有人暗设机关，做了圈套让我钻。容我冒昧地猜测一下，刁庄主与此案恐怕不无关系，或许整个案子都是你精心策划、一手炮制的，你敢承认吗？"

刁光斗猝然大笑。

"你因何发笑？"

"宋提刑，我笑你事到如今，还提这么可笑的问题。此案与谁有关，难道单凭你一句话便可定吗？你得拿出证据啊，人证物证，要说得清来龙去脉，道得明前因后果。你说此案是我精心策划的，证据何在？宋提刑，按大宋律法，诬告有罪，是要坐牢的！"

宋慈一时竟无言以对："你……你太嚣张了！"

刁光斗摆出一副诚心以待的样子："宋提刑，跟你说句实话吧。刁某今日专程拜访，并非存心报复，泄多年前夺官之愤。刁某虽被人赶出官场，有那一座如意苑就足够了。有道是无官一身轻，声色犬马，吃喝玩乐，只怕皇帝老子也没我过得舒坦快活。只要宋提刑不与我作对，我保证将你审错案子之事隐瞒下来，绝不会漏出一点儿风声。日后，你我还做朋友交往，得便，说不定我还可帮你破破案子呢。"

"我明白了。今日你是来与我讲条件的。想借此案，逼迫我与你同流合污、狼狈为奸，不然，就将此事张扬出去，败坏我的名声，让我丢官卸任，在京城待不下去，可是这样？"

"宋提刑把话说得太难听了。不过，话糙理不糙，这意思倒是没错。"

"如果宋某想对你说一个'不'字呢？"

"宋提刑，犯不着吧？你当个提刑官，不过四品官职，才来京城不久，可听说过'京官难做'这句话？可知强龙难压地头蛇这个道理？再跟你说点实情吧。刁某在京城有许多朋友，当朝重臣也有不少唯刁某马首是瞻的，这你信不信？所以，我实心实意地劝说一句，宋提刑，冤家宜解不宜结，你还是别跟我作对的好。不然，那竹如海便是榜样！"

宋慈感到十分意外："竹如海……"

"竹如海不是死了吗？听说他一头撞死在死囚牢里。可以想见姓竹的临死之前，一定对你宋慈骂声不绝，怨气冲天。你想必已经明白了，竹如海确是含冤而死啊。"

宋慈痛苦不已："这……"

"你想想看，这么简单的情节，你都没瞧出来。小桃红在水里浸泡四五天了，案发前两天，竹如海如何能与小桃红相见，又如何能将她扼死，抛尸山中呢？"

"这……"

刁光斗嘿嘿一笑："宋提刑，你知道姓竹的一死，谁心里最高兴吗？是我啊，我是最开心、最得意的。"

"此话怎讲？"

"刁某在西郊建起一座如意苑，弄些歌舞乐伎，又有宝刀良马，引得城里官员富商纷至沓来，喜欢不尽。可偏有人对此心怀不满，意欲捣蛋。竹如海不过刑部小小推事，芝麻绿豆官都算不上，却自以为是，想做天下第一清官。他借助小桃红进如意苑唱戏与官员们调笑之机，暗地里探摸我刁某的底细。你说，他一个出道没几天的小毛孩能有几分能耐，能跟我斗吗？小泥鳅还能翻大浪？这不是自找苦吃，自作自受吗？"

"你是说，竹如海借助小桃红，暗地里探摸你刁光斗的隐情秘事，此情可属实？姓刁的你……哎呀！"宋慈赶紧将案桌上一张写有遗书的白衬布片取过来，再看上面的血字，不禁语音微抖地吟读起来，"空有一腔热血，却招无端祸殃；连累知心女子，痛断男儿肝肠；可怜大宋朝廷，自绝一门忠良。如意苑黑风乱世，宋提刑何日能擒毒狼……"

刁光斗用意险恶地说："宋提刑，这回，竹如海死得可真叫冤啊，他恐怕是死不瞑目啊！"宋慈重重地跌坐在椅子上，全身乏力，手一松，那块写着血书的白衬衣布便落在地上。他呆呆地坐着，竟不能说话。

"宋提刑，一个小小的刑部小吏，死就死了吧，何必管那么多？这回，你虽定了他一个谋杀罪，关进死牢，毕竟没动刀砍他脑袋，是他自己顶不住，一头撞死的，于你宋提刑何干？还是想想你自己的事，以后如何在京城立住脚跟，当上高官。或许我们还能合作一把……"

"你……"宋慈以愤怒的目光紧盯着刁光斗，不禁握起拳头。

刁光斗有点慌神了，"你……你想怎么样？"

宋慈咬牙说道："让我与你沆瀣一气，狼狈为奸，永远办不到！"

刁光斗狂笑起来："哈哈哈……我就知道你这种人，就像茅坑里的石头——又臭又硬！不愿交朋友拉倒，我也不稀罕！只是我得提醒你一句，别忘了是你帮我把竹如海送上不归路的。你难道不觉得，对他的死内心该有些负疚吗？"

宋慈悔恨不已："我……我不否认，是我误判，害了竹如海，对他的死，我有重大责任，我愿承担罪责……"

"承担罪责，只是嘴里说说吗？我看你还不如你的老父亲。想必你没忘记吧？当年你父亲因不识断肠草，审错了案子，致使无辜百姓断送性命。他怎么做的？自己嚼吃断肠草，一命抵一命。这才是有血性的男人呢。"

宋慈猝然一惊，呆望着刁光斗，竟说不出话来。刁光斗故意摇晃着脑袋："宋提刑，看来你远不及你父宋老提刑，比不上他有血性，敢做也敢当。"宋慈怒不可遏："你……你敢这样取笑我？死便怎么样？我宋慈是贪生怕死之辈吗？"

"既然这么说，你就学学老父亲的样，也让我有幸目睹一回壮士的风采。"刁光斗想起什么似的，从衣袖里掏摸出一件东西，是一个两寸长的小瓶，顶上有红封盖，示向宋慈："你看，如果下不了决心，我还能助你一臂之力。这小瓶里的东西，叫金鸡破啼，只需一点点，便可令人毫无痛苦地进入无忧无虑的极乐世界。宋提刑，我把这小瓶留下，你就看着办吧。告辞啦。"

刁光斗鬼头鬼脑地走出去了。宋慈呆坐在那儿，两眼死盯着刁光斗放在桌上的小瓶，而后，默默地伸出一只手，颤抖着向那小瓶伸过去……

突然有人猛地拍在宋慈的手背上，发出清脆的声响，接着大声地呵斥道："你真想去死啊？"宋慈抬头一看，竟是英姑。她满脸怒气地站在他身边，将那瓶毒药拿过去了。

宋慈痛苦地说："英姑，我……我刚愎自用，自以为是，审案不清，枉断命案，致使竹如海身负冤情，自杀身亡。我犯下如此罪过，还有何颜面苟活于世？当年先父审错案子，最终以命抵命。英姑，你就让我借助这金鸡破啼……"说着欲夺英姑手中的毒药瓶。

英姑用力将宋慈推开，猛然喝道："宋慈！"宋慈一愣，没想到英姑如此直呼他的姓名。英姑痛苦地摇着头："大人，你一世精明，怎么这时候会犯糊涂啊？审案不清，那是坏人做下了手脚，故意引你上当，你已经被人家骗了一回，还想再被耍一回吗？竹如海被刁光斗害死了，你这时候再去死，可就真让那坏蛋笑掉下巴，天下人都要骂你傻呢！"

宋慈一愣："天下人都骂我傻？"捕头王此时也进来了，"是啊，我和英姑在外面都听得清清楚楚，这全是刁光斗搞的鬼！大人，你这样稀里糊涂去死，把案子搁下了，冤的已经冤死了，像刁光斗这样的坏人依然逍遥法外，还会去做更多的坏事。大人，你若这样去死，到阴间你也要后悔的！"

宋慈幡然醒悟，猛地拍响桌子："是啊，就是死，我也不是现在去死！姓刁的，宋慈要跟你较量到底，看是谁笑到最后！"

宋皇在选德殿坐着，正全神贯注地批阅奏章。忽听得身后有人重重地跪下，发出钝重的声响。他有点吃惊，转过头来，却见宋慈双手自缚，直挺挺地跪在那儿。一旁还站着刑部尚书曹纲与冯御史。

"宋爱卿，你……你这是干什么？"

宋慈眼含泪水，声音微抖："圣上，宋慈无能，查验西郊疑尸案中，判断失误，造成大错……"

冯御史语气沉重："圣上，因宋提刑错断误判，将刑部官员竹如海定为有罪，致使其含冤受屈，撞墙而死。刑部已将此事诉至御史台。微臣不敢做主，特请圣上……宋慈为大宋忠心耿耿，这回是偶尔失手，还望圣上酌情决断。"

曹纲上前，语气强硬地对宋皇说："宋慈错断错判，后果严重，导致无辜官员被诬而愤然自杀。此案已传遍京城内外，街头巷尾，议论纷纷，有官员提出，宋提刑仗着有些微功，骄横跋扈，为所欲为，应对其严加惩处，起码也要革去提刑之职。请圣上……明示。"

宋皇愣了一会儿，面色沉重地说："这件事我已听说了。审案断狱，人命关天之事，一旦失误，伤及无辜，便难以挽回。宋慈任提刑官十余年，查案验尸如有神助，审凶判罪，无一过失，已属十分难得，京城内外，官员百姓，莫不交口称赞。这些年，大宋朝廷幸亏有宋爱卿这样的一批忠良之臣，才保得国泰民安，太平无事啊。"

宋慈泣道："可是……宋慈却辜负了圣上厚爱，犯下大错，伤害无辜，罪责深重，宋慈愿受圣上严厉惩处，请革去宋慈提刑之职，以儆后人。"

宋皇叹了一声："唉，智者千虑，必有一失。人非圣贤，孰能无过？偶有一回失着，也是在所难免。我大宋朝廷，像爱卿这样的提刑官已不多，哪能让你……知错改过，这回，朕恕你无罪就是了。"

宋慈感激不已："圣上隆恩，罪臣诚惶诚恐，不敢应承……"说着连连磕头。

冯御史感慨道："圣上爱惜人才，体恤臣下，真是难得的明君啊！"

唯有曹纲很不满："圣上，就这样轻易放过，只怕……"

宋皇并不理睬曹纲，走向宋慈，伸手扶他起来："起来，起来，宋爱卿，你就起来吧。"宋皇扶起宋慈，给他松绑，又赐其坐。宋慈感激不已，泪流满面："圣上对宋慈百般怜爱，网开一面，罪臣感激不尽。"

"爱卿啊，听说你眼下所审之案，错综复杂，疑团重重，朕要你轻装上任，冲破种种阻力，尽心尽力，查清疑案，还京城百姓一个清平安逸的世道。你能做到吗？"

宋慈拜倒在地，高声说："圣上如此器重宋慈，罪臣万死不辞！如不能查清案情，不能捉拿真凶，当自咎其责，以死谢罪！"

夜幕降临已有时候，京城几条主要街道依然十分热闹，街上人来车往，街边歌舞声声。宋慈神色严峻地快步走在街市上。捕头王紧随其后，神情也较往日多了几分沉着稳重。

前面已见着北瓦舍，那儿一如既往地热闹，人进人出，喧哗不息。宋慈站在瓦舍外，借着灯火，看了一眼墙上贴着的戏单粉牌。锦玉班所演的戏名与戏子名字有改动，原写着小桃红的位置，已改写了柳青之名。他向捕头王使了个眼色，二人便直入瓦舍。

瓦舍内，演杂剧的勾栏上，一个扮相可笑的老男人在独自表演，吟诵《鲍老催》中的一段独白，只是他吟得有气无力，下面观者寥寥，没有气氛。

锦玉班女班主则懒洋洋地靠在一侧，目光呆滞，想着什么心事。

宋慈大步走过去，伸手在女班主肩上一搭。女人一怔，转过脸来，顿时吓得脸上变了色："宋……宋大人。你怎么又来啦？"

宋慈语气严厉："此案未查清，我能不来吗？"

"宋大人，求求你，别再来了。就为小桃红这一死，我们锦玉班可倒了大霉了。你看看，勾栏下看戏的人寥寥无几，就是来这儿，也不看戏，光在下面指指点点，叽叽喳喳，说三道四。真是倒霉！"

宋慈厉声道："姜氏，小桃红无辜遇害，你不想着替她查清死因，洗冤昭雪，只想自己戏班的生意，真是个没心肝的女人！"

"我……"女班主低下头去，小声嘀咕道，"小桃红怎么死的，连你宋大人都查不清，还连累了别人，我能有什么办法……"

捕头王喝道："你胡说什么？"宋慈拦住捕头王，"姜氏，那天公堂审案，我曾问你案发两日前之事，你说，小桃红那日在房中睡觉。可是你亲眼所见？"

"这个……没有啊！我是听柳青说的，说小桃红已回来了，她身体不爽，在住处躺着没起来，还出银子让柳青顶她演戏呢。"

"那在此前两天，小桃红可在锦玉班？"

"没有。城里有个开米行的朱老板，要给老泰山做寿，遍请城里最好的戏子，演两天贺寿戏，锦玉班只请头牌女旦小桃红。五月十九那天，朱老板给我五十两银子，就让小桃红去了。"

"五月十九以后，再没见过小桃红的面？"

"是的。"

"恐怕问题就出在这儿！此事必然与柳青有关。你把柳青叫出来，我有话要问她。"

女班主一怔："柳青？对了，戏都演好一会儿了，她怎么还没来呢？"

宋慈问："柳青在哪里？"

"这时候，大概还在住处待着吧。"

"你即刻带我们去找柳青。"

"大人，我这儿还有事……"

捕头王朝她瞪起两眼："你去不去？"

柳青住的小宅院内，已是一片狼藉。两个房间都开着，有个房主模样的男人在收拾东西，嘴里骂骂咧咧。女班主着急地上前问："喂，这里住着的柳青，她在不在？"房主没好气地说："哪里还有她的人影？你看那房里，空空荡荡的，早跑没影了。这两个女戏子，租了我家的宅院，几个月的房租没付，一个死了一个逃了，我可真倒霉啊！"

宋慈有些意外，"走了？姜氏，柳青离去，没对你说吗？"

女班主沮丧地说："她说什么？什么也没说！唉，锦玉班这下完了……"

捕头王急进柳青住处查看。只见室内一片狼藉，看样子是匆匆而去，有些本该带走的东西也没顾得上拿。

院子里，宋慈用目光细细审视各处。女班主嘴里不停地抱怨："这个柳青，也真是的。昨日我还跟她好好地说了半天呢，小桃红死了，锦玉班就靠你了，以后给你多排几出戏，多付给你银子，用不了多久，你柳青定会在京城走红的……这倒好，什么也不说，贼似的一声不响走了。"

只听得捕头王叫道："大人，你来看。"柳青房内，捕头王手中拿着一只小布袋，上面写有某某银庄的字样。宋慈疑惑地说："柳青房里为何有这样的银袋子？难道有什么人向她送过银子？"捕头王猜测道："她匆匆离去，一定是害怕自己在公堂做伪证，说了谎，大人会来追究，故而逃之夭夭了。"宋慈沉吟着："恐怕还不那么简单。"

随后走进屋的女班主忽然叫道："这个柳青，真是贪小！小桃红才死，就把人家用的绢花拿来了。咦，这件戏衣也是小桃红的……"

宋慈望着女班主手中的绢花和戏衣，眉头猝然一跳。女班主将那几件东西装进布包中欲拿走，被宋慈用手盖住，不让她拿去，"这些你不能带走。"

"这种东西也就戏子们用得着，何必……"女班主一看宋慈那严峻的面色，不再吱声了。宋慈将捕头王拉到一边，低语几声。捕头王点了点头，快步往外走。宋慈又对女班主说："走，再去小桃红住处看看。"

小桃红房间里十分零乱。宋慈在房内细细查找。他趴到床底下察看，见墙脚有一块砖略有异状，便取出砖头，从中取出一个小布包。解开一看，包里是纸扇、香袋、玉坠之类的物品，还有几封书信。

女班主惊诧地说："哎呀，小桃红可真聪明，把那些当官的有钱人送给她的东西都藏在这儿啊！大人，小桃红可招人喜欢呢。听说好几个当官的想收她为妾……"

"哦，是哪些当官的？"

女班主害怕起来："不说了，大人，我可不敢多说了。我怕再多说两句，会招来杀身之祸呢。"

"是吗？莫非有人说过这样的话？"

女班主侧过身去，不吱声。宋慈察看书信，"这些是竹如海写给小桃红的，还附有诗词……"他静静地看了一会儿，默然无语。

离城门不远处的护城河边，簇拥着一群人，一个个面呈异色，有人小声嘀咕着。两三个身体强壮的脚夫用竹竿或船桨在护城河里用力拨拉。水里半沉半浮地漂着一个人，显然已经死去。

离死者落水处不远的岸上，停着一辆毛驴车，那头拉车的毛驴还一动不动地老实站着呢。河岸边，一个瘦小的脚夫啧啧叹息："大力兄弟真是晦气，喝了一点儿酒，就醉了，一脚踏空，跌进护城河里，白送了一条性命。"

另一人问："他家里还有别的人吗？"

瘦小脚夫说："唉，还有一个病在床上多年的老娘呢，可怎么办呢？"

一旁有人喊道："官府来人了！快让开，让官府人过来……"

几个衙役急急朝出事岸边奔过来。

年过半百的米行老板对官家人来访有所警觉。他把不速之客请进客厅，敬上茶水。宋慈简短说过来意，朱老板有问便答，并无慌乱之色。

宋慈神情猝然一变："你是说，小桃红当日便已离开你家？"

"是啊，那女戏子原是我花五十两银子请来为老母做寿唱两天戏的。谁知，一张帖子，一顶官轿，就把那小女子抬走了，我那天也很不开心呢。"

"按说朱老板是生意人，精于算计，工于心计，你为何也没问来人，要把小桃红抬到哪里去？"

"宋大人，那递帖的一身装束是宫里打扮，说话横着呢。那顶轿子也是宫里的，认不得人，我还认不得宫中之物？说是宫里要小桃红去唱戏，谁敢多问半句？我想，小桃红这样的戏子能进宫唱戏，也是她的造化，或许还能讨得更多赏钱呢。"

"既然人已离开朱宅，为何不告知锦玉班？"

"唉，那两天我为老母做寿，忙得团团转，哪顾得上一个戏子……惭愧，惭愧。"

宋慈沉吟片刻，缓言道："小桃红一案，京城几乎妇孺皆知，圣上也动了怒，责令我数日之内必须破案，凡涉案人一经查实，严惩不贷。朱老板该掂得出这里的分量吧？"

朱老板面色惶然起来："宋大人不会怀疑到小的头上吧？"宋慈盯着朱老板："你说呢？"朱老板惊叫起来："宋大人，我可是什么也不知道啊！你是老少皆知的青天大老爷，总不会无端把罪名硬栽到我头上吧？"

宋慈哼了一声，"此案未了，你也脱不开干系的。"

朱老板低头苦思，忽然似乎想起什么事，"对了，我记得，那天的轿子是朝西街抬去了。当时我还在想呢，去宫里该往南街，怎么去西街呢？西街方向还有宫里人吗？那会不会是……"

"嗯？你是说……驸马府在西街？"

"这是你宋大人说的，我可没说驸马府啊。"

"哼，刁滑取巧的奸商。"宋慈轻骂一句，起身往外走，"朱老板，你再好好想一想，若有记起之事，即到提刑司找我。"

朱老板尾随着，恭敬地行礼，"一定，一定。宋大人慢走。"

清河坊是京城最为热闹的街坊，有各种店铺，自然也少不了轿行。

宋慈在门外看看这家门楣不那么起眼的轿行，稍顿，即走了进去。

轿行内有个不小的院子。院内摆放着不少轿子，有大有小，有四人轿，也有双人轿，还有八人抬大轿；轿衣也各有不同，或青色，或紫红，或是描彩涂金的。宋慈才进院子，即有一个胖胖的男子殷勤地笑着上前来搭话："请问这位……看你打扮虽是寻常人，却又像是官衙里做事的？"

宋慈微微一笑："老板真是好眼力。本人是在官衙做过事，可现在却是商人，做着不大不小的生意。你想必知道，官家人吃官家饭，出外办事，还是官家人能抖威风，我是想……"胖胖的老板诡笑道："我明白了。你是想租一顶四人大轿，罩上官家专用轿衣，在大街上摆摆威风，吓吓老百姓？是不？"

宋慈"嘿嘿"笑了几声，不说话。胖老板说："没关系。我这里什么样的轿衣都给客人备着呢。你说，是要几品大员坐的官轿？"

宋慈压低了声音："老板，宫里的……有没有？"胖老板愣了一下，环顾左右，也压低了声音说："这事可不能开玩笑。宫里的轿衣，我可不敢做。被人识破了，我这轿行被查封了不说，还要把我拉到衙门去挨板子、坐牢房呢！"

宋慈一把拉住老板的手，盯着他逼问："可我听说，几天前，你把轿子租给人家，轿上罩的就是宫里的轿衣！厚此薄彼，不像话吧？"

胖老板急了，"这位兄弟，那是人家自己带的轿衣，我只租给人家光板子轿，谁愿罩什么轿衣，那是他的事，我能管得了吗？"

"哦？是他自己带来的宫里轿衣？谁这么大胆？"

"嘿嘿，如今胆大的人多着呢，借用一下宫里的招牌，抖抖威风，那算得了什么……"胖老板忽然发觉说漏了嘴，忙刹住。

"是吗？莫非你知晓那人是谁？"

胖老板愕然，赶紧否认："不不，我不知道，我什么也不知道……"

宋慈才走出轿行的门，英姑及两个衙役即迎上来。英姑说："大人，他们都说有紧急公务要找大人，我只能把他们带这儿来了。两位，快向宋大人说吧。"

一衙役说："大人派在下去传明泉寺住持觉心来提刑司问话，在下到那边一问，却听闻此人已外出云游。据寺内和尚说，他们的住持这回要云游八方，没有半年一年回不来。"

宋慈惊愕地说："早不出门，晚不出门，单单出了这么大一桩案子，这位住持就云游八方去了。哼，显然是出门避祸消灾，不敢见人了。佛门清净之地，也有这等货色，恐怕也是一个隐藏祸心的孽种。"

另一衙役报说："大人，西城门外拉毛驴车的张大力，清晨被人发觉淹死在护城河里。尸体已捞上来请仵作验过，说是酒后失足落水，溺水而亡。"

宋慈更为惊异："死了？张大力，不就是那上公堂做证说竹如海让他拉人去西郊的脚夫吗？这倒好，一个逃了，一个死了，手脚做得真利索，真快啊！我去看看。"

城西门外，一个草草搭起的棚子。毛驴车摆放在棚子内，上面摊放着脚夫张大力的尸体。有两三个脚夫陪在旁边，挂了一条白布，烧了点香烛。

宋慈、英姑及两三个衙役匆匆至此。几个脚夫见来了官，赶紧想避开，英姑好言劝慰他们不要离开。宋慈走进棚里，英姑随之而入。几个脚夫低声议论。

"宋提刑来验尸，能验出什么名堂吗？"

"难道还有谁要劫张大力的财，谋他的命？"

"是啊，他一个穷脚夫，老母亲病在床上都没钱治，谁会动他的脑子？"

宋慈悄然走出来，拍拍其中一个脚夫的肩头，客气地问："你们与张大力同在一起，该知道他的脾性喜好吧？"脚夫忙说："知道，知道一些。"

宋慈问："他平日喝酒多不多？"

"他呀，能喝一点儿，可是口袋里没钱，从来不敢多喝。昨日不知怎么高兴了，喝过量，就闯下大祸了。"

"他家还有什么人？"

"就一个老母亲，七十多岁了，整天躺在床上，她儿子死了这事没人敢告诉她，我们几个也在犯愁怎么办呢。"

宋慈与英姑便衣简装走在一条狭巷中。他们看见前面一个小破院，探头往里看了看，见院里有个拴驴的木桩，便走了进去。这是一个穷家，只几件破桌破椅，没什么值钱的东西。屋里光线很差，角落里的一张床上躺着一个人。

宋慈走到床前，看清躺在床上的是一个老妇人。

英姑在一旁观察，见桌上还摆着一个药罐，有一包药未煎，便拿起来看了看，把药罐放在火上煎起药来。

那老妇人醒来了，"是大力回来了？啊，妈今天可睡了个好觉，头也不疼了，腰也不疼了。大力，多亏你给妈买来这几帖药，喝下去我这病就快好了……"

宋慈轻声道："老人家，是我。"

"噢，不是大力。你是谁啊？"

宋慈一时难以回答："我……我是他的一个朋友，过来看看你。"

"朋友？怪了，大力过去那么多年，除了一批脚夫，很少有朋友来看他。这倒好，这几天常有朋友了。"

"嗯？常有朋友吗？"

"几天前来了一个朋友，把大力请去喝酒，喝醉了才回来。昨日那个朋友又来了，客气得很，又给钱，又送东西。他这穷脚夫可成香饽饽了。"

"昨天来的朋友，又请他喝酒了吧？"

"没有。那人来时很晚了，说了几句话就让大力拉他出城，到几十里外的一个镇子。大力说晚上不一定回来了。我想也是，把人送到城外几十里，再回来已天亮了，接着就要干活，还用回来？"

"老人家，这些日子，大力拿回家多少铜钱银子？"

老妇人喜上眉梢，"这回我儿子可撞上好运了。大力说，遇上一个好心肠的老板，夸他车赶得好，赏给他十两银子。这下让我老太婆得了好处，有银子买药吃了。唉，这几年都是让我的病给拖的，大力连个媳妇也娶不起，怪不得他……"听了老妇人的话，宋慈脸上呈现出复杂的表情。

英姑开口道："老人家，大力对你很孝顺吧。这两天，他得了银子，给你买药，是不是很高兴，对你说什么没有？"

"这位姑娘，你可真是问着了，我也奇怪呢，大力这回得了银子，又买药给我吃，眼看我的病好多了，他反倒高兴不起来，睡觉也睡不着，躺在床上一声声地叹气，还用拳头擂自己的脑袋……"

"他没说什么吗？"

"我问他好几回，他也不肯说，逼急了，才说了一句，我实在没法子，被逼得只好那样做了……唉，我也在想啊，会不会是他说了谎，那银子是他向别人借的高利贷？那银子能借吗？他怎么还得清啊？这不害了他吗？唉，都是我这老不死的拖累了大力。"

宋慈与英姑对视，似有所悟。

老妇人问："你们要真是大力的朋友，能不能帮他一把？"

"老人家，你儿子大力让我带个信，他帮人做事，出远门去了，要好长时间才回来。他让我带来几两银子，让你买些吃的，好歹也能度过一段日子。"说罢，宋慈掏出几块碎银子放在老人的床头，朝门外走去。

老妇人拿着银子，有些疑惑："喂，这位先生……"

英姑随宋慈走到门边，又停住了，"大人，我帮老人家把这碗汤药熬好了，稍晚一点儿再回来。"宋慈赞许地说："好。"

运河边的小城镇码头。一条客船刚刚泊岸。码头上冷冷清清，客人寥寥无几。船上有两三个客人下船。其中一个年轻女子，衣着朴素，且以纱巾罩着脸面，低头掩面急急而行。

有个男人忽然大叫着谁的名字，向下船的几个人冲过来。那年轻女人顿时吓得一哆嗦，手中的一个不大的包袱失手落地。冲过来那人却是迎向一个中年妇人的，两人十分亲热地见面交谈，相携而去。

年轻女子轻抚胸口，这才躬下身去捡落在地上的包袱。却不料，有人抢在她前面，将包袱拿到手上了。她抬起头来，此人便是女戏子柳青。

捡她包袱的是个面带笑容的矮胖男人，"妹子，看你是才来此地，请到我的小店去住宿，我那儿干净便宜，包你满意。请跟我去吧。"他说着，便夹着包袱走在前面，柳青身不由己，只得跟着他走。

稍后，柳青已随那人走进附近一个小旅店。她进店时，又闪过一个高大的肩搭钱褡裤的男人，也随之进了小旅店。他刚进店里，院门就被无声地关上了。

街市上行人很多。宋慈乘坐的官轿不急不慢地在街上行走。忽然，轿旁有个老人被撞了一下，他哎哟一声，往轿下跌去。轿夫见了，赶紧避让，轿子差点倒翻。宋慈从轿内走出来。

轿夫十分恼火，欲骂那跌倒的老人，被宋慈阻止了。他上前去扶老人起来，欲好言相慰。与此同时，另有一人也去扶老人。宋慈与那人照面，却是刑部的年轻官吏姚千。姚千扶着老人，眼睛直朝宋慈瞄过来，嘴里轻声道："宋大人，在下想跟你谈谈，有关案子的事。"

宋慈一怔，"你……"

"半个时辰后，请宋大人到福来茶馆。请一定来。"姚千扶着老人，往一侧走去。宋慈望着姚千的背影，默然点了点头。

福来茶馆不大，门前清冷无人。宋慈慢步踱至茶馆前，不等伙计邀请，径直走至茶馆楼上。他见一间雅室上书"云山雾嶂"四个字，即推门进去。里面坐着姚千一人，神色有点紧张。

宋慈坦然坐在其对面，"让我来这儿，有何指教？"

姚千凑近宋慈，低压了声音说："有关小桃红的案子，我那儿有些可用之物，宋大人是否有兴趣看一看？"

宋慈怔了一会儿，"哦，那可用之物，想必与竹如海有关？"

姚千从容而述："这个嘛，容我慢慢说来。我与竹如海系同门进士，又同租一个门院。前些日子，他与小桃红频繁交往，关系暧昧，我对他的举止行动早已有所猜疑，曾试问其动机，竹如海言语含糊，不置可否。后来，因小桃红突然失踪，他心绪大乱，不吃不喝，闭门不出。而后，公堂审案，他被关进大牢，随后自杀于狱中。据此，我断定他与小桃红一案有密切关系，果然在他房内找到一些东西，暗藏于己室之中。"

宋慈感叹道："原来如此。你可真是有心之人啊。"

姚千不无得意地说："我以为这些东西对宋大人查清此案有用。"

"若能如此，我自然要感谢你喽。"

"在下能助宋大人一臂之力，感到十分荣幸。再则，如能因此获取一点儿功劳，也是万幸之事。我听说，圣上对此案十分关切，对宋大人也是格外器重，到时候，还望宋大人能向圣上美言一两句，若能得以提升，像宋大人这样做个提刑官，干出些名堂，在下感激不尽。"

宋慈闻言不悦，顿生鄙夷之意，"你当初既已对竹如海之事有所猜测，且有所知晓，为何不及早向宋某告知一二？公堂审讯，竹如海被牵入案中，你本可挺身而出，在公堂上向宋某端出实情，或许还不至于让竹如海落得那样的结局……"

姚千不无尴尬："这事……我也没想到，他会走到那一步，实在是不必那样的。宋大人，竹如海自杀，我可没一点儿责任的，谁会想到他性子竟那么暴烈？"

"好吧，此话不再提了。那东西可曾带来？"

姚千却闪烁其词："我怕出意外，未带在身边，请大人天黑后到在下住处来一趟，如何？"宋慈起身往外走："那好，我会来的。"大步走出门外。

姚千仍坐在桌边，自得自乐地端起茶杯，慢悠悠地喝了一大口。

一个伙计走进来，往他的茶碗里添了茶水。

天色暗下来时，宋慈已站在姚千住的小宅院外。他暗察四周，发觉院门似关似开，露出一道缝，是虚掩着的。他不禁一惊，即用力推门进去，急呼："姚千，姚千……"却无人应答。再推门走进姚千住室：屋里倒卧着一个人，是姚千，蜷曲在地，已死去有一阵了。

宋慈蹲下身观其面容，只见死者面色青黑，嘴角有血，双目鼓突，为中毒致死之状。宋慈自语："你想占他人之功为己有，结果呢，还是被他人暗算了。"

宋慈轻抚姚千的身子，发觉其衣襟有扯破的小口，便伸手翻起姚千衣襟，无有物件，再查其手，见右手指间有一小片纸。宋慈起身欲走，忽又见尸体旁跌落一小块玉饰。他捡起此玉饰，见其色泽纯白，造型精美，镌刻飞龙图案，且用明黄色丝带装饰，非寻常人所用之物。宋慈将玉饰收了起来。

宋府客厅内灯火通明，厅内有好几个人，谈笑风生，显得很热闹。

宋慈急急推门进去，厅内正中坐着的是慧珏公主，她正笑容满面地与玉贞说着笑呢。宋慈忙上前行礼："不知公主大驾光临，宋慈因公务在身，这时才匆匆赶回府中，望多多包涵。"

慧珏笑着说："我是专程来看玉贞的。你呀，一年到头都在忙，审案查案，根本顾不了家。玉贞刚才还说呢，不知以后她生下儿子，会不会也像你一样做提刑官，总在外面忙事，查案审案，连家也顾不了回呢。"

宋慈笑道："那样也不错。宋家人若能世代为提刑之职，替大宋朝廷维系安宁，为百姓谋得安康，岂非大好事？"

慧珏关切地说："宋提刑，你别只知在外面忙事，得些空闲也要想着玉贞，想着家中之人啊。玉贞与你成亲十多年，这般年岁才怀上孩子，多难啊……你们男人都是这样的，只晓得整日在外面忙碌，有多少时候会想到妻儿家事……"说得有些伤感了。

玉贞忙劝慰她："公主这是说哪里话？我可晓得，驸马爷对你很不错的，常常陪你上街市逛逛，给你选买礼品。"慧珏笑道："这倒也是。说起来，今日来探望玉贞，也亏得他提醒一句。我还不知道你怀孕之事呢。"

说者无意，听者有心。宋慈听公主此言，不觉一怔，即问道："驸马爷心还很细呢。公主今天这么晚了还赶过来看望玉贞，宋慈十分感谢。稍后若驸马爷不便过来接你回府，我让人送你。"

慧珏略一迟疑，"以往梅子林是会来接我的，今天恐怕未必。父皇派他做一个管粮草的闲差，平时什么事也不管，这几天事情倒多起来了，又是买马，又是卖粮，马场、粮仓两头跑，有时连晚上也赶不回来呢。"

宋慈若有所思："哦？前几日我遇上驸马爷一回，他还说闲得无事可做呢。对了，那天驸马爷还得了一匹好马，公主想必知晓？"

慧珏公主笑道："马啦刀啦，那是你们男爷们儿玩的，我才懒得关心这些。驸马府马厩里良马不少，谁知道哪匹是他新得的好马？"

宋慈慢慢从袋里掏出一块玉饰，示于公主，"我这里有一块玉饰，好像很珍贵呢。公主是否识得其价值？"慧珏见了此玉，惊叫起来："这玉像是我丢掉的一块玉呢，怎么会在宋大人手中？"

"哦，这是提刑司刚抓了一个惯窃，从他身上搜得的。怎么，这玉饰原是公主的？"

"是啊，这还是小时我过生日父皇送的礼物呢。后来驸马爷向我讨去，常系在腰间的。前些天，他垂头丧气地告诉我，有天晚上去瓦舍看戏，挤来挤去，身上这块玉不见了，不知是被挤断系绳，还是被贼偷走了。这倒好，又到你手中了。那是否该物归原主？"

"这个……是否容在下把此案审罢，再原璧奉还？"

慧珏公主笑道："那倒无妨，这东西在就行了，迟几天有什么关系？"

"只是……公主先不要把此事跟驸马爷说。"

"行啊。到时候，我得了此玉，再给他看，让他惊喜一回。"

宋慈从公主手中取回玉饰，想想又问："公主与驸马爷是否喜欢看戏？驸马府可曾请戏子到府上演过戏？"

"我喜欢傀儡戏，偶尔请过傀儡戏班的，驸马以为瓦舍里演戏的是乡野之趣，全看不上眼，从没请戏班到府上演过。"

"哦……"

夜已深了。提刑司后厅，亮着一盏小灯。宋慈独坐而思，面前摆着一副棋盘，寥寥数子。他手上捏着的不是围棋子，而是一小块精美的玉饰。

另一侧桌上，摆放着几件物品：小桃红所用的戏装、绢花，还有一个装着他人所赠之物的小包，里面有扇子、香袋、玉坠等。

英姑悄然走进来。她怕打搅宋慈思路，静立其身后观察那盘棋。

围棋盘上的七颗子摆成北斗状。宋慈将手中的玉饰轻轻放在北斗星所示之处。而后，他头也没回地问了一句："你看，这样摆法是不是合适？"

英姑想了想："这样摆看似合适，却有些勉强。"

宋慈转过头来望着英姑："是吗？"

住在小旅店的柳青，独自在一间小屋待着。她心神不宁，坐立不安，时而去看门关实了没有，时而又到窗边往外看。

突然，听得"笃笃"的敲门声。她顿时紧张起来，不敢出声。敲门声又响了。她声音颤抖地问："谁……谁呀？"外面应声道："送水来了。"

柳青这才放心地去开门。她拉开房门，外面的人却猛地冲进来，随手将门反掩上。此人面相凶恶，一脸坏笑，朝柳青逼近。她吓得直哆嗦，步步后退。

"大……大哥，你想干什么？你要银子吗？我给你银子……"

她慌乱地把床头的那个包袱拿过来，递给凶汉。那人不接包袱，却从腰间拔出一把雪亮的刀子，狞笑着向她逼来。

凶汉轻易地按住已经吓瘫了的女戏子，举起了刀……他那张凶狠的脸猝然变了色。一只更为强壮的手紧攥着凶汉高举刀子的手，使之无力地垂落，刀子落下来，跌在地上。那后来者是捕头王。

天气晴好，万里无云。运河码头上，人来车往，熙熙攘攘，十分热闹。最为繁忙的是一路装运粮食的搬运队，有数十辆大车，装着一袋袋的粮食，往码头上的大船上运。搬运工从车上扛着沉甸甸的粮食口袋，踏上跳板往船上走。

一溜大船，桅杆高挑着旗帜，上书"漕运"字样，偶尔可见船舱里探出一两个北方民族打扮的人影。码头边有一些兵士值守，不让闲杂人等走近。

一个破衣烂衫的男人，肩头扛一个布包，一瘸一拐地走到码头边，慢慢挨近上船的跳板。一下级官员模样，手握一根马鞭的壮汉向走近来的男人轻蔑地打量一番，问："你是干什么的，跟到这里来做啥？"

瘸腿男人缓缓转过脸来，却是宋慈。他故作木讷无知之人，问那个中年汉子："这些大船从哪里来，装这么多粮食，是去哪里呀？"

壮汉轻蔑地说："你管它运哪里去？你来这儿……想干什么？"

宋慈扮出一副讨好的模样，"官爷，我腿不方便，又没钱坐船，这些天总想搭顺风船到江北去。"

"去江北？干什么？"

"数年前江南大逃亡，我和妻子儿女逃散了。唉，苦啊，官爷，不知道这船是不是去长江那边？"

壮汉迟疑一会儿，低声道："看你可怜，我实话告诉你吧。这船倒是去江北的。走大运河，要把这些粮食运到北方去。"

"这粮食运那么远去干吗？人家北方人不也种粮食吗？不会弄错了吧？"

壮汉不屑地说："你懂什么？这粮食在军营仓库压了几年，值不了多少钱，北方那个国家粮食可就金贵了，运过去能换大价钱，能发大财呢！"他拍拍瘸腿男人的肩膀，"你想搭船，等到明日天黑后，这些大船就会起锚了。"

宋慈抬起脸，望着那人，"此话当真？明日天黑以后就要开船，把粮食运往北方了？"

此时，码头的另一边也是热闹非凡。只见一大群老瘦的劣马，相互挤挨着从一些破旧的船上走下来，任旁边几个人挥着马鞭子喊叫，仍是懒洋洋地往前走动。有几匹马显然是饿极了，看到路边撒有一点儿粮食粒和植物，便奔过去，用舌头舔着吃，赶也赶不走。一个士兵恼怒不已，用手中的枪杆狠狠地拍了马屁股一下，那匹极瘦的马竟不堪拍击倒在地上，挣扎好一会儿才起来。

宋慈在不远处站着，惊愕地审视着码头这边的奇异景观。

没几步远，有几个士兵在议论着。

"这哪是什么战马，明明是老得快死的病马、劣马，弄到江南来有什么用？这回可上大当了！"

"听说是做了一笔大买卖，用军营仓库多余的粮食换北方的战马，还以为占了一个大便宜，嘻嘻，结果你们看，亏得一塌糊涂呢。"

"这有什么了不起的？这样的事多着呢。我们这位管粮草军马的驸马爷反正也不会过来看一眼。他们当大官的，只晓得在酒桌上谈生意，只认纸上写的数，以为这样很合算呢。"

"也没人给咱们这位驸马爷提个醒？他可是皇上的嫡亲女婿，前朝重臣的独子啊，就那么傻乎乎地让人当猴耍？唉，真是没办法，大宋朝廷就这样一些庸庸碌碌的官员，如何能撑得住这半壁江山……"

一个武将骑着马过来呵斥他们："你们几个不做事，聚在这里做什么？快去赶马，还有好几条船上的马没赶下来呢。快走！"

士兵们一声不响地走开了。宋慈抬起头望了望骑马的武将，那人也看他一眼，忽然有点惊诧了，"你……你是谁？"

宋慈将头上的一顶破草帽摘下，坦然地挺直身子："你看我像谁？"

武将将信将疑地说："你这副寒酸模样……可我看你怎么跟提点京畿刑狱宋慈宋大人有点相像？"

宋慈微微一笑："我就不能是那个提点京畿刑狱吗？"

武将慌忙下马，"哎呀，真是宋提刑宋大人啊。末将有眼不识泰山，请多多见谅。"又不无惊奇地发问，"宋大人何以在这儿？"

"听说驸马爷在此办事，特来找他，谁知没能与其碰上面。"

"他呀，这会儿肯定还在校场骑马呢。宋大人想见他的话，从这儿往前走，一直走，便可见到他了。"

"哦？"

校场上空空荡荡，独有一人骑一匹快马在校场上飞奔，并不时地拍打着坐骑，令那马跑得上气不接下气，累得不行，几乎要倒下。那人仍不停地拍打那马，令其疾奔不止，看上去有点过分。

站在校场边看了一会儿的宋慈似乎不忍其状，走上前去大声叫道："驸马爷，别来无恙？"骑马之人顿然一惊，勒住马头，"你是……宋提刑？"

宋慈走过去，观其坐下之马，已大不如以前，颓然之势，令人心酸，"驸马爷，你的坐骑莫不是那匹北方良驹枣红马？怎么，这马……莫不是水土不服，好像比以往瘦了许多？"

驸马爷梅子林"哼"了一声，"瘦又如何？马瘦被人骑，人弱被人欺。这话说得一点儿不差呢。"梅子林跳下马，用马鞭打了它一下，那马受了莫大委屈，忍不住朝梅子林拱了一下。梅子林气急，又重重打了它一鞭。那马直尥蹶子，发出"咴咴"之声。梅子林恶声斥道："你这可恶的的卢，你害老子走背字，老子留你一条活命，就算便宜你了！"

宋慈问："驸马爷，这马乃通人性之物，因何对它这般严厉？"梅子林愤然道："这东西可把我给害苦了……"宋慈忙问："驸马爷此话怎讲？"梅子林掩饰着：

“没事，没事……”

“驸马爷，刚才路过码头，只见那儿一边在运粮食，一边卸下马匹，忙得不亦乐乎，不知驸马爷可知此事？”

梅子林警觉起来：“这个……宋提刑有何见解？”

“商贸进出，本属正常，只是运出本埠的粮食，看上去颗粒饱满质地良好，而运抵之马却老弱居多，不知驸马爷如何评说？”

梅子林含糊道：“此事细节我不太清楚，以后再说吧。”

宋慈脚步未动，两眼直直地望着对方。

梅子林神色惶然，眼睛不敢与宋慈对视，“宋大人，莫非还有何吩咐？”

“驸马爷，可曾听说提刑司最近在追查一桩疑难案子？”

“什么案子？我没听说。”

“北瓦舍有一个唱女旦的戏子，名叫小桃红，前几日被人害死，抛尸于西郊山中。这事驸马爷可曾听说？”

梅子林努力掩饰其紧张神色，“小桃红？没听说过。”

宋慈坦然说：“审案之时，宋某查获一些物品，其中有一件玉器，似乎与驸马爷有关，请您看一看，是否您个人所有？”宋慈即从怀里掏出那块白玉饰物，示于梅子林眼前。他见此物，顿时面色大变，一时没站稳，身子晃了晃。

宋慈忙将其扶住，“驸马爷，你怎么啦？”

梅子林闭上眼睛，面色煞白，“没……没事……”

午后时分，提刑司后厅静寂无声。宋慈呆坐在棋盘前，棋盘上仍是那呈北斗状的寥寥数子。他的手中把捏着那块精巧玉饰，眼光久久地滞留在棋盘上。

英姑端了茶碗走过来，将茶碗放在宋慈面前，探头看了看棋盘，抿嘴一笑。想了想，她拈起一粒棋子，放在一个位置上。她这个子一放，原先的北斗星形便改变方向，拐向另一处了。

宋慈愣了一下，似有所悟，即将手中的玉饰投放在一个大角的星位上。而后，他抬眼看一下英姑。两人会意地一笑。

宋慈忽然侧耳凝听：“嗯，我好像听得有呼噜声？是捕头王的呼噜吗？”

英姑笑道：“不是他还会是谁？隔三堵墙也能听得见呢。不过他也真是累了，三天三夜没合眼，总算把柳青给抓回来了，真是难为他了。”

宋慈感叹道：“是啊，这回多亏他……”

外面忽然传来喧哗声。一衙役慌急地走进来，"大人，几位年事已高的老臣不由分说地闯进后厅，我拦也拦不住……"

几个老态龙钟的老臣直闯进来，领头的是冯御史。因天热气急，他们一个个汗水淋淋，气喘吁吁。宋慈赶紧起身迎上，"冯大人，几位老大人，你们急急而来，所为何事？英姑，快给几位老大人端椅子泡茶。"

冯御史正色道："宋慈，你也不必客气。这几位你也认得，都是大宋前朝老臣，与你父亲是同辈的老人。他们关心你，也为你担心，相约赶到御史台，打探你正在办理的案子。宋慈，那桩白骨案到底办得怎么样了？"

几位颤颤巍巍的前朝老臣，唾沫四溅地争着向宋慈问话、质询。

"这几天城里传言纷纭，说这案子原只不过是发觉山中有一堆白骨，让你查了一阵，反倒死了好几个人，是这样吗？"

"宋慈，听说你这回把案子办砸了？是吗？"

"宋慈，你可不能听信逸言，错杀好人，放走坏人啊！"

"你是大宋的一根顶门柱，受点气，挨几句骂，要扛住，可不能倒下，不能自暴自弃……"

宋慈对几位老臣又是感激又是心烦，只好笑着向他们一一抱拳作揖，耐心解释："诸位老前辈、老大人，宋慈办理此案眼下已有头绪，可以说成竹在胸，不日即可破案，请各位放心。"

冯御史将信将疑："是吗？你已成竹在胸，不日可破案？"

"宋某何时说过大话？"

冯御史如释重负地说："这就好，这就好。有你这话，我等就放心了。瞧瞧，我身上，还有几位老大人身上的衣衫，都让汗水弄湿了。"

宋慈忙说："哎呀，这大热的天，可不能让你们这些老大人、老前辈累着热着了，来来，请去后殿稍坐，宋慈陪你们喝新出的龙井茶，吃点刚从西湖里采回来的菱角，如何？"冯御史等人应道："好好。"

猝然有人发出一声冷笑，"这时候，你这位京畿提刑官还有心情吃鲜菱角品龙井茶？"宋慈一看，不知何时，刑部尚书曹纲钻了出来，身后还有三四个官员。宋慈不卑不亢地迎上前去："曹大人，今日来提刑司，有何吩咐？"

曹纲一脸严峻地说："宋提刑，本大人此来何事，你心里自然明白。"

"噢，莫非曹大人与几位老大人一样，也想来打探一下那桩白骨案的内情？我刚才说了，此案宋某已成竹在胸，不日即可破案，将案情大白于天下，曹大人且耐心等待。"

曹纲冷笑一声："哼！如何算得成竹在胸，不日可破哪个案子？那日你在圣上面前装腔作势地表演一番，虽能蒙骗一时，赚得圣上的同情与宽恕，可这几天查案查得可不怎么样啊！脚夫张大力淹死在护城河里，刑部官员姚千死于非命，女戏子柳青不知去向，八成也已死在哪个无人知晓的地方了。宋慈，你还想让案子再死多少人？你可知，京城已让你搅得不得安宁，民心大乱了！"

曹纲身后的几个官员也附和着，一声声责问宋慈。

临安府傅知府说："傅某接任临安知府快两年了，京城太平无事，没出一桩大案，没枉死一个百姓。这倒好，让你宋提刑查案，查来查去，案子越查越不清，人却一个个死去，光是刑部官员就不明不白地死了两个。宋提刑，这副烂摊子你如何收场？"

大理寺邹少卿说："宋慈，你可知道，大理寺近日天天收到官员对你宋提刑的弹劾，说你好大喜功，骄横跋扈，不可一世，将一点儿小事审成一桩血腥大案，接二连三地死人，弄得京城内外人心惶惶、狗叫鸡鸣。恐怕你该歇歇手了，再折腾下去，会闹得身败名裂呀！"

"宋慈，你可要掂掂自己的分量，到底有几斤几两……"

宋慈终于失去耐心，愤然地高声喊道："你们这是干什么？宋慈身为提点京畿刑狱，自当审理此案，又奉有圣上的旨意，谁敢阻止？眼下案情已见头绪，正待深究猛追，以期审个水落石出，你们却到这里横加指责、挑三拣四，这是干什么？莫不是与案中之人有说不清道不明的勾连，才这么着急，想借机搅乱视线，让案犯溜之大吉？"

几个责难者一时被镇住，都不作声了。几位老大臣则面露欣慰之色，指指点点，窃窃私语。曹纲道："宋提刑既然口气这么硬，想必已将此案审清，将疑犯查实了？在座都不是外人，何不讲些过程细节，让大家听听，评点一番？以免像上回那样把无辜者扯进案中，错判误断，再造成一桩冤案哪。"

"放心，曹大人。宋某不会再犯那种错误了。"

曹纲问："那么，究竟是何人杀死小桃红，刑部两个年轻官员又如何卷入此案，死于非命，你能说得清楚吗？"

冯御史说："宋慈，这也是我等关心的事，你何不说说？"

"既然如此，在下就将此案内情先透露一点儿吧。"说罢，宋慈朝英姑递了个眼色，英姑会意，随即离去。

宋慈接着说："各位大人，刑部录事竹如海年少气盛，行事不慎，招致厄运。宋慈误听误信，受制于人，一时失察，将竹如海定为行凶之人，导致其含冤自杀。宋某对此负有重责，愧疚不已。"

曹纲说："据我所知，竹如海与锦玉班女戏子小桃红确有私情。"

"竹如海与小桃红有私情不假，宋慈当时误断其案，也拘于此，以为他欲强行求欢而不得，一时失手误伤致死。却不知，此案实非私情误杀之类，而是一桩预谋已久的大案，经人精心策划细密实施而成。宋慈一时大意，未能识得其奸。经再审，方知小桃红并非死于五月廿一，而是死在五月十九！前后相差两天，便造成此案最大的误差。"

傅知府讥嘲道："这可能吗？宋大人乃验尸高手，眼神再差，也不会有这两日的误差啊？"宋慈面露沉痛之色："谋划此案者狡诈阴险，手段毒辣，故意将死者浸于明泉寺前的泉水池中。那泉水比常温低许多，故而虽系五六月的暑热天气，死尸在水中浸泡四日仍似寻常两日之状。宋慈按夏日尸变之定规验尸，审案时认定小桃红死于五月廿一，故而误入歧途。"

冯御史恍然道："噢，原来如此。这手段真阴险啊！"

宋慈接着说："再则，在公堂审案时，我又轻信了几个证人的伪造证言。那几个证人信誓旦旦，其实均系受人暗中指使，做的全是伪证！"

冯御史吃惊地问："全是说假话吗？"

"不错。正因如此，等宋慈自知有错，想复查此案，试图再找那些证人时，他们便如鸟兽散，死的死，逃的逃。脚夫张大力突然酒醉后失足淹死在护城河里；明泉寺住持觉心云游四方，不知去向；柳青也逃了，不然很可能也已死于非命。"

傅知府不无讥讽地说："你说他们都做了伪证，有何根据？证人或死或逃，也可能是惧于你宋提刑的淫威啊？"

邹少卿也问："那么姚千呢？他可没上公堂做伪证，为何也死了？"

宋慈坦然道："姚千本该有功的，但贪心与愚蠢导致了他的死亡。姚千曾约我跟他单独见面，说他得知竹如海有意打探一位神秘人物的秘密，且有一份密件已在他手中。姚千跟我谈交换条件，要我保证，破案后在圣上面前替他美言几句，以助他升官提职。却不知，隔墙有耳，被人察觉了，于是招致厄运临头，被人暗中下了毒，夺去性命，那份重要密件也被人盗走了。"

众人将信将疑，反应不一。

曹纲质问："如你所说，既然小桃红死于五月十九，那么，竹如海怎能与小桃红相见于五月廿一晚上呢？公堂上，他本人也是确认其事的啊。"

"是啊。这也是本案焦点之所在。竹如海称当晚与小桃红在明泉寺后殿暗室相见，而后被寺中和尚发觉，追赶而至，不得已逃上山。其实，与他在后殿暗室相见的并非小桃红，而是另一个女戏子。"

"那人是谁？"

"那人嘛，便是锦玉班的另一个女旦柳青。"

"是她？怎么可能呢？"

英姑带着神色惶然的柳青走过来。宋慈严厉地说："此人在公堂上做伪证，事后逃亡于外，被我得力部下追捕归案，经审讯，已将部分事实查清。柳青，将你如何说谎，假扮小桃红之事，从实讲来！"

柳青跪下，战战兢兢地说："五月廿一这天下午，有个陌生男人来找我。那男人说受一个大人物指派，只要我按他的意思做，可保我在京城成名角，大红大紫，能挣大钱。我一时糊涂，就……就应下了。因此，下午在瓦舍，班主问起小桃红，我就说她已回来了，因身体不适躺在床上，让我替她演角色……"

傅知府大声问："不是还有证物，竹如海的一把雨伞嘛，那是怎么回事？"

宋慈将那把雨伞拿出来，淡然一笑，"这还不方便？竹如海将此伞忘在茶馆，有人假报消息后，顺便将此伞放到窗台上，不过是举手之劳。"

几个老大人点头道："这假证还做得真圆呢。"

"更妙的还是后来明泉寺的那一幕戏。柳青，说。"

柳青瞟一眼宋慈，见其威严之势，不由得哆嗦了一下："那天晚上，我照人吩咐，穿了小桃红的戏装，戴了她的首饰和绢花，等在寺院后殿——"

明泉寺内，柳青穿着桃红色戏装，缩着身子在后殿偏房的门后，从门缝里观察外面动静。柳青的身材、容貌与小桃红相近，黑暗中，很像小桃红。她看到竹如海往后殿走来，便发出哭泣声。

竹如海听到哭声，挨着门窗找到偏房，轻声问："喂，里边哭的是谁？"

柳青装出欣喜的声音："竹兄，是你吗？我是小桃红……"

竹如海惊喜不已："是我，我是竹如海。我来救你了。"他拉门，那门锁着，于是拔出腰间的刀子，将锁撬开，随后走进去。里面暗黑无光，他茫然地叫着："小桃红，你在哪里……"

黑暗中的柳青哭泣着朝竹如海扑过来，将他紧紧抱住，脸埋在他肩上，泣声不绝。黑夜中一男一女相拥而立，柳青只是将脸埋在他肩上不起来。竹如海不知所措，手抚女子后背低语劝慰。

忽然从侧门走来一个和尚，见状大叫起来："有外人跑到后殿来了，快来人啊！"竹如海心慌意乱，赶紧拉着女人往侧门跑，门外便是山林。身后喊声四起，灯笼晃动。柳青跟在竹如海后面，只是不敢抬头，又故意落在后面，越拖越远。竹如海发觉女人落在后面，回头催促着："快，小桃红，快跑……"

柳青忽然闪躲在一侧树林后面。竹如海不见其影，站住了，欲回来找人，"小桃红，你在哪里？"躲在树丛后的柳青搬起一块大石头，让它从旁边的陡坡滚落，而后发出惨叫声："哎呀——"石头滚落下坡的声音很响。

竹如海急叫："你怎么啦？小桃红，小桃红……"柳青蜷曲着身子躲在树后，眼瞧着竹如海发疯一般从陡坡连滚带爬地下去找人，她吓得面色惨白，浑身直哆嗦。

在场众人感慨不已。冯御史手指着柳青，颤声道："你这女子，心好狠呢，本是同根生，相煎何太急？你与小桃红不是同台演戏的戏子吗？又同在一起住，应亲如姐妹，同病相怜，你却为几十两银子，为日后能大红大紫，做出这等可恶之事，简直……"

柳青捂脸泣道："事后我也后悔极了，我想逃得远远的，谁知那些人心真黑，还派人来杀我……"

傅知府不太相信："宋大人，照此推断，那脚夫张大力做证也应是受人贿赂有意做假的，明泉寺住持觉心必然也是说了谎话？"

宋慈点头道："确实如此。此案是有人在幕后精心策划，操纵行事。"

傅知府不解："俗话说，冤有头，债有主，那幕后之人这样做，为的是什么？仅仅要把那一对痴男怨女置于死地而后快吗？"

一老大人问："是啊，那小桃红不过是个戏子，与人无冤无仇，又因何置其于死地？弄死她的是谁呢？"

"诸位，宋慈已将案子查到此处。眼下唯有将杀死小桃红的人查出来，才能明了此案的根本原因。宋某从开米行的朱老板处，已探得一些线索了。"

"嗯？什么线索？"

"据朱老板说，五月廿一那天，他为老母做八十大寿，遍请京城所有戏班名角来宅中唱两天戏。他花五十两银子请得锦玉班的头牌女旦小桃红，结果，这天小桃红人还没进朱家大门，就被别人抬走了。"

邹少卿性急地问："是吗？那人是谁？查明此人，或许就可破案了……"

宋慈说："那日之事，确实很蹊跷——"

朱宅门前十分热闹，贺客与杂人进进出出，轿子在门前停了一长溜。朱老板在门口笑迎众客。

小桃红坐的小轿停下。她下轿，朝朱宅大门走去，朱老板笑着上前，与之招呼："哎哟，小桃红来啦，你可真是漂亮啊……"

谁知却从一旁蹿出几个宫里打扮的人，十分蛮横地把小桃红拦住。

小桃红不知所措："你们干什么……"

领头之人将手中的黄帖子一晃："宫里有请，让你去唱戏呢。"几个人不由分说，把小桃红往门前停着的一顶宫里装饰的轿里推。

朱老板一时愣住了，稍后上前与他们论说。那领头之人拿出那张黄帖子示向朱老板，朱老板一见，顿然点头哈腰，唯唯退下……

冯御史一脸疑惑："宋慈，你是说，有人拿着宫里的帖子，把小桃红从朱宅门前截住，推进披了宫里轿衣的小轿中，把她抬走了？"宋慈说："是啊，在下去朱宅查问，朱老板这样告诉我，柳青口供也如此讲述，想必不会有误。"

傅知府不解："这就奇怪了。朱宅位于清河坊，按说去皇宫，该朝南街走，而非西街啊？"宋慈点头道："问得不错。宋慈也曾这么想过。可是，诸位大人，西街似乎也有用宫轿的府门呢。"

邹少卿脱口而出："有，西街有驸马府……"话一出，他便知不妙，赶紧住口不语了。宋慈说："邹少卿，你说西街有驸马府，想必此案与驸马府有关？"

邹少卿赶紧推却："不不不，我是一时口误，西街……曹大人，你看这事怎么说？"曹纲支吾着："这个……我们还是听宋提刑说吧。宋慈，你说呢，这宫中之轿为何往西街而去？"

宋慈淡然一笑："确实，那宫轿是往西街而去，西街也唯有驸马府可用宫中之物。另外，还有一件东西，可证明驸马爷梅子林与此案有关。"说罢，他拿出那块白玉饰物，示于众官员。

众官员见此玉饰，顿然呆住了。一老臣轻声说："这可是地道的皇家之物，玉饰上的这种挂带，非皇家不能有。"曹纲问："宋慈，此玉从何而来？"

"宋慈去见姚千，见其已死，衣襟扯开，唯其身下有此物。宋慈便将它捡回，而后，曾问慧珏公主，确认此玉为驸马爷所有。可我问驸马爷，他却面色骤变，竟推说从无此物……"

冯御史一把拉住宋慈的手："宋慈！"宋慈问："怎么啦，冯大人？"冯御史面色惶然："宋慈啊，这天气实在闷热，后厅门窗关闭，通风不佳，几位前朝老臣年纪大了，恐怕有点受不了，这案子就不必再听下去了。你们说，是不是？"

几个前朝老臣连忙附和："是是，我等身体不适，先走一步了。"说罢竟夺门而去。傅知府、邹少卿等人也借机欲溜，"我等有公事在身，等不及听完宋大人精彩的探案故事，先告辞了。"

"欸，你们……"曹纲想拉住那几人，没拉住。

曹纲与冯御史对视一下，也想溜走，却让宋慈一把拉住了手，"曹大人，你是刑部尚书，想必不会对此案弃之不顾吧？"

冯御史走了两步，也让宋慈叫住了。"冯大人？冯大人，你一向急公好义，关照宋某，关心此案，可不能就这样一走了之啊。"

曹纲说："宋提刑，这案子你还想怎样查？"宋慈故作惊讶："这不是明摆着的吗？馒头吃到豆沙边，再使点劲儿，这案子就可以水落石出，真相大白了。"

冯御史脸呈焦灼之色："宋提刑，你还真想再查下去？"

"怎么？不能查下去了？"

"你……你可真是胆大包天！驸马爷是谁？他是圣上的女婿，慧珏公主的丈夫。这案子怎能往他身上追查？"

曹纲面色阴沉地说："宋提刑，你是真不懂，还是故意装傻？哪有你这样查案子的？怎么能把杀人的罪名弄到驸马爷头上？"

宋慈说："可是，这线索确是往那儿走了，况且也有种种疑点。在下只是拿不定主意，若查实了确是驸马干的坏事，该如何？二位大人说呢？"

曹纲压低声音："查实了……查实了是驸马爷干的，也不行！打狗还得看主人呢，你这样不是往圣上脸上抹黑、泼大粪吗？宋慈，你这小小四品提刑官，脖子上有几颗脑袋？"

"那……依曹大人之见？"

"找个借口，将查案之事拖延下去。"

"能拖得下去吗？圣上若追问下来怎么办？"

"你不会装病吗？病他个三个月不下床不出门，圣上每日上朝，诸事须得操劳，哪能老记着这点小案子？时间一长便会忘了的。"

"那……不是还有冤死之人？竹如海、小桃红，还有姚千……"

曹纲不耐烦了："这算得了什么？这些小人物，死就死了，拿出点钱给家属，劝慰几句，不就没事了？"宋慈冷冷一笑："想必刑部以往便是这样查案审案的。今日听曹大人如此一说，宋慈真是长见识了。"

曹纲恼羞成怒："你……你敢取笑本官？"冯御史忙来打圆场："算了算了。嘴皮仗就不要打了，还是想想这事怎么办才妥当吧。"

宋慈语气坚定地说："圣上早有旨意，着令宋慈尽心尽力查清疑案，还京城百姓一个清平安逸的世道。宋慈若口是心非，阳奉阴违，如何对得起圣上的重托，如何对得起京城百姓？宋慈即刻出门去驸马府，查探疑情，请二位大人看在圣上的面上，陪在下一同前往如何？"

宋慈不由分说，拉住曹纲及冯御史的手，欲往外走。曹、冯二人想躲闪已来不及，正在为难时，却见有人直入后厅，不禁愣住了。

来者是慧珏公主，其身后还有垂头丧气的驸马爷梅子林。慧珏公主神色严峻地对宋慈说："宋提刑，我把涉及小桃红命案的嫌犯梅子林带来了，请宋提刑按大宋律法审理。"说罢，她朝梅子林瞪了一眼，那人畏畏缩缩地走上来。

梅子林走到宋慈面前，猛地往地上一跪，"宋大人，梅某昏庸无知，被坏人利用，犯了重罪，已铸大错，还望宋大人，还有曹大人、冯大人搭救，梅某当感激不尽，终生难忘！"

曹纲与冯御史见状大惊，伸手欲扶，又觉不便，缩回手来。

慧珏脸上呈极其痛苦之状。

如意苑门前对立着两班人马，一边是捕头王率领的提刑司十几个捕快，与之相对的是守在门口的一班拿着刀枪的护院家丁，为首者是管事。

管事傲慢地上前作了一揖："诸位，如意苑乃刁庄主私家宅院，你们这般气势汹汹的架势，是要抓人，还是怎么的？"

"废话少说，你趁早让手下人闪开一条道，让我进去将你家庄主请出来，随我去提刑司，我们大人有话问他。"说着，捕头王就要进门。

管事上前拦住："等等。"捕头王不耐："你还有什么废话？"

"我们庄主说了，要传他出庭，除非宋慈亲自上门来请。不然，他是不会离开如意苑一步的。"

"你放屁！宋大人堂堂四品提刑官，传一个平民百姓还须亲自来请？姓刁的敢摆那么大的谱？来呀，众弟兄，随我一起往里冲！"

他愣头愣脑地往里走，却被十几个护院家丁用刀枪挡了出来。

捕头王怒气冲冲地说："你们真是狗胆包天，竟敢以刀枪对抗官府，可知这是大宋天下，岂容你姓刁的一手遮天，独霸横行？来呀，众弟兄听着，都把刀拔出来，刀尖朝前，谁敢对抗，格杀勿论！"

背后传来宋慈的声音："慢来慢来。"冯御史也在后面急叫："不能动武，不能动武啊！"随即宋慈及曹纲和冯御史匆匆上前。宋慈严词对管事说："你刚才说，刁庄主说过，只有我亲自来请，他才肯随我去公堂做证。现在我来了，连曹大人、冯大人都来了，他刁光斗为何还不露面？"

管事将手中的刀收起来，换以笑脸："几位大人既然亲自来请了，那就闪开路，开大门，请大人们入院吧。"他示意守门的手下拉开大门，做了一个"请"的手势。宋慈笑着对曹、冯二人说："怎么样，我们三个一起去请那位庄主？"

曹纲犹豫不决，看看冯御史："冯大人，你看呢……"冯御史硬着头皮，说一声："那就进去吧。"于是，宋慈领先一步，后面跟着曹纲与冯御史，三人一同踏进如意苑。

管事领着宋慈等人在院内拐来拐去，走过一院又一院，院内空空，竟无一个人影。宋慈疑惑地问："喂，你们庄主究竟在哪里？"

管事诡秘地一笑："别急，那地方你去过，拐过去就到了。"

果然，一拐，便看见上回进如意苑查案时来过的那幢小屋，只是无人，而小屋的门似虚掩着。管事假笑着做邀请的手势："宋大人，我们庄主就在屋里候着，三位是否进去说几句，请庄主出来？"

曹纲与冯御史迟疑不决，不敢擅入。曹纲说："宋提刑，此案是你主审，还是你进去请吧。"冯御史说："是啊是啊，还是宋提刑独自去合适。"

宋慈大声道："怎么，你们都害怕了？朗朗乾坤，皇城郊外，我等朝廷命官，难道还怕一个小小庄主不成？"随即昂首大步走进小屋。

小屋内仍如前番那样，一边摆着一张床，有桌椅等简易用物。靠北侧墙边摆着八口大箱子，密封的屋内暗淡无光，点着一支蜡烛。

刁光斗端端正正地坐在椅子上，面露一丝似讥似嘲的笑意："宋提刑，近来很辛苦啊。请坐。你看，猜着你要来，特意又为你准备了一张椅子。"

宋慈并不就座，"刁光斗，宋慈来此，是请你这位深居简出的大人物到提刑司走一趟，你不会不敢去吧？"

刁光斗嘿嘿一笑，"这么说，数天之内，你已将案子弄清楚了？"

"是的。宋某已有八九成把握。"

"不会像上次那样，误断误判了？"

"刁庄主，有没有误断，你且听一回公堂审案，看一下人证物证，不就清楚了？"

"那么，在下是否可预先打探一下，害死女戏子小桃红的凶犯是谁？那人莫不是一位格外尊贵的人物，且与至高无上的圣上有十分密切的关系？"

"哦，刁庄主又是从哪里探得这样的消息？"

"世上没有不透风的墙。我刚听说，驸马爷梅子林到提刑司自首去了，不是吗？"

"刁庄主果然消息灵通。难怪宋某近日查案时，时而会有如神助一般，得到一些额外的提示，譬如，米行的朱老板会提醒一句，那宫轿何以往西街而去？那儿似乎有个驸马府。又譬如，姚千被毒杀后，身上所携之物被抢，偏偏又落下一块玉饰，让宋慈轻易拾得？"

"怎么着，宋提刑这话的意思，这几天辛苦查案，不会查到最后，认为那位驸马爷是无罪之人吧？"

"有罪无罪，须等公堂审罢才知晓。若那时审得驸马爷有罪，其罪也是你刁庄主投下诱饵，步步设套造成的，这罪魁祸首是你！刁庄主，我这样说，并不冤枉你吧？"

确实，宋提刑此话一丝不错。我承认，这桩案子前前后后的一切，我是一清二楚、明明白白。宋慈，此时屋内仅你我二人，不妨坐下，你我抛开面具，坦诚相对，说几句推心置腹的实话，如何？"

宋慈一愣，坦然坐在椅子上："好啊。说吧。"

"宋慈，事到如今，我就跟你实说了吧。这回，从一开始，我便有意要跟你较量一番，斗一回输赢的。你信不信？"

宋慈略感意外，仍平静地答道："我为什么不信呢？世上人千形百态，像你刁光斗这样歹毒险恶之人，也免不了会有的。"

"歹毒险恶之人，嘿嘿，是这样吗？行啊，你怎么说我、咒我都行，我是无所谓的。我不教书，不必为人师表；我也不做官，不须效忠于朝廷。我是一介平民，无官无职，与世无争，无非挣些银子花花而已。说来还怪你，我本来躲在郊外，好好地过我的日子，你偏要来惹我，弄出一个白骨案，到如意苑前吵吵嚷嚷，又有刑部小吏，也来探头探脑。还能不让人生气吗？何况你宋慈一出现，能不勾起我的旧痛旧伤吗？"

"哦，说起来，还是我先惹恼了你这位隐士？"

"所以，我便有意跟你较量一番，杀杀你的威风，消消你的傲气。头一个回合，你输了吧？我将你过去办案验尸的手段细加揣摩，如法炮制，人证、物证样样俱全，步步引你上套，果然将那刑部小吏竹如海定为杀人凶犯，打入死牢，那小子偏又受不了委屈，一头碰死了。"

宋慈坦言："我承认，我输给你了。"

"好啊。你宋慈能认输，很不错了。"

"那么，接下来呢？"

"嗯，这一回，你做得不错，比我料想的要好。你很快便查实了小桃红浸尸之处，又拿到了活着的柳青。可惜，只差一步，她就会没命了。最后，你又凭借那一枚玉饰，追查到杀死小桃红的驸马爷梅子林……"

宋慈断然说："不对。小桃红并非驸马爷所杀。"

刁光斗诡笑道："是吗？他自首时，没承认是他杀了小桃红？"

"他倒是这么认了。但我却以为，杀死小桃红，并非他的本愿，无非是他人预先设置的圈套，借其手完成的一项谋杀。"

刁光斗暧昧地一笑："是这样吗？"宋慈反诘："难道不是吗？"

"那，宋提刑不妨推断一下此事的缘由与结局。"

"刁庄主，你听好了。在宋某发现白骨之前，你便已察觉竹如海与小桃红对如意苑有刺探之意。此二人之举令你心慌意乱，便有意反击。正巧，你又想拉驸马爷梅子林做一笔粮食换军马的大买卖，于是，你便精心策划了一出戏。你想来个一箭三雕，既除了眼中毒刺竹如海和小桃红，又做成一笔一本万利的大买卖，还能报复一下宿敌宋某。是这样吧？"

"有点意思，请再说下去。"

"驸马爷梅子林爱马如命，故而你送他一匹价值不菲的北方良驹，引诱其上钩，以此要挟他同意与你做那笔大买卖。梅子林却胆小怕事，不敢应承。五月十九那天，他骑着那匹枣红马再至如意苑，欲将原物奉还，落一个清白之身。谁知，等着他的却是一个更为险恶的阴谋——"

梅子林轻松地将枣红马的缰绳递到管事手中，"就说梅某谢过刁庄主的好意，这匹马还是奉还庄主吧。告辞了。"梅子林转身便往外走。走到大门口时，却听得背后刁光斗急叫："驸马爷慢走，驸马爷慢走。"

梅子林不得已，只得停下了。刁光斗硬拉着梅子林坐下喝酒，拿出十二分的诚意，再三致歉，反让梅子林觉得不好意思了。

酒桌边仅二人，梅子林与刁光斗。梅子林心有所防，坐着不动，未动杯盖，不想喝酒。刁光斗见状，先端着酒杯，咕咕地将一大杯酒喝下了，接着又是一大杯，顿时面红起来。梅子林有点为难了。

刁光斗显出几分醉意，将杯底亮给梅子林看："驸马爷，有道是生意不成仁义在。你将马还给我，是责怪我预先给你下套，逼你做这笔粮草换军马的交易，让你下不了台，对不？咳，我还能怎么说？怎么说也说不清了，唯有自罚自饮了。你看，我可是连着自罚好几杯了。你要再不原谅，我只能向你下跪了。"说着刁光斗摆出要下跪的姿态。

梅子林赶紧扶住刁光斗："哎呀，刁庄主，这哪里当得起？梅某实在是无可奈何啊。好好，我就陪你喝下这一杯酒吧。"

梅子林端起酒杯，喝下杯里的酒。刁光斗看他喝酒，眼里闪出狡黠的笑意。

郊外大道上，一顶宫轿急急往如意苑而行。轿内，被缚了手脚捂了嘴的小桃红倒在座椅上。她只能瞪着眼，无奈地挣扎着。

黑屋，烛光如豆。小桃红被推进屋子，胆怯地缩在一个角落里。几个彪形大汉随即进屋，一边狞笑着，一边脱掉身上的衣裳，朝小桃红逼近。她吓得惊叫起来……

酒桌边，梅子林已喝得快醉倒了。刁光斗也装作醉得不成样子，却朝一旁的管事使了使眼色。那人心领神会，即从怀里取出一个小包，趁梅子林不备，将小包里的药粉放入酒碗里。梅子林毫无防备地将碗中酒喝下了。

显然，这是刁光斗惯用之计。如意苑常备着那种小包的白色药粉。以往并非好色之徒的梅子林，这日喝了酒后，却是淫心乱动，难以自抑。

刁光斗说："管事，快扶驸马爷去歇息。稍后，用轿子送回驸马府。"

管事应声道："是，庄主。"

梅子林面呈异状，手脚乱动，自语着："我身上好像很热，很躁。"

管事将梅子林扶起，往外走去："驸马爷，我扶你去歇一会儿就好了。"

　　黑屋内，饱受凌辱的小桃红衣衫零乱地倒卧在床上。她羞辱难当，低泣不已。猝然，又有一个男人走近床边。正是醉酒且淫心难抑的梅子林。

　　看到几近裸身的小桃红，梅子林两眼顿然发出光，迫不及待地伸手过去搂抱她。小桃红坚拒不从。醉醺醺且淫心大动的梅子林又猛扑上去，强行求欢，二人推扭起来。小桃红情急中打了梅子林，使其恼怒不已，猛地将手掐在她脖颈上，而后扯开自己的衣裤……

　　暗处，有一双眼睛闪着异样的光，一双粗壮的手也朝弱女子伸过来。

　　发泄了兽欲的梅子林喘着粗气，趴在小桃红的身上，已精疲力竭，不能动弹。其腰间的一块玉饰也跌落在地。猝然，几支火把将小屋照亮，令床上的梅子林惊愕地抬起头。他看到，出现在面前的是刁光斗等人。

　　刁光斗连连顿足长叹，伤感不已："驸马爷，你看你，都干了什么呀？你……你把锦玉班的女戏子奸了，还把她掐死了。你犯下人命大案了！"

　　梅子林看了看身下已呈死相的小桃红，惊叫起来："啊……"

　　郊外大道，梅子林目光呆滞、垂头丧气地骑着枣红马往回走。

　　明泉寺前，两个打手将小桃红的尸体拖至掩映于草丛灌木中的池坑前。小桃红那美丽的黑发如瀑而泻……

　　两个打手朝上面寺院看了看，寺前站着一个胖和尚，正是明泉寺的住持觉心禅师。那和尚会意地一点头。打手们报以一笑，不费气力便将尸体沉入水中。浸入清凉泉水中的已死女人另有一种凄美之色……

　　宋慈冷笑一声："你看，所谓奸杀之事便这样一步步进入你精心设置的套路中了。梅子林自认为是自己奸杀了小桃红，其罪非轻，想要将此罪掩盖过去，唯有求助于刁庄主。这样，他除了屈从刁庄主的全部条件，别无他法。一笔大买卖于是立马敲定。一篇绝妙文章的精彩开头就这样起笔了。"

　　刁光斗脸上呈现出一种奇怪的神色，他用两只手指轻轻敲了敲桌面，"宋提刑果然厉害，如此推断，不但说得十分精彩，而且与事实几乎丝毫不差，了不起，了不起啊，宋提刑！就冲这一点，刁某也不得不自叹弗如，甘拜下风啊！"

　　此时，管事悄然入屋，将一张信纸递给刁光斗。

　　宋慈并不为此人的谄媚之词所动，"刁光斗，既然我说得不差，到公堂之上，你敢不敢承认下来？你有这胆量吗？"

　　刁光斗猝然发出一阵大笑："哈哈哈……"宋慈问："你因何发笑？"

"宋慈，刚才这些话，是你我二人在这小屋里说的悄悄话，出了这小屋，就不足为凭了。再说，这些事都已过去，对我来说最要紧的是，粮食换战马这桩大生意已做成了，三十条大船五十万斤粮食，此时想必已运出京城以外百里之遥了吧？"

宋慈冷笑一声："刁庄主未免想得太顺当了。宋慈今日一早即将急文送至兵部、工部及沿运河府县驻军，请各方拦截运粮船队，不得将大宋的库粮送往北方敌国。"

刁光斗面不改色："是吗？你宋慈不过是四品提刑，在京城只能算得一个中不溜的官，说话能有几斤几两？你看，我倒是已有了确凿消息，那运粮船队已顺利通过十几道关卡，到达苏州码头，在那儿歇过一夜，次日便可北上抵达他国之域了。"

宋慈大惊，接过刁光斗手中的信纸，看了一眼，竟愣住了，手中信纸飘然落地，喃喃地说："这三十条大船的粮食，运往北方敌国，而到大宋来的却是一群老弱无用的马……这是卖国啊，这么多官员，竟然没一个想到这事该有多可怕吗？"

刁光斗嬉笑着："宋慈，你说得未免太可怕了吧？"

宋慈怒目以对："不可怕吗？敌国本已有精兵强将，又有富足的粮草，便可大胆地南下，攻城夺寨，烧杀抢掠，大宋这半壁江山如何保得住？姓刁的，你也是大宋百姓，你就没一点儿爱国之心？"

"爱国之心？哼，大宋江山是宋皇的，与我刁光斗有什么关系？北方敌国占了江南，总还要留着百姓供养官兵吧？那官府之人照样要吃喝玩乐，我刁光斗依旧可以做生意，说不定人家还会重用我呢。宋慈，你也一样啊，谁当一国之主，不希望老百姓安分守己，国泰民安？换了君主，你宋慈照样做提刑官，还可以查案验尸，拿一笔官饷……"

宋慈怒不可遏："住口！你……你是个万恶不赦的卖国贼！"

刁光斗坦然道："宋慈，你急什么？我也只是说说而已。弄些粮食到北方，还不至于亡国吧？那些与我方便的官员，也不会个个都是卖国贼吧？他们或是得些钱财，或是卖我一个面子而已。事到如今，你该明白了吧？要说审案查验，我或许不如你强，可要说在京城以内谁说话算数，说句放肆的话，你十个宋慈也抵不了我姓刁的一根手指头。京城之内，除了宋皇，你数遍三省六部的各位重臣，那些皇亲国戚，谁与我刁某没有一些勾连？谁见了我刁某不客气几分？"

"我想不明白，他们……他们为什么……"

"因为他们心里发虚，有把柄捏在我手中。他们的屁股都不干净，不敢让我亮出来，所以，才会对我这平头百姓这般客气，他们对我是又怕又爱，也有恨之入骨的。"

"哦，此话怎讲？"

"你看到这小屋里的八口大箱子了吗？为何我把这些箱子摆在这防火防盗的小屋里，派人严加看守，还装了暗道机关？因为，这箱子里装着许多见不得天日的秘密。京城里许多官员的丑事恶行，他们的底细全在这箱子里装着呢。你明白了没有？"

宋慈不由得一惊："竟是这样……"

刁光斗打开第一只箱子，从里面取出一份厚厚的账册。他从容翻开账册，将其中一章翻开，大声念道："驸马爷梅子林，五月廿一日奸杀锦玉班女旦小桃红秘事辑录。宋慈，你看到没有，这儿另随文稿数张，其中之一便是驸马爷的亲笔供词。写他如何奸杀小桃红的情形，有凭有据，句句在录，他如何脱得了干系？"

宋慈愕然。刁光斗淡然一笑，接着又随意翻至某一页，"这是去年八月十八的一桩秘事。是夜，值钱塘江大潮起，午夜三刻，六合塔附近浮起一男尸，三十余岁，体格强壮，肤色白皙，留三寸黑黄胡须。宋提刑，你可曾听说此事？"

宋慈想了想，摇头道："从没听说有此事，临安知府也未报此案……"

刁光斗淡然笑道："此事千真万确，绝非编造。这三十多岁的强壮男子，乃临安府傅知府的跟班，他生性风流，好女色，且胆大包天，居然与傅知府的小妾勾搭上了。此事让傅知府得知，便设法将其弄死，抛尸江边。却让刁某截下那具尸体，做成了一篇上好文章。"

说罢，刁光斗从另一只箱子里找出几件物品：一双布鞋、一块绣了花的红布兜兜和一串黑色念珠。宋慈问："这……这是干什么用的？"

刁光斗将几件东西示于宋慈眼前："这便是证物。傅知府将府中的好色跟班弄死，妄图销尸匿迹，却让刁某察觉，当夜将这几件东西带至傅府。你猜怎么样？他见了此物，顿时吓得七魂飞出六魂半，下面尿水流出一大摊，立马跪在刁某面前了。"

宋慈似有所悟："哦，原来是这样……"

刁光斗又翻了几页，找到一段，眉眼生笑，将那账册捧至宋慈面前，"喂，你听听，这件事可是与宋提刑大有关系的。"

宋慈脸色沉了下来："你敢说我也有这等枉法之事？"

"不，我说的是这桩案子，原是你宋提刑审过的。嘉州通判袁捷有十万两银子送至京城，至死他都没说出其去向。此事你也曾多次探访，却因袁氏妻儿俱死而中断。对不对？"

宋慈惊愕不已："怎么，你竟知晓此事？"

"是的。宋提刑以为不可能之事，刁某却有所知。那十万两银子送进京城，先放置于醉花楼老板沈彪处，沈彪将这十万两银子，在聚福全银铺换成了银票，分别送至五位京城高官的家中。你看，此事我这里清清楚楚，有一份明细账单，连其中雇轿租车的费用，都计在其中。宋提刑，你有无兴趣，想看上一眼不？"

宋慈情不自禁地接过刁光斗送来的一份土黄色纸稿。他看了一会儿，脸上显出惊诧之色："怎么，他们这几位朝廷要员都收了袁捷的钱……这不会错吧？"

刁光斗坦然道："宋提刑，这是两三年前写下的，绝非假作欺诈之术，你可抄得一份去查对。且不说你那位已自杀而死的岳父薛庭松，此时在屋外的冯御史拿过一万两银子，他也不敢不认账吧？"

宋慈惊坐在椅子上："这……还都是真事？刁光斗，你这八口大箱子，装的全是这些事吗？你所说的著书立说，写的记的，全是这些事情？"

"怎么，这难道不是很有意思的事吗？宋提刑，你想象一下，如若你也有那么一件事，恰恰被我刁某人得知，又弄到了些证据，你会不会对我很害怕，见了面要畏惧几分，敬重几分，或许还会想到如何夺回这份捏在我手中的证物？"

"这太可怕了！你居然收集了这么多，八大箱啊……全都跟如今朝廷有官职有权势的人相关？你将他们的丑事、坏事全都记录在册，无一漏写？"

"那倒未必。偌大的京城，五品以上官员不下数百，巨商大贾也以百数，我刁光斗再有本事，也只能是挂一漏万啊。不过单是这样，临安京城内的丑事恶状也足够我装满八大箱子，写成厚厚一册书了。"

刁光斗得意扬扬，拍打着手中的册本，"宋提刑，你看看，这查案审案之事，我这个不拿官饷的平民百姓，不比你这朝廷命官做得差吧？"

宋慈怒视刁光斗："你……你是别有用心！你我一正一邪，不共戴天，岂可相提并论，同日而语。只是，你这八口大箱子确实有大用场，宋某欲借去一用。"

刁光斗摇了摇头："这恐怕不行。不是我不肯，我将此箱子交出，恐怕还能将功折罪呢。可是，当朝许多官员，他们不愿意啊。你把箱子里的秘密全揭开了，让他们怎么办？算了，宋慈。来，还是再听我念一段。"

刁光斗又翻动手中册本至某页，大声念了起来："锦玉班女旦绿腰三月初八被杀秘事。是日，如意苑所请锦玉班女旦绿腰与几位年轻男子相伴嬉戏饮酒。酒后，几位年轻男子欲与之亲近，绿腰正色拒之，曰不可乱交。遂有言语冲突。领头男子性格暴躁，挥拳打去，恰巧击中绿腰脑侧。绿腰昏厥倒地，即被轮奸，后又被扼死，抛尸深谷之中。此事被刁某察觉，报与领头男子父亲知晓。收集几件行暴证物，且有如意苑中之证人……"

宋慈听得目瞪口呆："你……你这念的可是那桩白骨案？"

刁光斗淡然一笑："正是那桩案子。你不是来查过一两次吗？那事我也十分清楚。那领头行凶者，姓曹，乃当朝重臣的嫡亲之子。"

"你是说……曹纲曹大人？"

"你信不信，我只要咳一声，刑部那位尚书大人就会急急地跑进来。"随即，刁光斗重重地咳了一声。果然见刑部尚书曹纲急急而入，眼望着刁光斗，又看看宋慈，"你们……你们还没说完？"

"曹大人，宋提刑好像又提及一桩什么白骨案，非得把我带走不可呢，你说怎么办？"

曹纲面色顿变："哎呀，宋慈，这个案子把驸马爷都牵进去了，你还想把更多的人牵进去吗？算了吧，不看僧面看佛面，该收则收，不必再较真下去了。走吧走吧。"曹纲想拉宋慈的手，被宋慈愤愤地甩开了，"曹大人，果然让刁光斗说着了，看来你的屁股也不干净，要不，怎么会向着罪犯说话呢。"

曹纲故作镇静："我屁股怎么不干净？冯御史，冯大人，你进来劝劝宋提刑吧。"冯御史急急而入："怎么啦？宋慈，你们怎么还没有……"

"曹大人，冯大人，你看，宋提刑不光要把我请去提刑司问话，还想把这八口箱子也带走，你们看，是让他带走，还是不让带呢？"

曹纲急忙说："不，不能带走！"冯御史犹豫不决："还是不带走的好吧……"

宋慈气急："你们……你们果然心怀鬼胎，怕惹火烧身。那好，宋慈只能自作主张了。捕头王！"捕头王大声应道："我来了！"随即冲进屋内。

宋慈指着那八口大箱子："你带人进来，将这八口大箱子，速速搬运至京城，不得有误！"刁光斗坦然自若，只拿眼看着曹纲。

曹纲急得脸都白了，见几个衙役进来欲搬箱子，急得直蹿过去，一屁股坐在箱子上，大叫："不行，不行啊！这箱子万万不能搬走！"

宋慈皱眉道："曹大人，你怎么这般模样？似乎有失体统吧？"

曹纲如同发疯一般："我不管，我什么也不管了。来人，来人哪——宋慈，你……你这傻小子犯了什么邪？你干吗非和这八口箱子过不去？你还想不想当这提刑官？你呀，快离开吧！"

一队刑部的人马迅即赶至，将小屋及在场诸位团团围住。

宋慈面对这突如其来的变化，毫无惧色，反倒坦然一笑，"曹大人果然有所准备。那……宋某也只好不客气了。"他大喝一声，"英姑何在？"

一声清脆的应声，随即走出颇具风姿的英姑。她将手中一杏黄色小布帕略一摇晃，大声道："圣上手谕：宋慈奉旨查案，所到之处，须听其召唤，遵其所令，任何人不得违反，违者斩！钦此！"

随即，一队御林军迅速进入庄园内，将刑部官兵逼退。带队的御林军首领走到宋慈面前："末将奉旨前来，听令于宋提刑，请宋大人发令。"

宋慈顿时精神大振，气爽神清地吩咐道："将这八口大箱子，即刻搬运出去，运往京城，直至皇宫选德殿。"

御林军首领高声应道："遵令！"刁光斗、曹纲、冯御史等人都愣了，眼瞧着御林军军兵将八口大箱子搬运出去，无人敢上前阻拦。

已是夜晚，京城一如既往地热闹非凡，尤其是夜市，挤满了各色人等。而此时，京城街上又有一个特殊的景观，将众人的目光吸引住了。

一队威风凛凛的御林军，押着一支奇怪的马车队，从京城最热闹的街上走过。八口大箱子由八辆马车驮着，在街上浩浩荡荡地行驶着，所过之处，行人指指点点，议论不绝。

车队之后，京畿提刑官宋慈骑在高头大马上，十分威严。

稍后，曹纲、冯御史等官员弃轿而行。他们躲躲闪闪，神色慌乱。

有官员从人缝中钻出脑袋，向曹纲叫喊道："曹大人，这是怎么啦？"曹纲慌乱地指着前面："不好啦，宋慈……宋慈把如意苑的八口大箱子弄到皇宫去啦……"闻讯官员如雷击顶，惶然地说："哎呀，这……这可如何是好？"

八口大箱子一字横排，摆在选德殿前。这阵势看上去有些古怪。殿内仅有宋皇、宋慈及两三个御内侍从。宋皇原先紧张的脸色，此时已松弛下来了。他端坐在龙椅上，和颜悦色地问道："宋慈，刚才所述，曰小桃红命案俱已查明，不再有误?"宋慈高声道:"千真万确,没有半点误差。"

宋皇微微点头:"好。你说,驸马身陷小桃红一案,只是被歹人陷害,责任不大? 全是那姓刁的歹徒一手策划所致?"

"确实如此。驸马爷是上当受骗,歹徒如此行事,目的是做成一桩粮食换劣马的生意,另外,意在除去竹如海,报复宋慈。此事查有实据,毋庸置疑。"

宋皇脸上露出笑意:"好,好。此案既已查清,那些粮食嘛,既已运出,也就罢了,江南粮食富足,让北方敌国骗去一些,也无足轻重。此案既已审定,只需将那姓刁的歹徒抓起来,便大功告成了。宋爱卿,你这回查案,确是劳苦功高,朕要好好奖赏你……"宋慈急忙说:"等等,圣上。"

"怎么啦,宋爱卿?"

"宋慈此番入如意苑查案,另有重大发现,便是这八口大箱子的底细,须向圣上如实禀报,此事于国于民关系十分重大,圣上不可不听!"

宋皇颇感兴趣:"哦,这八口大箱子有何说法,你且说来。"

宋慈走到第一口大箱子前,打开箱盖,取出那本厚厚的账册:"圣上,请听宋慈一一道来。"

此时,宫门外,曹纲、冯御史等官吏等候在外,面色焦虑,心急如焚。陆续又有官员三三两两地走来。他们一个个面呈焦虑之状,眼巴巴地望着紧闭的宫门。宫门口,守门的太监及侍卫也都个个心神不宁。

一个侍卫从宫门探出脑袋,低声道:"不好啦,宋慈向圣上讲八大箱子之事啦……"众官员一片哗然,有人失声哭了,有人恨骂不迭,有人高叫"冤枉",乱成一团。

选德殿内,宋慈手持账册,正说得起劲儿。"……圣上,这是本册第十九件秘事。记的是三年前发生在清河坊的一件隐而不报的大案。此案涉及临安府、大理寺、后宫皇太后,还有好几位宫中的太监、侍卫呢……"他边说,边打开一只箱子,取出箱内的物件摆在外面。地上已摆放了一大摊。

宋皇在椅子上坐不住了,听宋慈所言,又望望地上之物,面色十分难看。几个侍卫、太监面色发青,有的竟吃不住劲儿,跪在地上了。

宋慈仍在不停地说。

宋皇却不知怎么的,将脸搭在椅背上,慢慢合上眼睛。

宋慈手持册本，大声诵读。他打开最后一只箱子，从箱子里一一取出证物。他面色赤红，神态慷慨激昂，语音格外铿锵："……如上可见，此案涉及吏部侍郎一人、工部录事二人，又有皇族数人，该账册上均有记载，圣上可一一查验，不可放过……"

然而，无人回应他的话。宋慈回头看了一眼，不禁一愣："圣上……"

只见宋皇伏在桌上，一动不动，似已昏昏入睡。

宋慈疾走至宋皇面前，大声道："圣上，圣上！"宋皇这才如梦初醒，抬起脑袋："哦，宋慈，你叫我……哎呀，我刚才睡着了吗？"

"是的，圣上方才似乎小睡了一会儿，不知宋慈所言，是否听全？"

宋皇一脸茫然地问："你说到哪里了？哎呀，已经这么晚了，宋爱卿，你连日来查案审案，十分劳累，朕这些天也是诸事操劳，有些乏力了。既然此案已查清，就到此为止吧。"

"圣上，刚才微臣所说想必已听清了？这八口大箱子所装之物，关系重大，望圣上能亲自审阅，万万不可放过这些害群之马啊！"

"好好，宋爱卿，你回去歇息吧。这箱子里的东西，容朕一一看过。哎呀，朕确实是很累了……宋爱卿，你暂且请回吧。侍卫，送宋提刑回府。"

侍卫走到宋慈跟前，做出请出的手势。宋慈只得离开。

宫门外，官员越聚越多，个个神情紧张，焦虑不安。

有一侍卫从门里探出脑袋，紧张地说了一句："宋慈已把八口大箱子全打开了……"众官员顿时面色大变，或顿足嗟叹，或痛哭流涕。有的居然跪在地上，朝着宫门磕头不止，嘴里叫着："宋慈啊，你行行好吧，不要把我们都出卖了啊。圣上啊，我们只是一时糊涂，做了错事，你就放过我们吧……"

宫门再次打开，走出来的竟是宋慈。他见宫门外聚着这么多官员，有些奇怪："咦，你们在这里做什么？"曹纲急急向他走来："宋慈，你……你把八口大箱子里的事，都向圣上说了？你都……都说了吗？"

"是的，曹大人，宋慈作为提刑官，见有犯科之事，哪有藏匿不报之理？"

曹纲气急败坏地说："你……你真把我们都出卖了？你可知，你这样做，会把朝廷许多官员都害得家破人亡、妻离子散啊……"

宋慈沉痛道："既知今日，何必当初？曹大人，这会儿你才知道，身为一国之臣，洁身自好，爱国忠君，该是多么重要。你等做下这些错事，犯下如此恶行，到此时再后悔，已来不及了……"

忽然有人急叫一声："哎呀，你们看，宫内起火了！那么大的火势，是在宫里啊……"宋慈急道："好像是选德殿起火了，圣上在那儿呢！快，大家快进宫去救火，救圣上要紧！"在宋慈的带领下，众人欲入宫救火，却被侍卫们拦住。

一个侍卫头目从宫门里走出来，大声道："众官员切莫慌乱。刚才是一时失察，打翻烛火，这火烧一会儿自然就灭了，大家不必进去了。"

众人窃窃私语。

"是一时失察失了火？"

"圣上不会有事吧？"

宋慈茫然地望着宫里的火势，只见那火渐渐地熄灭下去了。

宫门再次开了。这回走出来的竟是宋皇。

候在门外的众官员俱跪下："圣上，饶恕我们吧……"哭泣声大起。

唯有宋慈未下跪，心情复杂地望着众官员。

宋皇似有些不知所措，望着跪成一片的官员们，质问道："你们这是干什么？深更半夜的，你们这么多官员跑到这儿来做什么？欸，宋爱卿，你也没走吗？"

宋慈问："圣上，刚才选德殿起火了？"

"是啊，刚才内侍一时失察，竟然引起大火，好在扑得及时，没有引起大灾。只是……宋爱卿，你刚才送来的那几口箱子，不巧毁于大火之中了。"

宋慈大惊："什么？那八口大箱子都烧掉了？"

"是啊，那几口箱子，想必全是陈年旧木，里面的东西又易着火，只一转眼工夫，便烧成灰烬了，真是……可惜了。哦，宋爱卿，这次审案你立了大功，朕要好好地奖赏你。明日早朝时，朕要加封你为……刑部左侍郎，官居二品。"

宋慈只是呆呆地望着宋皇，神色默然，一言不发。那些跪在地上的官员，刚才还悲悲切切，哭个不停，听得此话，脸上的神色顿然改变了，脸上的泪水还挂着，却已变成喜色，有的欣喜异常，起身而舞，乐不可支。

宋皇故作惊讶地说："咦，你们这是干什么？曹爱卿，你们乐什么？宋爱卿，你说他们这是怎么啦？"似在转眼之际，宋慈已离去了。

金銮殿上，宋皇在殿前端坐。殿下众官员两侧站立。宋皇高声说："宋慈自任提刑官以来，十余年中，破案无数，惩恶扬善，扶助正义，可谓厥功至伟，无人能比。朕今日要特别地奖赏他，破例提升他的官职，要将他的四品提刑，升为二品，任其为刑部左侍郎。各位爱卿，你们的意思呢？"

刑部尚书曹纲大声地说："圣上所言极是，宋慈为提刑官十余年，劳苦功高，无人能比，提升为二品侍郎，十分适合，微臣竭力拥护，十分赞成。"

众官员俱称："圣上英明，提拔俊才，可扶助大宋江山万万年。"

冯御史左看右看："咦，宋慈呢？他怎么……没来上早朝？"

宋皇叫着："宋慈？宋爱卿……"

众官员纷纷叫着："宋慈，宋提刑……"

一太监双手捧一只托盘走上殿来："圣上，提点京畿刑狱宋慈，将其四品官服送至午门外，自称辞去官职，自愿回乡，做平民百姓去了。"

宋皇及众官员眼望着那托盘上的官服，一时都呆住了。

如意苑内，被临时拘于内室的刁光斗坦然地坐在桌前，自斟自饮。

一群官员，以曹纲、冯御史为首，激愤地闯入刁光斗所居之处。

刁光斗离席："诸位大人来了，兄弟不及远迎……"

曹纲怒目相视："呸！你个大胆刁民，竟敢与我等当朝重臣兄弟相称？真是不知天高地厚，眼中还有没有王法？"

其他官员也一个个怒目圆睁："姓刁的，你的末日到了！"

"那八口大箱子已烧成灰烬，你还敢对我们抖威风吗？"

"姓刁的，你也有今天啊……"

刁光斗吃惊不小："怎么，那八口大箱子都烧啦？怎么会呢……"

曹纲冷笑道："多亏圣上英明，一把火把那些东西烧得干干净净，终于还了我等清白之身。皇恩浩荡，有如东海之水！"

刁光斗顿时变色，转身想逃，却被官员们团团围住。

曹纲大喝一声："将这恶徒乱拳打死，有道是法不责众。打死刁光斗，我曹某保你们无罪！"

众官员一拥而上，将刁光斗打翻在地，又用脚踩。曹纲、冯御史等都上去动了手……

少时，众官员散开，刁光斗已成一具烂尸。

山野之中，宋巩墓前，一炷香烛，燃于坟前。墓前已是荒草蓬乱，远处昏鸦数只。坟前燃起一小堆火，烧着黄表纸。

一身平民装束的宋慈跪在父亲坟前，神色黯然。

他慢慢从怀里摸出一本书稿，稿面上写着"洗冤集录"四个字。

　　离坟不远，站着捕头王及英姑，英姑扶着身怀有孕的玉贞。玉贞见宋慈掏书，欲上前阻拦，被英姑拉住。

　　宋慈默默地看了一会儿书稿，随后，他费力地将书稿的第一页撕下，投入火中。他面对父亲的墓，喃喃自语："父亲，慈儿已辞官离京，返归故里。从此再也不去做官了。时至今日，慈儿才明白，若要世道清明，除恶扬善，单凭我等仗义执法，查凶审案，仍是无济于事的。慈儿已心力交瘁，不堪重负。这本书，原以为可以帮助后人扶助大宋，看来也不必了。大宋这半壁江山，看来也不会久了……"

　　一片片的稿纸在火中越烧越旺，纸页翻飞，如灰白的蝴蝶……

　　临安城。清河坊闹市，依次排列着徐茂之扇铺、陈真翁药铺、五间楼、皂儿水，店铺连门；顶盘挑架者，遍路歌叫。人流如川，熙熙攘攘。

　　一位神色有些古怪的老年人，在熙攘的人群中慢慢悠悠地走着。他一路走来，既像逛街，又像观景，时而被路人碰撞，他便转过脸来对那人笑笑，继续往前走。这是身着平民衣裳的宋慈。

　　宋慈的脚步忽然停住了。一个瓦舍前张贴着一张南戏海报，上写着一行大字：宋提刑勘案。

　　宋慈冲着海报怪模怪样地一笑，转而折向闹市……

　　宋慈虽在父亲坟前焚烧了书稿，所幸英姑早已暗自抄下一本，故宋慈所著《洗冤集录》借助民间流传，得以保存下来，蜚声后世。

　　这部我国最早的法医检验专著，比欧洲最早的法医学著作早了三百多年。该书在我国法医学发展史上有着重大影响。自宋朝至清末，数百年来一直被奉为法医检验的经典。曾被译成荷、英、法、德等多国文字，传入西方各国，被誉为世界第一本法医学著作。

（全书完）